MORDSRADAU IN BAD VÖSLAU

AF179065

Norbert Ruhrhofer, geboren 1968 in Wien, arbeitete zunächst als kaufmännischer Mitarbeiter im Gesundheitswesen. Er studierte im zweiten Bildungsweg Rechtswissenschaften und war danach bei einem namhaften österreichischen Informationsdienstleistungsunternehmen tätig. Im Alter von fünfundvierzig Jahren zog er von Wien aufs Land und entdeckte seine Leidenschaft fürs Schreiben. Er lebt mit seiner Frau in Bad Vöslau, südlich von Wien.

Ein Blick auf die Webpage des Autors zahlt sich schon während des Lesens dieses Krimis aus. Nehmen Sie anschließend das Buch zu den Schauplätzen mit, lernen Sie via Krimi-Geocaching verborgene Orte kennen und genießen Sie dabei so manche kostenlose Spezialität aus der Region. Mehr zu den teilnehmenden Unternehmen finden Sie im Blog der Website unter www.norbert-ruhrhofer.at.

NORBERT RUHRHOFER

MORDSRADAU IN BAD VÖSLAU

DER ZWEITE FALL FÜR DIE POKORNYS

Kriminalroman

emons:

Bibliografische Information der Deutschen Nationalbibliothek
Die Deutsche Nationalbibliothek verzeichnet diese Publikation
in der Deutschen Nationalbibliografie; detaillierte bibliografische
Daten sind im Internet über http://dnb.d-nb.de abrufbar.

© Emons Verlag GmbH
Alle Rechte vorbehalten
Umschlagmotiv: Hans Braxmeier/Pixabay.com
Umschlaggestaltung: Nina Schäfer, nach einem Konzept
von Leonardo Magrelli und Nina Schäfer
Umsetzung: Tobias Doetsch
Gestaltung Innenteil: DÜDE Satz und Grafik, Odenthal
Lektorat: Uta Rupprecht
Druck und Bindung: CPI – Clausen & Bosse, Leck
Printed in Germany 2022
ISBN 978-3-7408-1568-4
Originalausgabe

Unser Newsletter informiert Sie
regelmäßig über Neues von emons:
Kostenlos bestellen unter
www.emons-verlag.de

Dieser Roman wurde vermittelt durch die
Literaturagentur Drews, Augsburg.

Für meine Testleserinnen und Testleser –
die besten auf der Welt

Personenliste

Willi Pokorny: fünfundvierzig Jahre alt, faul, unsportlich und je nach Jahreszeit entweder mit seinem froschgrünen E-Bike oder einem dreißig Jahre alten Ford Escort unterwegs. Derzeit arbeitslos, unterstützt er seinen Freund bei der Auslieferung von Bioprodukten.

Toni Pokorny: Die allerbeste Ehefrau der Welt steht kurz vor ihrem vierzigsten Geburtstag, ist sportlich und engagiert sich, um Kindern Literatur näherzubringen. Sie arbeitet Teilzeit in der Gemeindebücherei, ernährt sich gesund und wünscht sich ein Kind.

Maxime (Beagledame): Die Hündin ist ein vollwertiges Familienmitglied der Pokornys und ihr derzeitiger Kinderersatz.

Gruppeninspektor Friedrich Sprengnagl: Kriminalbeamter im Bereich Leib und Leben in Bad Vöslau und langjähriger Schulfreund vom Pokorny. Er ist der Intimfeind der Chefinspektorin Wehli, die früher seine Chefin war und ihn jetzt für alle kriminalpolizeilichen Aktivitäten anfordert, welche die Stadtgemeinde betreffen.

Chefinspektorin Ottilia Wehli: fünfunddreißigjährige Kriminalbeamtin, gewöhnlich in schwarzer Ledermontur und schwarzem Helm mit einem silberreflektierenden Totenkopf auf ihrer 1200er BMW unterwegs. Sie will Leiterin des LKA werden, hat Probleme mit dem Sprengnagl wegen einer gemeinsam vergeigten Soko und einem gescheiterten Grundstückskauf.

Liesl Katzinger: eine neugierige alte Frau, weiß über alles und jeden in Bad Vöslau Bescheid, steht meist kettenrauchend vor dem Café Annamühle, spricht Wörter häufig falsch oder sinnentfremdet aus.

Bio-Berti: Schulfreund vom Pokorny und vom Sprengnagl, hat sich in Großau (einem Ortsteil der Stadtgemeinde Bad Vöslau) ein Geschäft aufgebaut, in dem er neben Bioprodukten mit Vorliebe Magic Mushrooms verkauft.

Tatjana Walcha: ehemalige Schulfreundin der Toni, jetzt Chefin der Stadtbücherei Bad Vöslau.

Die Hanifl: unbeliebte Doppelhausnachbarin der Pokornys.

Karl Mochacek: Immobilienmakler und Obmann des Triestingtaler Immobilienverbands.

Balduin Taschner: Mitarbeiter vom Mochacek.

René Vondrasek, Susanne Zangerle, Fritz Franter, Trude Smolle, Hans Buxeneder, Barbara Luckinger, Gustav Grebner: Immobilienmakler.

Dietmar Jäckel: Grünpolitiker, Vizebürgermeister der Stadtgemeinde Baden.

Friedrich Schlatzer: FPÖ-Gemeinderat der Stadtgemeinde Baden.

Familie Rottenschlager: Immobiliensuchende aus München.

Bernhard Wagner: Fahrer der Badner Bahn.

Jolanda Hasenbüffel: Pächterin des Campingplatzes in Berndorf.

Roswitha (Rosal) Fratelli: Putzfrau und Freundin der Katzinger.

Sonntag, 12. Dezember

»Sakrahaxn!« Ein heftiger Schlenker der Badner Bahn lässt den Pokorny zum wiederholten Mal aus dem Halbschlaf aufschrecken. Die Lokalbahn fährt von der Wiener Staatsoper bis nach Baden und wechselt während der knapp einstündigen Fahrt mehrmals von der einen auf die andere Seite der parallel zur Strecke verlaufenden Bundesstraße 17. Pflichtbewusst hat er mit der Toni, der allerbesten Ehefrau der Welt, sowie der Beagelin Maxime die alljährliche weihnachtliche Ochsentour über mehrere Wiener Christkindlmärkte absolviert. In diesem Jahr waren der Markt beim Rathausplatz, der beim Kunst- und Naturhistorischen Museum und der am Spittelberg an der Reihe. Überlebt hat er nur dank der Konsumation von vier Amaretto- und zwei Apfelpunschen, einem Bauernkrapfen, zwei Schaumbechern und einem fetten Langos. Müde und leicht berauscht lehnt er an der Fensterscheibe der Bahn. Bei jeder Weiche hebt sich sein Kopf kurz und knallt gleich darauf gegen die Scheibe. »Blöde Idee, mit der Badner Bahn zu fahren.«

»Dann hättest du halt nicht so viel getrunken«, sagt kichernd die Toni, selbst von mehreren Proseccos beschwipst. Sie greift nach der Gratiszeitung »Gestern«, deren Informationsgehalt gerade für zwei Haltestellen reicht und die beim Verlassen am Sitz liegen gelassen wird. »Vielleicht hält dich das Schmierblatt wach.«

Grantig greift er nach der verknitterten Zeitung und beginnt zu blättern. »Schau dir das an, Toni, schau dir das an!« Er tippt mehrmals mit dem Finger auf einen Artikel auf der dritten Seite. »Als hätten wir auf der Welt keine anderen Probleme.«

MORD ODER UNFALL?
(Baden bei Wien, Josefsplatz)
Knapp vor Mitternacht wurde gestern die Immobilien-

maklerin Susanne Zangerle von einem Zug der Badner Bahn überrollt. Die Verunglückte, der laut einem Rettungssanitäter des Roten Kreuzes beide Beine abgetrennt wurden, verstarb noch an der Unfallstelle an ihren schweren Verletzungen. Nur wenige Minuten später war unser Reporter bei den mit Blut überschwemmten Gleisen der Lokalbahn, allerdings wurde er unter Missachtung der Pressefreiheit von der Polizei an einem Gespräch mit dem Unglückslenker W. gehindert. Laut einem Rettungssanitäter gab der Lenker bei der ersten Befragung zu Protokoll, dass die Verunglückte von einer dunkel gekleideten Gestalt vor die Badner Bahn gehetzt wurde. Die beliebte Maklerin dürfte auf dem Rückweg von einem Bankomat in ein bekanntes Badener Steaklokal gewesen sein. Wieso schließt die Polizei trotz der glaubhaften Angaben des Fahrers einen hinterhältigen Mordanschlag aus und spricht stattdessen von einem Unfall?

Unser Reporter bleibt selbstverständlich dran und wird in den Folgeausgaben unserer Zeitung weiter berichten.

»Was wunderst du dich über so etwas? Die Zeitung lebt von Inseraten, und die verkaufen sich mit reißerischen Artikeln am besten.«

»Trotzdem … so ein Geschwafel, ›mit Blut überschwemmte Gleise‹. Selbst wenn die dort ausgeblutet wäre, fünf bis sechs Liter Blut ergeben doch keine Überschwemmung.«

Die Toni schüttelt sich. »Brr, ist das nicht egal? Alleine die Vorstellung von abgetrennten Beinen reicht, um mir den Abend zu vermiesen.«

»Tja, Zuckerschnecke, dann hättest mir halt das Revolverblatt nicht geben dürfen. Endstelle ist der Josefsplatz. Dann können wir uns«, er zieht die Augenbrauen nach oben, »gleich mal den Ort der Bluttat ansehen.«

»Bärli, über einen Mordanschlag ventilieren die Sensationsreporter doch nur, um die Auflage zu steigern. Gib weg den

Schund, es reicht. Blutlachen suche ich heute sicher keine mehr. Ich steige jetzt nur mehr in ein Taxi, und ab geht es in die Badewanne.«

»Auch recht, ich bin sowieso streichweich. Eine schnelle Dusche, und dann nichts wie auf die Couch. Mit dem Tatort wird's eh knapp.« Nach einem raschen Blick auf die Uhr reißt er plötzlich einen Mörderstress auf. Weil am Sonntagabend zur Primetime wird bei den Pokornys immer Tatort angeschaut, und über dem Stress mit den Weihnachtsmärkten hat er vergessen, die Sendung aufzunehmen.

Zum Glück steht bei der Endstelle am Josefsplatz ein freies Taxi. Knapp fünfzehn Minuten später biegt der Fahrer in Bad Vöslau von der Hauptstraße ab und bleibt vor der Einfahrt zur Pokorny'schen Doppelhaushälfte stehen.

Gerade als sich der Pokorny, nach einer Blitzdusche, mit einem behaglichen Seufzer zurücklehnt und einen Schluck von seinem herrlich cremigen Espresso nimmt, läutet es an der Haustür.

»Wenn das wieder die Katzinger ist, zuck ich aus!« Prompt schwappt ihm der Kaffee auf die neue Couch.

Die Toni runzelt die faltenlose Stirn. »Du, Bärli, ich zucke auch gleich aus, schau dir den Fleck an!« Sie springt auf, um ein Tuch zum Reinigen zu holen.

»Ja, ja, ich weiß schon«, brummt er. »Aber das ist jetzt nicht meine Schuld … Ich mein, ehrlich, um die Zeit … Kannst du bitte nachschauen, wer …«

»Nein!«, wird er rüde unterbrochen. »Sicher nicht, mir reicht schon die Wirtschaft, die du da angerichtet hast. Außerdem war eure lautstarke Diskussion vom letzten Mal schlimm genug.«

Ja, das war vor knapp sechs Monaten schon eine unangenehme Sache. Nach der Aufklärung der Morde rund um das Ehepaar Lieblich saßen die Pokornys mit ihrem Freund, dem Gruppeninspektor Sprengnagl, am Sonntagmittag im Weingut Schlossberg gemütlich beim Mittagessen. Da wurde die an der Aufklärung des Falles nicht unwesentlich beteiligte alte Frau Katzinger, eine bekannte Gemeinde-Tratschtante, vom Huber-

Bauern mit dem Traktor bei dem bekannten Heurigenlokal vorbeigebracht. Um das jetzt abzukürzen: Als sie wieder einmal ihre Hühneraugen herzeigen wollte, haben die drei sie allein am Tisch sitzen gelassen. Die Katzinger hatte sich für die Abfuhr auf ihre Art gerächt und just um zwanzig Uhr fünfzehn bei den Pokornys angeläutet und damit die Vorfreude auf den neuen Österreich-Tatort gestört. An die nachfolgende Auseinandersetzung erinnert sich das Ehepaar mit Schaudern.

Während die Toni zur Sicherheit den Tatort aufzeichnet, öffnet der Pokorny mit einem Ruck die Haustür. Beim Anblick von Karl Mochacek, eines alten Bekannten vom Sprengnagl, ist er zwar überrascht, aber nicht weniger verärgert. Den Obmann des »Triestingtaler Immobilienverbands« braucht er um diese Zeit genauso wenig wie die alte Frau Katzinger.

Nachdem er die bellende Beagelin beruhigt und auf ihren Platz geschickt hat, schnauzt er den unwillkommenen Besucher ohne Begrüßung an: »Kommen S' morgen wieder, jetzt passt 's grad gar nicht.« Damit wirft er die Tür ins Schloss.

Die Toni rollt die Augen. Noch bevor er sich wieder setzen kann, klopft es laut.

»Geh bitte«, grummelt der Pokorny in seinen Dreitagebart, »kann sich der nicht schleichen?«

»Glaubst du, dein kindisches Verhalten hilft uns weiter? Los, mach auf, ich nehm die Sendung auf.«

Kaum ist die Tür offen, redet der Mochacek los. »Entschuldigen Sie die späte Störung, ich weiß, Sie wollen um diese Zeit in Ruhe fernsehen …«

»In der Tat. Also?«

»Es ist ein Notfall.«

»Aha, ein Notfall. Wollen Sie mir jetzt mit der Mitleidstour kommen, oder was? Woher haben Sie überhaupt unsere Adresse?«

»Die … die hab ich vom Gruppeninspektor Sprengnagl bekommen. Er war mir noch was schuldig … also, er hat gemeint, ich kann mich an Sie wenden.«

»Nie und nimmer würde Sie der Sprengnagl am Sonntagabend zu uns schicken! Da müssen Sie sich schon eine bessere Ausrede einfallen lassen.«

»Aber ... es handelt sich wirklich um einen Notfall!«, insistiert der sichtlich entnervte Besucher.

Mittlerweile hat sich die Toni zu den beiden gesellt. »Lass ihn doch erst einmal ausreden! Wenn es schon so ein Notfall ist.« Der Pokorny ärgert sich, dass ihm die allerbeste Ehefrau der Welt in den Rücken fällt. »Eine Frage: Ist einer der Atomreaktoren in Mochovce, Paks, Dukovany oder Temelin in die Luft geflogen?« Als der ungebetene Besucher verneint, fährt er fort: »Sie haben auch weder ein Messer im Rücken stecken, noch scheinen Sie sonst in Bedrängnis zu sein. Ich seh also weit und breit keinen Notfall.«

»Willi, lass gut sein!« Die Toni schnaubt, was bei ihr ein Alarmzeichen für großen Ärger ist. »Kommen Sie doch rein. Wenn es so eilt, machen wir halt eine Ausnahme. Außerdem braucht Sie unsere Nachbarin, die Frau Hanifl, nicht zu sehen. Sonst ist Ihr Besuch morgen Tagesgespräch in Bad Vöslau.«

Als der Mochacek einen Schritt über die Schwelle macht, bremst sie ihn rasch ein: »Und ziehen Sie bitte die Schuhe aus.« Weil auch bei ihr gibt es Grenzen. Selbst wenn trotz der Adventszeit gerade frühlingshafte Temperaturen herrschen, den Feinsplitt vom letzten Schneefall braucht sie nicht im Haus.

Nachdem der Mochacek ein Achterl Zweigelt vom Brunngassenheurigen eingeschenkt bekommen hat, setzt er sich auf einen der gemütlichen hellgrauen Lederschwingsessel im Wohnzimmer. »Der Gruppeninspektor Sprengnagl hat mich natürlich über Ihre Vorliebe für die Tatort-Serie informiert und mich gebeten, erst morgen ...« Er hält inne, zieht verkrampft die Mundwinkel auseinander und kramt aus seiner Manteltasche die ihnen schon bekannte Ausgabe der »Gestern« sowie das »Kronenblatt« heraus. »Aber ... ich ... wir, also ...«

»Was jetzt ...? Wenn's geht, bitte in ganzen Sätzen«, drängelt der Pokorny.

»Der Vorstand des Triestingtaler Immobilienverbands hat ein Problem … Kennen Sie den Artikel über den Unfall mit der Badner Bahn?« Er fächert die »Gestern« bis zu dem reißerischen Artikel auf.

»Ja, kennen wir, und in der anderen Zeitung wird ähnlicher Müll drinnenstehen. Wenn Sie sachdienliche Hinweise haben, wenden Sie sich einfach an die Exekutive.«

Zu dem Schnauben der Toni gesellt sich ein Augenrollen, das ihn unmittelbar verstummen lässt, weil dann Feuer am Dach ist. Seine geliebte Ehefrau ist eine besonnene und ausgeglichene Frau, aber wenn bei ihr Schluss mit lustig ist, lässt der Pokorny Widerstand am besten bleiben. Es gibt da für ihn nichts zu gewinnen, und die Kombination Augenrollen mit Schnauben, mehr geht nicht.

»Ist schon gut, also reden Sie sich Ihr Problem so schnell wie möglich von der Seele«, fordert er daher den Besucher mit wedelnden Händen auf.

»Am 8. und 11. Dezember sind zwei Maklerkollegen aus unserem Vorstand unter mysteriösen Umständen ums Leben gekommen. Der René Vondrasek ist von einer Terrasse in Perchtoldsdorf gefallen, die Susi Zangerle wurde von einer Garnitur der Badner Bahn in Baden überrollt. Und ich glaube nicht, dass das Unfälle waren.«

Die Toni saugt Luft an und bläst sie zwischen den Lippen wieder aus. »Pfff, furchtbar. Sie kennen die arme Frau sogar! Aber wieso kommen Sie damit zu uns? Wenn Sie an der Unfallversion zweifeln, sollten Sie sich wirklich am besten an die Polizei wenden.« Ihr Ehemann nickt zustimmend.

»Das ist nicht so einfach. Ich meine … Sie kennen über den Gruppeninspektor Sprengnagl sicherlich die Probleme, die ich mit der Chefinspektorin Wehli habe? Wegen der Sache mit …«

»Soweit ich vom Sprengnagl weiß, haben Sie von ihm Schwarzgeld kassiert und sich dadurch den Ärger mit ihr zugezogen«, unterbricht ihn der Pokorny.

»Ja, ja, stimmt schon. Normal würde die Wehli von Ermittlungen durch andere Kollegen ja nichts mitbekommen. Allerdings hat sie laut dem Sprengnagl im Computersystem der Polizei eine Art Alarm eingerichtet. Sobald mein Name eingegeben wird, bekommt sie automatisch eine Nachricht. Verstehen Sie? Und dann hab ich die Furie am Hals.«

»Bei Ihnen auch?« Der Pokorny grinst das erste Mal, seitdem er die Tür geöffnet hat. »Ich dachte, nur bei mir macht sie das.«

»Sehen Sie die Bredouille, in der ich mich befinde?«, schnauft der ungebetene Gast und fährt sich hastig über die Glatze.

Der Pokorny beäugelt ihn belustigt. »Und der Sprengnagl als Ihr ehemaliger Kunde kann da gar nix für Sie machen?«

»Nein ... er hat ja mit ihr selber genug Schwierigkeiten. Eben wegen des Grundstücks, das ich ihm und nicht der Chefinspektorin vermittelt hab ... Aber das wissen Sie selbst am besten.«

Die Toni wird langsam ungeduldig. »Was können wir jetzt für Sie tun?«, fragt sie und negiert dabei den Blick des Mochacek von seinem leeren Weinglas zur noch gut gefüllten Flasche. Sie hat auch bald genug von der sonntäglichen Störung.

»Na ja, es gab ... gibt Probleme mit einem Immobilieninteressenten, einem gewissen Rottenschlager aus München. Der Vorstand des Immobilienverbands hat wegen der Teambildung im November eine gemeinsame Wanderung von der Cholerakapelle zum Eisernen Tor am Hohen Lindkogel gemacht. Im Schutzhaus sind wir dem Rottenschlager begegnet, da hat der mächtig Stunk gemacht und die Zangerle und den Vondrasek verprügelt. Warum, weiß ich nicht, aber er war dermaßen in Rage, dass wir ihn nur mit Hilfe anderer Gäste bis zum Eintreffen der Polizei festhalten konnten.«

»Haben die Beamten den Vorfall aufgenommen?«

»Ja. Anfänglich wollten meine Kollegen die Sache nicht groß aufbauschen und haben sogar auf eine Anzeige verzichtet. Der Rottenschlager hat aber darauf bestanden und sich dann selbst angezeigt. Da blieb beiden nichts anderes über, als wiederum ihn wegen Körperverletzung anzuzeigen.«

»Eine Selbstanzeige? Was war denn der Grund für seinen Auszucker?«, will der Pokorny wissen.

»Keine Ahnung.«

Er glaubt dem Mochacek kein Wort. »Sie müssen bei der Aufnahme der Anzeigen doch mitbekommen haben, warum er das gemacht hat? – Also, warum hat er Ihre Kollegen verprügelt?«

»Nein, ich kann Ihnen darüber nichts sagen. Die Polizei hat den Randalierer in einem separaten Raum vernommen.«

»Und Sie glauben, der Münchner hat die beiden später aus Rache ermordet und das Ganze wie Unfälle ausschauen lassen?«, erkundigt sich die Toni ungläubig. »Ein bisschen weit hergeholt, nicht wahr?«

»Was ist schon weit hergeholt? Der Vorfall im Schutzhaus hat sich im November abgespielt, ein paar Wochen später sind sie alle beide tot. Schon seltsame Zufälle, diese Unfälle, oder?«, ereifert sich der Obmann. »Ich hab mit dem Sprengnagl darüber gesprochen. Es gibt keine Hinweise auf Fremdverschulden und damit auch keine offiziellen Ermittlungen. Vielleicht sind es ja auch wirklich nur tragische Unfälle, ich wäre beruhigt, wenn Sie das feststellen könnten. Aber dieser Reporter schreibt, dass bei der Zangerle auch ein Mord nicht ausgeschlossen werden kann, und ... Also, der rabiate Kunde ist immer noch auf Immobiliensuche in der Gegend, wer weiß ... Der Gruppeninspektor wird Ihnen sicher mehr über die Unfälle erzählen können. Sie arbeiten mit Ihrem Freund ... ja eng zusammen, oder?«

Ja, da hat der Mochacek schon recht. Die zwei Freunde kennen sich seit der Schulzeit und wollten beide Polizisten werden. Gut, der Sprengnagl hat es geschafft, anders als der immer schon ein wenig dickliche und unfitte Pokorny, der bei der Aufnahmeprüfung zur Polizeischule mehrmals gescheitert ist. Trotzdem ist er immer noch an der polizeilichen Tätigkeit seines Freundes interessiert, und so plaudern sie auch über den einen oder anderen Fall.

Klar setzt der Datenschutz den Freunden gewisse Grenzen, weil der Kripobeamte Sprengnagl verständlicherweise keine Akten aus der Hand geben kann. Außer der Pokorny ist, wie bei der Sache um das Ehepaar Lieblich, sowieso an vorderster Front dabei. Dann ist die stillschweigende Akteneinsicht garantiert und der Datenschutz auf Urlaub.

»Sie beide waren im Frühjahr bei den Vorfällen in der Bogengasse sehr erfolgreich und haben der Polizei gezeigt, wo der Bartel den Most herholt. Da habe ich mir gedacht, Sie könnten mir ... also, dem Vorstand helfen.«

»Wie soll das gehen?«, wehrt sich der Pokorny beherzt. »Ich wüsste nicht einmal, wo wir anfangen sollten.«

»Sie könnten mit meinen Kollegen reden. Vielleicht finden Sie auch den Rottenschlager ... was weiß ich?«

»Wissen Sie, wir sind aufgrund eigener Erfahrungen Maklern gegenüber eher misstrauisch«, sagt der Pokorny, und die Toni verzieht das Gesicht. Der Weg zur Doppelhaushälfte in Bad Vöslau war ein langer, mit einer Vielzahl unnötiger Besichtigungen. Trotz klar definierter Wünsche wurden den Pokornys von mehreren Maklern Häuser und Wohnungen präsentiert, die weit weg vom angeforderten Profil lagen. »Warum sollten wir für Sie etwas tun?«

»Ich zahle Ihnen fünfhundert Euro pro Tag und dazu noch die Spesen. Wäre das nicht ein guter Grund, um aktiv zu werden?« Der Mochacek schaut zögerlich zwischen den beiden hin und her.

Der Pokorny nickt. »Unabhängig vom Erfolg, versteht sich.« Er lässt dem ungebetenen Besucher keine Zeit, die Zahlung an eine Gegenleistung zu knüpfen. »Aber wir würden gerne vorher Ihre Kollegen kennenlernen und uns erst dann endgültig entscheiden. Geld ist schön und gut, wenn aber die Chemie nicht passt, lassen wir's bleiben.«

»Der Vorstand trifft sich morgen Abend zu einer Sitzung in der Vöslauerhütte. Das wäre eine gute Möglichkeit, alle kennenzulernen. Passt neunzehn Uhr für Sie?«

»Warum ausgerechnet dort?«, fragt der Pokorny. »Würde es nicht auch der Bierhof tun?«

»Nein, zu viele Leute. In der Schutzhütte sind wir unter uns, am Montag ist dort geschlossen. Wir wechseln uns da mit der Harzberghütte ab. Ist eine langjährige Tradition. Also sehen wir uns?«

Die Toni zwinkert ihm zu. »Ich denke, ja.« Sie geht voran, öffnet die Eingangstür und verabschiedet den ungebetenen Gast.

»Ich danke Ihnen beiden, entschuldigen Sie noch einmal die Störung ... Ja, und eines noch.« Er blickt unsicher drein. »Bitte kein Wort zur Polizei ... also, außer zum Sprengnagl natürlich. Gute Nacht.«

Kopfschüttelnd setzt sich der Pokorny auf die Couch. »Der hat Nerven, scheißt sich wegen der Wehli an, und wir sollen die heißen Kohlen angreifen. Es wird nicht lange dauern, bis sie davon Wind bekommt und dann ...«

»Dann kracht es wieder zwischen euch, meinst du, oder? Dann halte du dich halt ein wenig zurück und denk schneller, als du redest. Dann wird sie mit dir als ›Freizeitpolizisten‹ weniger ein Problem haben.«

Die Toni spielt auf ein weinlauniges Interview an, das der Pokorny einem Reporter des Kronenblattes im Badener Casino gegeben hat. Alkoholisiert hatte er damals der Chefinspektorin einige Fehler bei der Lösung der Soko Friedhof in Sankt Pölten unterstellt und war nur haarscharf an einer Verleumdungsklage vorbeigeschrammt. Seither hat die Wehli ein Auge auf den »Freizeitpolizisten«, wie sie ihn nennt.

»Hm, ich schreib dem Sprengi eine Nachricht, weil so geht's ja auch nicht. Fragen, ob uns das passt, hätt schon drin sein müssen, nicht wahr?« Er nestelt grantig nach seinem uralten Nokia.

»Nein, lass mich das machen. Ich schick ihm eine diplomatische WhatsApp.« Die Toni grinst und drückt ihrem Bärli ein Busserl auf die Wange.

Was war das gerade mit dem Mochacek? We are not amused, you know, Tatort und so 😟

Auch wenn die WhatsApp der Toni spaßig gemeint ist, zaubert es den Pokorny ordentlich. Kämpft er doch rigoros gegen den Zerfall der deutschen Sprache durch die Welle der, wie er es nennt, Verenglischung. »Du wirst sehen, eines Tages reden wir alle nur mehr Englisch.« SMS, WhatsApp, Apps, Cloud, Facebook und so weiter sind ihm ein Gräuel.

Als hätte der Gruppeninspektor schon auf eine Nachricht gewartet, langt unverzüglich eine Antwort von ihm ein.

– *So ein Vollidiot!! Ich habe ihm extra gesagt, er soll euch heute Abend in Ruhe lassen. Sorry* 😟

– *Passt schon. Treffen wir uns morgen zu Mittag beim Heurigen Schachl?*

– *Zwölf Uhr dreißig, ich reserviere für uns einen Tisch.*

– *Bring die Anzeigen vom Eisernen Tor und die Unfallprotokolle Z. und V. mit. Und komm mir nicht mit Datenschutz, du hast uns die Sache eingebrockt!!!*

– 👍

Montag, 13. Dezember

Der Pokorny wird um sechs Uhr dreißig ganz von allein wach. Na ja, wach ist jetzt nicht der richtige Ausdruck. Es ist eher ein diffuses Gefühl, das an ihm zerrt und ihn dem Schlaf zu entreißen versucht. Nach dem gestrigen Abend ist er wie gerädert und kann kaum klar denken. Als der Mochacek endlich bei der Tür draußen war, haben die Toni und er noch je eine Flasche Veltliner vom Schachl beziehungsweise Frizzantino vom Weingut Schlossberg getrunken. Ruhe ist in der Doppelhaushälfte erst gegen zwei Uhr eingekehrt.

Klar macht sich das jetzt bemerkbar. Ihm ist ein wenig schlecht, sogar auf den frühmorgendlichen Einkauf in seinem Stammcafé Annamühle verzichtet er heute. Bei der stark verkürzten Morgenrunde mit der Maxime lässt er das gestrige Gespräch noch einmal Revue passieren. Irgendwie hat er schon Lust, sich das Mysterium um die beiden toten Makler näher anzusehen. Andererseits wird dadurch sein bevorzugter Tagesablauf gehörig durcheinandergebracht werden, so wie schon im Frühjahr.

Bezüglich seiner täglichen Routine ist der Pokorny nicht wirklich flexibel. Morgens holt er Frühstücksgebäck aus dem Café Annamühle. An den Vormittagen wechseln sich Zeitunglesen, Bücher, Gartenarbeit oder, an einem guten Tag, auch einmal Hausarbeit ab. Zu Mittag wird an manchen Tagen in ausgewählten fixen Lokalen gegessen, nachmittags gibt's noch einmal einen Espresso im Stammcafé. Danach fährt er, je nach Wetterlage, mit seinem froschgrünen E-Bike oder mit dem alten Ford Escort seines Vaters zum Bioladen seines Freundes Berti nach Großau. Mit genug Tagesfreizeit gesegnet, hilft er hie und da beim Ausliefern von Bioprodukten mit. Bis auf einen gemeinsamen Würfelpokerabend mit seinen Freunden ist es das so überblicksmäßig mit der wöchentlichen Planung des Pokorny. Und dieser gewohnte Ablauf wäre durch diesen ziemlich diffusen Auftrag wieder einmal gefährdet. Dementsprechend unsicher beendet er die Morgenrunde und trifft die allerbeste Ehefrau der Welt beim Abschluss der körperlichen Renovierungsarbeiten im Badezimmer an.

»Guten Morgen, Zuckerschnecke«, raunt er und küsst sie zärtlich in den Nacken.

»Morgen«, murmelt die Toni, sichtlich bemüht, einen geraden Lidstrich hinzubekommen. »Ich brauche heute früh nichts zu essen, mir ist flau im Magen.«

»Gibt eh nix, ich hab die Annamühle ausgelassen. Mir geht's genauso.«

»Ah eh. Gut, ich muss los, hol mich mittags von der Bücherei ab. Die Kleine von der Tatjana wird heute da sein. Wir lassen die Maxime bei ihr und holen sie später ab. Bussi.«

Pünktlich um zwölf Uhr dreißig betreten die Pokornys den Heurigen Schachl. Sandra, die Frau vom Sprengnagl, ist die beste Freundin der Chefin, daher ist der hintere Teil der Gaststube ausschließlich für das konspirative Treffen reserviert.

Um den Pokornys gleich den Wind aus den Segeln zu nehmen, entschuldigt sich der Gruppeninspektor noch einmal. »Tut mir echt leid, aber das war mit dem Mochacek so nicht vereinbart. Ich hab ihn dezidiert auf die Kontaktsperre am Sonntagabend hingewiesen.« Er schmunzelt nur, um gleich wieder ernst zu werden. »Der muss ordentlich Schiss haben. Sonst hätte er das nicht gemacht.«

»Du hättest uns wenigstens vorwarnen können«, mault der Pokorny.

»Na du bist gut«, meint sein bester Freund. »Dann lass halt dein Handy eingeschaltet. Dann könnte ich dich auch anrufen und vorwarnen.«

Das übergeht der Pokorny. »Und was hast du uns mitgebracht?«, fragt er mit einem neugierigen Blick auf den Stapel Papier neben dem Sprengnagl.

Bevor der Gruppeninspektor antworten kann, kommt die Juniorchefin auf einen Plausch, während sie die Bestellung aufnimmt. Für den Pokorny, wie erwartet, einen Klassikburger mit extra Speck, Zwiebel und einem Spiegelei. Er ist da null flexibel, die Toni hat es mittlerweile aufgegeben, ihn zu mehr Abwechslung beim Essen zu überreden. In jedem Lokal isst er ausnahmslos das Gleiche, und das mit nicht enden wollender Leidenschaft. Im Bierhof sein Gulasch, im Weingut Schlossberg die Ei-Käse-Nockerl mit Speck und Zwiebel, am Freitag im Supermarktrestaurant eine panierte Scholle mit Erdäpfelsalat. Und beim Heurigen Schachl halt den Klassikburger. Die Toni lässt das Mittagessen aus, der Sprengnagl schlägt beim Hühner-Cordon-bleu mit Pommes frites zu.

»Wegen der Unterlagen …«

»Sprengi«, zischt die Toni, »vergiss es. Das hättest du dir überlegen müssen, bevor du uns den Mochacek auf den Hals hetzt.«

»Also dann … aber passt halt bitte auf. Ich hab euch Kopien der wechselseitigen Anzeigen mitgebracht. Während die verletzten Makler einen grundlosen Angriff auf ihre körperliche Integrität sahen, wurde der Rottenschlager wesentlich konkreter.«

Gierig schluckt der Pokorny einen Bissen vom saftigen Fleischlaberl hinunter und vergisst in der Hektik ganz sein gewohntes genussvolles Schweigen beim Essen. »Und zwar? Was war im Schutzhaus Eisernes Tor wirklich los? Angeblich weiß der Mochacek nicht, warum der Rottenschlager ausgezuckt ist.«

»Blödsinn! Der Herr Obmann weiß ganz genau, warum. Bei der Makler-Wanderung waren neben den Toten namentlich noch der Buxeneder, der Franter, der Taschner – das ist ein Mitarbeiter vom Mochacek – sowie die Luckinger dabei, die Chefin einer Wiener Agentur. Die gehört nicht zum Vorstand. Der Rottenschlager hat ausgesagt, dass er mit seiner Ehefrau verschiedene Eigentumswohnungen in Baden, Mödling, Perchtoldsdorf und in der Hinterbrühl angesehen hat. Während der

Besichtigungen sind bei zwei Immobilien die Zangerle und der Vondrasek als vermeintliche Kunden hereingeplatzt, in betrügerischer Absicht. Sie haben dem eigenen Vorstandskollegen überhöhte Kaufangebote mit knapper Fristsetzung überreicht und damit natürlich den Rottenschlager indirekt unter Druck gesetzt. Eh klar, wennst eine Wohnung haben willst, dann bist unter Zeitdruck bereit, mehr zu zahlen. Eine Zeit lang hat er noch mitgeboten, dann haben's die Makler übertrieben, und er hat den Hut draufgehaut. So was ist ihm noch bei mehreren Wohnungen passiert, in unterschiedlicher Besetzung. Dann ist das Ehepaar Rottenschlager bei einer Wanderung zum Eisernen Tor hinauf im Schutzhaus eingekehrt. Und dort sind dann die als kaufinteressierte Kunden aufgetretenen Makler bestens gelaunt mit den restlichen Vorstandsmitgliedern zusammengesessen. Da hat der Rottenschlager kapiert, dass er verarscht worden ist.«

»Wahrscheinlich wollten die mehr Provision herausschlagen«, vermutet der Pokorny. »Je höher der Verkaufspreis, desto höher ist auch die Maklerprovision. Hast du ein Foto vom Rottenschlager im Akt?«

»Nein, es wurde lediglich die Anzeige aufgenommen. Fragt euren Auftraggeber danach.«

»Was für eine miese Nummer ist das denn?«, zürnt die Toni. »Dass der Buxeneder bei so linken Geschichten dabei ist, überrascht mich nicht.«

Der Sprengnagl schiebt ein Stück der verführerisch duftenden reschen Panier in die linke Wangenseite. »Der Buxeneder wurde von ihm nicht angezeigt, den hat er bis dahin gar nicht gekannt.«

»Woher kennst du den Buxeneder?« Der Pokorny schaut sie fragend an.

»Von den öffentlichen Gemeinderatssitzungen. Gegenüber dem Bierhof ist ein Wohnbau, und dahinter soll, im Sinne der Verkehrsberuhigung, eine Parkgarage gebaut werden. Das Grundstück gehört dem Buxeneder, diesem Unsympathler. Der verlangt dafür glatt den doppelten Preis, da kann die Gemeinde beim besten Willen nicht mit. Ohne das Grundstück kann aber die Verkehrsmisere in Vöslau nicht in Angriff genommen werden. Ein gieriger Kerl, dem traue ich alles zu!« Die ehrenamtlich tätige Mitarbeiterin der Bürgerliste »Neues Zentrum für Bad Vöslau« hat sich in Rage geredet.

Und ja, sie spricht da ein leidiges Thema der Stadtgemeinde an, nämlich die lange diskutierte Zentrumsumgestaltung vom Restaurant Bierhof bis zum Blumengeschäft Quwala. Es gibt sogar schon länger einen Masterplan, der durch die Technische Universität Wien ein paar Jahre später evaluiert wurde. Verkehrsberuhigung durch Begegnungszonen und weniger Parkplätze ist das Fazit. Aber außer ergebnislosen Diskussionen ist bisher nichts passiert, es scheitert am politischen Willen und an den horrenden Kosten für die Umsetzung. Dazu kommen noch Personen, die glauben, sich an dem Projekt bereichern zu können. Einer davon ist der Makler Buxeneder.

»Ich bin zwar grundsätzlich auch gegen die Parkgarage«, fährt die Toni fort. »Da aber der Bau einer Umfahrungsstraße verabsäumt wurde und jetzt nicht mehr möglich scheint, wird es für die Regelung der Verkehrs- und Parkplatzsituation keine andere Lösung geben.«

»Wie viele Wohnungen hat sich der Rottenschlager angesehen?« Kauend schielt der Pokorny zu den Akten und lenkt damit das Gespräch auf das eigentliche Thema zurück.

»Warte, hier steht's: ein gutes Dutzend, aber zumeist haben die Wohnungen nicht in das Anforderungsprofil gepasst. Bei den vier Eigentumswohnungen, die von den besagten Maklern offeriert wurden, passte das Profil aber perfekt. Angeboten wurden Objekte in Perchtoldsdorf durch den Vondrasek, in Mödling durch die Luckinger, in Baden durch die Zangerle und in der Hinterbrühl durch den Franter.«

Der Pokorny grinst. »Einfach unglaublich, die bescheißen ihren potenziellen Kunden. Was hast du zu den Unfällen?«

»Wenig vom Vondrasek, Zeugen zum Sturz von der Terrasse gibt es keine. Der Weihnachtsmarkt ist nur ein paar Meter entfernt, trotzdem hat niemand was mitbekommen. Erst der Aufprall vom Vondrasek hat die Leute aufgeschreckt, da war nichts mehr zu machen. Mehr gibt es zum Tod der Zangerle. Vor allem die Aussage von Bernhard Wagner, dem Fahrer der Badner Bahn. Nach dem Unfall hatte er einen Nervenzusammenbruch, ist derzeit im Krankenstand. Den kenne ich noch von früher, er wurde mal von einem Fahrgast zusammengeschlagen.«

Während der Sprengnagl ein Stück vom knusprigen Cordon bleu in den Mund steckt, zeigt er auf die Unterlagen.»Da, Toni, blätter ruhig durch, du hast die Hände frei. Die Adresse des Fahrers steht im Protokoll. Ihr könnt das später in Ruhe durchlesen, auch seine Aussage. Die fasse ich mal kurz zusammen: Er ist dem Fahrplan entsprechend um dreiundzwanzig Uhr sechsundvierzig von der Endstelle am Josefsplatz weggefahren. Auf Höhe der Postfiliale ist die Zangerle plötzlich zwischen zwei Autos über die Straße gelaufen, gestolpert und vom Zug erfasst worden. Und jetzt wird es kurios: Angeblich wurde sie von einer dunklen Gestalt mit einer Clownsmaske verfolgt. An Details kann sich der Fahrer nicht erinnern, es sei alles so schnell gegangen. Jedenfalls hat er den Zug nicht mehr rechtzeitig stoppen können. Die Gestalt ist in Richtung Bahnhof geflüchtet.«

»Die dunkle Gestalt kennen wir aus den Zeitungen, aber dass das ein Clown gewesen sein soll? Merkwürdig.«

»Noch dazu zwei Wochen vor Weihnachten. War der Fahrer vorher am Weihnachtsmarkt auf einen Glühwein?«, fragt die Toni und kneift die Augenbrauen zusammen.

In der Weihnachtszeit putzt sich die Stadtgemeinde Baden – ihres Zeichens UNESCO-Weltkulturerbe – immer aufs Feinste heraus. Nicht nur der Adventsmarkt beim Casino strahlt und glitzert romantisch und zieht Jahr für Jahr Tausende Touristen in die Kurstadt. An nahezu jeder Ecke leuchten Kerzen, Punschstände und Maronibrater laden zum Verweilen ein, und andere üppige kulinarische Köstlichkeiten wie Langos, Hotdogs, gefüllte und überbackene Erdäpfel lassen die Herzen der Besucher höherschlagen und den Alkoholkonsum steigen.

Der Sprengnagl beantwortet Tonis Frage mit vollem Mund: »Nein, lediglich einen Kinderpunsch hatte er sich gegönnt. Der Test ergab null Komma null Promille, alkoholisiert wäre er auch sofort seinen Job los gewesen. Da es sonst keine Augenzeugen gegeben hat, wurde von den Kollegen der Streife die Kriminaldienstgruppe der Dienststelle in Baden gerufen. Die haben die Unfallstelle untersucht, aber außer dem normalen Müll auf der Straße keine Auffälligkeiten festgestellt. Die Alarmfahndung nach dem angeblichen Clown verlief ergebnislos, wobei ich glaube, der Fahrer hat sich das in der Stresssituation eingebildet.«

Der Pokorny nickt. »Glaub ich auch, zeitgemäßer wären momentan wohl Perchten- oder Krampuskostüme. Da fallst dann kaum auf, als Clown aber stehst in der Auslage.«

Die Toni liest eifrig im Protokoll. »Da steht, dass auch die Kellner im El Gaucho befragt wurden?«

»Ja, die Zangerle war dort mit ihrem Mann essen, zwei Flaschen Sekt wurden geleert. Anscheinend gab es etwas zu feiern. Das Lesegerät für die Kreditkarte war kaputt, und deshalb war nur Barzahlung möglich.« Der Sprengnagl erinnert sich an sein Essen zum Hochzeitstag im Mai. »Das Ehepaar hatte nicht genug dabei. Laut dem Tischkellner hat die Zangerle darauf bestanden, die Rechnung zu übernehmen, und ist alleine zum Bankomaten gegangen. Es hat deshalb sogar einen mordsmäßigen Streit zwischen den beiden gegeben.«

»Das war ein Riesenpech mit dem Lesegerät, sonst wäre der Unfall gar nicht passiert«, stellt der Pokorny fest.

»Nicht nur das. Der Automat bei der Bank Austria war auch kaputt, da ist viel zusammengekommen.«

»Doppeltes Pech für die Arme. Bei dem Alkoholkonsum wird die Staatsanwaltschaft keine weiteren Ermittlungen angeordnet haben, oder?«

»Ja, nur eine Blutauswertung. Die war ziemlich abgefüllt, eins

Komma acht Promille. Sie wollte auf dem Rückweg wahrscheinlich den Abkürzer direkt über den Kaiser-Franz-Joseph-Ring nehmen und hat dabei die Badner Bahn übersehen.«

Die Toni schüttelt den Kopf. »Ihr Mann hat sie betrunken zum Bankomat gehen lassen? Was ist denn das für ein Dummkopf?«

»Ich hätte die Toni sicher nicht alleine gehen lassen«, bemerkt der Pokorny und drückt ihr ein würziges Busserl auf die Wange.

»Brr, Willi! Wisch dir bitte vorher den Mund ab. Lieb gemeint, aber grauslich.« Die allerbeste Ehefrau der Welt säubert die fette Kussstelle mit einer Serviette.

Der Pokorny zuckt mit den Schultern. »Siehst, wie's mir geht. Herzhaftes Küssen wird nicht geschätzt, da muss sich der Herr vorher den Mund abwischen.«

»Ich misch mich in so was nicht ein, da kann ich nur verlieren«, stellt der Sprengnagl grinsend fest.

»Na, du bist ein Freund! Wie geht's jetzt weiter? Du hast uns den Mochacek auf den Hals gehetzt ... Also, Herr Gruppeninspektor. Irgendwelche Vorschläge?«

»Die Ermittlungen bei der Lieblich haben euch doch getaugt, oder?«

»Ja schon, aber das beantwortet meine Frage nicht.«

»Der Mochacek hat mir so nebenbei von einer Sitzung auf der Vöslauerhütte erzählt. Wo ihr unbedingt dabei sein müsst. Recht knapp der Termin, vielleicht wollte er deshalb nicht auf den nächsten Tag warten. Fahrt einfach einmal hin und hört euch an, was die schwafeln. Dann könnt ihr euch immer noch entscheiden.«

»Das muss der Willi schon alleine machen, heute Abend bin ich beim Spinning. Tja, leider ... Andererseits erspare ich mir wenigstens den Buxeneder. Sag, die Wehli weiß von den beiden Toten wirklich nichts? Der Mochacek hat so was erwähnt.«

»Die Unfälle sind nicht in Bad Vöslau passiert. Deshalb braucht die ›Frau Wichtig‹ bei uns nicht nach dem Rechten zu sehen. Haltet den Ball trotzdem flach, es soll auch so bleiben.«

Beide Männer beenden nahezu zeitgleich ihr hastiges Mittagsmahl. Die Toni schüttelt über die Fressorgie den Kopf und packt den Stapel Unterlagen ein. »Ich schau noch auf einen Sprung zur Chefin. Sprengi, du zahlst, das ist nach gestern das Mindeste.«

»Ja, ja, alles klar, hätte ich eh gemacht. Ich muss auch los. Meldet euch, wenn's was Neues gibt. Und bitte, auch wenn's unnötig ist, das zu sagen: Passts mir bitte auf die Kopien auf. Servus.«

Als die Pokornys gegen fünfzehn Uhr zum Café Annamühle kommen, sehen sie schon von Weitem die Katzinger in ihren Moonboots vor dem Café stehen. An ihrem Stammstehtisch auf der rund zwanzig Quadratmeter großen Terrasse wirken die übergroßen Schuhe an ihr wie betonierte Schirmständer. Vor einer Woche, bei minus zehn Grad Celsius, haben sie perfekt zum Wetter gepasst. Seit aber am Samstag ein Föhnsturm den Osten Österreichs mit Frühlingstemperaturen von vierzehn Grad Celsius und mehr verwöhnt, können die knallroten Plastikschuhe mit weißspeckigen Kunstfellkrempen einfach nur zu warm sein. Während die Moonboots passend zur Vorweihnachtszeit an das Schuhwerk eines sehr in die Jahre gekommenen Weihnachtsmannes erinnern, schaut die knapp ein Meter sechzig große alte Frau in ihrem zotteligen schwarzen Wollmantel wie ein wandelnder Schwarzbär aus.

»Ah, meine Ermittlerfreunde«, nuschelt sie mit ihren falschen Zähnen und winkt freudig mit ihrem Gehstock. »Klasse Wetter, gell? Zwar tut mir mein Schädel weh ohne Ende, dafür kann ich aber mein Stammplatzerl genießen, draußen rauchen und riskier keine Lungenentzündung. Ja, ja, da soll sich noch einer wegen der Klimaerwärmung beschweren, hä, hä.« Die Kettenraucherin schiebt ihre riesige Siebziger-Jahre-Sonnenbrille von der Nasenspitze nach oben und zündet sich mit der gerade fertig gerauchten Zigarette gleich die nächste an. Irgendwie ist im Winter alles an der Katzinger mit Fell versehen, auch die warme Winterkappe mit Fellohren zum Hinunterklappen ist ein echter Hingucker.

»Ihnen auch einen schönen guten Tag«, grüßt die Toni. »Ist Ihnen nicht ein wenig warm? Weil in Ihren Plastikschuhen müssen doch Saunatemperaturen herrschen.«

»Ma, wie du redst. Plastikschuhe!«, grunzt die Katzinger, tritt einen Schritt zurück und dreht den rechten Schuh in alle Richtungen. »Sind doch pipifein, meine Mondschuhe. Glaubst, nur weil jetzt plötzlich ein warmes Lüfterl weht, räume ich meine Sommerschuhe raus?«

Der Pokorny lacht. »Hat auch einen Vorteil. Bei den Schweißfüßen tut sich die Fußpflegerin leichter mit Ihren Hühneraugen.«

»Ha, ha, kann ich da nur sagen. Ha, ha. Keine Ahnung von Mode. Toni, über dich bin ich ein bisserl enttäuscht. Dabei bist immer tipptopp angezogen, nicht so wie der Pokorny mit seinen altbackenen Holzfällerhemden.« Sie feixt über seinen grimmigen Blick. »Dass du von Plastikschuhen redst, tut mir in der Seele weh.« Während eines Husters, der an eine Tuberkulosekranke erinnert, dämpft sie ihre Zigarette aus. »Pokorny, gehst mir bitte eine Melange mit …«

»Schlagobers holen?«, wird sie von ihm unterbrochen.

»Gerne. Toni, für dich einen Cappuccino?« Er öffnet die Tür und nimmt das Nicken der Toni als Bestätigung.

»Warum schicken Sie den Willi Kaffee holen?« Die Toni wundert sich über die Bitte. Sonst ist die rüstige alte Frau stolz auf ihre Selbstständigkeit.

»Na ja. Die Hanifl war gerade da, mit ihrem neuen Köter … apropos, wo ist denn dein Hunderl?« Sie bückt sich ächzend und blickt sich verwundert um.

»In der Bücherei, die Tochter von der Tatjana spielt so gerne mit der Maxime. Geht sie Ihnen leicht ab?« Eine Antwort erwartet sie nicht, genügt ihr doch ein Blick auf das eingekringelte halbe Speckstangerl auf dem Teller am Stehtisch. Klar wissen beide, der Rest wäre für die Maxime reserviert gewesen. Da die

Toni streng auf das Gewicht der Beagelin achtet, ist sie froh, heute einmal unbeschwert ihren Cappuccino trinken zu können und nicht ständig auf Zufütterungsversuche der Katzinger achten zu müssen.

»Tja, weiß schon, worauf du anspielst, egal. Was ich dir erzählen wollt: Der Hanifl wurde ja vor der Kur-Apotheke ihr Wendulin gestohlen. Futsch war er plötzlich. Unter uns«, sie beugt sich zur Toni hin und zwinkert mit dem rechten Auge, »ich glaub ja immer noch, dass der dicke Mops freiwillig abgehaut ist. Da gehst doch lieber ins Tierheim, als zur Einzelhaft bei der Beißzange verdonnert zu sein. Egal, jedenfalls hat sie sich prompt einen neuen Hund gekauft, einen ganz kleinen Köter. Der kläfft in einer Tour, zum Weglaufen ist das. Einen Chi-Chiaua, oder so ähnlich.«

»Sie meinen wahrscheinlich den Chihuahua, oder?«, vermutet die Toni, kennt sie doch die sprachlichen Missgriffe der alten Frau zur Genüge. »Der nervt uns seit Tagen.«

»Wurscht, wichtig ist nur, die nennt den Köter ›Willi‹, ich hab geglaubt, ich mach mich an. Hihi, wenn das der Pokorny erfährt.«

»Was soll ich erfahren?« Zurück auf der Terrasse stellt er drei Kaffee auf den Stehtisch und sieht den enttäuschten Blick der Katzinger, welcher der zu kleinen Menge Schlagobers auf ihrem Kaffee geschuldet ist.

Die Toni räuspert sich und bringt ihm die schlechte Nachricht schonend bei. Die Reaktion fällt wie erwartet heftig aus.

»Spinnt die Hanifl jetzt komplett, oder was? Die macht das doch absichtlich, genau wie damals mit dem Wendulin.« Seine Ohren beginnen unkontrolliert zu wackeln, ein Zeichen, dass er in Rage ist.

Tatsächlich ist und war das zwischen den Doppelhausnachbarn immer wieder ein Streitthema. Zwar bemühen sich die Pokornys wirklich, doch die Maxime schafft es immer wieder, ihr kleines Geschäft vor dem Haus der Hanifl zu erledigen. Ein Streit ohne Ende.

Eines Tages ist die Nachbarin dann hämisch lächelnd mit

einem Mops vor der Tür gestanden. »Wendulin heißt er, und ein reinrassiger Rüde ist er auch«, hat sie erzählt. Verbessert hat sich die Beziehung der Nachbarn dadurch nicht. Vor allem mit der Toni hat die Hanifl mächtig Probleme ausgefasst, schließlich musste die Toni nahezu täglich die Markierungen des asthmatischen Mopses beseitigen.

»Kaum ist der Wendulin Geschichte, hat sie schon Ersatz gefunden. Seit Tagen macht die Kanalratte Lärm, und jetzt noch der Name. Eine Frechheit! Da war ja der Mops ein Lercherlschas!« Er verschreckt durch sein Getobe eine herauskommende Kundin, die sich eilig entfernt.

»Willi ... reg dich nicht auf.«

»Na du bist gut, wenn du zu Hause Willi rufst, kommt dann der Nachbarsköter zum Essen, oder was?«

Als wäre das nicht schon schlimm genug, blinzelte ihm die Katzinger schelmisch zu. »Stimmt das mit dem Mochacek, und dass Ihr als Ermittler wieder im Geschäft seid? Eure liebe Nachbarin hat so was fallen lassen. Angeblich gibt's zwei Tote aus der Häuserbranche. Der glatzerte Obmann soll euch beim Tatort gestört haben? Da hat's mich gleich gerissen, weißt eh, wegen unserem letzten Treffen bei euch.«

»Sie bohren beim Willi in offenen Wunden. Besser, Sie lassen das bleiben.«

Die alte Frau schlägt entrüstet mit ihrem Stock auf das Tischbein, das Schlagobers schwappt über und rinnt vom Tisch in den rechten Moonboot hinein. »Ma, mitten rein in meinen Mondschuh, krutzitürkn.«

Die Pokornys nutzen die Ablenkung, verabschieden sich und machen sich auf den Weg, um ihr Familienmitglied aus der Bücherei abzuholen.

»Halt, was ist jetzt? Das ist gemein, mich in meinem Elend zurücklassen, also ...«, ruft sie den beiden nach. »Pfiat Gott.«

Zu Hause angekommen, fragt der Pokorny: »Magst mitfahren zum Berti?«

»Nein. Sei mir nicht böse, aber das sonnige Wetter genieße ich lieber im Liegestuhl auf der Terrasse. Der neue Rita-Falk-Krimi ist gestern mit der Post gekommen.«

»Auch gut, wennst die Hanifl siehst, frag sie, ob sie wegen der Namenswahl wo angelaufen ist«, bittet er sie, immer noch vergrämt.

»Sicher nicht! Ich hab kein gesteigertes Interesse, das mit ihr auszudiskutieren.«

Der Pokorny setzt die Maxime in die Transportbox seines E-Bikes. »Dank dir herzlich«, verabschiedet er sich raunzend und fährt ab nach Großau.

Sein alter Schulfreund Berti sitzt mit einem 2514er Traiskirchner Lagerbier unter der selbst gebauten Holzlaube, die von einem kahlen Blauregen umrankt wird. Im Sommer ist die Kletterpflanze mit den üppigen dunkelvioletten Blüten ein echter Hingucker. Mitte Dezember schlängelt sich die Pflanze wie tot in die Höhe.

»Hallo, Berti, Wahnsinnswetter.«

»Servus, Pokorny, ja, das kannst wohl sagen. Verrückte Zeit, Mitte Dezember bin ich noch nie unter der Laube gesessen. Die Blüten fehlen halt, sieht trostlos aus.«

»Alles kann man nicht haben. Die letzten Wochen waren kalt genug, und Freitag soll's ja wieder so richtig grauslich werden. Weißt du schon, was uns der Sprengi eingebrockt hat?«

»Das mit dem Mochacek?«

»Ja, woher …?«

Der Berti schmunzelt. »Na ja, die Buschtrommeln sind bei uns schneller als dein E-Bike.« Er bemerkt den fragenden Blick seines Freundes. »Die Katzinger halt, wer sonst? Allerdings weiß sie nix Konkretes, wollte eher rausfinden, ob ich mehr Infos hab. Sie vermutet einen Zusammenhang mit der Maklerin Zangerle, die angeblich vor zwei Tagen von der Badner Bahn faschiert wurde.«

Der Pokorny schüttelt den Kopf wegen der derben Ausdrucksweise der neugierigen alten Frau und erzählt ihm vom gestrigen Auftritt des Mochacek sowie dem Lunch mit ihrem gemeinsamen Freund Sprengnagl.

»Ui, ui, der Mochacek traut sich was. Lebt er noch?«

»Ja, dank der Toni hat er die Tatort-Verhinderung knapp überlebt.«

»Glaubst du, dass was dran ist?«

»Kann ich dir nicht sagen. Alles hat er uns sicher nicht erzählt.«

»Wieso?«

»Schau, es gibt Probleme mit einem Ehepaar, den Rottenschlagers aus München. Einige Kollegen vom Mochacek haben das Ehepaar betrogen, jetzt glaubt er an einen Rachefeldzug des Deutschen. Den Grund für den Auszucker haben wir erst vom Sprengi erfahren. Ich frage mich, weshalb der Mochacek uns beauftragt und uns dann die Ursache des Problems verschweigt. Wo wir es doch sowieso erfahren werden.«

»Da geb ich dir recht, ergibt keinen Sinn und macht ihn unglaubwürdig.« Er geht in den Laden und bringt der Maxime eine Schüssel Wasser mit. »Magst du was trinken? Einen Espresso?«

»Nein, gestern ist's spät geworden, ein Flascherl zu viel, ein Kaffee ist jetzt nicht das richtige Heilmittel.«

»Vielleicht eine Apfelschorle?« Der Berti sieht das angewiderte Gesicht seines Freundes und fängt schallend zu lachen an.

Noch fanatischer als bei der »Verenglischung« ist der Pokorny nur, wenn es um den Unterschied der gemeinsamen Sprache der Deutschen und Österreicher geht. Weil es sich seiner Meinung nach eben nur vermeintlich um die gleiche Sprache handelt. Wo immer also Tomate statt Paradeiser oder Sahne statt Schlagobers gesagt wird, macht er sofort auf Korrektorat und ersetzt den deutschen durch den österreichischen Begriff. Klar kommt er jetzt bei Apfelschorle statt Apfelsaft gespritzt ordentlich ins Schleudern.

Der Berti erklärt seinen anscheinend Freud'schen Versprecher:»Gerade war ein Deutscher da, der hat eine Apfelschorle gekauft. Da hab ich gleich an dich gedacht.«

»Ein Deutscher bei dir im Laden? Na bitte, wirst gar international.«

»Tja, mein guter Ruf eilt mir voraus. Sag, willst du dich wirklich mit dem Mochacek einlassen? Nach dem, was der mit dem Sprengi abgezogen hat? Was ist, wenn die Wehli davon Wind bekommt?«

»Ich muss mit dem Sprengi noch drüber reden, wie das damals mit seinem Grundstück genau gelaufen ist. Laut der Polizeiprotokolle handelt es sich bei den beiden Maklern um Unfälle ohne Fremdeinwirkung. Deshalb ist die Frau Chefinspektorin nicht mit im Boot. Und die Gefahr auf ein fröhliches Stelldichein ist nicht gegeben.« Er grinst und klopft sich auf die Schenkel.»Komm, Maxime, ab in die Box. Berti, ich muss los, wird gleich dunkel, und wenn's schattig ist, dann merkt man den Dezember doch, egal, wie warm es untertags ist. Hoffentlich hält das Wetter, und ich kann mit dem Radl rauffahren. Baba.«

Der Berti betrachtet skeptisch die schwarzen Regenwolken, die sich über der Stadtgemeinde zusammengebraut haben.»Na dann, viel Glück, und überleg dir, ob's die Makler wirklich wert sind. Servus.«

Leider hat es, kaum zu Hause angekommen, wie aus Schaffeln zu schütten begonnen. So steht der Pokorny um achtzehn Uhr dreißig mit seinem Ford Escort beim Parkplatz Waldandacht und starrt entgeistert auf den heruntergelassenen rot-weißroten Schranken. Er ärgert sich über seine vorschnelle Zusage zu dem Treffen auf der Vöslauerhütte. Auf einen Fußmarsch ist er nicht eingestellt und fragt sich, ob er den wahrscheinlich sehr beschwerlichen Weg überhaupt antreten oder lieber doch die gemütliche Couch vorziehen soll. Weil er sich halt möglichst wenig bewegt. Mit dem E-Bike wäre es ein Leichtes, da raufzufahren. Zwar hat es mittlerweile zu regnen aufgehört, aber sich so im Dunklen und bei dem aufgeweichten Waldboden raufzuquälen, muss ja nicht sein.

Als würde die Beagelin seinen Wankelmut spüren, bellt sie laut aus ihrer Transportbox im Kofferraum. »Ja, ja, ist schon gut. Der Mochacek spinnt doch!«, quengelt er und überlegt noch einmal ernsthaft, alles hinzuschmeißen. Seufzend steigt er aus dem Auto, leint die Maxime an und geht bis zum Schranken, der trotz mehrmaligem Rütteln geschlossen bleibt. Dahinter hängt an einer alten Eiche ein Schild. Er greift nach seinem vorsintflutlichen Nokia, das zwar keine Taschenlampen-App zur Verfügung hat, aber dafür ein leistungsstarkes Display. Wegen der langen, dunklen Winter im hohen Norden haben die Finnen immer auf eine starke Beleuchtung geachtet. Aber bei nahezu leerem Akku schalten die Nordländer sein Handy auf quasi Notstrom, und aus ist es mit dem leistungsstarken Display. So erkennt er lediglich, dass die Forststraße, der sogenannte Gradentalweg, zur Vöslauerhütte hinaufführt, und kaum lesbar steht da noch: »1 km« und »Hütte«.

Zu seiner Unsportlichkeit kommt dazu, dass der Pokorny halt immer noch mehr ein Stadtmensch als ein Naturbursche ist. Daher ist ihm der stockdunkle Wald mit seinen riesigen Bäumen unheimlich, er spürt, wie ihm die Gänsehaut über den Rücken hinaufkriecht. »Es waren doch lediglich zwei Unfälle, Pokorny«, redet er mit sich selbst und trottet los. »Du kassierst für ein bisschen Blabla fünfhundert Euro am Tag, also entspann dich. Mörder wird schon keiner auf dich warten.«

Trotz der gut gemeinten Worte kommt er nicht in den Entspannungsmodus. Durch die Überbleibsel des Föhnsturms der letzten Tage rauschen die Wipfel der Schwarzföhren, die Altholzbestände der Eichen knarren. Mehr, als ihm lieb ist, spürt er, dass der Wald lebt, rund um ihn ächzt und raschelt es. Fast scheint es, als wollten die Bäume den Städter in seine warme, kuschelige Doppelhaushälfte zurückscheuchen. Ein hektisches Keuchen identifiziert der ängstliche Hobbyermittler erst nach einem kurzen Augenblick als sein eigenes, das nervige Blimblim ordnet er schließlich dem hektisch blinkenden, an weihnachtliche Lichtketten erinnernden LED-Halsband von der Maxime zu. Alles in allem fühlt er sich in dieser Situation nicht wohl und weiß, dieses Gefühl wird er frühestens in der Vöslauerhütte wieder los.

»Idiot, was musst du dir auch so Räubergeschichten anhören. Unfälle, Mord, abgetrennte Beine und dann gehst da alleine hinauf. Wie weit ist es eigentlich noch …« Er verstummt mitten in seinem Selbstgespräch, als er die Kette beim herabgelassenen Schranken scheppern hört. Eine Autotür fällt ins Schloss, dann springt ein Dieselmotor an, langsam kriechen Autoscheinwerfer bergauf. Noch ist das Fahrzeug ein gutes Stück entfernt, doch für eine aufkeimende Panik reicht es allemal.

»Maxime, komm her … nein, nicht bellen, pssscht. Komm, da vorne ist schon die Vöslauer… nein … das ist jetzt nicht wahr! Was zur Hölle ist eine ›Pecherhütte‹, und wo ist die Vöslauerhütte?«

Angstvoll schaut er sich um und glaubt, den Motor des Autos lauter zu hören. »Das ist gar nicht gut, nein, gar nicht. Maxime, komm, wir verstecken uns hinter der Hütte.«

Doch die Beagelin achtet nicht auf ihn, sondern nutzt die acht Meter Leine gerade voll aus. Wenn der Pokorny die Scheinwerfer sehen kann, dann ist nicht auszuschließen, dass der unerwartete Besucher auch die Weihnachtsbeleuchtung um den Hals von der Maxime sieht. Ungewohnt ruppig zieht er an der Leine, die Beagelin bellt auf, und dem Pokorny fällt das Herz in die Hose. »Aus! Hier!«

Da sie keinerlei Anstalten macht, auf ihn zu hören, läuft er zu ihr, nimmt sie auf den Arm und versteckt sich hinter der kleinen Hütte. Dort versucht er mit einer Hand, hektisch die Weihnachtsbeleuchtung des Halsbandes abzudrehen, mit der anderen Hand hält er der Hündin die Schnauze zu.

Dann biegt tatsächlich ein Wagen ums Eck und bleibt knapp zehn Meter vor der Pecherhütte stehen. Beten ist nicht so die

Sache vom Pokorny, aber schaden kann es jetzt auch nicht. Mitten im Stoßgebet entwischt ihm die Maxime und läuft schwanzwedelnd und freudig bellend auf das Auto zu. Der Pokorny hört, wie sich quietschend eine Wagentür öffnet. Was tun jetzt, weiter verstecken? Na ja, um ein Versteck handelt es sich nach dem Ausritt der Beagelin sowieso nicht mehr. Eher um einen Wegweiser von ihrem blinkenden Halsband, immer der Leine nach, bis hinter die Pecherhütte. Und der Pokorny weiß, wann er verloren hat.

»Wer ist da?«

»Der Salzer, der Wirt von der Vöslauerhütte. Bist du der Pokorny?«

»Ja.« Zur Sicherheit bleibt er im Schatten der Hütte stehen.

»Fürchtest du dich leicht vor mir?«

»Ha, ha, witzig. Ich quäl mich zur Vöslauerhütte rauf, und du hast's lustig mit mir.«

»Ich wollte dich nicht über den Haufen fahren. Mir ist der Veltliner ausgegangen. Da dich der Mochacek schon sehnlichst erwartet, dachte ich mir, ich schau mal hier rauf. Vielleicht nimmst du ja den Fußweg, weil mit dem Auto kannst du als Privatperson da nicht rauf. Warum bist du nicht über die Straße von Gainfarn zur Vöslauerhütte gefahren?«

»Der Mochacek hat nichts von einer Straße erzählt. Deshalb wollte ich da rauffahren.«

»Das geht nicht. Der Gradentalweg ist mit Wurzeln und Steinen übersät, für normale Pkw nicht befahrbar. Der Schranken kann nur von Forstarbeitern und natürlich vom Pächter der Schutzhütte geöffnet werden.«

»Das hätte er mir auch sagen können.«

»Tja, was soll ich dazu sagen? Steig ein, ich nehm dich mit.«

»Danke dir. Komm, Maxime.«

»Du sollst also für den Immobilienverband ermitteln? Die sind doch sonst so gerne unter sich, passt gar nicht zum Mochacek.«

»Woher weißt du …«

»Na, von ihm. Er versucht gerade, euch seinen Kollegen als Ermittler zu verkaufen, war als Erster oben und hat mich mit der Gestern und dem Kronenblatt traktiert. Schundblätter, elende.«

»Ganz meine Meinung. Dann weißt du also über die zwei toten Makler Bescheid. Laut Polizei waren es Unfälle, aber der Mochacek scheißt sich in die Hose und glaubt nicht an die Unfallversion. An die Polizei mag er sich nicht wenden. Er hat von uns gelesen und uns um Hilfe gebeten.«

»Aha, so läuft der Hase. Pass nur auf, die sind nicht so lieb miteinander, wie sie tun«, sagt der Hüttenwirt kryptisch, während er, dank der guten Dämpfung seines Jeeps, problemlos den schmalen Hohlweg nach oben fährt. Linker Hand liegen meterhoch geschlägerte Schwarzföhren. Im letzten Stadtanzeiger, der hiesigen Gemeindezeitung, wurde von einem Pilz berichtet, der Dutzende von jahrzehntealten Schwarzföhren befallen und dermaßen geschwächt hat, dass die Bäume nur mehr umgeschnitten werden konnten.

»Was meinst du?«

»Na ja, der Schein trügt, gegenüber Fremden geben sie sich aufgeschlossen und nett. In Wahrheit herrscht untereinander ein Kampf um jede Immobilie, da werden die Messer gewetzt.« Der Salzer verzieht das Gesicht.

»Warum erzählst du mir das? Du kennst mich gar nicht, und deine Gäste …?«

»Geh«, der Wirt winkt mit der rechten Hand ab, »die ehrenwerte Gesellschaft bleibt mir auch so.«

»Nach Lieblingsgästen klingt das nicht grade.« Der Pokorny schaut den Wirt mit gerunzelter Stirn an. »Warum gibst du dir die überhaupt?«

»Schau, es geht nicht darum, ob ich die mag oder nicht. Montag hab ich sonst zu, die Makler bringen mir Umsatz, und den kann ich gut gebrauchen. Um mehr geht's mir nicht. Auch wenn's mit den Vorständlern immer wieder Streit wegen der Zeche gibt und ich langsam die Schnauze voll hab, brauch ich jeden Euro. Privat würde ich mit denen nicht mal auf ein Bier gehen.« Er zuckt mit den Schultern. »Und die brauchen mich, weil Alternativen für ruhige Gespräche mit Bewirtung gibt es in der Gegend nicht so viele. Aber lass dich von denen nicht einwickeln.«

»Du glaubst, die werden mir Theater vorspielen? So wie der Mochacek am Sonntagabend?«

»Ich weiß nicht, was er dir vorgespielt hat, aber …« Der Salzer hält auf einer Lichtung an. »Siehst eh, wie dich der Mochacek mit dem Weg verladen hat … Pass auf, weil du mir sympathisch bist. Bevor du ins offene Messer läufst, erzähl ich dir ein bisschen von der ehrenwerten Gesellschaft, die in meiner Hütte auf dich wartet. Dann kannst du dir nachher selber ein Bild machen.« Er kurbelt das Fenster hinunter, beide genießen trotz fortgeschrittener Stunde die immer noch moderaten Temperaturen.

»Der Vorstand besteht aus dem Franter, der Smolle, dem Buxeneder, dem Taschner, dem Mochacek, und früher waren noch die Zangerle und der Vondrasek dabei. In letzter Zeit kommt auch eine Wienerin mit, die Luckinger. Die ist eine wirkliche Schönheit, fast wie die Salma Hayek, aber sehr affektiert und glaubt, was Besseres zu sein. Die Smolle ist das Gegenteil, also nicht unhübsch, aber eher der biedere Hausmütterchentyp, kleiner und vollschlank. Sehr engagiert, dürfte eine der wenigen Maklerinnen sein, die das Interesse der Kunden in den Vordergrund stellt.«

»So was gibt's?« Der Pokorny bezweifelt die soziale Ader der ihm unbekannten Immobilienmaklerin.

»Ja, es gab schon einige Male Streitereien wegen Objekten, die sie laut den anderen zu billig verkauft hat. Sie ruiniere den Markt, bla, bla, bla. Nicht leicht für sie. Der Buxeneder ist ein schleimiger Typ, so ein klein gewachsener Kugelblitz, aus dem werde ich nicht schlau. Angezogen wie einer aus den alten Mafiafilmen, mehr so der stille Beobachter. Redet fast nichts, so als würde ihn das alles nichts angehen.«

Der Pokorny nickt. »Meine Frau kennt den wegen der Probleme um die Zentrumsumgestaltung. Der will sich mit seinem Grundstück beim Schlosspark eine goldene Nase verdienen.« »Nebenbei ist er auch ein Spanner und Grapscher. Immer mal wieder ist er der Zangerle hinterhergestiegen und hat sie am Klo betatscht. Der Franter ist der Macho im Team, schaut aus wie McDreamy aus dieser Ärzteserie, ›Grey's Anatomy‹. Und hält sich natürlich auch für was Besseres. Dann gibt's noch den Taschner, der ist ein Mitarbeiter vom Mochacek. Unauffälliger Typ, hat hie und da Streit mit dem Franter.«

»Weshalb?«, will der Pokorny wissen, schließlich braucht er später Stoff für die Gespräche mit den Maklern.

»Der Franter zieht die Smolle oft wegen ihrer Figur auf. Sie ist mehr der Birnentyp, sprich unten herum viel Sitzfleisch. Der Taschner mag das Gerede nicht, der verteidigt die Smolle immer wieder. Auch mit dem Buxeneder hatte er schon den einen oder anderen Streit, weil der die Zangerle ständig belästigt hat.«

»Wie waren die Zangerle und der Vondrasek?«

»Die Zangerle ist … war eine sauerstoffblonde Tussi, hat in der Agentur vom Gustav Grebner gearbeitet. Immer tiefer Ausschnitt, immer kurzer Rock, egal bei welchem Wetter. Die hat, glaube ich, nichts ausgelassen. Immer ordentlich Sekt getankt und dann … weiß nicht, mit wem die alles was hatte. Über Tote soll man ja nicht schlecht reden … Da schau«, flüstert er und hält der Beagelin die Schnauze zu, »die Rehe.«

Und wirklich, sechs Rehe grasen friedlich am Waldrand. Die Laubbäume und Gräser sind die Gewinner der Schlägerungen unter den Schwarzföhren. So haben sie wesentlich mehr Sonnenlicht und dienen dem Wild als Nahrung. Wieder befreit sich die Maxime und bellt die Rehe an. Die Idylle ist deshalb nur von kurzer Dauer, sie flüchten in den dichten Wald.

Ein finsterer Blick vom Pokorny bringt sie zum Schweigen. »Und der Vondrasek, der tote Makler in Perchtoldsdorf?«

»Der Kassier, ja. Beim letzten Jahresabschluss hat Geld in der Kasse gefehlt.« Der Hüttenwirt setzt den Wagen in Bewegung, langsam tasten sich die Scheinwerfer den Weg hinauf.»Da gab's mordsmäßige Schwierigkeiten zwischen dem Vondrasek und dem Mochacek. Er wurde als Kassier abgewählt, blieb aber trotzdem Vorstandsmitglied.«

Aus der Dunkelheit schält sich die am Mariazellerzwickl im Augustinerwald gelegene Vöslauerhütte hervor. Die alte, einsam gelegene Schutzhütte der Naturfreunde hat der Salzer gepachtet, gemeinsam mit seiner Frau und einem Angestellten bewirtschaftet er sie ganzjährig. Die urige holzgetäfelte Gaststube mit ihrer gemütlichen Atmosphäre sorgt an den Wochenenden auch im Winter für gute Umsätze.

»So, da sind wir.« Der Salzer parkt den Jeep neben einem silbergrauen Porsche Cayenne mit dem Wiener Kennzeichen »WLucki1«.»Schon wieder die Luckinger. Sie weiß genau, dass sie ihren Wagen am Parkplatz abstellen soll. Aber nein, jedes Mal aufs Neue fährt sie bis vor den Hütteneingang. Das meinte ich mit ›sich für was Besseres halten‹. Verstehst du? Ihren Porsche stellt sie nicht einfach neben dem Fußvolk ab.« Er greift zur Türschnalle.

»Versteh ich gut, alleine das Kennzeichen: ›WLucki1‹. Ich finde personalisierte Kennzeichen eh ein bisschen schräg. Und den Cayenne kriegst in der Sparversion kaum unter hunderttausend Euro. Warte kurz.« Der Pokorny hält den Hüttenwirt am Arm zurück.»Traust du jemanden von dem illustren Haufen zu, dass er die zwei getötet und es als Unfälle getarnt hat?«

»Hm.« Der Salzer fühlt sich bei der Frage merklich unwohl. »Also ... nein. Hunde, die bellen, beißen nicht, oder?«

»Na ja, manchmal schon.«

»Ich kann mir das nicht vorstellen. Wenn ich diesen Gedanken wirklich weiterspinnen soll«, er kratzt sich nachdenklich am Kopf,»dann kommen eigentlich alle außer der Smolle in Frage. Aber wie gesagt, du bist da meiner Meinung nach am Holzweg. Eines noch ... Was ich dir erzählt habe, bleibt unter uns. Okay?«

»Versteh schon, kein Problem. Und … danke für die Warnung.«

Der Pächter sperrt die Eingangstür hinter ihnen gleich wieder zu und geht vor in die Gaststube. Bis auf die Ausschank und den Stammtisch liegt der knapp vierzig Quadratmeter große Raum im Dunkeln. An der hinteren Wand ist mittig eine verglaste Tür, die einen diffusen Blick auf einen tiefer liegenden, etwa doppelt so großen Raum erahnen lässt. Der Pokorny kann sich gut vorstellen, was an Wochenenden hier los ist. Wenn dann auch noch die Küche passt, geht es wohl ordentlich rund. Und die Küche scheint zu passen, seine feine, auf Süßspeisen spezialisierte Nase meint, einen Topfenstrudel riechen zu können. Die Überprüfung dieser Vermutung bleiben ihm und der ewig hungrigen Beagelin vorerst verwehrt, kommt doch der Mochacek mit großen Schritten auf die beiden zu.

»Hallo, Pokorny, wie geht's?«, fragt der Obmann jovial und weiß gar nicht, welchen Schiefer er sich damit eintritt.

»Sagen S', Mochacek, geht's noch? Ich stehe mit meinem Auto bei der Waldandacht. Wäre nicht der Salzer gekommen, läge ich jetzt schon daheim auf der Couch. Ehrlich, sollte das ein Witz sein?« Dabei übersieht er absichtlich die verzückten Blicke der anwesenden Damen beim Anblick seiner hündischen Begleitung.

»Äh … ja also, woher hätte ich denn wissen sollen, dass Sie den Weg nicht …« Er wird von dem Wirt unterbrochen.

»Magst du einen Topfenstrudel, frisch aus dem Backrohr?«, fragt er den Pokorny und deutet auf einen freien Sessel, der offensichtlich für ihn bestimmt ist.

»Nein danke, besser nicht … auch nicht für die Maxime.« Er seufzt, setzt sich nieder und klopft auf sein Bäuchlein. Nein sagen fällt ihm sichtlich schwer, ist ein Topfenstrudel doch eine seiner bevorzugten Lieblingssüßspeisen. Wobei noch zu klären wäre, ob dieser auch ohne Rosinen serviert wird. Weil der

Pokorny mag nämlich Rosinen nur getrocknet und keinesfalls aufgequollen wie eine Wasserleiche.

»Da versäumst du was!«, setzt der Wirt nach. Doch der Pokorny winkt bedauernd ab und schaut erwartungsvoll in die Runde.

Der Mochacek steigt gleich ein:»Äh ... danke, dass Sie gekommen sind. Ich stell Ihnen einmal die Kolleginnen und Kollegen vor. Zu meiner Linken die Trude Smolle, macht Social Media für uns, der Fritz Franter, mein Stellvertreter, dann mein Mitarbeiter, der Balduin Taschner, der auch unser Protokollführer ist. Daneben der Hans Buxeneder, derzeit keine Funktion im Vorstand. Die Susi Zangerle ist ... war fürs Marketing zuständig, der René Vondrasek ohne Funktion. Und das da«, er deutet auf die dunkelhaarige Schönheit, die zwischen der Smolle und dem Franter sitzt,»ist die Babsi Luckinger.« Nach wechselseitigem Händeschütteln wendet er sich dann an die Kolleginnen und Kollegen:»Wie telefonisch angekündigt, habe ich mich an die Familie Pokorny gewandt und um Unterstützung gebeten.«

Der Buxeneder, ein vielleicht eins fünfzig großer Sitzriese in einem schwarzen Anzug mit weißen Streifen, lehnt sich betont langsam zurück und verschränkt missmutig die Hände vor der Brust.»Wozu? Ich hab dir doch gesagt, wir brauchen niemand zur Unterstützung. Wenn schon die Polizei nichts gefunden hat. Was der werte Herr Pokorny da jetzt bitte schön herausfinden soll, entzieht sich meiner Vorstellung«, meint der zu klein geratene Mafioso mit süffisantem Unterton.

»Hilft's nix, schadet's auch nix, wie man so schön sagt«, hält der Mochacek dagegen.»Für die Polizei ist die Sache abgeschlossen, für mich nicht, ich möchte wissen, was da passiert ist. Wenn die Pokornys herausfinden, dass es wirklich nur Unfälle waren ... bin ich erleichtert.«

»Erleichtert?« Die Smolle scheint schockiert.»Spinnst du! Wie kannst du bei zwei Toten erleichtert sein! Ehrlich, sei mir nicht böse, aber das geht zu weit.«

Der Vorstandschef wirkt verunsichert, er steht auf und geht

die Bretterdielen hin und her. »Macht ihr euch denn keine Sorgen? Schön, ich sag's, wie es sich für mich darstellt. Ich bin der Meinung, dass da wer nachgeholfen hat … Und aus diesem Grund wäre ich erleichtert, wenn die Pokornys das Gegenteil herausfinden würden. Nur dass wir uns verstehen.«

Die Smolle nickt und trinkt von ihrem aufgespritzten Apfel-Holler-Saft.

»Und dass die beiden erfolgreich ermitteln können, haben sie schon bewiesen.«

»Hm«, räuspert sich der Pokorny. »Wenn Sie mich nicht wollen, ich kann gerne wieder gehen. Nichts lieber als das. Wenn ich so herzlich begrüßt werde, macht's eh schon jetzt keinen Spaß.«

Während die Luckinger mit den Schultern zuckt, legt ihm die Smolle vorsichtig eine Hand auf den Handrücken. »Entschuldigen Sie das Benehmen meiner Kollegen.« Sie blickt genervt in die Runde. »Na, seid ihr alle plötzlich maulfaul? Franter, dir geht doch sonst auch selten die Luft aus. Willst gar nichts beitragen?«

»Ma, die liebe Smolli macht einen Aufstand. Mir doch wurscht, was die Pokornys treiben. Aber wenn's der Chef befiehlt, dann folgen wir natürlich.«

Der Makler im stahlblauen Lacoste-Pullover mit beiger Bundfaltenhose macht mit zwei Fingern der rechten Hand an der Schläfe eine Geste militärischen Gehorsams. »Aye, aye, Captain Mochacek!«, ruft er laut. Dann wendet er sich süffisant grinsend an den Gast. »Magst du überhaupt mit uns arbeiten?«

»Ich denke, wir belassen es beim ›Sie‹«, antwortet der Pokorny dem Lackaffen, der lässig an der Rückwand der Sitzbank lehnt. Vor ihm steht eine Flasche Weizenbier, aus der er schmunzelnd einen langen Schluck nimmt.

»Dann machen *Sie* halt, was Sie wollen, mir egal.«

»Gerade jetzt können wir doch niemanden brauchen, der herumstöbert«, sagt der Buxeneder schroff.

Der Mochacek haut mit der Faust auf den Tisch. »Sei ruhig, verdammt noch einmal.«

Der Pokorny meldet sich zu Wort. »So, werte Damen und Herren. Ich gehe jetzt mal an die frische Luft, und Sie diskutieren das hier aus. Weil ehrlich, so hat das keinen Sinn. Vielleicht wissen Sie ja dann auch, ob und wo ich stöbern soll oder nicht? Und wenn nicht, dann eben nicht.« Er verlässt murmelnd die Gaststube: »So ein Haufen Idioten auf einem Platz.«

Draußen schreibt er der Toni eine Nachricht.

ein haufen vollidioten   weiss nicht ob das gut geht   bis dann bussi

Die SMS vom hartnäckigen Smartphone-Verweigerer Pokorny nerven die Toni und sein näheres Umfeld gewaltig. Seine Art, »Textnachrichten«, wie er sie beharrlich nennt, zu verfassen, ist von den bemitleidenswerten Empfängern nur an guten Tagen nachzuvollziehen. Er verweigert Groß- und Kleinschreibung ebenso wie Zahlen, Punkte, Beistriche oder was sonst noch rasch Klarheit verschaffen könnte. Wenn er nicht regelmäßig drei Leerzeichen einstreuen würde, wären sie vollkommen unverständlich.

– *Wahrscheinlich der Buxeneder!*

– *nicht nur er   ich steh draussen   die ueberlegen ob wir uns einmischen sollen oder nicht   wappler   bis spaeter*

– *Okay, bis später, sitze schon am Rad, Bussi und aus!*

Er versteht die Liebe der Toni zum Spinning nicht, weil jeden Montag schwitzend auf einem Standrad ums Überleben zu kämpfen, kann einfach keinen Spaß machen. Gut, Spaß macht die derzeitige Hüttengaudi auch nicht, aber die Chance, an einem Herzinfarkt zu sterben, ist für ihn hier weitaus geringer.

Die Tür wird aufgestoßen, der Mochacek stellt sich zu ihm. »Entschuldigen Sie das Hickhack. Es mag keiner zugeben, aber alle sind nervös. Deshalb reagieren sie so. Kommen Sie bitte wieder hinein. Ich hab die Kollegen auf Linie.«

»Mochacek!«

»Ja?«

»Wo soll ich nicht stöbern? Der Buxeneder meinte vorher …«

»Das tut nichts zur Sache, hat mit den Unfällen rein gar nichts zu tun. Interna können wir nicht weitergeben. Auch wenn Sie für uns ermitteln, gibt es Grenzen.« Er öffnet die Tür und geht voraus in die Gaststube. »Bitte stellen Sie Ihre Fragen.«

Kopfschüttelnd nimmt der Pokorny die Maxime vom Schoß der Smolle und setzt sie in sicherer Entfernung wieder ab. Auch wenn es der Beagelin sichtlich gefällt, gestreichelt und gefüttert zu werden, bei der unsympathischen Runde will er das lassen.

»Sind Sie sich einig, dass wir uns für Sie umhören sollen?« Er schaut die Anwesenden der Reihe nach an. Das wenig enthusiastische Nicken oder Grunzen stimmt ihn nicht fröhlich, trotzdem scheint der Verbandsobmann seine Kolleginnen und Kollegen im Griff zu haben.

»Na dann, Herrschaften. Angenommen, es waren keine Unfälle, wer hätte dann einen Grund, die Zangerle und den Vondrasek über den Jordan zu schicken?« Er findet es erstaunlich, wie zwei Frauen und vier Männer im Gleichklang mit den Schultern zucken können. »Wie waren die zwei als Menschen, privat und beruflich?« Auch dieses Mal bleibt es beim mehrstimmigen Schulterzucken.

»Willst du nicht doch einen Topfenstrudel? Schaust ein bisschen unterzuckert aus … was ich absolut verstehen kann.« Der Salzer versucht alles, um die Situation zu entschärfen.

»Nein, lass nur, mir vergeht eh grade der Appetit.«

Die Smolle räuspert sich. »Der Vondrasek hat in die Kasse gegriffen.« Als der Mochacek die Augen verdreht, wird sie laut: »Weil's wahr ist. Jetzt reden wir halt offen, sonst macht das alles keinen Sinn, nicht wahr? Er hat Geld abgezweigt, ist uns erst bei der letzten Kassaprüfung aufgefallen.«

»Gut, aber deshalb wird ihn wohl niemand von der Terrasse runterstoßen, oder?«, sagt der Buxeneder unwirsch und bestellt beim Salzer einen doppelten Marillenschnaps.

»Vielleicht hat er Selbstmord begangen? Wegen der Veruntreuung von Verbandsgeldern«, meint der Taschner.

Die Smolle starrt ihn mit zusammengekniffenen Augen an. »Blödsinn, doch nicht ein Jahr später. Noch dazu, wo der Herr Obmann, warum auch immer, keine Anzeige erstattet hat.«

»Und die Zangerle?«, setzt der Pokorny nach. »Wie war die?«

Der Franter fängt zu grinsen an. »Eine geile Braut war die Zangerle, jeder war hinter ihr her. Gell, Buxi?« Er betrachtet den schmierigen Mafioso mitleidig. »Echt ein Pech, nie hast du sie abschleppen können, immer nur begrapschen. Und jetzt ist die Arme tot.«

»Was willst du damit sagen?«, brüllt der Buxeneder. »Dass ich mit ihrem Tod etwas zu tun hab, oder was? Blödes Arschloch … du … kannst mich mal …« Er starrt seinen Widersacher mit versteinerter Miene an.

»Nein danke, muss nicht sein. Ich kann über die zwei Verblichenen nichts Böses sagen, waren ganz okay. Aber die Lucki wird nicht traurig über den Tod der Zangerle sein, oder?«

»Nenn mich nicht Lucki, du arroganter Affe. Was soll der Schwachsinn? Willst du mir ihren Tod in die Schuhe schieben? Weshalb hätte ich das tun sollen?«

»Na geh. Sie war dir doch im Weg, oder? Hat dich sekkiert, wo es ging. Trotz Porsche im Vorstand maximal geduldet, sogar als Wiener Tussi hat sie dich bezeichnet. Jetzt bist du unsere Nummer eins, nicht wahr? Vielleicht kann dir der Mochacek ja jetzt ihren Job geben.«

»Blöder Vollidiot.«

»Hört auf zu streiten«, fährt der Mochacek dazwischen. »Das hilft uns jetzt auch nicht weiter.«

»Gab es Probleme mit Kunden?« Der Pokorny legt die Schlinge mit Blick auf das deutsche Ehepaar aus.

»Ja, schon«, antwortet die Luckinger, offenbar froh, das Thema wechseln zu können. »Mit den Rottenschlagers. Da gab es einmal Ärger. Wir haben vor ein paar Wochen eine gemeinsame Wanderung aufs Eiserne Tor gemacht. Zum Schutzhaus. War ein netter Nachmittag. Bis plötzlich dieser Bayer vor uns gestanden ist. Er hat was von verkackter Maklerbrut gebrüllt und dann auf die Zangerle und den Vondrasek eingeschlagen. Warum, das hat er nicht gesagt.« Sie zuckt erneut mit den Schultern.

Der Taschner nickt mehrmals. »Dem Rottenschlager ist alles zuzutrauen. Wie sich der aufgeführt hat … Wir konnten ihn nur mit Müh und Not festhalten, bis die Polizei da war.«

»Ich weiß auch nicht, was da zuvor passiert ist«, bekräftigt der Franter die Lügen der netten Wandergesellschaft.

Dem Pokorny, der sich wirklich bemüht hat, seine wackelnden Ohren im Griff zu behalten, reicht es irgendwann. »Sagen S', wollen Sie mich alle für blöd verkaufen? Ich weiß genau, was mit dem Rottenschlager gelaufen ist. Ich hab seine Selbstanzeige gelesen.« Zornig schaut er in die Runde. »Glauben Sie, ich lass mich von Ihnen verschaukeln? Die zwei Toten und Sie, Herr Franter, und auch Sie, Frau Luckinger, haben den Mann bei den Wohnungsbesichtigungen beschissen, indem Sie sich wechselseitig als Kaufinteressenten ausgegeben haben! Was reden Sie also für einen Mist daher?« Er schlägt mit flachen Händen auf den Tisch.

Jetzt sind alle wach, die eine Hälfte läuft rot an, die andere schaut sich betreten in der Gaststube um. »Also, meine Herrschaften, weshalb lügen Sie mich an?«, legt der Pokorny nach.

Ungefragt stellt ihm der Salzer eine kleine Portion Topfenstrudel hin. »Komm, nur ein paar Bissen, sonst machst mir meine Kundschaft vollends fertig.«

Der Pokorny reibt sich genervt die Nasenwurzel, greift dann aber doch beherzt zu. Und ja, der Zucker hilft ihm wirklich. Nicht zu süß und flaumig weich, die kalorienhaltige Sünde unbedingt wert. Die paar verschrumpelten Rosinen – die sich leider doch in den Strudel verirrt hatten – pickt er pingelig raus. »Hm, danke dir.« Er schmunzelt über die Hartnäckigkeit des Gastgebers.

»Gerne, geht aufs Haus. Da hast du zum Nachspülen ein Achterl Veltliner.«

Ohne die Anwesenden auch nur eines Blickes zu würdigen, genießt der Pokorny schweigend den Strudel.

»Was und wer Ihnen das Recht gibt, polizeiliche Anzeigen zu lesen, will ich gar nicht hinterfragen!« Die Luckinger blitzt den Mochacek an. »Die Falschaussage vom Rottenschlager verstehen wir alle nicht. Er war mit dem Preis der Wohnungen nicht einverstanden, wurde schon bei den Besichtigungen laut. Nur deshalb haben wir uns wechselseitig geholfen, dass sein Toben nicht ausartet. Es ging also keineswegs um Betrug, sondern um die Unterstützung von Kollegen. Und wie sich im Schutzhaus gezeigt hat, war die Vorgehensweise richtig. Wichtig ist, immer auch die zweite Seite einer Medaille anzusehen, nicht wahr?« Sie schaut in die Runde, wieder nicken die Anwesenden einmütig, wie diese Wackeldackel, die früher in Fonds von Autos platziert waren.

Der Pokorny schnauft durch, er weiß, in dieser Runde wird er keine vernünftigen Antworten erhalten.

»Haben Sie ein Foto vom Rottenschlager? Wissen Sie, wo er wohnt? Wir müssen mit ihm reden.«

Die Anwesenden schauen sich der Reihe nach an, schütteln den Kopf. »Für ein fröhliches Gruppenfoto war die Stimmung zu schlecht«, antwortet der Franter süffisant grinsend. »Und meines Wissens ist er für jede Besichtigung aus München angereist.«

»Mochacek, können Sie mir bitte die Protokolle der letzten Vorstandssitzungen zukommen lassen? Vielleicht gibt's da ja interessante Dinge zu lesen.« Im Aufstehen ersucht er die Makler um Visitenkarten. »Ich denke, Vier-Augen-Gespräche werden sinnvoller sein.« Während er die Karten einsammelt, sagt er zu seinem Auftraggeber: »Können Sie mich und die Maxime zu meinem Wagen runterbringen?«

»Pokorny, warte, ich mach das, sonst gibt es eine weitere Leiche«, bietet sich der Salzer an.

»Danke dir, wir nehmen aber bitte den offiziellen Weg«, sagt er immer noch ohrenwackelnd. »Dann finde ich das nächste Mal selber rauf, nicht wahr, Herr Obmann? Meine Damen und Herren, bis demnächst.«

Er verlässt die Sitzung mit einem unguten Gefühl im Magen, an dem der phantastische Topfenstrudel natürlich keinerlei Anteil hat. Es ist eher so eine Vorahnung des feinfühligen Privatermittlers. Weil eines ist klar, irgendwas ist bei dem Triestingtaler Immobilienverband oberfaul.

Im Escort sitzend, schreibt er dem Sprengnagl eine Nachricht.

die makler haben alle einen hieb   morgen moechte ich von dir infos zum schwarzgeld haben   vielleicht kann ich den mochacek damit unter druck setzen

Der Gruppeninspektor hatte wohl schon mit einer SMS gerechnet.

– Habe schon befürchtet, dass es mühsam wird. Tut mir leid, Infos folgen morgen, wenn du sonst noch was brauchst, melde dich

– danke

Die Toni ist schon zu Hause und bereitet hungrig ihren »Kraftsalat« zu, bestehend aus Chinakohl, Feldsalat, Käferbohnen und gerösteten Kürbiskernen. Klarerweise entspricht ihr Lieblingsgericht nach sportlichen Aktivitäten nicht den Vorstellungen des Pokorny.

»Geh, Toni!«, stöhnt er. »Gerade heute, nach dem Kasperltheater auf der Vöslauerhütte. Musst du da unbedingt den faden Salat machen?«

»Ich habe eigentlich geglaubt, du isst auf der Hütte. Der Salzer ist doch für seinen köstlichen Topfenstrudel berühmt. Gerade heute an deinem Süßspeisentag. Dass du da widerstehen kannst.« Sie gibt ihm lachend ein Begrüßungsbussi und streichelt die Maxime. »Komm, Bärli, wird dir nicht schaden.«

Verdrossen linst er in die Salatschüssel, schüttelt über sich selbst verärgert den Kopf. Dass er tatsächlich seinen eingefahrenen Speiseplan durcheinandergebracht hat, muss der angespannten Situation beim Salzer geschuldet sein. Weil beim Essensrhythmus ist er genauso unflexibel wie bei der Veränderung seines Tagesablaufs. Sein Speiseplan ist von einem Drei-Tages-Rhythmus geprägt: Fleisch, Süßspeise und Gemüse wechseln sich, mit wenigen Ausnahmen, regelmäßig ab. Und jetzt hat er sogar selbst auf seinen kulinarischen Lieblingstag vergessen! Denn die Miniportion Topfenstrudel, noch dazu ohne warme Vanillesoße, geht ja wirklich nicht als Mahlzeit durch.

»Erzähl, was los war, deine SMS hat ja nicht so gut geklungen«, fordert ihn die Toni auf, trägt beide Schüsseln zum Esstisch und setzt sich.

Während er das karge Mahl enttäuscht anstarrt, erzählt er umfassend von der Theatervorstellung in der Vöslauerhütte.

Erwartungsgemäß schießt sich die Toni auf den Buxeneder ein. »Dass der nicht will, dass wir uns einmischen, ist mir völlig klar. Wer weiß, auf was wir stoßen könnten! Ich würde schon gerne stöbern, gibt sicher genug Schmutz zu finden.«

»Wir werden uns erst mal mit jedem Makler alleine zusammensetzen. Im Rudel sind die nicht zu gebrauchen. Der Salzer hat schon erwähnt, dass die untereinander die Messer wetzen, ich glaub, da gibt's schon einiges zu erfahren.«

»So, wie der Buxeneder auftritt, trau ich dem alles zu. Auch als Morde getarnte Unfälle.«

»Toni, verrenn dich da bitte nicht. Die sind alle durchwegs Ungusteln, aber Mörder? Ich hoffe, der Mochacek liefert uns rasch die Protokolle von den Vorstandssitzungen. Wird eine Messlatte, wie ernst er es meint.«

»Ich werde seinen Freund«, erklärt die Toni schmunzelnd und malt Gänsefüßchen in die Luft, »per WhatsApp um Unterstützung ersuchen. Der Sprengi soll ihn ein bisschen unter Druck setzen. So können wir parallel ermitteln, und wenn uns der Mochacek mit Ausreden kommt, haben wir ihn am Kragen.«

– *Wir brauchen die Protokolle der Vorstandssitzungen des*

*letzten Jahres. Der Mochacek bremst, kannst du den Makler
deines Vertrauens da ein bisschen motivieren?* 😉 *danke
– Aber klar doch, da muss ich jetzt wohl durch, stimmt's?
– Hätte ich nicht besser ausdrücken können, bitte auf die
@gmail
– 👍*

Der Pokorny kämpft sich noch tapfer durch die Käferbohnen, befürchtet aber, dass die Toni in der Nacht auch noch etwas davon hat. Weil ehrlich, mit Bohnen hat er schon untertags seine Probleme, aber nachts, wenn sein Körper dann endlich in aller Ruhe verdauen kann …

Na ja, da ist die allerbeste Ehefrau der Welt jetzt selbst schuld.

Dienstag, 14. Dezember

Der Pokorny sollte recht behalten. Auf die Käferbohnen hätte er besser verzichtet, jedenfalls hatte die Toni eine Horrornacht. Ständig hat es bei ihrem Bärli im Bauch gegurgelt, immer wieder ist wie bei einem Druckkochtopf mit einem leisen Pfeifton der Überdruck entwichen. Gegen ein Uhr morgens war dann gefühlt kein Sauerstoff mehr im Schlafzimmer. Verärgert hat sie ihren Laptop aus dem Büro geholt und sich im Wohnzimmer stundenlang quer durch diverse Blogs, Zeitungsartikel, Berichte von der Beschwerdestelle im Ministerium gequält und in den Richtlinien des Verbands der österreichischen Immobilienwirtschaft gelesen. Erschöpft von den vielen Worthülsen und haarsträubenden Chatverläufen, aber auch begründetem Ärger von Wohnungssuchenden ist sie auf der Wohnzimmercouch eingeschlafen. Erst um acht Uhr wird sie durch herrlichen Kaffeegeruch geweckt.

»Morgen, Zuckerschnecke, wieso hast du im Wohnzimmer geschlafen?«, fragt er scheinheilig, weiß freilich, durch welches Martyrium die allerbeste Ehefrau der Welt gegangen ist.

»Willi, du hast gestunken wie ein Iltis, ich habe Angst gehabt zu ersticken.« Sie weiß sein Schulterzucken einzuordnen. »Ja, ja, schon klar, selber schuld, Rohkost am Abend und so.«

»Wird dir zwar nicht helfen, aber ich hab auch schlecht geschlafen. Die blöden Bohnen, brr, verschon mich in Zukunft. Gibt heute nur aufgebackene Semmerl, ich hab den Wecker nicht gehört, und jetzt wollte ich auch nicht mehr in die Annamühle gehen. Die Maxime wird immer mehr zur Langschläferin, früher hätte sie mich aufgeweckt.«

»Wie auch immer. Jedenfalls hab ich die Zeit genutzt und einiges recherchiert. Wusstest du, dass Immobilienmakler einem Kodex unterliegen? Ich zitiere: ›Das Bekenntnis zum Ehrenkodex des Österreichischen Verbands der Immobilienwirtschaft bedeutet besondere Kundenorientierung, hohe Kompetenz und konsequente Weiterbildung, höchste Seriosität und Transparenz sowie Bereitschaft zu konstruktiven Kollegenkontakten.‹«

»Davon hab ich gestern nicht viel bemerkt. Konstruktive Kollegenkontakte waren für mich jedenfalls keine zu sehen, von Kundenorientierung ganz zu schweigen. Aber so dürfte es quer durch die Branche gehen. Denk an unsere Immobiliensuche, an die Geschichte mit dem Makler in Kottingbrunn.«

Der erwähnte Makler hat allen Ernstes gemeint, dass ein Treffen vor zweiundzwanzig Uhr bei einem Grundstück in Kottingbrunn nicht möglich wäre. Er sei sehr beschäftigt, außerdem wäre das »Juwel« mit zwei Kaufangeboten schon fast verkauft. Bei Interesse müssten sie es also sehr dringlich besichtigen. Direkt neben einer Lärmschutzwand gelegen, war um die vereinbarte Zeit tatsächlich kaum etwas zu hören.

Irgendwie hat der Pokorny damals den Braten gerochen und am nächsten Vormittag ohne den Makler eine weitere Besichtigung durchgeführt. Plötzlich war da ein Lärm wie am Flughafen in Wien-Schwechat, inklusive der dritten Landepiste. Er hat den Makler noch am gleichen Tag angerufen und ihn gefragt, ob er Drogen nimmt oder einfach ein blöder Arsch ist. Der Lärm war einfach unerträglich, und auf die doch etwas direkte Anfrage hat der Makler dann seinerseits vorgeschlagen, der Pokorny solle ihn doch mal kräftig am Arsch lecken. Jedenfalls konnte in der Folge keine erfolgreiche Geschäftsbeziehung mehr aufgebaut werden.

»Der Makler war damals von Kundenorientierung so weit weg wie die Venus vom Mars«, resümiert er. »Und an dieser Vorgehensweise wird sich wahrscheinlich auch nichts geändert haben. Hast du im Internet was über unsere Makler gefunden? Über den Vorstand?«

»Nur Selbstbeweihräucherungen, Fotos mit glücklichen Kunden, nichts, was uns weiterhilft. Dafür war der Sprengi gestern Abend noch fleißig. Er hat mir die Protokolle für dieses und das letzte Jahr gemailt.«

»Und, was dabei?« Mit einem neugierigen Seitenblick beißt er in sein noch warmes Kürbiskernweckerl mit ordentlich Honig drauf.

»Nicht wirklich, bla, bla, bla, zu Projekten, rechtlichen Rahmenänderungen, parteipolitischen Aktivitäten et cetera! Das Einzige, was seltsam ist, die Protokolle vom Taschner schrumpfen ab Juli merkwürdig zusammen. Bis zum Juni hat er in elendslangen, faden und aufgeblasenen Zusammenfassungen über die Sitzungen berichtet, um dann ansatzlos ab Juli auf genau eine Seite zu reduzieren. Vom Inhaltlichen so, als würde er die Texte eins zu eins übernehmen und nur den neuen Monat dazuschreiben.«

»Dazu werden wir den Mochacek befragen. Die Dampfplauderei vergeht der Truppe ja nicht von einem auf den anderen Monat, das muss einen Grund haben. Vielleicht sollten wir genau deshalb nicht stöbern?«, überlegt der Pokorny.

»Möglicherweise. Ich schau mir gleich noch die Webseiten der Immobilienportale an. Fahren wir mittags zum Schlossberg essen? Es ist so herrlich warm, vielleicht stellen die uns einen Tisch auf die Terrasse?«

»Gute Idee. Ich geh mit Maxime raus, vielleicht erreich ich unterwegs den Herrn Verbandsobmann. Abfahrt um elf Uhr dreißig.«

Und wirklich, die Familie Wertek vom Weingut Schlossberg hat kurzerhand ein paar Tische und Sessel aus dem Lokal auf die Terrasse gestellt und beschert ihren Gästen damit ein unerwartetes Mittagessen im Freien. So genießt die Toni in der angenehm warmen Mittagssonne ihre gebratenen Hühnerstreifen mit Erdäpfel-Vogerl-Salat, der Pokorny wie immer seine Ei-Käse-Nockerln mit Speck und Zwiebel. Ob er wegen der schweren Kost oder der Sonne ins Schwitzen kommt, weiß er selbst nicht, jedenfalls muss er sogar einen Schirm aufspannen.

Während der Mahlzeit herrscht genussvolles Schweigen. Ein Überbleibsel aus der Kindheit vom Pokorny. Wenn er isst, dann isst er, da kann die Welt untergehen. Da sind ihm sogar die Ermittlungen egal. Ausnahmen gibt es bei ihm nur beim Frühstück. Da war der strenge Vater schon arbeiten. »Ein Wahnsinn, das Wetter. Am 14. Dezember nur mit einem Hemd im Freien unterm Sonnenschirm sitzen. Und das in Österreich. Klimaerwärmung hin oder her, das täte mir schon taugen.« Er schiebt nach der Riesenportion den leeren Teller von sich und trinkt einen Schluck vom diesjährigen Veltliner.

»Und dann fressen uns die Schnecken wieder den Salat weg, von den Blattläusen mag ich gar nicht reden. Ohne strengen Winter überleben die Schädlinge leichter. Du wirst sehen, wir büßen das im Sommer.« Bedächtig kaut die Toni ein knusprig angebratenes Stück Hühnerfleisch.

»Ja, ja, schauen wir mal.« Der Pokorny beendet ihre Ausführung über ein Lebensmittel, das er freiwillig den Schnecken überlassen würde. »Der Mochacek war nicht erreichbar, ich habe ihm eine Nachricht hinterlassen. Quasi: Wie schaut's denn mit den Protokollen aus? Er muss ja nicht wissen, dass wir die schon haben. Bin neugierig, ob er sich meldet. Was war mit den Immobilienseiten?«

»Neben den klassischen Printmedien läuft die Immobiliensuche heute fast nur mehr online ab. Am beliebtesten ist die Website von willhaben.at. Die ist wirklich praktisch. Da kann man leicht selektieren. Den Ort, ob Haus oder Wohnung, Eigentum oder Miete, Kaufpreis, Miethöhe, Terrasse, Garten und so weiter.«

»Sieht man dort auch, wer die Immobilien vermittelt und wer die Interessenten sind?« Der Pokorny muss nach dem sättigenden Mittagsmahl herzhaft gähnen, der Verdauungstrakt fordert seinen Tribut.

»Bitte schlafe mir jetzt bloß nicht ein. Um dreizehn Uhr muss ich in der Arbeit sein, dann hast du noch Zeit genug zum Entspannen.«

»Schon gut.« Er winkt der Cecilia. »Bitte einen Espresso für mich. Danke. Hoffentlich passt die Crema diesmal«, murmelt er vor sich hin.

»Also, findest du unsere Pappenheimer im Netz?«, setzt er nach.

»Ja. Auf der Webseite von willhaben.at gibt es unter dem Menüpunkt ›Firmenverzeichnisse‹ auch Makler zur Auswahl, die nach Regionen zugeordnet sind. Ich habe die Agentur Grebner gefunden, mir dort die angebotenen Immobilien angesehen. Die Zangerle war im Bezirk Baden recht umtriebig und tatsächlich für die Wohnung zuständig, die laut der Anzeige vom Rottenschlager von ihm besichtigt wurde. Das Gleiche gilt für die anderen Makler und die übrigen Wohnungen. Sieht fast so aus, als wurde der Münchner wirklich von allen vieren betrogen. Ohne ihn zu kennen, glaube ich ihm mehr als den Beteuerungen der Luckinger. Dass der einen wahnsinnigen Zorn auf die Bagage hat, verstehe ich nur zu gut.«

»Trotzdem. Dass er deshalb die Zangerle und den Vondrasek mit getarnten Unfällen beseitigt, finde ich weit hergeholt.«

Die Cecilia serviert den Espresso und erntet prompt den erwarteten enttäuschten Blick vom Pokorny. »Ich … ich drücke nur auf die Espressotaste und … das ist so eingestellt«, stammelt sie. »Haben Sie gerade über die Zangerle gesprochen?«

»Ja, wieso?«, fragt die Toni, froh, sich das leidige Kaffeethema ersparen zu können.

»Na ja, Vöslau ist nicht so groß, und dass Sie beide wieder ermitteln, macht seit gestern die Runde. Da hätte ich vielleicht was für Sie. Also … ich mach hier beim Servieren ordentlich Meter und bin daher oft bei der Legerer zur Pediküre. Da wird halt viel getratscht.«

»Sorry, wir haben es leider eilig, was war mit der Zangerle?«, drängt die Toni nach einem raschen Blick auf ihre Uhr.

»Ich kenne die Maklerin. Die hat mich bei einem Bungalow in Sooß beschiss… äh, also betrogen halt. Ich wollte ein kleines Häuschen in Ruhelage, sie hat mir einen riesigen Bungalow ge-

zeigt, weg von der Hauptstraße. Zu teuer, zu groß, trotzdem ...
neugierig war ich doch. Ha, ha, Ruhelage. Der Railjet ist hinter
dem Haus mit einem Mordstempo vorbeigerast. Ich habe ihr
den Vogel gezeigt, aber die hat nur dumm gelacht. Dann halt
nicht, hat sie gemeint ... Irgendwen würde sie schon finden.
Pfff, würde mich nicht wundern, wenn andere Kunden so ein
Verhalten mit Gewalt regeln. Vielleicht hilft Ihnen das ja weiter.« Sie wird auf Neuankömmlinge aufmerksam, entschuldigt
sich und eilt davon.

»Den Gewaltausbruch vom Rottenschlager haben wir doku-
mentiert. Der hat ordentlich zugelangt. Hat sich der eigentlich
auch das Haus in Sooß angeschaut?«

»Glaub ich nicht. Die besichtigten Immobilien waren alles
Wohnungen mit Terrasse, Häuser waren laut Anzeige keine
dabei. Aber das besprichst du am besten heute am Herrenabend
mit dem Sprengi.«

»Mach ich«, sagt er, und da es schon zehn Minuten vor eins
ist, zahlen sie direkt an der Kasse beim Buffet.

Der erwähnte Herrenabend findet, wie jeden Dienstag-
abend, beim Berti im hinteren Teil des zum Bioladen umfunk-
tionierten, revitalisierten Bauernhofs statt. Der Pokorny, der
Sprengnagel und der Berti kennen sich seit der gemeinsamen
Zeit am Realgymnasium in Wien Favoriten. Von der ersten
Klasse an waren sie beste Freunde. Die Stärken des Einzelnen wogen die jeweiligen Schwächen der anderen auf. Der
Sprengnagl – groß und sportlich – verschaffte sich und seinen
Freunden Respekt, während der Berti der erklärte Schwarm
aller Frauen war und der Pokorny das Gymnasium ohne No-
tenprobleme nebenbei absolvierte. Die Schularbeiten seiner
Freunde schrieb er gleichzeitig mit den eigenen. Diese langjährige Freundschaft hält bis heute, und da der Berti genug
Platz hat, findet der allwöchentliche Herrenabend als Würfel-
pokerrunde im Wohnzimmer und damit im früheren Kuhstall
statt.

Nach einem kurzen Entspannungsnickerchen nutzt der Pokorny das schöne Wetter und fährt mit der Maxime schon um vierzehn Uhr auf seinem E-Bike zum Café Annamühle. Diesmal trägt die Katzinger zu ihrem zotteligen Baumwollmantel hellbraune Fell-Moonboots, die verdächtig der Hansi-Hinterseer-Version ähneln. Das Modell der alten Dame könnte, wie auch der Mantel, einmal gründlich durchbürsten gut vertragen.

Offensichtlich ist der verdutzte Gesichtsausdruck vom Pokorny der alten Frau nicht entgangen, nach dem Begrüßungsritual mit der Maxime meint sie zu ihm: »Gell, da schaust, Mondschuhe mit Fell! Man weiß ja nie, wann der Winter zurückschlägt, nicht wahr?« Sein Schulterzucken winkt sie schwungvoll mit der rechten Hand weg, in der sie eine Zigarette hält. Durch den Ruck wankt sie, ein Stück glühende Asche fällt auf ihren rechten Schuh, und in Sekunden entzünden sich die synthetischen Haare. »Auweh! Schau, mein Mondschuh brennt, alles deine Schuld. Jetzt mach halt was, hilf mir!« Panisch versucht sie, mit dem linken Moonboot das Glosen auf den Kunststoffhärchen auszutreten, und verliert prompt das Gleichgewicht. In letzter Sekunde fängt sie der Pokorny auf, reißt dem keifenden Nervenbündel den rechten Moonboot vom Fuß. Der Gestank, der ihm aus dem Plastikschuh entgegenschlägt, ist atemberaubend und lässt seinen Magen rumoren. Geistesgegenwärtig löscht er die kleine Brandstelle mit der Melange der Katzinger.

Die Gefahr ist zwar gebannt, dafür beginnt die Gerettete zu zetern: »Aua, was machst denn da? Willst mir den Fuß ausreißen, oder was? Hä? Aua, mein eingewachsener Nagel, geh, Pokorny ... pass doch auf. Und mein Mondschuh ... der ist hinüber. Den zahlst mir, nämlich fix, gell? Die Melange hast auch noch ausgeschüttet ...«, redet sich die alte Frau in Rage, verkennt dabei aber den Ernst der Lage.

»Ich glaub, ich spinn. Sie mit Ihren depperten Zigaretten und Ihren Plastikschuhen. Ein paar Sekunden später hätte das ganze Klumpert inklusive Ihrem Kunstfellmantel gebrannt. Also reißen Sie sich zusammen.«

Er erstickt wütend den aufkeimenden Widerstand: »Ruhe jetzt, kommen Sie, ich helf Ihnen auf. Aber Ihren Schuh ziehen S' selber an. Der Schweißgeruch ist ja nicht zum Aushalten.« Er packt sie unter den Achseln, rückt einen Sessel neben sie und streichelt die verängstigte Maxime, die sich bellend hinter einem anderen Sessel in Sicherheit gebracht hat.

Verärgert schnauft die Gerettete wie die alte Nostalgie-Dampflokomotive, die auf den Schneeberg hinauffährt. »Wie kann man gegenüber einer alten Frau so hartherzig sein.«

»Ruhe ist, sonst bin ich gleich wieder weg«, beendet er die sinnlose Diskussion.

Die Katzinger erkennt, wann bei der langjährigen Kaffeebekanntschaft Schluss mit lustig ist, und lenkt ein. »Äh, also gut ... hast eh recht. Der Schreck war's halt, der mir ins Gebein gefahren ist.« Mit dem altmodischen Spruch zaubert sie dem Pokorny ein Grinsen auf das Gesicht.

»Was gibt's Neues?«, lenkt er das Gespräch in geordnete Bahnen.

»Ma, ist das eine Plackerei, pfff, bin ja auch kein junges Pupperl mehr, gell?«, stöhnt sie beim Anziehen des Moonboots, stampft fest auf den Boden. »Sodala, geschafft. Also, zu der Leiche, also der Zangerle, zu der ist mir was eingefallen.«

»Woher kennen Sie den Namen der Toten?« Er legt nachdenklich den Kopf schief, denn er hat bereits so eine Vermutung.

»Ich bin ja nicht blöd. Der Mochacek stört euch am Sonntagabend und riskiert damit sein Leben. In der Nacht davor wurde laut meiner Lieblingszeitung die Zangerle von dem Bahnfahrer massakriert. Na, klingelt's? Nicht ganz ›Bauer sucht Frau‹, sondern halt ›Immobilienmakler sucht Hilfe‹.« Sie bestätigt damit, was er sich eh schon gedacht hat, und steht auf, wiederum von einem langen Stöhnen begleitet.

Der Pokorny kennt freilich das immer wiederkehrende Spiel.

Die Katzinger lässt sich alles aus der Nase ziehen, ein geordneter forscher Redefluss ist da nicht drin. So nimmt er halt den Ball auf:»Na dann, was wissen S' denn über die Zangerle?« »Na, die war ein ordentliches Flitscherl, so wie die angezogen war. Vor ein paar Wochen hat sie sich mit einem Piefke«, sie sieht seinen genervten Blick,»also … halt mit einem Deutschen hinten im Café zusammengesetzt. Grad dass sie sich nicht auf seinen Schoß gesetzt hat.« Prüfend hebt sie das Kinn und zieht die Augenbrauen nach oben. Nach einer neuerlichen Kunstpause, die der Pokorny stoisch verstreichen lässt, fährt sie fort:»Freilich habe ich gleich gewusst, das könnt wichtig sein, und hab so getan, als müsste ich aufs Klo. Dabei hab ich mich nur hinter der Wand neben dem Tisch versteckt, und da hab ich mit den neuen Hörgeräten alles gehört.«

»Das haben Sie geschickt gemacht«, lobt er die Spionin, weiß er doch, sie braucht das.»Und wieso wussten Sie, dass das Gespräch wichtig sein könnte?« Die Katzinger ist zwar über so ziemlich alles in Bad Vöslau informiert, trotzdem, in diesem Fall muss er nachhaken. Da er Kaffee grundsätzlich rund um die Uhr trinken kann, winkt er der Dagmar mit seiner leeren Tasse zu.

»Ist doch sonnenklar. Ein ordinäres Weibsbild mit einem Pief… äh, mit einem Deutschen, da musst einfach zuhören. Ist ja grundsätzlich nicht so meine Art, also das Lauschen halt, aber für wichtige Sachen mach ich eine Ausnahme, gell?« Sie klopft mit ihrem Stock dreimal auf die Waschbetonplatten der Terrasse.

Nachdem von der schweigsamen Dagmar der Espresso mit einer herrlichen Crema sowie, präventiv, gleich eine Melange mit viel Schlagobers serviert wurde, fährt sie fort:»Die wollte dem ein Reihenhaus in der Wasserleitungsgasse aufschwatzen, weißt eh, die acht winzigen Legebatterien, ganz unten. Vierhundertachtzigtausend Euronen wollte das Flitscherl dafür. Ich glaub, ich spinn. Fast eine halbe Mille dafür, dass dir der Nachbar ins Essen schaut.«

»Wissen Sie den Namen von dem Kunden?« Er übergeht dabei die Ansage der alten Frau, die selbst mitten in der Botanik in einem knapp fünfzehn Quadratmeter großen Wohnwagen haust.

»Nein, einen bayrischen Akzent hat er gehabt, also eigentlich eh kein richtiger Deutscher. Richtiggehend sympathisch war er, der Dialekt ist einfach zum Niederknien.«

»Haben Sie sonst noch etwas erfahren?«

»Na ja, sie hat noch von einer Wohnung in Baden erzählt und dass sie eventuell einen Kontakt zu anderen Maklern herstellen könnte. Natürlich nur gegen eine zusätzliche Provision. Da hat das Flitscherl dann gleich doppelt ihre geile Seite gezeigt. Also geldgeil und sexgeil, weil zum Schluss ist sie tatsächlich auf seinem Schoß gehockt. Der wollt aber nicht, weil er seine Frau doch so lieb hat«, seufzt sie. »Wie damals bei meinem Ferdinand ... weißt, wie das damals ...«

»Ja, ja, haben Sie mir schon erzählt ... eine nette Geschichte, nur bin ich jetzt ein bisserl im Stress. Hat ihn die Zangerle gefragt, ob er in der Gegend übernachtet?«

»Hm, jetzt war ich grade beim wichtigen Teil, und du unterbrichst mich ... Jedenfalls war die Frau von dem Deutschen dem Flitscherl wurscht, die hat den abgeknutscht, ich sag dir ... Ich bin dann tattrig zum Tisch getaumelt und hab ihn ersucht, mich auf die Terrasse rauszubringen. Hat ihr nicht getaugt, die Augen haben geblitzt wie ein Schwert bei den Muskat-Kämpfern.« Sie sticht mit ihrem Stock Löcher in die Luft. »Weißt eh, wie die Ritter im Kino. Ich für dich und alle für mich oder so.«

Er stoppt rüde ihre cineastischen Ausführungen. »Können Sie bitte bei der Sache bleiben. Haben die beiden über seinen derzeitigen Aufenthaltsort gesprochen? Der wird ja nicht immer zwischen Bad Vöslau und München pendeln, sondern in einem Hotel oder einer Pension abgestiegen sein. In seiner Anzeige nach der Schlägerei ist nur die Heimatadresse angeführt ...«

»Schon wieder unterbrichst mich«, grummelt sie und schlägt mit der linken Hand, jener ohne Zigarette und gelben Flecken zwischen den Fingern, auf den Tisch. Diesmal ergießt sich der Kaffee inklusive Schlagobers auf den anderen, also den linken Moonboot. Freilich ist diesmal, nachdem kein Schuh brennt, die Maxime mit von der Partie. Das fette Schlagobers lockt die Beagelin.

»Ma, das ist irgendwie heut nicht mein Tag, wurscht. Wenigstens hat's Hunderl was davon, gell?« Sie kneift ihre Augenbrauen zusammen. »Jetzt zu dir ... Mich auspressen wie eine Orange, ständig unterbrechen und selbst schweigsam sein wie ein Grab. Nein, nein, so geht das nicht ...«

Das sonst so nervige Läuten seines Nokias spielt ihm diesmal günstig in die Hände. »Sie entschuldigen, ich muss da abheben.« Er geht die Stufen runter bis zur Erlöser-Apotheke. »Pokorny, wer spricht?«

»Smolle am Apparat, wir haben uns gestern kennengelernt. Haben Sie in einer halben Stunde Zeit? Mir ist ein Termin ausgefallen. Wenn es für Sie passt, könnten wir uns so gegen fünfzehn Uhr im Amterl in Mödling treffen. Kennen Sie das Lokal?«

»Ja, ungefähr in der Mitte der Fußgängerzone, gleich gegenüber vom Standesamt. Da hat ein ehemaliger Kollege von mir geheiratet. Ich werde mich bemühen, könnte aber knapp werden.«

»Ich warte auf Sie, aber gegen sechzehn Uhr muss ich weg. Auf Wiederhören.«

Die Dagmar serviert der Katzinger gerade eine neue Melange mit einem Gupf Schlagobers und viel Schokostreusel. Er winkt der alten Frau zu, zeigt der Angestellten mit Wellenlinien, dass sie seinen Kaffee aufschreiben soll, und fährt mit der Maxime zum Fahrzeugwechsel nach Hause.

Er parkt seinen Ford Escort am Freiheitsplatz bei der Pestsäule und schlendert über die Kaiserin-Elisabeth-Straße hinunter zum Restaurant Amterl. Schon von Weitem sieht er die Smolle an einem der Tische vor dem Lokal sitzen. Vor ihr steht ein Aperolspritzer, zurückgelehnt genießt sie die warmen Sonnenstrahlen. Wie auch gestern trägt sie ein knielanges hellgraues Kostüm mit fliederfarbenem Tuch und eine Perlenkette um den Hals. Mit dem Hausmütterchentyp hat der Salzer schon recht. Sie nickt ihm freundlich zu, er macht es sich neben ihr in der Sonne gemütlich.

»Das Benehmen der Männer gestern tut mir echt leid«, steigt die Smolle gleich direkt ins Gespräch ein. »Kaum ist Alkohol im Spiel, gebärden sie sich wie Affen. Deswegen trink ich in dieser Runde auch nie etwas, nüchtern kann ich mich besser wehren.«

»Passt schon, ist ein gutes Stimmungsbild gewesen.«

»Wo haben Sie denn Ihre niedliche Beagelin gelassen? Die ist so süß ...«

»Sie ist zu Hause«, unterbricht sie der Pokorny. »Der Buxeneder und der Taschner mögen den Franter nicht wirklich, oder?«

»Nicht mögen ist gut«, stellt sie fest, irritiert ob des abrupten Themenwechsels. »Die haben wegen der Frauengeschichten vom Franter einen Grant auf ihn. Der schnackselt alle, die, sinnbildlich gesprochen, nicht in drei Sekunden auf den Bäumen oben sind. Da können die zwei nicht mit, er lässt sie das spüren und zündelt in einer Tour.«

»War die Zangerle auch dabei?« Er winkt die Kellnerin zum Tisch und bestellt einen Espresso.

»Klaro, die Zangerle war sogar ein längeres Gspusi für ihn. Die Luckinger hat er, soviel ich weiß, nur einmal gevögelt, und zwar bei der letzten Weihnachtsfeier in der Harzberghütte auf dem Männerklo.«

»Und das wissen Sie woher?« Er ist über die offenherzige Schilderung überrascht.

»Ich war für kleine Mädchen, und nebenan am Männerklo ging's rund, war nicht zu überhören. Allerdings hat es dann einen Streit gegeben. Der Franter dürfte ein analfixierter Perversling sein. Das wollte die Luckinger nicht, hat ihn aber einen Dreck gekümmert.«

Der Pokorny runzelt die Stirn, bei der derben Ausdrucksweise geht die Smolle definitiv nicht mehr als biederes Hausmütterchen durch.

»Bin ich Ihnen zu direkt?« Die Smolle hat seine Mimik richtig gedeutet und schmunzelt. »Dafür bin ich bekannt, hart aber herzlich, ohne Messer in den Rücken. Besser, Sie wissen gleich, woran Sie sind. Sonst hören Sie es von meinen Kollegen anders und wundern sich über mich.«

»Hm.« Er räuspert sich. »Wie ging's zwischen den beiden weiter?«

»Die Luckinger hat ihm gedroht, alles seiner Frau zu erzählen. Sie müssen wissen, der Franter hat zwei Kinder im Alter von drei und fünf Jahren. Wegen seiner Frauengeschichten hat er zu Hause ständig Stress. Verständlich. Bevor die Luckinger wütend von der Männer- auf die Damentoilette gewechselt ist, hat er ihr noch mit Konsequenzen gedroht. Also wenn sie seiner Frau davon erzählt. Mehr weiß ich nicht.« Sie bestellt einen spritzigen Hugo, eine hauseigene Mischung aus Prosecco, Holundersirup, Limette, Minze und Sodawasser.

»Verzeihen Sie, wenn ich frage, haben Sie mit dem Franter auch etwas am Laufen?«

»Wie kommen Sie auf so was?« Sie schüttelt verwundert den Kopf.

Der Pokorny zuckt mit den Schultern. »Könnte ja sein, dass Sie länger als drei Sekunden auf den Baum brauchen.«

»Nein, ich lebe alleine, mir reicht der Macho schon bei unseren Meetings. Privat kann mir der gestohlen bleiben.«

»Die Zangerle haben seine sexuellen Eskapaden anscheinend nicht gestört, oder? Sonst wäre es wohl kein längeres Verhältnis gewesen.«

»Die war anders gestrickt«, stellt sie klar. »Wenn es für meine Kollegin von Vorteil war, ist sie mit jedem ins Bett gestiegen. Mit dem Franter, wahrscheinlich auch mit dem Vondrasek und mit ihrem Chef, dem Gustav Grebner. Den sollten Sie sich besonders gut anschauen. Die Zangerle wollte mit dem Geld aus dem …« Sie stoppt mitten im Redefluss. »Ähh, also … sie wollte jedenfalls bald ihre eigene Agentur aufmachen. Um dieses Ziel zu erreichen, war ihr jedes Mittel recht. Jede Immobilie ist zu verkaufen, war immer ihr Credo. Und wenn sie dazu Kunden bescheißen musste, war ihr das auch egal. Hauptsache, die Kasse klingelte. Bei mir ist sie da aber an die falsche Stelle geraten, ich vermittle nicht um jeden Preis, nur um Provision abcashen zu können.«

»Sie sind also eine von den Guten?« Der Pokorny zeichnet beidhändig Gänsefüßchen in die laue Mödlinger Luft. »Alle im Vorstand betrügen, nur Sie nicht. Und das soll ich Ihnen …«

Die Smolle unterbricht ihn barsch: »Schauen Sie, mir ist das egal, was Sie mir glauben oder nicht. Sie wollten mit mir reden, da bin ich. Besser, wir bringen es rasch hinter uns. Wo war ich? Ah ja, der Taschner arbeitet für den Mochacek im Innendienst. Er ist ein lieber Kerl, der immer mal wieder für mich in die Bresche springt und mich gegenüber dem Franter und dem Buxeneder verteidigt. Jedenfalls schauen die Kollegen nur auf ihre Vorteile und gehen ohne Kompromisse über Leichen, also quasi. Wenn Sie verstehen, was ich meine.«

»Unter diesen Umständen eine interessante Wortwahl.«

»Wenn man nur will, kann man jede Redewendung falsch verstehen.«

»Womit wollte die Zangerle denn die Agentureröffnung finanzieren? So etwas muss doch teuer sein? Einige Kunden hätte sie hinter dem Rücken vom Grebner mitnehmen können, den restlichen Stamm hätte sie sich aber erst aufbauen müssen, oder?«

»Dazu kann ich Ihnen nichts sagen.«

»Können oder wollen?«

»Können!«, erwidert sie hartnäckig.

Er lenkt das Gespräch in eine andere Richtung. »Und was ist mit dem Buxeneder?«

Die Smolle überlegt lange. »Aus dem werde ich nicht schlau. Kennen Sie das? Man kennt jemanden schon ewig, doch eigentlich weiß man gar nichts von ihm. Der Buxeneder lebt alleine und ist im Vorstand wenig engagiert.«

»Wieso ist er dann überhaupt im Vorstand? Wenn er dort eh nix leistet?« Da ihm der Espresso nicht stark genug war, bestellt der Pokorny diesmal einen Ristretto.

»Das fragen wir uns auch, keine Ahnung, was da zwischen ihm und dem Mochacek läuft.« Theatralisch breitet sie die Hände mit geöffneten Handflächen aus. »Fragen Sie Ihren Auftraggeber.«

»Was war da zwischen der Luckinger und der Zangerle?«

»Der Franter hat da schon irgendwie recht. Die beiden Frauen haben sich öfters gestritten. Wie geht es in dem Lied von Reinhard Fendrich: ›Blond wie eine Semmel sein. Blond, blonder als der Sonnenschein. Blond, blond wie ein Weizenfeld, weil Blondinen vieles leichterfällt.‹ So war's auch bei der Zangerle. Ihr ist sprichwörtlich alles in den Schoß gefallen. Blond, willig und nicht besonders hell auf der Platte. Da konnte die Luckinger nicht mit. So billig ist sie nicht.«

»Wieso ist die Luckinger überhaupt mit von der Partie? Die kommt als Einzige aus Wien und ist nicht einmal Vorstandsmitglied.«

»Auch das können Sie den Mochacek fragen«, sagt sie mit einem süffisanten Grinsen auf ihrem schweinsrosa Gesicht. »Wir sind vor vollendete Tatsachen gestellt worden.«

»Hm, zwei Fragen hab ich dann noch: Glauben Sie, dass es Unfälle waren oder doch Mordanschläge? Der Mochacek hofft ja, dass wir die Unfalltheorie der Polizei bestätigen können. Falls es sich aber um Gewaltverbrechen handelt, wer hätte einen Grund dazu?«

Die Smolle überlegt nicht lange. »Meiner Meinung nach steigert sich der Mochacek da in was hinein. Aber … ich weiß nicht, am ehesten noch der Rottenschlager, der war echt in Fahrt. Der hätte die zwei in der Schutzhütte fast erschlagen. Berechtigt oder auch nicht, jedenfalls war es ein Wahnsinn, wie sich der in einen Blutrausch hineingesteigert hat.«

»Können Sie ihn für mich beschreiben? Wenn schon niemand Fotos hat, irgendwie müssen wir den identifizieren können.«

»Ich bin schlecht im Beschreiben von Personen.«

»Versuchen Sie's einfach, bitte.«

»Was weiß ich, knapp fünfzig Jahre alt, mittelgroß, braune Haare, randlose Brille. Bei der Besichtigung hat er einen schwarzen Maßanzug und Maßschuhe getragen. Am Eisernen Tor ist er in hochwertiger Multifunktionswanderkleidung herumgelaufen, sonst fällt mir nichts ein ... Doch, er lispelt ein wenig. Hoffentlich hilft Ihnen das weiter ... Trotzdem, ich glaube, dass es sich um zwei Unfälle und damit um dumme Zufälle handelt.«

Der Pokorny zuckt mit den Schultern. »Wird sich weisen. Wo waren Sie übrigens am 8. und am 11. Dezember abends?« Schließlich gehört zu professionellen Ermittlungen auch die Abklärung möglicher Alibis.

»Das ist jetzt aber nicht Ihr Ernst, oder? Ich melde mich freiwillig bei Ihnen, leg die Karten auf den Tisch, und Sie haben die Frechheit, mich nach meinem Alibi zu fragen?«, blafft sie. Bevor der Pokorny antworten kann, steht sie auf und verlässt grußlos das Lokal, ohne zu zahlen.

Bei der abendlichen Pokerrunde im ehemaligen Kuhstall vom Berti ist, neben dem leisen Gackern der Hühner vom danebenliegenden Stall, lediglich das leise Scheppern der Würfel auf dem Spielbrett zu hören. Zwar hat der Berti den alten Bauernhof phantastisch renoviert, der Boden ohne Fußbodenheizung ist dem verwöhnten Pokorny aber zu kühl. Noch dazu ist der Berti beim Heizen eher der knausrige Typ, er empfiehlt ihm ständig wärmere Socken. Die gestrige recht laue Abendtemperatur ist kälterer Luft gewichen, fast scheint es, als hätte sich der Wetterfrosch im Fernsehen geirrt. Der hat nämlich erst gegen Ende der Woche eine Änderung der Großwetterlage und einen

Temperatursturz auf bis zu minus zehn Grad Celsius und jede Menge Schnee angesagt.

»Die Smolle hat sich also ordentlich über ihre Kollegen ausgelassen«, stellt der Berti fest, nachdem der Pokorny die Freunde über die Ermittlungen des heutigen Tages informiert hat.

»Ja, so nach dem Motto: Wer als Erster schlecht über den anderen redet, dem wird eher geglaubt«, meint der Pokorny.

»Was ja auch stimmt«, wirft der Sprengnagl ein. »Das Gegenteil zu beweisen ist oft schwer. Du bist dann immer am Verteidigen, kannst aber selbst kaum mehr aktiv werden.«

Der Pokorny nickt. »Die Cecilia, die Kellnerin vom Schlossberg, kennt die Zangerle von einer Bungalowbesichtigung in Sooß. Kann es sein, dass sich der Rottenschlager den auch angesehen hat?«

»Es gibt Hunderte Immobilien im Umkreis. Der Deutsche war laut seiner Anzeige auf Wohnungen mit Terrasse aus, nicht aber auf Häuser.«

»Wie ist das mit deinem Grundstück in der Hügelgasse eigentlich wirklich gelaufen?«, erkundigt sich der Berti. »Ihr habt die Wehli beschissen, alles klar, aber um so viel Kohle kann es doch nicht gegangen sein, oder?«

Der Sprengnagl wiegt den Kopf hin und her. »Der Mochacek hat es mir zu einem niedrigen Kaufpreis vermittelt.«

»Da gibt's in der Branche ein paar schwarze Schafe«, erklärt der Pokorny. »Käufer und Verkäufer einigen sich auf einen offiziellen Preis, der meist unter dem tatsächlichen Verkaufspreis liegt. Dadurch sparen sich Käufer und Verkäufer Steuern und Gebühren. Und die Makler schneiden sich von der Einsparung ein Stück ab, schwarz und bar auf die Hand, auch ohne Versteuern. So haben alle was davon … also, außer Vater Staat.«

»Und die Wehli hat mitbekommen, dass es zwischen dir und dem Mochacek auch so gelaufen ist.« Jetzt hat es der Berti kapiert. »Du als Kripobeamter lässt dich auf so was ein? Deine

Nerven möchte ich haben. Noch dazu bei deiner Lieblings-kollegin …«

»Ich riskiere täglich meinen Hintern für euch, und das für wenig Geld. Würde Vater Staat besser zahlen, bräuchte ich mich auf solche Deals nicht einlassen. Der Mochacek wusste nicht, dass sie damals meine Chefin war.«

»Also hast du auch ihn ein wenig gelinkt. Deswegen hast du ein schlechtes Gewissen und ziehst uns in die Sache rein.«

»Herrgott noch mal«, ruft der Sprengnagl. »Wird mir das ewig nachhängen?«

Der Pokorny legt ihm beruhigend die Hand auf die Schulter. »Schon gut. Die Toni und ich wollen dem Fahrer der Badner Bahn einen Besuch abstatten. Hast du die Telefonnummer? Im Protokoll ist nur die Firmennummer vermerkt. Nehme an, der wird immer noch im Krankenstand sein, oder?«

»Tut mir leid, wir haben auch nur diese Nummer. Ich denke aber auch, dass der nach dem Unfall im Krankenstand ist. War kein schöner Anblick … beide Beine unterhalb der Hüfte ab-getrennt. Sie ist direkt an der Unfallstelle verblutet.«

Der Pokorny schüttelt sich angeekelt. »Habt ihr den Deut-schen schon gefunden?«

»Nein. Schau, das ist kompliziert. Da die Kollegen von Unfällen ausgehen, kann ich nicht groß nach einem Immobi-lienkäufer suchen. Ist ja auch gar nicht mein Zuständigkeits-bereich. Ich muss da vorsichtig sein, sonst steht die Wehli in Nullkommanichts bei uns in der Inspektion und löchert mich. Das brauch ich nicht.«

»Was hältst du davon, wenn ich das Katzinger'sche Informa-tionsdreieck einschalte? Bescheid weiß sie über unsere Aktivi-täten dank der Hanifl sowieso. Wenn ich sie beschäftige, gibt sie Ruhe, und wir finden mit ihrer Hilfe vielleicht den Rotten-schlager. Wäre ja nicht das erste Mal, dass sie uns hilft.«

Das Katzinger'sche Informationsdreieck ist eine verlässliche Quelle für Gerüchte und Tratsch in Bad Vöslau. Von Montag bis Freitag ist die alte Frau in ausgewählten Lokalen unterwegs, morgens im Café Sisi, mittags in der Konditorei am Kurpark und am Nachmittag im Café Annamühle. Dazwischen wechseln sich Friseure, Ärzte und Fußpflegesalons ab. Deshalb ist sie stets auf dem Laufenden, schon bei den letzten Ermittlungen haben die Pokornys von dieser verlässlichen Quelle profitiert. »Mach ihr aber bitte den Ernst der Lage klar. Schlafende Hunde wollen wir nicht wecken, ja?«

Der Berti lacht. »Nach dem Auftritt mit eurem anonymen Schreiben vom Frühjahr wird die Katzinger wohl selber kein gesteigertes Interesse an einem Stelldichein mit der Chefinspektorin haben. Übrigens bin ich nur ein Grande vom Gewinnen entfernt. Ihr kennt den Preis fürs Verlieren?« Er zieht fragend die Augenbrauen nach oben.

»Ja, ja, deine depperten, steinharten, staubtrockenen Biokipferl kosten. Hast ja die letzten Monate von nichts anderem geplappert«, murrt der Sprengnagl. Er erinnert sich mit Schaudern an die missglückten Versuche. Nur dank der ewig hungrigen Maxime konnten sie den Rest der betonähnlichen Zumutung unauffällig verschwinden lassen. Da aber die Beagelin der Toni beim dienstäglichen Stretching zur Seite steht, fehlt jetzt die tatkräftige Unterstützung.

»Schon, aber ihr kennt das neue Rezept noch nicht. Voll fluffig sind die jetzt, eine Variante mit Zimt, da kommt Weihnachtsstimmung auf.« Mit einer raschen Handbewegung schleudert er ein Ass-Grande in die Baumscheibe. »*Yesss!*«, ruft er triumphierend, steht auf, geht in den Verkaufsladen und kommt mit zwei Tellern zu je drei Kipferl zurück. »Lasst sie euch schmecken.«

Die beiden Verlierer schauen skeptisch auf die Teller vor ihnen und scheinen zu überlegen, bei welchem Kipferl das Risiko des Verlustes einer Zahnkrone am geringsten ist. Im fortgeschrittenen Alter werden die eigenen Zähne nämlich immer kostbarer. Der Sprengnagl testet die Konsistenz mit dem Zeigefinger. Tatsächlich lassen sich die Kipferl ein bisschen zusammendrücken.

Der Pokorny überwindet sich, beißt mit dem rechten Backenzahn vorsichtig auf die mit Mandelsplitter bestreute Variation, nickt nach kurzem Kauen anerkennend. »He, gar nicht schlecht … mmh, eigentlich sogar gut, wie hast du denn das zusammengebracht?« Mutig geworden, kostet er die beiden anderen.

»Tja, war gar nicht so leicht, auf die richtige Mischung kommt's an.« Der Berti schwärmt, sichtlich stolz auf das Kompliment.

Auch der Sprengnagl wirkt angetan. »Ich muss schon sagen, weg vom Beton, hin zum Genuss. Mmh, also das Rechte mit den Mandeln …« Er hebt das dickste Kipferl in die Höhe. »Erinnert mich geschmacklich ein wenig an die italienischen Kekse … also die …«

»Cantuccini, stimmt«, bestätigt der Pokorny.

»Hafer mit einer Spur geriebenen Mandeln. Allerdings zahnfreundlicher, damit sich die alten Herren keine Plombe ausbeißen«, erklärt der Berti grinsend. »Die werde ich mit beim nächsten Wochenmarkt verkaufen.«

»Du am Wochenmarkt?«, wundert sich der Pokorny. »Ich dachte, dein Laden brummt, und du hast das gar nicht notwendig.«

»Bis vor Kurzem war das so. Jetzt drängen immer mehr Händler auf den Markt, dadurch wird es für die Bewohner attraktiver, am Samstag nach Vöslau zu fahren. Zum Beispiel die Gojibeeren vom Lackner. Früher haben die Großauer ihre Gojibeeren bei mir gekauft, jetzt nehmen sie die vom Lackner, weil er halt dort einen Stand hat und die Besucher gleich ihren kompletten Bedarf an Lebensmitteln abdecken können. So geht's nicht weiter. Hab schon mit dem Obmann vom Verein telefoniert, nächsten Samstag bin ich fix dabei.« Der Berti nickt. »Ich muss mit der Zeit gehen, der Samstag war bisher einer meiner stärksten Tage. Weißt … ich schau mir das mal an.«

»Recht hast.« Der Sprengnagl klopft ihm auf die Schulter

und verabschiedet sich. »Meine Herren, es war mir wie immer eine Freude, ich mach mich auf den Weg. Servus.«

»Brrr, es wird kälter, oder täusch ich mich?«, fragt der Pokorny kurze Zeit später. Sein kälteresistenter Biofreund zuckt lediglich mit den Schultern.

»Ah eh, das nächste Mal komm ich mit dem Auto, baba.«

Mittwoch, 15. Dezember

Missmutig schüttelt der Pokorny vor der Theke im Café Anna-mühle den Kopf. Schon wieder greift die Dagmar bei seiner Bestellung für die Toni zu den hellen Semmerln. Nicht ums Verrecken nimmt sie mit der Gebäckzange eine der dunklen knusprigen, die die Toni so liebt. Obwohl sie es genau weiß, nicht erst einmal hat es zwischen ihm und der Mitarbeiterin deshalb gekracht.

»In dem Leben wird das wohl nichts mehr«, denkt er sich, überlegt, ob er aufbegehren soll, und erkennt mit einem schnellen Blick, dass es vergebene Liebesmüh ist. Seit die Karin, die Lieblingsmitarbeiterin vom Pokorny, auf die Kanaren geflogen ist, ist die Laune der Dagmar temperaturmäßig am südlichen Polarkreis angesiedelt. Er schnappt sein Papiersackerl und schlurft grummelnd nach Hause. Erst nachdem er zwei Kürbiskernweckerl mit Waldbienenhonig hinuntergeschlungen hat, ist sein Ärger endgültig verflogen.

Gleich nach dem Frühstück koordinieren die Pokornys den Ablauf des heutigen Tages. Wegen der Überstunden, die bis Jahresende abgebaut werden müssen, kann die Toni heute Vormittag freinehmen und muss erst nachmittags in die Bücherei.

»Ich werde versuchen, den Grebner anzurufen. Vielleicht geht sich ja spontan ein Termin aus«, sagt der Pokorny.

»Gute Idee. Und vorher fahren wir beim Wagner vorbei. Vielleicht ist ihm noch etwas eingefallen.«

»Zum Beispiel, dass der vermeintliche Täter doch eher ein schlecht verkleideter Weihnachtsmann als ein Clown war?«

»Nein, das meine ich nicht. Mit ein paar Tagen Abstand lässt der Schock nach. Vielleicht kann er sich an Details erinnern, die nicht im Polizeiprotokoll stehen.«

»In Ordnung.« Er sucht bei Dr. Google nach den Kontaktdaten der Agentur Gustav Grebner. Da der Agenturchef keine Mailbox aktiviert hat, sendet ihm der Pokorny eine Nachricht.

– *bitte um dringenden rueckruf geht um die zangerle danke pokorny*

– *Kennen wir uns?*

– *nein wir sind vom mochacek beauftragt worden geht um den tod ihrer mitarbeiterin*

– *Ich bin gerade in einem Meeting. Können wir uns um dreizehn Uhr in Traiskirchen in der Pizzeria Pierino treffen? Gruß, Grebner*

– *geht auch spaeter so gegen vierzehn uhr*

– *Nein, sonst erst nächste Woche*

– *passt bin dort*

»Willi, mein Gott! Wie kannst du einem Fremden eine deiner verunstalteten SMS senden?« Die Toni greift sich an die Stirn. »Der glaubt, du bist nicht richtig im Kopf.«

»Ist mir wurscht, was der denkt. Mich ärgert, dass ich jetzt um mein Gulasch im Bierhof umfalle«, grummelt er. Allein bei dem Gedanken an sein Lieblingsessen merkt er, wie ihm das Wasser im Mund zusammenläuft.

»Na ... ich weiß nicht ... ehrlich, das ist echt peinlich. Muss ja keine WhatsApp sein, die du schreibst. Einfach eine für alle verständliche SMS. Würde schon reichen.«

»Toni, bitte, lassen wir das ...« Er wird von einer weiteren Nachricht unterbrochen, angekündigt durch das nervige Piep, piep seines alten Nokia.

Hallo, Herr Pokorny, können Sie heute um achtzehn Uhr ins At the Park Hotel in Baden kommen? Bin ab morgen für eine Woche verreist, danke, Gruß, B. Luckinger

»Geh, die Bagage macht Stress ohne Ende. Jetzt will sich auch die Luckinger mit mir treffen. Ich hab das Gefühl, die wollen sich gegenseitig ans Messer liefern. Am Montag waren's noch so unfreundlich, und jetzt melden sich alle freiwillig.«

»Sei froh, dann sind wir schneller durch. Musst du wieder alleine machen. Ich arbeite bis achtzehn Uhr, danach geht es ab in den Wald zum Laufen. Bei dem lässigen Wetter macht das echt Spaß. Ach ja, schreib ihr zurück, aber bitte …« Sie verzieht den Mund und schaut ihn streng an.

Ihr stures Bärli seufzt und bleibt sich treu.

– *in ordnung*

– *Perfekt, danke!*

Gegen elf Uhr parkt die Toni ihren Mini bei der St.-Martins-Kirche in Leobersdorf ein. Laut Polizeiprotokoll wohnt der Wagner, der Unglücksfahrer der Badner Bahn, in einer kleinen Gemeindewohnung beim Eisgeschäft Muratti im Zentrum von Leobersdorf. Die meisten Stände des Weihnachtsmarkts sind um diese Zeit noch geschlossen. In der Mitte des Rathausplatzes thront ein riesiger, mit bunten Kugeln und Tausenden kleiner Leuchten geschmückter Christbaum. Trotz des weihnachtlichen Ambientes lassen die frühlingshaften Temperaturen von zwölf Grad Celsius plus keinen wirklichen Appetit auf Punsch, Maroni oder kandierte Äpfel aufkommen. Sie beschließen, die Maxime die paar Minuten im Auto zu lassen.

Der Pokorny zeigt auf die Gegensprechanlage. »Da schau, B. Wagner, dürfte unserer sein«, vermutet er und drückt auf die Taste.

»Ja?«, meldet sich eine blecherne Stimme.

Die Toni nimmt den Pokorny zur Seite. »Hier spricht Toni Pokorny, eine gute Freundin des Gruppeninspektors Sprengnagl. Er kennt Sie von dem brutalen Übergriff eines Passagiers im letzten Jahr und sorgt sich um Sie. Als Polizist kann er nicht einfach auf einen Kaffee vorbeikommen. Deshalb schickt er meinen Mann und mich«, schwindelt die Toni. »Haben Sie ein bisschen Zeit?«

»Ähh, worum geht's?«

»Herr Wagner, wir glauben, die Polizei hat Ihre Wahrnehmung vom Unfallabend nicht ernst genommen. Ich meine, so etwas bildet sich ein hervorragend ausgebildeter Triebfahrzeugführer doch nicht ein«, schmeichelt ihm die Toni und erzielt mit der korrekten Berufsbezeichnung den gewünschten Erfolg.

»Da haben Sie recht, die haben sich über mich lustig gemacht. Aber kommen Sie doch rauf. Erster Stock, erste Tür links.« Als die Torsperre schnarrt, zeigt ihr der Pokorny lächelnd ein Daumen-hoch. Die allerbeste Ehefrau der Welt weiß einfach, wie sie es machen muss.

Die Tür im ersten Stock ist geöffnet, ein junger Mann in einem weißen Nike-Jogger lehnt am Türrahmen, wirkt deprimiert und müde. Er winkt die Pokornys zu sich, dreht sich wortlos um und schlurft durch den Vorraum in ein kleines Wohnzimmer. Linker Hand eine weiße Ledercouch, gegenüber ein stylishes Sideboard in Weiß mit kleinen quadratischen Eichenholzdekorstücken, darauf ein überdimensionaler Flachbildschirm mit einem Standbild des Computerspiels »Counter-Strike«.

Der Pokorny wundert sich über das Freizeitprogramm des Unglücksfahrers, der den Schock nach dem tragischen Unfall im Krankenstand mit einem Killerspiel verarbeitet. Trotz des etwas seltsamen Zeitvertreibs haben die Pokornys das Gefühl, im Himmel gelandet zu sein. Nicht nur, was Wagners Bekleidung betrifft, nein, vor allem bezüglich der Einrichtung. Außer dem Bildschirm ist in dem Raum nahezu alles weiß. Auf dem weiß lackierten Couchtisch mit weiteren Dekorelementen stehen leere Bierdosen, Pizzaschachteln, Chipspackungen sowie eine frisch zubereitete, dampfende Fertiglasagne. Der Wagner räumt bis oben angefüllte Umzugskartons von zweien der cremefarbenen Sessel ab, die rings um einen weiß lackierten Esstisch positioniert sind. Die schwarzen Augenringe und die Bartstoppeln stehen im starken Kontrast zu all dem Weiß. Er bietet ihnen Platz an und lässt sich müde auf die Couch fallen.

»Glauben Sie mir wirklich? Oder wollen Sie mich nur ausquetschen?«

Die Toni beruhigt ihn. »Wir glauben Ihnen. Wieso die Polizei

Ihre Aussage so einfach abtut, verstehen wir nicht. Schließlich fängt der Fasching ja am 11.11. an, warum sollte es daher in der Adventszeit keine Clowns geben?«

»Die Polizisten haben mich nach meiner ›Clown-Erzählung‹, wie sie es genannt haben, nicht nur blasen lassen, sondern mir gleich auch Blut abgenommen und einen Drogentest gemacht«, berichtet der Wagner ganz offen, er scheint ihnen zu vertrauen. »Als würde ich im Dienst was trinken oder Drogen nehmen. So ein Schwachsinn, da bin ich sofort meinen Job los, das kann ich mir nicht leisten.«

»Können Sie uns bitte erzählen, was in der Nacht vom 11. Dezember passiert ist?«, fragt die Toni.

»Was wissen Sie von dem ... Unfall?«

Der Pokorny antwortet: »Wir kennen Ihre protokollierte Aussage. In der Hektik vergessen die Polizisten manchmal auch wichtige Details. Vielleicht ist Ihnen in der Zwischenzeit noch etwas eingefallen?«

»Dürfen Sie das eigentlich? Als Privatpersonen Polizeiprotokolle lesen und mich befragen?« Der Wagner spricht damit ein heikles Thema an.

»Wenn es der Sache dient, dürfen wir das schon«, lügt die Toni, ohne rot zu werden.

Der Pokorny stößt freundlich nach. »Außerdem kommen wir von einem Kripobeamten, der sich Sorgen um Sie macht.«

»Wo soll ich anfangen?«

»Fangen Sie einfach beim Einsteigen in die Bahn an«, drängt der Pokorny in der Hoffnung, diesen Himmel auf Erden rasch wieder verlassen zu können.

»Ich bin pünktlich um dreiundzwanzig Uhr sechsundvierzig von der Endstelle am Josefsplatz abgefahren. Nach circa hundertfünfzig Metern gibt es auf der rechten Gehsteigseite eine Post mit einem straßenseitigen Bankomat. Unmittelbar bevor ich die Filiale passiert habe, ist die Frau ...« Der Wagner bricht ab. »Da ist die Frau einfach zwischen zwei Autos über die Straße vor mein Triebfahrzeug gelaufen. Ich hatte ...«, er keucht jetzt, »… keine Chance mehr zu bremsen. Es ist alles so schnell gegangen … Ich konnte einfach nicht mehr anhalten …«

»Sie können nichts dafür«, beruhigt die Toni. »Statt Ihnen hätte auch ein Auto vorbeifahren können.«

»Das Blut … fast hätte ich mich angespieben.« Er würgt, springt auf und läuft aus dem Wohnzimmer. Sekunden später hören die beiden, wie sich der Wagner übergibt.

Der Pokorny beugt sich vor. »Toni, der übertreibt, schau dir den Bildschirm an, der hat ein Killerspiel laufen, da spritzt Blut ohne Ende, und vor uns tut er auf zartbesaitet. Glaubst du ihm?«

»Selbst wenn er dieses idiotische Ballerspiel verwendet, die abgetrennten Beine der Zangerle vor sich auf den Geleisen, das ist ein ganz anderes Kaliber. Mir wäre auch schlecht geworden.«

»Ja, aber du spielst kein Counter … obwohl, wenn ich an deine Zombiefilme denke, wird mir auch schlecht, brr.«

Die Toni tätschelt ihm liebevoll auf den Unterarm und legt den Zeigefinger vertikal auf ihre Lippen. Einen Moment später kommt der Wagner zurück ins Wohnzimmer, das weiße Nike-Oberteil wurde durch ein beigefarbenes ersetzt. Offenbar hat er es nicht ganz über die Toilettenmuschel geschafft.

»Entschuldigen Sie meine Unhöflichkeit. Kann ich Ihnen etwas zu trinken anbieten?«, fragt er mit einer Mineralwasser-flasche in der Hand.

»Nein, danke. Wir wollen Sie nicht lange aufhalten«, antwortet die Toni. »Können Sie uns bitte mehr über den Clown erzählen? Wie hat der ausgesehen? Wo kam er her? Alles, was Ihnen einfällt.«

»Was weiß ich, die Gestalt kam wie aus dem Nichts, dunkles Gewand, orange Haare, ein weißes Gesicht und …«

»Und?«

»Spitze Zähne, wie die von Monstern aus ›Men in Black‹«, haucht er mit zusammengekniffenen Augen, fast als wollte er den Anblick damit vergessen machen.

»Spitze Zähne, wie sie auch manchmal Horrorclowns haben?«, setzt die Toni nach.

Der Wagner runzelt die Stirn. »Sie meinen, so wie diese Irren, die vor ein paar Jahren Angst und Schrecken verbreitet haben?«

»Ja, so in etwa. Welche Farbe hat das Kostüm gehabt? Gelb?«

»Nein … Gelb nicht, vielleicht Silber … oder Grau.«

»Clowns sind aber meist bunt angezogen. Gelb, Orange, Rot?«

»Die Beleuchtung war schlecht, aber nein … bunt war er nicht angezogen«, beharrt der Wagner. »Wollen Sie mich auch für verrückt erklären, oder was?«

»Nein, nein, keinesfalls.« Sie schüttelt den Kopf und macht eine nachdenkliche Miene. »Sie sagen also, die Gestalt war wie ein Clown geschminkt und dunkel angezogen. Hat das Kostüm Schulterpolster gehabt? Können Sie sich an die Farbe des Kragens erinnern? Wie haben die Augen ausgesehen?«

Der Pokorny hebt fragend die Augenbrauen in die Höhe. »Worauf willst du hinaus?«

»Kannst du dich an Pennywise von Stephen King erinnern?«

Natürlich kann er, der Pokorny denkt schaudernd an seine Jugendzeit zurück. Der Clown namens Pennywise aus dem Film »ES« hat ihm so manche schlaflose Nacht eingebracht. »Ja, kann ich. Aber das Kostüm war definitiv gelb.«

»Schon richtig. Pennywise war 1991 angezogen, wie ein Clown damals aussehen musste. Gelbes Kostüm mit orangen Pompons, eine schwarze Weste, gelb, lila, rosa und grün gestreifte Ärmeln, rote Haare und eine rote Clownsnase. Ein richtiger Zirkusclown aus der guten alten Zeit. Aber achtundzwanzig Jahre später lockst du die Fans mit einem witzigen gelb angezogenen Clown, der herumalbert, nicht mehr ins Kino. In der Version von 2017 hat Pennywise sein liebliches Image abgelegt, die Regisseure haben dafür sein Kostüm komplett verändert. Silbergrau, mit einem grau-weißen Kragen aus weichem Tüll, zweifach abgestuften Puffärmeln und einem weiten Tüllsaum über den Händen. Und statt der üblichen lustigen Clownsnase wurde ihm eine in Dunkelrot aufgemalt. Du siehst dem Clown das Böse jetzt richtiggehend an.« Sie wendet sich wieder an den Wagner. »Haben Sie so einen Clown gesehen?«

»Nein, ja … es war alles dunkel … aber die Augen haben geleuchtet …«

»Ja, die glitzernden Augen sind ein Markenzeichen von Pennywise. Orangegelb, dann leuchtend wie Silberdollar, erzeugt durch fluoreszierende Kontaktlinsen. Das Licht der Straßenbeleuchtung könnte dafür ausreichen. Wenn Sie sich also nicht geirrt haben …« Sie sieht sein versteinertes Gesicht und beschwichtigt: »… was ich mir nicht vorstellen kann, dann suchen wir möglicherweise einen Stephen-King-Fan, der die Zangerle zu Tode erschreckt hat. Darf ich Ihnen einen kurzen Ausschnitt des Films zeigen?«

»Ähhh, jaaa … wenn es sein muss«, stottert der Wagner.

Sie greift nach dem iPhone, ein paarmal gewischt, schon läuft die Szene im Spiegelkabinett des Vergnügungsparks ab. Als Pennywise dann mit seinem Kopf das Glas durchschlägt und den Jungen tötet, springt der Unglücksfahrer entsetzt auf und rennt erneut zur Toilette.

»Komm, gehen wir, mehr bekommen wir von dem nicht raus«, meint der Pokorny. Genug ist genug, mittlerweile kämpft er aufgrund der abartigen Geräusche sowie des ins Wohnzimmer wabernden Geruchs selbst mit Übelkeit.

Die Toni klopft zögerlich an die Tür. »Herr Wagner, kann ich Ihnen irgendwie helfen?«

»Nein … äh, geht schon … ich …« Die restlichen Worte werden durch einen weiteren Würgereiz unterbrochen.

»Danke für Ihre Zeit. Ich hab Ihnen meine Visitenkarte auf den Tisch gelegt. Wenn Sie Hilfe brauchen oder Ihnen noch etwas einfällt, bitte melden. Auf Wiedersehen.« Ihre letzten Worte verpuffen unter dem Geräusch der menschlichen Aktivitäten hinter der Badezimmertür.

Unterwegs zum Arbeitsplatz der Toni hat sich der Magen vom Pokorny noch nicht ganz beruhigt. »Bin direkt froh, dass wir heute den Bierhof auslassen. Ein Gulasch würde sich derzeit nicht ausgehen, pfau, mir graust von der Speiberei.«

»Dann lässt du halt heute ausnahmsweise das Mittagessen überhaupt aus und trinkst nur einen Kamillentee. Ist zwar jammerschade«, sie klopft ihm zärtlich auf sein kleines Bäuchlein, »aber gut für die Figur.«

Die Toni stellt den Mini zu Hause ab und beschließt, den schönen Tag zu nutzen und mit der Maxime zu Fuß zur Bücherei zu gehen. Da der Treffpunkt mit dem Grebner doch ein Stück weiter weg ist, fährt der Pokorny mit seinem Escort los nach Traiskirchen.

Pünktlich um dreizehn Uhr erscheint der Grebner in der Pizzeria und setzt sich zum winkenden Pokorny. Mittlerweile geht es dem privaten Ermittler schon besser. Die endgültige Heilung erfährt er, als ihm der Kellner die Pizza Quattro Formaggi empfiehlt. Der Grebner, mit einer Gesichtsfarbe, die an Urlaub erinnert, ernährt sich gesünder und bestellt gegrillte Garnelen in Knoblauchbutter sowie ein Achterl Chardonnay »Esprit« vom Winzer Piriwe. Der Pokorny nimmt als braver Autofahrer einen gespritzten Apfelsaft.

Er weiß nicht so recht, wie er beim Chef der verstorbenen Maklerin dran ist, und beschließt daher, das Gespräch unverfänglich zu beginnen. »Sie haben eine gute Farbe. Waren Sie auf Urlaub? Malediven?« Er kann sich aufgrund der unverschämt hohen Maklerprovision, welche die Toni und er beim Kauf der Doppelhaushälfte bezahlen mussten, als Urlaubsdomizil nur ein Luxusresort in der Karibik vorstellen.

»Äh, nein, La Palma, eine Woche, war nach einem anstrengenden Jahr bitter notwendig. Aber Sie wollen mit mir sicher nicht über meinen Urlaub reden, oder?«

»Nein, natürlich nicht. Danke, dass Sie sich Zeit nehmen. Wir sind vom Mochacek mit Recherchen betraut worden. Er befürchtet, dass seine zwei Kollegen, also Ihre Mitarbeiterin und der Makler Vondrasek, umgebracht wurden.«

»Wieso … das verstehe ich nicht. Langsam, von vorne, wieso ermitteln Sie?« Der Grebner wirkt irritiert.

»Na ja, die zwei Toten waren im Vorstand des Verbands, und der Mochacek glaubt nicht, dass in kurzer Zeit zwei Kollegen zufällig an Unfällen versterben. Er vermutet, da hat wer nachgeholfen.«

»Die Polizei war schon bei mir und hat mich zur Zangerle befragt. Sie war eine gute Mitarbeiterin, zuverlässig und fleißig. Es tut mir echt leid um sie. So ein Ende hat sich niemand verdient.« Er schnuppert über den Rand des edlen Weinglases und nimmt versonnen einen Schluck vom Chardonnay. »Mmh, phantastischer Wein, der Esprit …«

»Freut mich für Sie und die Familie Piriwe.« Der Pokorny beendet als bekennender Veltliner-Fan die Schwärmerei. Von einem Besuch mit der Toni weiß er genau, wie gut hier die Weine schmecken, und dann bei alkoholfreiem Apfelsaft dem Lobhudeln zuhören zu müssen, geht ihm zu weit.

Der Grebner schüttelt wegen der unhöflichen Unterbrechung den Kopf. »Laut den Beamten ist sie betrunken vor die Badner Bahn gestolpert. Was mich nicht wundert … also, dass sie betrunken war. In letzter Zeit ist das leider häufig vorgekommen. Wo soll da das Fremdverschulden liegen? Wohl kaum beim Kellner, oder?«

»Nein, wohl eher nicht.« Nachdem der Geschäftsführer der Agentur seine empathische Seite gezeigt hat, schaltet der Pokorny gleich mehrere Gänge höher. Rücksicht scheint hier nicht angebracht. »Eine Kollegin von Ihnen, die Trude Smolle, hat mir erzählt, Sie hätten mit Ihrer Mitarbeiterin, neben einer Menge an Problemen, auch was am Laufen gehabt. Stimmt das?«

Während die bestellten Speisen serviert werden, sieht er, wie beim Grebner die Kiefer aufeinanderreiben.

»Was bildet sich dieses dumme Weibsbild ein? Die soll zu Hause bleiben, sich einen Mann suchen und die Welt mit ihrer

Anwesenheit verschonen. Eine Frechheit ist das, die wird von meinem Anwalt hören.« Fahrig greift er nach seinem Glas und leert den wunderbaren Wein in einem Zug.

»Heißt das jetzt Ja oder Nein? Weil verklagen können Sie die Smolle ja in jedem Fall«, setzt der Pokorny nach. Die Mischung der Käsesorten Mozzarella, Gorgonzola, Parmesan und Emmentaler duftet verführerisch und verbläst die letzten Reste seiner Übelkeit.

»Natürlich Nein! Hören Sie auf. Die Leute schauen schon her. Ich hatte mit meiner Mitarbeiterin kein Verhältnis.«

»Kunden hat sie Ihnen auch keine abspenstig gemacht? Angeblich wollte sie nämlich bei Ihnen aufhören und eine eigene Agentur aufmachen. Kunden, die mit ihr mitgehen, wären für die Zangerle schon ein ordentlicher Startvorteil gewesen.«

»Hören Sie auf mit dem Schwachsinn!«, verlangt er unmissverständlich, beugt sich über den Tisch und versenkt dabei seine Krawatte in der Knoblauchbutter. »Mist, verdammter. Die Smolle ist ein frustriertes Hausmütterchen, das keinen abbekommt und aus Neid Gerüchte verbreitet. Bei der letzten Jahresversammlung des Verbands ist sie mir nachgestiegen.« Er reibt heftig über die angepatzte Krawatte, lässt sie dann verärgert fallen und winkt der Kellnerin mit seinem leeren Glas.

»Warum war eigentlich Ihre ehemalige Mitarbeiterin im Vorstand und nicht Sie? Außer einem Mitarbeiter vom Mochacek sind sonst nur Geschäftsführer in dem erlauchten Gremium.« Der Pokorny schaut dem Makler aufmerksam ins Gesicht, trinkt aus und bestellt bei der Kellnerin noch einen halben Liter Apfelsaft gespritzt.

»Gerede gibt es über die Zangerle schon lange. Wenn es für sie von Vorteil war, soll sie mit jedem ins Bett gestiegen sein. Fragen Sie doch die Herren Franter und Mochacek, warum sie die Zangerle unbedingt im Vorstand haben wollten.« Er lacht höhnisch. Beide nehmen die rasch gelieferten Getränke entgegen.

»Sie hatten also nichts mit ihr? Nur fürs Protokoll.«
Wieder kippt sein Gegenüber den edlen Tropfen mit einem
Schluck. »Nein, zum Teufel noch einmal, hatte ich nicht ...
Wann wurde sie ... also, wann war der Unfall genau?«
»Um exakt dreiundzwanzig Uhr siebenundvierzig.«
»Da hab ich ein Alibi. Meine Frau hatte an diesem Abend
einen schweren Verkehrsunfall ... ich war zu dieser Zeit bei ihr
im Spital. So, und jetzt reicht es mir mit Ihren unverschämten
Fragen.« Er greift in die Sakkotasche, nimmt eine Visitenkarte
heraus. »Hier, viel Spaß mit meinem Anwalt. Das Gesicht wer-
den Sie ja wohl kennen. Schönen Tag noch.« Er beendet das
traute Beisammensein unerwartet rasch, lässt die unberührten
Garnelen stehen, zahlt an der Bar und verlässt die Pizzeria.

Dass der Grebner gleich so scharfe Geschütze auffährt, wundert den Pokorny schon. Geldprobleme dürfte er jedenfalls
keine haben, weil das Stundenhonorar des bekannten, schmierig
grinsenden Anwalts sicher im oberen Preissegment angesiedelt
sein dürfte. Gern in Nadelstreifenanzug mit gepunkteter Krawatte unterwegs, verteidigt er nur betuchte Prominente mit
genug Dreck am Stecken und Geld im Börserl. Ständig feixt
der nahezu glatzköpfige Staranwalt bei mehr oder weniger ge-
sellschaftsrelevanten Ereignissen aus dem Fernseher, ob beim
Wiener Opernball oder bei der berühmten Kitzbühler Hahnen-
kammabfahrt. Ein Mann, den man nicht unbedingt persönlich
kennenlernen muss. Sein Anblick auf der Visitenkarte verdirbt
dem Pokorny den Appetit auf die restliche Pizza und bewegt
ihn ebenfalls zu einem raschen Abgang.

Nach einem kleinen Entspannungsnickerchen fährt er mit seinem E-Bike zum Café Annamühle. Er ist guten Mutes, den
raschen Abgang vom Vortag bei der Katzinger mit dem Re-
chercheauftrag wiedergutmachen zu können.
»Dass du dich überhaupt noch hertraust«, wird er, wie erwartet, eher unfreundlich begrüßt. »Mich dreckig und mit
Brandwunden einfach zurücklassen. Meine zwei Melangen von

gestern hab ich übrigens auf dich schreiben lassen. Nur damits dich auskennst!«

»Passt schon. Ich hab gestern noch mit dem Sprengnagl gesprochen. Wir brauchen Ihre Hilfe«, meint er schelmisch grinsend.

»Ahaaa, geht's wieder einmal nicht ohne mich, gell?« Sie hebt ihr Kinn und blinzelt unter ihrer Fliege-Puck-Sonnenbrille durch. »Na dann los, frag schon.«

Der Pokorny erinnert sich an die Warnung seines Freundes bezüglich der schlafenden Hunde. »Ich erzähl Ihnen was, aber bitte behalten Sie's für sich, ja? Die zwei toten Makler sind laut Polizeiprotokoll durch Unfälle gestorben.«

»Wer's glaubt, wird selig. Zwei Makler hintereinander, das passiert nicht zufällig. Nein, da hat schon wer nachgeholfen. Also ich glaub nicht, dass das Unfälle waren«, sagt sie überzeugt und erinnert den Pokorny an die Zirbner aus der TV-Serie »Vier Frauen und ein Todesfall«. Bei der läuft es bei allen Toten auch immer gleich auf Mord hinaus.

»Wie auch immer, ist Ihnen zu dem Münchner noch was eingefallen? Der Name? Wo er untergekommen ist?«

»Nein, hab ich gestern schon gesagt. Was will denn der Sprengnagl von mir? Weil auf deinem Mist alleine kann die Idee, mich mit ins Boot zu holen, ja nicht gewachsen sein, oder?«

Die Dagmar nickt zur Begrüßung, stellt der alten Frau das übliche Speckstangerl und ihre Melange und dem Pokorny seinen Espresso auf den Stehtisch.

»Wir suchen einen Münchner mit dem Namen Rottenschlager.« Rasch sind die Details zu der Schlägerei und dem Grund der Anzeigen geklärt. »Vielleicht ist das ja der Mann, den Sie in der Annamühle mit der Zangerle gesehen haben?«

»So Gauner sind das? Unglaublich, und das Flitscherl war natürlich mit von der Partie. Eh klar, passt zu ihr.« Sie nickt und äugt herum. »Wo ist denn schon wieder dein Hunderl? Schon wieder bei der Toni … oder versteckt ihr's vor mir?«

»Nein. Ich war zuvor in Traiskirchen, die Maxime ist in der Bücherei. Können Sie sich wegen dem Rottenschlager im Zuge Ihrer Ermittlungen umhören?« In der Hoffnung, von der Beagelin ablenken zu können, wirft er alles in die Waagschale. Über die vom Tierarzt verordnete Speckstangerldiät möchte er mit ihr nämlich nicht diskutieren. Das kann gern die Toni erledigen, er ist da nicht so, gönnt er sich doch auch selbst hie und da ein Käse-Leberkäse-Semmerl. Warum also soll die Maxime auf ihr heiß geliebtes Speckstangerl verzichten? Das Substantiv »Ermittlungen« erzielt die gewünschte Wirkung. »Ja, mach ich, Rottenschlagers kann's ja nicht so viele geben. Wobei Schlager schon wieder verdächtig nach Gewalt klingt, oder? Wie wurden die zwei eigentlich ermordet?«

Und wieder kommt ihm sein Nokia zu Hilfe, eine Nachricht der Luckinger langt ein.

Wir müssen unser Treffen auf zwanzig Uhr verschieben. Geht das? Gruß, L

Er denkt daran, wie erschöpft und ausgehungert die Toni immer nach ihrem Mittwochstraining ist. Außerdem sitzt er selbst um diese Tageszeit lieber schon vor dem Fernseher.

– wird schwierig gruss p

– Dann geht es erst nächste Woche, bin ab morgen vier Tage in Klagenfurt!

– dann halt zwanzig uhr

– Danke

»Leider muss ich weg, ist ermittlungsrelevant, melden Sie sich bitte bei mir.« Er lässt die Katzinger verärgert zurück.

»Ja, ja, ermittlungsrelevant, wer's glaubt, wird selig«, grunzt sie. »Mit einer alten Frau kann er das ja machen … pfff.«

Wider Erwarten findet die Toni die Terminverschiebung gar nicht schlecht. Das Lauftraining wird verkürzt, dann kann sie wenigstens mit zu dem Gespräch. Ehrlich, wie er ist, hat er ihr die Wiener Maklerin beim dritten Achterl Veltliner am Montagabend detailliert beschrieben, und ja, ein klein wenig eifersüchtig ist die Toni doch. Schließlich trifft sich ihr Bärli ja nicht oft mit einer Frau, die der Salma Hayek ähnlich sieht.

Für den Pokorny bleibt noch genug Zeit, um mit der Maxime beim Berti vorbeizufahren. Wenn die neuesten Wetterprognosen stimmen, dann kommen in den nächsten Tagen arktische Temperaturen, und sein E-Bike geht in den wohlverdienten Winterschlaf. Deshalb genießt er die letzten Sonnenstrahlen mit vollem Akku und macht sogar einen Umweg über die Weinbergstraße und in Richtung Schießstätte Leobersdorf nach Großau.

Entsprechend seiner schlechten Kondition fährt er mit müden Beinen beim Bioladen vor, hängt das E-Bike an die Ladestation, schlurft ächzend zur Pergola und lässt sich auf die Holzbank fallen.

»Na, hast es leicht krachen lassen?«, fragt der Berti, während er die Maxime streichelt, die die längere Runde sichtlich genossen hat. »Warte, ich bring euch was zum Trinken.« Er steht auf und kommt mit einem Holunderblütensaft und einer Schüssel Wasser zurück.

»Morgen bricht vielleicht die Eiszeit an, da konnte ich nicht anders. Pfuu, der Akku war voll, aber … na ja, ist sich ausgegangen.« Der Pokorny lächelt, genießt den Saft und spürt nach der langen Runde wieder ein wenig Hunger aufkommen. »Mmh, schmeckt der gut. Hast vielleicht noch ein paar …«

»Kipferl?« Sein Freund zieht fragend die Augenbrauen nach oben.

»Ja, die haben echt gut geschmeckt.«

Erfreut holt der Berti einen gut gefüllten Teller mit Kipferln. Schließlich soll auch die Maxime etwas davon abbekommen. Von der Toni wieder einmal auf Diät gesetzt, schaut die Beagelin, nach Ansicht der beiden Männer, dermaßen verhungert aus, die Tierschutzorganisation »Vier Pfoten« würde den Pokornys ihr drittes Familienmitglied glatt wegnehmen.

»Hat das Katzinger'sche Informationsdreieck schon was herausgefunden?«, fragt der Berti und freut sich, weil die neue Variante der Kipferln so gut ankommt.

Der Pokorny spült den letzten Bissen mit einem Schluck Saft hinunter. »Noch nicht. Hab ich grade erst aktiviert.« Er erzählt von seinen Gesprächen mit dem Wagner und dem Grebner. »Der Ego-Shooter ›Counter-Strike‹ war um die Jahrtausendwende der absolute Hammer. Hat Preise ohne Ende abgeräumt.«

»Da musst schon, im wahrsten Sinn des Wortes, einen Schuss haben, um dich für so was zu begeistern. Also ich versteh das nicht.« Der Pokorny schüttelt den Kopf.

»Glaubst du, der hat mit dem Tod der Zangerle was zu tun?«

»Geh, woher denn. Nein, der war komplett fertig mit den Nerven. Von der Clownversion rückt er nicht ab. Die Toni hat ihn nach der Beschreibung des Fahrers als Pennywise von Stephen King identifiziert.«

»Den Mörderclown? Wie glaubhaft ist die Geschichte?«

»Warum sollte er lügen?«

»Vielleicht weil er müde, unkonzentriert oder was weiß ich war?«

»Berti, würdest du in so einer Situation einen Clown als Alibi erfinden?«, meint der Pokorny zweifelnd. »Einen Krampus oder eine Perchte, ja. Mit viel Phantasie auch einen Horror-Weihnachtsmann. Aber einen Clown, der im Advent auffällt wie ein bunter Hund … nein. Ich denke, da könnte schon was dran sein. Eben weil's so verrückt klingt. Die Kripo hat neben der Alkoholkontrolle bei ihm gleich auch einen Drogentest gemacht.«

»Na gut, dann muss Pennywise auf ein Fahndungsfoto, Interpol, also das große Besteck. Ich stelle mir gerade das Gesicht der Wehli vor, wenn der Sprengi einen Clown zur Fahndung ausschreibt, ha, ha.«

Der Pokorny grinst über beide Ohren. »Und wie er dem Clown von den Handschuhen Fingerabdrücke abnehmen soll. Auch die Gegenüberstellung mit einer Maske stell ich mir spannend vor. Ich scheiß mich an, der arme Kerl, hihi«, prustet er los, bekommt er doch das Bild kaum aus dem Kopf raus. »Die

Wehli daneben wie das Rumpelstilzchen und der Sprengi letztendlich dann doch beim Strafzettelschreiben bis zur Pension.«
»Gut, dass er sich da raushält. Außerdem geht es doch auch um den Vondrasek. Gibt's denn ...«, der Berti hält sich immer noch den Bauch vor Lachen, »Zeugen für einen Clownangriff auf der Terrasse?«

»Nicht, dass ich wüsste, und solange es keine Anzeichen für ein Gewaltverbrechen gibt, bleiben es Unfälle und aus.«

»Der Grebner hat durch seine Frau ein Alibi?«

»Zumindest hat er das so erzählt. Er verneint das Verhältnis zur Zangerle, von ihren unsauberen Geschäften will er genauso wenig gewusst haben wie von der geplanten Agentureröffnung. Mir bleibt nur die Andeutung der Smolle.« Der Pokorny trinkt einen weiteren Schluck. »Wir werden noch mit dem Rest der Bagage reden, das war's dann. Rauskommen wird wahrscheinlich nichts, ist mir eigentlich auch egal. Es gibt fünfhundert Euro pro Tag, bar auf die Kralle. Nicht schlecht, oder? Da hör ich mir sogar die Vernaderungen der Makler untereinander an.«

Der Berti legt den Kopf schief und schaut seinen Freund ungläubig an. »Beim Sprengi regst du dich auf, und selbst kassierst du schwarz ... das ist nicht dein Ernst, oder?«

Da hat sein Freund natürlich recht. Wo der Pokorny doch bis in die letzte Haarspitze gerecht ist. Weil wo der Mochacek sein Schwarzgeld herhat, liegt für beide, nach dem Beispiel des Sprengnagl'schen Grundstücksdeals mit dem Obmann, klar auf der Hand. Ein weiterer unmoralischer Verkauf ist die einzige vorstellbare Begründung dafür.

»Hast recht, schauen wir mal, was am Ende rauskommt. Vielleicht hat ja der Mochacek selber seine Leute mit getarnten Unfällen umgebracht und glaubt, wenn er uns einschaltet, kann ihm nix passieren. Dann gibt's sowieso kein Geld. Egal, um zwanzig Uhr treffen die Toni und ich die Luckinger. Mal schauen, was die für Geschichten über ihre Kollegen parat hat.«

»Bin neugierig, was sie sagt, wenn ihr sie mit der unschönen Geschichte von der Weihnachtsfeier konfrontiert.«

»Na gut, ich muss dann mal los.«

Der Berti hebt die Maxime in die Transportbox. »Du, ich hab die Katzinger am Vormittag mit dem Huber-Bauern gesehen. Hinter ihm im Traktor ist sie gesessen und zu seinem Bauernhof hinaufgefahren. Sie hat auf ihn eingeredet und ihm in einer Tour auf die Schulter getätschelt. Nicht, dass du glaubst, wie üblich mit dem Stock, nein, nein, mit der flachen Hand, hat fast zärtlich gewirkt. Läuft da was zwischen den beiden?«

Der Pokorny beutelt irritiert den Kopf. »Geh, die redet ständig nur von ihrem Ferdinand. Den Huber-Bauern braucht sie nur als Taxi … Aber wer weiß? Ich frag sie morgen, baba.«

Als die Toni gegenüber der Kaserne bei einer roten Ampel warten muss, runzelt der Pokorny die Stirn. »Schau. Da steht der Porsche von der Luckinger.« Er zeigt zum Kaserneneingang.

»Nur weil sie einen Porsche fährt, muss das nicht …«

»Ja, schon … Aber in der Farbe hab ich das Modell in der Gegend noch nicht oft gesehen. Kannst du das Kennzeichen erkennen?«

»›WLucki1‹.«

»Dann ist es ihrer. Ich hoffe, sie beeilt sich, weil den Termin verschieben und auch noch zu spät kommen mag ich gar nicht.«

»Dann habe ich wenigstens einen Vorsprung, weil Hunger hab ich für zwei.«

Die Toni hat heute ihre Crosslauf-Runde in der Rekordzeit von fünfunddreißig Minuten absolviert, dementsprechend groß ist ihr Appetit. Binnen einer knappen Viertelstunde nach der Ankunft im At the Park Hotel ist das cremige Gemüsecurry vertilgt. Ihre persönliche Bestzeit fordert aber wesentlich mehr an Kohlenhydraten. Ganz gegen ihre gesunde Ernährung bestellt sie noch ein kalorienhaltiges Attentat, eine üppige Schokoladentorte. Abgerundet wird das herrliche Abendmahl mit drei Gläsern Gelber Muskateller.

Der Pokorny ist nach seiner Quattro Formaggi von mittags deutlich konservativer unterwegs und begnügt sich mit Original

Sacherwürstel mit Kren, Estragonsenf und einem Kaisersemmerl und dazu ein Soda Zitron. Einer muss schließlich nüchtern das Gespräch mit der Maklerin führen.

Die Erinnerung an sein Besäufnis beim Polizeiball im Casino und die darauffolgenden Schwierigkeiten mit der Wehli erleichtern ihm die Entscheidung, auf Alkohol zu verzichten. Nach dem finalen Schlumberger Sekt ist die Toni beschwipst, stiert zum wiederholten Mal auf die Uhr. »Na, hat sich deine Salma verirrt?«, fragt sie ärgerlich. »Zwanzig Uhr fünfundvierzig, mir reicht es langsam mit dem Warten. So weit ist es von der Kaserne ja auch nicht.«

»Einspruch! Sie ist nicht meine Salma. Geben wir ihr noch ein paar Minuten, dann fahren wir nach Hause. Hat der Salzer doch recht gehabt. Die glaubt, sie ist was Besseres.«

»Melden hätte sie sich trotzdem können. Gehört zum guten Benehmen.«

Kurze Zeit später bezahlt er das üppige Abendmahl und lässt die sonst besonnene, aber jetzt betrunkene allerbeste Ehefrau der Welt bei sich einhängen. Beim Wegfahren vom Hotelparkplatz flüstert er: »Jetzt, wo wir Zeit haben, können wir doch …« Nach einem Blick auf den Beifahrersitz erkennt er, dass aus einem erotischen Spätabendprogramm nichts wird. Seine Toni ist nämlich schon bei der ersten Kurve fest eingeschlafen.

Schon von Weitem ist zu erkennen, dass der Porsche unverändert vor dem Eingang der Kaserne steht. Der Pokorny biegt in die Zufahrt ein, parkt hinter dem Luxusschlitten und betätigt mehrmals die Lichthupe. Keine Reaktion. Mit einem mulmigen Gefühl im Magen steigt er bei eingeschaltetem Fernlicht aus seinem Wagen und nähert sich langsam. Soweit er erkennen kann, ist das Auto leer. Von der Luckinger ist weit und breit nichts zu sehen. Wie er kurz darauf feststellt, ist das Kasernentor verschlossen. »Was mach ich hier eigentlich? Die Luxustussi vergnügt sich irgendwo, lässt uns im At the Park Hotel blöd sitzen, und ich frier mir den Arsch ab.« Tatsächlich ist die Tem-

peratur während des Dinners um mehr als zehn Grad gesunken.
Er beschließt, dem Sprengnagl eine Nachricht zu senden.

der porsche der luckinger steht seit stunden vor dem kasernen-tor   vielleicht sollten deine kollegen das ueberpruefen   hab ein komisches gefuehl   sie ist nicht zum treffen gekommen   gute nacht

Donnerstag, 16. Dezember

Der Chefwetterfrosch vom ORF, der Herr Wadsak, hat mit dem Temperatursturz tatsächlich recht gehabt. Im Stockdunklen schlurft der Pokorny, dick eingepackt mit Rollkragenpullover und einem blauen 3-in-1-Parka, die Hügelgasse zum Café Annamühle hinauf. Über der hellgrauen Wollhaube mit Innenfleece hat er die Kapuze tief in die Stirn gezogen. Er ist ja grundsätzlich eher so der Typ für die warme Jahreszeit, mit Untergrenzen wie am gestrigen Tag. Bei minus fünf Grad Celsius wie ein grönländischer Inuit durch die Gegend zu laufen, ist trotzdem ein wenig übertrieben. Aber da ist er anders wie die Toni, die immer hitzig und deswegen luftig angezogen ist.

Gegen sechs Uhr betritt er sein Stammcafé, und ja, es scheint ein guter Tag zu werden, weil seine Lieblingsverkäuferin heute wieder arbeitet.

»Morgen, Karin, wie war's auf Gran Canaria?« Er setzt sich auf den Barhocker gegenüber der Kaffeemaschine und bewundert die Verwandlung, die das Café seit gestern durchgemacht hat. Mit der Urlaubsrückkehrerin ist endlich auch die Adventszeit angekommen. Glitzerndes Lametta, Weihnachtskugeln, Duftlampen, die einen zarten Zimtduft verströmen, sowie an die Fensterscheiben gesprühte weiße und goldene Sterne.

»Guten Morgen, Pokorny. Der Urlaub war echt schön, leider zu kurz. Aber bei den Temperaturen der letzten Woche hätte ich gleich in Österreich bleiben können. Viel wärmer war es auf den Kanaren auch nicht, und gerade jetzt fällt der Winter bei uns ein«, antwortet sie, brüht seinen morgendlichen Espresso und serviert ihn nur Sekunden später mit einem kleinen, süßen Mürbteigsternchen.

Er nickt. »Ja, verrückt. Gestern bin ich noch mit dem Radl gefahren, heute lauf ich wie am Nordpol durch die Gegend, brr.«

»Ich hab gehört, dass ihr wieder im Geschäft seid?«, meint sie, während sie aus mehreren roten Transportsteigen frisches Gebäck, Brotwecken und kalorienreiche Mehlspeisen in die Verkaufsvitrine schlichtet. Genießerisch schließt er die Augen, nippt von seinem Espresso und schnuppert nach der phantastischen Mischung unterschiedlicher Aromen. »Na, jetzt erzähl schon.«

Die Karin war beim letzten Fall in die Erstellung eines anonymen Schreibens an die Chefinspektorin involviert, deshalb kann er jetzt schlecht auf schweigsam machen.

»Es gibt zwei tote Makler, wahrscheinlich Unfälle, laut Polizei kein Fremdverschulden, und der Mochacek, seines Zeichens Obmann des ...«

»... Triestingtaler Immobilienverbands. Den kenn ich, der geht öfters jagen und kauft seine Jause bei uns«, unterbricht sie ihn.

»Na, jedenfalls glaubt der nicht so recht an Unfälle und hat uns beauftragt, das zu prüfen. Wir reden halt mit den Maklern, mehr ist da nicht.« Er riecht am Mürbeteigkeks, steckt es in den Mund und schlürft den letzten kleinen Schluck vom Espresso.

»Soso, mehr ist da nicht?«

»Nein, wirklich.« Er schüttelt den Kopf, und bevor die Karin nachsetzen kann, bestellt er das Frühstück für seine Liebste: »Bitte zwei dunkle resche Semmerln für die Toni. Die Dagmar war die letzten Tage nicht zum Aushalten, bitte geh jetzt länger nicht mehr auf Urlaub. Als wollte sie mich sekkieren, hat sie mir jedes Mal die hellen ...« Die Anklage gegen die schweigsame Kollegin wird durch sein Nokia unterbrochen.

»Das kann jetzt nicht wahr sein! Die Katzinger quält mich sicher nicht um diese Zeit.« Hektisch schaltet er das Handy aus. »Nein, sicher nicht, soll's mir aufs Band quatschen. Baba, ich muss los.«

Der Toni ist zwar nicht leicht kalt, dafür machen ihr der plötzliche Temperaturwechsel zu schaffen, dann schläft sie schlecht und steht zeitiger auf. Mit einem Häferl Kamillentee in der Hand starrt sie missmutig beim Fenster hinaus. »Morgen, Zuckerschnecke, spürst du das Wetter?«, fragt er besorgt. »Da, dein Frühstück.«

»Brrr, du bringst eine Kälte mit ins Haus«, stöhnt sie und öffnet das Sackerl mit dem frischen Gebäck. Sofort hellt sich ihre Miene auf. Warum auch immer, frische Semmerln verblasen Kopfweh und Unwohlsein in Sekunden.

Wenn es seiner Liebsten nicht gut geht, überschlägt sich der Pokorny ganz gegen seine sonstigen Gewohnheiten im Haushalt. Heute richtet er sogar allein das Frühstück her. »Dann können wir uns gleich gemeinsam die Nachricht von der Katzinger anhören. Ruft mich um sechs Uhr an, die spinnt ja. Das Gejammere vertrag ich nicht alleine.« Nachdem der Cappuccino für die Toni und sein zweiter Espresso des Tages am Tisch stehen, schaltet er das Handy wieder ein.

»Mahlzeit, Pokorny«, krächzt die alte Frau anklagend, beide sehen sie gedanklich mit ihrem Stock entrüstet durch ihren Wohnwagen watscheln. »Während du pennst, hab ich schon ermittelt und alles parat. Weiß ja nicht, wie lange du noch faulenzt, quatsch ich halt aufs Telefon. Also, die Fratelli Rosal, kennst eh noch von den Lieblichs, die hat ja jetzt eine Kundschaft weniger. Zum Auffetten ihrer mickrigen Pension putzt sie deshalb im gesunden Hotel an der Badner Straße. Bis letzten Samstag hat dort ein Münchner gewohnt, und ... jetzt halt dich an. Der heißt ... äh, wennst mehr wissen willst, dann rufst mich auf meinem neuen Handy an, einem nigelnagelneuen Imperium. Nummer ist die alte, baba.«

»Hat die Nervensäge leicht ein neues Telefon? Was ist mit ihrem alten aufklappbaren Samsung, Marke Steinzeit?« Bisher war er ihr mit seinem alten Nokia-Handy technisch noch voraus. Wenn die alte Frau aber jetzt auf ein seniorengerechtes Emporia umgestiegen ist, dann wird sie ihn wohl beim Kaffee damit sekkieren.

»Keine Ahnung, ruf sie nach dem Frühstück ...«

Die Toni wird durch einen Anruf vom Sprengnagl unterbrochen.

»Pokorny, jetzt wird es ernst. Du hast mit deinem komischen Gefühl recht gehabt. Die Luckinger ist von einer Streife in der Martinek-Kaserne tot aufgefunden worden.«

»Scheiße.« Der Pokorny schaltet auf Lautsprecher. »Was ist passiert?«

»Auf meine Bitte hin sind die Kollegen noch in der Nacht zu der Kaserne gefahren. Das Tor war nicht versperrt, lediglich ordentlich verzogen. Zu zweit haben sie es aufbekommen und die Leiche gefunden. Bevor du dir Vorwürfe machst, die ist dort schon länger gelegen, du hättest ihr nicht mehr helfen können. Die Tatortgruppe ist gerade eingetroffen, ein Unfall ist auszuschließen. Ihre Stöckelschuhe befanden sich gleich hinter dem Haupteingang bei der Vöslauerstraße, die Strumpfhose ist auf den Fußsohlen zerrissen, als wäre sie bloßfüßig vor ihrem Mörder davongelaufen. Sie wurde wahrscheinlich mit einem scharfkantigen Holzstück, eventuell ein Holzscheit, von hinten niedergeschlagen. Zumindest ist das die erste Vermutung, es liegen um die Leiche Holzsplitter am Boden.«

»Wann wurde sie erschlagen?«

»Der Hammerschmied will sich ohne Obduktion nicht festlegen. Ich hab ihm ein wenig aussagekräftiges ›Irgendwann am Nachmittag‹ abgerungen.«

»Also knapp nachdem sie den Termin mit mir verschoben hat«, stellt der Pokorny fest. »Wahrscheinlich sogar wegen ihres Mörders. Ein Wahnsinn!«

»Damit sind nun drei aus dem Vorstand tot«, resümiert die Toni, während sie selbst gemachte Mödlinger Marillenmarmelade von ihrer Mutter auf die Semmerlhälften schmiert.

»Die Luckinger war nicht wirklich im Vorstand. Die Theorie vom Mochacek, jemand könnte es direkt auf den Vorstand abgesehen haben, ist damit hinfällig«, meint der Pokorny. »Zwei Unfälle, ein Mord. Ist die …«

»Leider ja. Die Wehli ist laut einem Kollegen gerade auf ihrer

97

BMW eingeritten. Ich wollte dich nur vorwarnen … falls du dich dort umschauen willst, sei vorsichtig. Die Leiche liegt in Baden, Gott sei Dank, geht mich also nichts an. Hä, hä.«

»Freu dich nicht zu früh. Wäre nicht das erste Mal, dass sie dich anfordert, gell?«, feixt sein Freund.

»Bitte verschrei es nicht.«

»Ich fahr später vorbei, da ist die Frau Wichtig hoffentlich schon wieder unterwegs.«

»Ja, pass trotzdem auf. Gibt es sonst was Neues? Hat sich die Katzinger gemeldet?«

»Hat mir vorhin aufs Band gequatscht. Der Münchner, der mit der Zangerle in der Annamühle war, dürfte, auch wenn sie sehr geheim tut, der Rottenschlager sein.«

»Dürfte?«

»Na ja, ich soll sie zurückrufen, kennst ihre Spielchen eh. Falls er es ist, hat er bis 11. Dezember im Vivea logiert.«

»Hui, hui«, sagt die Toni. »An dem Abend ist die Zangerle überfahren worden. Ob dem sein Verschwinden damit zusammenhängt?«

»Wird sich zeigen, jetzt ist ja die O-Weh mit an Bord. Die Kollegen tun mir leid«, stellt der Sprengnagl fest und hat keine Ahnung, was noch auf ihn zukommen wird.

Der Pokorny hofft, dass ihm nicht bald sein Freund leidtun muss. Wäre nicht das erste Mal, dass ihn die Chefinspektorin Ottilia Wehli, hinter ihrem Rücken »O-Weh« genannt, beim Kommandanten der PI Bad Vöslau als Unterstützung anfordert.

»Du, ich muss jetzt Schluss machen und die Katzinger anrufen. Ich melde mich, baba.«

Er schaut die Toni an. »Na, bumm. Die Luckinger ist auch tot. Damit ist klar, warum sie uns versetzt hat. Das kann kein Zufall sein, oder? Es muss noch eine andere Verbindung als den Vorstand geben. Irgendwas läuft da im Hintergrund, was uns der Mochacek verschweigt.« Der Pokorny beißt in sein mit Waldbienenhonig bestrichenes Kürbiskernweckerl. »Die Luckinger hatte keine Funktion im Vorstand und kommt als Einzige aus

Wien. Wenn das wirklich Mord war, muss sich die Wehli auch die beiden anderen Leichen und Schauplätze noch einmal anschauen. Irgendwas haben ihre Kollegen dann übersehen.«

»Vielleicht wandelt ja ein toter Soldat im Pennywise-Kostüm durch die Martinek-Kaserne und erschlägt Makler«, unkt die Toni.

»Dein Humor passt zu deiner Tagesverfassung.«

»Danke, Bärli, du verstehst es, mich aufzubauen«, murrt sie, steht auf und brüht sich einen weiteren Cappuccino. »Jetzt ruf endlich die Katzinger an. Der Rottenschlager ist unser einziger Anhaltspunkt, den müssen wir finden! Hopp, hopp!« Sie schnippt zweimal, prompt wackelt der Pokorny grantig mit den Ohren und tut wie befohlen.

»Wer stört?«, hustet ihm die alte Frau ins Ohr.

Jetzt ist halt dem Pokorny aufgrund der Gesprächsentwicklung mit der allerbesten Ehefrau der Welt nicht spaßig zumute. Deshalb bremst er die Katzinger gleich zu Beginn. »Sie wissen genau, wer anruft, warum reden S' dann so komisch daher?«

»Ma, wie bist denn du drauf? Gestern hast mich elendig abgewürgt, und jetzt bist unfreundlich …« Allen Ernstes überlegt sie aufzulegen. Allerdings spürt sie, dass er heute wohl keinen so guten Tag hat, und verzichtet daher auf verschärfte Sanktionen.

Unerwartet rudert auch der Pokorny zurück. »Schon gut, danke für Ihre Nachricht. Das ist also der gewünschte Rückruf. Ist der Münchner nun der Rottenschlager oder nicht? Und … noch eine Frage: Haben Sie ein neues Handy? Ihr Samsung war doch noch so gut wie … neu«, stellt er fest und verzieht das Gesicht zu einer Grimasse.

»Jetzt würde ich viel geben, wenn ich sehen könnt, ob du's ernst meinst oder mich frotzelst.« Nach einem beredten Schweigen an beiden Leitungsenden fährt sie fort: »Aha, eh. Die Frau Direktor vom Jacobusheim hat beim Advent-Bingo ein neues Telefon verspielt. Prompt hab ich Bingo gebrüllt und … Tata! … auch gewonnen. Ein Imperiumtelefon, aber nicht so ein Alten-Dings für geistig Zurückgebliebene. Nein, tipptopp, sogar mit

Internetz und Zwölf-Megabüchsen-Kamera. Brauch ich zwar alles nicht, aber einem geschenkten Gaul schaut man ja bekanntlich nicht ins stinkende Maul ...«

»Was ist mit Ihrem Samsung passiert?«

»Unterbrichst mich schon wieder, fixlaudon. Manchmal kommt zum Pech gleich Glück dazu. Am Vortag ist mir im Café Sisi am Klo, also ... hm, halt beim Hinsetzen, das Telefon aus der Tasche gerutscht, mitten rein ins Glück. Hab's nicht gesehen und runtergespült. Na, ich hab mich geärgert und dann am nächsten Tag im Heim ... Bingo, hihi. Jetzt schaust mit deiner vorsintflutlichen Krücke alt aus, Pokorny.«

Au, das tut ihm jetzt weh, wobei er mit seiner seltsamen Ablehnung der modernen Technik gegenüber selbst schuld ist. Er schnauft langsam durch. »War er's jetzt, der Rottenschlager, oder nicht?«, versucht er eine Korrektur des für ihn ungünstigen Gesprächsverlaufs.

»Ja, gewonnen! Zwar kein Telefon, aber wurscht. Also, es Rosal ist da ja fix mit ihrem Telefon, hat mir ein Bild gezeigt von einem Deutschen im gesunden Hotel bei Kaffffffe und Törtchen.« Sie betont die deutsche Aussprache für Kaffee überdeutlich. »Die Melange war dem Rottenschlager viel zu stark, deshalb hat sie sich an ihn erinnert. Die Deutschen sind ja allgemein mehr so ein wässriges Gesöff mit viel Milch gewohnt. Deshalb hat s' ein paar Bilder von ihm gemacht und mir gestern Abend noch gezeigt.«

»Welches gesunde Hotel?«, fragt der Pokorny.

»Na, das auf der Badener Straße, gleich neben der Tankstelle.«

»Sie meinen wohl das Gesundheitshotel Vivia?«

»Ma, Gescheitl, immer wieder machst dich wichtig und musst mir meine Versprecher um die Ohren hauen. Eigentlich sollte ich jetzt einfach auflegen ...«

»Bitte nicht, Frau Katzinger«, sagt die Toni mit einem schiefen Seitenblick zum Oberlehrer. »Können Sie Ihre Freundin bitte fragen, ob sie mir die Bilder schicken kann?«

»Per Post? Da zeig ich's euch lieber gleich persönlich am Nachmittag.«
»Nicht per Post, das geht auch über das Telefon. Wäre sehr nett. Ist der Rottenschlager am Samstag direkt nach Hause gefahren?«
»Na, alles weiß es Rosal auch wieder nicht. Ihm war's halt zu stressig im Hotel. Mit den herumtaumelnden Alkoholleichen vom ›Märchenhaften Advent‹ vorm Rathaus. Die Deutschen sind einfach nix gewöhnt und ruhebedürftig. Seine Frau hat früher mit Geld von anderen gezockt, dann war sie in einer Nervenklinik, ist jetzt eine volle ... wart kurz.« Der Pokorny hört die Katzinger im Hintergrund asthmatisch husten, ein Feuerzeug klicken, nach einem kurzen Krächzer ist sie wieder am Apparat.» 'tschuldige, das kalte Wetter, im Café Sisi muss ich im Garten tschicken. Raucherhass, wo du hinschaust. Schweinekalt ist's, und der Chef, der ist ein Sparefroh und inseriert nix in ein Heizschwammerl, brr ... Da kann er sich, um mich bei Laune zu halten, seinen Krimi-Korb und den Sisi-Taler rexen.«
»Welchen Krimi-Korb?«, fragt der Pokorny neugierig.
»Na, den Korb mit dem psycho-lustigen Krimi vom Ruhrdorfer, an zurgrasten Wiener, kennst den nicht?«
»Heißt der nicht Ruhrhofer?«
»Is doch egal, ob Hofer oder Dorfer ...«
»Nein, nicht ganz«, mischt sich die Toni ein,»was ich gehört hab, ist der bei einem Psychologen in Behandlung, angeblich begleitet ihn die Namensverunglimpfung schon sein ganzes Leben ...«
»Wurscht, wo war ich ... hm, die herumtaumelnden Alkoholleichen ... da sind wir durch ... ja genau, also die Frau vom Deutschen ist jetzt eine volle Psycho. Vor einem Monat ist die beim Frühstück im Hotel zusammengebrochen und hat ohne Ende geweint, richtig historisch arg geweint, und gezuckt hat sie wie bei einem epilogischen Anfall. So nämlich.« Sie krampft zur Verdeutlichung ihren zierlichen Körper mit spastischen Gesten zusammen, ganz so, als könnte sie der Pokorny sehen.

»Furchtbar. Was spekuliert sie auch mit dem Geld anderer, irgendwann rächt sich das. Hat die Rosal sonst noch was erfahren?«

»Nur, dass die Deutschen schon ewig lang in der Nähe eine Wohnung suchen. Aber ich bleib am Ball, okidoki. Jetzt muss ich … weil mein Akku …« Das Gespräch endet abrupt.

»Ich glaub, die hat mich doch noch abgewürgt, also das ist ja allerhand.« Er klopft verärgert mit seinem Gebäck auf den Teller.

»Willi, hör auf, dein Weckerl zu malträtieren. Du brauchst dich nicht ärgern, schließlich hast du in der Annamühle das Gleiche gemacht, oder?«

Er zieht die Mundwinkel auseinander. »Auch wahr. Fährst du mit zur Kaserne?«

»Hm«, nuschelt sie kauend mit einem Blick auf die Uhr. »Nein, besser nicht, ich muss um zehn Uhr in der Bücherei sein, das wird mir zu knapp.«

»Na gut, dann nimm du Maxime mit, ich komm sie später abholen«, schlägt er vor, räumt den Tisch ab und macht sich auf zur Kaserne.

Der Entschluss, zügig auf der Vöslauerstraße an der NÖM, einer Milchproduktionsfirma, vorbeizufahren, erweist sich als kluge Entscheidung. Die schwarze 1200er BMW der Chefinspektorin parkt direkt vor dem Kasernentor. Die leidenschaftliche Motorradfahrerin fährt zu jeder Jahreszeit mit ihrer BMW zu den Tatorten. Die beim Pokorny so unbeliebte Eigentümerin steht im schwarzen Lederoutfit daneben, glücklicherweise mit dem Rücken zur Straße, und redet mit dem Michael Alterbauer, dem Leiter der Tatortgruppe. Ihr mattschwarzer Helm hängt lässig über einem Lenkergriff, der von einem Designer aufgemalte silberne herzlos grinsende Totenkopf reflektiert in der gleißenden Sonne. Trotz des mulmigen Gefühls, gleich in Schwierigkeiten zu schlittern, muss er schmunzeln. Die komplett schwarz ausstaffierte Ermittlerin ist der absolute Gegensatz zum Wagner.

Während bei dem Fahrer der Badner Bahn die Farbe Weiß dominiert, ist bei ihr alles schwarz wie in der Hölle. Mehrere Streifenwagen blockieren die Zufahrt, uniformierte Beamte haben alle Hände voll zu tun, die Schaulustigen hinter dem rot-weißen Absperrband zu halten.

»Geh bitte«, redet er mit sich und überlegt sein weiteres Vorgehen. Weil wo soll er parken, ohne der Wehli, die seinen uralten Ford Escort kennt, gleich ins Auge zu stechen? Er entscheidet sich, zwecks besserer Sicht auf das Geschehen, für die riskante Variante und parkt seinen Wagen im Schatten eines Edelstahltanks auf dem gegenüberliegenden Parkplatz der NÖM. Was er aus seiner Position nicht sehen kann – der Tank reflektiert sein Auto, als würde ein Scheinwerfer darauf leuchten. Damit ist sein Versteck weithin sichtbar, und so kommt, was kommen muss: Als hätte die Chefinspektorin seine Anwesenheit gespürt, dreht sie sich um und erspäht den stillen Beobachter im Spiegelbild des Tanklasters. Sie beendet ihr Gespräch mit dem Alterbauer, zeigt auf den Pokorny, steigt auf ihre BMW und begrüßt ihn Sekunden später auf ihre sympathische Art und Weise.

»Soviel ich weiß, sind Sie arbeitslos und fahren Bioeier aus. Was machen Sie auf dem privaten NÖM-Parkplatz?«, blafft sie ihn grußlos an. »Hinter einem Lkw verstecken, lächerlich, blöder geht es ja nicht.« Sie deutet auf sein Spiegelbild.

»Was ich wann wo mache, geht Sie genau null an. Hat mich wer von der NÖM angezeigt?«, antwortet er betont freundlich und ärgert sich über seine Dummheit. »Falls nicht, kann ich dastehen und mir die Gegend ansehen.«

Sie kneift die Augen zu schmalen Schlitzen zusammen. »Die Gegend ansehen, soso. Das können Sie Ihrer Urstrumpftante erzählen. Hä. Ich wiederhole mich ungern. Was machen Sie da?«

»Mir überlegen, ob ich direkt bei der NÖM ein Joghurt kaufen soll. Beim Billa sind die überteuert und …«

»Hören Sie auf mit dem Unfug«, fährt sie ihn an. »Spielen Sie wieder Freizeitpolizist, oder was?«

»Werte Frau Chefinspektorin, was wollen Sie von mir? Haben Sie mit der Toten nicht genug …« Er verstummt, erkennt seinen Fehler und schnauft verärgert durch.

Die Wehli schafft es mit ihrem gewinnenden Wesen immer wieder, den Pokorny zu provozieren. Und wenn er sich ärgert, ist halt sein Mund leider regelmäßig schneller als sein Gehirn. Ein wiederkehrendes Ereignis, das ihn ebenso regelmäßig in Schwierigkeiten unterschiedlichster Art bringt. Den Schmäh mit dem Joghurtkauf kann er jetzt klarerweise vergessen, und er weiß, was kommt.

Die Wehli schlägt mit der flachen Hand dermaßen fest auf den Tank ihrer BMW, dass der Pokorny wegen der blitzenden Augen über eine Explosion nicht überrascht wäre. »Wusste ich es doch! Der Sprengnagl wird sich noch wünschen, er hätte seinen Mund gehalten. Wissen Sie was? Eigentlich wollte ich diesmal ohne Ihren Freund arbeiten, aber wenn er sich so aufdrängt …«

»Der Sprengnagl hat damit nichts zu tun«, sagt er, um seinen Fehler wiedergutzumachen. »Ich hab mit einem der Schaulustigen geredet. Der hat von einer Toten gefaselt, was weiß ich?«

Stirnrunzelnd deutet sie auf die Menge Schaulustiger, die von Minute zu Minute mehr werden. »Einer von denen dort?«

Seine Lüge hat ihm nur kurz Zeit verschafft, freilich kann er keinen Zeugen nennen, woher auch. »Weiß nicht, der war rot angezogen und … Ich sehe ihn nicht mehr, wahrscheinlich ist er weggefahren.«

»Lächerlich. Zuerst das Versteckspiel mit Ihrer Rostlaube, und als wäre das nicht schon peinlich genug, erfinden Sie noch einen verschwundenen Schaulustigen. So leicht kommen Sie mir nicht davon.« Sie zieht rasch ihre Handschuhe aus, öffnet den Reißverschluss der Winterjacke und angelt ihr Handy hervor. Grinsend drückt sie die Kurzwahlnummer Null. Um ihre Einstellung gegenüber dem Sprengnagl zu verinnerlichen, hat sie ihm die zugewiesen. Doppelnull geht leider nicht. »Herr Gruppeninspektor, so eine Freude, dass ich Sie gleich erreiche …

Sie sind sicherlich über den Leichenfund in der Martinek-Kaserne informiert, nicht wahr?« Sie lauscht. »Ah eh, super, ich brauche Sie dringend hier, nein, nein, keine Sorge, Bad Vöslau bewachen Ihre Kollegen. Ich kläre das mit Ihrem Chef. Also … hopp, in zehn Minuten sind Sie gestellt«, beendet sie grußlos das Gespräch.

Dann fährt sie an den Pokorny gewandt fort: »Abgang, bevor ich Sie vorsorglich wegen Behinderung der Polizeiarbeit wegbringen lasse. Los, ich warte.« Sie lehnt sich spöttisch lächelnd auf den Lenker der BMW.

Der Pokorny weiß, wann er verloren hat, startet seinen Wagen und fährt mit wackelnden Ohren zurück nach Bad Vöslau. Die Information über die Unfälle der beiden anderen Makler und einen eventuellen Zusammenhang kann sich die Wehli damit allerdings abschminken.

In Sooß bleibt er beim chinesischen Restaurant Fünf Sterne stehen. »Verdammt, ich muss den Sprengi warnen.« Während er noch dem Freizeichen lauscht, parkt sich der Sprengnagl neben ihm ein.

»Sie hat dich gesehen, oder?«

»Ja, leider, mein Versteck war nicht gut genug.«

»Mist, wie komm ich aus der Nummer wieder raus?«

»Vermutlich gar nicht. Ich hab mich extra hinter einem Tanklaster geparkt.« Er verschweigt den peinlichen Fehler mit dem Spiegeleffekt. »Und … weil sie mich halt wieder aufs Ärgste provoziert hat, ist mir das mit der Leiche rausgerutscht. Tut mir echt leid.«

»Verdammte Scheiße! Was soll ich jetzt machen?«

Der Pokorny berichtet ihm von seiner mäßig gelungenen Ausrede mit dem Schaulustigen. »Sie hat mir das zwar nicht geglaubt, anhängen kann sie's dir aber auch nicht. Lösch zur Sicherheit unseren Gesprächsverlauf der letzten Tage aus der Anrufliste.«

»Hm, ja, so könnt es gehen. Gut, halt mir die Daumen, ich

melde mich später.« Er nimmt noch schnell die Löschungen der Anrufe vor, winkt und düst ab zur Kaserne.

In der Bücherei gibt es heute Mittag den üblichen griechischen Salat, nicht so sein Lieblingsessen, aber es hilft nichts, heute ist Gemüsetag. In einem Lokal könnte er zu dem Salat wenigstens Soßen oder andere geschmacksaufbessernde Zutaten bestellen, aber am Arbeitsplatz der Toni bleibt es freilich bei Schafskäse und Oliven. Weil jeden Tag auswärts essen geht trotz des Verkaufs eines geerbten Grundstücks in schöner Hanglage in Baden nicht. Nach dem Kauf der Doppelhaushälfte in Bad Vöslau haben die beiden zwar immer noch ein gut gefülltes Sparbuch, das ihnen das Leben leichter macht und der Toni so manche Plackerei in der Küche erspart. Der Donnerstag bleibt für sie trotzdem ihr Salattag am Arbeitsplatz. Nach längerem Kampf hat er zumindest ein frisches, goldbraun gebackenes Baguette von der Bäckerei Mann als Beilage reinreklamieren können. Das macht die karge Mahlzeit für den Salat-Muffel halbwegs erträglich.

Schnell hat er der Toni von dem unerfreulichen Zusammentreffen bei der Kaserne berichtet. Sie schüttelt während seiner Erzählung den Kopf und rollt mit den Augen. »Willi! Was lässt du dich auch immer von ihr provozieren … und dann den Sprengi da reinziehen, echt.«

»Wenn ich die sehe, bekomm ich einfach die Krise. Außerdem ist ja nix passiert. Der Sprengi macht das schon.«

»Du und deine Ausreden, hast du ihr das mit der Zangerle und dem Vondrasek erzählt?«

»Nein, woher denn? Die soll ihre Arbeit selber machen, und wenn sie mir blöd daherkommt, geht sowieso nix.«

»Wir müssen den Franter nach seinen Verhältnissen mit den Vorstandskolleginnen befragen«, meint sie. »Möglichst schnell, bevor der anderswo vom Tod der Luckinger erfährt.«

»Ich ruf ihn an, seine Protzkarte mit dem Playboy-Hasen hab ich noch.« Tatsächlich erreicht er den Makler, der allerdings sehr kurz angebunden ist. »Grüße Sie, Herr Franter, hier spricht

Pokorny. Haben Sie heute Abend … nein, aha … also gut, dann bin ich um vierzehn Uhr dreißig bei Ihnen.« Das Gespräch endet abrupt. »Sympathisch wird mir der in diesem Leben nicht mehr. Geh, jetzt muss ich wieder alleine …«
»Du schaffst das schon.« Sie lächelt und küsst ihn zärtlich auf die Nasenspitze. »Wir treffen uns dann in der Annamühle, okay?«
»Passt«, sagt er und schlüpft verstimmt in seine Polarausrüstung. »Bussi.«

Kurz nach vierzehn Uhr dreißig parkt er vor einer modernen zweistöckigen Villa am Stadtrand von Berndorf ein. Dem Franter dürfte es finanziell gut gehen, denkt sich der Pokorny und bestaunt das riesige, im Bauhausstil errichtete Gebäude, ein malerisch am Waldrand gelegenes architektonisches Juwel. Ein Schild neben der Zufahrt zeigt, dass das Immobilienbüro im Erdgeschoss angesiedelt ist. Alles hier strahlt Eleganz aus, die fünfzehn Meter lange Fensterfront wird lediglich von zwei schmalen, senkrechten Stahlsäulen durchschnitten. Die Scheiben scheinen rahmenlos im Boden versenkt. Die weiße Fassade wird durch champagnerfarbene Raffstores in den beiden oberen Geschossen edel ergänzt.
Er läutet und wird von einer jungen Frau begrüßt. »Herr Pokorny, nehme ich an? Der Herr Franter ist gleich so weit, nehmen Sie bitte Platz. Darf ich Ihnen einen Kaffee bringen?«
Freilich geht sein Wunsch nach einem Espresso in dem Moment unter, als die Mitarbeiterin seine Begleitung entdeckt. Sie hockerlt sich vor die Maxime hin und beginnt, sie zu streicheln, zu kraulen, zu loben, halt das volle Liebhabprogramm. »Na, du bist ja süß!« Und natürlich weiß die Beagelin, dass sie gewonnen hat und im besten Fall auf Leckerlis hoffen kann.
Aus einem Nebenraum kommt eine etwas ältere Dame mit einer Schachtel in der Hand heraus. »Vielleicht mag sie ein Hundekeks? Ist das okay?« Ohne seine Antwort abzuwarten, wandert schon das erste Stück in den Schlund der Maxime.

Freilich weiß auch der Besucher, dass jetzt Neinsagen keine Option mehr darstellt. »Ja, aber bitte nicht zu viele. Sonst rollt sie bald wie ein Mops durch die Gegend.«

»Guten Tag, Herr Pokorny«, unterbricht der Franter das Gespräch und verzichtet auf einen Händedruck. »Folgen Sie mir bitte in mein Zimmer. Mädels! Bitte macht keinen Schmutz, gleich kommt der Kommerzialrat Unterschödinger, der ist da pingelig.«

Wie nicht anders erwartet, logiert der geschniegelte Lackaffe in einem modernen, mit viel Chrom, Glas und Spiegeln versehenen Büro. Alles hier hat klare Linien, keine Schnörkel, die Möbel wurden offensichtlich von einem Designer entworfen. Hinter seinem wuchtigen Schreibtisch hängt ein Nachdruck von Hieronymus Boschs »Garten der Lüste«. Passend zum sonstigen Protz im Format zwei Meter mal ein Meter. Der Pokorny denkt an die sexuellen Vorlieben seines Gegenübers und würde zu gern wissen, was der perverse Macho in dem Bild zu sehen glaubt. Wie er in einer Dokumentation erfahren hat, wird die Deutung des Gemäldes von der Kunstwelt zwiespältig diskutiert. In Gedanken an die Vergewaltigung der Luckinger traut er dem Franter weder einen Kampf gegen die Wollust noch den Traum von einem Liebesparadies zu.

Wobei pervers ja ein sehr subjektiver Begriff ist. Weil, auch die Pokornys haben ihren ganz persönlichen Fetisch, der sicherlich von halb Bad Vöslau als pervers angesehen würde. Sind sie doch seit Jahren Kunden bei einer Firma, die Sexspielsachen in Form von Werkzeug online verkauft. Warum es gerade diese ausgefallene Form von (en)joy-toy sein muss, wissen beide nicht so recht. Als völlig untalentierte Handwerker gefallen ihnen die Gummi- und Silikonwerkzeuge halt besonders gut, sie bringen das Liebesleben der beiden regelmäßig in Schwung. Dann wird der Hobbyraum vom Pokorny gleich einmal zum Spaßzimmer und die Werkbank zu einer Massageliege.

Schon beim Kennenlernen auf der Vöslauerhütte war für den Franter und den Pokorny klar, dass sie keine Freunde werden würden. Und die heutige herzliche Begrüßung durch den Franter sowie der schon vorsorglich angekündigte Termin des Kommerzialrats lassen wenig Spielraum für anderweitige Spekulationen. Dementsprechend schnell kommt der Pokorny zum Grund seines Besuchs. »Herr Franter, stimmt es, dass Sie die Luckinger bei der letzten Weihnachtsfeier auf der Herrentoilette vergewaltigt haben?«

Der Lackaffe wird zuerst weiß um die Nase, läuft dann rot an. »Woher haben Sie denn diesen Schwachsinn?« Er klopft sich mit dem Zeigefinger zweimal an die Stirn. »Vergewaltigt! Lächerlich! Die Luckinger wollte hart genommen werden, die hat förmlich darum gebettelt. Glauben Sie ehrlich, ich hätte das notwendig?«

»Was ich glaube oder nicht, spielt keine Rolle. Es gibt eine Zeugin für die Vergewaltigung und auch für die Drohung der Luckinger, Ihrer Frau alles zu erzählen.«

»Eine Zeugin, sagen Sie? Hm …«, murmelt er, bevor langsam der Groschen fällt. »Das frigide Hausmütterchen? Die Smolle, die selber schon darauf wartet, nicht wahr?«

»Was meinen Sie damit?«

»Dass die Smolle es von mir auch gerne besorgt haben will.« Mit einem schmutzigen Grinsen nimmt er sein iPhone vom Tisch. Auf der silberfarbenen Coverrückseite prangt das bekannte Symbol des Playboy-Hasen. »Da, werter Herr Ermittler. Heute erhalten.« Er zeigt ihm eine WhatsApp.

Sonntag, zehn Uhr, quick and dirty mit guter Aussicht, Heizstrahler bring ich mit! Freu mich schon auf unseren Fick. Deine geile Smolli ☺

Er sieht, wie dem Besucher das Gesicht einschläft, und grinst schäbig. »Da schauen Sie jetzt blöd aus der Wäsche. Was hat Ihnen die unbefriedigte Hausfrau sonst noch für Lügengeschichten über mich erzählt?«

Der Pokorny ist dermaßen perplex, dass er die Botschaft erst sickern lassen muss. Hat ihm doch die Smolle von ihrer Abneigung gegenüber dem Macho erzählt, und jetzt schickt sie dem Franter so eine Nachricht.

»Nun, sind Sie jetzt schockiert?«

»Davon kann keine Rede sein. Spannend zu sehen, wie aus Ihrem Haufen einer den anderen mit Dreck bewirft.« Bevor der Franter antworten kann, setzt er fort: »Sie hat übrigens auch erwähnt, dass Sie mit der Zangerle im Bett waren. Und zwar nicht nur einmal bei einer Weihnachtsfeier. Das lief schon länger.«

»Zwei Sachen: Erstens hab ich auch die Luckinger öfters geschnackselt, nicht nur bei der Weihnachtsfeier. Zweitens war die Zangerle eine ganz andere Nummer. Die war wirklich scharf, fast zu viel, auch ich habe meine Grenzen. Weil Sadomaso brauche ich dann auch nicht.«

»Wann haben Sie die Luckinger das letzte Mal gesehen?«, fragt der Pokorny, bereit, die Bombe zu zünden.

»Ich weiß zwar nicht, was Sie das angeht, aber gut, weil es der Mochacek so will. Auf der Vöslauerhütte, danach nicht mehr. War's das?« Er signalisiert mit dieser Frage das Ende des Gesprächs.

»Nein, noch nicht. Wo waren Sie gestern ab circa fünfzehn Uhr?«

»Zuerst im Büro, dann in meiner Wohnung im Obergeschoss. Warum?«

»Gibt es dafür Zeugen?«

»Nein, es war niemand mehr im Büro, und meine Frau war bei ihren Eltern in Graz. Was zur Hölle geht Sie das eigentlich an? Verschwinden Sie, mir ist schade um die Zeit, die ich mit Ihnen verplempere.«

»Dann schaut's für Sie schlecht aus. Die Luckinger wurde gestern Nachmittag in der Martinek-Kaserne erschlagen. Sie haben Ihre Kollegin bedroht und kein Alibi. Tja, was wird wohl die ermittelnde Chefinspektorin dazu sagen?« Der Pokorny kann sich einen süffisanten Unterton nicht verkneifen.

Der Franter starrt ihn entgeistert an und stammelt: »Aber ich … Sie müssen mir glauben, ich war das nicht.«

»Das sagen s' alle, sogar im Tatort beim Krassnitzer. Wer

könnte es sonst gewesen sein? Die Zangerle ja wohl nicht, da sind wir uns einig.«

»Was weiß ich, der Mochacek war hinter der Zangerle her, der Taschner auch, vielleicht sind die ja auch auf die Luckinger gestanden ... und der Buxeneder sowieso, der Geilspecht. Sie müssen mir das glauben, ich war's nicht!«

»Wissen Sie, ich muss gar nichts, noch einen schönen Tag«, sagt der Pokorny abschließend und verlässt das Büro.

Im Vorraum liegt die Beagelin tiefenentspannt am Rücken und lässt sich von der älteren Dame den Bauch streicheln. »Komm, Maxime. Auf geht's!« Er sieht eine leere Packung Kauknochen im Mistkübel liegen, lächelt und verabschiedet sich.

Der Pokorny parkt seinen Escort in der Kurzparkzone vor dem Café Annamühle und sieht, wie die Katzinger mit Händen und Füßen auf die Toni einredet. Die braunen Fellmoonboots wurden durch schwarze ersetzt. Die Kombination mit ihrer roten, für die kleine Frau viel zu langen Daunenjacke mit schwarzem Pelz um die Kapuze ist ein unfassbarer Anblick.

»Tonerl, das musst doch verstehen«, hört er sie keppeln. »Aus ist es dann, fix. Mit so einem Knock-out ist's in meinem Wohnwagen finster, nix geht mehr. Da muss man doch was unternehmen, nicht wahr?«

»Hallo, die Damen«, grüßt er und nimmt die allerbeste Ehefrau der Welt zärtlich in den Arm.

Die Katzinger nutzt die Ablenkung der beiden und linst während der liebevollen Begrüßung über den Brillenrand nach unten. »Na, da ist es ja endlich wieder, das Hunderl. Komm her zu mir! Ich hab dich noch gar nicht richtig begrüßen können«, meint sie mit einem verkniffenen Seitenblick auf die Toni, die sich vorsorglich zur Beagelin hinuntergebückt hat und einen kulinarischen Kontakt bisher erfolgreich verhindern konnte. Ihre rechte Hand wandert unauffällig zu dem Rand der Kaffee-tasse hin, zu dem für die Maxime reservierten Mürbteigkeks.

Weil den Pokorny wegen der vermuteten Kauknochenorgie das schlechte Gewissen plagt, schiebt er das für die Maxime gedachte Keks langsam Stück für Stück von der suchenden Hand der alten Frau weg. Irgendwann ist ihr die blinde Suche dann zu dumm, sie schaut auf und sieht, wie der Verräter konzentriert die Hochstraße nach unten starrt, ganz so, als wäre er woanders. Natürlich weiß sie, was es gespielt hat. Da die Toni aber zwischenzeitlich wieder aufgestanden ist, muss sie den Wunsch nach einer Labung der Beagelin auf später verschieben.

»Brrr, kalt ist es«, sagt der Pokorny und hofft, mit dem Themawechsel von seiner Aktion abzulenken. »Wollen wir nicht hineingehen?«

Die Katzinger blickt ihn verärgert an. »Jetzt bist eh angezogen wie ein Iglu-Heini vom Südpol, und immer noch ist dir kalt.«

»Wenn Sie Inuit meinen, die wohnen oben am Globus, also am Nordpol. Am Südpol gibt's nur Pinguine.«

»Siehst, Toni, drum plauder ich lieber mit dir. Dein Mann redet immer nur gescheit daher, dafür ist ihm kalt.« Sie dreht sich zu dem Heizschwammerl, das aus Umweltgründen vom Gas auf Strom ausgetauscht wurde, und erhöht die Betriebsleistung. »So, damit unser Herr Oberlehrer nicht einfriert, gell?«

Die Heizstrahler für den Außenbereich werden in Ostösterreich wegen ihres nach unten geöffneten, tellerförmigen Schirms auch gern als Heizschwammerl bezeichnet. Seit dem gesetzlichen Rauchverbot in Gastronomiebetrieben haben sich die mehr als zwei Meter hohen Geräte auf den Terrassen und Schanigärten vieler Restaurants, Cafés und Bars durchgesetzt und ermöglichen den Wirten auch in der kalten Jahreszeit gute Umsätze. Hier beim Café Annamühle soll dadurch vor allem eine ältere und ständig nörgelnde Stammgästin zufriedengestellt werden.

»Ist schon gut. Gibt's was Neues vom Rottenschlager?«, fragt der Pokorny, um einen weiteren Themenwechsel bemüht.

Die Katzinger nickt und beißt von dem christbaumförmigen Mürbteigkeks ab. Obwohl es seinem Namen gerecht wird, also mürb ist, lässt sie ihn fallen. »Aua, wie Beton ... mein Zahnfleisch tut so weh. Das blöde Parodontax, aua.« Die Maxime saugt das Minikeks mit einem Atemzug ein. Die Toni atmet tief durch, nur gut, dass sie von den Kauknochen nichts weiß.

Freilich kennt die Tierliebhaberin das drohende Ungemach und erzählt weiter: »Es Rosal erinnert sich noch an ein paar Gesprächsfetzen mit dem Münchner ...«

»Apropos Rosal. Die Bilder hat sie mir bisher nicht gewhatsappt.«

»Ge... was ... habt? Kannst nicht Deutsch mit mir reden?«, nörgelt die alte Frau.

Die Toni schmunzelt. »Die Bilder hat sie mir noch nicht auf mein Handy geschickt. Die bräuchten wir dringend. Oder haben Sie die Bilder doch ausgedruckt mit?«

»Nein, äh. Ich ruf sie zu Hause an. Leider hab ich mein Imperium nicht mit.«

Nur mit Müh und Not kann der Pokorny den Reflex, die Katzinger auszubessern, unterdrücken. »Äh ... woran hat sich die Rosal denn erinnert?«

»Dass er immer ganz traurig dreingeschaut und so lieb über seine Frau geredet hat. Er hat ihr von den miesen Machenschaften der Makler erzählt. Alles Verbrecher, Kapitalisten, nur auf ihren Profit sind die aus. Der Rottenschlager würde sie am liebsten ausrotten, hat es Rosal gemeint.« Sie beugt sich konspirativ zu den beiden hin. »Der Rottenschlager möchte die ausrotten, na, wenn da im Namen nicht schon der Mörder steckt, hihi. Ausrotten und Schlagen«, feixt sie über ihren eigenen Witz, wird aber plötzlich ernst. »Sagts, stimmt das mit der Leiche in der Kaserne?«

»Was für eine Leiche?«, fragt die Toni, ohne mit der Wimper zu zucken.

Allerdings beißt sie bei der alten Frau auf Granit. »Ma, Toni, so was von dir. Dass dein Mann vom Schwindeln manchmal eine Nase wie dem Pinocchio wachsen sollte, ist eine Sache, aber du …?« Sie seufzt dramatisch.

»Äh, tja, also, wie soll ich es sagen …?« Die Toni weiß nicht recht, wie sie sich vor der Antwort drücken kann.

Manchmal kommen einem aber auch die unsympathischsten Menschen zu Hilfe. Ohne Einladung erscheint der Mochacek und stellt sich zwischen die Pokornys hin.

»Hallo, tut mir leid, dass ich störe«, stöhnt er und steigt nervös von einem Fuß auf den anderen.

»Übrigens zum zweiten Mal in nur vier Tagen.« Der Pokorny schiebt sich zwischen den unerwünschten Gast und die Toni. Weil stören und ihn auch noch von seiner Liebsten trennen geht gar nicht. »Und die Protokolle haben Sie uns immer noch nicht gesendet.«

»Lass den Mochacek erst mal zu Atem kommen, sonst fällt er noch um. Kannst du mir bitte eine Apfelschnitte und noch einen Cappuccino holen, Bärli?«, säuselt sie und hofft, den Störenfried dadurch aus der Gefahrenzone zu bringen.

Die Katzinger brüllt ihm hinterher: »Mir eine Melange mit viel …«

»Schlagobers, ich weiß«, raunzt der Pokorny.

»Also, was wollen Sie schon wieder?«, will die Toni wissen.

»Äh, also, wegen der Luckinger …« Er beugt sich flüsternd zur Toni: »… die umgebracht worden ist. Und … jetzt muss ich Ihnen etwas erzählen. Der Vorstand ist an einem Projekt …«

»Wir warten lieber, bis der Willi wieder draußen ist«, stoppt sie ihn. »Sie fabulieren wer weiß was zusammen, und nachher gibt es keine Zeugen.«

»Ich bin ja eh da«, mischt sich die Katzinger ein. »Mit meinen neuen Stöpseln hör ich super, also gibt's kaum eine bessere und glaubwürdigere Zeugin als mich. Ich mach das aus Staatsbürgerpflicht, quasi. – Der Mochacek hat also die Luckinger umgebracht«, brüllt sie, noch gut hörbar auch für die Wartenden bei einer nahe gelegenen Bushaltestelle. »Eine echte Schande.

Und dann trauen Sie sich noch daher und vermiesen uns den Nachmittag?«

»Psssst, reden Sie nicht so laut! Was soll der Unfug, ich hab die Luckinger nicht umgebracht. Es geht um was ganz anderes ...«

»So, meine Herrschaften, hier sind die Bestellungen. Was gibt's so Wichtiges? Haben Sie uns leicht die versprochenen Protokolle mitgebracht?« Er zieht zur Überraschung der Katzinger ihr Mürbteigkeks ein. »Nur für alle Fälle, nicht wahr? Damit's nicht wieder runterfällt. Wo's doch so hart ist.«

Der Mochacek räuspert sich. »Äh, also nein. Die hab ich ...«

»Geschenkt! Wir haben sie uns schon anderweitig besorgt. Geht nur darum, die mangelnde Kooperation Ihrerseits aufzuzeigen«, setzt der Pokorny süffisant nach.

»Hm, sorry. Vielleicht kann ich Ihnen meine ehrlichen Absichten gleich beweisen. Der Vorstand wird sich als Agenturgemeinschaft für ein großes Projekt bewerben. Wir wollen das Areal der Martinek-Kaserne kaufen und für die Ärmsten der Armen Sozialbauwohnungen zu erschwinglichen Preisen errichten. Irgendwer dürfte wohl etwas dagegen haben, und jetzt sind drei aus der Agenturgemeinschaft tot.«

Während die Katzinger zynisch grinsend den Kopf schüttelt, beginnen beim Pokorny die Ohren heftig zu wackeln. »Und das mit dem Projekt wollten Sie einfach so verschweigen? Stattdessen hetzen Sie uns auf einen geprellten Kunden – geht's noch? Und jetzt wird dort zufällig die Luckinger erschlagen.«

»Ich wusste doch nicht ...«

»Hören Sie mir mit dem Schwachsinn auf. Warum rücken Sie erst jetzt damit raus?«, redet sich der Pokorny in Rage. Weil er halt selbst grundehrlich ist und die Lügerei des Obmanns nicht mag.

Die Toni nimmt ihn am Arm, zieht ihn ein Stück weg und flüstert: »Beruhige dich, Willi, der schaut nicht gut aus.«

»Mir doch wurscht, wie der ausschaut. Ich hab doch gewusst, dass da was nicht stimmt. Und ...«, er sieht die Toni nicken, »ich hab recht gehabt. Wer weiß, was er uns noch alles verschweigt? Immer grad so viel erzählen, wie notwendig ist ...«

Er bricht mitten im Satz ab. Weil manchmal kommt es dann doch noch schlimmer. Die Wehli bremst sich auf ihrem Motorrad vor dem Café Annamühle ein. Dicht dahinter der Sprengnagl in seinem Streifenwagen.

Der Totenkopf steigt die drei Stufen auf die Terrasse hinauf. »Ach, ich liebe diese Zusammentreffen mit alten Bekannten«, höhnt sie.

»Hä, hä, finde ich super, jetzt können wir glatt einen Bauernschnapser machen«, ruft die Katzinger, irrt sich aber gewaltig. »Fürs Bauernschnapsen sind wir eine zu viel. Entweder gehen Sie mit Ihrer skurrilen Wintergarderobe eine Runde spazieren oder hinein ins Café. Hier hat es sich für Sie ausgeschnapst«, faucht die Chefinspektorin. »Also, hoppe die hopp!«

Die alte Frau dämpft verärgert ihre Zigarette aus, murmelt was von Polizeistaat und Altenhasserin, verzieht sich dann aber doch hinein ins Lokal. Freilich nicht, ohne ihr Glück mit Indoor-Lippenlesen zu versuchen.

Die Wehli verdreht die Augen, kehrt ihr den Rücken zu und winkt den Sprengnagl zu sich. »Werter Kollege, der Herr Obmann freut sich sicherlich über die Anwesenheit seines Lieblingskunden, und Ihr neugieriger Freund wartet wahrscheinlich schon gespannt auf die frischen Polizeinews, nicht wahr?« Sie blickt erst den schweigsamen Pokorny und dann die anderen Anwesenden der Reihe nach an. Obwohl sie ja ein gutes Stück dazu beiträgt, kann es nicht schön sein, wenn einen so gar niemand mag und überhaupt keine Reaktion erfolgt. »Kein Kommentar, auch gut, dann ersuche ich die Familie Pokorny zu gehen. Den Herrn Immobilien-Oberhäuptling brauche ich noch, auf Wiedersehen.«

Der Mochacek fängt an, hektisch mit den Armen zu rudern. »Nein, sicher nicht, ohne die Pokornys sag ich kein Wort. Wollen Sie mich verhaften?«, keucht er panisch.

»Gäbe es denn einen Grund dafür?«, will die Wehli wissen

und stellt sich knapp vor ihn hin. Diese Situation entbehrt nicht einer gewissen Komik. Die knapp einen Meter fünfundsechzig große Chefinspektorin steht dem einen Meter fünfundneunzig hohen Mochacek gegenüber. Trotzdem sind die Machtverhältnisse klar verteilt, auf der Stirn des Obmanns bilden sich kleine Schweißperlen.

»Na so was. Minus fünf Grad und der Mochacek fängt zu schwitzen an. Hm, was meinen Sie, Kollege, das ist doch verdächtig, sollten wir den Betrüger nicht einsperren? Generalpräventiv quasi. Sie haben ja einschlägige Erfahrungen mit ihm«, stellt sie fest, und allen wird klar, dass sie dem Sprengnagl die Grundstückssache niemals verzeihen wird.

»Hören Sie doch auf mit dem Blödsinn«, antwortet der Gruppeninspektor betont sachlich.

»Ich bestimme, wann es genug ist. Mochacek, wo waren Sie gestern Nachmittag?«

»Zu Hause, wieso? Ich hab mit dem Tod der Luckinger nichts zu tun. Ich schwöre hoch und heilig.« Er hebt die rechte Hand zum Schwur.

»Das tun alle. Woher wissen Sie von der Ermordeten?« Wieder sieht sie reihum nur schweigende Gesichter. Sie klopft dem Obmann auf die erhobene Hand. »Geben Sie die Hand runter, ist Ihnen eigentlich gar nichts peinlich?«

Der Mochacek stammelt daraufhin rot im Gesicht: »Ich … ich wollte mich heute um sieben Uhr mit ihr bei der Kaserne treffen. Alles war voll mit Polizei, einer der Passanten hat erwähnt, dass eine weibliche Leiche gefunden wurde. Als ich den Porsche gesehen hab, war mir klar, es kann nur die Luckinger sein.« Er fummelt aus seiner Jackentasche ein Taschentuch heraus und wischt sich den Schweiß ab.

»Hat der Passant vielleicht eine rote Jacke angehabt?« Der Pokorny versucht, die Gunst der Stunde zu nutzen, um den Sprengnagl zu rehabilitieren. Schließlich hat ihm der Mochacek einen Schaulustigen quasi am Serviertablett gereicht.

»Äh, ich weiß nicht. Ist das jetzt wichtig?«

»Das ist nur für den Freizeitpolizisten wichtig. Der hat mir am Vormittag einen wahrscheinlich nicht existenten Schaulustigen aus dem Hut gezaubert und möchte seinem besten Freund einen Persilschein für den Verrat von Polizeiinterna liefern. Nicht wahr?«

Nach dem Motto »Wer sich als Erster bewegt, verliert« herrscht erneut kollektives Schweigen, keiner will in die Schusslinie der wieder einmal sehr unentspannten Chefinspektorin geraten.

Schließlich springt der Pokorny doch noch für seinen Freund in die Bresche. »Lassen S' Ihren Frust bitte an wem anderen aus. Seit Tagen brennt es quasi im Vorstand des Triestingtaler Immobilienverbands, die Mitglieder sterben wie die Fliegen. Wahrscheinlich wissen Sie noch gar nichts von den beiden anderen Toten, weil Ihre Kollegen sehen jeden Unfall separat und verlieren damit den Blick fürs Ganze. Und jetzt keifen Sie …«

Die Toni zwickt ihn zwecks Vermeidung weiterer Schwierigkeiten sanft in seinen Hüftspeck. »Lass es gut sein, die Frau Chefinspektorin wird das schon checken, nicht wahr?«

»Da können Sie Gift darauf nehmen. Die Frau Chefinspektorin ist ja nicht auf der Nudelsuppe dahergeschwommen. Der Kollege hat mir die Anzeige des Rottenschlager gezeigt, in der sind auch die Namen der anderen Makler angeführt.« Sie verzieht angewidert das Gesicht. »Auch der von der Luckinger. Werter Herr Pokorny, ich weiß also sehr wohl, dass die drei Toten zusammenhängen. Allerdings gibt es da ein klitzekleines, aber nicht unwichtiges Detail am Rande. Vondrasek und Zangerle waren glasklare Unfälle.«

»Lassen Sie wenigstens nach dem Rottenschlager fahnden?«, übergeht er den Einwand. »Der hätte ein Motiv.«

»Weshalb bitte? Er hat sich sogar selbst angezeigt, gegen den Widerstand der Verletzten. Das spricht nicht gerade für eine Täterschaft, oder? Wir suchen nach ihm, ja, aber nicht als Verdächtigem. Also geben Sie bitte endlich Ruhe«, beendet sie die Diskussion. »Herr Mochacek, Ihre Frau kann Ihr Alibi sicher bestätigen?« Sie sieht ihn nicken. »Na dann, habe die Ehre und ...«

»Wie ist der Mörder überhaupt auf das Kasernenareal gekommen? Über das Tor beim Haupteingang ja wohl nicht. Haben Sie die Zäune rund um das Gelände von der Spusi absuchen lassen? Gibt es Fingerabdrücke ...«

Der Gruppeninspektor unterbricht seinen Freund: »Das Gelände ist riesig. Die Truppe vom Alterbauer ist dran, Fingerabdrücke gibt es zuhauf. Lass gut sein.«

»Sie auch, Kollege, Ende der Durchsage, Abgang, Sprengnagl, und ... Sie können Ihren Giftzwerg wieder auf die Terrasse holen«, sagt sie abschließend mit einem Blick auf die Katzinger, die wie das Rumpelstilzchen auf und ab hüpft und sich mit ihrer Verbannung immer noch nicht angefreundet hat.

Kurz nach den beiden Beamten verabschiedet sich auch der Mochacek. Während der unfreiwilligen Aufwärmphase hat die verärgerte alte Frau im Café alle Anwesenden über den Tod der Luckinger informiert und das Geschehen um ein paar spektakuläre Details erweitert. Einige Kunden wünschen den Pokornys alles Gute für die Mordermittlungen, angeblich wurde die Leiche zerstückelt und über den Hof der Kaserne verteilt. Rasch ist die hartnäckige Katzinger über das Gespräch mit der Chefinspektorin informiert.

»Diese blöde Politesse, die lernt einfach nichts dazu. Warum lasst die nicht einfach uns ermitteln und kümmert sich ums Parkverbot, hä?«, keift sie, immer noch sauer wegen der rüden Abschiebung ins Café.

»Weil sie die Chefin der Mordermittlung ist, deshalb muss sie sich darum kümmern«, stellt die Toni fest. »Ob wir wollen oder nicht.«

Der Pokorny wechselt das Thema. »Wieso war es in Ihrem Wohnwagen finster?«

»Ma, hast wieder nicht richtig zugehört. Könnte finster sein, nicht war finster. Pass auf: Heute war im Fernseher die Sendung ›Guten Morgen Österreich‹, da ist so ein Schreiberling namens

Eisberg nach seinem neuen Buch ›Knockout‹ ausgefragt worden. Was so passiert, wenn das Licht ausgeht, also der Strom nicht mehr brennt.«

Bevor ihn die Toni bremsen kann, kommt der Oberlehrer im Pokorny wieder durch. »Sie meinen den Marc Elsberg und sein Buch ›Blackout‹, ja, ja, dramatisch. Muss eine Aufzeichnung gewesen sein, das Buch hab ich schon vor einer Ewigkeit gelesen.«

Die alte Frau schneidet eine Grimasse. »Siehst, Toni, schon wieder. Genau deshalb red ich so wichtige Dinge lieber mit dir. Der Herr Wichtig zerpflückt alles. Pfiat euch, mir reicht's für heute«, sagt sie genervt.

»Vergessen Sie bitte nicht auf den Anruf bei der Rosal«, erinnert sie die Toni. »Danke!«

»Ja, ja, schauen wir mal. Dafür bin ich gut genug, gell?«, raunzt sie, dreht sich ruppig um und stapft in ihren schwarzen Moonboots nach Hause.

Nach dem harten Tag – gleich zweimal die Wehli, eine Leiche, der Mochacek und die Katzinger – hat der Pokorny nur mehr Lust auf die bequeme Wohnzimmercouch.

»Du, Zuckerschnecke, ich fahre heute nicht mehr zum Berti, mir reicht's ehrlich nach dem Auftrieb da grade«, seufzt er und zückt sein Nokia.

Komm erst morgen zu dir   bin muede

»So, auf nach Hause.« Er nimmt die Maxime an die Leine, hakt die Toni unter, und ab geht es Richtung Doppelhaushälfte.

Zu Hause angekommen, schmiegt sich die Toni an ihn. »Du, Bärli, gestern hat der Postbote ein Paket geliefert … von (en) joy-toy«, gurrt sie. Zärtlich zieht sie ihn an der Hand die Treppe hoch ins Spaßzimmer. »Darf ich vorstellen, die neue Vibra-re-lax-toy-Massageplatte, nach heftigen Außeneinsätzen angeblich das Beste für einen geschundenen Männerkörper. Du kannst dich heute entspannen, ist viel besser, als auf der Couch zu liegen, versprochen.« Am Boden steht ein rechteckiger Kasten, fünfundsiebzig mal achtzig Zentimeter groß und dreißig Zentimeter hoch und mit Gummi überzogen. Entfernt erinnert ihn das neue Spielzeug an eine der Vibrationsplatten im »Top-Fit«, einem Fitnesscenter in Bad Vöslau. Am vorderen Ende verläuft eine runde, nach außen gebogene, ebenfalls gummiüberzogene Relaxsäule nach oben. In knapp fünfzig Zentimeter Höhe befindet sich ein Griff, ähnlich einer Banane, der höhenverstellbar ist. Allerlei Aufsätze und Zubehör liegen rund um das Spielzeug verteilt. Besonders angetan hat es der Toni die in der Oberfläche versenkte Vibrationsplatte. Die Lautstärke des Gerätes kann für die müden Handwerker mittels Handy von lautlos bis zur Lautstärke einer echten Rüttelplatte eingestellt werden. Natürlich fühlen sich die kreisenden Bewegungen an der Relaxsäule sowie das sanfte Vibrieren der Massageplatte angenehm an. Die weiche, mit Noppen versehene Auflage unterstützt den Komfort des müden Handwerkers oder auch Ermittlers. Und als sich die Toni schlussendlich ihres letzten Kleidungsstücks, eines mit Spitzen besetzten Stringtangas, entledigt, ist auch der Pokorny für mehr als nur Entspannung bereit.

Freitag, 17. Dezember

Über Nacht hat es weiter abgekühlt. Frostige minus acht Grad Celsius liest der Pokorny griesgrämig vom Funkthermometer im Wohnzimmer ab. Bei diesen Temperaturen hätte er sich gern noch einmal im Bett umgedreht, aber nein, die Maxime fordert mit hartnäckigem Wimmern ihre Morgenrunde ein. So zieht er heute noch zusätzlich seine Thermounterwäsche und einen Pullover an, alles in der Hoffnung, auf dem Weg ins angenehm warme Café nicht zu erfrieren.

Erfreulicherweise trifft er rascher als erwartet im Café Annamühle ein. Entweder ist der Beagelin auch kalt, oder die Hunde der Umgebung haben eine Nachrichtensperre verhängt. Sie hat so gut wie gar nicht an den üblichen Laternen, Bäumen und Zäunen geschnuppert, wo sonst die Neuigkeiten zu finden sind. Die Dagmar ist heute nicht nur schweigsam, sondern auch noch mürrisch. Deshalb verlässt er schneller, als ihm lieb ist, mit seinem Einkauf das herrlich warme Café.

Beim Nachhausegehen trifft eine SMS vom Berti ein.
  – Kannst du mir bitte heute beim Einladen für den Wochenmarkt helfen?
  – bin wie ueblich bei dir   passt das
  – Perfekt, danke
»Vielleicht komm ich mit zum Berti«, sagt die Toni beim Frühstück. »Die Yogastunde bei der Julia beginnt heute erst um siebzehn Uhr. Schau, da sind die Bilder von der Fratelli.«
  Tatsächlich entspricht der Rottenschlager dem von der Smolle beschriebenen Durchschnittstyp. »Ich hab die Bilder an den Sprengi weitergeleitet. Hat er sich schon bei dir gemeldet?«
  »Nein, nach dem Essen werde ich ihn anrufen …« Der Pokorny ist mit dem Satz noch nicht fertig, als sich praktischerweise sein Freund bei ihm meldet. »Warte, Sprengi, ich lass die

Toni mithören«, nuschelt er mit vollem Mund und schaltet auf Lautsprecher.

»Danke für die Bilder vom Rottenschlager. Die Wehli hat dem Mochacek gestern noch einen späten Hausbesuch abgestattet. Seine Frau hat erwartungsgemäß bestätigt, dass er zu Hause war. Die O-Weh hat auch wegen seinem Verhältnis zur Zangerle nachgebohrt, mehr so pro forma. Daraufhin ist er rot angelaufen wie ein Paradeiser und hat wieder zu schwitzen begonnen. Das war für die Chefinspektorin klarerweise ein gefundenes Fressen. Vor seiner Frau hat sie ihn gefragt, ob er mit der Zangerle ein Gspusi gehabt hat, und warum er, auf sie angesprochen, so eine Farbe aufzieht.«

»Glaubst du das wirklich? Ich meine, der Franter, der Grebner und die Smolle haben zwar was angedeutet. Wenn er's aber bestreitet, steht Aussage gegen Aussage.«

Die Toni spült den Bissen ihres mit süßsaurer Brombeermarmelade beschmierten Semmerls mit einem Schluck frisch gepressten Orangensaft hinunter. »Wie hat denn seine Frau reagiert? Ich persönlich wäre über solche Fragen schon ein wenig verwundert.« Sie schickt ihrem Ehemann ein Küsschen. Weil sie genau weiß, nie und nimmer würde ihr Bärli so einen Unfug machen.

»So, wie sie ihn angesehen hat, wird er es nach unserem Besuch nicht lustig gehabt haben.« Der Sprengnagl schmunzelt.

»Habt ihr am Tatort noch was gefunden?«, fragt der Pokorny.

»Nein, außer den Holzsplittern in der Kopfwunde gibt es bisher keine relevanten Spuren. Leere Bierdosen, kaputte Weinflaschen, Zigaretten, Präservative und so weiter. Müll halt, wie ihn oft Jugendliche nach Partys zurücklassen.«

»Das Gelände misst fast vierhunderttausend Quadratmeter«, sagt der Pokorny. »Wie soll der Alterbauer da unterscheiden, was wichtig ist und was Müll?«

»Tja, das ist sein Job, er hat die halbe Kaserne eingepackt und ins Labor gebracht. Aber jeden Stein wird sein Team bei dem Personalmangel trotz Nachtschicht nicht umgedreht haben.«

»Hm«, murmelt die Toni. »Wie weit vom Eingang ist die Luckinger gelegen?«

»Sie ist vom Eingang weg in Richtung Römerweg geflüchtet, der verläuft hinter der Kaserne. Rund hundert Meter hat sie geschafft, bevor sie ihr Mörder eingeholt, niedergeschlagen und in ein Gebüsch gezerrt hat. Nachdem sie ihre Stöckelschuhe verloren hatte, ist sie in eine Scherbe getreten und hat ordentlich geblutet. Deshalb haben die Kollegen sie in den Büschen gleich gefunden. Dort hat er ihr den Kopf mit der Tatwaffe zertrümmert, da war eine Menge Aggression im Spiel.«

Die Toni zögert mit der Frage. »Wurde sie …?«

»Vergewaltigt?«, fragt der Sprengnagl, sieht sie nicken und schüttelt den Kopf.

»Fußspuren? Wenn er sie ins Gebüsch gezerrt hat, muss es Spuren geben«, meint der Pokorny.

»Negativ, etwaige Spuren wurden verwischt. Ansonsten gibt es jede Menge Fußabdrücke. Wie gesagt, dort waren verbotenerweise viele Leute unterwegs.«

Die Toni steckt sich nachdenklich das letzte Stück Semmerl in den Mund. »Wir haben also gar nichts, was uns weiterhilft?«

»Nachdem es ja jetzt drei Makler aus dem Vorstand getroffen hat, und die Zangerle angeblich von einem Clown …«, der Pokorny muss selbst grinsen, »vor die Bahn gehetzt wurde … Gibt es Zeugen für eine Clownsichtung in der Mordnacht?«

»Scherzkeks, bisher hat sich noch niemand bei uns gemeldet. Ich denke, dass ein Clown aufgefallen wäre.«

Die Toni bereitet sich noch einen Cappuccino zu, kommt zurück zum Tisch und meint lakonisch: »So wie bei der Zangerle, oder?«

»Toni, wenn es auch nur einen Hinweis auf einen Clown gibt, sind die Kollegen mit an Bord. Die Aussage eines geschockten Fahrers ist nicht genug für das große Besteck. Belassen wir es vorerst dabei, okay?«, beendet der Sprengnagl die für ihn sinnlosen Spekulationen.

Der Pokorny schiebt nachdenklich die Unterlippe nach vorn. »Ist die Tatortgruppe mit ihrer Arbeit fertig? Dann könnten wir uns bei der Kaserne umschauen.«

»Wir?«

»Die Toni und ich.«

»Und was wollt ihr finden, was die Tatortgruppe nicht schon gefunden hat?«

»Zum Beispiel ein Loch im Zaun? Wie ist der Mörder in die Kaserne rein? Der bringt die doch nicht um und verlässt die Kaserne pfeifend durch den Haupteingang. Nein, nein, der ist woanders rein und wieder raus.«

»Du hast ja selbst gesagt, bei dem riesigen Areal kann leicht was übersehen werden. Um den Clown zu strapazieren ... nach Spuren eines Faschingskostüms wird dort keiner gesucht haben«, meint die Toni lächelnd. »Vielleicht hat er seine rote Nase verloren, einen Bommel vom Kostüm, oder ihm gehen die Haare aus?«

»Beim Eingangstor steht ein Streifenwagen, da kommt ihr nicht rein.«

»Wollen wir auch nicht, wir suchen hinten nach einer Stelle, wo wir hineinkommen. Über Sooß, bei der St.-Anna-Kirche vorbei, dann sind wir direkt auf der Rückseite der Kaserne. Vielleicht gibt es dort einen Durchschlupf?«, schlägt sie vor.

»Ich rede mit dem Alterbauer, wie weit die sind, und melde mich bei euch.«

»Wo treibt sich die O-Weh eigentlich rum?«, fragt der Pokorny. »Nicht, dass die uns dort auf frischer Tat ertappt. Wäre ein gelungenes Fressen für sie.«

»In der Inspektion ist sie nicht, ich kläre das und geb euch Bescheid.«

»Passt. Wir fahren hin und warten auf Infos von dir.« Die Toni beendet das Gespräch.

»Na dann los, Zuckerschnecke, ich hoffe, der Sprengi meldet sich bald.« Während die allerbeste Ehefrau der Welt über Google Maps einen Übersichtsplan der Kaserne und der Um-

125

gebung ausdruckt, räumt er gut gelaunt noch schnell die Teller und Häferl in den Geschirrspüler.

Da die Maxime bei der geheimen Aktion durch mögliches Bellen die Polizei auf den Plan rufen könnte, bringen sie ihr Familienmitglied noch rasch zum Berti und fahren anschließend zur Kaserne. Die Toni biegt mit dem Mini beim griechischen Restaurant Tsatsiki von der Badner Straße links in die Hauptstraße des Weinorts Sooß ein. Knapp anderthalb Kilometer steigt die Straße leicht an, bis sie am Schönberg beim Wald endet. Diese kurze Strecke ist zugleich auch das kulinarische Zentrum der Weingemeinde. Ein Heuriger reiht sich an den nächsten.

Gerade, als sie bei der Kirche abbiegt, langt eine SMS vom Sprengnagl ein.

– *Tatortgruppe ist vorerst fertig. Seine Leute machen heute Frühschluss. Zaun wird morgen kontrolliert. Keine Ahnung wo die Wehli ist. Augen auf!*

– *gut   sind schon fast dort   melden uns spaeter*

– 👍

Knapp sechshundert Meter von der Kaserne entfernt stehen mehrere Autos am Wegrand. Eine Gruppe frostharter Mountainbiker bereitet sich auf ihre Ausfahrt vor. Die eiskalten Temperaturen scheinen die Vorfreude auf die Trainingseinheit nicht zu mindern. Dick eingemummt wärmen sich die Männer mit Stretching auf, laufen im Kreis und springen den Hampelmann.

»Die sind ja wahnsinnig, bei der Kälte holen die sich den Tod.« Der Pokorny beutelt über so viel Masochismus den Kopf, schließlich hat er sich sicherheitshalber eine zweite Lage Unterwäsche angezogen. Schließlich könnte es länger dauern, und da ist warme Wäsche von Vorteil.

Auch die sonst eher kälteresistente Toni wundert sich. »Das würde mir keinen Spaß machen. Eine Horde Männer, die beweisen müssen, was für harte Kerle sie sind. Ich parke mich daneben ein. Wir flanieren einfach wie ein verliebtes Pärchen bei der Kaserne vorbei.« Sie schickt ihm beim Einparken ein Luftbusserl.»Wenn wir eine günstige Stelle finden, dann ...«

»Gibt es hoffentlich keine Alarmanlage, sonst kassiert uns die Wehli ein«, meint er verhalten, zieht die Jacke bis oben zu und setzt beim Aussteigen die Fleecehaube auf. Die Sonne der letzten Tage ist endgültig verschwunden, der Wind hat spürbar zugenommen. Von Berndorf her ziehen dunkle Wolken auf und verkünden den von der Wetterfröschin Kummer im Fernsehen angesagten Schnee.

Wie besprochen spazieren die beiden eng umschlungen entlang der Eingrenzung zum Martinek-Areal.»Bärli.« Die Toni nimmt sein Gesicht zärtlich in ihre behandschuhten Hände.»Ich komme mir gerade vor wie in dieser Serie ›Hart aber herzlich‹ aus den Achtzigern. Das Ehepaar Hart ist auch immer in irgendwelche Kriminalfälle hineingestolpert. Komm, Jonathan.« Sie spielt auf den Vornamen des Ehemanns von Jennifer Hart an.»Ist dir was aufgefallen?«

»Nicht wirklich, der Zaun schaut sehr stabil aus. Wir könnten probieren, hinter der alten Eiche rüberzuklettern. Da sieht uns nicht gleich jeder«, antwortet er nach Abschluss der ersten Besichtigung enttäuscht.

»Was haben wir uns auch erwartet? Schließlich waren bis 2012 Soldaten in der Kaserne untergebracht. Die wird wohl auch gut gesichert gewesen sein, sollte ja nicht jeder hineinkönnen.«

Dicht aneinandergeschmiegt schlendern sie zu dem alten Baum hinüber, bleiben stehen und suchen bei einem vorgetäuschten innigen Kuss mit Blicken den Maschendrahtzaun ab.

»Halt, da ist was.« Die Toni zeigt flüsternd auf eine Stelle hinter der Eiche. Beide bewegen sich vorsichtig durch vertrocknete Stauden und Rispengräser zu dem Baum hin.

»Du hast recht, da ist ein Loch am Boden. Wie groß wird das sein?«

Die Toni zuckt mit den Schultern, kniet sich nieder und kriecht vorsichtig durch das circa fünfzig Zentimeter große

Loch in dem verrosteten Maschendrahtzaun. Die Öffnung ist nach außen aufgebogen, die kärgliche Vegetation wirkt unberührt. »Groß genug. Keine umgeknickten Halme, da ist schon länger niemand mehr durch.«

Dann ist der Pokorny an der Reihe, kniet nieder, hat allerdings in Folge ein Problem. Mit dem Wäscheberg am Körper wirkt er wie das Michelin-Männchen, nur halt in Blau statt in Weiß. »Fixkruzitürkn, wie soll ich da durch? Da zerreiß ich mir die schöne Jacke«, brummt er und versucht, den Zaun weiter aufzubiegen.

»Warte, ich helfe dir, ich ziehe die Ränder ein Stück auseinander, und du zwängst dich durch.«

Trotz aller guten Vorsätze und Bemühungen geht die Aktion für die Jacke vom Pokorny nur teilweise gut aus. Fast schon geschafft, verheddert sich die Kapuze dermaßen, dass es kein Vor und Zurück mehr gibt. Gefangen wie eine dicke Stubenfliege im Spinnennetz rudert er panisch mit den Händen. »Hilf mir, mach die Kapuze los, ich krieg keine Luft mehr!«

»Ist schon gut, warte.« Sie öffnet den Reißverschluss, die Kapuze löst sich abrupt von der Jacke, der nach vorn drängende Pokorny köpfelt wie ein Fallschirmspringer durch das Loch und schlägt, da schirmlos, hart auf.

»Aua!« Ächzend setzt er sich auf. Alles ruhig, keine Sirenen, keine Polizisten und vor allem keine Chefinspektorin, die sie in Empfang nimmt. »Raus komm ich da nicht mehr.«

»Komm jetzt, wir müssen die Stelle suchen, wo die Luckinger getötet wurde. Sonst haben wir, wie die Wehli gesagt hat, auf dem riesigen Gelände keine Chance, etwas zu finden.«

»Ungefähr hundert Meter entfernt vom Eingang soll sie in einem Gebüsch gelegen sein.«

»Na prima. Ein bisschen genauer wäre gut.«

»Wir orientieren uns an den Spuren der Tatortgruppe. Wenn wir sonst schon nix finden, die Markierungen, die von Mitarbeitern vom Alterbauer bei der Beweismittelsicherung gemacht wurden, sind leicht zu sehen. Das Holzscheit, die Leiche selber et cetera, das werden die sicher gut eingekringelt haben. Jedenfalls ist der Eingang von uns aus gesehen genau auf der anderen Seite, so circa dreihundert Meter müssen wir schon rein in die Kaserne.«

»An dem Gebäudekomplex entlang geht's zum Eingang«, stellt die Toni mit einem Blick auf den ausgedruckten Kasernenplan fest. »Das müsste der da sein.« Sie zeigt auf eine lange, zur Badner Straße hin verlaufende zweistöckige Häuserreihe. »Wir sollten rechts gehen, weil links sieht man bis zum Eingang, und wenn wer hereinkommt …«

»… stehen wir ohne Schutz da«, murmelt der verunsicherte Freizeitpolizist.

Hätten die Pokornys zu diesem Zeitpunkt die Warnung vor der Chefinspektorin ernster genommen, dann wären sie grundsätzlich aufmerksamer gewesen und nicht komplett in dem Übersichtsplan versunken. Dann hätten sie auch das dumpfe Klopfen und Beschleunigen eines Zwei-Zylinder-Motors gehört und sich umgesehen. Möglicherweise wäre ihnen dadurch eine Menge Ärger erspart geblieben, und vielleicht wären sogar weitere Verbrechen an Leib und Leben verhindert worden.

So aber dreht sich der Pokorny zu spät um. »War das ein Motorrad?«

»Was?«

»Na, das Geräusch von gerade eben, klang wie von einer BMW.«

»Ich hab nichts gehört.«

»Ich hör schon Gespenster, nein, besser, die Wehli spukt mir im Ohr herum. Der Sprengi hätte uns sicher gewarnt. Also los, Zuckerschnecke. Aber leise …«

Vorsichtig schleichen sie auf dem Kasernengelände an den nach dem Anschluss Österreichs an das Deutsche Reich 1938 erbauten, jetzt verwaisten, leer stehenden Gebäuden vorbei. Bis zur Schließung im Jahr 2012 waren dort knapp sechshundertfünfzig Soldaten und vierhundert Mitarbeiter untergebracht.

Aufgrund mangelnder Entscheidungsfreudigkeit der Politiker sowie widersprüchlicher Vorstellungen über die Nachnutzung steht das Areal seit 2013 leer.

Am Ende des lang gezogenen Gebäudekomplexes, der sich über gut zwei Drittel des Weges erstreckt, kauern sie sich hinter einer kleinen Baumgruppe hin. Ein perfektes Versteck, denn die Seite zum Eingang hin ist durch eine winterharte Ligusterhecke verdeckt.

»Schau, da vorne sind Markierungen.« Die Toni zeigt auf mehrere weiße, unterschiedlich große, halbrunde Kreidestriche, die um die möglichen Beweismittel gezogen wurden. Die üblichen Kärtchen mit den Nummern wurden von der Tatortgruppe natürlich mitgenommen.

»Ja, und dort hat sie vermutlich ihren ersten Schuh verloren.« Seine Hand bewegt sich bis zur letzten Markierung, die knapp vor einer weiteren Ligusterhecke endet. »Das muss das Gebüsch sein, wo sie umgebracht wurde.«

»Hörst du etwas?«

»Nein, alles ruhig. Bei der Kälte hocken die Kollegen vom Sprengi wahrscheinlich im Streifenwagen.«

»Okay, dann hurtig, Jonathan.«

»Lass das, Jennifer! Die Namen sind irgendwie altbacken. Wobei Willi … egal, los«, meint er und läuft geduckt schräg über eine betonierte Freifläche zu dem Gebüsch.

»Warum duckst du dich?« Die Toni schmunzelt. »Angst, dass die Wehli mit dem Bike über den Zaun springt?«

»Keine Ahnung, ein angeborener Instinkt.«

Gerade als die beiden beim Fundort der Leiche hinter der Ligusterhecke verschwinden, meldet sich das Nokia in ohrenbetäubender Lautstärke mit dem weltweit bekannten Klingelton: »dididiti, dididiti, dididititi«.

Das mit dem im Jahr 2010 pro Tag noch eins Komma acht Milliarden Mal zu hörenden finnischen Anrufton ist wieder eine Besonderheit vom Pokorny. Als Smartphonegegner ist er, anders als sein Umfeld, bei der Auswahl des Klingeltones seines Handys sehr eingeschränkt. Weil halt sein geliebtes Nokia lediglich ein Telefon ist, hat er bloß diesen einen Klingelton zur Verfügung. So kann er weder, wie umgekehrt, den Sprengnagl an Falcos Song »Helden von Heute« noch die allerbeste Ehefrau der Welt an einem Lied von Genesis erkennen, für ihn klingeln alle Anrufer gleich. Für Dritte allerdings, die den Pokorny und sein Handy kennen, ist umgekehrt eine klare Zuordnung des Steinzeithandy-Besitzers möglich. Weil wer außer ihm läuft im einundzwanzigsten Jahrhundert noch mit einem solchen Uralthandy herum?

»Willi, bitte, mehr Lärm geht ja gar nicht mehr. Wir sind quasi in geheimer Mission unterwegs, und du alarmierst die Polizei gleich persönlich?«

»Was soll ich tun, sonst hör ich den Sprengi doch nicht«, zischt er mit einem Blick auf sein Handy. »Die Katzinger, jetzt sicher nicht.«

»Drück den Anruf weg.«

»Dann ruft sie wieder an, nein, ich schick ihr eine Nachricht. Das muss reichen.«

geht grad nicht melde mich spaeter gruss pokorny

Ob das reicht, bestimmt in diesem Fall die alte Frau, weil sich sein Nokia postwendend mit einem nervigen SMS-Ton meldet: »tititi, tititi«.

Aber asab, gel!!!

»Die nervt ordentlich. Sogar drei Rufzeichen hat sie nach dem orthografischen Wahnsinn angefügt.«

»Schalt auf lautlos, sonst bekommen wir ungebetenen Besuch«, drängt die Toni. »Schau, dort … an dem Stein neben dem Zapfen, das könnte Blut sein. Pass auf, wo du hintrittst. Sonst findet die Spurensicherung Schuhabdrücke, die gestern noch nicht da waren.«

»Ich glaube nur, wir werden da nichts finden, also nicht direkt am Tatort. Die Spusi hat hier sicher jeden Stein umgedreht. Wenn, dann müssen wir abseits suchen. Vielleicht finden wir dort auch den Weg, den der Mörder rein- und wieder rausgenommen hat? Bei unserem war ja länger keiner mehr durchgekraxelt.« Beide schauen sich um, die Toni deutet auf eine alte Schwarzföhre. »Schau! Ein Haufen getrockneter Zapfen, einige sind zerdrückt, da ist wer entlang.« »Gut möglich, die Spusi war das nicht, die passen auf. Dann los.« Er wirf einen Blick zum Eingangstor, duckt sich wieder und huscht leise zu dem kleinen Wäldchen. »Tatsächlich, schau«, er zeigt auf eine Spur zertretener Zapfen. »Da ist fix wer durch, also …« Die Toni legt den Zeigefinger vertikal über die Lippen. »Psst, ich hör etwas.« Beide lauschen. Tatsächlich knackt vor der Einfahrt zur Kaserne ein Funkgerät, aber das Gemurmel ist zu weit weg, als dass die zwei es einordnen könnten.

Stressig wird es in dem Moment, als sich das Tor quietschend öffnet und ein Streifenwagen in den Hof einfährt. »Ja, suchen Sie alles ab, Kollege«, krächzt die bekannte Stimme der Wehli gut verständlich durch das Funkgerät. »Rundherum, den ganzen Zaun. Verstärkung ist unterwegs. Ich komme von hinten. Ende.«

»Scheiße, wir müssen weg, die haben mein verdammtes Telefon gehört.«

»Dann folgen wir den Zapfen. Wenn die Spuren von dem Mörder sind, muss es noch einen anderen Weg hinaus geben. Viel Zeit zum Umschauen bleibt uns sowieso nicht. Wieso hat sich der Sprengi nicht …« Die Toni verstummt, als die Ohren von ihrem Liebsten zu wackeln beginnen. »Schon gut, mein Fehler …« Schließlich hat der Pokorny auf Anweisung von ihr sein Handy auf lautlos gestellt.

Parallel zu dem Wäldchen, durch das die beiden im Schatten der Bäume hasten, fährt ein Streifenwagen langsam bis zum Ende des Weges und bleibt vor dem von innen gut sichtbaren Pokorny'schen Loch im Zaun stehen. Einer der Beamten steigt aus, geht zu der Öffnung, hockerlt sich hin und spricht in sein Funkgerät: »Frau Chefinspektorin, zum Römerweg hin ist ein

Loch im rostigen Maschendrahtzaun. Schaut aus, als wäre da kürzlich wer durchgekrochen. Sollen wir Position beziehen?«
»Sie bleiben innen stehen, die Kollegin Stabeldorfer soll sich bitte außen positionieren, dann find ich Sie schneller. Ist die Verstärkung schon da?«
»Gerade eingetroffen, steht vor dem Kasernentor.«
»Perfekt, Ende.«

»So, jetzt haben wir die Wirtschaft«, flüstert der Pokorny.
»Fluchtweg versperrt.«
»Umso wichtiger, dass wir einen anderen Ausgang oder einen Hinweis auf den Täter finden. Wenn sie uns erwischt, haben wir zumindest einen Pluspunkt gesammelt«, meint die Toni verzagt.

Der Weg der zertretenen Zapfen, Äste, zerwühlten Blätterhaufen weist beiden die Spur. Und tatsächlich, am äußersten rechten Ende des Kasernengeländes, gut vierhundert Meter von der Position der Inspektorin Stabeldorfer entfernt, finden sie hinter einer der allgegenwärtigen Ligusterhecken ein weiteres Loch.

Während die schlanke Toni flink wie ein Wiesel durch die Öffnung im Maschendrahtzaun kriecht, hat der Pokorny ein ganz anderes Problem. Als Michelin-Männchen muss er die Jacke ausziehen, sonst gibt es kein Durchkommen. Tapfer kämpft er, wie so oft in seinem Leben, mit einem Reißverschluss, der sich beharrlich weigert, den Hals freizugeben. Wobei hier gesagt werden muss, dass zwischen ihm und den zahlreichen Metall- oder Kunststoffgliedern, die mittels Schieber zum Verschluss eines Kleidungsstücks führen, eine langjährige Intimfeindschaft besteht. Es gibt kaum einen Zippverschluss, den er nicht schon durch unkontrolliert hastiges An- oder Ausziehen demoliert hätte. »Scheiße, scheiße, ich krieg das Ding nicht auf«, flüstert er und reißt dabei mit aller Gewalt an dem Griff des Schiebers. Das zaubert der Toni steile Falten auf die Stirn. In der endlosen Reihe zerfetzter Verschlüsse hält der bei dem blauen 3-in-1-

Parka den absoluten Rekord, der ist nämlich dermaßen stabil, dass ihn nur ein Schwergewichtsringer zerstören könnte. Und halt der panische Pokorny. Zeit, sich darüber zu ärgern, gibt es freilich nicht, weil es noch dicker kommt. Zwar passt nun, als erschlanktes Michelin-Männchen, auch ihr Bärli durch das Loch. Allein, weil er sich dermaßen ungeschickt anstellt, bringt er es fertig, mit der Haube des Kapuzenpullovers an den nach innen gebogenen Zinken des Zaunes hängen zu bleiben. Da aber keine Zeit zum Jammern ist, stößt er sich mit angezogenen Beinen kräftig ab. Mit einem heftigen Ratsch ist er frei und die Verbindung der Kapuze mit dem restlichen Pullover Geschichte. Keuchend liegt er auf der anderen Seite des Zauns.

»Schau, da, seitlich neben meiner … äh, Kapuze, da hängt ein Stück Stoff.« Stöhnend wuchtet er sich nach vorn und befreit sowohl die Kapuze als auch das Fundstück aus den Enden des verbogenen Maschendrahtzaunes.

»Achtung, die Wehli«, flüstert die Toni, beide ducken sich hinter einem Horst vertrockneter Gräser. Erst nachdem die Chefinspektorin vorbeigerast ist, atmen sie erleichtert auf.

»Das hängt noch nicht lange da. Trocken, die Farben sind nicht ausgebleicht, da ist erst vor Kurzem wer durch. Wahrscheinlich ist da jemand wie du beim Rauskriechen an dem umgedrehten Ende des Zaunes hängen geblieben.«

»Wir müssen schauen, dass wir wegkommen«, drängt der Pokorny. »Bevor die Wehli eine Kontrollrunde dreht.«

»Warte, ich schaue noch schnell, ob er noch andere Sachen verloren hat.« Sie fingert an ihrem iPhone herum, öffnet die Taschenlampen-App und sucht die Stelle rund um das Loch ab.

»Nichts zu sehen, da bräuchten wir mehr Licht und eine Lupe vom Alterbauer.«

»Ich ruf den Sprengi von unterwegs an. Komm jetzt.« Der Pokorny steht zögerlich auf, schaut am Römerweg zum ursprünglichen Loch hinüber. Das Motorrad steht verlassen quer über den Weg. »Die Luft ist rein, los.«

Beide laufen die letzten Meter zum Parkplatz.

Zur Sicherheit nimmt die Toni retour den Umweg über die Autobahn, Abfahrt Bad Vöslau und dann ab zum Mittagessen in das nahe gelegene Restaurant einer Supermarktkette. So gerade noch entkommen, wollen sie nicht auf der Hauptstraße von einer Polizeistreife aufgehalten werden. Der Wehli wäre eine Straßensperre glatt zuzutrauen. Der Pokorny greift zum Nokia. »Sprengi, das war arschknapp, fast hätte uns die Wehli erwischt ...«

»Ich hab versucht, euch zu erreichen ...«

»Musste das Telefon abdrehen, mitten in der Suche hat die Katzinger angerufen ... Egal, du, ich glaube, wir haben was gefunden. Auf der Rückseite der Kaserne ist der Zaun ziemlich löchrig. Bei unserem übereilten Abgang haben wir am Maschendrahtzaun ein Stoffteil gefunden, ganz als wäre wer beim Rauskraxeln hängen geblieben.«

»Was für ein Stück Stoff?«

»Silbergrau, glänzendes Material«, schaltet sich die Toni lautstark ein. »Wir haben den Fetzen eingepackt. Wäre super, wenn du ihn direkt dem Alterbauer bringen könntest und er sich die Stelle am Zaun ohne großes Tamtam rasch anschaut.«

»Seid ihr um zwölf Uhr beim Supermarkt essen? Dann hol ich mir das Teil dort ab.«

»*Yes, the same procedure as every friday, Sprengi*«, witzelt die Toni und spielt dabei auf den regelmäßig zu Silvester gezeigten schwarz-weißen Kurzfilm »Dinner for One« an. Jetzt sind die Auswirkungen bei ihrem Bärli natürlich nicht so desaströs wie bei dem Butler James. Zum Lächeln bringt sie lediglich die freitägliche Auswahl ihres Fischliebhabers. Wobei sich die Frage stellt, ob der wöchentliche kulinarische Fixpunkt »Panierte Scholle mit Erdäpfelsalat im Supermarktrestaurant« ihn wirklich als Fischliebhaber ausweist. Weil ein totes Tier zu frittieren und damit das letzte bisschen an hochwertiger Omega-3-Fettsäure zu zerstören, den Pokorny nicht wirklich als Gourmet ausweist. Ihm ist das egal, an seiner gebackenen Scholle führt kein Weg vorbei, weil für ihn Freitag immer Fischtag ist.

»Er ist und bleibt eine verlässliche Konstante in einer sich immer schneller drehenden Welt.« Der Sprengnagl lacht. »Ich werde versuchen, pünktlich zu sein, also, mein Freund, lass dir beim Essen Zeit.« Der Gruppeninspektor spielt damit auf das rasante Esstempo seines Freundes an. Die Toni verweist ihren Liebsten immer wieder auf Studien, die belegen, dass zu schnelles Essen vor allem bei älteren Männern Magen- und Darmbeschwerden verursachen kann. Nur, älter fühlt er sich noch lange nicht, und mit dieser Einstellung schlingt er weiterhin alles in flottem Tempo runter.

Kurz vor zwölf Uhr stellen sie sich im Restaurant in die lange Schlange der fischhungrigen Gäste. Gerade heute erweist sich das Esstempo vom Pokorny dann aber vor allem für ihn als großer Vorteil. Sonst wäre ihm nämlich buchstäblich die Lust auf den phantastischen Erdäpfelsalat und die knusprig goldbraune Panier vergangen. Denn kaum legt er das Besteck auf den Teller und lehnt sich zufrieden lächelnd zurück, versteinert seine Miene. Er dreht sich zur Seite, leider zu spät.

»Äh, tut mir leid, dass ich Sie schon wieder … aber es …«, stammelt der Mochacek, der die Pokornys innerhalb von fünf Tagen nun zum dritten Mal unangekündigt stört.

»Mir auch. Sollen wir Sie adoptieren, oder was? Vielleicht ziehen Sie einfach bei uns ein, dann können wir jederzeit miteinander reden. Ehrlich, jetzt reicht's aber«, echauffiert sich der Pokorny mit wackelnden Ohren.

Die Toni atmet tief ein und wieder aus, ihre rollenden Augen sind ein untrügliches Signal, dass auch sie wegen der wiederholten Störung verärgert ist. »Verfolgen Sie uns etwa?«

»Nein! Aber ich …«

»Was, aber ich? Reden S' wenigstens in ganzen Sätzen, das Gestammel kann sich ja keiner anhören.« Er schiebt demonstrativ sein Tablett zu dem freien Platz vor dem Störenfried. Nicht, dass der gar auf die Idee kommt, sich dazuzusetzen.

»Woher wissen Sie denn überhaupt, dass wir da sind? Vom Sprengnagl sicher nicht!«

»Nein, ich bin gerade bei der Konditorei am Kurpark vorbeigefahren, da hab ich die Frau Katzinger beim Mittagsmenü gesehen und sie auf ein gebackenes Schollenfilet mit Erdäpfel-Mayonnaise-Salat eingeladen. Da ist sie dann mit der Information rausgerückt, wo ich Sie um diese Zeit finden kann. Ich soll Ihnen ausrichten, dass die … äh, also die Panier vom Fisch dort viel knuspriger ist.«

»Die kauf ich mir, ehrlich. Zuerst ruft sie an, während wir …« Er wird durch einen zärtlichen Fußtritt von der Toni zum Schweigen gebracht. Weil der Mochacek, eh nervig ohne Ende, braucht nichts vom geheimen Ausritt in die Kaserne zu erfahren. »Und dann verdirbt sie mir fast noch das Mittagessen.«

»Sie wollte ja zuerst eh nicht, dann hab ich angeboten, ihr ein Gratishochbeet für ihr Gemüse aufzustellen.« Er grinst zaghaft. »Sie erzählt halt überall von dem finalen Knock-out, quasi weltweiter Stromausfall und …«

»Da haben Sie sich ein wenig eingeschleimt, oder?«, fragt die Toni.

»Eingeschleimt ist zu viel gesagt, ich wollte einer alten Frau …«

Der Pokorny bleibt genervt. »Bla, bla, bla. Reden S' das in eine Dose und verkaufen Sie uns nicht für dumm.«

Resignierend schnauft der Mochacek durch, steht mit seinem Tablett in der Hand vor den beiden und linst zu dem freien Platz. »Die Wehli war gestern Abend bei mir zu Hause und …«

»Wissen wir schon«, fällt ihm die Toni ins Wort. »Sie hat Ihnen ein Verhältnis mit der Zangerle unterstellt. Und? Haben Sie etwas mit ihr gehabt?«

»Nein, natürlich nicht, das ist eine glatte Unterstellung von der Chefinspektorin, aus Rache. Meine Frau hat mir nachher eine Szene gemacht …«

»Kann ich verstehen. Angeblich sind Sie rot angelaufen wie ein reifer Paradeiser.«

»Äh … ich, das war mir einfach peinlich, die unsinnigen Fragen vor meiner Frau. Sie ist auf die Zangerle und die Luckinger wegen der vielen Sitzungen und Meetings sowieso immer ein bisserl eifersüchtig gewesen. Und dann redet die Wehli so blöd daher.« Schnaubend lässt er sich ohne Rücksicht auf Verluste auf den freien Sessel fallen.

Der Toni vergeht die Lust an dem gegrillten Bachforellenfilet nun endgültig. Sie legt das Besteck auf den Teller und schiebt ihr Tablett ebenfalls vor den unerwünschten Gesprächspartner. Klarerweise wird die Stimmung durch den Wall an Abneigung in Form von Speiseresten auf Kantinentabletts nicht besser. Sichtlich genervt legt der Mochacek sein Tablett auf den Oberschenkeln ab, hebt die Schultern und lässt sie im Gleichklang mit dem Kopf seufzend fallen.

Diese kindliche Geste weckt in der Toni einen Mutterinstinkt. Anscheinend geht es dem unerwünschten Besucher mit den dunklen Ringen unter den Augen, unrasiert und mit einem dünnen Schweißfilm auf der Stirn wirklich schlecht. »Können wir Ihnen sonst irgendwie helfen?«, fragt sie und erntet einen ärgerlichen Blick vom Pokorny.

»Ich erreiche den Franter nirgends. Weder im Büro noch zu Hause noch auf dem Handy. Sonst ist er rund um die Uhr erreichbar. Nach dem Mord an der Luckinger bin ich besorgt. Was ist, wenn er der …« Er kramt in seiner Jackentasche, zieht ein dunkelbraunes, mit einem weiß gesticktem Hirschgeweih versehenes Stofftaschentuch hervor und trocknet sich damit die Glatze ab.

Der Pokorny ist nach einem zärtlichen Fußtritt der Toni wieder auf Linie, er weiß genau, nur mit Kooperation wird er den Störenfried möglichst bald wieder los. »Wenn er der Nächste ist? Sie meinen, das nächste Opfer? Der Franter ist der Letzte aus dem Quartett, das den Münchner betrogen hat. Meinen Sie, er ist deshalb in Gefahr?«

Ächzend wischt sich der Mochacek auch noch den Nacken ab. »Was weiß ich, ausschließen kann ich es nicht.«

»Gestern saß er noch quietschlebendig in seinem Büro. Übrigens sollten Sie die Beziehung zu ihm überdenken, er hat sich mir gegenüber über Sie und die Zangerle eindeutig geäußert«, erzählt der Pokorny und sieht, wie der Störenfried vor Wut rot anläuft und eine neue Seite von sich zeigt.

»Das depperte Arschloch«, flucht er. »Der Franter soll lieber vor seiner eigenen Türe kehren. Der will mich doch nur mobben und bei der nächsten Wahl meinen Job übernehmen. Den kauf ich mir«, droht er.

Der Reihe nach haben sich die anderen Gäste im Lokal zu den dreien umgedreht. Die Toni räuspert sich. »Ich weiß, es fällt Ihnen schwer. Aber wenn Sie wirklich besorgt sind, sollten Sie Ihre Theorie der Polizei mitteilen.«

»Polizei ja, Wehli nein.«

Der Pokorny seufzt. »Das wird wohl ohne sie nicht funktionieren. Sie sind auf ihrem Radar, von dem kommen Sie in dem Leben nicht mehr weg.«

»Dann weiß ich auch nicht. Nach dem Auftritt von gestern rede ich mit der sicher nicht über meine Sorgen.«

»Der Franter wird schon wieder auftauchen. Aber wir können Ihnen da auch nicht helfen.« Hinter dem Obmann sieht er einen nachlässig gekleideten Typ sitzen, der fleißig an seinem Laptop arbeitet. Irgendwoher kennt er das Gesicht, kann es aber nicht zuordnen.

»Sie dürfen mich nicht falsch verstehen«, redet der Mochacek weiter, »alle vier sind im Vorstand und haben Probleme mit dem Rottenschlager gehabt. Alle vier sind auch in der Agenturgemeinschaft. Innerhalb von neun Tagen nach Abschluss des Agenturvertrages sind drei der Makler tot. Unfälle, ha, ha. Die Luckinger wird tot in der Martinek-Kaserne gefunden – ausgerechnet jetzt, wo wir das Areal kaufen wollen. Finden Sie das nicht seltsam? Und da verschwindet auch noch der sonst so allgegenwärtige Franter spurlos.« Nervös schiebt er die Tablette der beiden hin und her und lässt sie unablässig aneinanderstoßen.

Das Klacken macht den Pokorny so nervös, dass er aufsteht und beide Tablette in der vorgesehenen Rückgabestation platziert. »Ja, wir kennen die Hintergründe jetzt schon zur Genüge«, stellt er klar. »Aber der Rottenschlager wird wohl nicht als Rächer durch die Gegend ziehen und Kollegen von Ihnen meucheln. Gibt's vielleicht sonst noch Gründe für eine mögliche Dezimierung der Maklerdichte in der Gegend? Sie sind doch nicht nur wegen des Deutschen besorgt, nicht wahr? Was läuft da in der Agenturgemeinschaft wirklich? Was hat es mit dem Projekt bei der Kaserne auf sich?«

»Sie verschweigen uns etwas, Herr Mochacek«, vermutet die Toni. »Sonst wären Sie nicht so panisch. Ich spüre das.«

»Äh, also … nein.« Er fängt wieder zu stammeln an, erspart sich aber dank des Gruppeninspektors, der plötzlich an den Tisch tritt, eine Antwort.

»Mochacek«, knurrt der Sprengnagl. »Wenn ich gewusst hätte, dass du den Pokornys ständig auf die Nerven gehst, hätte ich den Kontakt sicher nicht hergestellt. Ich hol mir schnell was zu essen … und wenn ich zurück bin, bist du wieder in Sachen Immobilien unterwegs, ja? Sonst vergeht mir das Essen, und das magst du sicher nicht erleben.«

Der Störenfried steht auf, weil bei einem Verhältnis drei gegen einen gibt es für ihn nichts mehr zu gewinnen. »Wenn Sie was vom Franter hören, bitte richten Sie ihm aus, dass er sich bei mir melden soll. Danke. Auf Wiedersehen.« Er stellt sein Tablett mit der unberührten Scholle auf einem freien Tisch ab und verlässt das Restaurant.

Der Sprengnagl setzt sich mit einem Geselchten mit Sauerkraut und Semmelknödel sowie einem kleinen Bier zu den beiden und wird rasch über das Gespräch mit dem Mochacek informiert.

»Dass der durch den Tod der Luckinger so Fracksausen bekommt, macht mich stutzig«, nuschelt er mit vollem Mund.

Der Pokorny nickt. »Mich auch. Was ist an Sozialbauwohnungen verkehrt, und wer soll da was dagegen haben? Mit einem hat er aber recht: Drei von vier Maklern, die sowohl beim Betrug als auch bei dem Projekt mit dabei waren, sind tot.«

»Und wie soll ich der Wehli beibringen, dass der Franter gefährdet sein könnte? Ich kann ihr ja schlecht sagen, dass wir bei einem amikalen Gespräch mit dem Mochacek mögliche Szenarien durchgesprochen haben und sein Kollege Personenschutz braucht. Geht gar nicht.«

»Auch die Wehli muss irgendwann kapieren, dass die Todesfälle zusammenhängen und weitere Makler in Gefahr sein könnten. Jetzt, wo die Luckinger tot ist, gibt es definitiv einen Mord.« Abwechselnd blickt die Toni die beiden Männer an. »Und wenn der Mörder weitermacht, dann steht für mich der Franter fix in der ersten Reihe der Kandidaten.«

»Zeigt doch mal den Stofffetzen, den ihr gefunden habt.« Der Sprengnagl wechselt das Thema, während er durch das saftige Schweinefleisch schneidet. »Das war echt knapp in der Kaserne. Ich hab die Durchsagen der Kollegen gehört, pfuu.«

Beide nicken, schnell ist der Ablauf der geheimen Mission erzählt. Die Toni legt das silbergraue, circa zehn Zentimeter lange Stück auf den Tisch. »Bevor du es einsteckst, mache ich noch schnell ein Foto davon. Man weiß ja nie, wofür.«

»Hm, der Stoff ist da zusammengezogen.« Der Gruppeninspektor deutet mit dem Messer auf eine bestimmte Stelle. »Von wo könnte das stammen?«

»Schaut aus wie ein Stück Rüschen von einem Ärmel oder einem Schulterpolster, wie bei einem Kostüm. Da sind ausgerissene Nahtstellen«, murmelt die Toni. Sie dreht es nach allen Seiten und lässt aus den aufgeblasenen Wangen hörbar Luft entweichen.

Der Pokorny runzelt die Stirn. »Es ist schon ziemlich verwegen, von einem Stück Fetzen gleich auf ein Kostüm zu schließen. Und wenn doch, dann reden wir aufgrund der Farbe nicht von irgendeinem Faschingskostüm, sondern von Pennywise. Oder?«

Sie verzieht das Gesicht. »Schau … natürlich könnte es irgendein Stofffetzen sein, von irgendwann. Aber dann wäre er nicht so sauber. Nein, der ist erst kürzlich abgerissen worden, und wir haben ihn am Tag nach dem Mord in der Nähe des Tatorts gefunden. Der Fahrer hat das Kostüm ähnlich beschrieben. Also was soll das sonst sein außer ein Stück Stoff von so einem Kostüm? Das ist nie und nimmer von einer Alltagsbekleidung. Durch das Loch im Zaun ist kürzlich wer durchgekrochen, und jetzt ist die Luckinger tot.«

Der Sprengnagl schüttelt den Kopf. »Ihr meint, wir suchen jetzt echt einen Horrorclown? Wie lächerlich ist das denn? Und das soll ich der Wehli erzählen?«

Nervös dreht die Toni das mögliche Beweisstück von einer auf die andere Seite. »Ihr müsst den Wagner fragen, ob das Kostüm diese Farbe gehabt hat. Und überhaupt … könnte das nicht Blut sein?« Sie zeigt auf mehrere stecknadelgroße rostbraune Flecken.

Der Pokorny holt ein Stück Frischhaltefolie von der Theke und wickelt den Stofffetzen ein. »Bring's dem Alterbauer vorbei, der kann sicher feststellen, ob da Blut drauf ist und ob das zu einem Kostüm gehört. Dann sehen wir weiter, in Ordnung? Sonst können wir eh nix machen.«

»Wenn's geht, aber gleich«, drängt die Toni. »Über Nacht könnte es schneien, und ob der Alterbauer beim Zaun dann noch Spuren findet, weiß ich nicht.«

Der Sprengnagl steckt das Stoffteil ein, steht auf und trägt das Tablett zur Rückgabestation. »Hoffentlich kann er weg, melde mich später, servus.«

Der Pokorny holt sich noch einen Espresso, obwohl er weiß, dass er sich das eigentlich schenken kann. »Geh, so gut der Fisch schmeckt, so grauslich ist der Kaffee!«, raunzt er, während die Toni die Stirn runzelt.

»Jede Woche die gleiche Nörgelei. Dann lass es halt bleiben, du weißt eh, dass es da keinen guten Kaffee gibt! Fahren wir gemeinsam zum Berti, dann kann ich euch helfen, und du trinkst einen gescheiten Espresso. Nachher muss ich zum Klapotez fahren, die Tatjana hat mir von einer frischen Lieferung Trüffelfilet erzählt. Morgen ist sonst wieder alles weg.«

Viele Bioprodukte wie Eier, saisonales Obst und Gemüse, Tees und vieles mehr kaufen die Pokornys sowieso bei ihrem Freund im Bioladen ein. Allerdings hat das Sortiment vom Berti seine Grenzen. Darum wird der restliche Wocheneinkauf am Samstagvormittag erledigt. Die Toni spricht immer vom Vöslauer Kulinarik-Dreieck: der Markt selbst mit weiteren saisonalen Produkten aus der Region und einem guten Sortiment an Fleischwaren, die Gewusst-wie-Drogerie Prokopp und zum Schluss noch der Genussladen Klapotez mit Bioprodukten aus dem steirischen Vulkanland. Und da die Qualität dort top ist, ist sie relativ schnell ausverkauft.

Trotz der gerade verschlungenen Scholle rinnt dem Pokorny bei dem Gedanken an das mit schwarzen Trüffeln verfeinerte magere Filetstück das Wasser im Mund zusammen. Die Toni serviert den dünn aufgeschnittenen Schinken als Vorspeise auf getoastetem Ciabatta. Dazu Rosmarin und Meersalz, verfeinert mit würzigem Parmesan, mehr braucht ihr Bärli gar nicht zum Glücklichsein.

Vor dem Bioladen in Großau parkt mit offener Heckklappe und Schiebetür der kanariengelbe VW Bulli vom Berti. Obwohl er den alten Bauernhof quasi in Eigenregie hergerichtet hat, bleibt er seinem gut sechzig Jahre alten, liebevoll gepflegten T1-Bus treu und würde ihn niemals hergeben. Neu ist allerdings die Aufschrift an der Wagenseite: »Richtig bio sind nur Berti's Spezialitäten!« Die sieben Binnen-Is hat er durch seine wahren Spezialitäten – Spitzkegelige Kahlköpfe, auch Magic Mushrooms genannt – ersetzt und diesen sogar noch dämlich grinsende Gesichter aufgemalt.

Während die Toni die aufgeregte Maxime liebkost, kommt sie aus dem Kopfschütteln nicht raus. »Berti, bitte! Du verschandelst den Bus mit dem hässlichen Aufkleber.«

»Wieso? Finde ich witzig, heute frisch aus der Werkstatt

geholt. Werbung ist alles, es geht ums Auffallen.« Er streicht beinahe zärtlich über die Gesichter der Schwammerln.

»Da wird der Sprengi seine helle Freude mit dir haben«, meint der Pokorny. »Nimm wenigstens den Deppen-Apostroph weg. ›Bertis‹ schreibt man ohne Apostroph.«

»Schaut, mir gefällt's, und das reicht.« Dann wechselt er schnell das Thema: »Kommt rein, ich mach uns einen Kaffee. Es ist saukalt, heute kommt sicher noch Schnee. Was gibt es Neues von der Bagage?«

Gerade will die Toni mit dem Erzählen beginnen, als beim Pokorny eine SMS eintrifft.

– Der Alterbauer fährt noch heute bei der Kaserne vorbei, schaut nach weiteren Löchern und nimmt rund um den Zaun Proben. Mehr geht nicht, Auswertung erst im Laufe der nächsten Woche.

– sehr gut   danke dir   hast du der wehli schon vom franter erzaehlt

– Ja, sie hat es zur Kenntnis genommen ☺

– wenigstens etwas

»Na bitte.« Grinsend klatscht er in die Hände. »Der Alterbauer schaut sich das Loch an, mal sehen, was rauskommt. Und die Wehli hat in ihrer großzügigen Art den Hinweis mit dem Franter zumindest zur Kenntnis genommen.«

Rasch erzählen die beiden dem Berti die Geschehnisse der letzten Tage.

»Na, bumm«, meint er anschließend, »da hat sich ganz schön was getan. Jetzt sucht der Sprengi doch nach einem Clown? Das gibt's ja nicht. Wir machen noch Scherze und dann das.«

Die Toni bremst die Euphorie mit erhobenen Händen und aufgestellten Handflächen. »Warten wir einmal auf die Informationen vom Alterbauer. Wenn der Stoff wirklich von einem Kostüm stammt, dann wird es spannend. Bin neugierig, wie der Sprengi das einfädelt, sprich, wie er der Wehli schonend den Clown als Täter näherbringt.«

»Sonst müsst ihr halt wieder einen anonymen Brief schreiben.« Der Berti spielt damit auf einen missglückten Versuch anonymer Informationsweitergabe im Frühjahr an.

»Ha, ha, den kannst dann du schreiben«, stellt der Pokorny klar, während er sich mehrmals mit dem Zeigefinger an die Stirn tippt. »Einmal hat mir gereicht.«

»Das war ein Scherz. Übrigens war der Deutsche wieder bei mir im Laden. Weißt eh, der mit der Apfelschorle.« Er kann sich ob des Zitronengesichts vom Pokorny ein Grinsen nicht verkneifen. »Bevor ihr mich jetzt an die Wand nagelt, nein, ich weiß nicht, ob es der Rottenschlager war. Er wollte mir partout nicht seinen Namen sagen, sogar ein Gewinnspiel hab ich erfunden, nur um ranzukommen. Leider. War ihm egal.«

»Warum hast du uns nicht angerufen? Wir hätten auch früher herkommen können«, sagt der Pokorny.

»Er ist vor ein paar Minuten raus, ein Münchner, untypisch schweigsam für einen Deutschen. Hat sich eine Tüte, wie er unsere Sackerln nennt, voll Kekse gekauft, einen Salbeitee und ist wieder abgezischt. Mehr war da nicht.«

»Lispelt er? Die Smolle hat so was erwähnt?«

»Ja, ziemlich arg sogar. Die Kekse hat er als Kekfe bezeichnet, ich hab ihn zuerst gar nicht verstanden.«

»Halb Niederösterreich sucht nach dem Münchner«, sagt die Toni verärgert. »Und wir verpassen ihn knapp bei dir. Schade.«

»Zeig ihm das Foto.«

»Ah ja, da schau.« Sie wischt rasch über ihr iPhone. »Von der Fratelli im Vivea aufgenommen. Ist er das?«

»Ja, das ist er. Hat er leicht mit dem Tod der Luckinger was zu tun?«

»Keine Ahnung. Die Wehli glaubt das zwar nicht, aber weil sie ihn aufgrund der Anzeigen befragen muss, sucht sie ihn pro forma«, beantwortet sie die Frage. »Weißt du, wo er hin ist?«

»Nach Berndorf rüber, deshalb ist er ja auch beim Laden vorbeigekommen. Er wollte einen Kaaaffee haben, Filterkaaaffee, genauer gesagt. Gibt es bei mir nicht, also ist er mit Tee und …«

Ungeduldig dreht der Pokorny den Zeigefinger im Kreis.
»Schön und gut, in der Annamühle hat ein Münchner Kaffee
bei der Bestellung auch so betont. Wohin ist er gefahren? Hotel?
Pension?«
»Er hat mich nach einer Pension in Berndorf gefragt. Ich
kenne dort nur die Pensionen Hoppel und die Frühstückspen-
sion Bärenschlössl. Ob er dorthin ist, kann ich nicht sagen.
Könnt ihr mir einladen helfen?«
»Gleich ... hast du sein Kennzeichen notiert?«, setzt der
Pokorny nach.
»Nein. Ich weiß nur, dass er einen metallic roten Audi Q7
fährt. Münchner Kennzeichen, der Rest war vom Bulli verstellt.
Und jetzt, ihr Lieben, packt bitte bei den Kisten an. Wir können
wegen des befürchteten Schneefalls den Stand heute noch aufbauen.« Er deutet auf mehrere Stapel mit grünen Gemüsesteigen
und vier Säcke mit Gestängen für ein Zelt.

Der Pokorny nimmt sein Nokia aus der Jackentasche. »Ich
schreib noch schnell dem Sprengi wegen dem Münchner.«

*– der rottenschlager war grade beim berti   wohnt viel-
leicht in berndorf in der pension hoppel oder baeren-
schloessl   kannst du das pruefen*
– Mach ich

»Was verkaufst du eigentlich am Markt?«, fragt die Toni.
Der Berti lächelt geheimnisvoll. »Kipferl und Kekse, sogar
eine Adventsmischung hab ich dabei. Dein Liebster hat am
Mittwoch nach meinen Kipferln verlangt. Ja, ja, da schaust du.
Deshalb werde ich vorerst damit anfangen und abwarten, wie's
läuft. Die Adventsmischung gibt es ausschließlich für Erwach-
sene und nur am Wochenmarkt, als eine Art Willkommens-
special. Da hast ein Sackerl – aber nicht alle auf einmal essen!«
»Na dann. Auf geht's.« Beherzt schnappt sich die Toni die
erste Kiste. »Beim Einladen helfe ich euch, aufbauen müsst ihr
dann alleine«, keucht sie, froh darüber, dass wenigstens der
Berti ein echter Handwerker ist.

Nach einer halben Stunde ist alles eingeladen, die Toni hat noch rasch ein paar Tees sowie die Adventsmischung in ihr Jutesackerl verstaut und ist mit ihrem Mini und der Maxime in Richtung Heimat verschwunden.

»Schau, die ersten Flocken fallen schon«, sagt der Berti grinsend. »Weißt, gerade vor Weihnachten ist das schon eine feine Sache mit dem Schnee.«

In wenigen Minuten sind sie am Schlossplatz angelangt, die zuständige Marktleiterin zeigt dem Berti seinen Standplatz. Durch den gleichzeitig stattfindenden Weihnachtsmarkt stehen die Stände eng beieinander. Als Neuling wird ihm ein Platz ganz am Rand zugewiesen, der nicht wirklich seinen Erwartungen entspricht. Die ehrenamtliche Mitarbeiterin vom VÖWI, dem Verein Vöslauer Wirtschaft, verspricht ihm bei regelmäßiger Teilnahme einen besseren Platz. Dass er sich über diesen Platz am nächsten Tag noch glücklich schätzen wird, kann er, jetzt vor sich her grantelnd, zu diesem Zeitpunkt noch nicht wissen.

Rasch ist das vier mal vier Quadratmeter große Zelt aufgebaut. »Die Konstruktion wirkt schon ein wengerl filigran«, stellt der Pokorny mit einem argwöhnischen Blick auf die dünnen Aluminiumstangen fest.

»Fürs erste Mal muss es reichen, auf die Schnelle hab ich nichts anderes bekommen. Nächste Woche steh ich dann hier in einem pipifeinen Zelt, sogar mit einem Infrarotwärmestrahler, weil frisch wird es ordentlich werden. Mit oder ohne Schnee.« Er kontrolliert noch einmal das Gestänge sowie die Befestigung am Boden. »Passt, danke dir. Soll ich dich nach Hause bringen?«

»Nein, lass mich bei der Annamühle raus.«

»Gut, dann komme ich mit und lade dich zur Feier des Tages auf einen Espresso und ein Pariser Kipferl ein. Hast du dir nach der Plackerei verdient. Ich war eh schon lange nicht mehr dort.«

Beim Café Annamühle sehen sie, wie die Katzinger eine Melange mit einem großen Gupf Schlagobers bei der Ladentür hinausbalanciert.

»Heee, beide auf einem Haufen! Mein Bio-Berti, der Heiler meiner verkorksten Fußerln, ist auch da! Was verschlägt dich in mein Stammcafé?« Sie lacht ihn sichtlich erfreut an und schlürft lautstark das geliebte Schlagobers vom Kaffee.

»Hallo, Frau Katzinger«, grüßt der Berti artig. »Sogar mit Schokostreusel, gibt es was zum Feiern?«

Der Pokorny grinst und denkt an den Besuch vom Mochacek. »Vielleicht die günstige Lieferung eines Hochbeets fürs Gemüse in schlechten Zeiten? War kein feiner Zug, uns zu verpetzen.«

»Pah, eine alte Frau muss schauen, wo sie bleibt. Nachdem der Mochacek nicht aufgehört hat zu schleimen, hab ich halt nachgegeben und ihm ...«

»... verraten, wo die Toni und ich am Freitag mittagessen?«, vollendet der Pokorny den Satz, kann ihr aber nicht wirklich böse sein. Weiß er doch, wie lästig der Mochacek ist. »Passt schon, Schwamm drüber. Wie geht's Ihnen sonst so?«

»Jetzt wieder gut, bin froh, dass du nicht böse bist«, krächzt sie, nimmt einen tiefen Zug von ihrer Marlboro-Gold-Zigarette und stößt mit gerunzelter Stirn rasselnd den Rauch aus. »Die schmecken wie Luft mit ein bisserl Rest-Lkw drinnen«, erklärt sie wegen der fragenden Blicke der beiden. »Na, ich hab halt die Glimmstängel gewechselt. Wegen dem Lungendoktor, der hat mir geraten aufzuhören. Hab ich gesagt, nur über meine Leiche. Hat er gesagt, wenn ich so weiterrauche, dann geht's eh in die richtige Richtung. Ha, ha, Spaßvogel. Jetzt probier ich statt den echten, also der roten, halt die goldenen Marlboro aus. Die schmecken fad, so als würdest statt einer kräftigen Melange einen aufgewärmten Filterkaffee trinken müssen. Brr ... aber da muss ich durch, ist ja für einen guten Zweck, gell? Wegen der Vernaderung vorm dicken Obmann erzähl ich dir auch was über die Martinek-Sache.«

»Dachte ich mir schon, dass da noch was kommt. Sie haben gestern so zynisch gelächelt, als er von Sozialbauwohnungen gesprochen hat.«

»Sozialbauwohnungen? Hä, dass ich nicht lache. Dem geht's

doch nur um die Kohle, ums Geld, um den Reibach. Da war vor ein paar Jahren ein Riesenskandal um die Kaserne, ja, ja.« Sie hebt das Kinn und schaut die beiden mit hochgezogenen Augenbrauen an. »Ein Kompott von Baufirmen, Parteien, Maklern, die ganze Brut auf einem Haufen. Frag am besten den Jäckel von den Grünen, den einzigen Politiker, dem du trauen kannst. Ja, ja. Letzens vor den Wahlen haben s' wieder mit der Kaserne herumgetan. Alles nur Wählertäuschung, passiert ist gar nix. Und jetzt kommt der Mochacek daher und macht, als würd er morgen zu bauen beginnen. Der linke Agent!«, redet sie sich in Rage. »Betreutes Wohnen, Sozialbau, geh. Das passt zu einem Makler wie der Teufel zum Weihwasser, ha!«

»Der Jäckel sitzt im Gemeinderat?«, fragt der Pokorny.

»Na ja, nicht immer, nur halt bei Sitzungen, sonst nicht, weil ihm Bürgernähe ja wohl wichtiger ist wie breit am Hintern sitzen. Ich hab in irgendeiner Zeitung gelesen, dass der Jäckel Vorzugsstimmenkaiser in Baden war, also wird er wohl noch was zum Reden haben.«

Der Berti geht hinein, plaudert mit der Karin, bestellt für seinen Freund einen Espresso, für sich einen veganen Biofruchtsaft Marille-Apfel und einmal Pariser Kipferl.

Eigentlich sind an diesem ereignisreichen Tag alle gut aufgelegt, die Stimmung ist friedlich. So lange halt, bis sich die Wehli zum zweiten Mal unangekündigt zu dem Stehtisch dazustellt. Sofort kühlt die Atmosphäre um ein paar Grad ab, das Gespräch versandet.

»Pokorny, sind Sie schon wieder fleißig am Ermitteln?«, will sie wissen, wobei es mehr wie eine Feststellung als wie eine Frage klingt.

»Was wollen Sie von mir?«

»Was ich von Ihnen will? Ist Ihr Ernst? Sie schreiben dem Gruppeninspektor eine SMS über eine ermittlungsrelevante Person ... Übrigens sollten Sie an Ihren SMS-Texten arbeiten! Ein Analphabet würde das verständlicher schreiben. Jedenfalls berichten Sie dem Sprengnagl, wo sich der Rottenschlager aufhalten könnte. Woher wissen Sie davon, wenn Sie nur Espresso trinken und Eier ausführen ...«

»Von mir, werte Frau Chefinspektorin, von mir«, antwortet der Berti für seinen Freund und stellt Kaffee und Kipferl auf den Stehtisch. »Vorhin war zufällig ein Deutscher bei mir einkaufen. Es dürfte sich um den gesuchten Münchner handeln. Das hab ich dem Pokorny erzählt, und wie es sich gehört, hat er sofort seine staatsbürgerlichen Pflichten wahrgenommen und ein Exekutivorgan verständigt. Dass er nicht unbedingt Sie anrufen wird, ergibt sich aus Ihrer gemeinsamen Vergangenheit, nicht wahr?«

»Der Herr Braun mischt sich auch ein. Fehlt nur mehr der Sprengnagl, dann ist das Trio Infernale komplett. Laufen Ihnen die Hühner nicht davon? Oder schmieden Sie mit Ihrem Spezi Pläne für die Zukunft? Es häufen sich schon wieder die Zufälle. Ein ermittlungsrelevanter Zeuge kauft bei Ihnen ein. Zufällig? Wie beim letzten Mal passiert hier scheinbar auch alles zufällig, nicht wahr?« Sie kneift ihre Augen zu schmalen Schlitzen zusammen.

»Wie auch immer Sie es nennen wollen. Wenn er nach Berndorf fährt, kommt er direkt bei meinem Laden vorbei. Die Qualität meiner Produkte hat sich anscheinend bis München durchgesprochen. Passiert immer wieder, dass Ausländer bei mir hereinschneien«, stellt der Berti mit ausgebreiteten Händen fest.

Mittlerweile hat es dicht zu schneien begonnen. Der Pokorny stülpt seine wieder angezippte Parkakapuze über den Kopf, die Katzinger klappt ihre Fellohrenschützer nach unten. Die Wehli hat ihren Helm gleich gar nicht abgenommen, als wüsste sie, dass sie in dem Kreis nicht willkommen und damit gleich wieder unterwegs sein wird. Einzig der Berti scheint von den Schneeflocken unberührt und blickt verträumt in den Himmel.

»Hereinschneien, soso. Gerade bei Ihrer beruflichen Vergangenheit würde ich mir überlegen, was ich rede.«

»Woher wissen Sie überhaupt von meiner Nachricht?«, wundert sich der Pokorny. »Haben Sie sicherheitshalber sein Telefon eingezogen?«

»Brauch ich doch gar nicht. Der Herr Gruppeninspektor war so freundlich, sein Handy mit geöffneter SMS am Schreibtisch liegen zu lassen.« Sie grinst ihn provozierend an.

»Und Sie mussten einfach nachschauen, was er so für Nachrichten bekommt? Schon mal was von Privatsphäre gehört, hä?«

»Vor der Polizei ist nichts privat, und wie man sieht, war es ja auch wichtig.« Sie wendet sich an die Katzinger. »Was haben Sie dem Pokorny über den Dietmar Jäckel erzählt?«

Die alte Frau hört trotz ihrer In-Ear-Ohrstöpseln mehr schlecht als recht, und mit ihren heruntergeklappten, dicken Fellohrenschützern geht wirklich nichts mehr. Sie deutet auf ihre Ohren und verzieht das Gesicht zu einer entschuldigenden Grimasse.

Die Wehli schüttelt genervt den Kopf und klappt ihr mit beiden Händen grob die Ohrschützer nach oben. »Ich will wissen, was Sie dem Freizeitpolizisten über den Jäckel erzählt haben. Und das pronto ...«

Quasi in Notwehr reißt die Katzinger ihren Stock hoch und schlägt der Wehli damit auf ihren Ellbogen. »Hören S' sofort auf mit der Polizeigewalt, sonst schrei ich um Hilfe!«, ruft sie und grinst wegen des schmerzverzerrten Gesichts der Chefinspektorin. »So was tut man nicht mit einer Pensionärin.«

»Wenn Sie mit Ihrem Stock noch einmal herhauen, buchte ich Sie ein. Fix! Widerstand gegen die Staatsgewalt, Angriff auf eine Polizeibeamtin im Dienst et cetera, et cetera.« Sie reibt sich verärgert den Arm.

»Also, wir beide haben nur gesehen, dass Sie der Frau Katzinger mit Brachialgewalt fast beide Ohren abgerissen haben. Das mit dem Stock haben wir nicht gesehen, nicht wahr, Berti?«, stellt der Pokorny fest und sieht seinen Freund bestätigend nicken.

Die Wehli atmet tief ein, zieht die Schultern nach oben und bläst die Luft mit bebenden Lippen langsam aus. »Sie alle hab ich so was von satt. Herr Braun, räumen Sie Ihren Laden auf, demnächst schick ich Ihnen die Drogenfahndung vorbei!«

»Was mich wundert, werte Frau Chefinspektorin«, bemerkt der Pokorny, »wieso ist der Rottenschlager für Sie plötzlich ermittlungsrelevant? Bisher hat Sie der angeschissene Kunde der drei Toten doch wenig bis gar nicht interessiert.«

Sie übergeht die Frage. »Frau Katzinger, was ist jetzt mit dem Jäckel? Krieg ich da noch eine Antwort von Ihnen?«

»Leider versteh ich grad gar nix«, behauptet die alte Frau. »Was haben Sie dem Pokorny noch schnell wegen des ermittlungswichtigen Piefkes geantwortet?«

Die Chefinspektorin weiß genau, dass sie von den Dreien null Informationen bekommen wird. Resigniert verlässt sie die Terrasse und steigt auf ihre BMW. Ein letzter böser Blick in die Runde, dann hebt sie die rechte Hand, deutet mit dem Zeige- und dem Mittelfinger auf ihre Augen und dreht die Hand in der gleichen Position zum Pokorny. Dass er quasi unter ungewolltem Personenschutz steht, ist für die Anwesenden klar.

Wie schon am gestrigen Tag führt auch heute die Störung der Kaffeerunde zu einer raschen Auflösung. Irgendwie kommt nach dem Auftritt des Totenkopfs keine Stimmung mehr auf. Die Katzinger bestellt beim Berti noch rasch eine Salbe zur Versorgung ihrer Geschwüre am Raucherbein, und anschließend bringt der VW Bulli den Pokorny nach Hause.

Die Toni greift sich während der Erzählungen vom Pokorny an die Stirn. »Bitte, was soll denn das? Lässt der Sprengi sein Handy unversperrt liegen. Selber schuld, wenn er dann Probleme bekommt. Hat dich die Wehli auf die Kaserne angesprochen?«

»Nein, zum Glück nicht. Dürfte noch nicht zu ihr durchgedrungen sein. Wie sie plötzlich vor mir gestanden ist, hab ich mit dem Schlimmsten gerechnet. Wir haben da echt Glück gehabt. Wie schmecken dir die Kipferln vom Berti?« Mittlerweile hat er es sich auf der Couch gemütlich gemacht, Beine hochgelagert, der abendliche Espresso mit ordentlich Crema steht auf dem Beistelltischchen bereit.

»Verboten gut«, antwortet sie schläfrig. Der Pokorny merkt, dass seine Liebste in einem Dilemma steckt. Sehr sportlich, achtet sie peinlichst genau auf ihre Figur und die tägliche Kalorienbalance. Daher ist der Verzehr mehrerer Kipferln und Kekse aus der Adventsmischung eine ordentliche Sünde. Sonst reicht ihr der tägliche Kampf gegen die Lust auf Manner-Schnitten, die von einer glücklichen Kindheit mit den Großeltern herrührt. Und jetzt tut sich in der Adventszeit mit den Köstlichkeiten vom Berti eine neue Front auf. »Magst du leicht kosten?« Freilich kennt sie die Antwort. »Aber halte dich zurück, wir essen gleich und … Maxime …« Sie schaut die Beagelin, die unauffällig näher geschlichen ist, mit zusammengekniffenen Augen an. »Das ist nichts für dich, zurück auf deinen Platz.«

Ob die Pokornys von den nervenaufreibenden Ermittlungen, den mühsamen Gesprächen oder der Schlepperei müde sind, wissen sie nicht. Jedenfalls schlafen sie ohne Abendessen noch während der Hauptnachrichten auf der Couch im Wohnzimmer ein.

Samstag, 18. Dezember

Mit zum Bersten voller Blase und Rückenschmerzen wacht der Pokorny um sieben Uhr morgens auf der Wohnzimmercouch auf. Zu ihm hingekuschelt schläft die Toni noch tief und fest, und sogar die Maxime liegt nicht auf ihrem Schlafplatz, sondern am Teppich vor dem Tisch. Neben ihr das leere Sackerl vom Berti seiner Adventsmischung. Zärtlich schiebt er die Toni auf die Seite und deckt sie mit einer flauschigen Fleecedecke zu. Die Maxime hebt langsam ein Augenlid an, lässt es dann aber wieder fallen und döst weiter. Der Pokorny stellt fest, dass er sich an nichts mehr erinnern kann. Fragmente von der Annamühle, den Kipferln, Kuscheln auf der Couch, mehr nicht. Der Rest ist irgendwo im Nirwana untergegangen. Unfähig, klar zu denken, starrt er in den tief verschneiten Garten und brüht sich einen doppelten Espresso. Als er diesen zum Aufwachen brennheiß schlürft, beginnt sich die Toni unter der Decke zu regen.

»Ahh.« Sie setzt sich stöhnend auf. »Ich glaube, mir zerreißt es den Kopf. Was war in dieser Adventsmischung drinnen? Hanf? Magic Mushrooms? Wir müssen mit dem Berti ein ernstes Gespräch führen. Deswegen wollte er, dass wir nicht zu viel auf einmal essen. Der Dummkopf, der kann sich heute was anhören«, schnaubt sie, kommt mühsam hoch und tappt zur Terrassentür. »So viel Schnee, das sind ja mindestens dreißig Zentimeter, ein Wahnsinn. Ich gehe erst einmal duschen, mach mir bitte einen doppelten Espresso.« Sie küsst ihn auf die Nasenspitze und stolpert hinauf ins Badezimmer.

Normal reicht es, die Hundeleine vom Haken zu nehmen, schon läuft die Maxime aufgeregt im Vorzimmer hin und her. Nach dem gestrigen Kekscocktail schafft sie es wankend gerade noch in ihr Körbchen, lässt sich fallen und fängt umgehend zu schnarchen an.

So treffen die Pokornys gegen neun Uhr, an einem Samstag gefühlt noch mitten in der Nacht, ohne die Beagelin am Wochenmarkt ein. Der Fußweg war anstrengend, die Pflüge kommen mit dem Räumen der Straßen kaum nach, ohne gutes Schuhprofil hätten alle beide umdrehen müssen. Die Zugänge zum Markt werden laufend von freiwilligen Helfern von den Schneemassen befreit. Nach wie vor schneit es so dicht, dass man kaum die Hand vor den Augen sieht.

Unabhängig vom samstäglichen Wochenmarkt stehen jedes Jahr während der gesamten Adventszeit am Schlossplatz vor dem Rathaus fixe Hütten, die festlich geschmückt ein vorweihnachtliches Ambiente verbreiten. In einem guten Dutzend dieser Hütten werden kulinarische Köstlichkeiten angeboten, in anderen kleine Geschenke, vom handgemachten Holzspielzeug über Kerzen, Duftlampen und allem, was eben auf einem Adventsmarkt nicht fehlen darf. Aus diesem Grund ist der Wochenmarkt in dieser Zeit platzmäßig begrenzt, und die temporären Standplätze sind dermaßen eng aneinandergereiht, dass den Standlern kaum Platz zum Verlassen ihres Zeltes bleibt.

Ganz am Ende, wo der eisige Wind Schnee zu hohen Wechten aufgetürmt hat, steht der Berti und hat alle Hände voll zu tun, Kunden zu bedienen und dabei sein Zelt immer wieder vom Schnee zu befreien. Bedrohlich wölbt sich die Plane über seinem Kopf und den köstlich ausschauenden Keksen und Kipferln nach unten.

»Berti, du kämpfst ja ums Überleben. Ich hab dir gleich gesagt, dass die Stangen zu dünn sind.« Der Pokorny hilft seinem Freund, den Schnee mit einem langen Besen vom Dach zu schupfen.

»Verdammtes Wetter, es schneit, als würde die Welt untergehen.«

Die Toni zeigt auf einen Stand auf der anderen Seite des Platzes. »Der Franter!«

»Na bitte, dann braucht sich der Mochacek nicht mehr in die Hose zu machen. Dort steht das Machoarschloch, wie er ihn bezeichnet hat, und schäkert am Stand vom Brunngassen-heurigen mit der Chefin.«

»Und am Nebenstand, mich trifft der Schlag, der Buxeneder und die Bürgermeisterin in trauter Gemeinsamkeit, und das ohne Ohrenzeugen«, knurrt die Toni. »Nicht gut, die wirken so innig, als wären sie alte Freunde und nicht Gegner bezüglich der Zentrumsumgestaltung.«

»Na ja, der Franter hat nicht nur für die Melanie Augen«, stellt der Pokorny fest. »Der hat auch die zwei Mauschler genau im Blick.«

Der Berti hält inne und beobachtet das Geschehen. »Du hast doch erzählt, dass er und der Buxeneder auf der Vöslauerhütte einen heftigen Wortwechsel wegen der Zangerle hatten.«

»Ja, zwischen den beiden wird es wohl noch mehrere offene Baustellen geben. Schaut genau hin, der Buxeneder beobachtet den Franter auch. Die belauern sich gegenseitig. Was da wohl läuft?«

»Dem Franter dürfte das vertrauliche Gespräch seines Kollegen mit der Bürgermeisterin nicht gefallen«, meint der Berti.

»Da geb ich dir recht, koscher ist das alles nicht«, meint der Pokorny. Gerade noch rechtzeitig springt er zur Seite, als vom Ast einer großen Tanne eine Ladung Schnee herabfällt.

»Den kauf ich mir«, zischt die Toni. Sie stapft los, kehrt aber nach wenigen Metern wieder um. »Grrr, besser nicht, sonst …« Ihr Blick fällt auf die leeren Steigen unter dem Ausstellungstisch. Ihr Ärger auf den Berti ist durch den Buxeneder nicht weniger geworden. »Dein Geschäft läuft ja gut«, meint sie freundlich. Zu freundlich.

»Ja, bis auf das Wetter läuft's prächtig. Zwei Steigen noch, dann pack ich zusammen«, meint er zufrieden.

»Berti«, zischt die Toni und rollt mit den Augen. »Was hast du in deiner Adventsmischung für Drogen eingebacken? Wir haben fast zwölf Stunden durchgeschlafen, Maxime schläft jetzt noch.«

»Äh, ich hab dir doch gesagt, dass du nicht zu viel auf einmal …« Seine Ausflüchte werden von einem heftigen Knirschen unterbrochen. Im letzten Moment springt er unter der Plane des zusammenbrechenden Zelts hervor und beobachtet, wie das filigrane Gestänge unter einer dicken Ladung Schnee zusammenbricht.

Von den Ständen gegenüber sind hysterische Schreie zu hören, panisch zeigen zwei ältere Damen auf eine gut fünfzehn Meter hohe, schneebeladene Tanne, die sich langsam zum Wochenmarkt hin neigt. Ein ohrenbetäubendes Ächzen und Splittern von Holz ist zu hören, gefolgt von einem lauten Knall. Zwei Drittel des mächtigen Baums stürzen mit einem lang gezogenen Rauschen, begleitet von einer Lawine an Schnee, herab und begraben die beiden Makler, die Bürgermeisterin und den halben Markt unter sich.

Panisch laufen die Standler und Besucher durcheinander, das Chaos ist perfekt.

»Verdammte Scheiße«, entfährt es dem Pokorny, als sich der wirbelnde Schnee langsam legt und einen Blick auf das Ergebnis zulässt. »Los, wir müssen helfen, wer weiß, wer da alles noch drunterliegt.«

Nach mehreren vergeblichen Versuchen, die wie Masten wegstehenden Äste des gefallenen Riesen, die kaputten Stände und die hohen Schneehügel zu überwinden, geben die drei Helfer auf. »Ohne schweres Gerät geht da gar nix«, fasst der Berti die Lage zusammen. »Schaut, da kommt schon die Kavallerie.«

Tatsächlich treffen die Einsatzkräfte nahezu zeitgleich am Unfallort ein. Während die Rettung außerhalb der Gefahrenzone beginnt, die Verletzten zu versorgen, sperrt die Polizei mit Hilfe der Feuerwehr das Areal um den Wochenmarkt großräumig ab. Wie immer stehen sensationsgierige Schaulustige im Weg, die nur mit Mühe zurückgedrängt werden können. Sogar der Sprengnagl, der eigentlich freihat, ist vor Ort und erteilt besonders ignoranten Gaffern, die die Zufahrt der Rettungswägen behindern, ein Platzverbot.

Erst nach und nach erkennen die Pokornys und der Berti, wie knapp sie dem Unglück entgangen sind. Mit aufgestellten Nackenhaaren stehen sie unter dem Dach der gegenüberliegenden Volksbank-Filiale und beobachten das weitere Geschehen. Der Gruppeninspektor läuft mit tief in die Stirn gezogener Haube auf sie zu. »Bin froh, dass euch nichts passiert ist. Berti, ist manchmal schon gut, wenn's nicht der Premiumstandplatz ist, oder?«

Und ja, da hat er recht, aus Pech kann schnell einmal Glück werden. Mit seinem abgelegenen Stand war der Berti außerhalb des Gefahrenbereichs stationiert. Hätte er den gewünschten Platz ergattert, wären er und die Pokornys mitten in der Einflugschneise der Tanne gestanden, und die Hilfskräfte müssten jetzt auch nach ihnen suchen.

»Ich kann euch wohl nicht dazu bewegen, nach Hause zu gehen, oder?« Kollektives Kopfschütteln der drei Glückspilze bestätigt seine Vermutung. »Euch ist schon klar, dass demnächst die Wehli hier aufschlagen wird? Wäre besser, ihr erspart euch das. Die hat heute zwar frei, wird aber trotzdem anrücken müssen. Mit euch hier wird ihre Laune über den Arbeitseinsatz nicht besser werden.«

»Die Laune der Frau Chefinspektorin geht mir gelinde gesagt am Arsch vorbei.« Der Pokorny lässt wenig galant Druck ab. »Sei mir nicht böse. Wir sind mit knapper Not davongekommen, und wenn der Franter und der Buxeneder tot sind, haben wir fünf tote Makler aus der Agenturgemeinschaft. Sogar zwei auf einen Streich. Du kannst doch nicht wirklich glauben, dass wir heimgehen? Was ist, wenn das kein unglücklicher Zufall war und der Baum vom Mörder angesägt wurde? So ein Riesending fällt doch nicht einfach um.«

»Ja, da geb ich ihm recht, das wäre wirklich ein Pech«, schaltet sich der Berti ein. »Die Bäume werden schon wegen der Besucher des Areals Jahr für Jahr kontrolliert. Erst letztes Jahr wurden im Schlosspark schadhafte Bäume gefällt.«

Der Sprengnagl zuckt mit den Schultern. »Außer Ärger

bringt es euch nichts, hier zu warten. Der Feuerwehrkommandant hat ein schweres Rüstfahrzeug mit Kran angefordert, demnächst ist hier alles voll, und ihr seht gar nichts mehr. Geht nach Hause, ich komm später nach. Die Profis schauen sich die Tanne genau an, keine Sorge. Also, ich muss los, servus. Übrigens kommt da gerade die O-Weh, unglaublich, auch bei dem Wetter auf ihrem Bike.« Die drei hören fast so etwas wie Bewunderung in der Stimme ihres Freundes.

Schließlich haben sie doch noch rechtzeitig eingesehen, dass ein unauffälliger Abgang besser ist, als von der Wehli gerüffelt zu werden. Gegen siebzehn Uhr läutet es bei den Pokornys, die Toni öffnet dem Sprengnagl die Tür. Er hat noch nicht einmal gescheit die Schuhe ausgezogen, da wird er schon von seinem Freund bestürmt: »Jetzt erzähl schon, haben die … überlebt?«

»Willi, lass ihn einmal hinsetzen und zur Ruhe kommen. Schau, wie erledigt er aussieht«, sagt die Toni. »Magst du einen Espresso?«

»Ja bitte, von dem lauwarmen Filterkaffee aus der Thermoskanne graust mir mittlerweile. Dass wir bei solchen Einsätzen nichts Vernünftiges zu trinken kriegen, verstehe ich nicht. Wo ist der Berti? Ich dachte, der kommt mit zu euch?«

»Hm, nein, sagen wir einmal so: Die allerbeste Ehefrau der Welt hat ihm wegen seiner drogenbelasteten Adventsmischung aus Kipferln und Keksen den Marsch geblasen. Daraufhin ist er eingeschnappt abgezogen«, erzählt der Pokorny.

»Der Idiot spielt mit dem Feuer! Was ist, wenn das Kinder …« Der Sprengnagl verdreht genervt die Augen und bedankt sich bei der Toni für die überreichte Tasse Kaffee. »Es war echt ein Horror, was sich am Schlossplatz abgespielt hat. Zum Glück gibt es bisher keine Toten. Die Bürgermeisterin, der Franter und noch ein paar andere sind mit leichten Blessuren davongekommen. Wir wissen allerdings nicht, wer alles am Markt war und ob noch wer vermisst wird. Außer dem Buxeneder, der ist wie vom Erdboden verschwunden.«

»Was heißt das? Habt ihr ihn nicht gefunden?«, fragt die Toni ungläubig.

»Bis zur Stunde nicht. Es schneit so stark, dass die Feuerwehr mit dem Wegräumen kaum nachkommt. Die müssen besonders vorsichtig arbeiten, niemand weiß genau, wer noch alles unter der Tanne begraben wurde.«

»Die schaufeln per Hand, oder?«, vermutet der Pokorny. »Wenn der Buxeneder irgendwo unter dem Schnee liegt, lebt er wahrscheinlich nicht mehr. Noch ein toter Makler, ein Alptraum.«

»Sie tun, was sie können. Schon die Bergung war megakompliziert. Zuerst haben sie mit dem Hebekissen den Baum angehoben und fixiert, damit er nicht weiter abrutscht. Dann hat die Besatzung von einer Drehleiter aus die Tanne Stück für Stück zerschnitten und gesichert. Erst danach konnte mit dem eigentlichen Suchen begonnen werden. Mit schwerem Gerät geht da jetzt nichts mehr. Das Risiko, eventuell verschüttete Personen zu verletzen, wäre zu groß. Da keine äußere Gewalteinwirkung zu erkennen ist, dürfte es sich um einen klassischen Schneebruch handeln. Natürlich wird der Baum noch kriminaltechnisch untersucht. Aber der Einsatzleiter der Feuerwehr hat sich schon jetzt mit neunundneunzigprozentiger Wahrscheinlichkeit auf höhere Gewalt festgelegt. Es hat also keiner nachgeholfen. Nicht in jeden Baum kannst du hineinschauen, kann leider passieren. Die massive Schneelast hat den Riesen acht Meter über dem Boden quasi gespalten, vom Wipfel bis zum endgültigen Abriss des Baumes sind es fast zehn Meter gewesen, die am Platz eingeschlagen sind. Die Verantwortlichen des Marktes können heute gleich mehrere Kerzerln in der Kirche anzünden.«

»Der Buxeneder ist doch direkt neben der Bürgermeisterin gestanden. Sie und der Franter sind unverletzt und mit dem Schrecken davongekommen, und dennoch fehlt vom Buxeneder bisher jede Spur? Kaum zu glauben.«

»Vielleicht ist er in den Kanal gestürzt, der rund ums Rathaus verläuft?«

»Fehlanzeige. Die Feuerwehr hat den Bach abgesucht. Der schmale Kanal ist durch den Temperatursturz komplett zugefroren, keine Einbruchstellen zu finden. Das können wir zum Glück ausschließen.«

»Hat die Bürgermeisterin etwas gesehen? Die war ja direkt neben ihm«, stellt der Pokorny fest.

»Nein, auch nicht.« Der Sprengnagl greift nach einem Kipferl, das zwischen den Couchpolstern steckt. »Hm, die schauen aus wie die vom Berti.«

»Lass das lieber bleiben. Die sind von der Adventsmischung.« Der Pokorny zeigt schmunzelnd auf die herzhaft gähnende Maxime. »Unsere Süße hat auch ordentlich zugelangt und ist jetzt noch streichfähig. Also besser nicht.«

»Die Bürgermeisterin ist unmittelbar vor dem Buxeneder gestanden. Die muss doch etwas gesehen haben!«, bohrt die Toni hartnäckig weiter.

»Schau, die sind alle fertig mit den Nerven. Die Bürgermeisterin ist eine Stunde unter dem zusammengebrochenen Zelt festgesteckt, mit Glück hat sie genug Luft gehabt. Die hat andere Sorgen.«

»Und der Franter, der war einen Stand daneben. Hat der was gesehen?«, fragt jetzt auch der Pokorny nach.

»Nein, Fehlanzeige. Weder er noch die Bürgermeisterin wissen, was passiert ist. Nur an einen lauten Knall und ein Bersten können sich die beiden erinnern, dann wurde es schon dunkel. Wenn der Baum nicht vom Stufenabgang und den Statuen aufgefangen worden wäre … dann würde es jetzt traurig aussehen. Ein Riesenglück, auch für die Veranstalter. Der Markt hätte gar nicht stattfinden dürfen.«

»Mit so viel Schnee war nicht zu rechnen«, entgegnet die Toni.

»Nein, der Sprengi hat schon recht«, hält der Pokorny dagegen. »Die Äste der Tanne haben sich unter der Schneelast gebogen, früher oder später wäre einer runtergekommen. Aber dass es gleich die ganze Tanne quasi in der Mitte zerreißt … ein Wahnsinn.«

»Zumindest hat die Wehli meinen gestrigen Hinweis ernst genommen und den Franter gewarnt. Einen Polizeischutz hat der Macho nach dem ersten Schrecken aber abgelehnt.«

»Und es hat wirklich niemand gesehen, was mit dem Buxeneder passiert ist?« Die Toni will es nicht wahrhaben. »Gibt es keine verwertbaren Handyaufnahmen?«

»Bisher haben wir keine Hinweise erhalten. Die Feuerwehr wird noch bis in die Nacht beschäftigt sein. Die geben nicht so leicht auf.«

Der Pokorny neigt nachdenklich den Kopf langsam von links nach rechts. »Könnte der Franter was mit dem Verschwinden des Buxeneder zu tun haben?«

»Glaub ich nicht«, antwortet der Sprengnagl. »Zwischen dem Knacken und dem Umfallen der Tanne waren nur Sekunden. Der Franter hat selbst ein Riesenglück gehabt.«

»Ich meine ja nur, weil … es wäre für ihn eine günstige Gelegenheit gewesen …«

»Und jetzt erzählst du mir noch, der Buxeneder hätte sich aus dem Staub gemacht, quasi das Chaos für seinen Abgang genutzt. Geh, hör auf, so ein Unfug!« Damit beendet er die wirren Ausführungen seines Freundes.

»Magst du etwas essen? Ich kann dir Tortellini mit Spinatsoße machen«, bietet die Toni dem sichtlich hungrigen Gruppeninspektor an.

»Danke nein, mir ist nach was Deftigerem, ich treffe die Sandra gleich im Schlemmereck beim Hawlik auf ein Cordon bleu mit Pommes.«

»Und die O-Weh?« Der Pokorny nimmt die Maxime auf den Schoß und krault ihr liebevoll den Rücken. »Hat sie sich wieder wichtiggemacht?«

»Nur, bis die Bürgermeisterin in Sicherheit war. Als feststand, dass es sonst keine gröber Verletzten oder gar Tote zu beklagen gibt, war sie schnell wieder weg. Der Buxeneder war ihr egal.«

Sein Freund tippt sich zweimal mit dem Zeigefinger auf die Stirn. »Die spinnt ja. Den Magen möchte ich auch haben, so nach Lust und Laune entscheiden, ob mir ein Menschenleben wichtig ist oder nicht.«

»Wundert dich das wirklich? ›Makler bleibt Makler, wurscht ob über oder unter der Tanne‹, hat sie gemeint.«

Der Pokorny startet einen letzten Versuch. »War der Rottenschlager auch am Wochenmarkt? Vielleicht hat der was mit dem Verschwinden zu tun?« Er kann sich einfach nicht vorstellen, dass sich der Makler in Luft aufgelöst hat.

»Willi, bitte! Der Buxeneder war laut Anzeige bei keiner der Betrügereien dabei, weshalb sollte ihn der Deutsche umbringen wollen? Und wie überhaupt? Für heute reicht es mir, ehrlich.« Damit beendet die Toni das leidige Thema.

Der Gruppeninspektor steht auf. »Sehe ich auch so. Ich mach mich auf den Weg. Bleibt das Wochenende am besten zu Hause. Wenn es so weiter schneit, geht bald sowieso nichts mehr.«

Der Pokorny bleibt hartnäckig. »Redet doch bitte noch einmal mit dem Franter und fragt ihn, warum er den Buxeneder am Markt beobachtet hat …«

»Ja, ja, Montag dann, servus.«

Sonntag, 19. Dezember

Der gestrige Abend war zum Vergessen. Im ORF ist über nichts anderes als über das Unglück am Bad Vöslauer Wochenmarkt berichtet worden. Am laufenden Band wurden Interviews von geschockten Besuchern und Ausstellern gezeigt. Im Internet kursierten Handyvideos, die das Umfallen der Tanne zeigten. Sogar eine Zeitlupenaufnahme war zu sehen, in der die Tanne ganze zwanzig Sekunden bis zum Aufschlag brauchte, aufgenommen vom Balkon einer Gemeindewohnung im vierten Stock am Schlossplatz. Leider waren in dem Vorhang aus Schnee und Tanne die Besucher unter den Zelten nicht auszumachen. Nirgendwo ein Hinweis, was mit dem Buxeneder passiert ist. Die skurrilsten Theorien über seinen Verbleib schwirrten durch die Blogs, von Weltuntergangsszenarien bis zur gerechten Strafe Gottes war alles dabei. Natürlich gab es auch eine UFO-Sichtung. Mit einem *»Beam me up, Scotty!«*- Strahl sei der Makler teleportiert und von Außerirdischen entführt worden.

Nach dem Zwölf-Stunden-Schlaf vom Vortag war das mit dem Einschlafen gar nicht so einfach. Oft hilft den Pokornys en(joy)-toy über schlaflose Nächte hinweg, aber nicht in dieser Nacht. Der Vorfall gestern hat selbst nach mehreren Anläufen mit der Vibrationsplatte im Spaßzimmer keine Stimmung aufkommen lassen. Eine Flasche Frizzantino vom Weingut Schlossberg fruchtete bei der Toni, der Pokorny hat zu der Flasche Veltliner vom Schachl noch zusätzlich zwei Tabletten der Einschlafhilfe akut von Dr. Böhm gebraucht.

Trotzdem hat er dann so unruhig geschlafen, dass die Toni um ein Uhr morgens wieder einmal ausgewandert ist, nur um sich schlaflos im Wohnzimmer hin und her zu wälzen. Nach einer Stunde hat sie aufgegeben, ihren Laptop aufgedreht und nach Berichten über die vermeintlichen Unfälle in Baden und Perchtoldsdorf sowie den Tod der Luckinger gegoogelt.

Der Tod vom Vondrasek war den Zeitungen nur einen kurzen Bericht wert, der Unfall der attraktiven Zangerle wurde dagegen gebührend ausgeschlachtet. Da es, wie die Toni wusste, keine Zeugen gab, konnten die Basisinformationen nur von dem bemitleidenswerten Wagner stammen. Der kreative Reporter hatte die Geschichte dann phantasievoll erweitert. Der betroffene Mitarbeiter der Verkehrsbetriebe habe angeblich einen mit einem langen Samuraischwert bewaffneten Killerclown hinter der hübschen Maklerin herlaufen gesehen. Mit blitzenden Augen und blutüberströmt habe sie der Riese vor die Badner Bahn gehetzt. Warum sich das hiesige Lokalblatt, sonst um offene und wahrheitsgetreue Sachverhaltsdarstellungen bemüht, dermaßen in Mutmaßungen verstieg, verstand die Toni nicht.

Einige Links später landete sie auf einer Plattform für Maklerbewertungen, genannt »Sell-Hell«. Dort konnten Immobilienkunden die Geschäftsbeziehungen mit Maklern, also den Anbahnungs- und Abwicklungsprozess, bewerten. Neben Likes konnten auch Sterne vergeben und Anmerkungen verfasst werden. Nach den lächerlichen, aber harmlosen Postings zu dem Vorfall am Wochenmarkt waren die auf der Bewertungsplattform ein ganz anderes Kaliber. Der Poster AH20041889 hatte sich richtiggehend auf die Immobilienbüros Grebner, Luckinger, Vondrasek und Franter eingeschossen. So wie der Poster die Makler beschrieb, vom Aussehen, ihrer Art, war der Toni sofort klar, er kannte die Betroffenen persönlich. Dem ging es nicht um eine Pauschalverurteilung, sondern um die Offenlegung seiner Abneigung gegen die Makler des Vorstandes anhand real existierender Immobilienangebote. Die hinterlegten Links führten zu Verkaufsanzeigen von Eigentumswohnungen, die mittels Quercheck der Angebote auf willhaben.at eindeutig den betroffenen Agenturen zugeordnet werden konnten.

Immer mehr steigerte sich der Poster in Rage. Die Zangerle

sei eine Ösi-Schlampe, die auf den Strich geschickt und dort einmal so richtig durchgepempert gehört. Und dass es die Deutschen den Österreichern nach mehr als achtzig Jahren wieder einmal so richtig zeigen sollten. Die Ösi-Makler gehörten zerquetscht wie ein Fleischlaberl, und er, AH20041889, werde für eine gerechte Strafe sorgen. Die Ösi-Polizei sei sowieso meschugge und kriege gar nichts auf die Reihe. Wer von Unfällen rede, glaube auch an das Christkind, das Leben sei eben kein Ponyhof. Keinen Penny würde er darauf verwetten – wer nicht *wise* ist, bekommt seine Strafe.

Bevor sie wieder ins Bett ging, schickte sie dem Sprengnagl noch eine WhatsApp auf sein privates Handy.

Bitte schau dir den Link in der Folgenachricht an. Ihr müsst prüfen, ob es sich tatsächlich um die gleichen Wohnungen handelt, die der Rottenschlager besichtigt hat. Es gibt auf der Plattform Sell-Hell Morddrohungen eines rechtsradikalen Users. Der kennt alle Makler und Objekte und dürfte aus Deutschland kommen!!! Danke

Ihrem Liebsten hinterließ sie eine Nachricht auf einem Notizblock.

Liebling, bitte weck mich um 8 Uhr auf, es gibt Neuigkeiten. Bussi

Die Notiz liest der Pokorny dann erst um neun Uhr, weil die doppelte Menge Dragees von Dr. Böhms Ein- und Durchschlafhilfe akut bei ihm eine längere Wirkzeit hat. Zum Glück ist Sonntag, beide haben keinen Stress, er weckt die Toni mit dem Duft eines frisch aufgebrühten Cappuccinos auf. Nach einem Blick auf die Uhr springt sie wie von einer Tarantel gestochen auf und zerrt ihn zum Laptop am Esstisch.

»Willi, ich habe schlecht geschlafen.« Sie gähnt ausgiebig und trinkt den Kaffee auf einen Schluck aus. »Bärli, bitte noch einen doppelten Espresso. Sonst wird das heute nichts. Ich hab in der Nacht über unsere Makler recherchiert. Da, klick auf die Links und schau dir an, was der Hitler-Anhänger da über die Agenturen verbreitet. Echt zum Kotzen. Ich geh duschen, reden wir dann.« Und ja, auch dem Pokorny wird bei der Hasstirade übel. Er kommt aus dem Kopfschütteln nicht mehr raus. Wenig später setzt er sich im Badezimmer mit dem Laptop in der Hand auf den Toilettendeckel und beobachtet mit wachsendem Erfolg in der Hose, wie die Toni ihren makellosen Körper eincremt.

»Willi, schau nicht so, denk an tote Fische«, meint sie neckisch, um gleich darauf ernst zu werden. »Was sagst du zu den Postings?«

»Was ich dazu sag? Die Wehli sollte den Rottenschlager ein bisserl intensiver suchen lassen. Wir müssen wissen, ob er sich tatsächlich die vier Wohnungen angesehen hat. Dann ist er mehr als verdächtig.«

Die Toni nickt. »Sehe ich auch so. Ich hab dem Sprengi noch in der Nacht eine WhatsApp geschickt.«

»Trotzdem ... ich wäre vorsichtig mit Vorverurteilungen. Einige Bemerkungen in der Hassnachricht klingen komisch.«

»Was meinst du?«

»Na ja, viele Phrasen, die nur ein Deutscher so schreiben würde. Ösi-Schlampe, wir Deutschen es den Österreichern zeigen ... Aber würde der Makler wie ›Fleischlaberl‹ zerquetschen?«

Während sie ihre schulterlangen hellbraunen, mit blonden Strähnen durchzogenen Haare trocken föhnt, schaut sie ihn fragend an.

»Na, Fleischlaberln unterliegen rein sprachlich doch einem territorialen Nord-Süd-Gefälle«, erklärt er und sieht, wie sie mit den Schultern zuckt. »Die Norddeutschen nennen sie Frikadellen, in Berlin sagt man Bouletten. In Süddeutschland sind es dann die Fleischpflanzerl, nur bei uns heißen sie Fleischlaberl.«

»Ah, ich verstehe. Du meinst, ein Österreicher will einem Deutschen die Todesfälle unterschieben?«

Er wiegt den Kopf hin und her. »Wäre doch möglich. Der Rottenschlager kommt laut Autokennzeichen aus München und würde eher kein Fleischlaberl, sondern ein Fleischpflanzerl zerquetschen. Hast du den letzten Satz genau gelesen?«

»Was meinst du?«

»›Keinen Penny würde er darauf verwetten – wer nicht wise ist, bekommt seine Strafe‹«, liest er vom Bildschirm ab. »Weißt du, was ich meine?«

»Zeig her! Hm, ›wise‹ statt weise. Da spielt wer mit uns. Keinen Penny darauf verwetten und wise. Pennywise, oder?«

»Gut möglich. Egal, ob Deutscher oder Österreicher. Wir würden keinen ›Euro‹ verwetten, niemals aber einen ›Penny‹. Hat sich der Sprengi schon gemeldet?«

»Hm, warte, jetzt werde ich schon wie du und habe mein iPhone abgedreht.«

»Ja, ja, du wirst halt langsam vernünftig, sparst Strom wie die früheren Generationen.« Er denkt dabei an seinen verstorbenen Vater, der sein Handy pünktlich um zwanzig Uhr ausgeschaltet hat, auch wenn quasi der Weltuntergang bevorstand. Weil nach den Nachrichten braucht ihn sowieso niemand mehr zu stören, hat er oft gesagt. Was bis dahin nicht wichtig war, wird noch eine Nacht warten können. Und da fällt halt der Apfel nicht weit vom Stamm. Wobei dem Pokorny eher aufgrund seiner Gedankenlosigkeit als aus Sparsamkeitsgründen immer wieder mal der Strom ausgeht und er schon deshalb öfters nicht erreichbar ist.

Prompt ertönt ein leises »Tock, tock«, das bei der Toni eine neue WhatsApp-Nachricht ankündigt.

– *Danke, ich schau mir die Links an und melde mich*
– *Nachschlag: Im Hassposting steht ein Hinweis auf Pennywise. Ich glaube, da spielt wer mit uns*
– *Nehme ich gedanklich mit, danke!*

»Machst du für uns Frühstück, ich geh mit Maxime eine Runde und klaue die Sonntagszeitung.« Der Pokorny grinst, steckt aber selbstverständlich das notwendige Kleingeld ein.

Weil auch wenn in Österreich Zeitungsdiebstahl quasi zur gewohnten Tradition gehört, werfen er und die Toni brav den geforderten Betrag ein. Nach der Aufregung der letzten Tage schlägt die Schlagzeile des Kronenblattes wie eine Bombe im Gehirn vom Pokorny ein. In fett gedruckten Großbuchstaben steht auf dem Titelblatt:

HORROR-CLOWN ERMORDET MAKLERIN IN DER MARTINEK-KASERNE!
Unser Reporter wurde Zeuge eines Gesprächs und berichtet für unsere geschätzten Leserinnen und Leser aus verlässlicher Quelle.

Zweimal rutscht er auf dem nicht gestreuten und eisglatten Gehsteig der Hanifl aus und öffnet fluchend die Eingangstür.

»Toni, verdammte Scheiße, da schau, die schreiben über unseren Horrorclown! Der schmierige Typ vom Nebentisch im Restaurant hat uns belauscht. Mir ist das Gesicht gleich bekannt vorgekommen. Das war der Reporter von meiner Casino-Affäre mit der Wehli. Die reißt uns den Arsch auf! Schau dir das Titelbild an.« Er wirft mit versteinerter Miene die Zeitung auf den Tisch.

»Zwar nicht Pennywise, aber allemal ein ungemütlicher Zeitgenosse«, stellt sie beim Betrachten der grausam lächelnden Fratze des Clowns mit blutüberströmtem, buntem Kostüm und einem Schwert in der Hand fest. Sie blättert auf die Folgeseite, wo ein zweiseitiger Artikel abgedruckt ist. Schnell wird ihnen klar, dass sie beide sowie der Sprengnagl und der Mochacek in echten Problemen stecken. In verknappten Sätzen, wilden Ausschmückungen und Gerüchten werden ermittlungsrelevante Details beschrieben. Zwar erwähnt der Reporter nicht direkt, wo er bei einem Mittagessen unfreiwilliger Zeuge des Gesprächs wurde und wer dabei war, lässt aber durchblicken, dass es sich um eine verlässliche Quelle handelt, die ihm schon früher wichtige Informationen zugespielt hat. Damit bleibt dem Quartett eine minimale Chance, von der Wehli nicht wegen Verrats von internen Informationen fertiggemacht zu werden.

Der Inhalt hat es jedenfalls in sich. Über das Verhältnis des Mochacek zu den beiden toten Maklerinnen, die Leiche der Luckinger und den silbergrauen, angeblich blutbesudelten Stofffetzen am Maschendrahtzaun der Martinek-Kaserne wird ebenso berichtet wie über den Agenturvertrag, den gesuchten Horrorclown und über das misslungene Attentat auf den Makler Franter, der das nächste Opfer sein könnte. Auch konnte vom Kronenblatt bewiesen werden, dass an der Mordtheorie betreffend der Zangerle etwas dran sein könnte. Schließlich war sie auch Maklerin. In diesem Zusammenhang wird via Interpol nach einem deutschen Staatsbürger gefahndet. Der als extrem gefährlich eingestufte Münchner gilt, aufgrund einer handfesten Auseinandersetzung mit der toten Zangerle, als dringend tatverdächtig. Selbstverständlich wird der Reporter seine Informanten schützen und ihre Namen nicht der planlos ermittelnden Chefinspektorin W. weitergeben. Diese scheine bisher an der Aufklärung der Serienmorde durch einen überaus gefährlichen Horrorclown nicht interessiert zu sein.

Die Pokornys sitzen mit offenem Mund, großen Augen und weiß um die Nase vor der Zeitung. Mitten in die Schockstarre hinein läutet das iPhone, die Toni sieht, dass dem Sprengnagl seine Frau, die Sandra, anruft.

»Toni! Die Wehli hat den Rudi gerade abgeholt und ist mit zwei Streifenwagen unterwegs zu euch. Habt ihr den Artikel im Kronenblatt gelesen?«

»Ja, gerade eben.« Sie steht auf, schaut durch das Toilettenfenster hinauf zur Zufahrtsstraße. »Ich muss aufhören ...«

»Warte kurz. Sie kommt auf gut Glück, hat nichts Offizielles. So viel konnte ich noch hören. Sie kann euch also nichts tun, geht in Deckung und verhaltet euch ruhig.«

»Okay. Ich muss Schluss machen, die Wehli ist gerade mit Blaulicht in die Siedlung eingebogen. Wir sind nicht zu Hause,

danke für die Warnung«, flüstert sie, legt auf und schaltet beide Handys auf lautlos.»Willi, schnell! Die Wehli ist im Anmarsch. Nimm Maxime, wir verstecken uns im Schlafzimmer ...«
Der Pokorny schüttelt den Kopf.»Wieso, ich versteck mich sicher nicht ...«
»Willi, bitte! Wir sollen uns ruhig verhalten und nicht aufmachen. Wenn die Sandra das sagt, wird es einen Grund geben.«
Beide können gerade noch in den ersten Stock flüchten, als sich die BMW der Wehli vor dem Haus einbremst. Ihre schweren Motorradstiefel dröhnen sogar durch die Schneeauflage des Hauszugangs wie Kanonenböller.
»Hier ist die Polizei, machen Sie auf!«, ruft sie und läutet im Stakkato an der Haustür.
Die Toni sitzt mit der Maxime im Schneidersitz unter dem Fenster und hält ihr die Schnauze zu.»Willi«, flüstert sie,»kipp leise das Fenster, dann hören wir, was sie redet ... aber vorsichtig.«
Behutsam öffnet er mit einer Hand im Zeitlupentempo das Fenster.
»Pokorny, machen Sie sofort auf!« Die Wehli klopft laut an das Toilettenfenster, geht dann mehrere Schritte zurück.»Wie dumm kann man eigentlich sein, hä?«, blafft sie verärgert.»Vorhin war das Fenster zu. Verstecken Sie sich leicht da oben im Zimmer und fürchten sich? Wird schon einen Grund geben, Herr Freizeitpolizist!«
Die Toni hat alle Hände voll damit zu tun, der Maxime die Schnauze zuzuhalten und den Pokorny vor dummen Aktionen zu bewahren. Seine Ohren führen einen wahren Teufelstanz auf.»Willi, lass dich nicht provozieren, genau das will sie. Wir müssen Zeit gewinnen! Wenn sie uns jetzt kriegt, haben wir echte Probleme.«
Für einen Moment sind lediglich die klappernden Geräusche der Fenster und Türen und die aufgeregten Stimmen neugieriger Nachbarn zu hören.

Mangels Erfolg versucht es die Wehli bei der Toni: »Frau Pokorny, ich appelliere an Sie! Von Frau zu Frau: So eine peinliche Vorstellung haben Sie doch nicht notwendig. Sie sind doch kein Weichei, oder?«

Zum Glück kann der soeben geerdete Pokorny die schnaubende Toni ihrerseits vor Dummheiten bewahren. Gerade noch groß kalmiert, macht sie Anstalten, aufzustehen. »Bleib sitzen! Erst gescheit daherreden und jetzt auszucken, das ist nicht drinnen!«, zischt er.

»Jetzt sind Sie beide doch nicht so kindisch! Vor Ihrer Eingangstüre sind Spuren, und am Gehsteig der Nachbarin dürfte es den patscherten Pokorny zerlegt haben. Ist Ihnen die Titelseite des Schmierblattes leicht ins Auge gestochen, Sie Clown?« Die Chefinspektorin setzt alles daran, ihn zu einer unüberlegten Aktion zu verleiten.

Zu dritt aneinandergeklammert lassen sie die Provokationen über sich ergehen.

»Wissen Sie, wo Ihre Freunde sind?«, schnauzt die Wehli den Sprengnagl an und sieht, wie er den Kopf schüttelt. »Nein? Ah eh, was hab ich mir von Ihnen auch erwartet. Da oben ist ein Fenster gekippt. Kommen wir da hinein?«

Der Gruppeninspektor reagiert sichtlich gereizt: »Ohne Durchsuchungsbefehl kommen wir nirgendwo rein. Der Zeitungsartikel hat der Staatsanwältin nicht gereicht. Was Sie hier abziehen, ist doch lächerlich.«

»Gerade Sie brauchen mir was von lächerlich erzählen! Sitzen mit Ihren Freunden und dem Mochacek irgendwo beim Wirten und plaudern mit einem Reporter über Ermittlungsergebnisse.«

»Was sich der Reporter da zusammenreimt, ist nicht mein Bier!« Die Anschuldigungen fuchsen ihn an, wobei er sich mehr über sich selbst als seine Vorgesetzte ärgert. In der Öffentlichkeit so gedankenlos mit dem Mochacek zu reden, war wirklich lächerlich und dumm noch dazu. »Bitte, seien Sie doch vernünftig! Wir machen uns hier zum Narren«, appelliert er an seine Chefin.

Freilich will sich die Wehli nicht so schnell geschlagen geben. Sie geht zum Nebeneingang, läutet an und wartet, bis die Tür aufgeht. »Sind die Pokornys zu Hause?«, schnauzt sie die Hanifl ohne jede Spur von Menschenkenntnis an und weiß gar nicht, wie sehr sie sich damit selbst schadet. Weil die Nachbarin grundsätzlich eine wirklich gute Auskunftsquelle wäre. Ist sie doch, wie unlängst bekannt wurde, über einige Aktivitäten in der anderen Doppelhaushälfte bestens informiert. Nur ihr dermaßen unsympathisch Guten Morgen zu sagen, kann einfach keinen Erfolg erzielen.

»Freundlich wie eh und je, die Frau Chefinspektorin. Geht es um Ihre Ermittlungspannen bei dem Clownmord?«, fragt die Hanifl schnippisch.

Die Wehli atmet tief durch. »Stecken Sie leicht mit Ihren Lieblingsnachbarn unter einer Decke? Die verstecken sich nicht zufällig bei Ihnen?«

»Die Pokornys? Bei mir?« Die Hanifl gackert los. »Nicht in diesem Leben! Damit mir ihr Köter auf den Teppich macht, oder was?« Sie nimmt ihren kläffenden Chihuahua auf den Arm. »Außerdem, das würde ich meinem Willi nie antun.«

»Willi?« Die Chefinspektorin lacht hämisch. »Wie der Willi, äh, eigentlich ja Willibald, aus dem Nachbarhaus. Ha, ha. Ihr Zwergpinscher hat mir vorerst diesen miesen Tag gerettet. Also sind die Nachbarn zu Hause?«

Auf diese Frage erwartet sie allen Ernstes eine Antwort. Freilich haben sich ihre Chancen aufgrund der abwertenden Bemerkung zum neuen Liebling der Hanifl, so überhaupt noch möglich, weiter verschlechtert.

»Keine Ahnung … sind die nicht verreist?« Mit unschuldiger Miene verzieht sie das Gesicht zu einer Grimasse. »Sonst noch was? Der Hans Moser wartet im Wohnzimmer. Hoffentlich bleibt ihr Tag so schön.« Damit schließt sie die Haustür, ohne auf eine Antwort zu warten.

Ratlos dreht sich die Wehli um und schaut in zahlreiche, auch nicht gerade mitfühlende Gesichter der aufgerückten Nachbarn.

Zwar sind die gemeindebekannten Pokornys nicht überall beliebt, gemeinsam gegen die Staatsgewalt ist aber allemal drinnen. Resigniert geht sie zum Haus der Pokornys zurück und stopft ein Kuvert in den Postkasten.

»Ich weiß, Sie hören mich. Morgen erwarte ich Sie beide um acht Uhr auf der Inspektion. Pünktlich! Irgendwie hab ich gewusst, dass Sie den Kopf einziehen werden. Die persönliche Vorladung steckt im Briefkasten. Sollten Sie nicht erscheinen, finde ich einen Grund, um Sie vorführen zu lassen. Mein Wort darauf!« Sie winkt den Kollegen zum Aufbruch, Sekunden später ist der Spuk vorbei.

Fünf Minuten später schleichen die Pokornys vorsichtig die Treppe hinunter. Ein rascher Blick durch die Fenster im Erdgeschoss zeigt, die Lage hat sich entspannt, es sind keine ihnen bekannten möglichen Denunzianten zu sehen. Das liebevoll hinterlegte Kuvert werden sie sicherheitshalber erst im Schutz der Dunkelheit hereinholen. Schließlich ist der Wehli alles zuzutrauen.

»Weißt, Toni, die letzte Woche war wie in einem schlechten Film. Was da alles passiert ist! Und jetzt verstecken wir uns im eigenen Haus.« Er schüttet den kalten Kaffee in die Abwasch und brüht der Toni einen Cappuccino und sich einen doppelten Espresso. Auf das geliebte kulinarische Highlight der Woche, Frühstücken im Bett, verzichten sie heute. Noch ist das flaue Gefühl im Magen zu präsent.

»Verrückt, und alles nur wegen dem Mochacek! Was meinst du, sollen wir ihn warnen? Wenn die ihn unter Druck setzt, sind wir geliefert!«, stellt die Toni fest, während sie im Wohnzimmer hektisch auf und ab geht.

»Vielleicht weiß die Sandra, ob die Wehli auch bei ihm vorbeischauen will.«

Immer noch in Bewegung greift sie zum Handy. »Sandra, danke für deine Warnung. Die Wehli war ganz schön geladen.«

»Was glaubst du, wie die sich bei uns aufgeführt hat! Dem

Rudi hat sie genau fünf Minuten Zeit gegeben, um seinen Jogger gegen die Uniform zu tauschen«, antwortet die Sandra entrüstet.

»Genau, die Uniform ... seit wann muss der Sprengi ...«
Die Sandra schnaubt. »Gar nicht, es sei denn, sie will ihn demütigen.«

»Fährt sie auch zum Mochacek? Wir müssen ihn warnen, sonst sitzen wir wirklich in der Bredouille. Wer weiß, was der alles erzählt.«

»Macht euch keine Sorgen, ich hab ihn schon informiert. Die Wehli wird auch bei ihm umsonst läuten, er ist mit seiner Frau weggefahren. Recht geschieht ihr.«

Die Toni atmet erleichtert auf. »Gott sei Dank. Wenn der Sprengi wieder zu Hause ist, soll er sich bitte melden. Danke dir, noch einen schönen Sonntag.«

»Gerne, euch auch. Ciao.«

»Warum hat der Reporter bis heute gewartet?«, fragt der Pokorny verwundert. »Der hat uns am Freitag beim Mittagessen belauscht und sich zwei Tage Zeit gelassen.«

»Wahrscheinlich, weil am Sonntag gratis gelesen werden kann.« Die Toni zeichnet mit den Fingern Gänsefüßchen in die Luft. »Am Stammtisch beim Heurigen und beim Pfarrkränzchen verbreiten sich die Neuigkeiten schneller, Gerüchte entstehen, und die Sache geht noch mehr durch die Decke. Schau dir die Onlinemedien an, wie schnell sich da Nachrichten und Halbwahrheiten verbreiten und dabei immer extremer werden.« Sie dreht ihm den Laptop hin.

Tatsächlich steigern sich die Medien, egal ob Qualitätszeitung oder Schundblatt, in immer abstrusere Theorien hinein.

»Die ›Wahres Österreich‹ überbietet sogar das Kronenblatt«, meint der Pokorny. »Die berichten von einem Kettensägenangriff auf die Zangerle und vermutet einen Zusammenhang mit dem Vondrasek. Angeblich wurde dort, vor dem Absturz, eine Motorsäge gehört, und der Luckinger, ich pack's nicht, wurde laut einer anonymem Aussage der Kopf abgesägt. Ja spinnen die denn?« Verärgert dreht er den Laptop von sich weg.

»Weißt du was?«, sagt die Toni. »Schauen wir uns irgendeinen alten Film an. Solange kein Clown mitspielt, ist mir alles recht.«

Unglaublich, aber wahr. Das angebliche Clownmassaker wird auch im TV prominent behandelt und hat es dank des österreichischen OE-TV-Senders europaweit in die Nachrichten geschafft. Der greise, selbstherrliche Chef des Pöbelsenders, der auch eine Gratiszeitung als Qualitätsmedium bewirbt, bezeichnet die Stadtgemeinde Baden gar als »Chainsaw City« und verschafft ihr dadurch eine unrühmliche internationale Bekanntheit. Sender über Sender überbieten sich mit in Wahrheit nicht existenten Ermittlungsneuigkeiten. Als die Pokornys im Teletext lesen, dass sogar der amerikanische TV-Sender Fox News darüber berichtet, schaltet die Toni entnervt den Fernseher ab.

Um der Chefinspektorin nur ja nicht mehr begegnen zu müssen, erledigt die Maxime ihr Geschäft heute im Garten und wird danach umgehend wieder ins Haus gezerrt. Tja, wenn schon gelitten wird, dann von allen dreien, und weil die Paranoia in Form der Wehli hinter jeder Ecke lauern könnte, geht es halt nicht anders. Wegen der persönlichen Vorladung auf die Inspektion schreibt die Toni der Tatjana noch eine WhatsApp.

– *Gibt Probleme mit der Wehli, ich muss morgen einen Tag freinehmen. lg*
– *Geht klar, halt euch die Daumen*
– *Danke*

Erst gegen sechzehn Uhr kommt der ersehnte Rückruf. »Heilige Scheiße«, brummt der Sprengnagl. »Dass wir so blöd sind, hätte ich mir nicht gedacht. Pokorny, kannst du dich an den Reporter von dem Casinoabend erinnern?«

»Dunkel, der Veltliner war einfach zu gut. Ich weiß, der

Schmierfink hat uns am Freitag beim Essen belauscht. Bekannt ist er mir schon vorgekommen, aber ...«

»Mir geht's genauso. So ein verdammter Idiot.«

Die Toni deutet dem Pokorny, das Nokia auf den Tisch zu legen und auf Lautsprecher zu schalten. »Genug mit dem gegenseitigen Bemitleiden, meine Herren. Wie kommen wir aus der Nummer wieder raus? Bleibt es bei morgen acht Uhr?«

»Ja. Die Wehli hat nach unserem Auftritt bei euch noch einmal mit der Staatsanwältin telefoniert. Für morgen hat sie grünes Licht für die Vorladung erhalten. Sie will den Mochacek bei der Befragung dabeihaben.«

»Na, prost Mahlzeit«, sagt der Pokorny. »Das kann nur in einer Katastrophe enden.«

»Die Sandra hat ihn schon informiert. Keine Gefahr, er ist sowieso nicht zu Hause. Seine Frau hat ihn in eine Therme verschleppt. Er wird morgen nicht erscheinen.«

»Gut so. Sag, was hat die O-Weh seit dem Tod der Luckinger ermittelt? Wahrscheinlich nicht viel, dreht sie deswegen durch?«

»Na ja, nicht nur. Die überzogene Meldung mit dem mangelnden Interesse der Wehli an der Aufklärung hat sie verärgert.«

»Was habt ihr bisher getan?«, fragt die Toni rasch, bevor sich die beiden Männer weiter über die Chefinspektorin auslassen.

»Das Gelände ist riesig. Sie ist megaverärgert, weil nicht die Tatortgruppe den Stofffetzen gefunden hat, sondern ihr. Dem Alterbauer kann sie nicht an, die kennen sich gut, und mit dem Indiz hat sie zumindest die erste mögliche Spur zu dem Mord an der Luckinger.«

»Waren da ihre Blutspritzer drauf?«

»Schaut so aus, die Analyse wird freilich noch dauern.«

»Hat sie dem Wagner schon den Stofffetzen gezeigt?«

»Nein, noch ist der Fetzen ja beim Alterbauer. Wenn der ihn freigibt, erledigen wir das.«

»Und was ist mit dem Rottenschlager?«, setzt sie nach.

»Wir wissen ja, wie unwichtig der Wehli die Suche nach

dem Deutschen ist. Deshalb wurde bisher auch kein Quartier überprüft. Heute hat um sieben Uhr der Rezeptionist des Bärenschlössl angerufen. Ein Gast hatte knapp davor völlig überraschend ausgecheckt. Erst danach hat der Angestellte die Schlagzeile des Kronenblattes gesehen und gleich auf der PI Berndorf angerufen. Der Gast war ein Münchner mit dem Namen ...«

»Rottenschlager«, wird er vom Pokorny unterbrochen. »Wir haben ihn der Wehli quasi auf dem Serviertablett überreicht, und die hat es nicht für notwendig befunden, da aktiv zu werden. Jetzt ist er über alle Berge, wahrscheinlich sogar schon unterwegs nach Deutschland.«

»Nein, glaub ich nicht. Seine Frau liegt noch im Spital, die lässt er nicht zurück. Die Frau Chefinspektorin wollte morgen mit der Kontrolle der Quartiere beginnen ...«

»Ein bisserle spät halt. Unglaublich, was die aufführt!«, regt sich der Pokorny auf.

»Er wird per Haftbefehl gesucht, aber so schnell geht's halt auch nicht. Bisher jedenfalls keine Spur von ihm.«

»Habt ihr sonst etwas?«, will die Toni wissen. »Zu den Herrschaften Franter, Smolle, Buxeneder, Taschner und so weiter?«

»Noch nicht wirklich viel. Ernst nimmt sie die mögliche Verbindung zwischen den Unfällen und dem Mord erst durch den öffentlichkeitswirksamen Artikel im Kronenblatt und die Flucht vom Rottenschlager. Die ganzen Schwierigkeiten haben also auch was Gutes.«

»Na, ich weiß nicht«, murmelt die Toni verzagt. »Die Flucht des Deutschen wird sie uns in die Schuhe schieben, es zumindest versuchen. Ohne diesen Artikel würde der noch im Bärenschlössl wohnen und wäre spätestens morgen aufgeflogen.«

Der Pokorny nickt. »Stimmt schon, ich plädiere für ein Unentschieden zwischen uns und der Staatsgewalt.«

»Den Franter hat sie bisher nicht erreicht. Jetzt plötzlich ist sie nervös geworden, ein neuerliches Fiasko wie bei der Soko Friedhof, inklusive dem Medienrummel, möchte sie sich diesmal ersparen. Von jetzt an wird sie Gas geben, wir müssen aufpassen«, sagt der Gruppeninspektor nachdenklich.

Das Fiasko rund um die missglückte »Soko Friedhof« war ein wesentlicher Baustein in dem Konflikt zwischen der Wehli und dem Sprengnagl. Der Gruppeninspektor war vor Jahren in Sankt Pölten der leitenden Chefinspektorin Wehli bei Ermittlungen unterstellt gewesen. Gemeinsam sollten sie die Mordserie an mehreren jungen Frauen aufklären, die bestialisch ermordet und in offene Gräber geworfen worden waren. Ein Post-it mit wichtigen Hinweisen vom Sprengnagl ging angeblich verloren, das Resultat war ein weiterer Mord, der für beide disziplinäre Folgen hatte. Die Wehli wurde abgemahnt, verlor die Sokoleitung und die Chance auf eine baldige Übernahme des Chefsessels im LKA. Und der Sprengnagl wurde in die Kriminaldienstgruppe der Polizeiinspektion Bad Vöslau versetzt.

Die Toni bestätigt: »Ja, aufpassen müssen wir. Schon durch die Vielzahl an ermittlungsrelevanten Informationen in den Zeitungen kann sie eins und eins zusammenzählen, dass …«

»Aber trotzdem stehen unsere Namen nicht in der Zeitung«, stellt der Pokorny fest. »Sie baut sich aus Mutmaßungen etwas zusammen.«

»Natürlich, und das wird bis morgen nicht weniger werden«, bestätigt der Sprengnagl. »Ihr könnt übrigens ruhig aus dem Haus gehen, sie ist nach Sankt Pölten gefahren und kommt erst morgen wieder.«

»Gut, dann sehen wir uns morgen um acht Uhr. Baba.«

Der Pokorny kommt nach einer späten Gassigehrunde mit der Maxime mit dem Kuvert aus dem Postkasten zurück.

Acht Uhr, PI Bad Vöslau, pünktlich! W.

»Ich bin jetzt halbwegs beruhigt, die hat eigentlich nix in der Hand. Was gibt's zum Essen?« Sein Bauch meldet sich knurrend zu Wort.

»Was haltest du davon, wenn wir Thiel und Boerne in

Münster beim Tatort helfen und uns vorher mit abgebratenem Hühnerfilet mit Potato Wedges und Schokolade-Palatschinken stärken?«, fragt sie ihn allen Ernstes, worauf er nickt, sich wegen des akut einsetzenden Speichelflusses verschluckt und mit Tränen in den Augen hustet. Sie fügt hinzu: »Morgen wird ein harter Tag, wer weiß, vielleicht gibt es dann für uns U-Haft mit Wasser und Brot. Mir sind nach diesem Alptraumwochenende die Kalorien egal.«

Montag, 20. Dezember

Nach dem spannenden Tatort aus Münster haben sich die Pokornys noch mit der »Grießnockerlaffäre« von Rita Falk belohnt. Dort gibt es eine Kriminalbeamtin, abschätzig als »Thin Lizzy« bezeichnet, die der Wehli sehr ähnlich ist. Ebenso unentspannt und unlustig bekommt sie ständig ihr Fett ab. Mit einem schadenfrohen Lächeln auf den Lippen schlafen die beiden dann im letzten Drittel des Films friedlich ein.

Um ja rechtzeitig auf der Polizeiinspektion zu erscheinen, frühstücken die beiden, also genau genommen nur der Pokorny, gleich im Café Annamühle. Die Toni ist erst ab neun Uhr in der Lage, feste Nahrung aufzunehmen. Seit mehr als zwanzig Jahren verblüfft ihr Ehemann sie mit seinem frühmorgendlichen Appetit: Pariser Kipferl, Kürbiskernweckerl mit Butter, Honig, manchmal auch Brombeermarmelade, dazu ein weiches Ei und abschließend einen Espresso.

Pünktlich um acht Uhr läuten sie an der Tür der Polizeiinspektion, die Inspektorin Stabeldorfer öffnet ihnen und bringt sie in das ihnen bereits hinlänglich bekannte, nicht gerade heimelige Vernehmungszimmer. Knapp sechs mal sechs Meter roter Linoleumboden, dazu ein Holztisch mit Resopal und drei am Boden fixierte unbequeme Holzsessel. Die grauen Wände benötigen dringend einen Anstrich, leichter Schweißgeruch von den langjährigen Verhöraktivitäten liegt in der Luft.

Sie werden von der Wehli herzerfrischend empfangen. »Schön, dass Sie es einrichten können. Wie lange haben Sie sich gestern noch zu Hause versteckt?« Ein langer Seitenblick trifft den anwesenden Sprengnagl. »Wie durch ein Wunder waren gestern alle Singvögel ausgeflogen oder haben sich in ihrem Nest versteckt. Heute sind zumindest zwei von drei da, ist ja kein schlechter Schnitt. Den Mochacek finde ich auch noch.«

Der Pokorny seufzt wegen der Abwesenheit des Obmannes erleichtert. »Was wollen Sie von uns?«

»Was ich von Ihnen will? Dass Sie sich nicht ständig in polizeiliche Ermittlungen einmischen! Habe ich mich nicht klar ausgedrückt?« Sie beugt sich mit zusammengekniffenen Augen zu ihm hinunter und unterstreicht die als Frage formulierte Beschreibung der derzeitigen Situation.

»Was haben wir denn Ihrer Meinung nach ausgefressen?«

Die Wehli schlägt auf der Tischkante sitzend die Beine übereinander. »Ausgefressen ... ausgefressen ... hm. Gute Frage. Die hätten Sie mir gestern auch stellen können. Aber da waren Sie ja zu feig.« Sie schnüffelt mit angeekelter Miene. »Was stinkt denn da so? Hat Ihr Köter vor Ihre Eingangstüre gekackt und Sie tragen es frischfröhlich in die Inspektion hinein? Ich glaub, ich spinne!«

Der Pokorny explodiert: »Was Sie glauben oder nicht, ist mir furzegal, weil ich hab die Schnauze sowieso bis obenhin voll von den depperten Hundebesitzern und den Scheißhaufen ihrer Hunde.«

Heute Morgen ist er aufgrund des zeitigen Termins auf der Polizeiinspektion mit der Beagelin noch schnell eine Runde auf der Wasserleitungsgasse bis zur Wassereinstiegsstelle am Feld gegangen. Und so im Dunkeln ist er halt in eine grausliche Überraschung unsozialer Hundebesitzer gestiegen. Ehrlich, wenn die Maxime endlich ihr Häufchen macht, räumen es die Pokornys sofort weg. Überall hat die Gemeinde Ständer mit Sackerl zum Entfernen der Hundehaufen aufgehängt, und trotzdem machen sich einige Einwohner der Gegend einen Spaß daraus, möglichst viele Haufen für die nachfolgenden Gassigeher zurückzulassen. Letztes Mal hat er von der Kottingbrunner Straße bis zur nächsten Querstraße acht Haufen gezählt, zwei davon mitten auf dem Weg.

»Kümmern Sie sich lieber um die Drecksschweine, die den Wasserleitungsweg von ihren Hunden zuscheißen lassen, als mich anzulabbern«, schimpft er weiter. »Die machen sich einen

Spaß daraus, ihre Vierbeiner mitten auf den Weg scheißen zu lassen. Ich hab's gesehen. Also lassen Sie mich in Ruhe und nehmen Sie's als Gruß an die Polizei. Außerdem: Was haben Sie erwartet? Eine Einladung zum Frühstück, oder was?«

»Wäre nett gewesen, aber wer weiß, mit was Sie aufgewartet hätten. Sie wissen genau, worauf ich anspiele, nicht wahr?«

Bevor die Situation komplett eskaliert, bringt sich die Toni ein: »Ich vermute, Sie spielen auf den Artikel im Kronenblatt an, korrekt?«

»Korrekt!«

»Damit haben wir nichts zu tun, werte Frau Chefinspektorin.« Der Pokorny breitet zur Beteuerung die Arme aus. »Wir waren genauso überrascht wie Sie, ehrlich.«

»Soso, und das soll ich Ihnen glauben? Der Reporter hat damals von Ihnen doch die Falschmeldung aus dem Casino bekommen. Da liegt doch nahe, dass …«

»Selbst wenn es so gewesen wäre«, unterbricht er sie harsch, »hat das mit dem Artikel nichts zu tun. Ich hatte seit dem leidigen Abend zu dem Reporter keinen Kontakt mehr, und nach den Schwierigkeiten mit Ihnen rede ich mit dem sicher überhaupt nicht mehr.«

»Woher hat er die Informationen dann?« Sie schaut den Gruppeninspektor fragend an, der es, genauso wie die Pokornys, vorzieht, darauf nicht zu antworten. »Wir haben einen dringend Tatverdächtigen, der auf der Flucht ist. Alles wegen dem verdammten Artikel in der Zeitung. Für die Einhaltung eines freundschaftlichen Schweigegelübdes ist jetzt keine Zeit, wir müssen den einfangen. Ich weiß doch, dass Sie da irgendwie mittendrin hängen. Los, reden Sie schon!«

Deutlich ist dem Sprengnagl sein Kampf zwischen der Dienstpflicht, möglichen disziplinarrechtlichen Konsequenzen und der Freundschaft zu den Pokornys anzusehen. Schließlich gibt er sich einen Ruck. »Um das leidige Wort Zufall zu strapazieren – am Freitagmittag waren wir zu dritt …«

»Zu Tode frittierte panierte Scholle mit Erdäpfelsalat essen?«

183

Die Wehli blickt in drei erstaunte Gesichter. »Ihre eintönigen Lebens- und Essensgewohnheiten kenne sogar ich, also weiter.« »Eine Frechheit ist das!«, ärgert sich der Pokorny. »Mein Leben geht Sie einen feuchten Dreck an. Das sind ja Stasimethoden, arbeiten Sie leicht mit der Zwatzl zusammen?« Er spielt auf eine ehemalige DDR-Bürgerin an, die im Frühjahr aufgrund ihrer Bespitzelungsaktionen für Aufregung gesorgt hat.

Grinsend zuckt die Chefinspektorin mit den Schultern. »Wer weiß …«

»Die Pokornys haben mir beim Mittagessen den Stofffetzen für Sie übergeben«, beendet der Sprengnagl das Scharmützel. »Als ich hingekommen bin, hat sie gerade der Mochacek niedergelabbert. Er hat erzählt, Sie hätten sich auf ihn eingeschossen und so weiter. Was wir nicht gesehen haben, hinter dem Bröckerl Mochacek hat sich der erwähnte Reporter ebenfalls einen Fisch gegönnt und deshalb wirklich zufällig …«

»… mitbekommen, was Sie zu viert gequatscht haben. Nicht wahr?«

»Was hätten wir tun sollen? Der Mochacek hat uns beim Essen genervt und wie aufgezogen geredet. Der war nicht zu stoppen. Und später haben wir zu dritt über den Stofffetzen und das mögliche Kostüm geredet … den Clown hat sich der Reporter dann zusammengereimt.«

»Deswegen sind Sie gestern zu uns gekommen? Haben Sie echt geglaubt, wir stecken dem Reporter absichtlich ermittlungsrelevante Details?«, fragt der Pokorny entrüstet. »Sie ticken ja nicht richtig!«

»Vorsicht, Vorsicht! Reißen Sie sich ein wenig zusammen, sonst setzt es Schwierigkeiten. Es gibt eine Leiche in der Kaserne, Sie schleichen nach der Auffindung in der Nähe des Tatorts herum, betreten militärisches Sperrgelände, verunreinigen Beweismaterial … soll ich weiter aufzählen?«

»Wieso glauben Sie, wir wären auf dem Gelände gewesen?«

»Nicht Ihr Ernst, oder? Drehen Sie nächstes Mal einfach vorher Ihre Retrokeule ab. Die Kollegen haben das Läuten sogar im Streifenwagen gehört. Nur zu schade, dass ich Sie nicht erwischt habe. War ein Fehler von mir, ich hätte eigentlich nur den Mini am Parkplatz im Auge behalten müssen.« Die unfreiwilligen Gäste in der Polizeiinspektion tauschen einen Blick aus. Am Freitag war es wirklich knapp gewesen, trotzdem hat es sich wegen des Stofffetzens ausgezahlt.

»Außerdem haben Sie mögliches Beweismaterial verunreinigt, ha.«

»Dass ich nicht lache!«, mischt sich der Pokorny ein. »Aber bitte, wenn's denn sein muss. Ja, wir waren dort. Es war saukalt, wir haben beide Handschuhe getragen. Von wegen, wir hätten Beweismittel verunreinigt. Und wieso haben Ihre Leute den Stofffetzen eigentlich nicht gefunden? Haben Sie den Tatort überhaupt gründlich untersucht?« Damit wagt er sich nach dem Geständnis weit vor.

»Was wir wann untersuchen, geht Sie genau null an. Das Gelände hat mehr als vierhunderttausend Quadratmeter, das dauert einige Zeit. Wir hätten das mögliche Beweisstück sicherlich noch gefunden.«

»Eh. Sicher. Irgendwann unter einem Meter Schnee. Hä! Was stört Sie so an unserer Hilfe? Warum sagen Sie nicht einfach Danke und machen endlich Ihre Arbeit? Ich an Ihrer Stelle wäre froh …«

Mit hochrotem Kopf zischt die Wehli: »Sie sind aber nicht an meiner Stelle, verdammt! Ich habe Ihnen am Donnerstag gesagt, dass Sie sich nicht einmischen sollen. Und jetzt hocken Sie wieder einmal mittendrinnen. Mit Ihrer Frau und Ihrem Spezi. Ihnen ist schon klar, dass ich Sie wegen Behinderung der Exekutive belangen werde? Ohne Zeitungsbericht würde der dringend tatverdächtige Rottenschlager noch in seinem Bett schlummern und von einer Eigentumswohnung träumen. Und Sie, Herr Gruppeninspektor Sprengnagl, können sich schon aufs Strafmandateausstellen freuen. Jetzt reicht's mir endgültig mit Ihren privaten Plaudereien über polizeiliche Ermittlungen.«

»So kommen wir nicht weiter«, schnaubt die Toni. »Hätten Sie unsere Tipps bezüglich des jetzt plötzlich dringend Tatverdächtigen ernst genommen, dann wäre er schon lange in Polizeigewahrsam. Bis gestern haben Sie keinerlei Zusammenhänge zwischen den toten Maklern gesehen und sogar, wie Sie es so ungern von uns hören, an Zufälle geglaubt. Hätten Sie die Quartiere gleich am Freitag kontrolliert – und ehrlich, die Anzahl ist in Berndorf überschaubar –, dann hätte der Rottenschlager nicht fliehen können. Viel Konjunktiv, ist mir schon klar, aber wir sollten uns da wechselseitig nicht zu viele Fehler vorwerfen. Eines noch, und ob die Inspektorin Stabeldorfer jetzt zuhört oder nicht, ist mir komplett egal. Sollten Sie meinem Mann, dem Sprengnagl oder mir aus dem Zeitungsartikel einen Strick drehen, dann fahre ich persönlich in die Zentrale des Kronenblattes. Natürlich werde ich keine ermittlungsrelevanten Details erzählen. Aber private Eindrücke drucken die sicher auch gerne ab. Wenn Sie uns«, sie beugt sich erbost immer weiter zur Wehli hin, »festnehmen wollen, dann bitte. Ansonsten würden wir jetzt bitte gerne gehen.«

Die Gesichtsfarbe der Chefinspektorin wechselt während der Frontalattacke zwischen Kalkweiß und Feuerrot. Alle halten den Atem an und warten auf ihre Reaktion. In der jahrelangen Bekanntschaft mit ihr haben die Pokornys schon die unterschiedlichsten Gefühlsebenen der Wehli kennengelernt.

»Wollen Sie mir drohen?«, will sie mit gefährlich leiser Stimme wissen.

»Hätte ich denn einen Grund?«, antwortet die Toni, als hätte es die Ankündigung des Redaktionsbesuchs beim Kronenblatt nie gegeben.

»Dann ist es ja gut.« Damit übergeht die Wehli nicht nur die rhetorische Frage, sondern, zur Überraschung aller, gleich den gesamten Wutausbruch ihres Gegenübers. »Wieso waren Sie überhaupt hinter der Kaserne?«

»Weil wir als freie Bürger in einem freien Land spazieren gehen, wo wir wollen. Natürlich nur dann, wenn es keine polizeiliche Sperre gibt. Kannst du dich an ein Absperrband erinnern?«, fragt die Toni den Pokorny süffisant.

»Nein, weder an ein Band noch einen Polizisten, rein gar nichts war da«, bestätigt er im Aufstehen. »Kommst du, Toni? Wir gehen jetzt. Wenn Sie von uns noch was wollen, bitte vorher anrufen. Wir machen Ihnen sonst sicher nicht mehr auf. Schönen Tag noch.«

Nach einer längeren Vormittagsrunde mit der Maxime fahren die beiden nach Baden, stellen den Mini am Grünen Markt ab und schlendern zum Hauptplatz der Stadtgemeinde. In der Mitte des Platzes positioniert, im kulinarischen Dreieck der Lokale Amterl, Café Central und Konditorei Herwig Gasser befindet sich die Dreifaltigkeitssäule. Wie in zahlreichen österreichischen Gemeinden wurde diese am Ende des 18. Jahrhunderts als Dank für das Ende der Pest aufgestellt. Mit ihrer mehr als elf Meter hohen Spitze ist die Säule durch ihre sich in der Sonne spiegelnde goldene Erdkugel ein weithin sichtbares Denkmal.

Wie vereinbart treffen die Pokornys um zwölf Uhr dreißig den Dietmar Jäckel. Das topmoderne Lokal mit der edlen Holzoptik und dem satten Granny-Smith-Grün der Polsterbezüge wird über die Landesgrenzen hinaus für seine Mehlspeisen und die pikanten Paninis geschätzt.

»Guten Tag, Herr Jäckel«, begrüßt die Toni den Gemeinderat, der schon im Lokal wartet. Der fünfunddreißig Jahre alte, schlanke Grünpolitiker trägt einen maßgeschneiderten grafitgrauen Tweedanzug. Dazu ein offenes weißes Poloshirt und einen lässig um den Hals geschlungenen hellgrünen Schal, der zum Polsterbezug des Lokals passt. Mit seiner Kleidung versucht er offensichtlich, einen Spagat zwischen Grünpolitiker und Businessman herzustellen.

»Grüß Gott, freut mich, Sie kennenzulernen. Ich habe im Frühjahr einiges über Sie in der Zeitung gelesen. Was kann ich für Sie tun?«

»Danke, dass Sie sich für uns so kurzfristig Zeit nehmen.« Die

Toni bestellt sich einen Cappuccino und eine Marillenkuppel, eine Mischung aus Schokoladenbrownie, Marillenmousse und fruchtiger Himbeerschokolade. Den überschießenden Zuckerkonsum wird sie, so verspricht sie sich im Stillen, mit einer zusätzlichen Crosslauf-Einheit abbauen. Der Pokorny ahnt, dass es mit einem gemütlichen Mittagessen heute nichts wird. Daher schlägt er ordentlich zu, bestellt als Hauptspeise eine »Steirische Kürbiskerneierspeise« mit Speck und Zwiebel und als Nachspeise einen schokoladeüberzogenen Wienerwaldstollen, der mit Mandel-Schokoladen-Masse und Pistazienmarzipan gefüllt ist. Dass die Toni bei der üppigen Bestellung ihre makellose Stirn in Falten legt, übergeht er, ohne mit der Wimper zu zucken. Auch geht ihm sicherlich keine zusätzliche Sporteinheit durch den Kopf, sondern lediglich die Vorfreude auf das opulente Mahl.

Kaum ist die Kellnerin verschwunden, wendet sich die Toni an ihren Gesprächspartner: »Wir wurden letzten Sonntag vom Karl Mochacek, seines Zeichens …«

»… Obmann des Triestingtaler Immobilienverbands«, wird sie vom Jäckel unterbrochen.

»Genau. Wir wurden von ihm mit privaten Ermittlungen zu den vermeintlichen Unfallopfern, der Maklerin Zangerle und dem Makler Vondrasek, beauftragt. Vermeintlich deshalb, weil es zu dem Zeitpunkt keine Beweise oder Zeugen für das Gegenteil gab. Letzten Donnerstag wurde dann in der Martinek-Kaserne die Luckinger ermordet, jetzt wirft der Mochacek die Nerven weg. Zuerst hat er von einem Zusammenstoß mit einem Münchner Ehepaar gesprochen …«

»Den Rottenschlagers?«

Die Toni nickt erstaunt. »Ja, wieso …?«

»War im Gemeinderat ein Thema. Die Sache mit der Luxuseigentumswohnung am Mitterberg in Baden. Die Zangerle hat gemeinsam mit dem Vondrasek das Ehepaar wegen dem Kaufpreis betrogen. Bei einer öffentlichen Sitzung des Gemeinderats war der Herr Rottenschlager anwesend. Im Anschluss dürfen die Zuschauer Fragen zu Themen betreffend der Tagesordnung stellen. Der betrogene Münchner hat die Fragestunde allerdings für einen Rundumschlag gegen die ›hinterhältigen Ösi-Makler‹ genutzt. Dasselbe Spiel haben andere Akteure mit ihm in Perchtoldsdorf, Mödling und in …«

»… Hinterbrühl gespielt«, hilft diesmal die Toni aus. Während sie einen Schluck von ihrem köstlichen Cappuccino trinkt, wirft sie dem Pokorny einen raschen Blick zu. Der Poster AH20041889 hat sich auf der Plattform Sell-Hell intensiv mit der abwertenden Bezeichnung »Ösi« für Österreicher in Deutschland beschäftigt und wörtlich von »Ösi-Maklern« geschrieben. Dass sich der Rottenschlager dieses Wortes öffentlich bedient hat, wird die Polizei sicherlich interessieren.

»Richtig, die Damen und Herren haben mit ihm gespielt. Ich verstehe nicht, dass die das notwendig haben.«

»Der Mochacek hat wegen eines Projekts betreffend der Martinek-Kaserne Sorgen. Angeblich möchte er das Areal mit einer Agenturgemeinschaft erwerben und Sozialbauwohnungen errichten. Die Frau Katzinger, eine Bekannte von uns aus der Annamühle, hat herzhaft gelacht und gemeint, die wären nur auf ihren Profit aus, von sozial und gerecht seien die meilenweit entfernt.«

Der Jäckel schmunzelt erfreut. »Wie geht's der alten Dame? Ist sie immer noch so extravagant gekleidet? Sonnenbrille, Stock und ihre unverkennbaren orthopädischen Schuhe?«

»Ihr geht es blendend. Jetzt im Winter ist sie mit ihren Moonboots ein doppelter Hingucker.« Die Toni schmunzelt und erzählt ihm von den modischen Zottel- und Felltrends der alten Frau.

»Ein echtes Original, liebe Grüße von mir. Ich hab gehört, die Seekuh Linda wurde auf den Spielplatz ›Am Felde‹ verbannt. Das muss die alte Dame doch gefeiert haben. Ihre künstlerischen Versuche, die hellblaue Figur auf Patinagrün umzufärben, sind legendär.« Er lacht schallend.

In Österreich ist es eine gängige Tradition, dass jede Gemeinde, sei sie noch so klein, immer irgendeine Statue, ein Denkmal oder sonst was aufstellen muss. Nur um sich von den Nachbargemeinden abzuheben und um besser und wichtiger zu sein. 2006 wurde am Hang des Lindenberges, südlich von Bad Vöslau, das Skelett einer fünfzehn Millionen Jahre alten Seekuh gefunden. Bis vor dreizehn Millionen Jahren befand sich das ganze Wiener Becken noch dreißig Meter unter dem Meeresspiegel. Nach dem Sensationsfund wurde 2010 eine künstlerische Reproduktion in Form einer drei Meter achtzig großen, hellblau bemalten Styropor-Seekuh namens »Linda« gebaut und anschließend im Fischerlteich direkt vor dem altehrwürdigen Café Thermalbad aufgestellt. Und weil die Katzinger die Farbe peinlich fand, hat sie in mehreren nächtlichen Anläufen versucht, die Seekuh umzufärben. Freilich ist ihr das nie gelungen, hat ihr dafür aber mehrere Anzeigen wegen Sachbeschädigung eingebracht.

Nach dem Verkauf des Cafés Thermalbad wurde die Linda von ihrem angestammten Platz im Fischerlteich entfernt und auf besagtem Spielplatz aufgestellt. Diese Platzveränderung hat sich für die vermeintlich siegreiche alte Frau aber als Pyrrhussieg herausgestellt, denn der neue Standort war nicht zufällig gewählt.

Lachend schüttelt der Pokorny den Kopf. »Viel gefeiert kann sie nicht haben. Wenn sie jetzt nämlich bei ihrem Wohnwagenfenster rausschaut, sitzt sie quasi Aug in Aug mit ihrer Intimfeindin. Ich glaube, jetzt hat sie aufgegeben und Angst, dass die Linda sonst direkt vor ihrer Pachtparzelle aufgestellt werden könnte.« Gerade hat er den letzten Bissen der Eierspeise hinuntergeschluckt, greift er schon zur Nachspeise.

»Na ja, immer kann man nicht gewinnen. Mit der Profitgier vom Mochacek liegt sie allerdings richtig. Er hat der Stadtgemeinde das geplante Projekt vorgestellt, da war es als Refugium für Superreiche aus aller Herren Länder geplant. Russen, Amis, Chinesen et cetera. Jeder, der genug Mammon hat, war herzlich willkommen. Die Kosten für die rund vierhunderttausend Quadratmeter belaufen sich auf mehr als dreißig Millionen Euro, die Baukosten sind ein Vielfaches davon. Da ist also ordentlich Geld in Bewegung. Damals waren die Mitglieder aus dem Vorstand vollständig in einem Konsortium vertreten. Wir Grünen haben uns damals dezidiert gegen das Reichenrefugium und die dafür notwendige Umwidmung auf Bauland ausgesprochen. In Folge ist das Projekt Martinek-Kaserne in der Schublade verschwunden. Knapp vor der letzten Gemeinderatswahl wurde die Kaserne von der SPÖ dann wieder thematisiert, nur um nachher erneut in der Versenkung zu verschwinden.« Der Jäckel lehnt sich mit verschränkten Armen zurück. »Scheint fast so, als will der Mochacek einen neuen Anlauf mit vordergründig sozialem Anstrich starten. Unser Koalitionspartner hat die Umwidmung auf Bauland auf die Tagesordnung der nächsten Gemeinderatssitzung genommen. Jetzt weiß ich, weshalb sich die Bürgermeisterin so für eine angeblich projektunabhängige Umwidmung des brachliegenden Areals starkmacht. Da läuft im Hintergrund schon mehr. Ich muss ein ernstes Wort mit ihr reden. Danke für die Information, die ich freilich vertraulich behandeln werde.«

»Gerne! Wer könnte etwas gegen die Agenturgemeinschaft haben?«, fragt die Toni und genießt einen Bissen von der saftigen Marillenkuppel. »Bei dem finanziellen Aufwand wird es nicht so viele Kontrahenten geben, oder?«

»Es gibt vielleicht eine Handvoll inländischer Investoren, die so ein Projekt stemmen könnten. Sonst kommen nur ausländische Konsortien in Frage. Amis waren damals dabei, auch ein russischer Oligarch hat sich wichtiggemacht. Was da hinter verschlossenen Türen vereinbart und ausgehandelt wurde, weiß ich nicht. Die Karten werden anscheinend gerade neu gemischt.«

»Würden die ehemaligen Investoren oder Konsortien, so sie wieder mit von der Partie sind, den Mitgliedern der Agenturgemeinschaft Schwierigkeiten machen?«

»Glaub ich ehrlich nicht. Baden ist schon eine nette Gegend, keine Frage. Aber mordende Russen oder Amerikaner … ich weiß nicht, klingt nach großem Kino.« Nachdenklich nippt der Grünpolitiker an seinem Ingwer-Zitrone-Tee. »Andererseits wissen die möglichen Konkurrenten sicher von dem Interesse der Agenturgemeinschaft an dem Areal. Jede Art von negativer Berichterstattung würde Mochacek und Co. aus dem Rennen werfen. Nach der Ermordung der Maklerin letzte Woche wird das Verteidigungsministerium das Grundstück jetzt wohl kaum mehr an die Agenturgemeinschaft verkaufen. Die Schlagzeilen in den selbst ernannten Qualitätszeitungen mag ich mir gar nicht vorstellen. Da kann selbst der Franter mit seinen Kontakten ins Ministerium die Felle vermutlich nicht mehr retten. Auch wenn er, wie damals gemunkelt wurde, einen Entscheidungsträger ordentlich geschmiert hat. Mit der Leiche und zwei, wie Sie andeuten, seltsamen Unfällen ist die Agenturgemeinschaft sinnbildlich gesehen tot. Also ja, ich muss mich korrigieren. Andere Konsortien könnten von dem Tod profitieren. Natürlich mit dem Risiko, dass das Areal dann aufgrund der Umstände überhaupt nicht verkauft wird. Ich frage mich allerdings, warum dafür drei Menschen sterben mussten. Die tote Maklerin in der Kaserne hätte wahrscheinlich als Trumpf gegen den Mochacek gereicht.«

Der Pokorny versteht den Gedankengang. »Damit kommt eigentlich jeder in Frage, der in den Zusammenschluss der Agenturgemeinschaft noch kein Geld investiert hat. Weil der beim Scheitern des Projekts auch nichts verloren hätte.«

Die Toni schaut auf die Uhr und überlegt. »Herr Jäckel, Sie können aber nicht ausschließen, dass der Rottenschlager mit dem Mord etwas zu tun hat?«

»Ich kann gar nichts ausschließen. Auch nicht, dass sich die Maklergemeinschaft selbst dezimiert, also einzelne Teilnehmer eigene Interessen verfolgen. Die haben untereinander Zoff genug, da würde mich das gar nicht wundern. Für mich ist schon die Vorstellung, jemanden zu töten, absurd. Egal, ob es um einen Betrug wegen Wohnungen oder um ein Bauprojekt geht. Jeder könnte es gewesen sein, also auch der Rottenschlager.

Allerdings müsste der dann von dem Projekt wissen, wie hätte er die Luckinger sonst in der Kaserne erschlagen können? Bedenken Sie auch, dass die Makler möglicherweise noch eine Vielzahl anderer Kunden geprellt haben. So, leider muss ich Sie jetzt verlassen. Wenn Sie noch etwas benötigen, einfach anrufen.« Er steht auf, legt seine Visitenkarte auf den Tisch und verabschiedet sich.

Eine Weile sitzen die Pokornys gedankenverloren in der Konditorei und lassen das Gespräch Revue passieren. Dann sagt die Toni:»Ich schaue noch in der Buchhandlung vorbei. Für meinen Vortrag bei den Gesundheitstagen im Vivea-Gesundheitshotel brauche ich noch Bücher über Autophagie.«

Nach dem Abschluss ihres Germanistikstudiums hat die Toni mehrere Jahre in der Buchhandlung Zweymüller in Baden gearbeitet. Dort hat sie die schon von ihrer Mutter vermittelte Liebe zur Literatur und zu Büchern im Allgemeinen vertieft und ihren Wunsch entdeckt, das Wissen auch an Kinder und Jugendliche weiterzugeben.

»Auto… wer?« Ihr wohlgenährter Ehemann runzelt die Stirn.

»Autophagie bedeutet Zellfasten, als Interimsfasten derzeit in allen Medien. Du isst zum Beispiel sechzehn Stunden nichts und dann acht Stunden normal.«

»Und was soll das bringen?«

»Ziemlich viel, würde dir auch guttun«, schmunzelt sie und streicht ihm zärtlich über sein kleines Bäuchlein.»Die Autophagie ist ein lebenswichtiger Prozess, der auch als körpereigene Müllabfuhr bezeichnet wird. Der Name ist Programm: Zellen verdauen Teile von sich selbst, um Abfallstoffe und alte Zellbestandteile abzubauen.«

»Prost Mahlzeit, da ess ich mich ja selber auf. Na gut, dann erzähl denen mal schön … äh …« Er verstummt und deutet zu der Dreifaltigkeitssäule.»Ist das dort nicht der …«

»Der Buxeneder! Wo kommt der denn her?«, wundert sich die Toni.»Dem scheint es ja recht gut zu gehen.«

»Ist er also doch im Wirbel abgehaut, der Halunke. Warte, ich schreib dem Sprengi.«

der buxeneder lebt   redet in baden mit einem typen am hauptplatz   werde ihn beobachten   melde mich spaeter
»Ich würde zu gerne wissen, was da läuft. Und wer der Typ in dem geschmacklosen Ledermantel mit dem Cowboyhut ist«, murmelt die Toni nach dem Bezahlen der Rechnung.

Der Pokorny hält sie beim Ausgang zurück. »Wir machen das so: Du nimmst Maxime. Wenn wir rausgehen, biegt ihr gleich rechts in den Durchgang ein. Da sieht er dich nicht. Besser, ich mach das alleine, inkognito. Wenn du ihn zur Rede stellst, kriegen wir keine Infos. Ich hol dich dann in der Buchhandlung ab.«

»Sehr ungern. Den würde ich mir zu gerne vorknöpfen und hören, wie er seinen heimlichen Abgang am Samstag begründet. Vor allem, warum er das getan hat. Aber gut, dann hol mich nachher ab. Und Bärli ... sei bitte vorsichtig«, mahnt sie ihn eindringlich und gibt ihm zum Abschied ein Busserl auf die Wange.

Der Buxeneder und sein Gesprächspartner spazieren langsam zum Café Central und machen bei einem der überdachten Stehtische halt. Allein fällt der Pokorny weniger auf, er stellt sich etwas abseits neben ein Heizschwammerl hin und tut, als würde er sich intensiv mit seinem Nokia beschäftigen.

Als der Makler im Café verschwindet, hört der Pokorny seinen Begleiter auf Englisch fluchen: »*Holy shit! I need to talk to Andrew, shit, shit, I don't want to stop the project.*« Während seiner Schimpftirade tippt der Amerikaner, den der unauffällige Zuhörer trotz seiner Anglophobie als solchen identifiziert, wild auf seinem Smartphone herum.

Der Buxeneder stellt eine Flasche »Prosecco Villa Sandi« sowie zwei Sektflöten auf den Tisch und klopft seinem Begleiter auf die Schulter. »Bill, lass uns auf das Projekt anstoßen. Wir schaukeln das schon.« Er grinst, schenkt ein und hebt das Glas. »Cheers!«

»Verdammt, ist nicht sicher«, sagt Bill in gebrochenem Deutsch. »*Shit*. Das Zeitung schreibt über *murder clown*. Luckinger tot ... gefunden in Kaserne. Unser Kaserne. Müssen abbrechen *the project*!«

Der Buxeneder trinkt sein Glas auf ex. »Gar nichts müssen wir, ich hab das im Griff. Der Mochacek kann das Projekt nicht durchziehen. Die Beteiligten sterben wie die Fliegen.« Gut gelaunt schenkt er nach.

Der Pokorny erinnert sich, wie der Wirt der Vöslauerhütte den Buxeneder als stillen Beobachter bezeichnet hat. Anscheinend hat der Makler seine Kollegen nur ausgehorcht, um seinen Deal mit dem amerikanischen Konsortium durchzuziehen. Wie hinterhältig ist das denn? Die eigenen Leute zu betrügen! Komisch nur, dass das bisher niemandem im Vorstand aufgefallen ist. Es sei denn, überlegt er, dass der Franter dem Buxeneder deshalb am Samstag beim Wochenmarkt auf den Fersen war. Genau aus diesem Grund könnte der Betrüger dann wiederum verschwunden sein. Er schüttelt angewidert den Kopf.

»Sterben wie ... *what*?«

»Wenn viele Leute schnell hintereinander sterben, *is a* Phrase, verstehst, *do you know*? Eintagsfliegen sterben auch rasch, *one-day-flys are dying very quickly*«, philosophiert der Buxeneder sprachgewandt.

»Okay, aber negative *publicity* schlecht für *the project*. Ich muss anrufen Andrew und sprechen mit ihm, *you know*?«

»Ihr braucht euch keine Sorgen machen, alles läuft nach Plan. Die Richtung stimmt.«

»Keine Richtung stimmt, Mochacek und andere haben bei der Notar Vertrag geschlossen. Geld schon auf Cayman Islands. Zangerle *fucks with a banker*.«

Der Buxeneder lächelt ihn wissend an. »*Yes*, und jetzt *is she killed*. Wo ist das Problem?«

»*Killed*? Pardon?« Bill trinkt sein zweites Glas in einem Zug aus.

»Die Zangerle wurde am 11. Dezember von einer Straßen-

195

bahn überfahren und ist tot«, antwortet er grinsend und breitet die Hände aus. »Ein anderer Kollege, der Vondrasek, auch aus der Agenturgemeinschaft, ist am 8. Dezember von der Terrasse gefallen, auch tot. *You understand? They have now no chance to do the* Projekt.«

»Hast du die alle totgemacht?«, fragt der Bill mit weit aufgerissenen Augen.

Der Buxeneder überlegt kurz, stapft von einem Fuß auf den anderen. *No, sure not.* Das erledigen schon andere ... *maybe.* So, brrr, mir ist kalt, gehen wir rein.« Er öffnet die Tür und schiebt den desperaten Bill ins Café Central hinein.

Der Pokorny überlegt, den beiden zu folgen, bleibt aber wie betäubt im Eck neben dem Heizschwammerl stehen. Er kann kaum glauben, was er gehört hat. Nachdenklich wählt er die Nummer vom Mochacek.

»Ja?«

»Hier spricht der Pokorny. Gut, dass Sie der freundlichen Einladung der Polizei nicht gefolgt sind. Die Wehli hat einen Hieb. Sind Sie noch in der Therme?« Er überlegt, ihm von der Wiederauferstehung des Buxeneder sowie von dessen linken Machenschaften zu erzählen.

»Äh, warum wollen Sie das wissen?«

»Mochacek, kommen S' mir nicht dumm daher.« Verärgert beschließt er, die Ermittlungsergebnisse vom Café Central für sich zu behalten. »Also?«

»Nein, bin ich nicht mehr. Kennen Sie die Roverhütte von den Pfadfindern?«

»Am Harzberg?«

»Ja, ich bin seit gestern Abend da. Außer Ihnen weiß das niemand, auch nicht der Sprengnagl. Die Chefinspektorin spinnt ja komplett. Die will sich doch an mir nur rächen. Ich geh sicher nicht freiwillig zu ihr. Die sperrt mich eh gleich ein.«

»Und aus Angst verstecken Sie sich bei den Pfadfindern? Was soll das bringen? Ewig können Sie dort nicht bleiben.«

»Wer zum Teufel hat das den Schmierfinken überhaupt gesteckt? Sie vielleicht?«, traut sich der Mochacek tatsächlich zu fragen.

Die Ohren vom Pokorny wackeln in rasantem Tempo, wären sie größer, er wäre wahrscheinlich abgehoben wie Dumbo oder der frühere österreichische Bundeskanzler. »Haben s' Ihnen ins Hirn geschissen, oder was?«, brüllt der Pokorny, froh, dass der Buxeneder im Café drinnen ist. Peinlich berührt drehen sich Passanten kopfschüttelnd nach ihm um. »So eine Frechheit, Sie lügen uns ohne Ende an und besitzen dann die Chuzpe, mir einen Verrat zu unterstellen? Wer geht uns pausenlos auf die Nerven, hä? Sie! Wissen Sie was? Lecken S' mich am Arsch und ermitteln S' ohne uns.« Verärgert unterbricht er die Verbindung. Sekunden später läutet sein Nokia.

»Tut mir leid«, entschuldigt sich der Mochacek. »Aber ich … ich bin fertig mit den Nerven. Drei tote Kollegen aus dem Vorstand und der Franter hat sich in Luft aufgelöst.«

»Den Bruch der Tanne am Wochenmarkt hat er glücklich überlebt.«

»Ich weiß, aber seither hab ich nichts mehr von ihm gehört. Ich erreiche ihn einfach nicht. Das macht mich narrisch. Der Buxeneder ist seit dem Unglück verschollen. Und dann noch der Mist in der Zeitung, da muss uns am Freitag wer belauscht haben. Anders gibt es das ja nicht, oder?«

»Leider war das so. Am Tisch hinter Ihnen ist ein Reporter des Kronenblattes gesessen. Der hat brav mitgeschrieben. Einiges stimmt, den Rest hat er sich zusammengereimt. Blöd gelaufen. Kann ich bei Ihnen vorbeikommen? Ich hätte ein paar Fragen.«

»Nein, besser nicht. Vielleicht lässt Sie die Chefinspektorin beschatten. Treffen wir uns … heute Abend auf der Harzberghütte, achtzehn Uhr. Dann gibt es auch keine Lügen mehr, okay?«

»Wer's glaubt, wird selig. Ist die Straße rauf überhaupt geräumt? Sitzung hin oder her, bei den Schneemengen wird die Gemeinde wohl andere Aufgaben haben, als extra für den Vorstand den Weg zu räumen.«

»Äh … wie soll ich sagen, die Bürgermeisterin wird die Straße gleich räumen lassen … wir kennen uns schon lange …«

»Brr, mir graust, Freunderlwirtschaft, nicht wahr? Können Sie mich mitnehmen? Mit meinem Auto fahr ich da sicher nicht hinauf.« Das Gespräch widert ihn an.

»Ich hole Sie um siebzehn Uhr fünfundvierzig von zu Hause ab. Bis dann!«

»Halt, eines noch: Hat der Buxeneder auch in Ihre ach so soziale Agenturgemeinschaft investiert?«, erkundigt sich der Pokorny mit süffisantem Unterton.

»Äh … wie meinen Sie das jetzt?«

»Na, wie wohl? Ist er an dem Projekt finanziell beteiligt? Wobei bei Sozialbauwohnungen letztendlich nicht viel rausschauen wird, nicht wahr?«

»Äh, also, ich …«

»Hat er oder hat er nicht? Mehr will ich nicht wissen. Und hören S' endlich auf mit dem depperten ›Äh‹!«

»Nein, er hat lange gezögert, sich dann aber entschieden, aufgrund fehlenden Kapitals lediglich als Berater tätig zu sein.«

»Warum Sie mir ein Resort für Superreiche als Sozialbauprojekt verkaufen wollen, das klären wir später persönlich. Auf Wiederhören.«

Die Toni fühlt sich nach dem Betreten der Buchhandlung in alte Zeiten zurückversetzt. Der typische Geruch von neuen Büchern, den sie über alles liebt. Wieder einmal fragt sie sich, weshalb sie den Job aufgegeben und selbst eine Buchhandlung eröffnet hat. Klar, sie wollte ihre eigene Chefin sein, aber zu welchem Preis? Eine Mitarbeiterin konnte sie sich wegen der prekären Situation am Buchmarkt nicht leisten. Als Einzelunternehmerin war für sie eine Achtzig-Stunden-Woche eher die Regel als die Ausnahme. Nach ein paar Jahren hat sie den Kampf gegen die Internetriesen aufgegeben. Und nach dem Umzug nach Bad Vöslau hat sie in der Stadtbücherei zu arbeiten begonnen.

»Hallo, Toni«, wird sie von ihren ehemaligen Kolleginnen freudig begrüßt, die Maxime wird währenddessen liebevoll gekrault. »Wie geht es dir?«

»Danke, gut. Und euch?« Die Frauen genießen den wechselseitigen Austausch von Klatsch aller Art.

»Servus, Toni!«, hört sie hinter sich die vertraute Stimme ihres Ex-Chefs. »Bist du schon über alle Geheimnisse in Baden und Umgebung informiert?«

»Servus, du, ja, ich bin am Laufenden«, antwortet sie erfreut lächelnd. »Ich bin auf der Suche nach Büchern über Autophagie.«

»Komm mit in mein Büro, wir schauen nach.«

»Schön, wieder einmal hier zu sein«, meint sie und begleitet ihren Ex-Chef ins Büro am Ende des schmalen Lokals. »Wie läuft das Geschäft?«

»Im Grunde läuft es gut, ich kann nicht klagen. Die Fixkosten sind gedeckt, und dass ich von meiner Buchhandlung nicht reich werde, war mir immer klar. Was führt dich her? Sonst kaufst deine Bücher immer über unseren Webshop.«

»Der Willi und ich sind an einer komplizierten Sache dran und brauchen deine Hilfe«, erklärt sie und gibt ihm einen kurzen Überblick über die Geschehnisse. »Die Zeitung von gestern wirst du wahrscheinlich gelesen haben?«

Er schüttelt den Kopf. »Zeitungen lese ich schon lange nicht mehr. Zu viel Schwachsinn, Lügen und Panik, die da verbreitet werden. Aber natürlich habe ich«, lächelnd deutet er mit dem Kopf nach vorne, »meine Informationsquellen und bin daher über den Horrorclown informiert. Sag bloß, da ist was dran?«

»Im Detail darf ich dir nichts erzählen, aber«, sie zwinkert mit dem rechten Auge, »manchmal kann ja auch in einem noch so reißerischen Artikel ein Funken Wahrheit stecken. Wir wurden vom Obmann des Triestingtaler Immobilienverbands mit Recherchen beauftragt. Der lügt aber, was das Zeug hält. Gerade haben wir mit dem Vizebürgermeister Jäckel gesprochen. Er hat uns erzählt, dass der Mochacek vor ein paar Jahren auf dem ehemaligen Martinek-Areal ein Refugium für Superreiche bauen wollte. Und stell dir vor, das Gleiche plant er anscheinend wieder. Getarnt als Sozialbauprojekt.«

Ihr Ex-Chef zeigt ihr am Computerbildschirm Buchvorschläge über Autophagie. »Was hättest denn gerne? ›Der Jungbrunnen-Effekt‹, ›Mit Fasten glücklich durchs Leben‹ oder ›Die 16-Stunden-Diät‹.«

»Gib mir alle drei. Mal schauen, was ich in meinen Vortrag einbauen kann.«

»Bist du immer noch in Schulen unterwegs?«

Die Toni nickt und schmunzelt. »Ja, immer wieder reizvoll. Bei einigen Kids wird etwas hängen bleiben, dafür zahlt es sich aus. Diesmal brauche ich die Bücher aber für die Vöslauer Gesundheitstage nächstes Frühjahr.«

»Aha, na, warum nicht? Ein bisschen Fasten schadet auch älteren Semestern nicht. Der Dietmar Jäckel ist übrigens ein guter Mann, ehrlich und anständig. Seine Partei hat sich damals massiv gegen das Projekt gestellt.«

»Sag, arbeitet deine Frau noch bei der ÖVP im Sekretariat?«

»Ja, leider ist sie aber zu absoluter Verschwiegenheit verpflichtet.« Er grinst. »Was möchtest du wissen? Vielleicht geht es ja ohne Verletzung des Amtsgeheimnisses.«

»Was weißt du über das Martinek-Projekt?«

»Hm.« Er überlegt lange, dann sagt er: »Was ich dir verrate, ist nur für dich und den Pokorny bestimmt … Na gut, an eurem Freund Sprengnagl kommt ihr ja wohl auch nicht vorbei«, meint er und zwinkert mit dem rechten Auge. »Damals gab es wegen des Martinek-Areals einen Riesenwirbel. Die Umwidmung ist kurz bevorgestanden, der Projektumsetzungsplan war von den jeweiligen Konsortien in groben Zügen vorgestellt. Dann hat es zwischen dem Mochacek und einem FPÖler, dem Friedrich Schlatzer, einem aalglatten Burschenschafter, Streitereien gegeben. Der wollte mit seiner eigenen Baufirma und einem weitverzweigten Netz an Subfirmen mitmischen. Der Mochacek hat aber natürlich nur an ihm nahestehende

Firmen gedacht. Als dann der Schlatzer leer ausging, hat er sich plötzlich auf die Seite der Grünen gestellt und vehement gegen das Reichenrefugium gewettert. Während die Grünen wegen der fehlenden Sozialbauten dagegen waren, argumentierte die FPÖ mit der üblichen Ausländerhetze. Ausländer raus, quasi alle Wohnungen dürften nur an Inländer und nur an die Ärmsten der Armen vergeben werden. Er hat ordentlich Wirbel gemacht und die Medien aufgehetzt. Der Gemeinderat hat daraufhin den Projektplan abgelehnt und die Umwidmung gestoppt. Damit war der Kauf für den Mochacek kein Thema mehr.«

»Die Bürgermeisterin hat den Schlatzer nicht stoppen können? Die ist doch sonst sehr resolut im Auftreten.«

»Gegen den Schlatzer lief sogar ein Verfahren wegen versuchter Bereicherung und Erpressung. Es wurde vermutet, dass er dem Mochacek gedroht hat, das Projekt abzuwürgen, was dann ja auch passiert ist. Letztendlich konnte ihm aber nichts nachgewiesen werden.«

Die Toni verarbeitet in Gedanken versunken die Informationen. Dann meint sie:»Der Jäckel hat von einem aktuellen Umwidmungsantrag der Bürgermeisterin gesprochen. Wenn der Mochacek deswegen einen neuen Anlauf nimmt und der Schlatzer das mitbekommt, dann läuft vielleicht die gleiche Show noch einmal ab, und der Burschenschafter könnte diesmal härter durchgreifen …«

»Du meinst, der Schlatzer …?«

»Mittlerweile glaube ich, dass jeder, der nur irgendwie mit dem Projekt zu tun hat, einen Grund hätte, und da sind verärgerte Kunden noch nicht einmal mit eingerechnet«, erklärt die Toni, hebt die Schultern und zieht die Mundwinkel auseinander.

»Na dann wünsche ich euch viel Glück bei der Jagd. Da«, er reicht ihr ein eingepacktes Buch, »ein Weihnachtsgeschenk für liebe Stammkunden. ›Tod in Baden‹, ein Krimi von Beate Maly, gut zu lesen.« Er steht auf. »Ich muss leider wieder an die Arbeit. Melde dich und gib mir Feedback zu den Büchern. Viel Spaß und liebe Grüße.«

»Danke, grüß deine Frau auch lieb von mir.«

Am Weg nach Bad Vöslau telefoniert der Pokorny über den Lautsprecher mit dem Sprengnagl und informiert ihn über die Gespräche mit dem Jäckel, dem Ex-Chef der Toni, dem Mochacek sowie über das belauschte Gespräch vom Buxeneder mit dem Amerikaner Bill.

»Laut dem Mochacek war der Buxeneder als Einziger vom Vorstand nicht an der Agenturgemeinschaft beteiligt. Aus dem erlauchten Kreis hätte daher, wenn überhaupt, nur er einen Grund, die Luckinger zu erschlagen, ohne eine Menge Geld zu verlieren. So überhaupt schon welches geflossen ist.«

Der Sprengnagl spinnt den Faden weiter. »Die anderen würden sich sonst ins eigene Knie schießen. Wozu sollten die sich gegenseitig umbringen, die halten doch zusammen, schließlich sitzen sie im gleichen Boot.«

»Eben. Ich glaube, der Franter dürfte etwas geahnt haben. Wir vermuten, dass er den Buxeneder deshalb am Samstag beobachtet hat«, meint die Toni, fährt über die Badener Straße und auf der Vöslauer Straße bei der Kaserne vorbei. Dort wundert sie sich über die Polizeistreife vor dem Eingang. »Wieso steht ihr immer noch vor der Kaserne?«, fragt sie den Sprengnagl.

»Die Wehli lässt derzeit jeden Quadratzentimeter untersuchen. Die Peinlichkeit mit eurem Stofffetzen wurmt sie ziemlich. Im Hof drinnen stehen zwei Wägen von der Spurensicherung, die Kollegen arbeiten rund um die Uhr.«

Der Pokorny lacht trocken. »Dazu hat sie auch allen Grund. Ich meine, ein Rundgang um die Kaserne wäre doch allemal drinnen gewesen. Die hat sich's wieder einmal leicht gemacht.«

»Ja, ja, Willi, ist schon gut«, bremst ihn die Toni ein. »Sprengi, was machst du jetzt? Der Buxeneder sitzt mit dem Ami wahrscheinlich noch im Café Central. Nach seinem stillen Abgang am Samstag wäre eine Befragung durch euch doch angebracht …«

Eine rasiermesserscharfe Stimme am Ende der Leitung unterbricht das Gespräch: »Wehli am Apparat, was angebracht ist oder nicht, entscheide ich. Der Herr Gruppeninspektor muss sich umgehend um einen Falschparker vor der Tür kümmern«, schnauzt die Chefinspektorin in die Ohrmuschel vom Pokorny, der sich zweimal auf die Stirn tippt und auflegt.

»Willi, was soll das?«, ruft die Toni. »Glaubst du, es wird dadurch besser?«

Er schüttelt den Kopf. »Nein, natürlich nicht, aber sei mir nicht böse, die spinnt doch komplett. Kann die kein normales Wort sagen, sondern immer nur keifen?« Nur Sekunden später schrillt das markante Läuten seines Nokias durch den Mini Cooper.

»Nimm das Gespräch an«, knurrt die Toni gereizt. »Aber schnell, mir reicht es mit den Kindereien.«

»Na bitte, Herr Pokorny, geht doch! Wollen Sie mir erzählen, wie ich meinen Job zu machen habe? Wissen Sie, wie riesig das Gelände ist? Da kann so ein Stück Fetzen schon untergehen, nicht wahr!«

»Wehli, ich sag …«

»Für Sie immer noch Frau Chefinspektorin Wehli, geht das in Ihren Kopf hinein?«

Er atmet tief ein und aus. »Ich sag ja nicht, dass es leicht ist, dort was zu finden. Auf mehr als vierhunderttausend Quadratmetern. Aber warum kommen Sie mir so komisch daher?«

»Weil Sie Ihrem Spezi erzählen, was ich alles schon längst hätte tun sollen. Das entscheide immer noch ich …«

»Eh, und was dabei rauskommt, steht dann in der Zeitung, nämlich nicht viel«, bellt der Pokorny mit bedrohlich wackelnden Ohren. »Haben Sie den Franter schon gefunden?«

Die Toni rollt mit den Augen. Aber nicht wegen des Tons der Wehli, sondern wegen des drohenden Tsunamis an Entgegnungen, die ihrem Bärli noch auf der Zunge liegen.

»Pokorny, Sie gehen mir auf die Nerven … Ich kann Ihnen gar nicht sagen, wie sehr …« Die Wehli schnauft durch. »Nein, den Franter haben wir noch nicht erreicht. Was war mit dem Buxeneder?«

Einigermaßen entspannt antwortet er:»Ich war mit meiner Frau in der Konditorei Gasser in Baden essen, zufällig ...«, ganz kann er es doch nicht lassen und zwinkert der Toni zu,»... haben wir den Buxeneder mit einem, wie sich herausgestellt hat, Ami reden gesehen. Interessiert Sie, was die beiden gesprochen haben?«

»Natürlich, wollen Sie ein goldenes Sternchen für Ihre Mitarbeit?«

Die Toni streichelt ihrem Ehemann liebevoll über den Oberschenkel und erdet ihn gerade noch rechtzeitig. Er gibt sich einen Ruck und erzählt der Chefinspektorin den Inhalt des Gesprächs. Nachdem die Wehli ruhiger wird, berichtet er ihr auch über den Jäckel-Termin.

»Sie führen vertrauliche Gespräche mit Politikern? Sind Sie wahnsinnig, wollen Sie noch einen Zeitungsartikel? Die Grünen sind doch die Aufdeckerpartei Nummer eins, na bravo, heute Abend wird prominent in den Nachrichten darüber philosophiert werden.«

»Sonst noch was?«, fragt der Pokorny betont freundlich und geht in Vorlage:»Haben Sie Ihren Tatverdächtigen schon gefunden? Der hat bei einer Gemeinderatssitzung auch über uns Ösis geschimpft. Gleiche Wortwahl. Das ist doch ein weiteres Indiz, was meinen Sie?«

»Ich mein gar nichts und weiß auch nicht, was Sie das alles angeht, aber bitte schön. Nein, wir haben ihn noch nicht gefunden. Der Rottenschlager ist nach seiner Flucht aus dem Bärenschlössl untergetaucht. Wir durchkämmen zwar gerade die Privatquartiere, ich bezweifle aber, dass wir ihn dort finden werden.«

Da er bei der Wehli gerade so einen Lauf hat, wird er mutiger.»Haben Sie die besichtigten Immobilien schon mit denen der Makler verglichen? Weil noch ist ja unklar, ob er mit dem Vondrasek in Perchtoldsdorf war. Wir haben im Internet Spuren von einem deutschen Radikalen gefunden. Der dürfte alle Makler und alle Objekte kennen.«

»Nur weil wir so miteinander, wie soll ich es sagen, fast nett plaudern, bin ich trotzdem kein Auskunftsbüro. Was wir hier tun, geht Sie nichts an. Da müssen Sie hinter meinem Rücken schon mit dem Herrn Gruppeninspektor mauscheln. Vielleicht bei einer fettigen Scholle, nicht wahr?«

»Äh …« Er überlegt, woher sie ihre Informationen haben könnte. »Ist Ihrer Meinung nach der Rottenschlager für die Hasstiraden im Internet verantwortlich oder nicht?«

»Die Webplattformen, auch Ihre Sell-Hell, werden derzeit von unseren IT-Experten durchforstet, und den Rottenschlager suchen wir. Zweckdienliche Hinweise sind natürlich jederzeit willkommen.«

»Werden Sie wenigstens den Buxeneder zur Befragung mitnehmen?«

»Ich werde die Kollegen von der PI Baden gleich im Café Central vorbeischicken. Ich hoffe, Sie haben mir wirklich alles erzählt«, meint sie abschließend und legt grußlos auf, ohne sich zu bedanken.

Im hinteren Teil des Cafés Annamühle befinden sich einige kleine Tische. Da die Außentemperatur mittlerweile unter minus zehn Grad Celsius liegt, hat die Katzinger ihren Fixplatz vor dem Lokal vorübergehend geräumt und gegen einen kleinen Ecktisch getauscht. Mit finsterer Miene tippt sie auf ihrem neuen Emporia herum. »Graffel, blödes, da soll sich wer auskennen.«

»Hallo, Frau Katzinger«, wird sie von der Toni begrüßt. »Wie läuft es mit dem neuen Handy?« Interessiert beobachtet sie die hilflosen Versuche der alten Frau, das Gerät zu bändigen.

»Schlecht. Neumodisches Klumpert. Was brauch ich ein Internetz, mir hat mein Samsung gereicht. Von den Tasten rutsch ich ständig ab, pfff. Auch wenn dein Mann immer ›Marke Steinzeit‹ dazu gesagt hat. Wobei, grad er mit seiner alten Nokia-Keule sollte eigentlich ruhig sein, hä. Wo ist er denn überhaupt?«

»Kommt gleich nach.« Sie winkt der Dagmar wegen der Bestellung. »Er schläft zurzeit nicht gut und holt sich Verstärkung aus der Apotheke. Keine Chemie, alles auf pflanzlicher Basis.« Prompt bekommt sie ihren Cappuccino serviert.

»Aua, Hunderl.« Als sich die Maxime anschmiegt, verzieht die Katzinger das Gesicht. »Meine Füße tun weh. Heute kannst dich nicht anschmieren, aua. Ich muss wieder zum Dr. Lou verbinden gehen.«

Die Geschwüre an den Beinen der alten Frau sind neben dem starken Zigarettenkonsum auch den kulinarischen Sünden geschuldet, beginnend bei Speckstangerln über Kekse und Bananenschnitten bis hin zu üppigem Schlagobers auf der Melange. Ihr ungesunder Lebensstil, die unzureichende Bewegung und die daraus resultierenden arteriellen Durchblutungsstörungen haben bei der alten Frau zu offenen Wunden an den Schienbeinen und zu endlosen Arztbesuchen geführt.

»Ist ein rechtes Gfrett mit den Wunden, weil …«

Die Toni nickt verständnisvoll, unterbricht aber trotzdem das zu erwartende Gejammere. »Haben Sie das vom Rottenschlager gehört?«

Noch nicht einmal am Anfang des befürchteten Ausbruchs an Selbstmitleid fühlt sich die Kettenraucherin schon darum betrogen. Mit zusammengezogenen Augenbrauen linst sie über den Brillenrand. »Hm«, überlegt sie, ob ihr Gegenüber absichtlich so kurz angebunden ist oder nicht. »Dass er sich aus dem Bärenschlössl vertschüsst hat? Ja, die neue Mitarbeiterin bei der Kurparkkonditorei hat heute früh von dem deutschen Mörder erzählt, der aus der Frühstückspension geflüchtet ist.«

»Hätte ich mir ja denken können …« Die Toni grinst.

»Dass ich über alles informiert bin, gell?« Das Grinsen der Katzinger fällt gefährlich breit aus, mit einer schnellen Handbewegung drückt sie die obere Zahnprothese wieder ganz zurück in den Mund. »Entschuldige, der Zahndoktor meint immer, lachen S' nicht wie ein Hutschpferd, sonst fallen Ihnen die Zähne aus dem Mund. Der hat leicht reden, ein bisserl Spaß machen soll das Leben schon. Aber wo war ich … Hm, ja, genau. Der Münchner ist weg, jetzt hab ich mich halt gefragt, wo er sein könnte. Hin und her hab ich überlegt, kaum geschlafen, ja, ja. Nach dem Zeitungsartikel von gestern kriegt der nur mehr ein Zimmer auf der Polizeiinspektion, nicht aber in einer Pension oder in einem Hotel. Wohin könnte er also sein, hab ich mich noch intensiver gefragt und … Tata, wo sucht dich im Winter keiner?«

»Weiß ich nicht, sagen Sie es mir.«

»Ma, Toni! Zum Beispiel in einem Wohnwagen am Campingplatz. Dort ist zu der Jahreszeit kein Schwein unterwegs. Wintercamping ist nicht so jedermanns Sache. Eher was für harte Knochen wie mich«, bemerkt sie und ist über die fehlende Anerkennung der Toni enttäuscht. »Ja, also, ich hab vorhin bei der Jolanda Hasenbüffel angerufen. Die wirst nicht kennen, die schupft den Campingplatz am See in Berndorf …«

»Heißt der nicht Masai Mara? Der, den Sie früher mit Ihrem Ferdinand so erfolgreich geführt haben, oder?« Die Toni zaubert der alten Frau ein Lächeln auf die Lippen.

»Jawohl, genau, über dreißig Jahre, von nichts auf hundert aufgebaut, sogar mit Klos, keine Latrinen mehr, die Jolanda hat quasi einen Jackpot übernommen. Noch dazu mit dem See, eigenhändig haben der Ferdl und ich den ausgehoben.« Sie hebt bedeutungsschwanger die rheumatischen Hände. »Alles hab ich dafür gegeben, jetzt schlagt die Gicht gnadenlos zu. Egal, jedenfalls ist es dort wunderschön mit …«

»Und was hat die Frau Hasenbüffel gesagt? Ein ungewöhnlicher Name …«, unterbricht die Toni sie schon wieder. Die Gefahr, dass ihre Komplizin die dreißig Jahre Campingplatz chronologisch aufrollt, ist einfach zu groß.

Die alte Frau zieht einen Schmollmund und zuckt mit den Schultern. »Wer weiß, wie die vor ihrer Hochzeit geheißen hat. Sie wollte mir um keinen Preis ihren Mädchennamen nennen. Aber … ist das jetzt wichtig?«

»Nein, was hat sie gesagt? Hat sie den Rottenschlager gesehen?«

»Ich hab sie nicht erreicht, nur auf die Box gequatscht. Derzeit ist der Platz zu, deshalb ist sie nicht dauernd erreichbar. Was glaubst, was da immer im Sommer los ist, da …«

Diesmal wird sie durch den Pokorny unterbrochen, der mit einem Sackerl von der Erlöser-Apotheke, einem Espresso und einem Pariser Kipferl Platz nimmt. »Hab ich was versäumt?« Er beißt in den herrlich zarten, luftigen Plunderteig hinein.

»Sag, ist dir nach der Völlerei beim Gasser nicht schon schlecht? Jetzt noch ein Kipferl, du bist echt ein Wahnsinn. Der nächste Blutbefund wird verheerende Folgen für dich haben«, stellt die Toni kopfschüttelnd fest. »Du hast nichts versäumt, die Frau Katzinger hat ihrer Nachfolgerin am Campingplatz auf die Mobilbox gesprochen. Vielleicht ist der Rottenschlager dort untergekommen.«

»Hm, na ja, ich weiß nicht. Ist der Campingplatz jetzt nicht gesperrt? Bei dem Schnee? Außerdem ist für einen Audi-Fahrer der Wechsel vom Vivea über das Bärenschlössl zu einem Wohnwagen am Campingplatz ein ordentlicher Abstieg«, grunzt er gedankenverloren, beißt in sein Kipferl und schließt genießerisch die Augen.

Wie nicht anders zu erwarten, zieht er sich prompt den Unmut der alten Frau zu.

»Sag, spinnst jetzt komplett, oder was? Ein Wohnwagen ist eine pipifeine Sache mit allem Karfort, den du brauchst. Dusche, WC, alles vorhanden. Allerhand«, grantelt sie die Toni verärgert an. »Dein Mann ist manchmal eine echte Zumutung.«

Die allerbeste Ehefrau der Welt schüttelt ob der unüberlegten Äußerung vom Pokorny erneut augenrollend den Kopf. Wieder einmal war seine Zunge schneller als sein Gehirn. Wie kann er nur die Eigentümerin eines Wohnwagens dermaßen verärgern!

»Ich … meine natürlich nicht, dass Ihr Wohnwagen zu minder ist, tut mir leid. Nur der Wechsel vom Hotel im Winter auf den Campingplatz ist doch eher auszuschließen, oder? Trotz all des Komforts«, fügt er besänftigend hinzu.

Selten hat er die alte Frau so verärgert gesehen. »Dein Entschuldigungsblabla kannst dir rexen. Weißt was, rufst die Jolanda einfach selber an. Frechheit«, keppelt sie und macht Anstalten aufzustehen.

»Bitte bleiben Sie sitzen. Der Willi ist manchmal ein Elefant im Porzellanladen, er meint das nicht böse. Wie wäre es mit einer Versöhnungsmelange und einem Speckstangerl?«, sagt die Toni und ködert sie mit einem zusätzlichen Angebot. »Sie dürfen sogar Maxime ein Stück abgeben.«

Die Katzinger stupst die Toni in die Seite. »Du weißt einfach, was sich gehört. Na gut, Schwamm drüber.« Dem Pokorny schickt sie noch einen finalen finsteren Blick.

»Entschuldigen Sie meine Gedankenlosigkeit. Natürlich wäre es ein genialer Schachzug vom Rottenschlager«, sagt der Pokorny, froh, dass sein Fehler ausgebügelt scheint. »Im Winter sucht ihn am Campingplatz sicher niemand. Eigentlich eine super Idee.«

»Gell, und zwar meine. Die Chefpolitesse kriegt ja gar nichts auf die Reihe«, stellt sie fest und drischt, um die Aufmerksamkeit der Dagmar zu gewinnen, zweimal fest mit ihrem Stock auf die Platte des Nachbartisches. Der böse Blick des betroffenen Gastes perlt an ihr ab. Hauptsache, die sedierte Angestellte reagiert und bringt die versprochene Melange. »Wo ist eigentlich der Mochacek hin?«

»Ich treff ihn um achtzehn Uhr auf der Harzberghütte. Dort will er dann eine vollständige Beichte ablegen, schauen wir mal.«

Die alte Frau winkt verächtlich ab. »Wer's glaubt, wird selig. Der ist und bleibt ein geldgieriger Sack, ich wünsch dir viel Glück. Mit deinem alten Akkord kannst da aber nicht rauffahren, fix nicht«, prahlt sie mit ihren Autokenntnissen. »Bei dem Schnee, was für eine blöde Idee ... Na ja, passt ja irgendwie zu der Bagage.«

»Sie hatten übrigens mit Ihrem Hinweis recht. Der Mochacek

versucht, im zweiten Anlauf ein Luxusresort aufzubauen, von wegen Sozialbau. Miese Ratte.«

Die alte Frau schaut ungläubig. »Hat der Mochacek das leicht zugegeben? Passt gar nicht zu ihm.«

»Indirekt, ich hab's ihm unterstellt, und er hat's nicht abgestritten. Wie gesagt, später legt er hoffentlich eine vollständige Beichte ab.«

»Vergiss es, der lügt dir doch wieder nur was vor, und die restlichen Gfraster werden mauern. Nie und nimma erzählt dir der die Wahrheit, und falls doch, kann er sich morgen an nix mehr erinnern. Hm … aufzeichnen müsstest das Gespräch, mit so einem kleinen Apparat, sodass er's nicht mitbekommt. Wenn er dann wieder lügt oder was abstreitet – zack, hast ihm am Krawattel.«

»Welchen Apparat?«

»Schau, mit meinem Imperium könnt ich das schon checken, quasi aufzeichnen … hm …« Sie fängt schelmisch zu grinsen an. »Aber mit deinem vorsintflutlichen Telefon kannst da brausen gehen.«

»Ja, ja, jetzt geben S' nicht so an«, murrt der Pokorny. »Nur weil ich einmal was aufnehmen soll, kauf ich mir nicht gleich einen Computer zum Telefonieren.«

»Hä, hä, schon der Lucky Lake hat gesagt, das Imperium schlägt zurück, also ich, hä, hä. Jetzt hast es amtlich, du mit deinem Nokia.«

Bevor die Lage eskaliert, schaltet sich die Toni ein: »Es reicht. Ich geb dem Willi schon recht, und nur, weil Sie glücklich ein Emporia gewonnen haben, brauchen Sie nicht so einen Zirkus aufführen.«

»Bäh, seids doch nur neidig. Egal, dann musst halt die alte Zwatzl fragen, die hat sich Wanzen im Keller …«

»Die Zwatzl? Sind Sie von allen guten Geistern verlassen?« Der Pokorny denkt an die gemeindebekannte Denunziantin, die im Umkreis von mehreren hundert Metern um die Bogengasse die Nachbarn verwanzt, Mikros und Kameras verborgen und eine Welle der Entrüstung ausgelöst hatte. Im Frühjahr hatte der Pokorny mit ihr einige Scharmützel am Laufen, letztendlich hat sie den beiden aber bei der Aufklärung der Mordfälle um das Ehepaar Lieblich geholfen.

Die Toni verzieht das Gesicht. »Frau Katzinger, so gut die Idee auch ist, erstens sperrt die Zwatzl den Willi eher in ihren Bunker ein, als ihm zu helfen. Außerdem ist die, soviel ich weiß, nach dem Abhörskandal in ihre alte Heimat verschwunden.«

»Apropos Zeit, Zuckerschnecke, wir müssen dann«, mahnt der Pokorny. »Ich geh mal zahlen, demnächst holt mich ja der werte Herr Obmann zum fröhlichen Stelldichein ab.«

»Auf Wiedersehen, Frau Katzinger. Wenn Sie die Hasenbüffel anruft, bitte melden Sie sich gleich direkt bei mir. Der Willi hat später andere Probleme mit der ... wie Sie richtig sagen, Bagage.«

»Wieder einmal lassts mich alleine zurück, und wenns mich dann brauchts, dann soll ich mich melden«, keppelt sie, dreht sich um und watschelt nach Hause.

»So eine hirnrissige Idee«, schimpft der Pokorny. »Bei dem Schnee da rauffahren, so ein Scheißdreck.« Er ist wahrlich übel gelaunt, denn der Ludwig und der Heini aus dem Pflegeheim wären mit ihren Rollatoren schneller bei der Harzberghütte gewesen als der Mochacek mit dem Opel Corsa seiner Ehefrau. Ständig muss er vor- und zurückfahren, einmal bleibt er sogar stecken, worauf ihn sein übel gelaunter Beifahrer fluchend anschieben muss.

»Tut mir leid, mein Auto ist in der Werkstatt.«

»Das nächste Mal erschieß ich Sie, wenn Sie zu unserem Haus näher als hundert Meter rankommen. Dann erspare ich mir das alles.«

»Aber ...«

»Nix aber. Halten S' einfach den Mund, geredet wird erst wieder oben.« Verschwitzt und mit hochrotem Kopf würgt er die matten Erklärungsversuche des Mochacek ab. »Her mit Ihren Handschuhen, ich frier mir die Finger ab.«

Knapp zweihundert Meter vor der Harzberghütte befindet sich linker Hand ein Parkplatz für die Besucher. Die vom Schneepflug zusammengeschobenen Wechten reichen dem Pokorny bis zur Hüfte.

»Da steht das Auto vom Franter.« Der Mochacek deutet auf einen riesigen Berg aus Schnee.

»Meinen Sie das ernst? Das ist eher ein Punschstand als ein Auto.« Der Pokorny nähert sich stapfend dem Schneehaufen. »Was fährt der leicht?«

Der Mochacek klopft sich zweimal mit dem Zeigefinger an die Stirn. »Einen Hummer, silber lackiert, mit Playboy-Hasen auf den Seitentüren, passend zu seinem Handy.«

»Einen Hummer? Wozu braucht der Franter so einen US-Panzer? Die dreihundertzwanzig Pferdestärken fressen irrsinnig viel Benzin. Da wird er es sich mit der Greta Thunberg verscherzen.«

»Sie wissen ja, was man sagt – je größer das Auto eines Mannes, desto kleiner sein ...«

»... Johannes. Ich weiß, passt zu ihm. Da es seit gestern Abend nicht mehr geschneit hat, muss er sein Auto vorher hier geparkt haben. Spuren sind keine zu sehen.«

Der Mochacek schaufelt mit beiden Händen Schnee von der Motorhaube. »Das sind mindestens ein halber Meter Schnee, hoffentlich ist er nicht ...«

»... dadrinnen«, stöhnt der Pokorny, schubst seinen ungelenk agierenden Chauffeur zur Seite und wischt auf der Fahrerseite ein Loch frei. Kein Franter, auch durch die anderen Scheiben ist nichts zu sehen. Die Heckklappe ist verschlossen, keine Chance, dort nachzusehen. Sie schauen sich an und hoffen das Beste, schließlich muss ja nicht in jedem Kofferraum eine Leiche liegen. »Gibt es in der Hütte die Möglichkeit der Übernachtung?«

»Nein, gehen wir rein, er wird schon auf uns warten.« Mit seinem massigen Körper bahnt sich der Verbandsvorsitzende einen Weg durch den kniehohen Neuschnee. Wie auch immer seine persönliche Beziehung zur Bürgermeisterin aussieht, bezüglich der Schneeräumung endet sie spätestens hier am Parkplatz.

Leider ist der Franter nicht, wie erhofft, in der Harzberghütte. Lediglich die Smolle und der Taschner sitzen in der kalten Stube nahe beim Ofen. Aufgrund der Wettersituation der letzten Tage hat der Wirt, der Neidhardt Nebel, seit Samstag geschlossen und extra für die Vorstandssitzung aufgesperrt. Da er die Hütte dann auch nicht heizt, ist es entsprechend feucht und klamm in dem urigen Lokal. Gewundert hat sich der Nebel über die Räumung der Straße und den Anruf vom Mochacek am späten Nachmittag schon. Für die alte Heizung war der Zeitraum zu kurz, um die Stube aufzuwärmen. So frieren dem Pokorny in den durch das ständige Anschieben durchnässten halbhohen Winterschuhen langsam die Zehen ein, und die Kälte kriecht ihm den Rücken hinauf. Warum tue ich mir das überhaupt an?, fragt er sich. Bei dem Wetter, mit der Bagage, ein Alptraum!

Die Smolle und der Taschner sind gerade dabei, dem Blauen Portugieser vom Waldheurigen Herzog aus Großau den Garaus zu machen. Mitten in die Betrachtung der traurigen Gesellschaft platzt eine SMS vom Sprengnagl.

Buxeneder verhaftet. Wehli sieht Motiv für den Mord an der Luckinger. StA sendet Haftbefehl!

Der Pokorny schüttelt irritiert den Kopf.

– eine befragung   haette wohl gereicht warum gleich verhaften

– Er bestreitet die Aussage hinsichtlich eines Treffens mit dem Ami und schweigt zu seinem Abgang vom Wochenmarkt.

Wehli will ihn mürbemachen

– danke   laesst sich in harzberghuette lustig an   mehr spaeter

»Wissen Sie eigentlich, dass das unhöflich ist, am Tisch sitzen und ohne Entschuldigung einfach am Handy spielen? Aber Benehmen haben Sie sowieso keines.« Die Smolle spielt auf seine Frage nach ihrem Alibi im Amterl in Mödling an.

Der Pokorny blickt irritiert auf und überlegt, gleich vor allen die *Quick-and-dirty*-Nachricht von der Smolle an den Franter anzusprechen, lässt es dann aber bleiben. »Zu Ihnen komm ich später noch«, erwidert er und wendet sich an die Anwesenden. »Ich habe eine gute oder eine schlechte Nachricht. Hängt davon ab, auf welcher Seite Sie stehen.«

Genüsslich lässt er die Bombe platzen: »Der Buxeneder wurde gerade von der Polizei verhaftet.«

Vier aufgerissene Augenpaare starren den Überbringer der Hiobsbotschaft ungläubig an.

»Warum wurde er verhaftet?«, bricht der Nebel das Schweigen.

»Er soll die Luckinger ermordet haben. Irgendwelche Wortmeldungen, Herrschaften?«

Die Smolle schenkt dem Taschner und sich nach, beide trinken ihre Achterl auf ex, sonst herrscht sekundenlang gespenstische Stille.

Bestätigend nickt der Wirt. »Der Buxeneder ist mir schon immer komisch vorgekommen. Wie er euch immer beobachtet hat, so als wäre er nicht an euch, sondern nur an dem Projekt ...« Er wird durch ein Zischen des Mochacek unterbrochen.

»Apropos Projekt ...« Der Pokorny ärgert sich über die Reaktion des Obmannes. »Was läuft da mit der Agenturgemeinschaft und der Martinek-Kaserne wirklich?«

»Was meinen Sie? Ich hab es Ihnen doch schon erklärt, wir wollen dort Sozialwohnungen ...«

Der Pokorny haut mit beiden Fäusten auf den Tisch. »Jetzt reicht's mir langsam mit Ihren Lügereien!«, brüllt er. »Sie wollten damals ein Luxusresort auf dem Areal errichten, was soll sich da geändert haben? Der Herr Nebel hat vollkommen recht. So wie's ausschaut, war der Buxeneder nur an dem Projekt interessiert.« Ohrenwackelnd erzählt er von dem belauschten Gespräch vor dem Café Central.

»So ein Scheißkerl!«, nuschelt der Taschner. »Bring mir noch eine Flasche Portugieser. Das Arschloch hat uns beschissen und einfach parallel mit den Amis verhandelt. Den kauf ich mir, Hand drauf! Sobald der aus dem Gefängnis draußen ist, gehört er mir.« Langsam hebt er die Hand und unterstreicht seine Ausführungen, indem er mit dem Zeigefinger der linken Hand eine Linie quer über seinen Hals zieht.

Die Smolle klopft ihm beruhigend auf den Rücken. »Ja, ja, ist schon gut. Spiel dich nicht so auf. Da, trink noch einen Schluck.« So viel zum Thema: Ich trinke nie bei Vorstandssitzungen. Nicht zum ersten Mal zweifelt der Pokorny an der Ehrlichkeit des Hausmütterchens Smolle.

»Jetzt saufts halt nicht so viel«, fordert der Mochacek. »Wir haben die Scheiße am Dampfen, und ihr trinkt euch unter den Tisch.« Er springt auf und läuft nervös auf und ab.

»Chef, setz dich hin, Sakrahaxn. Mit deinem Umherlaufen machst mich fertig«, stöhnt der Taschner, dem die letzten Tage anscheinend besonders zugesetzt haben. Unrasiert, glasige Augen, gerötet vom Trinken oder vom fehlenden Schlaf, lehnt er mehr an der Smolle, als er aufrecht sitzt.

»Ja, ja, du hast leicht reden. Was machen wir jetzt? Wenn der Buxeneder mit den Amerikanern redet, sind die russischen Oligarchen auch nicht weit, oder? Er hat uns die ganze Zeit ausgehorcht. Da spielt er den großen Berater, und dann verkauft er uns für blöd.«

»Apropos für blöd verkaufen! Worum geht's in dem Projekt wirklich? Und wieso war die Luckinger mit von der Partie?« Der Pokorny findet es zwar einerseits amüsant, wenn sich die Makler gegenseitig beflegeln, andererseits wartet er immer noch auf die Beichte seines Auftraggebers. »Wenn Sie mir jetzt nicht reinen Wein einschenken, bin ich fort, und Sie können sich um Ihren Dreck selber kümmern.«

Der Mochacek lässt sich schnaufend auf seinen Sessel fallen. »Wo zur Hölle ist der Franter?«, fragt er in die Runde. »Der lässt doch seinen geheiligten Protzschlitten nicht so einfach da stehen.«

»Vielleicht sitzt er drinnen?«, meint die Smolle.

Der Pokorny mustert sie. »Wie kommen Sie auf die Idee?«

Sie zuckt mit den Schultern und schenkt sich ein weiteres Achterl Portugieser ein. »Ich meine ja nur. Wenn er zu viel getrunken hat, ist das öfters passiert.«

»Das Auto ist leer, und im Kofferraum wird er ja kaum schlafen. Oder wissen Sie da mehr?«

»Schnackseln ja, mützeln nein«, bestätigt der Taschner. »Mit wem überhaupt, von uns is ja nur mehr die Sm... über.« Als er ihre verärgerte Miene sieht, rudert er zurück. »Nein, so hab ich's nicht gemeint, du bist eh super, aber eben brav. Da hat er auf Granit bissen, das Machoarschloch«, säuselt er und küsst die Smolle hastig auf die Wange.

»Böser Bub, nicht auf dumme Ideen kommen. *Never fuck the company.* Gibt nur Probleme.« Drohend wedelt sie mit dem rechten Zeigefinger.

»Ja, ja, scheeenk noch was ein«, lallt er mit schwerer Zunge und lehnt sich immer mehr an seine Kollegin.

Sie schubst ihn weg, bis er seitlich an die Wand sinkt. »Keine Ahnung, wo der Franter sein könnte. Bei mir hat er sich nicht abgemeldet, ich hab mit dem nichts am Hut«, behauptet sie steif und fest. »Bitte ein großes Stamperl Vogelbeere. Danke!«

»Ach, wirklich«, knurrt der Pokorny. »Sie haben nichts mit dem Franter am Hut, nein? Genauso, wie Sie normal im Kreise Ihrer Kollegen nichts trinken. Lächerlich, seit ich da bin, saufen Sie wie ein Loch. Zum Franter und Ihnen fällt mir noch was ein ...« Sein Blick wandert langsam von einem zum anderen und bleibt abschließend wieder bei der Smolle hängen. »Er hat mir eine Nachricht von Ihnen gezeigt. Wie war das noch einmal ... genau. ›Sonntag, zehn Uhr, quick and dirty mit guter Aussicht, Heizstrahler bring ich mit! Freu mich schon auf unseren Fick. Deine geile Smolli‹.«

Totenstille breitet sich in der Hütte aus, alle schauen die Smolle entgeistert an. »Du auch!«, schreit der Taschner. »Das pack ich nicht. Ich hab dich immer verteidigt, du Schlampe.« Er greift nach der Flasche und trinkt einen langen Schluck vom Vogelbeerschnaps.

»Weißt du, wo der Franter ist?«, würgt der Mochacek schließlich hervor und schaut seine Kollegin befremdet an.
»Nein! Und ich hab das auch nicht geschrieben!«, kreischt die Smolle. »Wieso reden Sie so einen Mist daher?«
»Er hat mir die Nachricht gezeigt, stolz auf seinem Handy mit Playboy-Hülle. Damit hätte er dann alle Damen aus dem Vorstand im Bett gehabt. Tja, so schnell kann's gehen. Vom biederen Hausmütterchen zum Flitt...« Gerade noch rechtzeitig kann er sich vor einem daherfliegenden Salzstreuer ducken.
»Sie blödes Mannsbild! Das muss ich mir nicht gefallen lassen.« Weinend läuft sie auf die Toilette.
»War das notwendig?«, fragt der Nebel vorwurfsvoll. »Die Arme kann ...«
Und ja, da hat der Wirt schon recht. Passt eigentlich gar nicht zum Pokorny, aber irgendwann ist es auch für ihn genug, und dann rutschen ihm, weil halt der Mund schneller ist als sein Gehirn, so unschöne Sachen raus. »Wissen S' was, Herr Nebel, die beiden«, er deutet auf den Mochacek und in Richtung Toilette, »lügen mich nach Strich und Faden an. Und zwar die ganze Zeit. Vielleicht war ich grob, ja, aber nach der Sauber-Frau-Nummer, die sie mir in Mödling aufgetischt hat, bin ich über die Smolli-Nachricht schon einigermaßen verwundert gewesen. Also pflaumen Sie mich bitte nicht an. Danke!«
Betretenes Schweigen macht sich in der Hütte breit. Der Taschner fängt leise zu schnarchen an. So kann man sich auch gut aus der Affäre ziehen.
Der Pokorny schnauft tief durch. »Leider hat sich der Franter scheinbar in Luft aufgelöst. Mochacek, würden Sie mir jetzt bitte endlich erzählen, was das für ein Projekt ist! Und diesmal bitte die Wahrheit.«
Schließlich rückt sein Auftraggeber doch mit den vertraulichen Informationen heraus. Er erzählt dem Pokorny von dem geheimen Agenturvertrag, von dem Geld im verschwiegenen Steuerparadies, von fünfzigtausend Euro Bestechungsgeld für einen Beamten im Ministerium und dem tatsächlichen Hinter-

grund des Projektes. Die ersten Schweißtropfen erscheinen auf seiner Glatze. Rot im Gesicht gibt er zu, dass keine Sozialbauwohnungen geplant sind, sondern nur Luxusimmobilien gebaut würden. Ein Golfplatz mit einem künstlich angelegten See, Gespräche mit Weinbauern für zusätzliche Grundankäufe laufen schon. Das Resort soll bis zur Waldgrenze erweitert werden, die Luckinger war mit einem Wiener Architektenbüro maßgeblich an der Projektentwicklung beteiligt und deshalb bei den Vorstandsmeetings dabei.

Nachdem der oberste Makler sein Gewissen erleichtert hat, reicht es dem Pokorny endgültig. »Mochacek! Sie engagieren uns, und statt ehrlich mit uns zu sein, lügen Sie, was das Zeug hält. Erst unter Daumenschrauben werfen Sie uns Brotkrumen hin wie einem hungrigen Vogerl, füttern uns statt mit der Wahrheit immer wieder mit haarsträubenden Münchhausen-Geschichten. Eh klar, sonst hätten Sie uns nie mit ins Boot bekommen. Und dann rücken Sie mit so einer Geschichte raus. Wissen S' was, mir reicht's jetzt wirklich. Und ja, noch eins: Lecken S' mich am Arsch!«, zischt er, steht auf und verlässt erbost die Harzberghütte.

Wütend stapft er zu der Aussichtsstelle, die an schönen Tagen einen Blick bis zum fernen Leithagebirge bietet. Heute, in dieser dunklen, wolkenverhangenen Nacht, sind weder das beleuchtete Casino in Baden noch die riesigen, hundertfünfunddreißig Meter hohen Windräder zu sehen. Verärgert tritt er gegen einen Schneehaufen, der sich als Grenzstein entpuppt. Der stechende Schmerz rast ihm von der gequälten Zehe bis zum Scheitel hinauf. »Scheißtag!«

Halbwegs wieder geerdet, zieht er sein Nokia aus der Innentasche der Jacke.

»Toni, jetzt ist es amtlich, der Mochacek hat uns wieder verladen«, flegelt er ohne Begrüßung los und erzählt ihr von dem erzwungenen Geständnis in der Harzberghütte. »Wer weiß, ob er diesmal ehrlich war. Stück für Stück kommt die Wahrheit ans

Licht, immer nur so viel, dass wir am Ball bleiben und weiterermitteln. Ich hab's echt satt, so kann die Zusammenarbeit nicht funktionieren. Kannst du mich abholen?«

»Nein, Willi, schon vergessen? Ich bin mit Maxime am Eislaufplatz bei der Weihnachtsfeier. In fünf Minuten eröffnet die Bürgermeisterin. Ich kann jetzt nicht weg. Tut mir leid. Was ist mit dem Franter?«

»Weiß keiner, und außer dem Baron Münchhausen kratzt das eh niemanden. Den Kofferraum des Hummer, eines Ami-Kübels, können wir schlecht aufbrechen. Der steht vermutlich seit gestern da am Parkplatz. Die Smolle und der Taschner sind zu Fuß raufgekommen, beim Auto gibt es keine Spuren.«

»Irgendwas stimmt doch da nicht. Geh noch einmal hinunter zu dem Wagen und klopf auf den Kofferraum, vielleicht hörst du ja was«, schlägt sie vor. Im Hintergrund kann er Stimmengewirr und Weihnachtsmusik hören.

»Was soll das bitte schön bringen? Wenn der dort eingesperrt ist, ist er bei der Kälte schon erfroren.«

»Ja, positiv denken ist nicht so dein Ding, versuch es trotzdem.«

Seufzend stapft er den ausgetretenen Weg zum Parkplatz zurück. »Wenn er dort nicht ist, dann muss ich wohl …«

»Nicht einmal daran denken, aber ja … dann musst du wohl tapfer sein und rein in den Turm. Denk an die WhatsApp der Smolli, mein Held!« Die Toni lacht bei der Vorstellung, dass ihr unsportlicher Ehemann die einundzwanzig Meter hohe Jubiläumswarte erklimmen muss.

»Mir bleibt auch gar nix erspart«, mault er, während er mit der rechten Hand den Schnee von der Heckklappe wischt. »Brrr, schweinekalt ohne Handschuhe … ja, weiß eh, selber schuld, bla, bla. Pssst, ich klopfe. Franter, bist du dadrinnen? Hallo?« Er hält die Luft an, presst das Ohr an die eiskalte Wagenklappe und hofft, dass es nicht anfriert. »Fehlanzeige, keine Reaktion.«

»Na dann …«

»Ja, kenn mich aus …«

»Bärli, ich muss jetzt Schluss machen, es geht los. Melde dich später, Bussi«, haucht sie.

»Bussi«, murmelt er ins Leere, dreht sich um und starrt mit gemischten Gefühlen zur Jubiläumswarte, auch Harzbergturm genannt. Die im Jahr 1898 anlässlich des fünfzigjährigen Regierungsjubiläums von Kaiser Franz Joseph I. gebaute Warte bietet von ihrer zinnenbekrönten Aussichtsplattform einen phantastischen Ausblick über das Wiener Becken und das Leithagebirge bis hin zum Schneeberg.

»Dann also los, wäre ja gelacht«, redet er sich selbst Mut zu und öffnet schwungvoll die Tür zu dem ganzjährig zugänglichen Turm. Gut, dass er sein Handy dabeihat, weil 1898 wurde zwar fleißig gebaut, aber auf das Licht hat man vergessen. Und ohne Licht gibt es in dem engen Treppenschacht einige Stolperfallen. Eine schmerzende Zehe reicht, er ist froh, den Akku seines Telefons letzte Nacht voll aufgeladen zu haben. Deshalb kann er jetzt mit dem Nokia die Stufen hinauf gut ausleuchten.

Sind doch mehr, als er gehofft hat, vor allem sehr steil. Unvorstellbar, dass die Toni beim diesjährigen Harzberglauf im Oktober die knapp eins Komma acht Kilometer vom Parkplatz Waldandacht bis zur Turmplattform in unter elf Minuten geschafft hat. Mehr als zweihundertzwanzig Höhenmeter musste sie auf der kurzen Strecke überwinden. Der Pokal für die beste Vöslauerin ziert seitdem den Wohnzimmerkasten. Bei anderen Paaren stapeln die Männer Pokale für jedwede Sportart, bei den Pokornys ist das aufgrund der männlichen Unsportlichkeit umgekehrt, da stapelt die Toni. Deshalb ist es nicht weiter verwunderlich, dass er sich mangels Kondition schon beim ersten Bankerl, das in einer Fensternische verankert ist, fallen lässt. Stöhnend wischt er sich, trotz der Kälte, die Schweißperlen von der Stirn, wählt die Nummer vom Sprengnagl und wartet auf die Verbindung.

»Gibt's was Neues vom Buxeneder?«, keucht er.

»Geht es dir nicht gut? Du klingst so komisch?«

»Alles in Ordnung, ich bin grade im Harzbergturm auf der Suche nach dem Franter. Der ist zu dem Meeting nicht erschie-

nen, komisch nur, sein Auto steht eingeschneit am Parkplatz. Irgendwas stimmt da nicht. Zurück zum Buxeneder …«
»Der sagt kein Wort ohne seinen Anwalt, dafür zuckt die Wehli gleich aus.«
»Weiß sie, wo ich bin?«
»Nein, woher auch, den Buxeneder hat der Mochacek über das Treffen vermutlich nicht mehr informieren können.«
Der Pokorny steht stöhnend auf. »Gut, dann geh ich mal weiter rauf. Wennst was vom Franter …« Er stockt und sieht einen Treppenabsatz höher ein schwaches rotes Blinken. »Warte mal, da ist was …« Er spürt, wie sich seine Nackenhaare aufstellen, dazu gesellt sich ein Kribbeln, das ihm vom Becken über die Wirbelsäule nach oben kriecht. Außerhalb des Lichtscheins des Displays ist es stockdunkel, er ist allein in einem Turm auf der Suche nach einem Vermissten, und etwas blinkt rot.
»Was ist los?«, ruft sein Freund aufgeregt. »Pokorny!«
»Äh, bleib dran.« Er steigt vorsichtig die paar Stufen hinauf, über dem roten Blinken reflektiert im Licht seines Nokias ein silberfarbener rechteckiger Gegenstand. »Das Telefon vom Franter«, stellt er nach einem Blick auf das zerbrochene Playboy-Häschen fest. »Der Bildschirm hat einen Sprung, die Schutzhülle ist kaputt«, stößt er keuchend hervor, während er weiter den Turm hinaufstapft und es gerade noch zum zweiten Bankerl nach der sechzigsten Stufe schafft.
»Einen Sprung?«
»Na, runtergefallen ist's ihm wahrscheinlich auf die Steinstufen. Wie soll es sonst dahinkommen?«, vermutet der Pokorny. Er hört bei seinem Freund im Hintergrund etwas poltern.
»Sprengnagl«, hört er die schneidende Stimme der Wehli.
»Tuscheln Sie schon wieder mit Ihrem Freund?«
»Wir tuscheln gar nicht. Der Pokorny ist privat auf der Harzberghütte und genießt Bad Vöslau bei Nacht. Sein gutes Recht.«
»Soso, privat mit seiner Frau?«
»Nein, privat alleine. Gerade besteigt er den Harzbergturm«, erwidert er gereizt.

»Die Jubiläumswarte? Ihr unsportlicher Freund, ohne künstlichen Sauerstoff, soll ich die Rettung rufen? Geben Sie mir kurz Ihr Handy«, fordert sie den Sprengnagl unmissverständlich auf.

»Warum sollte ich?«

»Weil ich anschaffe, was Sie zu tun haben, und Sie wieder einmal ein privates Gespräch über das Diensthandy führen. Also, her damit!«

»Pokorny, was treiben Sie zu nachtschlafender Zeit und bei dem Wetter in einem unbeleuchteten Turm?« Gereizt trommelt sie mit ihren Fingern auf der Schreibtischplatte herum. Weil sie bei Pokorny immer das Gefühl hat, dass er wieder in Angelegenheiten wühlt, die ihn nichts angehen.

Ohne Toni lässt es der genervte Freizeitpolizist mit der Wehli gerne krachen, kennt er doch die Knöpfe, die er bei ihr drücken muss. Genüsslich erklärt er: »Ich bin vom Mochacek auf ein Glaserl Veltliner eingeladen worden. Wir sitzen gemütlich in der Harzberghütte zusammen, plaudern über die mangelnden Ermittlungsfortschritte der …«

»Der Mochacek ist in der Harzberghütte? Wieso meldet der sich nicht bei mir?« Stille, sie wartet auf die Antwort, die ausbleibt. »Wer ist noch dort?«, tobt sie und schlägt mit der Handfläche auf den Tisch. »Los, los, ich will eine Antwort.«

»Smolle, Taschner, Nebel und meine Wenigkeit. Womit kann ich der Staatsgewalt sonst noch dienen? Ich bin zwar kein Auskunftsbüro, aber für Sie …«

»Sie gehen sofort wieder in die Hütte und greifen nichts mehr an, verstanden? Wir sind schon unterwegs«, blafft sie und legt kommentarlos auf.

»Verdammte Scheiße, jetzt brettert die da herauf, und es wird wieder mühsam. Grrr, die geht mir so was von auf den Keks. Was bitte macht der Sprengi um die Zeit noch in der Inspektion?«, redet er mit sich selbst.

Er steckt das Handy vom Franter ein und beschließt, sich den Auftritt der Wehli von der Plattform aus anzusehen. Zwei Drittel sind schon geschafft, motiviert er sich und beißt die

Zähne zusammen. Bei der neunzigsten Stufe wird ihm dann schwarz vor Augen, er bekommt kaum mehr Luft und schafft es gerade noch, sich auf das letzte Bankerl fallen zu lassen. »Ich muss mehr für meine Kondition machen, die Toni hat ganz recht. Alter Sack!«, schimpft er drauflos, zwingt sich zum Aufstehen, rutscht auf einer Stufe aus und fällt krachend der Länge nach hin. »Aua, was für ein Alptraumabend.«

Er leuchtet auf das angeschlagene Knie, kein Blut zu sehen, es besteht eine realistische Überlebenschance für den wehleidigen Ermittler. Gerade als er aufstehen will, sieht er im Lichtschein des Displays einen länglichen Gegenstand über den Rand der Stufe hängen. Er greift ächzend danach, erkennt eine rot-weiße Kordel, ein paar dünne rote Schnüre hängen hinunter, lösen sich und fallen auf den harten Steinboden. Schnell sind sie zusammengesammelt und verschwinden in seinem Hosensack.

Mühsam steigt er die letzten Stufen bis zur Plattform hinauf, stützt sich oben angekommen schnaufend auf die Knie und stiert durch die Zinnen zum Hohen Lindkogel hinüber. Als er endlich wieder halbwegs Luft bekommt, richtet er sich seufzend auf und dreht sich mit gerunzelter Stirne einmal im Kreis.

»Irgendwas stimmt doch da nicht?«, murmelt er beim Betrachten der mit einer dicken Schneeschicht überzogenen markanten brusthohen Zinnen. Diese sind in regelmäßigen Abständen rund um die knapp fünfundzwanzig Quadratmeter große Plattform angebracht. Dazwischen gibt es Lücken, und vor einer dieser Lücken hat sich eine ungleichmäßig ausgeformte Schneewechte gebildet, die vom Boden der Plattform bis zur Oberkante reicht. Langsam tappt er darauf zu, beginnt vorsichtig den Schnee vom obersten Teil der Wechte abzuwischen.

»Nein, verdammt!«, schreit er panisch auf. Im Lichtschein seines Handys erkennt er, dass es sich bei der unnatürlichen Erhöhung um einen menschlichen Körper, genauer gesagt um ein männliches Gesicht handelt. Eine Sekunde später weiß er, dass der Franter nicht im Kofferraum seines Macho-Autos liegt. Sicher wäre der Makler innerhalb weniger Stunden gern ein zweites Mal dem Tod entronnen. Leider ist es ihm nicht geglückt, denn er befindet sich auf dem Rücken und mit einer klaffenden Wunde an der Stirn zwischen den Zinnen. Aus einem zur Fratze verzerrten Gesicht starren tote Augen in den Nachthimmel. Der Pokorny ist halt, trotz der wiedererwachten Lust am Ermitteln, an Leichen eher weniger interessiert. Beim »Tatort« im Fernsehen schaut das alles nicht so grauslich aus. Da kommt künstliches Blut zum Einsatz, Wunden und Leichen sind halbwegs glaubwürdig hergerichtet, die Geruchskomponente bleibt einem erspart. Mit einer echten Leiche allein am Turm zu sein, braucht er nicht wirklich. Während er erschöpft zu Boden sinkt, wählt er die Nummer seines Freundes.

»Wehli, sind Sie am Apparat?«, fragt er mit Gewissheit, dass die Chefinspektorin das Handy vom Sprengnagl sicher noch eingezogen hat.

»Bingo, was gibt es? Wir sind gleich da.«

»Wegen der Luft, nur wegen der Luft, bin ich ganz rauf auf den Turm und …«

»Und was? Nicht noch eine Leiche?«, seufzt sie laut.

Er weiß, die Antwort wird ihr gar nicht gefallen. »Leider doch. Der Franter, erschlagen, liegt da schon länger, war unter dem Schnee nicht zu erkennen.«

»Der verdammte Idiot hat den Polizeischutz am Samstag abgelehnt, und jetzt ist er tot. Mir bleibt auch gar nichts erspart. Verschwinden Sie sofort von meinem Tatort!«, brüllt sie. »Rühren Sie ja nichts mehr an, wir sind in zwei Minuten da. Treffpunkt in der Hütte.«

Er legt auf, betrachtet die Leiche mit einem flauen Gefühl. »Hm, das könnten Holzsplitter sein«, murmelt er, als wollte er sich Mut zusprechen. Von der klaffenden Kopfwunde verläuft ein gefrorener Schwall Blut über das ebenmäßige Gesicht des Schönlings. Die Wucht der Schläge muss enorm gewesen sein. Rund um die Wunde sieht er rote Spritzer und gräulich weißes, geleeartiges Gewebe. Bevor es ihm den Magen umdreht, verlässt er die Plattform und torkelt die Stufen hinunter. Beim untersten

Bankerl bleibt er sitzen und wartet auf die Wehli. Ihren Wutausbruch in der Hütte hört er bis in den Turm hinauf. Wenig später trampelt sie mit ihren Motorradstiefeln die Stufen hinauf. »Habe ich mich falsch ausgedrückt?«, faucht sie los. »Sie sollten in der Hütte auf mich warten.«

»Ja, und? Hab ich halt nicht. Wo Sie mich zur Sau machen, ist doch egal«, faucht er zurück und nickt dem Sprengnagl zu. Die Wehli dreht sich zu der Kollegin Stabeldorfer um. »Bringen Sie den renitenten Freizeitpolizisten bitte in die Hütte. Passen Sie mir auf, dass niemand aus dem Kindergarten verschwindet oder zu viel tratscht.« Sie winkt den Sprengnagl beim Pokorny vorbei und eilt nach oben.

Freundlich, aber bestimmt wird der Pokorny von der Inspektorin in die Harzberghütte eskortiert. Während er zur Beruhigung des Magens einen Kamillentee bestellt, starrt er den Mochacek finster an. »Jetzt haben S' den Salat, der Franter liegt tot am Turm oben. Wieder einer weniger aus der feinen Agenturgemeinschaft.«

Die Beamtin macht einen Schritt auf ihn zu. »Herr Pokorny, bitte seien Sie ruhig, Sie haben gehört, was ...«

»Werte Frau Inspektorin, mir ist wurscht, was die Schreckschraube gesagt hat. Den Mund können Sie mir nicht verbieten. Schreiben S' halt mit«, schlägt er vor.

Der Mochacek wachelt dem Nebel mit dem leeren Stamperl. Bevor der Hüttenwirt nachschenken kann, reißt er ihm die Flasche Vogelbeerschnaps aus der Hand und trinkt den restlichen Inhalt in einem Zug aus.

»Und das ist jetzt die Lösung für dein Problem, oder was?«, fragt der seinen Gast ungläubig.

»Mir ist das egal. Vier Leichen und der Buxeneder in Haft. Die Wehli wird mich für alles verantwortlich machen«, lallt er mit schwerer Zunge. Unerwartet schnell entfaltet der hochprozentige Schnaps seine Wirkung.

»Das ist alles ein Alptraum«, krächzt die Smolle und wendet

sich an die Stabeldorfer. »Haben Sie den Rottenschlager endlich gefasst?«

»Darüber darf ich Ihnen keine Auskunft geben. Ich passe nur auf Sie auf. Fragen bitte direkt an die Frau ...«

»Was wollen Sie mich fragen?«, grantelt die Wehli beim Betreten der Hütte los.

»Ob Sie den Rottenschlager endlich gefasst haben?«, antwortet die Smolle.

»Nein, haben wir nicht. Wir finden ihn schon, vorrangig ist jetzt Ihr lieber Kollege Buxeneder. Wenn sein Anwalt da ist, werden wir ihn zum Maklermassaker befragen. Ein wenig über die Machenschaften der werten Vorstandsbagage wird er schon preisgeben wollen. Schon wegen der Haftbedingungen. Ein paar Gefängnisinsassen haben sicher traumatische Erfahrungen mit Maklern aufzuarbeiten und werden sich über den Buxeneder als Zellengenossen freuen.«

Die Smolle stützt sich erschöpft auf den Tisch und vergräbt ihr Gesicht in den Handflächen. »Er kann es ni... nicht gewesen sein ... also, bei der Luckinger.«

»Was kann er nicht? Schauen Sie mich an, ich verstehe kein Wort!«

»Der Buxeneder hat die Luckinger nicht ermordet. Er war ... die Nacht bei mir«, flüstert sie mit gesenktem Kopf.

»Was?«, ruft die Wehli entgeistert. »Wollen Sie meinem Hauptverdächtigen ein Alibi geben? Was heißt, er war die Nacht bei Ihnen?«

»Wir ... sind zusammen, schon länger.« Sie trinkt das Stamperl vom schlafenden Taschner hastig aus. »Wir wollten nicht, dass wer dahinterkommt ...«

Der mittlerweile schwer angeschlagene Mochacek schüttelt ungläubig den Kopf. »Du hast mich also auch hintergangen und mit dem Lügner und Betrüger gemeinsame Sache gemacht, stimmt's? Ich bin wirklich ein Vollidiot, alle bescheißen mich. Du Miststück!« Er springt auf und wankt mit geballten Fäusten auf seine Kollegin zu.

Freilich ist die Wehli, die mit hämischem Grinsen das entsetzte Gesicht ihres Lieblingsmaklers beobachtet hat, schnell bei ihm. »Stopp! Setzen Sie sich sofort wieder hin! So rasch kann's in der Branche gehen. Vom vermeintlichen Kapazunder zum Vollidioten ist der Weg manchmal nicht weit. Sie bleiben bei Ihrer Version?« Die Chefinspektorin mustert die Smolle mit zusammengekniffenen Augen, die zu ihrem Leidwesen langsam nickt.

Der Pokorny räuspert sich. »Da wäre noch was. Beim Hinaufgehen ist mir ein rotes Blinken aufgefallen«, erklärt er, greift in die Jackentasche und reicht der Wehli das gefundene Handy. »Das Telefon vom Franter.«

»Und Sie haben nichts Besseres zu tun, als ein Beweisstück mit Ihren Pranken zu verunreinigen. Habe ich Ihnen nicht verboten, etwas anzufassen?«

»Da hatte ich das Telefon schon eingesteckt. Schauen Sie sich lieber die Nachrichten vom Freitag durch. Die Smolle bestreitet, dem Franter am Donnerstag die Einladung zu einer heißen Nummer im Turm gesendet zu haben.«

»Das wird ja immer schöner, schnackselt in dem ehrenwerten Verein eigentlich jeder mit jedem?« Die Wehli blättert in den WhatsApp-Nachrichten des Franter. Nach kurzem Suchen findet sie die belastende Nachricht, hebt den Kopf und winkt einen Streifenbeamten zur Smolle hin. »Sie geben dem Buxeneder ein Alibi für den ersten Mord, locken den Franter in den Turm und bringen ihn dann um, ob mit oder ohne Ihren makelnden Freund. Tut mir leid, Sie werden die Nacht in der Zelle in der Inspektion verbringen. Los, abführen.«

Beim Hinausgehen hält ihr Kollege dem Leiter der Tatortgruppe die Tür auf. »Wo liegt die Leiche, Lia?«, fragt der in einem weißen Overall steckende Alterbauer, einer der wenigen Vertrauten der Chefinspektorin, der sie beim Vornamen nennen und diesen noch dazu abkürzen darf.

»Hallo, Michel, oben am Turm, passt auf beim Raufgehen. Vielleicht findet ihr am Weg ja noch Spuren, die der Freizeitpolizist nicht zertrampelt hat.«

Warum auch immer, der Pokorny ist nach den letzten Tagen und dem Ausbruch gegenüber dem Mochacek irgendwie erledigt. Es fehlt ihm einfach die Kraft, um die Fehde mit der Wehli weiterzuführen. Im Gegenteil, als er aufsteht, greift er in die Hosentasche und überreicht dem Alterbauer den gefundenen Gegenstand.

»Ziemlich weit oben im Turm bin ich darauf ausgerutscht, und ja«, kommt er der Chefinspektorin zuvor, »ich hab das da mehrmals berührt …« Er reicht ihm die Kordel, setzt sich und wartet auf den Ausbruch der Chefinspektorin.

Anscheinend spürt sie seine nachlassende Gegenwehr und schaltet einen Gang zurück. Sicher nicht aus Sympathie oder gar Mitleid, aber vielleicht macht es ihr ohne seinen Widerstand einfach keinen Spaß. »Wieso haben Sie mich über die WhatsApp nicht informiert? Vielleicht hätten wir …«

»Blödsinn, das mit der guten Aussicht ergibt erst jetzt einen Sinn. Wo hätten Sie gesucht?«

»Sie immer mit Ihren Ausreden. Haben Sie sonst noch irgendwas im, oben oder rund um den Turm eingesteckt? Nur fürs Protokoll, damit wir unsere Arbeit machen können.«

»Wieso schießen Sie sich so auf die Makler ein? Ich verstehe das nicht. Der Buxeneder hätte nach dem Mord an der Luckinger aufhören können. Mit oder ohne die Smolle, völlig egal. Er ist nicht in der Agenturgemeinschaft dabei und kann jederzeit mit den Amis weiterverhandeln. Ihr Tatverdächtiger würde durch einen zweiten Mord nichts gewinnen. Wieso haben Sie den Rottenschlager noch immer nicht gefunden? Der hat sich bei einer Badener Gemeinderatssitzung über Ösi-Makler ausgelassen. Dieselbe Wortwahl verwendet der Verfasser der Hassnachrichten. Sind Sie dem schon nachgegangen, oder soll das auch der Buxeneder gewesen sein?« Langsam kommt der Pokorny wieder in Fahrt.

»Haben Sie noch irgendeinen sinnvollen Beitrag zu der Versammlung und Ihrem Gipfelsturm?«, fragt sie mühsam beherrscht. »Falls nein, bringt Sie die Inspektorin Stabeldorfer nach Hause. Morgen kommen Sie dann fürs Protokoll auf die Inspektion ... Nein, wir machen das anders. Frau Kollegin, fahren Sie bitte mit dem Herrn Pokorny gleich jetzt in die Inspektion und nehmen Sie seine Aussage auf. Minutiös ab unserem freundlichen Telefonat vom Nachmittag. Also nicht, was er alles gefuttert hat, aber sonst eine vollständige Aufzählung seiner ermittlungsrelevanten Tätigkeiten. Zum Beispiel, wieso er mit dem Mochacek gemauschelt hat. Was er in der Hütte eigentlich verloren hat. Und so weiter, bis gerade eben halt. Ich möchte den fertigen Bericht morgen um acht Uhr unterschrieben am Tisch haben.« Sie wendet sich an den Pokorny und zieht die Mundwinkel auseinander. »Sonst versteckt er sich vielleicht wieder im Haus oder leidet an akutem Gedächtnisverlust. Los ab, ich freu mich, von Ihnen zu lesen.«

»Was ist mit den Unfällen der Zangerle und dem Vondrasek? Nach zwei Morden müssen Sie die Unfälle noch einmal anschauen, oder?« Beharrlich wartet er auf eine Antwort.

Als Antwort winkt sie der Stabeldorfer mit beiden Händen, den Grund für ihren Ärger endlich zu entfernen.

Auf der Rückbank schreibt er dem Sprengnagl eine SMS auf sein privates Handy.

bitte mach ein foto von der kordel und schick es der toni   die wehli vermasselt es wieder   melde dich egal wie spaet es ist

Klar ist der Inspektorin Stabeldorfer die Situation unangenehm bis aufs Letzte. So bringen beide die leidige Angelegenheit innerhalb einer halben Stunde rasch und friktionsfrei über die Bühne.

Zu Hause angekommen, zieht er das durchnässte Gewand aus und lässt sich eine Badewanne ein. Grundsätzlich ist er ja eher der Typ fürs Duschen, beim Baden kommt er immer heftig ins Schwitzen, was nicht so seins ist. Wenige Minuten später, die Toni ist retour von der Weihnachtsfeier, wird ihm dann ordentlich heiß. Ihr phantastischer durchtrainierter Körper gleitet in die Badewanne, mit einem Lächeln auf ihren Lippen beginnt sie ihn zuerst mit ihren Füßen, dann mit den Händen zu massieren. Je intensiver seine Erregung wird, desto mehr fällt der Druck der letzten Stunden von ihm ab. Und als sie sich schließlich rittlings auf ihn setzt, ist für ihn alles vergessen, es zählen nur mehr die rhythmischen Bewegungen ihrer Körper.

Als weitere Belohnung für den harten Tag schiebt die Toni für ihren müden Turmbezwinger noch schnell einen rosinenfreien Apfelstrudel ins Rohr, von dem er zwecks Auffüllung der leeren Energiedepots gleich drei Portionen vernichtet. Obwohl der Tag cholesterin- und zuckertechnisch für ihr Bärli einen Super-GAU darstellt, drückt sie beide Augen zu. Sie selbst bleibt ihrem Kraftsalat treu. Die paar Runden auf dem völlig überfüllten Eislaufplatz rechtfertigen in ihren Augen keine Kalorienorgie. Immer Schlemmen geht trotz all dem Stress und Ungemach der letzten Tage nicht. Während der Pokorny sein schmerzendes Knie massiert, erhält die Toni von ihm einen vollständigen Bericht von den Ereignissen seit ihrem letzten Telefonat sowie vom glücklichen Ende seines Ausrutschers im Turm.

»Wäre ich nicht ausgerutscht, dann hätte ich die rot-weiße Kordel mit den roten Schnüren gar nicht gefunden. Ich hoffe, der Sprengi kann dir ein Foto davon schicken. Keine Chance, mit ihm zu sprechen, die Wehli hat aufgepasst wie eine Haftelmacherin.«

»Dass die Smolle mit dem Buxeneder zusammen ist, überrascht mich.« Die allerbeste Ehefrau der Welt neigt langsam den Kopf von links nach rechts und zurück. »Du hast mir erzählt, dass sie im Amterl nicht besonders nett über ihn gesprochen hat.«

»Vielleicht absichtlich, um von der Beziehung abzulenken? Das musst dir einmal vorstellen!« Er schüttelt ungläubig den Kopf. »Der Mochacek hat mir fast leidgetan. Vier Kollegen tot, dann erfährt er von mir, dass der Buxeneder ihn verladen hat und verhaftet wurde, und zu guter Letzt outet sich die Smolle auch noch als Verräterin.«

»Was noch nicht bewiesen ist.«

»Zuckerschnecke, die liegen gemeinsam im Bett, du glaubst doch nicht im Ernst, dass der das ohne ihr Wissen durchzieht.« Er hebt die Hand und bewegt den Zeigefinger wie einen Scheibenwischer hin und her.

»Wie du meinst. Dann trau ich ihr aber auch zu, dass sie dem Grebner bei der Jahresversammlung nachgestiegen ist. Was machen wir jetzt? Der Rottenschlager ist nach wie vor verschwunden. Ob uns die Hasenbüffel weiterhilft, weiß ich nicht. Sonst haben wir viele Vermutungen, aber noch nichts Konkretes. Hat der Sprengi etwas vom Alterbauer gehört?«

»Keine Ahnung. Hoffentlich meldet er sich noch. Vielleicht weiß er dann schon was über den Stofffetzen.«

»Möglicherweise passt die Kordel sogar zu dem Stück Stoff dazu«, hofft die Toni.

»Mit den roten Schnüren könnte die Kordel am Stoff befestigt gewesen sein.«

»Wie dick waren die Schnüre? Um bei meinem Lieblingsclown zu bleiben, Pennywise hat bei den Remakes an den weiten Ärmelsäumen Abschlusskordeln, an denen mit dünnen Schnüren murmelgroße Kugeln befestigt sind.«

»Vielleicht haben wir ja Glück.« Er steht auf, geht zu seiner Hose, kehrt die Taschen nach außen und hebt triumphierend die Hand. »Ein Stück Schnur ist noch da.« Er legt die drei Zentimeter lange, circa einen Millimeter dicke Schnur auf den Wohnzimmertisch und begutachtet mit einer Lupe das mögliche Beweismittel. »Schaut aus, als wäre die Schnur ein Teil von denen, die ich dem Alterbauer gegeben habe. Quasi zusammengedreht und damit an der Kordel befestigt.«

»Hm, ja, könnte gut sein. Warten wir auf den Anruf vom Sprengi. Dann wissen wir vielleicht mehr.«

Der Pokorny schaut die Toni nachdenklich an. »Warum schießt du dich eigentlich so auf den Pennywise ein? Ich meine, ist doch auch nur ein Clown, halt ein besonders böser.«

»Der Wagner, der Stofffetzen, jetzt die rot-weiße Kordel, die an das Kostüm erinnert ... es ist einfach so ein Bauchgefühl, ich kann es dir selber nicht genau erklären ... das alles passt einfach zu diesem speziellen Clown. Wenn wir uns da vorsichtig festlegen, können wir die Suche bei den Kostümverleihern einschränken und schneller eruieren, wer so ein Kostüm im Sortiment hat. Und falls ja, wer es ausgeliehen hat. Clowns gibt es ja wirklich viele. Ich habe einen Verleih in Möllersdorf gefunden. Aber Schluss jetzt, bis sich der Sprengi meldet.« Sie kuschelt sich an ihren erfolgreichen Ehemann. »Heute läuft der Weihnachtsklassiker ›Schöne Bescherung‹ mit Chevy Chase. Immer wieder gut. Lenkt uns ab, komm her, mein Bussibärli.«

Als würde es ihm sein bester Freund nicht vergönnen, ertönt im selben Moment vom iPhone ein »Tock, tock«.

Melde mich in circa zwei Stunden, anbei das Foto von der Kordel

»Sechs MB, gute Qualität, damit können wir arbeiten. Schauen wir einmal, vielleicht finden wir ein Foto, das meine Theorie bestätigt.« Die Toni öffnet ihren Laptop und googelt nach dem Kostüm von Pennywise. »Hm, schwer zu sagen, die Auflösung des Bildes im Webshop des Kostümverleihs ist nicht gut genug. Wenn ich das Bild vergrößere, wird es unscharf.« Sie tippt mit dem Zeigefinger auf den Teil knapp oberhalb des weißen Handschuhs des Pennywise-Kostüms. »Das da könnten rot-weiße Kordelbänder sein, an denen Kügelchen befestigt sind. Der Kostümverleih wird wissen, wo die Teile dazugehören und um welches Kostüm es sich handelt. Dann brauchen wir nicht mehr mutmaßen. Ich werde denen das Bild gleich mailen.« Eine Minute später ist die E-Mail inklusive Bild an die Officeadresse versendet. »Ich habe den Namen Pennywise bewusst weglassen. Mal schauen, was retour kommt.«

»Vielleicht ist das aber auch eine ganz gewöhnliche Kordel von einem Puffärmel. In der Wochenendbeilage vom letzten Kurier gab's einen Bericht über die Wiederauferstehung der Puffärmel.«

»Mein Bärli als Modeexperte.« Die Toni schmunzelt über

ihren grundsätzlich moderesistenten Ehemann. »Es geschehen noch Zeichen und Wunder.«

Der Pokorny küsst sie zärtlich. »Lach du nur. Sollte sich also eine neumodisch angezogene Frau mit Puffärmeln in den Turm verirrt haben, hat mein Fund möglicherweise mit dem Franter gar nix zu tun. Dann ist der heiße Anwärter auf ein weiteres, der Frau Chefinspektorin serviertes mögliches Beweisstück futsch.«

»Bei der Temperatur und dem Schnee schließe ich eine Wanderung mit Puffärmeln eher aus. Warten wir ab.« Sie schaltet den Laptop aus, beiden widmen sich statt den toten Maklern lieber den »Toten von Salzburg«, einem vom ORF produzierten Landkrimi mit Florian Teichtmeister. Gerade als das Werbejingle am Ende des Films trällert, werden die Schlafenden vom anläutenden Rudolf Sprengnagl aus einem launigen Gespräch mit dem Sandmann gerissen. *Rudi, Rudi, gib acht, dein Schatten schleicht durch die Nacht, was hast du Verbot'nes gemacht, Rudi, Rudi, gib acht.*

Die Toni blickt gähnend auf die Uhr. »Zweiundzwanzig Uhr, der arme Sprengi.«

»Hallo, Toni, stör ich euch?«

»Nein«, antwortet sie verschlafen. »Warte, ich stell dich auf Lautsprecher.«

»War die Stabeldorfer eh nett zum Pokorny? Der Arme hat mir echt leidgetan.«

»Alles im Lot. Ich habe ihn wieder aufgepäppelt, mit einem ofenfrischen Apfelstrudel.« Sie verschweigt ihm grinsend die zusätzliche Aufmunterung in der Badewanne.

»Die Mannschaft vom Alterbauer tut mir echt leid. Beweissicherung unter einer fünfzig Zentimeter dicken Schneedecke, bei einer steifen Nordwestbrise ist das echt mühsam. Bezüglich des Todeszeitpunkts wollte sich der Dr. Hammerschmied nicht festlegen.«

Der Pokorny kämpft nach den gierig verschlungenen Schnitten Strudel mit einem Rülpser. »Aber vielleicht ungefähr?«

»Irgendwann am Sonntag, mehr dann nach der Obduktion.

Jedenfalls dürfte der Franter, aufgrund der Art der Wunde und der gefundenen Holzsplitter, ebenfalls mit einem Holzscheit erschlagen worden sein. Die Leiche wurde in die Gerichtsmedizin nach Wien überstellt. Der liebe Onkel Doktor wird dann nach der Luckinger eine weitere Leiche auftauen und obduzieren.«

»Warum nach Wien?« Die Toni runzelt irritiert die Stirn. »Hast du nicht erst kürzlich erzählt, dass sich dort die Leichen quasi in den Kühlfächern stapeln und er mit der Leichenbeschau kaum nachkommt? Das dauert ja ewig, bis wir ein Ergebnis haben.«

»Stimmt schon, der Hammerschmied hat, im wahrsten Sinn des Wortes, einen Mörderstress. Genau aus diesem Grund ist er auch nach Wien zurück. Die Wehli hat sich von der Staatsanwältin noch auf der Fahrt vom Harzberg zurück in die Inspektion die gerichtsmedizinische Überholspur gesichert. Der Onkel Doktor schneidet den Franter und die Luckinger, die übrigens heute von der Patho in Baden nach Wien gebracht wird, daher mit staatsanwältlichem Beschluss vordringlich auf. Immerhin sind mittlerweile vier Makler tot, da geht's dann flott. Wer weiß, was noch kommt.«

»Was hat der Alterbauer zu der Kordel gesagt?«, will die Toni neugierig wissen. »Wir haben gerade Kostüme recherchiert, ich schick dir eine Mail, leite ihm die weiter. Vielleicht geht es dann schneller.«

»Mach ich. Gesagt hat er nicht viel. Zurzeit ist es für ihn bloß eine Kordel. Relativ sauber, dürfte also noch nicht lange dort liegen. Er wird die abgerissenen Schnüre mit dem Stofffetzen vergleichen. Sein Labor ist nach wie vor unterbesetzt. Er weiß nicht, bis wann er die Ergebnisse hat.«

Der Pokorny murrt. »Na bravo, und wir haben uns den Hintern aufgerissen. Und der Wagner wird dann immer noch nicht befragt worden sein.«

»Leider nein. Aber ich hab auch eine gute Nachricht für euch. Der Alterbauer hat persönlich den Turm von unten bis oben untersucht. Er ist bezüglich des Horrorclowns zwar nach wie vor skeptisch, hat trotzdem nach spezifischen Spuren Ausschau gehalten. An der Stelle, wo das Handy gelegen ist, hat er orange Kunsthaare gefunden.« Gespannt wartet er auf die Reaktion. »Wie von einer Clownsperücke?«, fragt die Toni. »Könnte gut sein, ja. Da wollte er sich nicht festlegen. Übrigens ist der Pokorny nicht auf der Kordel, sondern auf einem rot-weißen Kügelchen ausgerutscht. Ein Mitarbeiter hat es zwei Absätze weiter unten gefunden.«

»Bingo!«, jubiliert die Toni. »Das Kügelchen könnte zur Abschlusskordel eines Pennywise-Kostüms gehören.«

»Könnte?«

»Die Art der Kordel, Kügelchen, Farbe müssen wie gesagt von dem Kostümverleih zugeordnet werden. Diese Details erkennst du weder im Film noch auf den Fotos. Fix ist, dass diese Ziergegenstände am Originalkostüm vorhanden sind. Ob es genau diese sind oder ob sie doch zu einem anderen Kostüm gehören, muss erst geklärt werden. Ich bin aber ziemlich sicher, dass irgendwer als Pennywise verkleidet Makler ermordet.«

»Ein Clown, der die Zangerle zu Tode hetzt und von dem Fahrer gesehen wird. Wenn der Stofffetzen passt, könnte die Luckinger möglicherweise von einem Clown erschlagen worden sein ... hm.« Der Pokorny kratzt sich nachdenklich am Kopf. »Sind die Wunden vergleichbar?«

»Auf den ersten Blick ja. Mehr nach der Auswertung der Holzsplitter und der Obduktion.«

»Die Wehli muss die Terrasse noch einmal untersuchen lassen, der Clown taucht ja überall auf. Vielleicht gibt es auch beim Vondrasek Spuren. Bei der Unfallstelle der Zangerle wird's nach der Zeit keine Beweise mehr geben«, sprudelt es aus dem Pokorny heraus. »Was meint sie dazu?«

»Dazu hat sie sich nicht geäußert. Dafür hat sie nach deinem Abgang noch mit der Staatsanwältin telefoniert. Es läuft jetzt sogar eine Interpolfahndung nach dem Rottenschlager, nur falls er doch Heimweh bekommt. Zur Sicherheit wird seine Frau im Spital bewacht. Auch wenn sie ihn vor euch als tatverdächtig bezeichnet hat, für sie hat weiterhin der Buxeneder mit den Leichen zu tun, und die Smolle steckt wegen des möglicherweise falschen Alibis mittendrinnen. Trotzdem kann sie den Deutschen nicht mehr ignorieren. Ha, ha, wollte sie vor dir natürlich nicht zugeben.«

»Und weiter?« Die Toni übergeht die drohende Gefahr eines ausführlichen Wehli-Bashings durch die beiden Freunde.

»Sie bekommt Durchsuchungsbefehle für das Haus vom Buxeneder und von der Wohnung der Smolle. Morgen geht's los. Solange der Buxeneder schweigt, kann er auch die Smolle nicht entlasten. Die muss sich auf einen Tag Polizeiinspektion mit gratis Kost und Logis einstellen.«

»Endlich kommt Bewegung in die Sache.« Aufgekratzt klatscht der Pokorny in die Hände. »Was hat die Wehli denn mit dem Mochacek und dem Taschner gemacht? Die waren ja komplett hinüber.«

»Sie hat die zwei mit einem City-Taxi heimbringen lassen. Der Herr Obmann muss morgen um zehn Uhr auf der Inspektion antreten, inklusive seinem Mitarbeiter. Hoffentlich sind die Alkoholleichen dann ansprechbar, nicht einmal mit einem Glas Leitungswasser ins Gesicht haben wir sie aufwecken können«, erzählt der Sprengnagl lachend.

»Das glaub ich gerne, eine Viertelflasche Vogelbeerenschnaps auf ex, wundert mich, dass der Mochacek überhaupt noch lebt. Unglaublich, was die drei zusammengesoffen haben. Die Smolle verträgt auch einiges.«

»So, meine Lieben, der Gruppeninspektor Sprengnagl ist todmüde. Schlaft gut, wenn's was Neues gibt, hören wir uns. Servus und gute Nacht.«

»Bärli, magst du einen Tee? Ich kann jetzt nicht gleich einschlafen, irgendwie blicke ich bei dem Fall nicht durch.«

»Nein, danke. Sonst muss ich wieder ständig aufs Klo.«

Es ist halt nicht alles schön am Älterwerden. Früher hat er wie ein Murmeltier durchgeschlafen. Kaum den Kopf am Polster, schon war er im Traumland. Angefangen hat der nächtliche Harndrang schleichend. Nach seiner Kündigung lag er oft nächtelang wach, da waren mehrere Klogänge nichts Ungewöhnliches. So hat sich mit der Zeit die nächtliche Blasenentleerung etabliert und lässt ihn seither nicht mehr los.

»Diese Makler betrügen einander nach Strich und Faden«, sagt die Toni, während sie den Wasserkocher befüllt. »Mord oder Unfall, bei der Zangerle und dem Vondrasek werden wir das hoffentlich bald wissen.«

»Von Unfällen gehe ich spätestens seit dem Fund der Haare nicht mehr aus«, wendet der Pokorny ein. »Langsam fügt sich alles zusammen. Die Zangerle ist panisch gewesen, und die Fratze vom Franter hat auch nicht nach glücklichen letzten Augenblicken ausgesehen.«

Die Toni nickt. »De facto gibt es für mich drei Möglichkeiten, wo der Täter herkommen könnte. Erstens: die Betrügereien wegen der Wohnungen. Da kann es neben dem Rottenschlager noch andere geprellte Kunden geben.«

»Schon, aber wie willst du die ausfindig machen? Das deutsche Ehepaar wurde uns von den Maklern quasi am Servierteller präsentiert. Sonst hat mir bisher keiner von weiteren problematischen Kundenkontakten erzählt. Auch nicht der Mochacek … wobei mir der wahrscheinlich wieder nicht alles erzählt hat.«

»Dann müssen wir das zielgerichtet ansprechen. Zweitens: aus der Agenturgemeinschaft selbst, von den Amis, vielleicht spielt auch der russische Oligarch mit. Drittens: unterschiedlichste Täter, die Einzelrechnungen begleichen wollen und die Gunst der Stunde nutzen.« Die Toni sieht seinen zweifelnden Blick. »Zum Beispiel hätte der Franter die Luckinger wegen der Erpressung, seiner Frau alles zu erzählen, erschlagen können.«

»Für die Tatnacht hat er laut eigenen Angaben kein Alibi«, bemerkt der Pokorny.

»Na schau. Der Buxeneder wiederum könnte die Zangerle wegen der sexuellen Zurückweisung vor die Bahn gehetzt haben. Und den Franter könnte er erschlagen haben, weil der von seinen Verhandlungen mit diesem Bill gewusst oder es zumindest geahnt hat? Der Grebner würde als Täter bei der Zangerle in Frage kommen. Agenturwechsel, Kunden abspenstig machen, das sexuelle Verhältnis zu ihr. Wir würden sicherlich für jeden der vier Toten das Motiv eines Kollegen finden. Muss ja nicht ein und derselbe Täter sein.«

»Was die Aufklärung für uns nicht einfacher macht. Hast du die Smolle nicht auf der Rechnung? Nach alldem, was ich dir erzählt hab, hm?«

»Die schadet sich mit einem Mord und der negativen Publicity doch selber ...«

»Schon, aber das hätten der Franter und die anderen auch getan. Wir müssen einfach rauskriegen, was in dem Agenturvertrag drinnensteht. Wer wie viel eingezahlt hat, um welche Provisionssummen es geht, was passiert, wenn ein Beteiligter ausfällt, bla, bla, bla. Ist da so viel drinnen, dass jemand deswegen gleich das ganze Projekt riskiert? Um die Lage richtig einschätzen zu können, fehlen uns viel zu viele Informationen«, stellt der Pokorny ärgerlich fest. »Und der Idiot von Mochacek spielt mit uns. Wir nehmen den morgen in die Mangel ... oder, hm, vielleicht kann uns ja auch der Taschner was sagen? Wir passen die zwei einfach morgen ab, nach ihrer Aussage auf der Inspektion.«

Mit dem großen rosafarbenen Häferl ihrer Oma, mit der dunkelblauen Aufschrift »Manner mag man eben«, kommt die Toni zurück zum Couchtisch und hängt einen Teebeutel Zitronenmelisse hinein. »Gute Idee. Warum gibt die Smolle dem Buxeneder ein Alibi für die Nacht, in der die Luckinger ermordet wurde?«

»Wie heißt's so schön: Stille Wässerchen sind tief. Warum sollte das Hausmütterchen nicht nebenbei was mit dem Verräter haben? Wenn die Amis mehr zahlen, geht's doch wieder einmal nur ums Geld. Gierig haut sie ihre Kollegen in die Pfanne und läuft zum Konsortium über«, überlegt der Pokorny. »Die Amis zahlen vermutlich mehr Provision, als die Smolle in das

Projekt bisher investiert hat. Ein Grund mehr, den Agentur-vertrag endlich in die Finger zu bekommen.«

»Ich weiß nicht, die fünfzigtausend Euro Schmiergeld sind bei dem Projektvolumen keine allzu große Summe«, hält die Toni dagegen. »Da hätte Bill sicher mehr bieten können, um das Projekt gewaltfrei an Land zu ziehen. Deswegen muss der Buxeneder doch nicht gleich die Luckinger und jetzt den Franter erschlagen?«

»Schon, aber wenn der Franter bessere Kontakte ins Ministerium hatte als der Buxeneder, dann hilft dem Bill eine höhere Bestechungssumme auch nicht weiter. Scheint, als wären der Rottenschlager und der Buxeneder, mit oder ohne Smolle, unsere Hauptverdächtigen.«

»Der Schlatzer vielleicht? Der würde den Maklern sicher gerne in die Suppe schlatz… äh, spucken.« Die Toni schafft es mit ihrer gutbürgerlichen Mödlinger Vergangenheit nicht, den eher groben Wiener Ausdruck »schlatzen« zu verwenden. Für ihren nur knapp verhinderten verbalen Abstieg muss der Tee-beutel büßen, er wird gnadenlos über den Löffel ausgepresst.

Der Pokorny gähnt herzhaft. »Zuckerschnecke, ich geh jetzt schlafen, morgen ist auch noch ein Tag, und der wird spannend. Gute Nacht.« Er küsst sie liebevoll und streichelt die Maxime, die seelenruhig vor sich hin schnarcht.

Die Zuckerschnecke steht auf, hängt sich bei ihm ein. »Warte, ich komm mit und lese noch ein bisschen ›Eberhofer‹.«

Dienstag, 21. Dezember

Da die Toni vor dem Jahreswechsel noch Überstunden abbauen muss, hat sie den heutigen Tag freibekommen. Weil eines ist beiden klar: Die Situation spitzt sich zu, da muss das vollständige Ermittlerteam einsatzbereit sein.

Trotzdem gestaltet sich der heutige Vormittag mühsam. Wie besprochen wollen beide den großen Auftritt vom Mochacek und vom Taschner um zehn Uhr keinesfalls verpassen. Bei eisigen Temperaturen von minus acht Grad Celsius beziehen sie abwechselnd Stellung bei dem Stehtisch der Frau Katzinger. Von dort aus herrscht beste Sicht auf den Eingang zur Polizeiinspektion.

»Ein Alptraum, so kalt. Gut, dass wir Maxime zu Hause gelassen haben«, stöhnt die Toni und reibt sich die Oberarme mit den behandschuhten Händen. »Bisher ist nur der Taschner rein, schon viertel elf und der Mochacek ist immer noch nicht da. Ein zweites Mal untertauchen traut sich der nicht, oder?«

Der Pokorny zuckt mit den Schultern. »Vielleicht hat ihn seine Frau nicht aus dem Bett gebracht. Der hat sich gestern dermaßen niedergesoffen, würde mich nicht wundern. Wenn er nicht bald auftaucht, macht ihn die Wehli fertig. Geh rein ins Café, ich übernehm. Wenn der Taschner rauskommt, pass ich ihn ab«, verspricht er und küsst ihr liebevoll die rote Nasenspitze. »Los, rein ins Warme, Cappuccino hab ich schon bestellt.«

Langsam beruhigt sich die wetterbedingte Situation in Bad Vöslau. Die fleißigen Mitarbeiter der Stadtgemeinde haben das Schneechaos in den Griff bekommen. Autos sind trotzdem nur wenige unterwegs, auf den Dächern und Motorhauben der parkenden Fahrzeuge liegt mehr als ein halber Meter Schnee, die Türen sind von den Pflügen beim Räumen der Straßen bis zum Wagenfenster zugeschoben. Die eisige Temperatur ist nach dem milden Wetter der Vorwoche kaum zu ertragen. Der Pokorny trippelt ungeduldig wartend in seinem warmen Parka von einem Fuß auf den anderen. Seine Ohren fühlen sich trotz hellgrauer Wollhaube an, als würden sie ihm demnächst abfrieren.

Nach einer gefühlten Ewigkeit öffnet sich die Tür der Polizeiinspektion, der Taschner tritt heraus, blickt sich um und erspäht den Pokorny. Mit tief in die Stirn gezogener Kapuze marschiert er die Hochstraße hinauf zum Café Annamühle.

»Morgen, wie war's bei der Frau Chefinspektorin?«, erkundigt sich der Pokorny, während er die Toni zurück in die Kälte winkt.

Der Taschner verzieht gähnend das Gesicht, hält sich die Hand vor den Mund und reibt müde über seine braunen, vom gestrigen Alkoholexzess rot unterlaufenen Augen. »Mühsam war's. Sie hat mich die ganze Zeit nur über den Mochacek ausgefragt. Geschäftspraktiken, was so im Vorstand läuft und so weiter. Ich glaube echt, die will ihm was anhängen. Ein bisschen Dreck klebt ja an jedem Makler dran, meint sie, und beim dicken Mochacek wäre genug Platz. Die wollte uns gegeneinander ausspielen. Wissen Sie, wo er steckt? Die Wehli hat ihn jedenfalls vermisst.«

»Wenn er sich nicht wieder in der Roverhütte versteckt, dann nein«, meint der Pokorny. »Wissen S', Taschner, ich ärgere mich gewaltig über Ihren Chef. Erst versaut er uns am Sonntagabend den Tatort, dann lügt er uns ständig an und gibt nur so viel zu, wie wir sowieso schon herausgefunden haben.«

Die Toni fügt hinzu: »Was er mit dem Martinek-Areal plant, hat er meinem Mann erst gestern erzählt, quasi mit angezogenen Daumenschrauben.«

Der Taschner legt grinsend den Kopf schief. »Hie und da ist Alkohol schon eine gute Lösung. Von der Chefinspektorin hab ich erfahren, was gestern passiert ist, auch vom Franter hat sie erzählt. Ist das Arschloch wirklich erschlagen worden?« Neugierig schaut er zwischen den beiden hin und her. »Da war sie nicht so gesprächig.«

»Ja«, bestätigt der Pokorny. »Ich hab ihn selbst gefunden, kein schöner Anblick. Warum haben Sie und die Smolle sich gestern so dichtgemacht? Vogelbeerenschnaps und Portugieser in der Menge vertragen sich nicht.«

»Manchmal passt es eben doch gut zusammen, mir ist offensichtlich einiges erspart geblieben. Das ewige Blabla vom Mochacek geht mir auf den Geist.«

Die Toni öffnet den Männern die Tür. »Gehen wir hinein, hinten ist ein Tisch frei. Mir ist es heute definitiv zu kalt auf der Terrasse. Und das Heizgerät funktioniert auch nicht.«

Espresso, Cappuccino für die Pokornys, Kamillentee für den derangierten Taschner sind rasch serviert. Während sich die Toni eine Apfelschnitte und der Pokorny ein Pariser Kipferl gönnen, verzichtet der Taschner mit gequältem Gesicht auf feste Nahrung.

»Was ist denn für die Mitglieder der Agenturgemeinschaft wirklich drinnen? Wie viel Provision erhält jeder? Was passiert, wenn einer stirbt? Wie viel haben die Mitglieder investiert?«, erkundigt sich die Toni stakkatoartig. »Können Sie uns darüber etwas erzählen? Der Mochacek lügt uns sicher wieder nur an.«

»Und Sie glauben, ich sage Ihnen die Wahrheit?«, will er lächelnd wissen.

Sie zuckt mit den Schultern. »Wir hoffen es zumindest.«

»Was spielen Sie überhaupt für eine Rolle in der Gemeinschaft? Sind Sie auch beteiligt?«, fragt der Pokorny.

»Ich? Nein, dazu fehlen mir die finanziellen Mittel. Ich bin lediglich angestellt, verdiene aber genug, um gut leben zu können.«

»Dann werden Sie vom Mochacek wohl kaum über das Projekt informiert worden sein. Weil wenn Sie nichts dazu beitragen, sind Sie bei den geheimen Gesprächen sicher nicht erwünscht«, meint die Toni und unterstreicht ihre Worte mit Gänsefüßchen in die Luft, ganz in der Hoffnung, ihm Informationen zu entlocken.

»Wieso? Als rechte Hand vom Chef bin ich über alles in der

Agentur informiert, ich kenne die Projektunterlagen und die finanzielle Abwicklung.« Er spitzt nachdenklich die Lippen und kneift die Augenbrauen zusammen. »Der Mochacek hat Ihnen gestern tatsächlich noch etwas über das Projekt erzählt? Die Wahrheit, also nicht den Unfug mit den Sozialbauwohnungen?« Der Pokorny nickt grimmig. »Sonst hätte ich alles hingeschmissen.«

»Zum Agenturvertrag hat er nichts gesagt?«

»Nein. Der würde uns vielleicht einen Schritt weiterbringen«, antwortet die Toni. »Wir wissen nicht, aus welchem Eck der oder die Täter kommen könnten. Wenn Sie uns vom Vertrag erzählen, wäre uns sicher geholfen.«

»Was ist mit dem Rottenschlager?«, spricht der Taschner einen wunden Punkt an.

»Die Polizei sucht ihn noch«, murrt der Pokorny. »Können Sie uns jetzt helfen oder nicht?«

Wieder überlegt der Taschner lange. »Na gut. Am 7. Dezember wurde bei einem befreundeten Notar vom Mochacek ein Vorvertrag zu der Agenturgemeinschaft abgeschlossen. Beteiligte: Vondrasek, Zangerle, Luckinger, Franter, Smolle und Mochacek. Finanziert wurde das Sechzig-Millionen-Euro-Projekt über Kredite mit Fixzinsgarantie über dreißig Jahre. Die Zangerle hat mit dem Vorstand einer Großbank geschnackselt, dafür beste Konditionen erhalten und den Löwenanteil von dreißig Mille in den Topf geworfen. Die anderen fünf Teilnehmer waren mit je sechs Mille dabei. Das Besondere an ...« Er schmunzelt über die überraschten Gesichter der Pokornys. »Ja, das Besondere an dem Deal: Das Geld ist wirklich verfügbar, es liegt seit damals auf einem Konto auf den Cayman Islands. Kein Teilnehmer kann vorzeitig aussteigen und seine Einlage zurückziehen. Eventuelle Mehrkosten müssen prozentuell nachgeschossen werden. Zum Beispiel, wenn die Baukosten höher sind oder das Projekt größer wird. Es gibt schon notariell beglaubigte Vorkaufsrechte mit Weinbauern, das Areal soll bis zum Wald erworben und für zahlungskräftige Kunden verbaut werden.« Bei seinem ersten Schluck Tee verzieht er angewidert das Gesicht. »Pfui, Kamillentee, die gerechte Strafe nach dem gestrigen Exzess.«

»Das heißt, es geht um wesentlich mehr als die sechzig Millionen Euro?« Die Toni schaut ihn ungläubig an.

»In der Endausbaustufe um einen hohen dreistelligen Millionenbetrag. Oh ja, da ist viel Geld im Spiel und auch viel zu verdienen. Kein Teilnehmer kann aufgrund des Finanzierungsvolumens vor der Entscheidung der Republik Österreich aussteigen. Bei der Angebotslegung müssen die finanziellen Mittel nachgewiesen, also eine Bankgarantie vorgelegt werden. Anteile können nur innerhalb der Agenturgemeinschaft verkauft werden. Der Hammer ist allerdings eine spezielle Regelung, die für Ihre Ermittlungen wichtig sein könnte. Wenn ein Teilnehmer verstirbt, vergrößert sich der Kuchen für die anderen«, erzählt er freimütig und genießt dabei schmunzelnd die verblüfften Blicke der beiden Ermittler. »Es profitiert also letztendlich jeder vom Tod des anderen. Alles natürlich unter der Voraussetzung, dass der Vertrag der Agenturgemeinschaft mit dem Ministerium zustande kommt. Fix ist da noch nichts. Die Entscheidung soll aber demnächst fallen.«

»Dann verdient der Mochacek am Tod der anderen. Deshalb war er so schweigsam! Der hat ein glasklares Motiv«, zischt der Pokorny.

»Nur Sie profitieren nicht von dem Deal«, stellt die Toni verwundert fest. »Sie wissen über alles Bescheid, haben aber nichts davon, oder?«

Der Taschner schüttelt hastig den Kopf. »Falsch, ich habe mit dem Mochacek eine ansprechende Gehaltserhöhung vereinbart.«

»Es geht um Millionenprovisionen, und Sie werden mit einer Gehaltserhöhung abgespeist. Das genügt Ihnen? Das glaub ich Ihnen nicht«, widerspricht der Pokorny.

Der Taschner breitet die Hände aus. »Mir ist Geld herzlich egal, ich habe genug zum Leben. Ob Sie das jetzt glauben oder nicht. Außerdem schläft es sich ohne Schulden besser. Sie sehen, es hat alles seine Vorteile. Wer weiß, wem mein Chef noch in den Hintern kriechen muss, um das Projekt wirklich zu bekommen. Wegen der Umwidmung muss er sich noch mit der Bürgermeisterin gut stellen, den Schlatzer nicht zu vergessen. Der wird wieder versuchen, ihm die Suppe zu versalzen, wegen seiner ...«

»Baufirmen, die beim letzten Anlauf nicht zum Zug gekommen sind«, vermutet der Pokorny.

»Richtig, und daran wird sich auch jetzt nichts ändern. So, ich muss los, meine Mutter wartet auf mich. Der Weihnachtseinkauf steht an. Brauchen Sie noch etwas?«

»Nein, vorerst nicht, das müssen wir alles verdauen«, meint Toni. »Danke für Ihre Offenheit, den Tee übernehmen wir, alles Gute.«

»Danke, schönen Tag noch«, verabschiedet sich der Taschner.

»Schreib bitte dem Sprengi, dass wir ihn brauchen«, trägt der Pokorny der Toni auf, bevor er auf die Toilette geht.

»Ja, Chef, jawohl«, antwortet sie verdrossen, weil er ständig versucht, Aufgaben an sie zu delegieren.

– Melde dich bitte dringend, gerade mit Taschner geredet, Agenturvertrag könnte ein Mordmotiv sein, danke

– Ich bin in dreißig Minuten beim Berti, schafft ihr das?

– Yep, sy

– 👍

»Sy?«, fragt der Pokorny, als er zurückkommt.

»Hm, *see you*, also wir sehen uns. Nimm es einfach hin, ich will das jetzt nicht ausdiskutieren.« Die Toni weiß freilich, dass die englische Ausdrucksweise ihrem vorsintflutlichen Ehemann sauer aufstößt. Deshalb drängt sie zum Aufbruch, weil sie sich auf ein ausuferndes Gejammere erst gar nicht einlassen will.

Der Berti ist eigentlich immer gut aufgelegt, ein ausgeglichener, ruhiger, geerdeter Mensch, der manchmal den Eindruck macht, selbst der beste Kunde für seine Lieblingstees aus getrockneten Hanfblättern und Magic Mushrooms zu sein.

Heute ist es anders. Schon als sich die Toni vor dem Laden einparkt, hört sie ihn fluchen: »Diese scheiß Versicherungsheinis gehören alle auf den Mond geschossen. Jahrelang zahlst eine Mörderkohle ein und ... wennst einmal was brauchst, pfeifen s' dir was. Halsabschneider, gierige Säcke!«

Sie betreten den Laden und gehen nach hinten zur offenen Bürotür. »Stören wir dich bei irgendetwas? Dein Versicherungsmakler lebt hoffentlich noch?« Beide sind froh, ihn allein anzutreffen. Weil, so schlecht gelaunt ist der Berti kaum wiederzuerkennen. Mit hochrotem Gesicht und gefährlich pulsierender Halsschlagader schleudert er in diesem Moment sein neunzig Jahre altes Festnetztelefon an die Wand. Während die Drehscheibe des schwarzen Posttelefons an der Wand abprallt, von dort horizontal in den Laden fliegt und sich in ein paar aufgeschlichtete Eierkartons gräbt, verteilt sich der Rest des Schmuckstücks im Inneren des Büros.

»Hallo ihr zwei«, antwortet er und lässt sich stöhnend auf den Sessel fallen. »Tut mir leid, aber die depperte Versicherung will mir den Schaden vom Wochenmarkt nicht ersetzen.«

Sie legt ihm mitfühlend eine Hand auf die Schulter. »Warum nicht?«

Genervt zuckt er mit den Schultern. »Ich hätte dafür eine Zusatzversicherung gebraucht, schließlich ist nur der Laden versichert. Die wollte er mir auch gleich verkaufen, nur um mit einem trockenen Lachen zu erwähnen, dass sie mir bei der Schneelage auch nichts genützt hätte. Der Schadensfall war erwartbar, es war also quasi eine vorsätzliche Inkaufnahme eines möglichen Versicherungsschadens. Und da zahlt die Versicherung natürlich nicht. Vollidiot!«

»Hm, dumme Sache«, stimmt die Toni zu, hängt den tierischen Staubsauger Maxime beim Schreibtischsessel an und hilft dem Berti, die Teile des zerstörten Telefons einzusammeln. »Um wie viel geht es denn?«

»Knapp siebenhundert Euro. Einmal brauchst was und dann ...«

»Grüß euch.« Der hereinstürmende Sprengnagl unterbricht seinen Freund. »Was hat der Taschner ... Oh, welche Bombe hat denn bei dir eingeschlagen?«

Die Toni bremst ihn ein. »Ungünstiger Zeitpunkt für komische Fragen. Die Versicherung macht ihm Stress wegen dem kaputten Stand am Wochenmarkt. Hilf mir lieber.« Sie hebt den obersten Karton vom Stapel, darunter liegen die kaputten Eier.

Während die beiden mit der Beseitigung beschäftigt sind, erzählen die Pokornys von dem Gespräch mit dem Taschner. Der Sprengnagl pfeift langsam durch die gespitzten Lippen.

»Der Mochacek hat also ein Motiv für vier tote Makler. Wenn die Wehli ihn in die Finger bekommt, kann er sich schon jetzt anschnallen.«

»Ist er leicht nicht mehr aufgetaucht?«, fragt die Toni ungläubig an.

»Nein, er hat Ärger ohne Ende mit ihr, da kommt er einfach nicht. Wenn ich ihr von eurem Gespräch erzähle, ist der Haftbefehl fix unterwegs. Vorausgesetzt, wir finden ihn, weil, zu Hause ist er nicht.«

»Da kann ich dir vielleicht weiterhelfen«, sagt der Pokorny. »Beim letzten Mal hat er mit seiner Frau in der Roverhütte übernachtet. Die O-Weh kann's ja dort einmal versuchen.«

»So ein Feigling! Da wird sich die Chefinspektorin freuen.«

»Was gibt es bei dir Neues?«, will die Toni wissen, während sie die kaputten Eierschalen, Dotter und Eiklar aufwischt.

»Nachdem ihr der Clown mittlerweile doch zu oft durch die Ermittlungen tanzt, lässt sie auch die Terrasse in Perchtoldsdorf noch einmal gründlich unter die Lupe nehmen. Der Alterbauer ist gerade dort, parallel untersucht ein zweites Team die Unfallstelle in Baden. Beim Buxeneder und bei der Smolle werden heute Nachmittag Hausdurchsuchungen durchgeführt. Die Beschlüsse haben wir vor Kurzem erhalten.«

Der Pokorny nickt anerkennend mit dem Kopf. »Na bitte,

kommt die Wehli doch noch in Bewegung. Hat der Alterbauer eigentlich am Freitag bei der Kaserne etwas gefunden?«

»Jede Menge vertrocknete Gräser, Blumen, Halme und ähnliches Zeugs.«

»Haare vielleicht auch? Orangene?«, erkundigt sich die Toni.

»Kann ich dir nicht sagen. Nach den Haaren vom Harzbergturm wird er sich seinen Fund vom Freitag hoffentlich schneller anschauen.« Ein hereinkommender Anruf der Wehli unterbricht das Gespräch.

»Kollege! Wo sind Sie?«

»Unterwegs. Wieso?«

»Wieso? Sie sind mir zugeteilt, schon vergessen? Daher muss ich jederzeit wissen, wo sich mein wichtigster Mitarbeiter aufhält«, säuselt sie. Wüssten es die Anwesenden nicht besser, alles würde auf ein gutes Chefin-Mitarbeiter-Verhältnis hindeuten. »Aber das können Sie mir ja gleich persönlich erzählen und … bringen Sie mir bitte gleich zwei Päckchen Matcha-Tee von Ihrem Bio-Spezl mit.«

»Beschatten Sie mich leicht?« Der Sprengnagl öffnet die Ladentür, schwenkt misstrauisch den Kopf von links nach rechts. Keine Wehli zu sehen.

»Hätte ich denn einen Grund dazu? Ich vertraue meinen Mitarbeitern zu hundert Prozent … also, den meisten halt. Ihr Streifenwagen wurde von einem Kollegen vor dem Laden gesehen. Also machen Sie Meter, bis gleich, und lassen Sie mir auch die Familie Pokorny schön grüßen.«

Der Sprengnagl steckt das Handy ein. »Also, ich pack's dann … und Berti …« Er wirft seinem Freund einen warnenden Blick zu. »Wenn es heute Abend noch immer so kalt ist, kannst du dir deine Kipferl alleine auswürfeln.«

»Äh, was ist mit dem Tee …?«

»Ich bin doch nicht ihr Zusteller!« Der Gruppeninspektor tippt sich an die Stirn. »Den kann sie bei dir gerne selbst abholen, also, bis später, servus.«

»Können wir dich alleine lassen?«, fragt die Toni.

»Geht schon wieder, jetzt ist der Ärger eh raus.« Den Pokorny fragt er: »Wir sehen uns um zwanzig Uhr?«

»Ja, und ... bitte heiz ein, da hat der Sprengi recht.« Er dreht sich zur Toni. »Kannst du bitte am Gemeindeamt in Baden anrufen, vielleicht wissen die, wo wir den Schlatzer finden? Da ist noch ein Gespräch offen.«

Die Toni runzelt die Stirn. »Sag, Bärli, bin ich deine Sekretärin, oder was? Zuerst den Sprengi und jetzt den Schlatzer. Sicher nicht. Ruf selber an!« Sie sucht in ihrem iPhone nach der Telefonnummer. »Bitte sehr, falls du unsicher bist, es ist der grüne Telefonhörer am Display.«

Aus langjähriger Erfahrung weiß der Pokorny, wann er verloren hat, und ergibt sich seinem Schicksal. Die freundliche Dame von der Gemeindeverwaltung, offenbar keine besondere Freundin vom Schlatzer, verrät ihm, dass der Herr FPÖ-Gemeinderat nicht im Amt weilt, sondern zu Mittag immer im Restaurant Amterl am Hauptplatz in Baden diniert. Auch wenn ein »Amterl« dem Bedeutungsgrad der derzeitigen FPÖ eher entspreche als ein Amt, konsumiere der Herr Gemeinderat, genau wie der zurückgetretene und dann von der Bundespartei geschasste Parteichef, auf ihre Kosten. Schließlich zahle sie ja mit ihren Steuern seine Fresserei. Der Pokorny solle ihn schön grüßen, ihn an die Sitzung um vierzehn Uhr erinnern und ihm sagen, dass er sich ein bisschen vorbereiten soll. Als der Anrufer dann noch freundlich, aber bestimmt abgewürgt wird, schaut er die Toni betreten an. Weil, Fragen dermaßen ungeschönt und allumfassend beantwortet zu bekommen, passiert im Politikerumfeld nicht oft.

»So eine freundliche Kollegin musst du dir auch erst einmal erarbeiten«, fasst er das Gespräch zusammen. »Dürfte ein ziemlich unangenehmer Kerl sein.«

»Dürfen wir dir die Maxime dalassen, Berti? Wir holen sie am Nachmittag ab. Aber bitte keine Fressorgien ... und Eier bekommen ihr gar nicht«, erklärt die Toni und zerstört damit seine Hoffnung, dass ihm die Beagelin bei den restlichen Aufräumungsarbeiten helfen könnte.

»Aber natürlich, dann los mit euch, und verderbt dem Herrn Gemeinderat schön das von uns gesponserte Mittagessen.«

Das Restaurant Amterl mit seinem faszinierenden Mix aus rustikalen und modernen Elementen ist in Baden eines der besten Restaurants. Im Obergeschoss befindet sich eine stylishe, aber gemütliche Bar, die mit den verschiedensten Cocktails ein begehrtes Sprungbrett ins Nachtleben bietet.

Anscheinend ist der Schlatzer bei seinen Parteifreunden ebenso unbeliebt wie bei der Gemeindemitarbeiterin. Sonst würde er nicht mutterseelenallein mit der Badener Zeitung am Tisch mittagessen.

»Herr Schlatzer?«, fragt der Pokorny. »Können wir uns kurz zu Ihnen setzen?«

Der Gemeinderat schiebt die wulstige Unterlippe nach vorn, nickt und deutet irritiert auf die freien Sessel. »Wie kann ich Ihnen helfen, Herr …?«

»Pokorny. Das ist meine Ehefrau Toni.«

»Meine Vorspeise kommt gleich … Woher wissen Sie überhaupt, dass ich hier bin?«

Der Pokorny breitet lächelnd die Hände aus. »Von der netten Dame in der Telefonzentrale. Ich soll Sie übrigens auf die Sitzung um vierzehn Uhr erinnern und dass ein bisschen Vorbereitung gut wäre.« Er freut sich diebisch über die hängenden Mundwinkel.

»Die Funsen krall ich mir noch! Eine Frechheit! Einen verdienten Politiker um seine Mittagspause zu bringen. Und was heißt vorbereiten? Das hat ein Nachspiel«, echauffiert er sich.

Mitfühlend nickt die Toni und bringt sogar ein Seufzen zustande. »Hinterhältig, nicht wahr? Da gibt man für die Bürger sein letztes Hemd, setzt sich mit maximalem Einsatz für deren Wünsche ein und ist der Neidgesellschaft hilflos ausgeliefert.«

»Genau, äh … Sie haben mir immer noch nicht gesagt …«

»Wir würden gerne mit Ihnen über den Verkauf des Marti-nek-Areals reden«, erklärt der Pokorny. »Sie haben sich doch vehement gegen das vom Mochacek eingebrachte Projekt für den Umbau der Kaserne ausgesprochen. Wieso?«

Der Schlatzer trinkt einen Schluck von seinem Grauburgunder. »Warum sollte ich mit Ihnen darüber reden? Selbst wenn ich wollte, ich dürfte gar nicht.«

»Amtsgeheimnis?«, rät die Toni.

Mit einem verschmitzten Grinsen antwortet er: »Richtig. Da kann ich Ihnen leider nicht helfen.«

»Das werden wir noch sehen«, erwidert sie, weil so leicht lässt sie sich nicht abwimmeln.

»Sie wissen von den toten Maklern aus dem Vorstand?«

»Ja, schlimm, nicht wahr? So schnell kann es gehen, furchtbar, die Luckinger, gerade noch das blühende Leben ... wir von der FPÖ ...«

»Können Sie das Blabla bitte sein lassen?«, fährt ihn der Pokorny an. »Die Luckinger wurde in der Martinek-Kaserne erschlagen. Sie waren ein Gegner des Projekts, daran wird sich nichts geändert haben. Da führt uns der erste Weg natürlich zu Ihnen.« Ungefragt greift er sich eine Scheibe knuspriges Toastbrot aus einem Körbchen, lehnt sich wartend zurück und hofft, das Amtsgeheimnis mit dem Frontalangriff pulverisiert zu haben.

Das Gesicht des Gemeinderats läuft rot an, es ist unschwer zu erkennen, wie schwer ihn die Anschuldigung getroffen hat. »Wollen Sie sagen, ich hab mit dem Tod der Luckinger etwas zu tun?«, faucht er. Als sich die ersten Gäste zu ihm umdrehen, fährt er mit leiser Stimme fort: »Wenn Sie nicht augenblicklich verschwinden, ruf ich meinen Anwalt an.« Er tupft sich mit seiner Serviette die Stirn ab. »Ich hab mit der Agenturgemeinschaft nichts am Hut.«

»Seltsam. Wenn er mit der Agenturgemeinschaft nichts am Hut hat, wieso kennt er dann die Bezeichnung, hm? Wir haben davon gar nichts erwähnt. Was meinst du?«, wispert die Toni, für den Schlatzer gut hörbar, zum Pokorny.

Dramatisch zieht er die Augenbrauen nach oben.»Hm, verstehe ich auch nicht. Der Mochacek hat seinen Haufen damals noch als Konsortium bezeichnet. Toni, komm, wir gehen, die Polizei verständigen wir von unterwegs«, blufft er und steht auf.

»Die Chefinspektorin kann den feinen Herrn Gemeinderat ja um vierzehn Uhr aus der Sitzung holen ...«

»Hören Sie auf mit der blöden Spielerei!« Der Schlatzer weiß nicht, wie er die ungebetenen Gäste einschätzen soll. Einen öffentlichen Eklat bei einer Gemeinderatsitzung im Rathaus möchte er sich jedenfalls ersparen. Er räuspert sich.»Und setzen Sie sich bitte wieder hin.«

Die Toni zwinkert ihrem Pokerkünstler zu.»Na, geht doch. Also, was war wirklich los? Zuerst waren Sie dafür, dann plötzlich dagegen ... und wieso Sie über den neuen Namen des ehemaligen Konsortiums informiert sind, würde uns auch noch brennend interessieren.« Sie winkt nach dem Kellner, bestellt einen Espresso für den Pokorny und für sich ein Glas Prosecco-Brombeer-Spritz. Das Mittagessen werden die beiden wieder am Weingut einnehmen, weil richtiger Appetit kann in Gesellschaft mit dem FPÖ-Politiker keiner aufkommen.

»Und eines noch, werter Herr Gemeinderat! Kommen S' uns bitte nicht mit Ihrem programmatischen Fremdenhass daher. Ausländer raus können Sie sich sparen. Wenn die genug Geld dabeihaben und Sie mitkassieren, ist Ihnen die Nationalität egal«, stellt der Pokorny fest.»Erzählen Sie uns lieber über Ihre Baufirmen.«

Der Gemeindepolitiker senkt den Kopf, reibt sich die Nase und überlegt sichtlich, wie er aus der Nummer wieder rauskommt.»Der Mochacek hat mir in die Hand versprochen, meiner Partei nahestehende Baufirmen am Martinek-Projekt zu beteiligen. Zu fairen Bedingungen, keine Schiebereien, alles offiziell und nachvollziehbar. Für linke Geschäfte stehen ich und meine Partei nicht zur Verfügung ...«

»Schon einmal das Wort Unvereinbarkeit gehört?«, wettert der Pokorny gegen das Saubermann-Image der angeblichen

Kleiner-Mann-Partei.»Wurscht, ob der Preis passt oder nicht. Als Politiker ...«

Durch Handauflegen und sanftes Zwicken in den Oberschenkel unterbricht die Toni seinen Redefluss.»Das ist uns völlig klar. Warum hat der Mochacek dann seine Meinung geändert? Ihm könnte es ja egal sein, wer seine Häuser baut?«

»Geh, der hat plötzlich den Hals nicht vollbekommen und wollte mit der Baufirma Holler arbeiten. Der Geschäftsführer hat ihm einen größeren Reibach versprochen.«

»Meinen Sie den Hugo Holler, der in Vöslau mit dem Appartementprojekt gescheitert ist und Konkurs anmelden musste?«, fragt der Pokorny und denkt an den cholerischen Baumeister, mit dem die Misere um das Ehepaar Lieblich erst begonnen hat.

»Ja, vor ein paar Jahren war der schon einmal pleite und mit dem Schwarzgeld aus dem Martinek-Projekt hätte er seine marode Firma vor einer neuerlichen Insolvenz bewahren können. Weiß ja jeder, dass beim Bau einiges unter Nachbarschaftshilfe läuft, also schwarz gebaut wird. Schon durch die zu nieder ausgestellten Rechnungen entgeht dem Finanzminister einiges an Steuern. Einfach abgeschossen hat mich der Mochacek, aber mit einem Friedrich Schlatzer macht er so was nicht ungestraft.«

Die Toni nickt.»Und dann haben Sie das Projekt mit Ausländerhetze und einem angeblich fehlenden sozialen Engagement für die Ärmsten der Armen schließlich abgewürgt, korrekt?«

»Das ist jetzt aber verkürzt dargestellt, weil in Wirklichkeit ...«

»Ihre Wirklichkeit will ich gar nicht hören, mir graust davor«, unterbricht der Pokorny barsch.»Woher wissen Sie von seinem neuerlichen Anlauf mit der Agenturgemeinschaft?«

Der Schlatzer schnaubt verächtlich.»Der glaubt auch, wir sind auf der Nudelsuppe dahergeschwommen. Auch wenn die FPÖ dank dem ›Herrn Ibiza‹ vorerst in der Bedeutungslosigkeit versunken ist, unsere Seilschaften funktionieren nach wie vor. Glaubt der wirklich, die fünfhunderttausend Euro Schmiergeld vom Franter bleiben unter dem Teppich? Lächerlich.«

»Fünfhunderttausend? Nicht fünfzigtausend?«, fragt die Toni irritiert.

»Hat Ihnen der Mochacek den Blödsinn aufgetischt? Für fünfzigtausend Euro bewegt keiner der Entscheidungsträger auch nur einen Finger. Nein, da müssen Sie schon eine Null anhängen.« Mitten in sein höhnisches Gelächter serviert ihm eine Kellnerin ein geschmackvoll angerichtetes Beef Tatar mit frittierten Kapern, einem Wachtelei und zwei weiteren Scheiben Toastbrot.

Dem Pokorny, der immer noch lustlos an der Toastscheibe knabbert, läuft beim Anblick des rohen faschierten Rindfleisches das Wasser im Mund zusammen. »Warum hat er uns die falsche Summe genannt? Schmiergeld ist Schmier...« Mitten im Satz verschluckt er sich an der Brotteig-Speichel-Mischung. Bloß heftiges Klopfen der Toni auf seinen Rücken bewahrt ihn vor dem Erstickungstod. Mit tränenden Augen krächzt er den dämlich grinsenden Politiker an: »Was lachen S' ... *chh, chh* ... so blöd?«

»Wollen Sie kosten?«, fragt ihn der FPÖler und hält ihm allen Ernstes eine Gabel mit rohem Fleisch hin, die der ertappte Pokorny freilich kopfschüttelnd ablehnt. »Auch gut. Ich denke, der Mochacek wird die Summe als Schutzbehauptung kleingeredet haben. Je höher die Bestechungssumme, desto verdächtiger wird er, und ehrlich ...«, er schaut beiden tief in die Augen, »war der Mochacek noch nie, stimmt's?«

Die ungebetenen Besucher nicken im Gleichklang, und da der Pokorny noch mit der restlosen Freilegung seiner Luftröhre beschäftigt ist, übernimmt die Toni. »Glauben Sie, er hat etwas mit dem Tod der Luckinger zu tun?«

»Frau Pokorny, unter uns, die Frage ist eher, ob ihm der Tod seiner Kollegin nicht mehr schadet als nutzt. Ob der Verkauf durch ist, weiß ich nicht. Falls nicht, könnte ihm das schaden. Falls schon, wäre er bei einem gut ausverhandelten Vertrag sicherlich Nutznießer von einer kleineren Anzahl an Teilnehmern in der Agenturgemeinschaft. Wenn die Protagonisten die gleichen sind wie beim letzten Anlauf, dann sind ihm mittlerweile vier Kollegen abhandengekommen. Braucht er womöglich nur mehr mit der Smolle teilen. Nicht schlecht, oder? Je länger ich es mir überlege, desto mehr würde ich es dem Mochacek zutrauen.«

»Was ist mit dem Rottenschlager? Ihr Kollege, der Dietmar Jäckel, meinte, da hätte es bei einer Gemeinderatssitzung Streit gegeben?«, sagt der Pokorny.

»Hm, mit dem Didl haben Sie auch schon gesprochen? Fleißig, fleißig. Der grüne Herr Saubermann, unser aller Gutmensch, hat sich für die Familie vor den Wahlen starkgemacht und die missliche Lage des deutschen Paares für seine Zwecke genutzt. Die Frau Rottenschlager war ja nach der Sache mit den überteuerten Wohnungen in der psychiatrischen Station im Krankenhaus Baden. Genützt hat der Einsatz vom Jäckel den Rottenschlagers nichts.«

Die Toni sieht, wie er genervt an seinem Besteck herumnestelt, und weiß, dass ihr nicht mehr viel Zeit bleibt. »Könnte der Deutsche die vier Makler am Gewissen haben?«

»Natürlich könnte er mordend durch die Immobilienbranche ziehen. Trotzdem, mit einer kranken Frau wäre das schon viel Aufwand für eine Wohnung. Die liegt ja angeblich schon wieder auf der Psychiatrie in Baden. Ehrlich gesagt glaube ich nicht daran. Die aus der Agenturgemeinschaft haben viel mehr zu verlieren … beziehungsweise zu gewinnen.«

»Und Sie haben nichts zu verlieren? Keine Bauaufträge für das neue Projekt? Kein Gemeinderatsmandat? Sie hätten auch genug Gründe, dem Mochacek zu schaden«, meint die Toni und versucht, ihn zu provozieren.

»Da hab ich nichts zu befürchten. Ich werde die Umwidmung auch diesmal verhindern. Außerdem hab ich mein Mandat behalten. Sie sehen, bei mir ist alles supersauber. So, meine Herrschaften.« Er greift nach dem Besteck und beginnt hektisch das rohe Fleisch mit dem Wachtelei zu mischen. »Ohne meinen Anwalt esse ich nur mehr mein Beef Tatar und anschließend ein gegrilltes Mangalitza-Schwein mit Tagliatelle. Schönen Tag!« Damit würgt er die Audienz ab und widmet sich konzentriert seiner Vorspeise.

Erst gegen dreizehn Uhr parken die Pokornys beim Weingut Schlossberg ein. Letzte Woche konnten die zwei ihr Mittagessen noch im Garten genießen, heute setzen sie sich in den kleinen, verglasten Erker mit Blick in Richtung Sooß. Da der Bauch vom Pokorny inzwischen durchgehend knurrt, bestellt er schon beim Hineingehen ins Lokal seine Ei-Käse-Nockerl mit Speck und Zwiebel. Die Toni bleibt ihrer Devise »Abwechslung ist das halbe Leben« treu und bestellt gebackene Käsesticks auf Blattsalat.

»Mittlerweile gibt es eine ganze Reihe von Personen, die ein Motiv für einen Mord hätten«, meint die Toni. »Gehen wir einmal davon aus, dass wir von ein und demselben Täter reden, dann …« Sie sieht, wie der Pokorny den Kopf schüttelt. »Warum nicht?«

»Warum ändert der Täter die Vorgehensweise? Zuerst tarnt er zwei Morde geschickt als Unfälle und kommt damit bei der Polizei sogar durch. Dann begeht er plötzlich zwei glasklare Morde – aus ist's mit der Geheimnistuerei, er ist prominent in allen Medien vertreten. Warum also?«, fragt er zweifelnd und kostet den spritzigen Veltliner.

»Keine Ahnung. Irgendetwas muss passiert sein, was ihn zu einer Planänderung veranlasst hat.«

»Wie auch immer. Wenn meine Theorie stimmt, kommen dafür der Buxeneder, die Smolle, der Rottenschlager und mittlerweile auch unser lieber Auftraggeber, der Herr Mochacek, in Frage. Fehlt wer?«

»Hm, den Grebner dürfen wir nicht vergessen, der Schlatzer … hm, weiß nicht. Außer auf Kosten der Steuerzahler schon mittags im Amterl zu völlern, wird der nicht viel zusammenbringen.«

»Apropos Grebner. Hast du von dem seit letztem Mittwoch etwas gehört?«

»Nein, der Sprengi weiß von dem Gespräch, irgendwie ist das untergegangen«, murmelt er. Zur Sicherheit schreibt er seinem Freund eine SMS.

bitte alibi von gustav grebner pruefen   seine frau hatte angeblich in der mordnacht zangerle einen autounfall   er war zur tatzeit im spital

Während er in einem Affentempo sein üppiges Mittagsmahl verschlingt, schreibt der Sprengnagl zurück.

– Schon erledigt. Seine Frau wurde gegen zwanzig Uhr eingeliefert, er war dort, findet aber seine Tickets vom Parkhaus nicht mehr. Kameraaufzeichnungen werden nach drei Tagen automatisch gelöscht. Alibi also unbestätigt
– danke

Die Toni schmunzelt, kennt sie den Pokorny doch in- und auswendig und weiß, dass er darauf vergessen hat. »Na Bärli, hast du deinen Kopf gerade aus der Schlinge gezogen?« Sie genießt den flaumigen panierten Edamer, der mit einem Salat fast als gesunde Mahlzeit durchgeht.

»Na ja, viel um die Ohren«, meint er, um von seiner Vergesslichkeit abzulenken. Zufrieden, die Nockerl-Rallye in persönlicher Bestzeit gewonnen zu haben, schiebt er den Teller auf die Seite. Die Toni staunt jedes Mal, wie ihr Ehemann die riesige Portion, von der leicht zwei Personen satt werden könnten, allein schafft. Jetzt wirkt er rundum glücklich, hat allerdings glasige Augen und kann gerade noch einen Rülpser unterdrücken.

»Besser jetzt als nie«, antwortet er. »Der Grebner findet sein Ausfahrtticket nicht mehr. Vom Spital zur Unfallstelle sind es nur ein paar Minuten. Der kann leicht auf einen Sprung weggefahren sein, seine Frau war nach dem Unfall sicher mit Medikamenten vollgepumpt. In der Parkgarage umgezogen, rüber zur Postfiliale, die Zangerle vor die Bahn gehetzt und wieder retour ins Spital.«

»Schon, aber woher hätte er wissen können, dass seine Frau einen Unfall hat und er sich in der Garage umziehen kann? Irgendwie glaub ich da nicht daran.«

»Auch wahr, hm. Weißt du, was mir gerade auffällt? Wir haben bisher noch mit niemandem über die mögliche Verwicklung eines Clowns in die Unfälle gesprochen. Gut, der Mochacek weiß darüber Bescheid und natürlich der Wagner. Die anderen können nur aus dem Sonntags-Kronenblatt informiert sein.« Die Toni reibt nach der Zusammenfassung nachdenklich mit ihren Schneidezähnen über die Unterlippe. Der Pokorny liebt das an ihr, schaut sie dabei doch zuckersüß aus. »Jetzt, wo im Harzbergturm Haare gefunden wurden, könnten wir die noch Lebenden dazu befragen. Was meinst du?«

»Na, dann frag ich halt den Grebner nach einer Faschingsfeier. Klingt mehr nach allgemeiner Auskunft, da braucht er mir nicht mit seinem Anwalt zu drohen.« Der vormals säumige Ermittler sieht seine Chance, den Fehler auszubügeln, und greift nach seinem Nokia. »Hallo, Herr Grebner, hier Pokorny. Ich habe noch eine Frage …«

»Sicher nicht ohne meinen Anwalt. Haben Sie leicht seine Visitenkarte verloren?«, meint der Makler mit einem schnippischen Unterton.

»Nein, aber dazu brauchen wir Ihren Anwalt nicht. Ich frag Sie ja nicht, wo Ihr Ausfahrtsticket vom Spital ist. Auch, dass es nur wenige Minuten zur Unfallstelle sind, interessiert mich jetzt nicht. Was anderes: Besitzen Sie ein Clownskostüm?«

»Warum wollen Sie das wissen?«, fragt der Grebner skeptisch. »Sie spielen aber nicht etwa auf den Artikel im Kronenblatt an? Wollen Sie mir leicht unterstellen, ich sei verkleidet aus dem Spital verschwunden und hätte meine ehemalige Mitarbeiterin getötet?«

»Nein, nein, keine Sorge, mir geht es um etwas anderes. Gibt es in Ihrer Kollegenschaft ein gemeinsames Faschingsgschnas?«

»Sie meinen, innerhalb der Immobilienbranche?«

»Ja, Makler unter sich halt?«

»Ja. Im Februar dieses Jahres wurde im Kursalon Bad Vöslau ein Faschingsgschnas veranstaltet. Prämiert wurde das beste Clownskostüm. Hauptpreis war ein zweiwöchiger Sommerurlaub im Vier-Sterne-Vulkanlandhotel Legenstein in der grünen Steiermark. Mit allem Schnickschnack rundherum.« Er lacht höhnisch. »Besorgen Sie sich die Teilnehmerliste, dann wird Ihnen nicht fad. Sonst noch etwas?«

Die Toni flüstert: »Frag ihn, ob die von der Agenturgemeinschaft auch dort waren?«

»Herr Grebner, eines noch. Wer war von der Agenturgemeinschaft dabei?«

»Hm … Soweit ich mich erinnern kann, hatte der Vorstand des Verbands als Hauptsponsor einen eigenen Tisch. Da lässt sich der Herr Obmann mit unseren Mitgliedsbeiträgen nicht lumpen, gut und gerne zwanzig Personen waren am Anfang am Tisch, alle außer dem Mochacek waren verkleidet.«

Der Pokorny überlegt, weil wenn dort zufällig einer als Pennywise verkleidet war, wäre das für eine Befragung ein wichtiger Schritt. »Wissen Sie vielleicht, wer dort gesessen ist und welches Kostüm getragen hat?«

»Nein, dazu sind die depperten Verkleidungen ja da. Bis zur Unkenntlichkeit geschminkt und in kindischen Anzügen kannst du dann machen, was du willst.«

»Waren da auch Horrorclowns dabei?«

»Bei dem Gschnas war vom lustigen, kindischen Fernsehclown Enrico bis zum blutüberströmten Horrorclown mit Kettensäge alles vertreten. Es waren auch jede Menge Bestandskunden sowie Akquisepotenzial eingeladen. Das ärgert mich besonders, um meinen Mitgliedsbeitrag ködert er Kunden für die Makler im Vorstand und … Bevor Sie mich weiter quälen, ich weiß nicht, wer am Tisch ein guter oder böser Clown war. Lediglich die Zangerle, die ja ständig zwischen meinem Tisch und dem vom Mochacek gependelt ist, konnte ich zuordnen, und die war … wie Sie sich vorstellen können, alles andere als böse. So … jetzt reicht's …«

Eine Frage brennt dem Pokorny noch auf der Seele: »War der Rottenschlager auch dabei? Bitte denken Sie nach, dann lass ich Sie in Ruhe.«

»Ja, der war fix dabei … auch so eine Sache, die mich jetzt noch fuchsteufelswild macht. Ich mag es nicht, wenn Kunden so hintergangen werden. Auch wenn Sie wahrscheinlich aufgrund der Vorkommnisse anders denken. Der Rottenschlager wurde ursprünglich durch meine Agentur betreut. Als er dann am Tisch vom Mochacek saß, wurde mir klar, weshalb er meine Einladung zum Gschnas nicht angenommen hat. Damals waren die Betrügereien noch nicht offiziell bekannt.«

»Wieso erinnern Sie sich so genau an den Rottenschlager? Wo doch alle am Tisch verkleidet waren?«

»Weil der Münchner besser die Hände vom Neuburger vom Riegler-Dorner und dann von der Zangerle gelassen hätte. Wenn jemand sonst nur Apfelschorle trinkt, dann steigt ihm der schwere Wein schnell zu Kopf.«

»Was ist passiert?«

»Fragen Sie den Mochacek … So, das war's, ich wünsche Ihnen noch einen guten Tag … ein weiteres Gespräch gibt es nur mehr mit meinem Anwalt«, antwortet der Makler und legt grußlos auf.

Während des Telefonats hat die Toni eine WhatsApp-Sprachnachricht vom Sprengnagl erhalten.

Die Wehli hat den Mochacek gerade hoppgenommen. Ihr werdet lachen, nicht in der Roverhütte, sondern … na … wo könnte sich der Mochacek versteckt haben? Auflösung des Rätsels am Abend 😊

»Wohl nicht in der Höhle, oder?« Die Toni spielt auf die Vorfälle vom Frühjahr an. »So dumm kann man doch nicht sein, stand doch in allen Zeitungen.«

Der Pokorny tippte sich an die Stirn. »Der Idiot. Weil er mir sein Versteck von Sonntag verraten hat, ist er von dort abgehaut. Überall hätte er sich verstecken können, nur nicht dort. Dort findet ihn sogar die Wehli.«

»Entweder hat er mit den Morden etwas zu tun, oder er hat echt Angst.«

»Am Abend werde ich's erfahren. War heute jedenfalls ein spannender Tag. Hausdurchsuchungen, eine Verhaftung, Tatortbesichtigungen, dazu noch ein Faschingsgschnas mit lauter Clowns und haufenweise Verdächtige.«

»Lassen wir es für heute gut sein«, schlägt die Toni vor. »Es gibt viele offene Punkte ...«

»Apropos offene Punkte, Frau Pokorny ...« Er serviert ihr genüsslich ein Revanchefoul für ihren Hinweis auf sein Versäumnis beim Grebner.

Die Toni weiß freilich, worauf er anspielt. »Habe ich unter Beobachtung. Die Geschäftsführerin hat sich wegen der Kordel noch nicht bei mir gemeldet. Sonst noch was?« Sie grinst, als er mit auseinandergezogenen Mundwinkeln den Kopf schüttelt.

»Gut, dann warten wir auf die Infos vom Sprengi. Jetzt holen wir Maxime und fahren danach in die Annamühle. Vielleicht gibt es von der Katzinger Neuigkeiten über den Verbleib vom Rottenschlager, und du ... bekommst einen guten Espresso, und ich erspare mir dein ewiges Jammern.« Die Toni zahlt, und schon sind sie unterwegs.

Vor einer Woche noch völlig deplatziert, passt die Garderobe der Katzinger diesmal bestens zu den Temperaturen. Ihre knallroten gefütterten Moonboots mit den dicken weißen Fellstulpen sind heute absolut angemessen. Auch der Balu-Mantel ist wieder im Einsatz, und die flauschigen Fellohren der Winterkappe sind bei dem eisigen Wind nach unten geklappt und zusammengebunden.

»Schönen guten Tag«, begrüßt die Toni die alte Frau. »Na, heute sind Sie ja passend angezogen.«

»Gell, da bist jetzt fast ein bisserl neidisch. Mit deinen dünnen Stiefeln bist halt nicht so gut ausgerüstet.« Mitleidig begutachtet sie die warmen Winterstiefel der Toni und hebt stolz ihren rechten Fuß mit dem klobigen Moonboot in die Höhe. »Ja, ja, letzte Woche habts über meine Mondschuhe noch gelacht. Ma, schau dir deinen Mann an, dem rutscht ja gleich der Schnee rein in seine Schuhe, dann ist er wieder kränklich.«

Recht hat sie schon, mit seinen knöchelhohen Schuhen ist er ständig in der Gefahr, nasse Füße zu bekommen. Trotzdem ist das allemal seine Sache, deshalb knurrt er: »Schon gut, gibt's was Neues vom Rottenschlager?«

»Wennst ein wengerl freundlicher bist, hätte ich schon was zum Erzählen. Oder verstehst leicht keinen Spaß mehr?« Sie greift zum Löffel, der auf der Kaffeetasse liegt und sich nicht lösen lässt. »Ma, pickt der leicht fest?« Tatsächlich lässt er sich kein Stück bewegen. »Alles wegen der Dagmar, bei der Karin würde das nie passieren. Ausgeschüttet hat sie mein Kaffeetschi, und jetzt ist der Löffel angefroren.« Ruppig zerrt sie daran, der Löffel löst sich ruckartig und die Tasse kippt nach vorn. Platschend fällt die Schlagobershaube zu Boden. Gut, aufgeräumt muss, dank der Maxime, nicht viel werden. »Fixkrutzi!« Die Katzinger winkt aufgebracht der Dagmar. »Drei Kaffee, wenn's geht, ohne Überschwemmung, die trink ich nur im Sommer, danke.«

Während sie noch grummelt, zieht die Toni die Maxime aus dem Einflussbereich der alten Frau. »Hat sich die Frau Hasenbüffel schon bei Ihnen gemeldet?«

»Nichts, kein Telegramm auf mein neues Telefon. Rein gar nix. Funkstille. Ich hoffe, die haben's nicht verschoben.«

»Verschoben?« Die Toni zieht die Augenbrauen zusammen. »Was meinen Sie damit?«

»Na, die kommt doch aus Polen, und da bist schon mal ratzfatz weg aus Österreich«, erklärt sie wegen der fragenden Gesichter. Die Augen hinter ihrer Sonnenbrille wandern hin und her.

»Das heißt abgeschoben!« Mit seiner Korrektur zaubert der Pokorny der Toni zu der senkrechten noch eine Menge Querfalten auf ihre Stirn. »Außerdem ist Polen in der Europäischen Union, da wird niemand so einfach abgeschoben.«

»Redet er schon wieder gescheit daher, der Herr Philosoph, gell? Die spinnerten Engländer waren auch bei der EU, und jetzt? Der gehirnamputierte unfrisierte blonde Schlurf, also halt der Johansson, ist schuld am Niedergang des westlichen Abendlandes. Wennst schon so eine Frisur hast, kannst du nur bei den Insulanern was werden. Hat schon der Asterix gesagt, die Britannia spinnen.« Munter phantasiert sie drauflos.

Die Toni atmet tief ein und aus. »Können wir gemeinsam am Campingplatz vorbeifahren?«, fragt sie die Katzinger. »Morgen zu Mittag? Da kann ich mir freinehmen.«

»Warum nicht, ja. Hol mich am besten gleich in der Kurkonditorei ab. Da ess ich zu Mittag.« Sie beginnt zu schmatzen und betrachtet dabei die sportliche Toni. »Kannst ja ein Stückerl Torte mit mir essen, wenn's halt die Figur erlaubt. Aber was anderes, ich hab euch doch erzählt, dass die Psychofrau vom Deutschen im ... Vivea zusammengebrochen ist. Es Rosal war da nicht dabei, aber heute hab ich im Café Sisi den Grantler-Ludwig getroffen. Kennst eh, den alten Schnorrer, der ganz oben im Hotel Stefanie wohnt, oder?«, wendet sie sich an den Pokorny, der nickt. Die Schlägerei beim diesjährigen Kurstadtlauf und die Folgen wird er sein Leben lang nicht vergessen. »Der hat die ›geile Sahneschnitte‹, so hat das alte Mannsbild die Zangerle genannt, an dem Tag im Hotel gesehen. Wie die Psychofrau von der Rettung abgeholt worden ist, ist der Deutsche der Zangerle nachgelaufen und hat ihr eine ordentliche Watschen verpasst. Die wäre fast umgekippt. Der Notarzt hat das Flitscherl gleich mitgenommen, zur Sicherheit.«

Die Dagmar schafft es tatsächlich, die drei Kaffee in den Häferln und nicht auf den Untertassen zu servieren. Dabei grinst sie die Katzinger schief an, die freilich ebenso schief zurückgrinst. »Wie auch immer, jedenfalls hat der Pief... also der Deutsche, einen ordentlichen Hass auf die Zangerle gehabt, ... und ... deshalb ist ein Mord sehr, sehr wahrscheinlich.« Unter heftigem Nicken klopft sie stakkatoartig auf die Waschbetonplatten. »Fix nämlich!«

Die Toni lacht. »Sie schon wieder mit Ihren Mordtheorien! Das muss nach dem Zusammentreffen im Schutzhaus Eisernes

Tor gewesen sein, sonst wäre davon sicherlich in der Anzeige etwas gestanden.«

Der Pokorny kaut genüsslich das schokoladeüberzogene Mürbteigkeks, das die Dagmar mit dem Espresso serviert hat. »Ich verstehe nur nicht, wieso die Zangerle nach der Geschichte den Rottenschlager im Vivea getroffen hat?«

»Na, weil s' ihn bezirzen wollte«, mischt sich die Katzinger ein. »Hab euch doch erzählt, dass ich die beiden im Café beim Rummachen erwischt habe. Und im Hotel hat die dann weitergefummelt, wollte die Anzeige von der Hüttengaudi am Eisernen Tor wiedergutmachen. Nur um was zu verkaufen. Der Grantler hat erzählt, dass die Psycho gesehen hat, wie die Zangerle ihrem Mann im Hotel mit der Hand ins offene Hosentürl gegriffen hat. Wild gerubbelt soll sie haben. Irgendwann ist dem Mann halt das Hirn in die Hose gerutscht, und er hat das Flitscherl bestiegen. Tschakabumm, dann ging's, laut Grantler, ordentlich zur Sache. Jedenfalls ist dann die Münchnerin umgekippt, und für die Zangerle war's endgültig aus mit der Akawiese.«

»Akquise heißt das.« Der Pokorny kann es einfach nicht lassen.

Die Toni legt ihr beruhigend die Hand auf die Schulter. »Beachten Sie den Willi gar nicht. Das macht er bei mir auch ständig«, meint sie und schickt ihm dabei einen grimmigen Blick.

»Echt? Du Arme …«

»Woher haben Sie die Informat…?« Wieder fällt ihr der Pokorny ins Wort.

»Siehst! Das ist genau, was ich mein«, unterbricht ihn die alte Frau gekränkt. »Du musst dich auf die wichtigen Dinge konzentrieren und nicht andere Leute ausstaffieren. Na, vom Grantler natürlich, hab ich eh gesagt.«

Der Pokorny akzeptiert nickend den begründeten Vorwurf und verzichtet im Gegenzug tapfer auf eine neuerliche Korrektur. »Wundert mich nur, dass der Sprengi uns die Anzeige nicht mitgebracht hat.«

»Vielleicht hat die Zangerle wegen dem Zusammenbruch darauf verzichtet?«, meint die Toni.

»Und der Rottenschlager wollte sich eine zweite Anzeige ersparen«, ergänzt er ihre Überlegungen. »Das wäre eine Begründung, die Zangerle wird halt den Notarzt eingelullt haben. Der müsste eigentlich wegen der Körperverletzung von sich aus gleich die Polizei verständigen.«

Die Katzinger rümpft die Nase. »Vielleicht hat sie dort wieder ihre Hände im Spiel, also im nächsten Hosentürl gehabt. Von den Anzeigen wollts mir wahrscheinlich nix erzählen? So wie ich euch kenne«, beantwortet sie sich ihre Frage selbst und sieht, wie die Toni den Kopf schüttelt. »Ah, eh. Na wurscht, mich ausquetschen und dann maulfaul sein. Keine nette Art, mit mir umzugehen.«

Trotz seines Missgeschicks weiß der Pokorny selbst nicht, wieso er gerade bei der quengelnden Pensionistin von seiner Verschwiegenheitspflicht abweicht. Dass sie ihn an seine verstorbene Oma erinnert, ist ihm längst klar. Vielleicht ist es heute aber auch die unglaubliche Mischung aus Balu dem Tanzbären, einem zu klein geratenen Krampus mit Schuhen vom Weihnachtsmann und seiner ständigen Besserwisserei. Jedenfalls erzählt er ihr die Geschichte vom Eisernen Tor und wieso der Rottenschlager überhaupt einer der Hauptverdächtigen ist.

Sie grinst freudestrahlend über beide Ohren. »Du kannst ja doch ein ganz Netter sein, wennst nur magst. Dafür geb ich euch fix Bescheid, wenn ich was vom Piefk… also vom Deutschen hör. Was ist eigentlich mit dem Mochacek, dem Lump?« Wenn der Pokorny schon im Reden ist, muss sie dranbleiben.

»Der wurde von der Wehli verhaftet.«

»Na, bumm! Dann hat der wirklich seine eigenen Leute massakriert? Das glaub ich jetzt aber nicht. Ein gieriger Hund ja, aber ein Mörder? Andererseits lügt der ohne Ende, hat die Chefpolitesse endlich mal was richtig gemacht, gell?«

»Frau Katzinger, es gibt nix mehr Neues, deshalb wechsle ich das Thema. Was ist eigentlich aus Ihrer Blackoutvorbereitung geworden?«

Die alte Frau schaut grimmig und kapiert, die Informationsquelle ist gerade versiegt. »Sekkierst mich wegen meiner Angst vorm Verhungern? Ich hab noch einen Krieg erlebt ... also fast, da denkst anders.«

»Nein, mach ich nicht. Auch die Nachkriegszeit war sehr hart«, bestätigt der Pokorny und wirft alles in die Waagschale, was er an gespieltem Verständnis aufbringen kann.

»Die ersten Gespräche sind schon gelaufen. Im Frühling krieg ich meine Henderln und das Gemüse vom Huber-Bauern ...«

»Aha, deswegen sind Sie mit dem Bauern unterwegs gewesen ... der Berti dachte schon ... ich meine, Sie waren so freundlich, also zumindest ohne Stockeinsatz, bei ihm am Traktor«, unterbricht er sie.

»Hä, freundlich? Ich bin immer freundlich ... also, halt außer, wenn mir wer dumm kommt, gell? Was hat dein Spezl über den Hubsi und mich erzählt?«

»Hubsi?«, wundert sich die Toni. »Seit wann nennen Sie den Huber-Bauern Hubsi? Was ist mit Ihrem Ferdinand?«

»Ma, äh ... also, so ein Blödsinn, was euch da wieder für perverse Phantasien durchs Hirnkasterl laufen. Nix da, über meinen Ferdl geht nix ... also, halt ... äh, ich ...«

Der Pokorny schmunzelt. »Egal, ist ja Ihre Sache. Hauptsache, die Nahrungsmittelsicherheit ist gewährleistet, nicht wahr?«

»Brauchst gar nicht so abartig dreinschauen. Das geht euch null Komma Josef was an. Wo waren wir ... äh, ja beim Knockout. Ärgern tut mich, dass die Notfallpakete im Internetz aus sind. Sakrafix, wennst da nur eine Spur zu langsam bist, verhungerst sogar in Österreich.«

»Tragisch. Aber noch brennt ja das Licht im Wohnwagen, oder?« Bevor durch seinen Versuch, lustig zu sein, weiterer Ärger aufbrandet, verabschieden sich die beiden und sind mit der Maxime unterwegs nach Hause.

Wie erhofft ist es im Kuhstall beim Herrenabend gegen zwanzig Uhr angenehm warm. Der Berti hat sich wieder beruhigt und seinen selbst angefertigten quadratischen Spieltisch zum Kachelofen hingeschoben. Der Tisch, genauer gesagt das eingebaute Spielbrett in der Mitte, hat eine Geschichte und wird deshalb ausnahmslos nur für die wöchentlichen Pokerabende der Freunde verwendet. Nach der gemeinsamen Matura inskribierte der Berti Japanologie, verliebte sich in eine Japanerin, schmiss sein Studium hin und wanderte nach Japan aus. Zurück ließ er zwei traurige Freunde, die ihren wöchentlichen Pokerabend vergessen konnten.

Eines Tages radelte der sportbegeisterte Sprengnagl auf der Harzberg-Mountainbike-Strecke durch den Wald und wurde Zeuge, wie eine knapp zweihundertfünfzig Jahre alte Schwarzföhre gefällt wurde. Ein freundlicher Forstmitarbeiter hat ihm auf seine Bitte hin aus dem mächtigen Stamm eine Baumscheibe herausgeschnitten, die der Sprengnagl bei sich einlagerte. Wofür, das hat er damals noch nicht gewusst. Irgendwie hat ihm der sterbende Riese, der zwei Weltkriege mit- und überlebt hat, leidgetan. Zu Ehren der Föhre und zur Erinnerung an die Vergänglichkeit aller Dinge hat er die Scheibe als Souvenir mitgenommen.

Als der Berti dann nach seiner Scheidung zurück nach Österreich kam und sich in Großau ansiedelte, überreichten die Freunde ihm die Baumscheibe als Willkommensgeschenk. Nicht ohne Hintergedanken – da der Berti ein begnadeter Handwerker war, hofften sie, dass er daraus ein Spielbrett für zukünftige Pokerspiele machen würde. Der Heimkehrer setzte die Idee gleich in die Tat um. Aus dem dicken Holzring fräste er einen dreißig Zentimeter großen Kreis heraus, den er mit grünem Filz auslegte und in die Tischfläche des Spieltisches einsetzte. Der Rand des rustikalen Brettes steht etwa zwei Fingerbreit heraus. Rundherum ist reichlich Platz für Getränke und unterschiedlich bewertete Bioköstlichkeiten des Hausherren.

Jeder Spieler hat seinen fixen Platz, versenkt in die Tischplatte sind sogar Kühltaschen für die jeweiligen Getränke. Der Pokorny findet schon beim Eintreffen seinen wohltemperierten Veltliner vor, der Sprengnagl ein Ottakringer Helles. Der Berti selbst bleibt an den Spielabenden bei Tee und Vöslauer Mineralwasser, Drogen anderer Art genießt er schon zur Genüge.

Während der Pokorny die Würfel in den zusammengeklappten hohlen Handflächen schüttelt, fragt er den Gruppeninspektor neugierig: »Gibt's schon Ergebnisse?«

»Jede Menge, wo fang ich an ... hm? Ja, am besten bei eurem Auftraggeber. Die Wehli hat ihn aus seinem Versteck gezerrt und zur Sau gemacht. So erzürnt hab ich die überhaupt noch nie gesehen. Nicht einmal zu euren besten Zeiten ist sie dermaßen ausgerastet.« Er klopft seinem Freund lachend auf die Schulter. »Der Ein-Meter-fünfundneunzig-Lackel ist auf Gartenzwerggröße geschrumpft.«

»Selber schuld, der Mochacek. Eh Schwierigkeiten ohne Ende mit ihr, dann erscheint er zweimal nicht bei seiner Vorladung, und nun stellt sich heraus, dass er ein finanzielles Motiv für die Morde hat«, fasst der Pokorny zusammen.

Der Berti serviert zum dritten Mal eine »Straße« und grinst verschmitzt. »He, wenn's so weitergeht, gibt es heute garantiert drogenfreien Tee zum Verkosten ...«

»Ja, ja, ist schon gut mit deiner ewigen Verkosterei«, sagt der Sprengnagl. »Die Wehli hat ihm ein Nachtquartier in der Arrestzelle verschafft. Kein Anwalt, kein Verhör, einfach dunsten lassen. Weil die Rache ist mein, also ihre halt.«

»Da hat er Pech gehabt, der Herr Obmann. Habt ihr den Vertrag der Agenturgemeinschaft gefunden? Ich würde zu gerne wissen, was der Haufen wirklich vereinbart hat. Ewig für blöd verkauft werden taugt mir gar nicht. Durch den Taschner wissen wir mehr, der arbeitet aber auch nur für den Mochacek, und ob er uns alles erzählt hat, bezweifle ich.«

»Nein, haben wir noch nicht gefunden. Bei der Hausdurchsuchung beim Buxeneder war ich dabei. Der hat schlechte Karten. Dein Lauschangriff vom Café Central hat sich bestätigt. In seinem Safe liegt ein Vertrag, den er mit einer amerikanischen Investmentfirma abgeschlossen hat. Sein Bill steht ziemlich weit oben in der Hierarchie, den muss er sich warmhalten. Es kommt aber noch besser. Entweder ist der Buxeneder dumm oder nur gierig. Er hat nämlich auch mit der Nichte eines russischen Oligarchen mehrere Gespräche wegen des Martinek-Areals geführt. Und mit den Russen ist, wie ja auch der Mochacek erzählt hat, nicht zu spaßen. Seit dem Absturz der FPÖ in die Bedeutungslosigkeit gibt es die direkte österreichisch-russische Brüderschaft offiziell nicht mehr. Deshalb braucht der Russe den Buxeneder als Strohmann für den Ankauf.«

Der Berti pfeift leise durch seine gespitzten Lippen. »So eine linke Ratte. Bescheißt nicht nur seine Vorstandskollegen, sondern auch die Amis. Ob der Russe davon weiß? Der Buxeneder spielt mit dem Feuer.«

»Der hat übrigens die Agenturgemeinschaft ordentlich in die Bredouille geritten«, erzählt der Sprengnagl. »Wie vom Schlatzer erwähnt, hat der Franter einen Spitzenbeamten mit fünfhunderttausend Euro geschmiert. Gesprächsmitschnitte bei der Geldübergabe, inklusive Bilder aus dem Café Landtmann in Wien, hat der Buxeneder dann über die neue Whistleblower-website der Wirtschafts- und Korruptionsstaatsanwaltschaft übermittelt.«

»Woher wisst ihr das?«, fragt ihn der Pokorny gespannt.

»Dümmer geht's kaum noch. Die Spurensicherung hat mehrere Screenshots von der Onlinevernaderung gefunden. Der hat seinen Vorstandskollegen beinhart wegen Bestechung ans Messer geliefert. Vielleicht wollten die Amis eine Bestätigung, dass er wirklich gegen seine Kollegen arbeitet. Was allerdings für den Buxeneder wirklich zum Problem wird, sind die zwei Buchenholzscheite, die von der Spusi beim Schupfen hinter dem Haus gefunden wurden. Aufgeschlichtet für ein behagliches Feuer im Kamin. Auf zweien sind vermutlich Blutspuren drauf. Aus der Nummer kommt er nicht mehr raus.«

Der Pokorny schüttelt den Kopf. »Der wird doch nicht die Luckinger und den Franter erschlagen und dann die Holzscheite mit nach Hause nehmen? So dumm ist der nicht, wenn schon, verheizt er die gleich.«

»Da geb ich dir schon recht, allerdings muss auch erst mal das Gegenteil bewiesen werden. Bis all die Spuren ausgewertet sind, wird laut Alterbauer wahrscheinlich eine Woche vergehen. Die Wehli hat ihn nach Rücksprache mit der Staatsanwältin nach Wiener Neustadt in U-Haft überstellen lassen.« Der Sprengnagl gähnt. »Berti, kannst du mir bitte einen doppelten Espresso machen, sonst schlaf ich gleich am Tisch ein.«

Ein kurzer Blick vom Gastgeber zum Pokorny bestätigt, dass auch er Koffein benötigen könnte. Überhaupt schauen seine Freunde müde aus. Während er den Kaffee zubereitet, meint er zum Sprengnagl: »Hat der Alterbauer bei den Maklern orange Haare gefunden?«

»Warte mal, ich schreib ihm eine WhatsApp.«

Hast du bei V, Z und L auch orange Haare gefunden? Bitte rasch um Antwort auf diese Handynummer, danke

»Mal schauen, wie beschäftigt er ist. In seinem Arbeitszimmer hatte der Buxeneder einen Ausdruck einer anonymen E-Mail für diverse Zeitungen ausgedruckt und in einer Schreibtischschublade abgelegt. Warum die Mail nicht im Safe lag wie alles andere, wissen wir nicht. Ebenso, ob er sie schon versendet hat. Macht Stimmung wegen des Horrorclowns, der seine Maklerkollegen tötet ...«

In dem Moment wird er durch eine einlangende WhatsApp unterbrochen.

V positiv in Balkonkisterl, L positiv beim Zaun (gratuliere den Pokornys, Täter hat auf der Flucht aus der Kaserne eine weitere Kordel verloren), Z negativ, war aber auf offener Straße zu erwarten. Sind dreimal orange Haare. Vergleich, sowie die Laborabklärung von Blutspritzern dauert. Ende der Kommunikation, Lia ist noch da!

»Prost Mahlzeit, meine Herren, wir suchen tatsächlich einen

Clown, der mordend durch die Lande zieht! Ich mach mich an«, prustet der Pokorny. »Jetzt kann die Wehli doch einen Clown zur Fahndung ausschreiben.«

»Darüber wird sie wenig begeistert sein. Euer Stofffetzen vom Zaun, die Kordel und Kugel im Turm, eine Kordel am Kasernengelände sowie orange Haare bei drei der vier Leichen beweisen, dass alles irgendwie zusammenhängt. Wie es ihre Art ist, wird sie dich in der nächsten Zeit nicht mit Dank überhäufen.«

»Die kann mich mal ... weißt eh was. Wir richten ihr alles zum Popsch hin, und die kriegt trotzdem nichts auf die Reihe.« Er beobachtet den Berti, der gedankenverloren in sein riesiges Teehäferl starrt und umrührt. Ganz so, als könnte er durch meditatives Rühren die Wahrheit ans Tageslicht bringen. »Ist der neue Tee nicht gut?«

»Was?«, murmelt der Berti.

»Ob dir der Tee nicht schmeckt, will er wissen. Weil Begeisterung schaut anders aus.« Der Sprengnagl zwinkert dem Pokorny zu. »Vielleicht musst du noch ein wenig an der Rezeptur arbeiten?«

»Blödmänner, alle beide.« Er beutelt schief grinsend den Kopf. »Ihr könnt es drehen oder wenden, ganz wie ihr wollt. Nach der Info vom Alterbauer muss fix ein Einzeltäter am Werk sein. So viel Zufälle kann es gar nicht geben.«

»Der Grebner hat mir bei einem Telefonat von einem Faschingsgschnas im Kursalon erzählt. Dort waren Hunderte Clowns anwesend. Alle unsere Makler, deren Kunden, auch der Rottenschlager war dort«, erzählt der Pokorny. »Kannst du uns eine Teilnehmerliste besorgen? Interessant ist vor allem der Tisch vom Mochacek. Der Grebner hat gemeint, dass dort ungefähr zwanzig Personen gesessen sind. Alle verkleidet und geschminkt, wer hinter den Masken versteckt war, weiß er nicht. Bezüglich der Einzeltätertheorie bin ich ganz bei dir. Wir sollten lediglich die persönlichen Animositäten untereinander nicht vergessen. Orange Haare waren bei dem Gschnas genug, und solange der Alterbauer keine Übereinstimmung feststellt, dürfen wir uns nicht festlegen.«

»Hat die Toni zu der Kordel etwas herausgefunden?«, erkundigt sich der Sprengnagl.

»Nein, sie hat die Eigentümerin eines Kostümverleihs kontaktiert und ihr Bilder gesendet, bisher aber keine Antwort erhalten. Befragt den Buxeneder und die Smolle nach dem Gschnas. Ich werde morgen mit dem Taschner reden, der war recht gesprächig, vielleicht kann er sich an seine Tischpartner erinnern.«

»Habt ihr bei der Smolle was gefunden?«, will der Berti wissen.

Mit einem Schulterzucken lässt der Gruppeninspektor die Würfel in die Baumscheibe krachen. »Zumindest keine kompromittierenden Unterlagen, ihr Laptop wird noch gecheckt.«

»Gibt es Hinweise, dass sie mit dem Buxeneder was am Laufen hat?«, fragt der Pokorny und spielt auf das Alibi der Maklerin an.

»Nichts Offensichtliches. Die Auswertung der Spuren wird dauern. Gesichert ist allerdings, dass von ihrem Handy keine WhatsApp an den Franter geschickt wurde. Ein anderes haben wir in der Wohnung nicht gefunden.«

Der Berti biegt, dank seiner eifrig diskutierenden Freunde, langsam, aber sicher in die Siegerstraße ein. Würfeln ist zwar über weite Strecken reine Glückssache, aber wann du was einträgst, das hat schon viel mit Konzentration zu tun. Und da sind die Mitstreiter heute schwach aufgestellt.

»Dann hat sie das Telefon möglicherweise weggeworfen«, bleibt der Pokorny beharrlich. »Gibt's zum Rottenschlager etwas Neues?«

Der Sprengnagl kann kaum mehr die Augen offen halten. »Nein, der ist wie vom Erdboden verschluckt. Der Tipp von der Katzinger mit dem Campingplatz hat sich als Niete herausgestellt. Der Platz ist geschlossen. Es stehen nur eingewinterte Wohnwägen drinnen.«

»Schau ma mal, sie versucht, die Eigentümerin zu erreichen.«

»Die wird ihr auch nichts anderes erzählen können. Meine Herren«, der Gruppeninspektor steht ächzend auf. »Ich erkläre hiermit den Berti zum Sieger des heutigen Abends, verzichte trotzdem auf die Verkostung des Tees. Ich kann nicht mehr, und morgen geht's lustig weiter, servus, ihr zwei.«

»Berti, ich lass's für heute gut sein, war ein anstrengender Tag, bis morgen, baba«, verabschiedet sich der Pokorny ebenso.

Mittwoch, 22. Dezember

Irgendwie war die ganze Aufregung, die Pokerrunde mit den neuen Erkenntnissen und die nachfolgende Analyse mit der Toni für den Pokorny zu viel gewesen. Auch wenn er kaum mehr die Augen offen halten konnte, wälzte er sich ruhelos hin und her. Die Dragees von Dr. Böhm hatten in dieser Nacht bei ihm keinen Auftrag. Die Einschlafhilfe seiner Oma, eine Mischung aus Johanniskraut und Baldrianwurzel, fiel genau wie die warme Milch mit Honig glatt durch. So musste die Toni in einer Art von Notwehr zu härteren Mitteln greifen. Von den schwierigen Wochen vor dem Verkauf ihrer Buchhandlung hatte sie noch einige Valium über.

Aber vielleicht waren für den Pokorny zehn Milligramm Valium nach den fünf Achteln Veltliner doch eine Spur zu viel. Mit dem Drogencocktail hat er geschlafen wie ein Toter und um fünf Uhr dreißig weder den Wecker noch die bellende Maxime gehört. Just als die Toni die Beagelin beruhigt hat und wieder ins warme Bett klettert, läutet es an der Eingangstür. Ihr ist sofort klar, dass es für die Chefinspektorin, bei aller Abneigung gegen die Pokornys, doch noch zu früh ist. Ein rascher Blick durch den Türspion auf die Oberkante einer Fellkappe verrät ihr sofort, wer um knapp vor sechs Uhr die Ruhe stört.

»Äh Toni, entschuldige, dass ich dich aufgeweckt habe«, murmelt die Katzinger in der Hoffnung, einer schroffen Begrüßung zuvorzukommen. »Ich hab eh versucht, euch anzurufen, aber …«

»Ich hoffe, Sie haben einen guten Grund, uns um diese Zeit zu stören.« Sie runzelt die Stirn, weiß aber längst, nie und nimmer würde die alte Frau ohne triftigen Grund einfach so um diese Zeit vorbeikommen. Auch wenn sie gar nicht so weit entfernt »Am Felde« in ihrem Wohnwagen wohnt, liegt sie mit ihren rheumatischen Knochen um diese Zeit auch lieber noch in der Waagrechten.

Die Besucherin nickt eifrig und reibt sich die Hände. »Kann ich vielleicht kurz rein … Es ist schweinekalt, brrr.«

Schweigend lässt die Toni sie herein, achtet aber pingelig darauf, dass sie mit ihren hellbraunen zotteligen Hansi-Hinterseer-Moonboots den Dreck nicht im ganzen Vorzimmer verteilt. Ein strenger Blick der Hausherrin lässt sie auf der Türmatte erstarren.

»Äh, wo ist eigentlich dein Gatte? Mit dir hab ich nicht gerechnet.« Sie blickt sich suchend um, vom Pokorny keine Spur. Lediglich die Maxime schwänzelt bettelnd um ihre Speckstangerllieferantin herum. »Nein, leider, Hunderl, ich hab nix mit. Quasi Außeneinsatz, Alarmstufe Rot.«

»Der Willi schläft noch … und ich eigentlich auch …«

»Holt der nicht immer die Semmerln für dich, oder ist das so eine Geschichte, mit der er mich beeindrucken will?«

Die Toni legt den Kopf in den Nacken und atmet tief ein und aus. »Frau Katzinger!«

»Ja, ja, ist schon gut. Also, die Jolanda hat mich gestern um Mitternacht beim Columbo gestört. Stell dir vor, am Campingplatz ist eingebrochen worden, und ums Eck steht ein roter Audi mit deutschem Kennzeichen. Sie glaubt, dass sich unser Piefke dort versteckt. Nachschauen traut sie sich aber nicht.« Theatralisch zieht sie die Augenbrauen nach oben.

»Tragen Sie eigentlich zu jeder Tages- und Nachtzeit Sonnenbrillen?« Die Toni wundert sich, dass die alte Frau im Stockdunklen mit ihren Gläsern überhaupt etwas sieht.

»Hm, nein, normal nicht, ich hab mich gestern, ja, also … auf meine normale draufgesetzt, jetzt hab ich nur mehr die koptische Sonnenbrille. Aber ist das nicht wurscht? Es gibt wichtige Aufgaben!« Vorwurfsvoll tupft sie ihrem Gegenüber mit ausgestrecktem Zeigefinger auf den Solarplexus.

»Hören Sie sofort auf damit! Der Sprengnagl hat gestern erzählt, dass seine Kollegen vorbeigefahren sind. Das Tor war abgesperrt. Wir müssen also gar nichts. Schlafen Sie lieber noch eine Runde.«

»Dann haben die Kollegen halt schlampig hingeschaut. Außerdem lass ich mir unsere Ermittlungen von der Chefpolitesse nicht schlechtreden. Was die mit ihrem bösen Blick gesehen hat, weiß nur der liebe Gott oder bei ihr halt der Teufel. Jedenfalls hat die Jolanda brav gewartet bis spät in der Nacht. Und da hat dann Licht im Wohnwagen am hintersten Stellplatz gebrannt. Wir müssen selber nachschauen fahren«, fordert sie unmissverständlich. »Wennst dich nicht mitkommen traust, dann weck halt den Siebenschläfer auf. Ich kann einen Mörder schlecht alleine besuchen.«

»Das geht nicht, der Willi schläft tief und fest«, flüstert die Drogendealerin betreten. »Alles meine Schuld, gestern war es ewig stressig für ihn, da hab ich ihm mit Wein und Valium beim Schlafen geholfen. Jetzt liegt er halb im Koma.«

»Tss, tss, da tun sich Abgründe auf. Eine Drogenparty in Vöslau, eine Schande ...«

»Hören Sie sofort auf!«, zischt die Toni die Nervensäge an. »Da, setzen Sie sich hin, ich bin gleich wieder da.« Sie durchstöbert ungefragt die Manteltasche der Katzinger nach Hundeleckereien, nickt erleichtert und geht zum Anziehen nach oben.

Zehn Minuten später fährt die Toni halbwegs ausgehtauglich nach Berndorf.

»Sollten wir nicht doch die Polizei ...«

»Sicher nicht.« Die Katzinger schüttelt mehrmals den Kopf. »Den Mörder stellen wir selber, und dann bekommt ihn die Chefpolitesse am Serviertablett überreicht. Na, die wird blöd aus der Wäsche schauen.« Grinsend beginnt sie, den Donauwalzer zu pfeifen. Mit leidlichem Erfolg, wobei leider immer die Gefahr besteht, dass ihr die lose sitzenden Zahnprothesen auskommen.

»Was genau wollen wir dort überhaupt?«, unterbricht die müde Lenkerin augenrollend das Gepfeife. »Der Rottenschlager hat vielleicht vier Menschen umgebracht, und wir spazieren dort rein und trinken einen Kaffee mit ihm? Oder wie haben Sie sich das vorgestellt? Wollen Sie ihn zur Aufgabe überreden? Ein haarsträubender Unfug ist das!«

»Nein, wir schauen einfach, ob das Auto ein Münchner Kennzeichen hat. Dann kann's ja nur mehr der Deutsche sein«, stellt sie fest. »Okay?«

»Gut, der Berti hat erzählt, sein Wagen sei metallic rot. Aber wenn er es ist, rufen wir die Polizei an, in Ordnung?«

»Ja, ja, schauen wir mal.« Die Katzinger starrt beleidigt aus dem Seitenfenster. Endlich einmal ist sie dabei, wenn ein mehrfacher Mörder erwischt wird, da verdirbt ihr die Toni glatt die Vorfreude und macht aus einer genialen Idee gleich einen haarsträubenden Unfug.

Knapp zwanzig Minuten später rollt der Mini Cooper langsam am Eingangstor des Seecampingplatzes Masai Mara vorbei. »Und?«, fragt die Toni mit zusammengekniffenen Augen. Nie und nimmer, schon gar nicht vor der Nervensäge am Beifahrersitz, würde sie zugeben, dass sie bei völliger Dunkelheit schlecht sieht.

»Und was? Die Kette ums Tor hängt runter. Siehst du das nicht?«, wundert sich die alte Frau. »Die Jolanda hat mir also keinen Bären aufgebunden. Hoffentlich ist der nicht abgehaut! Schau, da ums Eck, ein ausgeschaufelter Parkplatz, und der Audi ist weg. Der ist wahrscheinlich über alle Berge. Na, geh …«

»Was machen wir jetzt?«, überlegt die Toni, die um diese Zeit normal noch schläft und sich schwertut, geistig in Schwung zu kommen.

»Dreh um«, befiehlt ihr die Beifahrerin. »Stell dich da neben die Einfahrt.«

»Sonst noch was? Vielleicht eine Melange mit Schlagobers und Schokoladestreusel?«

»Nicht jetzt, wart … ich schau nach.« Flink öffnet die alte Frau die Wagentür und zwängt sich, auf ihren Stock gestützt, jammernd aus dem Mini hinaus. »Deppertes Auto, da kann ich mich ja gleich am Boden setzen. Warum kaufst dir keinen Suff? Da könnt ich lässig rausrutschen.«

Die Toni bereut nicht zum ersten Mal, die Haustür überhaupt geöffnet zu haben. »Ich bin ja nicht gehbehindert, einen SUV kauf ich mir erst, wenn ich so alt bin wie Sie. Sofort wieder einsteigen!«

Als Antwort schleudert die Katzinger beleidigt die Autotür zu und humpelt bis zum Tor.

»Was wird das jetzt?«, zischt die Toni, die ihr in die Schweinekälte folgen muss. »Haben wir nicht ausgemacht …?«

»Dass wir nachschauen, ob der Audi rot ist und ein Münchner Kennzeichen hat. Sicher, ich bin ja vielleicht alt, aber nicht blöd«, raunzt die alte Frau. »Hast du den Audi gesehen? Hä? Vielleicht hat er ihn reingefahren? Da müssen wir schon nachschauen, ist ja klar.«

»Unfug! Da liegt ein halber Meter Schnee im Gelände, seit ein paar Tagen ist da keiner mehr rein oder raus.« Die Toni versucht mit allen Mitteln, sie zum Umkehren zu bewegen. Leider zwecklos.

»Stimmt nicht, schau. Da ist wer rein- und rausgelatscht. Wenn das nicht unser Mörder ist, fress ich einen Besen.« Die Katzinger quält sich wankend in einen ausgetretenen schmalen Pfad hinein. Hätte die Toni die alte Frau nicht gestützt, dann wäre die Mörderjagd abrupt zu Ende gewesen. Beide verstecken sich hinter einem zum Wohnwagen umgebauten Linienbus. Die Katzinger streicht beinahe zärtlich mit der Handfläche über die Holzverkleidung. »Den hat mein Ferdl umgebaut, dreißig Jahre haben wir dadrinnen gewohnt, ach …«, seufzt sie, in Erinnerung schwelgend.

Die Toni kann dem verwitterten, längst sanierungsbedürftigen Bus nichts abgewinnen. »Sehen Sie den Audi? Mir ist kalt, ich möchte wieder heim.«

Die alte Frau hebt stöhnend die Schultern und schnauft durch. »Nein, leider nicht. Du hast wahrscheinlich recht, der hat sich über die Häuser gehaut.« Humpelnd deutet sie der

Toni, ihr zu folgen. Beim letzten Wohnwagen angekommen, liest sie kopfschüttelnd den Markennamen. »Dethleffs Camper. Der Münchner hat sich den richtigen Namen ausgesucht. Ha, ha. Detlef. Passt irgendwie. Psst«, flüstert sie. »Hörst du was? Mit den Fellohren ist es ein wengerl schwierig für mich.«
»Nein, alles ruhig. Warten Sie, da ist ein Fenster.« Auf den Zehenspitzen stehend, wirft die Toni einen vorsichtigen Blick hinein. »Scheint leer zu sein.«

»Na dann, los geht's!«, ruft die Katzinger aufmunternd, schwingt ihren Stock und drischt damit auf die Seitentür. »Rottenschlager, sind S' dadrinnen?«

»Sind Sie wahnsinnig geworden? Was soll das werden?«, zischt die Toni. »Auffälliger geht es ja wohl nicht.«

»Ma Toni, bitte, scheiß dich doch nicht an. Der ist längst weg. Oder hörst du was? Siehst, also hopp!« Sie tätschelt ihr beruhigend auf die Schulter und deutet anschließend auf das kaputte Türschloss. »Da war er fix drinnen, warte mal.« Mit der Schnalle in der Hand öffnet sie die quietschende Tür. »Marandana, da schaut's aus.«

Das Interieur des ungefähr acht Meter langen und drei Meter breiten abgewohnten Gefährts strahlt die Tristesse eines Wohnwagens im Winter aus. Ein Putzkommando, frische Wäsche, Lüften und dazu die passenden Wetterverhältnisse könnten es deutlich aufwerten. Die Temperatur im Inneren liegt unwesentlich über der äußeren. Als langjährige Pächterin des Campingplatzes und selbst Eigentümerin eines Wohnwagens kennt sich die alte Frau freilich mit solchen Behausungen aus. Rasch ist die Propangasflasche gefunden, mit der sowohl gekocht als auch im Notbetrieb geheizt werden kann.

Während die Katzinger für angenehme Raumtemperatur sorgt, geht die Toni zu einem ausklappbaren Tisch, auf dem ein Häferl steht. »Vermutlich sein Frühstück, der Tee ist noch lauwarm«, stellt sie nach einer Berührung mit dem Handrücken fest. Schließlich gilt es, möglichst wenig Spuren zu hinterlassen. Aufgrund der sensiblen Seele ihrer Komplizin spricht die Toni nicht aus, was sie von dem abgewohnten Wohnwagen hält. Das in die Jahre gekommene billige Furnier biegt sich an mehreren Stellen auf, alles wirkt schmutzig. Wie der Rottenschlager nach dem Hotel und der Frühstückspension da freiwillig hausen kann, ist für sie unbegreiflich. Wobei freiwillig bei einem Flüchtigen ein relativer Begriff ist.

»Mich trifft der Schlag«, ruft die alte Frau, lässt sich auf die Kante der Bank fallen und zieht das aufgeschlagene Kronenblatt zu sich. Auch mit Sonnenbrille ist die doppelseitige Überschrift gut zu lesen.

GRAUSAMES MASSAKER AM HARZBERGTURM!!! DER HORROR-CLOWN HAT WIEDER ZUGESCHLAGEN!!!

»Verdammt«, sagt die Toni nach einem Blick auf das Datum der Ausgabe. »Von heute. Der Sprengnagl hat von einer E-Mail vom Buxeneder an diverse Zeitungen gesprochen. Die Wehli wird wieder auszucken, und noch einen morgendlichen Auftritt von ihr brauche ich nicht.«

»Hm.«

»Was, hm?«

»Wann ist der Buxeneder eigentlich hoppgenommen worden?«

»Am Montagnachmittag, wieso …? Sie meinen, da konnte er eigentlich nichts davon wissen? Das spielt keine Rolle, der Franter ist sicher am Sonntag erschlagen worden und …«

»Ich bin hundert Promille überzeugt, dass der Makler der Mörder ist!« Die alte Frau klatscht mit beiden Handflächen auf den Tisch. »Der hätte nämlich vorher Zeit genug gehabt, dem eine über die Rübe zu hauen, und für eine Schreiberei im Internetz hätt's zeitlich auch noch gereicht.«

»Gerade eben war noch der Rottenschlager der Mörder, der übrigens geflüchtet ist und gesucht wird. Jetzt ist's der Buxeneder. Sie zaubern wieder einmal Mörder nach Belieben aus Ihrer Fellkappe.«

»Ha, ha, witzig«, raunzt die Katzinger beleidigt und liest laut vor: »Unserem Reporter wurden aus vertraulicher Quelle Informationen über die entstellte Leiche des Maklers F. von einem anon…men, äh, a…n…on…ümen« – sie tut sich mit der Aussprache sichtlich schwer – »Akaunt zugespielt! Wir fragen uns, können wir mit unseren Kindern überhaupt noch auf den Harzberg gehen? Was passiert als Nächstes? Werden bald auch unsere Kängurus abgeschlachtet?« Sie zeigt auf ein Bild der in Australien beheimateten Tiere. »Urlieb, das Schmierblatt verbreitet wieder einmal Panik.«

»Wo bekommt der Rottenschlager um diese Uhrzeit eine aktuelle Tageszeitung her? Ich meine, es ist erst sechs Uhr dreißig.«

»Die Trafik am Bahnhof hat ab fünf Uhr offen. Ich hab das früher für meine Stammgäste gemacht.«

»Ja, ja, sicher«, meint die Toni gedankenverloren. »Warten Sie, ich fotografiere den Artikel und schick ihn dem Sprengnagl.«

Hast du das Kronenblatt von heute schon gelesen? Was hat der Buxeneder in der Mail genau geschrieben? Ruf mich an!

Während sie die WhatsApp schreibt, humpelt die Katzinger durch den Wohnwagen. »Eine Sauwirtschaft hat der da angerichtet, alles dreckig. Die Besitzer tun mir jetzt schon leid.« Sie öffnet der Reihe nach die Schranktüren: »Toni, komm her. Da oben stehen so Ordner fürs Büro. Ich komm nicht rauf. Vielleicht ist da was drinnen?«

Die Toni tritt neben sie und sieht mehrere Aktenordner, die schlampig aufeinanderliegen. Der Ordner mit der Aufschrift »Immobilienobjekte im südlichen Niederösterreich« erregt sofort ihr Interesse.

»Komm, setzen wir uns hin«, fordert die alte Frau, die trotz verrenktem Hals zu klein ist, um etwas sehen zu können.

Die Toni folgt ihr und nimmt auf einem unbequemen Holzsessel Platz. »Ich kann das nicht glauben. Der Rottenschlager war wirklich bei allen Wohnungen, die von den vier toten Maklern angeboten wurden. Alles nach Immobilien geordnet, mit Bildern, auch von den Maklern. Schauen Sie, da. Perchtoldsdorf, die Terrassenwohnung vom Vondrasek. Mödling von der Luckinger, Baden von der Zangerle und die Hinterbrühl vom Franter. Ich kann nicht warten, bis sich der Sprengnagl meldet.« Sie nimmt ihr iPhone zur Hand.

Schon beim dritten Mal Läuten hebt der Gruppeninspektor ab. »Toni, hast du jetzt auch die senile Bettflucht wie der Pokorny?«, grunzt er müde.

»Ich habe keine Zeit für Späßchen. Ich sitze mit der Frau Katzinger in einem Wohnwagen in Berndorf und blättere in einem Aktenordner, der dem Rottenschlager gehört! Ihr müsst am Campingplatz anrücken und nach Spuren suchen. Er hat einen Wohnwagen aufgebrochen und war vermutlich seit Sonntag da versteckt. Der Audi ist fort, zurückgelassen hat er jede Menge Aktenordner. Er war tatsächlich in allen Wohnungen. Beim Vondrasek genau an dem Tag, wo der von der Terrasse gestürzt ist.«

»Bitte greift nichts an. Die Wehli wird auszucken ...«

»Die soll nur ja den Mund halten«, unterbricht die Toni ihn aufgebracht. »Vielleicht wäre eine Durchsuchung des Campingplatzes angebracht gewesen? Nicht nur ein Vorbeifahren mit einer Husch-pfusch-Kontrolle. Dann hätte sie den Rottenschlager festnehmen können. Also komm mir nicht mit der Chefinspektorin!«

»He, ist ja schon gut. Ich ruf sie an.«

»Was hat der Buxeneder in der E-Mail geschrieben? Hast du meine WhatsApp schon gelesen?«

»Woher zum Teufel hat der Journalist die internen Informationen? Schon wieder dieselbe Schleimratte vom Kronenblatt«, flucht er, nachdem er die Nachricht gelesen hat. »In dem Ausdruck vom Buxeneder standen diese Details nicht drinnen. Nur der Hinweis auf den mordenden Horrorclown und die angebliche Verbindung der ersten drei Toten miteinander. Wo ist eigentlich der Pokorny, und was macht die Katzinger bei dir?«

»Erzähl ich dir später. Was machen wir jetzt?«

»Ihr macht gar nichts. Bitte greift nichts mehr an, wartet einfach auf uns. Die Wehli wird so oder so auszucken, ihr könnt eure Aussage gleich vor Ort machen. Vielleicht stimmt sie das gnädig.«

»Sprengi ... wenn mir die blöd daherkommt ... dann?«

»Dann stopp ich dich. Ich muss jetzt ...«

»Warte, der Tee ist noch lauwarm, der Rottenschlager muss knapp vor uns weg sein. Vielleicht solltet ihr Straßensperren errichten?«

»Du bist gut, der kann überall sein. Das soll die Wehli entscheiden, bis gleich.«

»Na, bumm. Dass wieder einmal ein Deutscher zum Massenmörder wird ... hätt ich mir bei dem Bayern eigentlich nicht gedacht«, brummt die alte Frau.

»Wieso wieder?«

»Na ja, weißt eh, der vom Ersten Weltkrieg mit seinen grausamen Scheren ...«

Die Toni unterbricht sie ob blank liegender Nerven ruppig: »Langsam reicht es mir mit dem Unsinn, den Sie von sich geben. Bei allem Verständnis für Ihre aberwitzigen Versuche, geistreich und eloquent zu wirken – irgendwann ist es genug. Wenn das Wissen über die beiden Weltkriege in Ihrer Jugend nicht vollständig abgespeichert wurde, dann lassen Sie es bitte bleiben.« Sie sieht, wie die alte Frau die Unterlippe nach vorn schiebt. »Und jetzt brauchen Sie gar nicht schmollen.«

Die Katzinger winkt verärgert ab, steht auf und geht vor sich hin keppelnd zur Toilette, eine kleine Kammer, wo gerade eine WC-Muschel Platz hat.

Zum Glück beruhigt die Ballade von Genesis die aufgeheizte Stimmung. »Guten Morgen, Zuckerschnecke, wo bist du?«, krächzt der Pokorny verschlafen. »Holst du leicht heute das Frühstück? Ich hab dich gar nicht weggehen gehört.«

»Du wirst es nicht glauben. Die Katzinger hat vor sechs Uhr

bei uns Sturm geläutet, jetzt sitzen wir im Wohnwagen vom Rottenschlager in Berndorf und warten auf die Spurensicherung.«

»*Wo* bist du? Ich glaube, ich hab mich verhört?«

»Nein, hast du nicht. Ich bin in Berndorf am Seecampingplatz.«

»Dort, wo die Katz…?«

»Ja, genau dort.«

»Warum hast du mich nicht …?«

»Willi, du warst nicht zu wecken. Ich hab alles versucht«, erklärt sie ihm und verschweigt den wahren Grund für seinen tiefen Schlaf.

»Soll ich kommen?«

»Nein, brauchst du nicht. Hol uns Gebäck aus der Annamühle und kauf ein aktuelles Kronenblatt. Der unverschämte Reporter hat wieder zugeschlagen … lies selbst. Wir reden später.« Damit beendet sie das Gespräch.

»So, da haben wir den Beweis, dass er ein Serienmörder ist.« Die alte Frau schlurft zum Tisch und hält ein Knäuel orange Haare zwischen ihren nikotingebräunten Fingern. »Wenn mich nicht alles täuscht, war der Rottenschlager als Clown im Wohnwagen scheißen«, sagt sie über das ganze Gesicht grinsend.

»Wo haben Sie denn das her?« Die Toni verzieht angeekelt das Gesicht.

»Na, woher wohl? Vom Klo. Das ist dermaßen dreckig, dass es mir gleich wieder vergangen ist. Da mach ich mich lieber an, als … Wurscht. Im Waschbecken sind die Haare gepickt, ein paar hab ich rausgekletzelt. Sind orange, gell?«

»Ja, da wird die Wehli Augen machen.«

»Und wir warten jetzt auf unsere Henkerin, oder was?«

Die Toni zeigt nickend zum Eingangstor. »Da brauchen wir nicht lange warten. Die Vorhut ist schon mit Blaulicht angerückt. Da kann die Chefinspektorin auch nicht mehr weit sein.« Schnell schreibt sie dem Pokorny noch eine SMS.

Haben im Siphon orange Haare gefunden. Rottenschlager könnte der Clown sein. Red mit Taschner und der Smolle, frag, ob der Münchner als Pennywise unterwegs war? Muss aufhören, O-Weh im Anflug 😐

Beide beobachten fasziniert, wie die Wehli mit ihrer BMW an ihren Kollegen vorbeifährt und neben dem alten Bus stehen bleibt. Dann stapft sie mit finsterem Gesicht auf den Wohnwagen zu.

Der Pokorny kann sich über die beiden Frauen nur wundern. Fahren quasi mitten in der Nacht zu einem potenziellen Vierfachmörder und entdecken Beweismittel, die den Rottenschlager ordentlich in Bedrängnis bringen. Die Stimmung der Chefinspektorin mag er sich gar nicht vorstellen.

Dick vermummt und in schlechter Laune öffnet er die Eingangstür seines Stammcafés. Wenigstens hat heute die Karin Frühdienst, ihre Fröhlichkeit ist wie immer ansteckend und zaubert ihm ein Lächeln ins bisher griesgrämige Gesicht.

»Guten Morgen, spät bist du dran.« Sie lächelt zurück, während sie für ihn an der großen Espressomaschine den Kaffee zubereitet. »Hast du verschlafen?«

»Ja, scheint so. Mach mir bitte gleich einen doppelten Espresso.« Gähnend setzt er sich auf den Hocker gegenüber der Theke.

»Sag, vorhin ist die Polizei mit Blaulicht und Sirene vorbeigefahren. Weißt du, was los ist?«

»Nein, ich hab ja verschlafen, vielleicht erzählt mir der Sprengnagl später etwas«, schwindelt er, obwohl er weiß, dass er die hartnäckige Karin so nicht abwimmeln kann. Deshalb trinkt er, ganz gegen seine Gewohnheit, den heißen Kaffee mit schmerzverzerrtem Gesicht auf einen Schluck aus.

»Hm, dass du einmal nicht informiert bist, kaum zu glauben. Hoffentlich bist du jetzt wenigstens wach! Noch einen?«

»Nein, danke. Ich muss die Brandblasen kühlen gehen.«

»Na dann, da ist dein Gebäck. Grüß mir deine Liebste schön.«

»Mach ich, danke, baba.«

Wegen des geforderten Kronenblattes für die Toni muss er einen Umweg über den Badplatz machen. Dort befindet sich die nächstgelegene Trafik in Bad Vöslau. Als er mit der Maxime bei der Polizeiinspektion vorbeispaziert, kommt die Smolle heraus und steuert auf ein wartendes City-Taxi zu.

»Frau Smolle, hallo, haben Sie einen Moment für mich?«, fragt er, ahnt freilich die Antwort.

»Sicher nicht!«, fährt sie ihn an. »Wollen Sie mir weitere Schwierigkeiten bereiten? Die zwei Übernachtungen habe ich ja wohl Ihnen zu verdanken?«

Der Pokorny schüttelt den Kopf, hebt die Hand und bewegt den Zeigefinger hin und her. »Nein, nein, das haben Sie sich schon selbst eingebrockt. Dass uns der Mochacek belügt, ist uns schon länger klar. Dass Sie aber hinter seinem Rücken auch ein falsches Spiel treiben, hat mich schon sehr überrascht.«

»Lassen Sie mich in Ruhe, ich habe eine Menge aufzuholen. Wissen Sie, wie viele Termine mir geplatzt sind? Nur wegen dem Alptraum am Harzberg? Fünf Besichtigungen muss ich alleine heute nachholen, die letzte um siebzehn Uhr in Perchtoldsdorf. Mir ist gestern ein Kaufinteressent aus Dubai durch die Lappen gegangen. Anzahlung für die Wohnung war schon am Konto, jetzt hat sich der Käufer anders entschieden und das Geld zurückgeholt. Also, noch einen schönen Tag.« Sie öffnet die Tür zum Taxi und lässt sich in den Sitz fallen.

Der Pokorny lässt sich nicht so schnell abwimmeln. »Seien Sie mir nicht böse, Sie zaubern für einen dringend Tatverdächtigen ein Alibi aus dem Hut und geben quasi nebenbei zu, den Mochacek mit dem Buxeneder hintergangen zu haben. Währenddessen saufen Sie, als gäbe es kein Morgen? Was erwarten Sie von der Chefinspektorin? Der Buxeneder ist ihr Hauptverdächtiger. Die musste Sie einfach mitnehmen.«

»Den Mochacek und den Taschner hat sie für den nächsten Tag vorgeladen. Wohin hätte ich denn sollen? Bestand Fluchtgefahr? Nein! Verdunkelungsgefahr? Nein! Also hätte eine Vorladung wohl gereicht. Der Buxeneder kann das mit dem

Franter nicht gewesen sein, laut der werten Frau Chefinspektorin wurde der Franter am Sonntagvormittag erschlagen. Da waren wir im Kursalon brunchen, wie sollte das also gehen? Weil der Buxeneder für ein paar Minuten nicht am Tisch war, hat sie ihn nach Wiener Neustadt gebracht. Und mich hat sie wegen eines angeblich unglaubwürdigen Alibis zwei Tage hier dünsten lassen«, faucht sie und greift nach dem Türgriff.

»Sie haben sich aber auch besonders in den Vordergrund gespielt. Gerade an diesem Abend die Bombe mit Ihrem Verhältnis zum Buxeneder platzen zu lassen, noch dazu vor der Wehli. Das konnte nicht gut ankommen.« Als die Smolle die Wagentür zuwerfen will, hält der Pokorny diese fest. Sehr zum Unmut der Smolle und des mittlerweile ausgestiegenen Fahrers, der von der Figur her an einen Schwergewichtsboxer erinnert. Dass er langsam tänzelnd das Taxi umrundet, schmeckt dem Pokorny so gar nicht. Die Maxime ist ihm aufgrund der freundlichen Natur einer Beagelin keine wirkliche Hilfe. Die fragend ausgebreiteten Hände von Rocky Balboa beschwichtigt er mittels gehobener, nach vorn aufgestellter Handflächen. »Ich lasse die Frau Smolle auch gleich in Ruhe.« Er wendet sich zu ihr. »Bei einer Sache bitte ich Sie, mir zu helfen! Können Sie sich an das letzte Faschingsgschnas im Kursalon erinnern? Laut dem Grebner waren am Tisch vom Mochacek einige Vorstandskollegen und Kunden als Clowns verkleidet. Waren Sie auch dort?«

»Ja, quasi Klubzwang«, stößt sie gequält hervor. »Verordnet vom Gottobersten Mochacek. Vorbildwirkung, als Vorstand sind wir verpflichtet, dort kostümiert zu erscheinen, bla, bla, bla. Eine Verkleidung als Clown, lächerlich. Und er selbst hat sich mit einer roten Nase begnügt. Das zum Thema Vorbildwirkung durch den Herrn Obmann.«

»Wer saß noch bei Ihnen am Tisch?«

»Was weiß ich, alle vom Vorstand, Kunden …«

»Auch der Rottenschlager?«

Kurz zucken ihre Mundwinkel zu einem zaghaften Lächeln.

»Der war nicht zu übersehen. Da war noch alles eitel Wonne, er und die Zangerle haben gesoffen, als gäbe es ... äh ... ja, als gäbe es kein Morgen. Geknutscht haben die zwei, dann gab's einen Wickel, ich glaub mit dem Franter oder ... vielleicht war es auch der Taschner, kann mich nicht mehr erinnern. Jedenfalls hat der Rottenschlager dann alles angekotzt, und aus war's mit der Stimmung an unserem Tisch.« Angewidert verzieht sie das Gesicht. »Bei der nächsten Wahl zum Vorstand trete ich nicht mehr an. Ich habe so was von genug von dem Haufen, der ganzen Sauferei, den Lügen ...«

»Wie war der Rottenschlager angezogen? Vielleicht als Horrorclown?«

Sie zuckt mit den Schultern. »Weiß ich nicht mehr, ist ja fast zehn Monate her ... hm, nein, an unserem Tisch waren nur gutmütige Clowns. Wobei man eigentlich nie weiß, ob in einem scheinbar gutmütigen Clown nicht auch ein schlechter drinsteckt.« Sie dreht sich fahrig um, sucht den Blick des Fahrers.

»Sagt Ihnen Pennywise etwas?« Der Pokorny verspürt bei der Frage ein mulmiges Gefühl in der Magengegend.

»Ja, hat mir früher ein paar schlaflose Nächte eingebracht. Wo Sie den Namen erwähnen, fällt mir doch etwas ein. Bei dem Gschnas war ein Clown, gelbes Kostüm, zweifarbiger Rüschenkragen, dunkles Jackett, roter Luftballon. Soweit ich mich erinnere, hat der Clown von Stephen King so ausgesehen.«

»Violett-weißer Kragen?«

»Kann sein. Schauen Sie auf der Webpage der Gemeinde nach, vielleicht finden Sie da Ihren Mörder. Die Bilder sollten zu finden sein. Und jetzt reicht's!« Sie klatscht zweimal heftig in die Hände, der Fahrer deutet den erbosten Blick richtig und kommt ihr zur Hilfe.

»Nach Ihren Alibis für die letzten Morde brauche ich Sie wahrscheinlich nicht fragen, oder?«, versucht er noch schnell, scheitert aber am Taxifahrer.

»Gehen Sie bitte aus dem Weg!«, fordert der Schwergewichtsboxer, schubst den Pokorny sachte, aber bestimmt von der Autotür weg, schließt sie und geht mit strengem Blickkontakt zur Fahrerseite.

Der Pokorny starrt dem davonbrausenden Taxi nach. »Pennywise, Pennywise, ich werde verrückt«, murmelt er, während er die Hochstraße hinunter zum Schlossplatz marschiert. »Die Smolle und der Buxeneder … was treiben die da für ein Spiel?«, fragt er die Maxime, die ihm einen treuherzigen Hundeblick schenkt, ihm aber naturgemäß nicht helfen kann.

Die Begrüßung durch die Wehli, gefolgt vom Sprengnagl und der Inspektorin Stabeldorfer, fällt wie erwartet frostig aus. »Frau Pokorny, Frau Katzinger, was zur Hölle treiben Sie hier? Der Campingplatz hat geschlossen, Sie brechen ein und machen hier eine Teeparty, oder was?« Die Chefinspektorin schaut sich flüchtig in dem Wohnwagen um, dann bleibt ihr Blick an der ehemaligen Eigentümerin des Campingplatzes hängen. »Wollen Sie etwa wieder nach Berndorf ziehen?«

»Eine Frechheit! Geht es Ihnen noch gut? Das Tor war offen und der Wohnwagen aufgebrochen. Vielleicht hätten Sie gestern besser nachsehen sollen!«, zischt die Toni und springt für ihre Komplizin in die Bresche. »Warum sind Sie immer so unfreundlich? Mein Mann hat schon recht, wir liefern Ihnen Indizien ohne Ende. Im Gegenzug sind Sie unfreundlicher denn je.«

Die Wehli setzt sich an den Rand der Eckbank, stützt den rechten Ellbogen auf und legt den Kopf seitlich auf die Faust. »Was ich warum wann bin und ob ich freundlicher sein könnte, ist ganz alleine meine Sache. Womit Ihr werter Herr Gemahl recht hat, interessiert mich wenig. Ich will von Ihnen wissen, was Sie hier machen. Gestern war der Campingplatz geschlossen. Heute steht das Zufahrtstor offen, Sie haben die Konservendose aufgebrochen und vernichten gemütlich sitzend wichtige Beweise.« Sie reißt den Ordner ruppig an sich. »Hm, schau, schau, der Rottenschlager. Dachte ich mir doch, dass mit dem was nicht stimmt …«

»Jetzt machen Sie sich doch nicht lächerlich!« Nur mühsam schafft es die Toni, sich zu beherrschen. »Bisher hat Sie der Münchner doch kaum interessiert. Vielleicht ein bisschen tatverdächtig, ein paar Quartiere abklappern, mehr war aber auch nicht. Weil es ja eh den Buxeneder gibt, nicht wahr?«

»Sie und Ihr Mann sind wirklich ein nettes Pärchen. Beide gleich neugierig und immer an der falschen Stelle.«

»Vielleicht brauchen S' das da für die Verhaftung von dem Piefke?«, mischt sich die Katzinger ein und drückt der Wehli das feuchte, stinkende Haarknäuel in die Hand. »Für Sie gefunden, da am Häusel.« Sie freut sich über das angewiderte Gesicht. »Da vorne, hinter der offenen Tür, vielleicht finden S' dort noch was Verdächtiges.«

»Pfui, was ist denn das Grausliches«, schreit die Chefinspektorin, schüttelt dabei hastig das Knäuel von ihrer Handfläche.

Die alte Frau lächelt spitzbübisch. »Na, wonach schaut's denn aus? Ein Büschel orange Haare, aus dem Ablauf vom Waschbecken. Geht aufs Haus, quasi frei für Sie aufgespürt. Können wir jetzt gehen?«

»Nicht so schnell«, bremst sie das Auge des Gesetzes. »Was haben Sie mit Ihren gichtigen Nikotinpranken sonst noch alles so angefasst?«

Die bekennende Kettenraucherin läuft rot an und tatscht ab, was sie mit ihren kurzen Händen sitzend erreichen kann: den Tisch, die Sitzbank, den Ordner, alles. »Sie sind ja nicht viel größer als ich. Also malen S' Ihnen aus, was ich alles angefasst haben könnte. Einen Reifenwechsel hab ich auch durchgeführt, also müssen S' den Wagen auch außen kontrollieren. Viel Spaß!«

»Schauen Sie sich den Ordner genau an.« Diplomatisch lenkt die Toni das Gespräch in ruhigeres Gewässer. »Der Rottenschlager war laut seinen Aufzeichnungen am Tag, wo der Vondrasek von der Terrasse gestürzt ist, in der Wohnung. Richten Sie Ihren geschätzten Blick auf den Zeitpunkt der Besichtigung.«

Die Wehli zieht die Augenbrauen zusammen. »Herr Gruppeninspektor, wann genau ist der Vondrasek runtergefallen?«

»Weiß ich nicht auswendig«, antwortet er und verdreht hinter dem Rücken der Chefin die Augen.

»Dann rufen Sie in der Inspektion an! Ich muss das gleich wissen. So, wie es aussieht«, meint sie mit einem Blick in den Ordner, »war es gut, dass ich die Interpolfahndung nach ihm veranlasst habe.«

»Haben Sie bei der Kaserne und auf der Terrasse schon nach orangen Haaren suchen lassen? In dem Fall huschen ein bisschen viele Clowns herum. Im Turm wurden orange Haare gefunden, der Wagner hat einen gesehen … Bei der Faschingsfeier im Februar waren der Vorstand und Kunden, auch der Rottenschlager, alle als Clowns verkleidet«, fasst die Toni zusammen und hofft, die ihr schon bekannten Informationen von der Chefinspektorin bestätigt zu bekommen. Weil sie direkt auf die im Balkonkisterl und bei der Kaserne gefundenen Haare ansprechen geht ja nicht, ohne den Sprengnagl zu verraten. Ist ja klar, woher sie die Infos hat.

»Äh … welche Feier?«

»Vielleicht verstehen Sie mich ja jetzt? Anstatt sich über Informationen zu freuen, kommen Sie mir komisch daher.« Die Toni schüttelt ungläubig den Kopf und erzählt ihr von dem Gespräch mit dem Grebner. »Wenn Sie an den anderen Tatorten, und ich verwende absichtlich die Mehrzahl, auch orange Haare oder sonstige Hinweise auf einen Clown gefunden haben, reden wir wahrscheinlich von einem Serientäter. Haben Sie?«

Die Wehli überlegt lange. »Ja, haben wir. Auf der Terrasse im Blumenkisterl, vergraben unter dem unsäglichen Schnee, beim Zaun hinter der Kaserne haben wir bei Ihrem Fluchtloch Haare gefunden, drinnen die Kordel mit dem zertrampelten Kügelchen, zum Glück … Ohne …« Sie tut sich sichtlich schwer mit den Worten, »ohne Ihren … Hinweis hätten wir bei dem Schnee keine Chance gehabt.«

»Und bei der Zangerle?«, nutzt die Toni die Gunst der Stunde. Die Chefinspektorin hat spürbar ein schlechtes Gewissen, tut sich aber mit einem einfachen Danke schwer.

»Fehlanzeige, ist zehn Tage her, da gibt es keine Spuren mehr. Hier haben wir nur die Aussage des Fahrers.«

»Sie haben also an drei Tatorten Haare sichergestellt, bei der Zangerle wurde ein Clown gesichtet, und hier im Wohnwagen hat die Frau Katzinger orange Haare im Siphon gefunden. Der Buxeneder bleibt nach der Hausdurchsuchung weiter tatverdächtig, verstehe ich schon, aber ...« Sie verstummt und erkennt, dass sie zu weit gegangen ist. Mitten im vertraulichen Redefluss mit der Wehli passiert ihr übermütig so ein Fehler. Grundsätzlich ist eher der Pokorny mit dem Mund schneller als mit dem Hirn.

Die Chefinspektorin winkt den Sprengnagl zu sich, positioniert ihn neben der Toni und starrt beide abwechselnd an.

»Woher zum Teufel, werte Frau Pokorny, wissen Sie von den orangen Haaren im Turm und von der Durchsuchung beim Buxeneder?«

»Äh«, stammelt die Toni ohne Idee, wie sie aus der Nummer wieder rauskommen soll. »Die Kordel im Turm gehört wahrscheinlich zu einem Clownskostüm. Bei der Gewalttat ist anzunehmen, dass der Mörder quasi Haare gelassen hat.«

»Aha, anzunehmen? Und die Hausdurchsuchung? Ist die auch anzunehmen?«

»Nein, die ist naheliegend. Wenn er in Wiener Neustadt in U-Haft sitzt, werden Sie ja wohl bei ihm nach Beweismitteln suchen, oder?«

»Und woher wissen Sie, dass er in U-Haft sitzt? In Wiener Neustadt? Hä? Ist das auch naheliegend? Wollen Sie beide mich verarschen? Hat der Herr Gruppeninspektor seinen Spezi wieder mit ermittlungsrelevanten Informationen versorgt?« Sie stiert die beiden verärgert an. »Los, reden Sie schon!«

Der Sprengnagl flüstert der Wehli zu: »Hören Sie doch auf, so idiotisch zu reden. Natürlich haben die Pokornys die Infos von mir. Nur, das müssen Sie mir erst beweisen. Außerdem haben die beiden brauchbare Hinweise geliefert, Beweismittel gefunden und uns zur Verfügung gestellt. Ein einfaches Dankeschön wäre durchaus angebracht. Was führen Sie sich also so auf? Nehmen Sie die Infos mit Kusshand und geben Sie Ruhe. Übrigens war der Rottenschlager tatsächlich der letzte Kunde beim Vondrasek. Um siebzehn Uhr war der Besichtigungstermin, um siebzehn Uhr dreiundvierzig hat der Notarzt den Vondrasek für tot erklärt. Wir sollten den Münchner dringend finden, statt hier Theater zu spielen.«

Die Wehli weiß nicht, wie ihr geschieht. Wieder einmal steckt sie in dem Dilemma zwischen der Abneigung gegenüber den Pokornys und ihren Problemen mit der Weitergabe von Informationen durch den Gruppeninspektor. »Wissen Sie, Sprengnagl, ich bereue den Tag, an dem wir mit der Soko Friedhof gescheitert sind, zutiefst. Mittlerweile wäre ich sicher Leiterin des LKA, dann wäre mir mit Ihnen, dem Pokorny und den anwesenden Privatermittlerinnen eine Menge erspart geblieben.«

Er glaubt, sich verhört zu haben. »Wir … sagten Sie, *wir* sind gescheitert?« Bisher hat die Chefinspektorin jeden Fehler ihrerseits an der vergeigten Soko bestritten und alles ihm zugeschoben. Dass jetzt aber das Team gemeinsam gescheitert ist, ist mehr, als er je erwartet hätte.

»Bilden Sie sich nur nicht zu viel darauf ein«, wiegelt sie ab, »letztendlich scheitert man immer gemeinsam, auch wenn nur einer …«

»Ah eh, alles beim Alten. Ich war schon beunruhigt. Wollen Sie die Frau Pokorny und die Frau Katzinger weiter festhalten?«

Die beiden haben das Gespräch mit Interesse verfolgt. »Ist jetzt der Rottenschlager oder doch der Buxeneder Ihr Hauptverdächtiger? Mir ist zu Ohren gekommen«, sagt die Toni schmunzelnd mit neu gewonnener Zuversicht, »dass beim Buxeneder blutige Holzscheite gefunden wurden. Sind die tatrelevant?«

Der Blick, den die Wehli dem Sprengnagl zuwirft, könnte tödlicher nicht sein. »Kollegin Stabeldorfer«, beordert sie genervt die Inspektorin zu sich. »Geleiten Sie die beiden zu ihrem Auto mit anschließendem Escortservice nach Vöslau. Los!« Mit nach oben gerichteten Handrücken winkt sie die drei Frauen aus dem Wagen. »Sprengnagl, rufen Sie den Alterbauer an. Der soll sich beeilen, wir haben einen dringend Tatverdächtigen zu überführen.«

Wahrscheinlich hätte der Pokorny die Zeitung besser zu Hause gelesen, dann hätte er die zahlreichen spiegelglatten Eisflächen sicher ausmachen können. Zwar wurden die Gehsteige durch die Gemeinde mittlerweile gut geräumt und größtenteils auch mit der notwendigen Menge Salz bestreut. Trotzdem rutscht er zweimal auf eisigen Stellen aus und verflucht die nachlässigen Hausbesitzer. Die halbherzigen, hastig durchgeführten Schaufelaktivitäten sind für ihn ein klares Zeichen von Rücksichtslosigkeit. Nie und nimmer kann es an ihm liegen, dass er mit schmutzigem Gewand zu Hause ankommt.

Natürlich muss die Toni die Katzinger nach dem gemeinsamen Außeneinsatz ins Haus hineinlassen. Eine weitere Kontrolle der Taschen der alten Frau ist nicht mehr notwendig, lediglich der strenge Blick der Toni auf die Moonboots führen zu einem kurzen Blickduell zwischen den beiden Damen. Der Pokorny, der ahnt, was kommen wird, ist klug genug, sich nicht einzumischen.
   Mit einem lauten »Ffftsch« entledigt sich die alte Frau des rechten Plastikschuhs, hervor sticht ein ausgebleichter gekringelter wollener Kniestrumpf mit einem riesigen Loch über dem Hallux. Als wäre der Anblick nicht schon grauslich genug, macht sich unmittelbar ein scharfer Schweißgeruch im Vorzimmer breit. Bei aller Sorge um die Sauberkeit im Wohnzimmer zieht ihr die Toni mit angeekeltem Gesicht den Schuh schnell wieder über den Fuß. »Äh, geht schon, warten Sie, ich wische die Schuhe noch ab. Gehen Sie einfach so hinein.«
   »Was ihr immer habt, ihr jungen Leute. Dein Mann hat genauso geschaut wie du. Ich bin halt kein junges Pupperl mehr, dass dir aber gar so graust, tut mir in der Seele weh. Nächste Woche geh ich eh zur Legerer zur Maniküre, die richtet mir

die Fußerl wieder tipptopp her. Wirst sehen.« Mit hängenden Schultern zuckelt sie hinter der Toni ins Wohnzimmer und lässt sich schnaufend auf einen Sessel am Esstisch fallen.

»Wollten Sie nicht zum Arzt gehen? Eine Pediküre wird Ihnen bei den offenen Beinen nicht helfen.«

»Ja, ja, ist schon gut. Sag, geht dir die depperte Chefpolitesse auch dermaßen auf die Nerven? Ich könnt sie auf den Mond schießen. Wie kann man nur so vernagelt sein?«

Der Pokorny bleibt schnuppernd bei der Wohnzimmertür stehen. »Was riecht denn da so säuerlich? Ist die Milch schlecht geworden? Warte, ich stell eine Duftkerze auf, ist ja nicht zum Aushalten.« Während er den Docht einer Vanillekerze anzündet, schickt die Katzinger der Toni einen Blick, ärger hätte es die Medusa auch nicht hinbekommen. »Ich hab tief und fest geschlafen. Ein Wahnsinn, dass die Tabletten vom Dr. Böhm plötzlich so einfahren.«

»Äh, also …«, stammelt die allerbeste Ehefrau der Welt.

»Also, wahrscheinlich wirken die Tabletten in Verbindung mit dem Veltliner bei dir so.«

»Jetzt auf einmal? Die Kombi hab ich ja nicht zum ersten Mal probiert.«

»Vielleicht halt diesmal …?«

Der Versuch, sich aus der Affäre zu ziehen, scheitert an der Rache der alten Frau: »Ma, was du so denkst. Es Valium hat deine werte Gattin zu hoch dosiert, haut normal ein Pferd um. Hundert Milligramm, ein Wahnsinn.«

»Valium! Hundert Milligramm? Bist du wahnsinnig? Willst du mich umbringen?«

Die Toni wirft der alten Frau einen erbosten Blick zu. »Es waren nur zehn Milligramm, Willi. Tut mir leid, aber du wälzt dich im Bett herum, ich bekomme kein Auge zu.«

»Darüber reden wir noch«, stellt er verärgert fest. Nicht nur, dass sie ihn wie einen psychiatrischen Patienten ruhigstellt, nein, den Außeneinsatz hat er auch verpasst.

Um die selbst provozierte, eingefahrene Situation zu entschärfen, räuspert sich die betagte Verräterin. »Könnte ich bitte einen Kaffee haben? Nach dem Stress brauch ich einen.«

»Gerne, aber ohne Schlagobers«, antwortet die Toni. »So ein fettes Zeug gibt es bei uns nicht.«

Die alte Frau winkt ab. »Pah, fett, alles übertrieben! Ich habe neulich einen Rapport gelesen …«

»Frau Katzinger!«, zischt die Toni. »Wollen Sie jetzt einen Kaffee oder nicht?«

»In Gottes Namen … ja.«

»Frau …«

»Bitte, mir brummt eh der Kopf. Geht's auch ein wengerl ruhiger?«, fragt der Pokorny in der Hoffnung, die gespannte Situation zu entschärfen. »Was war am Campingplatz los?«

Nach fünfzehn Minuten sind die wechselseitigen Erlebnisse ausgetauscht, alle drei schlürfen nachdenklich ihren Kaffee.

»Wir haben also folgende Verdächtige«, eröffnet die Toni das Gespräch. »Den Buxeneder wegen der Tatwaffen und der Unterlagen zum Konsortium. Die Smolle wegen dem fragwürdigen Alibi und dem seltsamen Hinweis auf Pennywise. Wobei, nur weil sie den Clown namentlich kennt, ist sie nicht verdächtig.«

»Auf der Internetseite der Gemeinde sollen Bilder von dem Gschnas drauf sein. Vielleicht finden wir Aufnahmen oder Videos von unserem Pennywise-Clown und Hinweise, wer dahintersteckt. Wenn das Kostüm den Hauptpreis gewonnen hat, wissen wir sogar den Namen. Allerdings hat sie von der alten Version des Pennywise gesprochen, aus den neunziger Jahren. Das passt nicht zu der Sichtung vom Wagner.«

»Die Webpage schauen wir uns später an. Zu guter Letzt haben wir den flüchtigen Rottenschlager, der mehrere Gründe für seine Taten hat. Er war überall vor Ort und hat Beweismittel im Wohnwagen zurückgelassen.«

»Der Piefke war's, fix. Der war mir von Anfang an ärgstens verdächtig. Schon in der Annamühle, glaubst mir das jetzt endlich?«, fragt die Katzinger.

»Und wie passen die belastenden Holzscheite beim Buxeneder ins Bild?« Der Pokorny übergeht das Deutschen-Bashing. »Da stimmt was nicht. Der hat alles im Detail geplant, und dann so was?«

Die alte Frau rührt bedächtig in der großen orangen Teetasse um. Die zu den Pokornys gewandte Vorderseite ziert eine grüne Schildkröte mit rotem Panzer und einer rot-weißen Weihnachtsmütze mit Quaste. Darunter der Spruch: »*It's only Christmas, no stress.*«

»Der Rottenschlager könnte den Franter erschlagen und danach das Holzscheit dem Buxeneder untergejubelt haben.« Sie schiebt die Unterlippe nach vorn, hinter ihren Sonnenbrillen huschen die Augen flink hin und her.

»Die Idee ist gut, allerdings hinkt sie«, meint der Pokorny. »Der Buxeneder hat ihn nicht betrogen. Zumindest steht davon nichts in den Polizeiprotokollen und Anzeigen. Warum sollte er ihm die Taten in die Schuhe schieben wollen?«

Die Katzinger zuckt genervt mit den Schultern. »Was weiß ich, was in einem kranken Mörderhirn umgeht. Hast eine bessere Idee?«

»Der Buxeneder könnte umgekehrt dem Rottenschlager die Haare allerdings auch untergeschoben haben. Er kennt ja die Problematik zwischen den toten Kollegen und dem Münchner«, wendet die Toni ein.

»Aber wenn er die Jolanda nicht kennt, weiß er auch nix vom Campingplatz«, wirft die alte Frau ein. »Wie soll er dann die Haare im Wohnwagen versteckt haben?«

Der Pokorny schüttelt den Kopf. »Ich kann mir einfach nicht vorstellen, dass sich der Buxeneder die Mordwaffen auf den eigenen Holzstoß vors Haus legt. Nein, das ist idiotisch, mit den Beweismitteln im Safe und der Nachricht in der Schublade … Woher hat der Reporter den Schwachsinn?«

»Der Mailtext vom Buxeneder ist es nicht. Das hat mir der Sprengi schon bestätigt«, antwortet die Toni.

»Könnte auch eine Ablenkung sein. Er lässt die Nachricht

ohne detaillierte Infos in der Schublade, prompt wird sie gefunden«, meint der Pokorny. »War ja klar, dass es eine Hausdurchsuchung geben wird.«

»Dann wäre der Buxeneder aber ganz schön gerissen«, stellt die Toni fest.

»Ist er auch. In dem Zeitungsartikel von heute steht nämlich erstmals Täterwissen drinnen. Nicht nur Blabla und Infos von seinem Lauschangriff im Restaurant.« Er öffnet die Zeitung, wieder ist der Bericht dem Kronenblatt eine Doppelseite wert. »Hier! ›Die getötete Immobilienmaklerin Zangerle wurde auf dem Rückweg vom Post-Bankomat zum El Gaucho, einem Badener Steaklokal, von einem Horrorclown vor die Badner Bahn gehetzt.‹«

»Willi, dass wissen wir schon.«

Er klopft mit dem Zeigefinger auf ein Foto. »Das El Gaucho wurde namentlich bisher nicht erwähnt. Lediglich von einem Steaklokal hat man berichtet. Dass die Zangerle zum Bankomat musste, weiß nur der Mörder, auch, welchen Weg sie genommen hat. Ebenso, dass der Bankomat bei der Bank Austria ebenfalls kaputt war. Auch das defekte Kreditkartenlesegerät wurde nirgendwo erwähnt. Das sind alles Details, die nur die Polizei und der Täter, mit Abstrichen noch der Kellner wissen können. Wenn wir also davon ausgehen, dass weder die Polizei noch der Kellner mit dem Reporter des Schmierblatts geredet haben, können die genauen Infos nur vom Täter kommen. Oder?«

Die Katzinger schlürft genüsslich aus ihrem Häferl. »Massakriert vier Menschen, dann schickt er den Zeitungen Infos zu. Leute gibt's. Wenn der wirklich so ein kaltblütiger Mörder ist … vielleicht hat der dort ein blutiges Steak gegessen, dabei die Zangerle lüstern beobachtet, das Gerät kaputt gemacht und dann zack …«

»Wieso lüstern?«, fragt der Pokorny.

»Ma, halt so. Wenn du als Clown ein Massaker anrichtest, musst schon einen ordentlichen Klescher haben, gell? Kann so ein Lesegerät leicht zerstört werden? Vielleicht wollte der Mörder das ja, also das Gerät absichtlich kaputt machen.«

»Keine Ahnung, laut dem Sprengi war kurz zuvor ein Gast mit einer defekten Kreditkarte dort. Danach war das Lesegerät kaputt.«

»Und die haben kein Ersatzgerät?«, wundert sich die Toni. »Gerade dann ist auch noch der Bankomat kaputt. Was für ein Pech.«

»Wenn das wirklich geplant war, dann könnte der Täter doch auch den Bankomat bei der Bank Austria manipuliert haben. Das ist der nächste«, sagt der Pokorny. »In jedem Gerät ist eine Kamera eingebaut. Vielleicht gibt es Aufzeichnungen davon?«

»Ja, im letzten Bezirksblatt war eine Rap..., also eine Reportage ... pfff, ein Bericht halt von einer Pensionistin, die beim Geldabheben niedergeknüppelt wurde. Grausam, grausam ... und da haben s' den Täter mit einem Video entlarvt. Schwups, ist er eingesessen.«

Die Toni bezweifelt die Theorie der beiden. »Ich weiß nicht, ob die defekten Automaten zu unserem Fall dazugehören? Klingt schon weit hergeholt.«

»In diesem vertrackten Fall kann alles möglich sein, die Frau Katzinger könnte recht haben. Überleg doch mal. Wir gehen bei der Zangerle von einem Mord aus. Die Verkleidung als Clown, die Manipulation des Bankomaten ... dass gerade an diesem Abend das Kreditkartenlesegerät kaputtgeht, ist schon ein seltsamer Zufall, oder? Ich meine, der ganze Aufwand gehört doch vorbereitet. Da muss irgendwer etwas gesehen haben.« Er grinst die alte Frau an. »Wir müssen versuchen herauszufinden, wie der Gast ausgesehen hat. Auch wenn es sich wild anhört, aber der Täter könnte die Zangerle beobachtet und absichtlich das Lesegerät kaputt gemacht haben.«

»Damit sie dann zum Bankomat gehen muss. Geht das so leicht? Das soll der Sprengi klären.« Sie nimmt ihr iPhone zur Hand und schreibt ihm eine WhatsApp.

Wisst ihr, wer das Kreditkartenlesegerät am 11. Dezember

ruiniert hat? Wilde Idee: Der Täter könnte vor Ort gewesen sein und das Gerät manipuliert haben. Deshalb musste die Zangerle bar bezahlen und überhaupt erst zum Bankomat gehen. Davor hat er noch den Bankomat bei der Bank Austria kaputt gemacht. Habt ihr das überprüft?

»Schauen wir einmal, was retour kommt.«

»Soviel ich weiß, sperrt das El Gaucho um elf Uhr dreißig auf. Ich fahre selber hin und klär das«, schlägt der Pokorny vor.

»Gibt es auf der Seite des Verbands Fotos von den Vorstandsmitgliedern? Die könnte ich mitnehmen, vielleicht erkennt der Kellner jemanden. Einen Versuch ist es wert. Der Sprengi wird am Campingplatz länger brauchen. Wenn er dort fertig ist, wird ihn die Wehli nach deinem Versprecher sicher nicht aus den Augen lassen.«

»Warte kurz.« Die Toni klappt ihren Laptop auf und durchforstet das Internet nach Bildern auf der Verbandswebseite. »Hm ... ja, da im Archiv. Fotos von der letzten Vorstandstagung und von einem gemeinsamen Wandertag am Wiener Kahlenberg. Ich drucke dir ein Gruppenbild, die einzelnen Personen als Vollbilder und je ein Porträtbild aus.« Mit wenigen Klicks sendet sie via Bluetooth die passenden Bilder an den Farbdrucker.

»Auch eins vom Grebner. Der ist da nirgendwo drauf«, stellt der Pokorny fest. »Zwar glaub ich nicht, dass der als Clown verkleidet vier Kollegen umbringt, maximal die Zangerle, aber wenn das mit dem Alibi ungeklärt ist, wär's möglich.«

»Hat sich halt gut ergeben«, meldet sich die alte Frau zu Wort. »Was anderes, sitzt der Mochacek noch ein?«

»Die Wehli lässt den sicher nicht so schnell laufen. Sonst wäre er schon bei uns aufgetaucht«, mutmaßt der Pokorny. »Können wir ihn als Täter ausschließen?«

Die Toni schüttelt den Kopf. »Ausschließen können wir schon wegen des Agenturvertrags niemanden. Ein Motiv haben alle. Zwar gibt es außer der Provisionsaufteilung keinerlei Hinweise, die gegen den Mochacek sprechen ... aber trotzdem.

Wäre nicht der erste Täter, der durch aktives Bemühen um Aufklärung von sich ablenken will.«

»Wobei für mich eine aktive Aufklärung schon ein bisserl anders ausschaut«, wirft der Pokorny missmutig ein. »Der hat uns doch nur erzählt, was für ihn unverfänglich war.«

»Die Mona, seine Frau, wird sicher wissen, ob er schon zu Hause ist«, meint die Katzinger.

»Wissen Sie denn, wo der Mochacek wohnt?«, fragt die Toni.

»Wo die wohnen, weiß ich nicht.« Die alte Frau grinst spitzbübisch. »Aber wo die Mona arbeitet, schon. Nämlich im Kundenservice der Gemeinde. Die kenn ich von meinem berechtigten Kampf gegen das hellblaue Monster im Fischerlteich. War immer sehr konspirativ. Helfen hat s' mir dann aber auch nicht können.« Sie steht ächzend auf. »Auweh, die Knochen, so zeitig am Morgen wollen s' gar nicht bewegt werden. Als dann, ich hau mich über die Häuser. Pfff, schon ein bisserl anstrengend heute, gell?«

»Ich bring Sie nach Hause. Nach dem harten Außeneinsatz haben Sie sich das verdient«, meint die Toni abschließend versöhnlich.

»Babatschi, Pokorny, bis später.« Sie winkt und watschelt mit ihren riesigen Schuhen voraus zum Mini.

Wieder zurück, ruft die Toni beim Kostümverleih in Möllersdorf an. Die Mailanfrage mit der Bitte um Rückmeldung hat die Besitzerin wohl nicht beeindruckt. »Guten Tag, hier spricht Pokorny. Ich habe Ihnen eine E-Mail mit Fotos bezüglich eines Clownskostüms gesendet. Konnten Sie sich die Mail schon ansehen?«

»Ja, gestern Abend, die Kordel und das Stück von dem herausgerissenen Stoff stammen von einem Pennywise-Kostüm. Kennen Sie den Horrorclown von Stephen King?«

»Von ›ES‹, ja, kenne ich. Haben Sie in letzter Zeit so ein Kostüm verliehen?«

»Hm«, sagt die Inhaberin zögerlich.

»Was, hm?«

»Darüber darf ich Ihnen keine Auskunft geben.«

»Es geht hier um eine polizeiliche Ermittlung. Da dürfen Sie uns alles sagen«, blufft die Toni.

»Ah … also, Anfang Dezember wurde das Kostüm für einen Monat ausgeliehen. Was für Dezember eher ungewöhnlich ist. Clowns gehen bei mir erst ab Mitte Jänner über den Ladentisch. Ich hoffe, es ist nicht noch mehr kaputtgegangen. Die Originalnachbildung des Pennywise-Kostüms hab ich nur einmal im Geschäft. Haben Sie die rot-weißen Kügelchen gefunden?«

»Bisher nicht«, schwindelt die Toni. »Wer hat das Kostüm ausgeliehen?«

»Das darf ich Ihnen aus Datenschutzgründen nicht sagen.« Sie bleibt hartnäckig dran. »Es geht hier um einen Vierfachmord, kommen Sie mir nicht mit Datenschutz daher.«

»Tut mir leid, ich kenne Sie nicht. Da kann ich nicht so einfach …«

»Ja, ja, schon gut. Können Sie die Person wenigstens beschreiben?«

»Äh … ich … ich muss Schluss machen, eine Kundin, ich melde mich. Auf Wiederhören«, beendet die Kostümverleiherin abrupt das Gespräch.

»Echt mühsam«, fasst die Toni zusammen. Nach einem Blick auf das Display springt sie hektisch auf. »So spät, fünf vor acht, ich muss in die Bücherei.« Sie läuft ins Badezimmer und kommt nach minimalen Gesichtsadaptierungen zurück. »Schaffst du das mit der Frau Mochacek alleine?«

»Sicher. Nachher fahre ich ins El Gaucho, dann versuch ich, den Taschner aufzutreiben. Vielleicht erfahre ich von ihm ja mehr zu dem feuchtfröhlichen Faschingsgschnas. Bussi und liebe Grüße an die Tatjana.«

»Ganz schön im Stress, mein Bärli. Gut, wir sehen uns um zwölf Uhr im Bierhof. Bussi.«

Nachdem der Pokorny gemütlich fertig gefrühstückt hat, marschiert er mit der Maxime zum Gemeindeamt.

»Guten Tag, Frau Mochacek«, begrüßt er die etwa fünfzig-jährige Dame, die aufgrund ihres Namensschilds leicht zu er-kennen ist. »Mein Name ist …«

»Ich weiß, wer Sie sind. Sie arbeiten für meinen Mann. Als Dank sitzt er jetzt im Gefängnis.« Ein herzliches Willkommen hört sich freilich anders an.

»Nein, so war das nicht«, widerspricht er und bemerkt die neugierigen Blicke der anderen Mitarbeiterinnen. »Können wir uns irgendwo in Ruhe unterhalten?«

»Ich weiß nicht, ob das eine gute Idee ist«, meint sie ableh-nend.

Der Pokorny setzt seinen treuherzigsten Blick auf, besser könnte es nicht einmal die Maxime. »Bitte, ich kann Ihnen alles erklären.«

»Gut, gehen wir gegenüber zum Mann. Eine Viertelstunde habe ich Zeit.«

Schweigend gehen sie die wenigen Schritte zur Bäckerei Mann, bestellen dort einen Espresso und einen Kleinen Brau-nen.

»Danke für Ihre Zeit, ist Ihr Mann schon zu Hause?«

»Woher denn? Die Chefinspektorin macht ihn fertig. Trotz eines Alibis für den Mord am Franter sitzt er seit gestern in Haft. Wir waren von Samstag auf Sonntag in der Asia-Therme in Bad Erlach und sind erst spätabends retour gekommen. Mein Mann kann also den Franter nicht umgebracht haben. Auch für die anderen Mordfälle hab ich der Chefinspektorin Personen genannt, die bezeugen können, dass wir wirklich fort waren. Aus reiner Willkür oder Rache zögert sie die Prüfung der Alibis hinaus. Angeblich kann sie meinen Mann ohne richterliche An-ordnung achtundvierzig Stunden lang festhalten. Ein Wahnsinn, und alles wegen Ihnen!« Sie blitzt ihn an. »Dann zahlt er Ihnen noch fünfhundert Euro pro Tag. Und das ist der Dank.«

»Ich kann nichts dafür«, verteidigt er sich. »Außerdem kann er sich sein Schwarzgeld sonst wohin stecken. Sorry, aber mir reicht's ehrlich mit den Lügen Ihres Mannes.« Als er ihr von den

Schwindeleien seines Auftraggebers erzählt, schaut sie zuerst ungläubig, beginnt sich aber schließlich mehr und mehr über ihren Ehemann zu ärgern.

»So ein Dickschädel. Spiel mit offenen Karten, hab ich ihm gesagt. Du kannst sie nicht beauftragen und das ... äh, Projekt verschweigen.«

»Wir wissen über das Martinek-Projekt, die Agenturgemeinschaft und so weiter Bescheid. Hat zwar lange gedauert, so nach und nach haben wir das Puzzle dann doch zusammengefügt. Auch von der Bestechung im Ministerium hat er uns erzählt.«

»Ich hab ihm gesagt, lass die Finger davon, das geht nicht gut. Hat sich der Kindskopf vom Franter doch einwickeln lassen!«

Sie wirkt ehrlich erstaunt und beginnt zu zittern, Obers tropft von dem schwankenden Löffel auf die Kaffeetasse.

»Sieht ganz so aus. Ihr Ehemann hat uns erzählt, dass der Franter fünfzigtausend Euro Bestechungsgeld an einen Beamten im Verteidigungsministerium gezahlt hat. Und zwar für Interventionen bei dem Verkauf der Kaserne an die Agenturgemeinschaft.« Er lässt die Botschaft ein wenig sickern. »Der Gemeinderat Schlatzer hat sogar von fünfhunderttausend Euro gesprochen.«

»Der Schlatzer ist eine miese Ratte. Der würde Ihnen alles erzählen, nur um meinem Mann zu schaden. Wieso glauben Sie ihm und nicht meinem Mann?« Sie schaut auf die Uhr, der Pokorny erkennt, dass die Audienz bald enden wird.

»Ihr Mann hat uns leider schon zu oft angelogen und Dinge erst zugegeben, wenn diese schon am Tisch lagen. Außerdem gibt es Bilder und Gesprächsmitschnitte, die die Übergabe der fünfhunderttausend Euro bestätigen. Warum uns Ihr Mann wieder angelogen hat, weiß ich nicht. Waren Sie beim letzten Faschingsgschnas im Kursalon auch dabei?«

»Nein. Früher schon, jetzt erspare ich mir solche Feiern. Dort geht es doch nur ums Geschäft, nicht um den Spaß. Das hat mit lustigem Beisammensein nichts mehr zu tun. Politiker werden angefüttert, Kunden überredet, Immobilien zu kaufen, die sie eigentlich nicht wollen«, plaudert sie freimütig aus dem Nähkästchen.»Alles, was Rang und Namen hat, ist dabei, kann verkleidet tun und lassen, was ihnen beliebt. Nein, danke, das brauche ich nicht mehr.«

»Gab es Streit?«

»Ja, mein Mann hat von einem Kunden erzählt, der die Zangerle zuerst belästigt und dann alles vollgekotzt hat.«

Der Pokorny nickt.»Das war der Rottenschlager.«

»Um Gottes willen! Der Gestörte vom Eisernen Tor?«

»Ja. Der Gestörte, wie Sie ihn bezeichnen, wurde von den Kollegen Ihres Mannes nach Strich und Faden betrogen. Die Polizei sucht nach ihm. Sie wissen wahrscheinlich nicht, was für ein Kostüm er angehabt hat?«

Sie steht auf.»Vielleicht weiß ja mein Mann darüber Bescheid … wenn er irgendwann freigelassen wird. Ich muss jetzt zurück ins Amt.«

»Dann muss ich den Taschner noch dazu befragen. Er ist meine letzte Hoffnung.«

»Wegen der Horrorclown-Geschichte in der Zeitung?« Endlich versteht die Mochacek den Zusammenhang.

»Ja, es gibt eine glaubhafte Zeugenaussage, nach der die Zangerle von einem Horrorclown vor die Badner Bahn gehetzt wurde. Wissen Sie, ob der Taschner jetzt im Büro ist?«

»Nein, der hat keinen Schlüssel, und ich war heute noch nicht dort. Mein Mann möchte alles kontrollieren, sperrt immer selber auf und zu. Vertrauen ist nicht so seines.«

»Seltsam! Der Taschner hat mir erzählt, dass er die rechte Hand seines Chefs und über alles informiert ist.« Er runzelt die Stirn.»Wie soll das funktionieren ohne gegenseitiges Vertrauen? Er kennt den Agenturvertrag und den Projektinhalt. Außerdem sitzt er im Vorstand des Verbands. Und dann hat er als Mitarbeiter nicht einmal einen Schlüssel fürs Büro?«

»Natürlich kennt er den Inhalt des Vertrages. Wie und warum sollte mein Mann das auch vor ihm verbergen? Mein Mann ist, ob Sie es glauben oder nicht, ein guter Kerl.« Sie versucht, das negative Bild ihres Ehemanns zu verbessern, nur um es gleich wieder zu zerstören. »Gut, Geld ist eine andere Sache, sonst aber schon. Der Taschner hat früher bei seinem Vater in dessen Agentur gearbeitet, und nachdem dieser gestorben war, kurzfristig die Firma weitergeführt. So seltsam das klingen mag, er versteht nicht viel vom Immobiliengeschäft. Kurz nach der Übernahme ist er in den Konkurs geschlittert. Mein Mann hat dem Taschner einen Job und den Protokollführer im Vorstand verschafft. Als Schriftführer ist er gut, nicht aber als Verkäufer. Das muss man wollen oder nicht«, stellt sie fest. »Nicht jeder Techniker ist ein guter Verkäufer und umgekehrt. Sie verstehen, was ich meine?«

»Ja, natürlich.« Er nickt und kratzt sich am Kinn. »Was ich allerdings nicht verstehe, warum behauptet der Taschner das Gegenteil?«

»Falsche Selbsteinschätzung?«

»Wahrscheinlich. Stimmt das mit der Gehaltserhöhung?«

»Gehaltserhöhung? Ich verstehe Sie nicht?«

»Der Taschner hat mir erzählt, dass er nach erfolgreichem Abschluss des Projektes eine Gehaltserhöhung bekommt. Das reiche ihm, mehr brauche er nicht zum Leben.«

Die Mochacek zieht sich ihren Mantel an. »Eine Gehaltserhöhung? Lächerlich. Sie verstehen anscheinend nicht, welche Provisionen bei dem Gesamtprojekt ausgezahlt werden. Das geht in die Millionen. Mein Mann hat ihm fünf Prozent seiner Provision zugesagt. Das war dem Taschner für sein Schweigen zu wenig, sie haben sich dann auf zehn Prozent geeinigt. Von wegen, dem reicht eine Gehaltserhöhung! So, jetzt muss ich aber wirklich. Auf Wiedersehen.« Sie verlässt das Lokal und lässt den Pokorny verwirrt zurück.

Nach einem ausgiebigen Beagle'schen Informationsaustausch an den Laternen im Badener Kurpark betritt er um elf Uhr dreißig das Steakrestaurant El Gaucho, das seit 2011 im ehemaligen Josefsbad seine weithin bekannten hochwertigen Rindersteaks anbietet.

Der Kellner aus der Unfallnacht hat für ihn vor dem Start des Mittagsgeschäfts zum Glück ein paar Minuten Zeit. Als sich der Pokorny vorstellt, winkt der Kellner ab. »Ich kenne Sie aus der Zeitung, von der Sache mit den Lieblichs. Wollen Sie einen Kaffee haben?«

Wenige Augenblicke später nehmen sie mit zwei Espressi in dem weihnachtlich geschmückten kuppelüberdachten Raum Platz.

»Die Medien übertreiben da gewaltig«, antwortet der Pokorny, erstaunt, dass er fast acht Monate später immer noch auf diesen Fall angesprochen wird. »Ich hätte ein paar Fragen zu der Dame, die in der Nacht vom 11. Dezember von einer Garnitur der Badner Bahn überrollt wurde. Erinnern Sie sich an den Abend?«

»Den vergesse ich mein Leben lang nicht mehr. Ein Alptraum, wir hatten nach dem Unfall einen Shitstorm auf unseren Social-Media-Kanälen. Von wegen Gleichberechtigung zwischen Mann und Frau. Nur weil wir nicht verhindert haben, dass sie anstatt ihrem Mann zum Bankomat gegangen ist, wurden wir auf Facebook und Co. in der Luft zerrissen. Das Ehepaar hat ordentlich miteinander gefetzt, wer zahlt und wer das Geld holt. Da mischen wir uns nicht ein.«

Da der Pokorny bekannterweise weder ein Freund von modernen Medien ist noch die anglophilen Anfälle seines Gesprächspartners goutiert, leitet er das Gespräch in die richtigen Bahnen. »Was war mit dem Kartenlesegerät los? Angeblich wurde es nach der Verwendung einer Kreditkarte eines Gastes defekt.«

»Ja. Der Gast hat gleich zwei Kreditkarten brachial in das Gerät hineingedrückt. Natürlich sind die Karten stecken geblieben, der Schlitz ist ja nur für eine Karte ausgelegt. Hat ihn nicht gestört, er hat mir das Gerät aus der Hand gerissen und mit den Karten nach unten zweimal auf den Tisch gedroschen. Das war's dann, Gerät kaputt, unser Reservegerät war zu dieser Zeit gerade in Reparatur. Wir mussten auf Barzahlung umsteigen.

Das war überhaupt erst der Grund, weshalb die Dame zum Bankomaten gegangen ist.«

»Welcher Name stand auf den Karten?«

»Weiß ich nicht. Der Gast hat sie sofort wieder eingesteckt.«

»Können Sie ihn beschreiben?«

»Natürlich, so eine Erscheinung vergisst man nicht so leicht«, meint der Kellner. »Schwarz gefärbte Augenbrauen, ein schlecht sitzendes Toupet, ein ebenfalls schwarz gefärbter Schnauzbart und eine getönte John-Lennon-Brille. Dazu eine schwarze Steppjacke, die, und das hat mich echt gewundert, trotz der Wärme im Lokal bis oben hin zugeknöpft war.«

»Wie hat die Jacke ausgesehen?«

»Irgendwie komisch, mindestens drei Nummern zu groß. Als würde er darunter einen dicken Pullover oder ein Jackett mit Schulterpolstern tragen. Wie in den guten alten Zeiten. Weiß nicht, ob Sie die TV-Serie ›Miami Vice‹ kennen?«

Der Pokorny nickt gedankenversunken und kommt direkt ins Schwärmen: »Klar, alleine der weiße Ferrari Testarossa, legendär ... die Titelmusik von Jan Hammer, Ray-Ban-Sonnenbrillen ...«

»›Crockett's Theme‹, yes, eine coole Scheibe. Habe ich rauf- und runtergespielt.«

»Ist Ihnen sonst noch was aufgefallen?«, fragt der Pokorny mit einem Seitenblick auf den ungeduldig wirkenden Restaurantleiter und beendet damit den Ausflug des Angestellten in die Vergangenheit. Viel Zeit bleibt ihm nicht mehr, die ersten Mittagsgäste betreten das Lokal.

»Ja, aus den Ärmeln sind Ansätze von weißen Rüschen herausgestanden, die der Gast immer wieder zurückgeschoben hat. Auch beim Halsansatz waren Rüschen zu sehen. Was er darunter anhatte, kann ich nicht sagen.«

»Könnte er verkleidet gewesen sein?«

»Jetzt, wo Sie es sagen, ja. Vielleicht war es ein historisches Kostüm. Die haben oft auch so Rüschen an den Ärmelenden. Der Schnauzer und die Augenbrauen haben wie aufgeklebt ausgesehen. Die Brille hat die Augen verdeckt. Er war mir mit seinem skurrilen Aussehen eigentlich sympathisch, also bis zu der Sache mit dem Kartenlesegerät.«

»Wieso hat der Geschäftsführer nicht die Polizei gerufen? Sachbeschädigung ist das allemal.«

»Der Gast hat vierhundert Euro auf den Tisch gelegt. Das hat meinen Chef versöhnlich gestimmt. Noch einmal hundert Euro wegen der Umstände und ein sattes Trinkgeld ... was soll ich mehr sagen? Am Ende waren trotz des Trubels alle zufrieden.«

Der Pokorny kostet den herrlich duftenden Espresso, die feste goldbraune Crema hat nicht zu viel versprochen. Kurz schließt er die Augen und genießt den aromatischen Kick aus der richtigen Mischung Kaffeebohnen. »Ein Traum, der Kaffee«, schwärmt er.

Der Kellner lächelt. »Wir sind auf die Marke Hausbrandt Triest umgestiegen, damit gibt's nach einem perfekten Steak jetzt auch einen perfekten italienischen Espresso für unsere Gäste. Seitdem trink ich leider viel zu viel Kaffee.«

»Kann ich gut verstehen. Für Ihre Kundin war das kaputte Gerät der Anfang vom Ende. Ausgerechnet in der Unglücksnacht war der Bankomat bei der Bank Austria kaputt.«

»Nicht nur der bei der Bank Austria. Im Umkreis von einem halben Kilometer waren alle Geldautomaten kaputt. Unsere Gäste haben sich ohne Ende bei uns beschwert. Da ist viel zusammengekommen. Ich hab die Dame gleich zu dem Bankomaten bei der Post geschickt. Das tut mir jetzt noch leid ... sonst wäre ...«

»Sie können nichts für das Unglück. Darf ich Ihnen ein paar Fotos zeigen? Vielleicht erkennen Sie den Mann hinter der Verkleidung?« Er legt dem Kellner die ausgedruckten Bilder hin.

»Hm«, überlegt der Kellner, schaut zuerst das Gruppenbild an. »Das ist doch die ...?«

»Die Zangerle gehörte auch zum Vorstand, deshalb ist sie auf dem Bild drauf. Bitte nur die Männer anschauen. Die andere, die Luckinger, ist ...«

»Die Tote aus der Kaserne von letzter Woche, oder? Stand in der Zeitung, furchtbar.«

»Ja, bitte schauen Sie sich die Bilder in Ruhe an.«

Mitten in der Nachdenkphase langt beim Pokorny eine SMS der Toni ein.

– *Ich habe gerade ein Foto vom Rottenschlager an die E-Mail-Adresse des Restaurants gesendet. Hab ich leider vergessen auszudrucken. Bussi*

– *in ordnung   kartenlesegeraet wurde absichtlich kaputt gemacht   bankomaten in umgebung auch alle kaputt   schick dem sprengi eine nachricht   muss alle kameras bei banken im umkreis von fuenfhundert metern pruefen lassen   bussi*

– *Okay*

Mittlerweile schüttelt der Kellner den Kopf. »Leider kann ich Ihnen nicht helfen. Bart, Toupet, Augenbrauen, dazu die Brille … Das war so dominant, er ist auch gesessen, und unter der Steppjacke war die Statur nicht gut auszumachen. Leider.«

»Wie sieht's mit den Schuhen aus? Die könnten uns auch einiges über das Kostüm verraten.«

»Leider nein. Als er gegangen ist, war ich gerade in der Küche. Ich hab die Kollegen gefragt, ob sie den seltsamen Gast gesehen haben. Nada, er ist hinten raus, die Sicht auf diesen Ausgang ist vom Barbereich nicht gut.«

»Die Männer sind unterschiedlich groß, auch wenn Sie die Statur nicht ausmachen konnten … Rein aus Ihrer Erfahrung heraus, Sie sehen jeden Tag Dutzende Männer rein- und rausgehen. Können Sie aufgrund der Größe jemanden ausschließen?«, motiviert er den Kellner, sich die Fotos noch einmal anzusehen.

»Ich nagle Sie darauf nicht fest. Es würde uns für die weiteren Ermittlungen eventuell helfen.«

Der Kellner deutet auf den Mochacek und den Vondrasek. »Die sind viel zu groß und breit … die anderen, hm … kann ich nicht ausschließen. Der da«, er zeigt auf das Agenturbild vom Grebner, »glaube ich nicht. So braun, wie der ist, war er gerade im Urlaub oder besitzt eine Jahreskarte fürs Solarium.«

Unter seiner Maskerade war der seltsame Gast definitiv nicht geschminkt. Das hätte ich erkannt. Von drüben aus dem Stadttheater kommen oft Schauspieler auf einen Absacker vorbei. Manchmal noch geschminkt, das schaut anders aus.«
»Ich hab ihn letzte Woche getroffen, er war im Urlaub und ist genauso braun wie auf dem Foto. Eine letzte Bitte hätte ich noch: Meine Frau hat Ihnen ein Bild auf die Büroadresse des Restaurants zugesendet. Könnten Sie bitte prüfen, ob Sie darauf den Mann erkennen? Ich warte an der Bar. Danke.«
Nach zwei Minuten ist der Kellner wieder da und zuckt mit den Schultern. »Sorry, wenn der verkleidet war, dann wirklich gut. Ob's der auf dem Bild war, kann ich nicht sagen. Aber … warum wollen Sie das alles wissen? Hat der Mann mit dem Tod der Dame etwas zu tun?«
»Wissen wir noch nicht. Danke für Ihre Hilfe.« Er bezahlt den perfekten italienischen Espresso mit ordentlich Trinkgeld und verabschiedet sich.

Pünktlich um zwölf Uhr betritt die Toni den Bierhof, ein uriges Bierlokal an der Wiener Neustädter Straße, und geht an der gut sechs Meter langen Bar vorbei zu ihrem Stammplatz. Wie es für den Pokorny immer das gleiche Menü sein muss, so ist auch der Tisch immer der gleiche. Mit der Zeit hat der Chef die Eigenheiten seiner Gäste mitbekommen und reserviert für die beiden jeden Mittwoch high noon den Tisch rechts vor dem Stüberl. Zwar ist der Platz für vier Personen ausreichend, aber spätestens seit der medialen Berichterstattung aus dem Frühjahr ist eine Unterbelegung kein Problem mehr, und die Pokornys sind gern gesehene Stammgäste.
»Na Bärli.« Sie küsst ihn liebevoll. »Was gibt es Neues? Der Sprengi hat sich bei mir noch nicht gemeldet.«
»Ist nicht mehr notwendig. Der Kerl, der das Kartenlesegerät ruiniert hat, war höchstwahrscheinlich verkleidet. Unter seiner viel zu großen schwarzen Steppjacke könnte er laut dem Kellner ein Kostüm getragen haben.« Er erzählt seiner staunenden

Ehefrau von dem Gespräch. »Am Kragen und bei den Händen sind Rüschen rausgestanden.«

»Willi, das heißt ja …«

»Dass der Täter vielleicht zur gleichen Zeit wie die Zangerle essen war und sie abgepasst hat. Vorher hat er vermutlich alle Bankomaten im Umkreis demoliert, nur den bei der Post hat er aus bekannten Gründen verschont. Sie musste dorthin gehen.«

»Ich bin nach wie vor entsetzt, dass ihr Mann sie mitten in der Nacht betrunken zum Bankomat gehen hat lassen.«

»Der wollte selber gehen, und sie hat daraufhin einen Streit vom Zaun gebrochen. Ich habe dem Sprengi schon eine Nachricht gesendet.« Mit gerunzelter Stirne wirft er einen Blick auf sein Nokia. »Keine Antwort. Ist der immer noch beim Wohnwagen? Kann ja nicht sein. Mittlerweile sind mehr als fünf Stunden vergangen.«

»So früh aufstehen ist gar nicht meins«, meint sie herzhaft gähnend. »Wie schaffst du das nur immer?«

»Alles Übung«, erklärt er und blättert währenddessen in der Speisekarte. Wozu er das tut, ist der Toni jedes Mal ein Rätsel, isst er doch sowieso wieder sein Gulasch.

Sie selbst überlegt: »Hm. Ich werde das Saiblingsfilet mit Gemüse-Erdäpfelgrösti essen. Die Conny hat beim letzten Friseurbesuch davon geschwärmt. Apropos Conny, ich sollte mir wieder einen Termin ausmachen, dringend notwendig.« Sie zupft an ihren schulterlangen hellbraunen Haaren.

»Geh, Zuckerschnecke, passt doch noch perfekt«, sagt er grinsend. Freilich kennt er den dreiwöchigen Rhythmus der Toni. Schneiden und viel Klatsch aus der Umgebung sind im Frisiersalon Haarwerkstatt garantiert. Alle paar Monate werden dazu die blonden Strähnchen erneuert. Gehört einfach zu ihrem sozialen Leben dazu. Mit dem Pokorny kommt sie sonst nicht so viel herum. Der lebt lieber seinen gewohnten Rhythmus ohne großartige Störungen durch gesellschaftliche Aktivitäten.

»Ja, ja, schau nur auf dich.« Sie fährt ihm mit einer Hand schmunzelnd durch sein dünner werdendes Kopfhaar, worauf er sofort das Thema wechselt und ihr von dem Besuch im Kundencenter der Stadtgemeinde erzählt.

»Warum uns der Taschner bezüglich seiner Beteiligung angelogen hat, verstehe ich nicht.«

»Der spielt genauso mit uns wie sein Chef.« Nachdenklich kratzt sich der Pokorny am Hinterkopf. »Wenn der zehn Prozent der Provision vom Mochacek bekommt, profitiert auch er vom Tod der vier aus der Agenturgemeinschaft. Mittlerweile brauchen sich nur mehr die Smolle und der Mochacek den Gewinn aus dem Projekt zu teilen.«

»Schon, aber sein Chef sitzt auf der Inspektion, und der Taschner hat ihn mit den Informationen zu der geheimen Agenturvereinbarung nicht gerade entlastet. Der braucht den Mochacek draußen, sonst platzt das Geschäft sicher.«

»Ich muss mit ihm wegen dem Faschingsgschnas sowieso noch reden. Mal schauen, was für eine Ausrede er hat.«

Gerade als die Speisen serviert werden, langt bei der Toni eine WhatsApp vom privaten Handy vom Sprengnagl ein.

– *Auswertungen der Videoaufnahmen von den Banken laufen. Feststeht, dass laut den Angestellten alle Bankomaten am gleichen Tag ruiniert wurden. Sowohl außerhalb der Banken als auch im Foyer*

– *Wie?*

– *Es wurden mehrere unkenntlich gemachte Kundenkarten hineingedrückt, die Spusi vermutet, mit einem Schraubenzieher oder einem Messer. Da war ordentlich Gewalt im Spiel. Teile der Karten stecken noch im Gerät*

– *Ähnlich wie bei dem Kreditkartenlesegerät. Willi war gerade beim Kellner, Lesegerät wurde mit zwei zusammengelegten Kreditkarten außer Betrieb gesetzt*

– *Kartenbesitzer bekannt?*

Die Toni blickt den Pokorny an, der den Kopf schüttelt.

– *Leider nein*

– *Anwalt von Buxeneder hat Gesprächsbereitschaft seines bisher schweigsamen Mandanten signalisiert. Wir fahren um sechzehn Uhr hin. Wird angeblich kooperieren*
– *Super, der Willi fährt später zum Taschner. Der hat bezüglich seines Anteils am Projekt gelogen*
– *Warum wundert mich das nicht? Ende, Wehli kommt* ☺

»Die ewig blöde Schreiberei. Alles nur wegen der Wehli. Telefonieren wäre viel einfacher, als mühsam Nachrichten tippen«, meint der Pokorny, bevor sie sich beide hungrig auf das servierte Mittagessen stürzen.

Die Toni gönnt sich zur Belohnung ausnahmsweise ein kleines Bier, während der Pokorny, als gesetzestreuer Autofahrer, ein Soda-Zitron trinkt. Während er schweigend Anstalten macht, sich in sein phantastisch riechenden Gulasch zu versenken, rekapituliert sie: »Für mich sind nach deinen Gesprächen und den Infos vom Sprengi der Buxeneder, der Rottenschlager und mit Abstrichen auch die Smolle verdächtig.«

»Mit Abstrichen?«

»Der Kellner hat doch nur von einem seltsamen männlichen Gast gesprochen. Eine verkleidete Frau wäre ihm sicher aufgefallen.«

»Wahrscheinlich. Den Taschner dürfen wir nicht vergessen. Echt, ich hab die Lügereien der Bagage so satt.«

Die Toni seufzt. »Ja, das nächste Mal drehen wir das Licht ab, dann ersparen wir uns ungebetene Gäste.«

»Wir müssen den Sprengi fragen, ob sie noch andere angeschmierte Kunden eruieren konnten. Wird ja nicht nur den Rottenschlager betroffen haben.«

»Davon bin ich überzeugt. Es gibt also noch genug offene Fragen zu klären. Wäre wichtig, dass der Buxeneder zum Reden gebracht wird. Das Alibi der Smolle mit dem Brunch steht auf wackeligen Beinen. Immer können sie die Mitarbeiter nicht gesehen haben.« Sie beobachtet stirnrunzelnd, wie ihr Ehemann dicht über den Teller gebeugt das Essen in sich hineinschaufelt.

»Willi, bitte! Gleich kippst du in deinen Teller hinein. Muss das sein?«

»Hm, schmeckt halt so gut«, quetscht er zwischen zwei Bissen Semmelknödel hervor.

»Hat die Wehli die Alibis der Smolle überprüft?«

Nickend steckt der Pokorny mit einem zufriedenen Seufzer ein weiteres Stück mit Gulaschsaft getränkten Knödel in den Mund.

»Danke für die Mitarbeit.« Das zwar zu erwartende, aber gerade heute nicht gewünschte Essverhalten ihres Ehemanns wurmt sie. »Der Mochacek fällt aus, seine Frau wird nicht so einfach vier Alibis durch unabhängige Zeugen besorgen können. Bleibt noch der Rottenschlager, der auf der Flucht und damit einer unserer Hauptkandidaten für den Ehrenpreis des umtriebigen Serienmörders ist.« Genussvoll nimmt sie einen Bissen des herrlich zarten, mit Kräuterbutter servierten Saiblings.

Wieder einmal hat es der Pokorny, dank lebenslanger Übung beim Schnellessen, als Erster über die Ziellinie geschafft und wischt sich zufrieden mit einer Papierserviette den Mund ab. »Gut zusammengefasst. Den Taschner frag ich persönlich am Nachmittag, jetzt bin ich grade ein bisserl müde …«

»Wir fahren morgen Vormittag noch einmal beim Wagner vorbei. Vielleicht kann der mit den Fotos was anfangen, er hat den Clown ja in Bewegung gesehen.«

Der Pokorny lehnt sich ausgiebig gähnend zurück. »Machen wir, jetzt muss ich nach Hause … Ich glaube, das Valium hab ich noch nicht ganz verdaut.«

»Willi, schlaf jetzt nicht ein!«, fordert sie, kann ihm aber durch den von ihr verabreichten Drogencocktail schlussendlich nicht böse sein. Auch wenn ihr klar ist, dass ihr Ehemann das weidlich ausnützt. Noch müde vom zeitigen Aufstehen verweigert ihr Magen die übergroße Portion. Sie schiebt den halb vollen Teller von sich. »Leg dich halt ein bisschen hin, ich habe wegen der Valium-Aktion echt ein schlechtes Gewissen. Bringst du mich noch zur Arbeit?«

»Aber klar, Zuckerschnecke.« Beim Hinausgehen zahlen sie an der Bar und machen sich auf zur Bücherei.

So lange können zehn Milligramm Valium bei einem ausgewachsenen Mann eigentlich nicht wirken. Trotzdem wird der Pokorny erst um sechzehn Uhr dreißig durch einen Anruf vom Sprengnagl wach. Schlaftrunken taumelt er zum Esstisch und lässt sich auf den Sessel fallen.

»Du klingst so verschlafen«, stellt sein Freund fest.

»Das ist eine lange Geschichte, erzähl ich dir später.« Nach einem flüchtigen Blick auf die Digitalanzeige des Backofens springt er auf. »Was, so spät, ich muss noch zum Taschner fahren. Na geh, dass ich so eingenickt bin. Gut, dass du angerufen hast. Was gibt's?«

»Wir haben den Rottenschlager gefunden. Er ist bei Tattendorf von der salznassen Straße abgekommen und hat sich mehrmals überschlagen. Der Audi liegt versteckt hinter einem Windschutzgürtel. Ein vorbeifahrender Autofahrer hat den Wagen gesehen und den Notruf gewählt.«

»Was wollte er in Tattendorf?«

»Wissen wir nicht. Ich glaube, er wollte zu seiner Frau ins Spital. Vielleicht hat er wegen möglicher Polizeikontrollen einen Umweg genommen.«

Der Pokorny ist auf einen Schlag putzmunter. »Lebt er noch?«

»Ja, er ist schwer verletzt, derzeit nicht ansprechbar. Die Wehli hat auf ein Einzelzimmer bestanden, gesichert durch zwei Kollegen. Nur damit nichts schiefgeht.« Er spielt auf einen für die Polizei peinlichen Vorfall aus der Vergangenheit an. »Laut dem behandelnden Arzt kann er frühestens morgen befragt werden. Ich bin gleich unterwegs nach Wiener Neustadt, um mit der Wehli den Buxeneder zu befragen. Einer von beiden wird's wohl gewesen sein. Habt ihr was Neues?«

Der Pokorny geht in seinen Hobbyraum hinauf zu seinem PC. »Bin gleich unterwegs zum Taschner. Vielleicht kann ich euch zusätzliche Infos für die Vernehmungen liefern. Der Buxeneder wird sicher alles abstreiten. Wenn er am Faschingsgschnas der verkleidete Pennywise war, wäre das ein weiteres Indiz, das gegen ihn spricht. Habt ihr die Alibis vom Mochacek und der Smolle schon überprüft?«

»Ja, der Mochacek ist sauber, Theaterbesuch, Einladung bei Freunden und so weiter. Trotzdem wird ihn die Wehli erst morgen entlassen. Da hat sich viel aufgestaut, weißt eh, da muss er durch. Bei all den Geschichten, die er mit euch aufgeführt hat, tut er mir auch nicht leid.«

»Und die Smolle? Die war dermaßen satt auf mich, dass sie außer zu ihrem Alibi beim Brunch am Sonntag nichts sagen wollte. Ah ja, ein Kostüm eines der Clowns beim Faschingsgschnas hat sie als Pennywise-Kostüm erkannt. Der Name ist sonst bisher nirgendwo aufgetaucht, da hieß es immer nur Horrorclown. Es soll Fotos vom Gschnas auf der Gemeindewebseite geben. Checkt ihr das?«

»Ich kümmere mich darum. Die Smolle und der Buxeneder waren laut der Geschäftsführung des Kursalons in der Zeit von elf Uhr bis sechzehn Uhr beim sonntäglichen Luxury-Brunch. Sie wurden dort von mehreren Angestellten gesehen.«

»Durchgehend?«

»Laut der Angestellten kann sich niemand an eine längere Abwesenheit der beiden erinnern.«

»Das glaub ich nicht, irgendwann geht jeder mal aufs Klo. Der Franter wurde laut der Nachricht für zehn Uhr in den Harzbergturm bestellt? Das kann kein Zufall sein. Die Smolle und der Buxeneder geben sich wechselseitige Alibis und hintergehen den Mochacek. Zufällig brunchen sie dann noch rund zwei Kilometer vom Tatort entfernt.«

»Hm«, meint der Sprengnagl. »Bei der Schneefahrbahn an dem Tag konnte nur der Franter mit seinem Hummer zur Harzberghütte rauffahren. Bei den Autos der anderen ist das undenkbar. Die wären hängen geblieben oder spätestens beim Runterfahren in den Wald gerutscht. So wie es aussieht, wurde die Smolle gelinkt. Die WhatsApp ist von einem nicht registrierten Handy versendet worden. Ihres ist sauber.«

»Vielleicht hat sie ein zweites? Wenn sie ihm wirklich eine Falle stellen wollte, wäre sie ja dumm, es von ihrem Telefon zu machen.«

»Bei der Hausdurchsuchung haben wir keines gefunden. Ich glaube ehrlich gesagt nicht an ihre Schuld. Die Kollegin Stabeldorfer prüft gerade ihr Alibi für die Luckinger-Mordnacht. Laut der Aussage der Smolle hat sie in einem Grazer Fünf-Sterne-Hotel übernachtet. Hab's mir angesehen, keine schlechte Adresse, Makler müsste man sein. Die Geschäftsführerin ist ein wenig störrisch mit der Weitergabe von Kundendaten.«

»Warum habt ihr sie dann gehen lassen?«

Sein Freund schnauft. »Die Wehli hätte sie gerne in U-Haft genommen. Aber nachdem bei der Hausdurchsuchung nichts rausgekommen ist, war der Staatsanwältin die Suppe für eine Überstellung ins LG Wiener Neustadt zu dünn. Mehr als eine zweite Nacht in der Arrestzelle war nicht drinnen … Warte kurz.« Der Pokorny hört ihn im Hintergrund mit der Inspektorin Stabeldorfer sprechen. »Die Kollegin hat gerade mit dem Kellner telefoniert. Der schwört Stein auf Bein, dass die verkleidete Gestalt ein Mann war.«

»Super, und wird die Kollegin das für sich behalten? Weil wenn die Wehli von meinem Besuch …«

»Die Kollegin mag die Wehli auch nicht wirklich. Also mach dir keine Sorgen.«

»Gut, mein Freund. Ich fahr jetzt zum Taschner, vielleicht weiß er was über das Kostüm. Nach den Aussagen vom Rottenschlager und dem Buxeneder wissen wir mehr und können die leidige Sache dann hoffentlich abschließen. Mir reicht's langsam. Ich melde mich später, baba.« Der Pokorny beendet das Gespräch, um bei Dr. Google nach der Adresse vom Taschner zu suchen.

Nur in Ausnahmesituationen blättert er bei den Ergebnissen auf die Folgeseiten der Suchmaschine. Die Informationen ab der zweiten Seite sind meist veraltet, für seine Zwecke unbrauchbar oder widmen sich anderen Themenschwerpunkten. Doch diesmal findet er neben der Anschrift noch andere interessante Dinge. Als vorletzten Treffer auf der zweiten Seite sieht er einen Bericht über die Dreifaltigkeitssäule in Perchtoldsdorf. Eine Bürgerbewegung kämpft seit einiger Zeit für die Renovierung des Denkmals und übt dabei mächtig Druck auf die Stadtregierung aus. Einer der Aktivisten ist der Balduin Taschner. Sein Name ist mit einem Hyperlink versehen, der den Pokorny zu einem zwanzig Jahre alten Bericht in der Tageszeitung Kurier führt. In diesem wird über einen Polizei- und Rettungseinsatz in der Agentur Taschner am Marktplatz in Perchtoldsdorf berichtet.

Bei einem familiären Streit wurde der Geschäftsführer der Agentur von seinem minderjährigen Sohn mit einem Golfschläger schwer verletzt. Zwei Wochen nach der Gewalttat verstarb der Vater auf der Intensivstation des Allgemeinen Krankenhauses der Stadt Wien an den Folgen einer Gehirnblutung. Der Sohn, Balduin Taschner, wurde in eine psychiatrische Klinik für jugendliche Straftäter eingeliefert und erst nach vier Jahren wieder entlassen. Die Agentur ging nach dem Vorfall pleite und wurde liquidiert.

Da der Pokorny nicht weiß, wie er den Artikel einordnen soll, greift er zum Nokia. »Toni, sitzt du vorm Computer?«, redet er ohne Begrüßung los.

»Ja, wieso?«

»Gib bei Google folgende Suchbegriffe ein: Agentur Taschner, Golfschläger, Geschäftsführer …«

Er hört die Tastatur in der Bücherei klappern und dann eine Weile nichts.

»Der Taschner hat seinen Vater erschlagen?«, flüstert sie.

»Wieso?«

»Steht nicht drinnen. Ist der Taschner jetzt noch gefährlich? Das ist lange her.«

»Bei unserem Gespräch hat er harmlos gewirkt«, erinnert sich die Toni.

»Die Smolle und den Mochacek kannst du vergessen.« Er fasst rasch das Telefonat mit dem Sprengnagl zusammen. »Es bleiben der Rottenschlager, der Buxeneder und … der Taschner, nein, glaub ich nicht. Ich hab keine weiteren Hinweise gefunden, was damals in Perchtoldsdorf eigentlich passiert ist. Kannst du bitte weitersuchen und dem Sprengi eine Nachricht senden? Ich fahr zum Taschner hin. Hat sich die Dame vom Kostümverleih schon …?«

»Nein, ich versuche es gleich. Bussi.« Mit einem komischen Gefühl im Magen beendet die Toni das Telefonat.

Der Pokorny schreibt sich die Adresse auf und schlüpft in die Polarausrüstung. Die Beagelin kommt schwanzwedelnd mit der Leine im Maul in den Vorraum gelaufen. »Nein, Maxime, du musst dableiben, ich bin bald wieder zurück«, meint er, kann dem treuherzigen Hundeblick aber nicht widerstehen. Er nimmt sie auf den Arm und fährt mit ihr nach Perchtoldsdorf.

Da er als Nokia-Besitzer freiwillig auf Google Maps genauso wie auf alle anderen Navigationsgeräte verzichtet, verfährt er sich dermaßen, dass er das Auto ein Stück entfernt auf einem Parkplatz zwischen der Burg Perchtoldsdorf und dem Begrischpark abstellt und zum Marktplatz hinunterschlurft. Dort erkennt der Pokorny, dass sich der Taschner wahrscheinlich nicht nur aus Gründen des Denkmalschutzes für die Dreifaltigkeitssäule einsetzt. Die gesuchte Hausnummer liegt in Sichtweite zu der Säule, die, eine Miniaturausgabe der Badener Säule, auch in Perchtoldsdorf als Dank für das Ende der Pest aufgestellt wurde. Klar ist eine renovierte Säule vor dem Haus allemal besser als der Anblick eines verfallenen Denkmals.

Wie in dem Artikel zu lesen ist, hat der Zahn der Zeit die Dreifaltigkeitssäule tatsächlich fest im Griff. Von den Autoabgasen rußgeschwärzt, hungert sie einer dringenden kosmetischen Behandlung entgegen.

Irgendwoher kommt ihm das zweistöckige Haus bekannt vor. Neben der Eingangstür brennt eine große rote Friedhofskerze, daneben steht ein Bild von einem langhaarigen dreifarbigen Chihuahua, einer kleinen Schönheit. Die Beagelin fängt völlig grundlos zu bellen und zu jaulen an.

»Maxime? Hör sofort auf! Aus! Was ist denn los mit dir?« Er hockerlt sich zu ihr hinunter und versucht mit mäßigem Erfolg, sie zu beruhigen. Das gut erzogene Familienmitglied auf vier Pfoten ist außer Rand und Band und bellt immer lauter.

Währenddessen wird die Tür geöffnet, eine alte Dame mit schneeweißen, zu einem Knoten hochgesteckten Haaren schaut traurig auf die Beagelin. »Ich weiß, was mit Ihrem Hunderl los ist. Gell, du Arme spürst, dass da mein Wasti gestorben ist«, krächzt sie. »Eleonore Hartl ist mein Name«, stellt sie sich vor, hat aber nur Augen für die Beagelin. Sie bückt sich, streichelt ihr über den Kopf, greift in die Tasche ihrer Hausschürze und zieht eine Handvoll Hundekekse heraus.

»Die haben dem Wasti immer so geschmeckt. Jetzt ist er im Hundehimmel, da braucht er die Leckerli nicht mehr«, erklärt sie und hält, ohne auf eine Antwort zu warten, der Maxime eine gut gefüllte Hand hin.

»Ja gerne, mein Name ist Pokorny. Was ist denn mit Ihrem Wasti passiert?«

Während ungefragt eine zweite Portion Hundekekse im Rachen der Beagelin verschwindet, erzählt die Hartl: »Ermordet wurde der Wasti, ermordet! Genau vor zwei Wochen ist der Mann von oben auf meinen Wasti draufgefallen und hat ihn ermordet.«

»Welcher Mann?« Sein Blick wandert die Hausfront nach oben. Noch bevor sie antworten kann, weiß er, wieso ihm das Haus bekannt vorkommt – von den Bildern, die sie vom Sprengnagl beim Heurigen Schachl bekommen haben. Das erste angebliche Unfallopfer ist von der Dachterrasse dieses Haus gefallen und hat den armen Hund erschlagen. »Sie meinen vom Vondrasek, dem Makler?«

»Ja, heute vor zwei Wochen. Ich bin mit dem Wasti seine Lieblingsrunde zur Burg und dann zum Kinderspielplatz gegangen, weiter ist er mit seinen zwölf Jahren ja nicht mehr gekommen. So ein grausames Ende hat er sich nicht verdient.« Dicke Tränen rinnen an ihren zarten, faltigen Wangen hinunter.

Glück und Pech liegen im Leben oft knapp nebeneinander. Weil Riesenglück hat die Hartl schon gehabt, der Vondrasek hat die alte Dame beim Aufprall nur um Leinenlänge verfehlt und stattdessen den Chihuahua Wasti in die ewigen Jagdgründe mitgenommen. Andererseits ist der Hund bei alten Menschen noch mehr der beste Freund als sonst schon. So war es für sie dann doch auch ein Riesenpech.

»Gehen wir hinein, Sie holen sich noch selbst den Tod.« Er hält ihr die Tür auf. Laut der Beschriftung bei der Gegensprechanlage sind in dem Haus drei Wohneinheiten vorhanden. EG: E. Hartl, erster Stock: PW. Taschner. Im zweiten Stock ist das Namensschild leer.

Im Gang des alten Bürgerhauses ist es unwesentlich wärmer als vor dem Eingang. Dunkel windet sich vom Erdgeschoss eine abgeschliffene Granitwendeltreppe nach oben. Der muffige, leicht modrige Geruch lädt nicht zum Verweilen ein. Die alte Dame humpelt vor zu der angelehnten Wohnungstür. »Wollen Sie einen Sprung hineinkommen? Bei mir ist es warm, nächstes Frühjahr muss ich im Haus was machen lassen. Schön langsam fällt alles zusammen.«

»Nein danke, ich muss weiter. Wissen Sie, ob der Herr Taschner zu Hause ist?«

»Mein Sohn? Ja«, antwortet sie und linst über die Brille auf ihre Armbanduhr. »Vor circa einer Stunde ist der Balduin heimgekommen.«

»Der Taschner ist Ihr Sohn?«

»Sie meinen, wegen des Namens?«, vermutet die Hartl. »Nach dem Tod von meinem Mann hab ich wieder meinen Mädchennamen angenommen.«

Er runzelt die Stirn. »Taschner ist doch ein schöner Name.«

»Schon, aber nicht mit dem Ehemann.« Sie deutet dem

Pokorny, ihr in die Wohnung zu folgen. Für ihn ist klar, am Gang gibt es keine weiteren Informationen. Widerwillig folgt er mit der Maxime, die freudig schnüffelnd an der Leine zieht. »Aus! Gezogen wird nicht!«, ruft er und bremst die Beagelin beim Betreten der warmen, sauberen, aber in die Jahre gekommenen Wohnung ein und setzt sich auf den angebotenen Sessel am Wohnzimmertisch. Alles hier wirkt alt und abgewohnt, ganz als würde es am Geld fehlen. Da hat die Hartl schon recht, eine Renovierung ist dringend erforderlich. Danach wäre das Haus in zentraler Lage mit Blick auf die Burg eine begehrte Immobilie.

»Was war mit Ihrem Ehemann?«, fragt er in der Hoffnung, mehr zu erfahren, als in dem knappen Zeitungsartikel zu lesen war.

»Mein Mann war ein genialer Verkäufer, die Agentur ist hervorragend gelaufen. Als Mensch, Mann und Vater war er ein Schwein«, antwortet sie. Ihre gütigen Gesichtszüge sind während der letzten Worte hart geworden, so als wäre alles Leben aus der alten Dame hinausgeblasen. »Geschlagen hat er mich und den Balduin. Gierig war er, das Geld hat er im Casino bei den Automaten und im Puff verprasst. Für uns war nichts übrig, jeden Schilling musste ich damals dreimal umdrehen. Kaum genug Wirtschaftsgeld zum Kochen hat er mir gegeben.« Sie dreht sich mit geöffneter Handfläche im Kreis. »Schauen Sie sich um, ich lebe mitten in einer wunderschönen Gemeinde in einem Loch. Mehr als zwanzig Jahre ist mein Mann tot, uns ist außer dem alten Haus nichts geblieben. Raus wollte ich mit meinem Sohn auch nicht, er war … er hat mich damals gebraucht. Die Umgebung hier ist schwer in Ordnung. Post, Apotheke, Bank und Supermarkt in Gehweite. Nein, ausgezogen wäre ich hier nie.«

»Ich habe von dem Vorfall gelesen, also wie Ihr Mann gestorben ist … angeblich war es Ihr Sohn?«

»Ja, ich hätte ihn beschützen müssen. Ich war zu schwach, zu feig. Als pubertierender Jugendlicher hat er sich dann gewehrt und nicht mehr verprügeln lassen. Der Balduin hat seine Probleme gelöst, wie er es von seinem Vater vorgelebt bekommen hat. Mit Gewalt.« Sie verstummt, wieder rinnen ihr Tränen über die Wangen hinunter. »Nachdem mein Mann gestorben ist, war der Balduin lange im Spital. Die Agentur hab ich zusperren müssen, gelebt haben wir von der Vermietung der Wohnung im zweiten Stock. Diesen Sommer ist der alte Dr. Anzengruber dann elendig an Krebs verreckt. Der Balduin will nicht mehr vermieten, sondern die Wohnung gleich verkaufen. Er meint, mit dem Geld aus dem Verkauf könnten wir das Haus herrichten. Aber warum er die Wohnung nicht selbst verkauft, verstehe ich nicht. Wollen Sie was trinken?« Ohne eine Antwort abzuwarten, schlurft sie in die Küche.

»Nein danke, ich muss wirklich gleich los und mit Ihrem Sohn reden.«

»Wollen Sie leicht die Wohnung kaufen?«

Der Pokorny fängt zu lachen an. »Nein, wir haben uns in Bad Vöslau niedergelassen. Was verlangen Sie für die Wohnung?«

»Der Balduin sagt, eine Million Euro ist die Wohnung mit Dachterrasse leicht wert.« Sie zuckt mit den Schultern. »Wenn er meint, ich kenn mich da nicht aus. Ob das Geld für die Sanierung des restlichen Hauses reicht, bezweifle ich sehr. Bei den heutigen Preisen und den Auflagen des Denkmalamtes. Zusammen mit der Provision aus dem wichtigen Geschäftsabschluss geht sich's dann vielleicht aus. Trotzdem weiß ich nicht, warum er nach dem Tod vom Vondrasek die Wohnung an eine Maklerin zum Verkauf weitergibt. Ich versteh meinen Sohn manchmal nicht. Haben Sie Kinder?«

In Gedanken versunken hört der Pokorny die immer lauter tickende biologische Uhr der Toni. Ihr Kinderwunsch wird knapp vor dem vierzigsten Geburtstag immer größer. Nicht und nicht will es klappen, trotz vermehrtem Umsatz bei (en) joy-toy wird sie einfach nicht schwanger. Sie vermutet, dass schwache Spermien ihres unsportlichen Ehemanns schuld daran sein könnten. Und mit dem Druck im Hintergrund überhört er ein wichtiges Detail von der Hartl.

»Hallo, schlafen Sie mir nicht ein. Was ist mit Kindern?«, holt ihn die alte Dame aus dem Traumland zurück.

»Nein, leider nicht, aber wir arbeiten daran«, antwortet er.

»Wie heißt die Maklerin, die die Wohnung verkaufen soll?«

»Eine Kollegin von ihm. Komischer Name ... Smoll, Smolla, irgendwie so.«

»Smolle?«, fragt er elektrisiert und richtet sich im Sessel auf.

»Ja, Smolle, richtig. Kennen Sie die Dame? Vor einer knappen Stunde hat sie sich von mir den Schlüssel für eine Besichtigung ausgeborgt. Müsste oben in der Wohnung sein. Bisher ist aber kein Kunde gekommen, das würde ich hören. Eine komische Person. So gar nicht der Typ Maklerin.«

Er steht auf. »Frau Hartl ...«, sagt er, da unterbricht ihn sein Handy.

»Willi, bist du schon beim Taschner?«, ruft die Toni aufgeregt.

»Fast, ich spreche gerade mit seiner Mutter, die wohnt im Erdgeschoss von dem Haus, wo der Vondrasek runtergefallen ist.«

»Ich weiß, die Kostümverleiherin hat mich nach einem Anruf vom Sprengi endlich zurückgerufen. Eine alte Dame hat ein Pennywise-Kostüm abgeholt, Wohnadresse wie der Taschner.«

»Warte einen Moment.« Er spürt, wie sich seine Nackenhaare aufstellen. »Frau Hartl, haben Sie für Ihren Sohn ein Clownskostüm von einem Geschäft in Möllersdorf geholt?«

Sie kneift die Augenbrauen zusammen. »Nein, das war nicht von einem Clown, sondern eher wie eine Mönchskutte. Das Kostüm war grau und nicht gelb, so schaut kein Clown aus.«

Er denkt an das untypische Gewand des Horrorclowns und fürchtet sich vor der Antwort auf seine nächste Frage. »Was bedeuten die Initialen PW vor dem Namen Taschner auf dem Klingelschild?«

»Mein Bub war bis zum Tod meines Mannes immer wieder

in Schwierigkeiten. Er hat seine Mitschüler verdroschen und sich gerne verkleidet. Zuerst als Gespenst, dann als Indianer, später als Tod mit einer Sense. Das müssen Sie sich einmal vorstellen, auf einer Kinderparty hat er mit einer Plastiksense Angst und Schrecken verbreitet. Wie er älter war, ging er als Räuber Hotzenplotz und noch später, als er mit den Batman-Comics angefangen hat, als Joker. Was haben sich die Kinder gefürchtet! Die Fratze mit den Narben in den Mundwinkeln hat ihm besonders gefallen. Immer waren es die Bösen, die es ihm angetan haben. PW steht für Pennywise, den bösen Clown von Stephen King.«

»Pennywise«, wiederholt der Pokorny schockiert.

»Ja, genau, kennen Sie den auch?«

»Nein, ja, ich … ich muss jetzt wirklich los, rauf zu Ihrem Sohn. Danke für Ihre Hilfe, auf Wiedersehen … äh, ich lass Ihnen Maxime kurz da«, sagt er noch und verlässt, ohne eine Antwort abzuwarten, die Wohnung. Unter normalen Umständen hätte er die Beagelin nie so einfach zurückgelassen. In der derzeitigen Situation ist aber sowieso nichts normal. »Toni, die Dame heißt Eleonore Hartl, richtig?«

»Ja, woher …?«

»Sie ist die Mutter vom Taschner. Auf der Gegensprechanlage steht bei seinem Namen PW, als Abkürzung für Pennywise. Sie glaubt, für ihn eine Mönchskutte abgeholt zu haben. Weil Pennywise ja gelb angezogen war. Ruf sofort den Sprengi an, die müssen mit der Kavallerie anrücken. Der Taschner ist im Haus, die Smolle wartet auf einen Kunden, der längst da sein müsste. In der Wohnung, aus der der Vondrasek runtergefallen ist … Warte kurz, ich muss die Hartl noch was fragen.« Gerade hat er sich an den überhörten Nebensatz erinnert.

»Wollen Sie Ihr Hunderl schon wieder abholen?«, fragt die alte Dame traurig.

»Nein, nein, es geht um was anderes. Frau Hartl, Sie haben von einem wichtigen Geschäftsabschluss erzählt. Worum geht's da?«

»Gegenüber von der Milchfirma ... der ...«

»Der NÖM, ja. Bitte schnell, es ist wichtig!«

»Äh ja, also, wo früher die Soldaten waren, dort soll schon länger gebaut werden, und mein Sohn ist da beteiligt. Er arbeitet zurzeit wirklich hart, ist ständig unterwegs und erzählt, dass ihm der Mochacek einen ordentlich Patzen Geld versprochen hat. Da geht's um Millionen, und weil er so brav ist, verspricht ihm der Mochacek immer mehr Provision«, erzählt sie stolz. »Ein tüchtiger Bub, gell?«

Während der Schilderung ist der Pokorny weiß geworden.

»Junger Mann, geht es Ihnen nicht gut? Sie sind auf einmal so blass.«

»Nein, nein, alles okay, danke«, ruft er und ist schon bei der Tür draußen.

Aufgeregt spricht er ins Telefon: »Toni, ich spinn, der Taschner erzählt seiner Mutter, dass er vom Mochacek immer höhere Provisionen zugesagt bekommt.«

»Klar, wenn der Taschner alle umbringt und der Anteil vom Mochacek steigt, bekommt auch er mehr. Mein Gott, Willi, lass die Finger davon!« Ihre Stimme zittert.

»Geht nicht, ich muss wissen, was da oben los ist. Die Smolle ist die Letzte aus der Agenturgemeinschaft. Wenn er die auch tötet, gehört alles dem Mochacek und zehn Prozent davon ihm. Sie ist schon viel zu lange in der Wohnung oben. Der Taschner weiß nicht, dass ich da bin, du musst dir keine Sorgen machen. Ruf den Sprengi an, ich melde mich.« Er beendet das Gespräch und steigt vorsichtig die Stufen hinauf.

Die Toni läuft aufgeregt zur Tatjana, die gerade beim Einsortieren retour gegebener Bücher ist, und schildert ihr atemlos, was der Pokorny vorhat. »Ich muss weg. Der Willi braucht mich!«

»Bleib ruhig. Der Pokorny macht das schon.«

»Nichts ist gut, verdammte Scheiße«, schimpft die wohlerzogene Toni. Weil wenn ihr Bärli in Gefahr ist, ist auch für sie Schluss mit lustig.

»Dann los und fahr vorsichtig. Ruf auf der Inspektion an. Du wirst Unterstützung brauchen. Die Wehli kann den Einsatz sicher schnell organisieren.«

»Mache ich von unterwegs. Bis morgen.«

Der Pokorny verharrt mit pochendem Herz am Ende der Wendeltreppe zum ersten Stock und lauscht. Außer leisen Straßengeräuschen ist es mucksmäuschenstill im Haus. Er späht vorsichtig um die Ecke und sieht auf der linken Seite im diffusen Lichtschein des Gangfensters eine pechschwarze reflektierende Wohnungstür, die so gar nicht in das staubige Ambiente des Hauses passt. Über dem Fenster ist eine schwenkbare Überwachungskamera montiert. Da weder das rote Glimmen eines Infrarotsensors noch sonst ein optisches Zeichen erkennbar ist, hofft der Pokorny, dass die Kamera nicht läuft.

Vorsichtig bewegt er sich auf die Tür zu, erschrickt und spürt, wie sein Herzschlag eine kurze Pause einlegt. Eine dunkle Gestalt schleicht mit grotesk verzerrtem Gesicht auf ihn zu. Panisch macht er ein paar Schritte rückwärts. Als sich die Gestalt ebenso rasch zurückbewegt, erkennt er, dass er auf sein eigenes Spiegelbild hereingefallen ist. Wäre dieser Trick nicht schon schaurig genug, erfasst ihn bei näherer Betrachtung der Tür die absolute Gewissheit, dass der Mörder der Taschner ist. Es erscheint fast, als hätte der Pokorny einen furchterregenden Clownskopf auf. Der Name »Pennywise Taschner« ist inmitten eines geöffneten Mundes mit spitzen, verstümmelten Zähnen angebracht, der Türspion dient als rote Clownsnase. Darüber befinden sich zwei silberfarbene reflektierende Penny-Münzen sowie die bekannte orangefarbene Frisur des mordenden Horrorclowns mit tiefen Geheimratsecken am Hinterkopf. Die gruselige Erscheinung ist in das Türblatt eingearbeitet. In diesem Moment bereut er zum ersten Mal, dass er mit seinem alten Nokia nicht fotografieren kann. Er presst sein rechtes Ohr an die Tür, kein Laut dringt aus der Wohnung. Gerade als er erkennt, dass in der Halskrause des Kostüms ein

Türklopfer angebracht ist, hört er von oben einen schrillen Schrei.

Die Toni springt in ihren Mini Cooper und wählt, während sie mit hundert Stundenkilometern zur Autobahn rast, die Nummer der Inspektion. Nach einer kurzen Schilderung der Sachlage verspricht die Inspektorin Stabeldorfer, die Nachricht weiterzugeben. Für Mittwochabend ist auf der Autobahn ungewöhnlich viel Verkehr, die allerbeste Ehefrau der Welt wechselt rücksichtslos die Spuren, überholt rechts und schneidet in jede freie Lücke hinein. Kurz nach der Abfahrt Mödling bleibt sie in einem fünf Kilometer langen Stau stecken. Auf einer Überkopfanzeige der Verkehrsüberwachung liest sie von einem Unfall im Tunnel Vösendorf und schmeißt endgültig die Nerven weg. »Verdammt, wenn es einmal pressiert, sind ein Haufen unfähiger Autofahrer unterwegs.« Sie überlegt ernsthaft, die Rettungsgasse rechtswidrig zu benutzen. Wobei, wenn sie ihren geliebten Ehemann retten muss, geht das schon als Rettungseinsatz durch. Als ihr Telefon läutet, zuckt sie zusammen.

»Wehli am Apparat, die Kollegin hat mir die Sachlage geschildert, wir sind am Weg, das Einsatzkommando Cobra ist verständigt. Wo sind Sie? Ich möchte Sie nämlich dringend vor Dummheiten bewahren«, stellt die Chefinspektorin fest.

»Äh, ich bin unterwegs in die SCS und stecke im Stau fest. Abfahrt Mödling, wieso?«

»Soso, Ihr Ehemann ist auf Mörderjagd, und Sie gehen einkaufen in die Shoppingcity? Den Schwachsinn können Sie Ihrer Urstrumpftante erzählen. Allerdings kommen Sie wegen des Unfalls im Tunnel Vösendorf sowieso nicht nach Perchtoldsdorf durch«, erwidert die Wehli trocken. »Wenn Sie mir versprechen, keine Dummheiten zu machen, können Sie mir in der Rettungsgasse nachfahren. Wir sind gerade bei der Abfahrt Wiener Neudorf vorbei. Wo stehen Sie?«

»Ich … hm«, räuspert sie sich. »Auf Höhe der Radarbox nach der Abfahrt Mödling. Ein Mini Cooper, metallic orange.«

»Aha, ist also Shoppen doch nicht so wichtig? Warten Sie dort auf mich.«

»Ja.« Die Toni wundert sich über die freundliche Einladung in die Rettungsgasse, aber nicht lange. Die Chefinspektorin wollte wohl lediglich sicherstellen, dass sie vor der rabiaten Ehefrau in Perchtoldsdorf ist. Mit Folgetonhorn und Blaulicht rast die Wehli im zivilen Einsatzfahrzeug durch die Rettungsgasse an ihr vorbei. Jetzt ist die gute Laune der Toni wieder dort, wo sie vor dem Anruf war: am Tiefpunkt. Und da außergewöhnliche Situationen auch außergewöhnliche Maßnahmen erfordern, startet sie den Mini und drängt sich zwischen zwei Lkws in die Rettungsgasse hinein. Was dann folgt, ist ein abenteuerlicher Ritt zwischen hupenden Autos, dafür mit viel Platz zum Beschleunigen.

Der Pokorny atmet tief durch und überlegt, wie er sich am besten einen Überblick über die Situation verschaffen könnte. Vorsichtig schleicht er die Treppe in den zweiten Stock hinauf, wieder fehlen die typischen Anzeichen einer aktivierten Überwachungskamera. Hinter der verschlossenen Wohnungstür hört er die Smolle panisch schreien. Anläuten und hoffen, dass ihm der Taschner aufmacht, hält er für nicht sinnvoll und gefährlich für die Maklerin. Am Ende des Ganges, direkt unter der Kamera, befindet sich ein großes Fenster, das den nach hinten ausgerichteten Garten zeigt. Unter einer Holzpergola stehen eingepackte Sitzmöbel und ein dunkelfarbenes BMW-Motorrad, das ihn fatal an das von der Wehli erinnert. Ein weiterer Hilfeschrei reißt ihn aus seinen Gedanken, er fokussiert sich auf die Feuerleiter, die neben dem Fenster nach oben führt. Hastig zieht er an dem Fenstergriff. Leider versperrt, und vom Schlüssel ist weit und breit nichts zu sehen. »Verdammt, wieso versperren die einen Notausgang«, flucht er und hastet leise zur Wohnung der alten Frau zurück.

»Frau Hartl, Sie wissen aber schon, dass die Fluchtfenster nicht versperrbar sein dürfen. Im Falle eines Brandes …«

»Ja, ja, aber vom verstorbenen Anzengruber wäre letzten Sommer fast das Enkerl hinuntergefallen. Da haben wir uns für Schlösser entschieden.«

»Haben Sie für die freie Wohnung einen Schlüssel?«

»Ähh …«, überlegt sie. »Nein. Den hat die Maklerin von mir erhalten. Wieso?«

»Weil die Smolle um Hilfe schreit, ich nicht weiß, was da los ist und deshalb nicht einfach so anläuten möchte. Können Sie mir wenigstens den Schlüssel für das Fenster zur Feuerleiter im ersten Stock geben?«

Die Hartl schaut ihn verwirrt an, greift auf einen Haken neben dem Eingang und gibt ihm diesen.

»Madonna«, hechelt er beim Hinauflaufen und stützt sich vor dem Fenster im ersten Stock auf die Knie. »Ich hoffe, ich überlebe das. Für heute hab ich mich schon genug bewegt.« Gerade als er vorsichtig den Schlüssel in das Fensterschloss steckt, läutet sein Handy und beschert ihm die nächste Gänsehaut.

»Pokorny«, grantelt die Wehli. »Ihre Frau hat mir erzählt, dass Sie wieder alleine auf Mörderjagd gehen. Der Buxeneder hat ausgepackt und glaubhafte Alibis geliefert. Er hat die vier nicht umgebracht. Und die Frau vom Rottenschlager hat ihren Ehemann entlastet, er kann es also auch nicht gewesen sein. Warum er zweimal geflüchtet ist, werden wir ihn noch fragen. Es bleibt nur mehr der Taschner über. Machen Sie keine Blödheiten. Wir sind gerade von der Autobahn abgefahren, die Cobra ist schon unterwegs. Warten Sie in Ihrem Auto auf uns. Das ist keine Bitte, sondern eine Anweisung!«, stellt sie unmissverständlich klar.

»Ja, eh …« Ein gellender Schrei unterbricht seine Entgegnung.

»Pokorny, wer schreit da?«

»Vermutlich die Smolle, die sich der Taschner gerade vorknöpft. Ich kann nicht auf Sie warten, bis dahin hat der Wahnsinnige die Letzte aus der Agenturgemeinschaft getötet. Bitte kommen Sie ohne Tatütata, sonst ist er gewarnt. Ich leg jetzt auf.« Er schaltet das Handy auf lautlos.

Erst nach der Abfahrt Perchtoldsdorf benötigt die Toni selbst die Hupe. Sie fährt über Gehsteige, missachtet rote Ampeln, flucht und beschimpft bei offenem Fahrerfenster im Weg stehende Passanten und Autofahrer. »Verschwinden Sie, das ist ein Polizeieinsatz, es geht um Leben und Tod!«, schreit sie zornig. Meter für Meter kämpft sie sich die Straße zum Marktplatz hinauf. Ihre Nerven liegen blank, sie erreicht den Pokorny nicht. Neun Mal hat sie es schon versucht, entnervt wirft sie ihr iPhone in die Mittelkonsole. Knapp zweihundert Meter vor sich erkennt sie die Blaulichter der Polizeistreifen. Glücklicherweise wird den Wägen der Staatsorgane wesentlich mehr Widerstand entgegengebracht. Vor allem von einem alten Mann mit Hut, der, neben ängstlichen Frauen, sonst zu den absoluten Lieblingsgegnern der Toni im Straßenverkehr gehört. Bei deren Fahrkünsten zuckt sie regelmäßig aus. Und dann kommt ihr an diesem alptraumhaften Tag gerade diese männliche Spezies zu Hilfe und ermöglicht ihr, mit weiteren rücksichtslosen Manövern die letzten Autos hinter dem Streifenwagen zu überholen.

Entweder hat der alte Mann mit Hut in seinem flaschengrünen 1979er Mercedes-Benz mit dem Leben schon abgeschlossen, oder er ist einfach ein Staatsverweigerer. Kurz vor der Zielankunft der Einsatzgruppe überfährt er, aus einer Seitengasse kommend, eine Stopptafel und knallt der Wehli mit voller Wucht seitlich in den hinteren Radkasten. Dank des abendlichen Stoßverkehrs stauen sich die Fahrzeuge binnen weniger Minuten in allen Zufahrtsstraßen zurück. Hinter der Toni haben sich, Sekunden vor dem Zusammenstoß, zwei schwarze Einsatzbusse der Cobra eingereiht, die den nachfolgenden Autos die Sicht verdecken und durch ihr abruptes Abbremsen mehrere Auffahrunfälle verursachen.

Mühsam quetscht sich der Pokorny durch das Fenster im ersten Stock zur Feuerleiter. Seit er als kleiner Junge vom Nachbarssohn aus dem Baumhaus geschubst wurde, hat er Höhenangst, wobei er eher unter der Angst hinunterzufallen als der Höhe leidet. Mit dem verrosteten, rund um die Leiter verlaufenden Stahlring scheint ihm die Konstruktion nicht gerade vertrauenerweckend gesichert. Außerdem sind die Stufen mit einem Rastermuster versehen, was zwar im Winter den Schnee durchlässt und die Stufen griffig macht, ihm jedoch auch zeigt, wie weit er im Ernstfall hinunterstürzen könnte.

»Willi, da musst du durch«, flüstert er sich Mut zu, lässt das Fenster einen Spalt offen und betritt vorsichtig die schmale Plattform, die bei jedem Gangfenster das sichere Hinaussteigen gewährleistet. Der Wind bläst stürmisch und peitscht den Schnee von den Hausdächern in seine Richtung. Bedächtig steigt er die Leitersprossen hinauf. Im zweiten Stock angelangt, hört er über sich abgehacktes Gelächter. Anscheinend handelt es sich bei der dritten Wohneinheit um eine Mansardenwohnung, was von der Straße aus nicht zu erkennen ist. Oben angekommen, linst er zögerlich über die hüfthohe seitliche Terrassenbegrenzung, erkennt aber nichts. Das Lachen wird vom eiskalten Wind verweht. Flammen aus einem Kamin zeichnen ein flackerndes Muster an die Decke der Wohnung.

Die gut hundert Quadratmeter große, rechteckige Terrasse reicht von der Garten- bis zur Straßenseite und bietet einen phantastischen Ausblick auf die Stadt und den Wienerwald. Leise ächzend steigt er über die Abgrenzung und hockert sich hinter einen Stapel eingepackter Teakholzsessel. Die Terrasse ist, bis auf einzelne Stellen, dank der peniblen Arbeit der Spurensicherung schneefrei. Vor der straßenseitigen Terrassenbegrenzung stehen die Balkonkästen, in denen der Alterbauer vermutlich die orangen Haare des Clowns gefunden hat. In der Mitte der Hausfront befindet sich eine verschlossene verglaste Terrassentür.

Vorsichtig richtet er sich auf, wirft einen Blick in den Raum und spürt, wie ihm das Blut in den Adern gefriert. Die Gänsehaut arbeitet sich in einem Höllentempo an seinem Rücken nach oben. Die Smolle kniet, an Händen und Füßen gefesselt, mit dem Rücken zum Kamin, die Augen verquollen, das Gesicht mit Make-up verschmiert. Vor ihr steht im flackernden Licht der mörderische Clown Pennywise. Das silbergraue Kostüm mit den Puffärmeln und der weiten Puffhose glänzt im Schein des Feuers. In seinem weiß geschminkten Gesicht winden sich aus beiden Mundwinkeln blutrote Linien nach oben, vorbei an der ebenso blutrot bemalten Nase bis über die Augenbrauen. Trotz des nach hinten gesetzten Haaransatzes wirkt die orange Perücke aggressiv und erinnert an die Frisur des jungen Jack Nicholson. Die grauenerregende Gestalt trägt weiße Handschuhe, die ausgestreckte rechte Hand zeigt bedrohlich mit einem Holzscheit auf die Maklerin.

»Lüg nicht, du bist genauso ein Arschloch, eine Verräterin, wie der Buxeneder«, zischt der Clown, der aufgrund des Zahnaufsatzes nur schwer zu verstehen ist. »Kriegst den Rachen nicht voll genug.«

»Taschner … bitte, ich … ich wusste doch nicht …«, stottert die Smolle, sie zittert wie Espenlaub.

Der Pokorny erkennt, dass der Mann keine Maske trägt, wider Willen ist er von der perfekten Schminke beeindruckt. Die hasserfüllten Gesichtszüge sind unter der weißen Farbe deutlich zu sehen, die Augen strahlen, als hätte er Halogenlampen eingebaut.

»Was wusstest du nicht? Dass dein Lover mit den Amis einen Deal gemacht hat? Weißt du, bis zum Montag hab ich geglaubt, wir ziehen das mit der Martinek-Kaserne zu dritt durch. Der Mochacek, du und ich. Die Polizei ist mit den Beweisstücken, die ich beim Buxeneder und beim Rottenschlager platziert habe, lang genug beschäftigt. Wir sind fein raus. Du warst für mich die Einzige aus dem Vorstand, der ich vertraut habe. Wir hätten uns die Provision unserer Kollegen vom Club der toten Verlierer aufgeteilt. Denkst du eigentlich daran, was du mir zu verdanken hast? Wie ich mit jeder Leiche deinen Anteil erhöht habe? Und was ist dein Dank dafür? Warum, Smolle? Warum hast du alles kaputt gemacht, wovon ich geträumt habe? Genug Geld, um mein Scheißleben zu ändern. Nie wieder der Laufbursche vom Mochacek zu sein, der mich für alles für zu blöd hält. Nicht einmal einen Büroschlüssel hab ich von ihm bekommen. Nach all den Jahren. Aber das ist jetzt egal, ich krieche niemandem mehr in den Arsch nur des Geldes wegen. Hab ich nicht mehr notwendig. Verstehst du? Also, warum hintergehst du mich? Zahlen die Amerikaner so viel mehr?«

»Ich wollte dich nicht betrügen«, stammelt sie. »Der Buxeneder hat das ohne mich durchgezogen …« Eine schallende Ohrfeige, die sie an den Kamin schleudert, unterbricht die Maklerin.

»Ahhhh …«, röchelt sie, entlockt ihm aber lediglich ein hämisches Lachen.

»Dass ich dich jetzt auch umbringen muss, macht meinen Plan kaputt. Der Buxeneder hat für deinen Sturz leider ein Alibi. Blöd aber auch. Muss ich es halt dem Rottenschlager anhängen, aber ärgerlich ist es schon.« Er presst mit seinem rechten Fuß ihren Kopf an die Glasscheibe und kreischt dann laut: »Da plane ich jeden Schritt minutiös, und du versaust mir alles!« Dann dreht er sich um und verschwindet aus dem Feuerschein in einen anderen Raum.

Der Pokorny duckt sich unter dem Fenstersims, überlegt panisch, was er tun soll. Er hasst Horrorfilme, lieber geht er schlafen, als wegen der Fernsehserie »The Walking Dead« ein Valium einwerfen zu müssen. Und hier bei diesem Liveauftritt von dem als Pennywise verkleideten Taschner dreht es ihm fast den Magen um. Mit zittrigen Fingern schreibt er der Wehli und der Toni eine SMS.

der taschner ist der horrorclown pennywise   hat die smolle gefesselt und will sie umbringen   bin ganz oben auf der terrasse   bitte ohne sirene und blaulicht kommen

Als er die Schritte zurückkommen hört, steckt er das Handy ein und richtet sich vorsichtig wieder auf.

»Da schau, der Beweis, dass du mich für blöd verkaufen willst.« Er wirft der Smolle mehrere zusammengeheftete Blätter Papier vor die Füße. »Eine Kopie des Vertrags zwischen dem Buxeneder und den Amis. War nicht schwer zu finden. Auf dem Küchentisch unter einer Zeitung ist er gelegen. Als wäre es das Normalste, was es gibt. Aber wer kommt auch auf die Idee, dass ich bei dem Verräter vorbeischau und den Vertrag finde.«

»Damit hab ich aber nichts …«, setzt sie an.

Der Taschner springt auf sie zu, reißt sie an den Haaren und schüttelt ihren Kopf wild hin und her. »Willst du mich verarschen? Was steht da am Rand? Lies laut vor!«

»Bill über Änderung des Vertrages informieren. Smolle gehört als Partnerin angeführt und ist einverstanden mit dem Deal.«

»Bill ist wohl der scheiß Ami-Kontakt, oder? Na los, rede, vielleicht überlege ich mir's ja und lass dich am Leben«, sagt er wenig überzeugend. Der Pokorny sieht die Gefangene zögerlich nicken, alle drei wissen, dass der Taschner sie keinesfalls gehen lässt. Dazu ist schon zu viel passiert. Aber wenn eine Situation ausweglos scheint, klammert man sich an jede Hoffnung. Dass nicht nur für die Maklerin, sondern auch für den versteckten Retter die Hoffnung das Letzte sein wird, soll er noch leidvoll erfahren.

Die Toni verwünscht den Mann mit Hut zu guter Letzt doch noch. Zwischen der Exekutive eingekeilt, ist auch für sie kein Weiterkommen mehr möglich.

Die Wehli reibt sich den Nacken und brüllt zu dem verstört wirkenden alten Mann, der knapp vor einem Herzinfarkt steht: »Sind Sie von allen guten Geistern verlassen?« Sie begutachtet ihr verbeultes Auto. »Kollege, nehmen Sie die Personalien von dem Jenseitigen auf. Den Führerschein sammeln Sie gleich ein, den braucht er in diesem Leben nicht mehr …«

Als sie die entnervte Toni hinter dem Streifenwagen bemerkt, versagt ihr die Stimme. Mit raschen Schritten ist sie bei ihr. »Sie kommen wirklich nach Ihrem Mann, geben auch keine Ruhe. Wenn ich die Verkehrsvergehen zusammenrechne, die Sie begangen haben müssen, nehm ich Ihnen auch den Führerschein ab. Was machen Sie da?«

Die Nerven der Toni sind mittlerweile zum Zerreißen gespannt. »Hören Sie sofort auf, mich anzubrüllen«, zischt sie. »Es geht um das Leben meines Mannes, ich erreiche ihn nicht, und Sie diskutieren da mit dem senilen Greis. Los jetzt!« Sie wedelt mit den Händen. »Schaffen Sie Ihren Blechsalat auf die Seite, sonst laufe ich die paar Meter zu Fuß. Oder wollen Sie schuld sein, wenn der Smolle und meinem Mann etwas passiert?« Sie tritt gefährlich nahe an die Chefinspektorin heran.

Ob Polizei oder nicht, die anwesende Exekutive erkennt, dass die Toni ohne Rücksicht auf Verluste oder spätere Probleme für ihren Ehemann in den Kampf zieht.

Die Wehli weicht zurück. »Gut gebrüllt, Löwin«, stellt sie beeindruckt fest. »Los, los, Kollegen, schafft die Autos auf die Seite ... Und für den Trottel«, sie zeigt auf das Häufchen Elend, das an seinem Auto lehnt, »ruft einen Krankenwagen. Sonst haben wir noch einen Toten zu beklagen. Hopp, hopp«, motiviert sie die Kollegen mit zweimaligem Händeklatschen.

»Ich will es von dir hören«, brüllt der Taschner.

Mit zittriger Stimme flüstert die Smolle »Bill ist der ...«

»Lauter!«

»Bill ist der Chefverhandler des amerikanischen Konsortiums«, schreit sie.

»Na bitte. Geht doch, wir erledigen das jetzt. Ich denke, offiziell konntest du mit der Lüge nicht mehr leben. Vielleicht hast du ja auch gewusst, dass der Buxeneder ein Mörder ist. Ich meine, du verstehst, außer dir weiß ja keiner, dass ich die vier getötet habe. Warum also nicht der Buxeneder? Und ehrlich, jetzt, wo er ins Gefängnis geht, springst du aus Verzweiflung von der Terrasse. Ist doch nachvollziehbar, wo ihr beiden Lügner doch so ein glückliches Paar wart.«

Sie schüttelt schluchzend den Kopf. »Du bist ja wahnsinnig, bitte ... nicht!«

»Halt deine verdammte Schnauze!« Der Taschner schlägt ihr mit der Faust mitten ins Gesicht, aus der aufgeplatzten Oberlippe sickert Blut. Mit einem teuflischen Lächeln greift er nach einem langen Küchenmesser, das am Rand des Kamins liegt, und zerrt sie zurück auf die Knie. Langsam fährt er ihr mit der Klinge von der Stirn an der Bluse entlang nach unten. Beinahe zärtlich streicht die Klinge zwischen ihren Knien auf und ab, die Smolle schnappt panikartig nach Luft.

»Keine Angst, ich tu dir nichts. Sonst kommt die Polizei noch auf komische Gedanken. Soll ja nach einem Selbstmord ausschauen, da ritzt man sich doch nicht vorher selbst die Muschi auf. Nicht wahr?« Er reißt sie hoch, schneidet ihr, sich an ihrer Angst weidend, ohne Eile die Fußfesseln durch.

»Wir zwei Hübschen gehen jetzt auf die Terrasse, ein bisschen Luft schnappen. Wird uns sicher guttun.« Er lacht hämisch. »Los!«

Der Pokorny ist ja grundsätzlich nicht unbedingt ein Held. Trotzdem kann er nicht tatenlos zusehen, wie der Taschner die Smolle zwingt hinunterzuspringen. Allerdings ist auf der großen Terrasse außer seinem Versteck sonst keinerlei Deckung vorhanden. Von dem Sesselstapel bis zu der Tür ist es zu weit für einen Überraschungsangriff. Er zieht sein Nokia hervor und beglückwünscht sich, weil er die verschiedenen Telefonnummern der Makler gespeichert hat.

Das Läuten irritiert den Taschner, er zögert, dirigiert die Smolle zurück zum Kamin und zwingt sie auf die Knie.

»Wer spricht?« Genervt schlendert er zwischen dem Kamin und der Terrassentür hin und her.

»Hallo, hier spricht der Pokorny«, flüstert er in der Hoffnung, dass ihn der Taschner nicht hört. »Ich hätte noch ein paar Fragen an Sie. Haben Sie kurz Zeit?«

»Nein, jetzt ist es ungünstig, ich hab gerade einen Termin. Ich melde mich, auf Wiederhören.«

Bevor er die Smolle wieder auf die Beine stellen kann, läutet das Handy neuerlich. »Was denn noch? Haben Sie mich nicht verstanden?«

»Schon, aber ich stehe vor Ihrem Haus und möchte nicht noch einmal extra …« Ihm versagt die Stimme, als er leise Schritte neben sich hört, aufschaut und orangegelbe Augen, spitze Zähne und einen Holzscheit auf sich zukommen sieht. Dann geht für den mutigen, aber glücklosen Pokorny das Licht aus.

»Wie blöd muss man sein, um so was zustande zu bringen?«, faucht die Wehli, fassungslos über das Chaos, das ihre übermotivierten Kollegen verursacht haben. Da der Unfall unmittelbar vor der Ausfahrt der örtlichen Polizeiinspektion passiert ist, konnten die Beamten keine motorische, sondern nur hemdsärmelige Unterstützung leisten. Gemeinsam haben alle anwesenden Streifenbeamten versucht, den eingebeulten Mercedes aus dem Auto der Wehli zu ziehen, aber alles, was dabei herausgekommen ist, war, dass die Stoßstange des Mercedes den Autoreifen ihres Wagens aufgeschlitzt hat. Ohne die Feuerwehr bleibt der Weg auch für die Cobra versperrt. Da es bis zum Zielort nur ein paar hundert Meter sind, beschließen die Einsatzkräfte, die restliche Strecke zu Fuß zurückzulegen.

»Sie bleiben hier und überwachen die Aufräumarbeiten«, brüllt sie zwei Beamte an und winkt dem Cobra-Einsatzleiter, dem Sprengnagl und zwei weiteren Uniformierten, sie zu begleiten.

»Woher wissen Sie, dass der Taschner der Clown ist?«, fragt die Wehli die Toni, die den Trab der Exekutive trotz anderslautender Anweisung begleitet.

»Die Inhaberin von dem Kostümverleih in Möllersdorf hat mir erzählt, dass eine Frau Hartl Anfang Dezember ein Pennywise-Kostüm abgeholt hat. Mein Mann war wegen allgemeiner Fragen bezüglich einer Faschingsfeier im Februar unterwegs nach Perchtoldsdorf, wo der Taschner wohnt. Und die Hartl ist die Mutter vom Taschner.«

»Dann ist unser Taschner der Junior von der gleichnamigen Agentur. Der damals seinen Vater erschlagen hat«, stellt der Sprengnagl fest.

»Ja, zwanzig Jahre ist das her. Auf dem Klingelschild seiner Wohnung steht PW, eine Abkürzung von Pennywise. Die Frau Hartl hat meinem Mann auch von einem großen Geschäft mit viel Provision für ihren Sohn erzählt. Und dass die immer höher wird«, erzählt sie der Chefinspektorin.

»Jeder tote Makler bringt ihm mehr Provision. Nicht schlecht eingefädelt«, stellt die Wehli fest. »Und Ihr Mann ist also diesmal wirklich«, sie zeichnet Gänsefüßchen in die Luft, »›zufällig‹ in diese Situation geraten.«

Die Toni wirft ihr einen schiefen Blick zu. »Natürlich hätte er die Smolle ihrem Schicksal überlassen können. Aber so ist er halt nicht. Dass er jetzt den Helden spielt, schmeckt mir allerdings gar nicht. Also lassen Sie es gut sein.«

Kaum etwas hasst der Pokorny mehr als kaltes Wasser, nur Rosinen in Süßspeisen, Linsen, Ärzte und vor allem Spitäler mag er noch weniger. Dass er mit einem Kübel eiskaltem Wasser und einem gewaltigen Brummschädel dermaßen brutal aus dem Traumland geholt wird, schmeckt ihm so gar nicht.

»Aufwachen, genug geschlafen.« Der Taschner klatscht ihm mit den Handflächen links und rechts auf die Wangen.

»Mm.« Der Pokorny erschrickt, als er die Fratze mit den orangegelben Augen unmittelbar vor seinem Gesicht sieht. Er vermutet, dass die Schreckensgestalt Kontaktlinsen trägt, die bei der Drehung des Kopfes das Kaminfeuer reflektieren und dadurch hell strahlen. In Verbindung mit den gespenstischen spitzen Zähnen kommt jedenfalls keine Wohlfühlatmosphäre auf.

»Was meinen Sie?«, nuschelt der Taschner. »Ich kann Sie nicht verstehen.«

»Mm ... Bwe ...«

»Ah ja, richtig. So redet es sich schlecht.« Lachend reißt er ihm mit einem Ruck das Klebeband vom Mund.

»Aua!«, brüllt der Pokorny. »Sind Sie verrückt? Das tut weh.«

»Na, so was. Gerade noch ein verkappter Held und jetzt eine Heulsuse. Was machen Sie auf der Terrasse?«

»Nehmen Sie die grauslichen Zähne aus dem Mund. Man versteht Sie ja kaum.«

Der Taschner grinst schief, greift sich in den Mund, und mit einem leisen Klacken löst sich die bedrohliche Zahnattrappe. »Besser so?«

»Hm, ja.«

»Was machen Sie auf meiner Terrasse? Schon mal was von Besitzstörung gehört?«

»Besitzstörung? Sie haben vier Personen getötet und regen sich wegen Besitzstörung auf?« Der Pokorny begreift, dass er gefesselt am Kamin lehnt. Die Konturen des Raumes sind durch den Feuerschein nur wenig ausgeleuchtet, der größte Teil liegt im Halbdunklen. Neben der Terrassentür kann er einen rustikalen Esstisch mit klobigen Holzsesseln erkennen. An der Rückwand befindet sich ein dunkler Verbau, die Leuchtanzeige könnte von einem Backrohr stammen. Der Wohnung fehlt wie dem gesamten Haus jeglicher Reiz. Daran kann auch der Ausblick auf die Burg Perchtoldsdorf nichts ändern. Aber frisch ausgemalt und mit modernen Möbeln könnte die Wohnung eine Luxusimmobilie sein.

Neben ihm kauert die Smolle. Sie blutet aus der Nase, zusammen mit dem Rinnsal aus Tränen und Mascara lässt das verschmierte Blut das Hausmütterchen wie ein Häufchen Elend wirken.

Nachdem das erste Adrenalin verbraucht ist, spürt auch der Pokorny Schmerzen, fährt sich mit zusammengebundenen Händen über den Kopf. »Aua«, klagt er und sieht glänzendes Blut auf seinem Jackenärmel. »Musste das sein?«

»Hat sich so ergeben …« Mit dem Küchenmesser deutet der Taschner grinsend auf die Terrasse hinaus. »Sehen Sie das Geländer?« Der Pokorny erkennt, wieso er schon wieder in einem vermeintlichen Versteck aufgeflogen ist. Gegenüber von dem Sesselstapel ist eine reflektierende Platte in die Terrassenabgrenzung eingearbeitet. »Im Sommer haben wir mit dem verblichenen Anzengruber öfters gegrillt, und weil uns der Alte einmal fast die Terrasse abgefackelt hätte, haben wir zur Sicherheit eine Nirostaplatte montiert.« Er lacht höhnisch. »Da hilft es gar nichts, wenn Sie sich hinter dem Stapel verstecken. Ungebetene Gäste werden von mir ganz sicher nicht mit Samthandschuhen angefasst. Sonst noch Fragen?«

»Könnten Sie bitte die Fesseln lockern? Mir schlafen schon die Hände ein.«

»Damit Sie mir auf dumme Ideen kommen und weiter den Helden spielen? Sicher nicht. Bisher hat alles perfekt funktioniert, dann krieg ich mit, dass mich die Smolle mit dem Buxeneder und den Amis bescheißt, und jetzt tauchen Sie auf. Schon wieder sind Sie am falschen Ort. Wie letzten Freitag ...«

»Ich hab mich also doch nicht getäuscht. Sie haben uns am Freitag bei unserer Aktion in der Kaserne beobachtet, stimmt's?«

»Ja, ich bin am Vortag beim Rauskriechen leider hängen geblieben und habe mir ein Loch in das Kostüm gerissen.« Er greift sich im Schein des Kaminfeuers an das zerfetzte Schulterpolster. »Da fehlt ein Stück, ich wollte es holen, aber Sie sind mir zuvorgekommen. In der Zeitung war von einem Stofffetzen die Rede, muss wohl meiner sein, den Sie oder die Polizei gefunden haben, oder? Dass Sie jetzt hier auftauchen, macht alles noch komplizierter. Jetzt muss ich Sie beide loswerden.«

Der Pokorny schüttelt den Kopf. »Lassen Sie uns gehen, bisher kann Ihnen die Polizei nichts nachweisen. Den Vertrag mit dem Ministerium können Sie nach dem Trubel um Ihre Agenturgemeinschaft sowieso vergessen. Der Rubel rollt nicht mehr, alles umsonst.«

»Blödsinn. Tsss, Sie Superermittler dürfen nicht alles glauben, was Ihnen erzählt wird. Auch nicht von mir.« Er tippt sich mit dem Zeigefinger an die Stirn. »Der Vertrag der Agenturgemeinschaft wurde schon zu Allerheiligen, also am 1. November, abgeschlossen, nicht erst am 7. Dezember. Einen Tag später, zu Allerseelen, hat der Franter dem Beamten die fünfhunderttausend Euro bar übergeben. Am 23. November ist dann der notariell unterfertigte Kaufvertrag ...«

»Das wissen Sie noch so genau ...?«

»Halten Sie das Maul, sonst gibt's eine mit dem Holzscheit! Jetzt rede ich! Am 23. November hab ich Geburtstag, und dass die Kollegen in einer Art Selbstbeweihräucherung Allerheiligen für den Vertragsabschluss gewählt haben, ist bei deren übersteigertem Ego nicht überraschend.«

»Warum haben Sie dann bis zum 8. Dezember gewartet?«

»Weil die Republik innerhalb von vierzehn Tagen vom Vertrag zurücktreten kann? Tote Makler im Käuferkonsortium machen sich in der Öffentlichkeit nicht so gut. Außerdem hat Maria Empfängnis zu dem scheinheiligen Haufen gut dazugepasst. Egal, jedenfalls ist der Vertrag an meinem Geburtstag bei unserem Notar eingelangt und liegt mit dem Original des Agenturvertrages sicher bei ihm im Safe. Was glauben Sie denn, warum der Mochacek mit den Nerven fertig ist? Zuerst hat er ja noch den Franter verdächtigt, dass der seinen Anteil vergrößern will. Nachdem der Machoarsch leider von uns gegangen ist«, er beugt den Oberkörper nach hinten und lachend schallend, »glaubt der Trottel tatsächlich, der Buxeneder würde mit den Russen oder Amerikanern ein Maklermassaker anrichten.«

»Sie haben uns sowohl bezüglich der Verträge belogen als auch mit der angeblichen Gehaltserhöhung. In Wahrheit bekommen Sie stattliche zehn Prozent vom Anteil des Mochacek. Bei einem dreistelligen Millionenbetrag kommt da eine Menge Geld zusammen. Warum zerstören Sie jetzt Ihren genialen Plan? Sie haben vier Kollegen getötet. Schwups sind aus zehn Prozent von einem Sechstel zehn Prozent von der Hälfte geworden. Ist Ihnen das nicht genug? Pennywise wäre nicht so dumm vorgegangen.«

Mit dieser bewusst gewählten Provokation versucht er herauszufinden, wie weit er gehen kann. Nach einem heftigen Tritt an seine rechte Hüfte weiß er, dass es keine Fernreise wird.

»Ein richtiger Klugscheißer, den uns der Mochacek da aufs Auge gedrückt hat. Die Mona hat geplaudert, oder? Von Anfang an hab ich ihm gesagt, wir brauchen niemand zum Herumschnüffeln. Uns wird nichts passieren.«

Mit den gefesselten Händen massiert sich der Pokorny die schmerzende Hüfte. »Der Mord am Vondrasek wird nicht schwer gewesen sein. Herlocken wie die Smolle, erschrecken und runterstoßen, korrekt?« Der Taschner wandert mit dem Messer in der Hand gelassen durch den erhellten Bereich der Wohnung. Er scheint nachzudenken, was dem verhinderten Helden nur recht sein kann, gilt es doch, Zeit zu gewinnen. Weil so wenig er die Wehli mag, zuverlässig ist sie allemal, und mehr an Infos über die momentane Lage, wie er ihr gegeben hat, geht eh nicht mehr.

»Warum sollte ich Ihnen das erzählen?«

Der Pokorny verzieht das Gesicht zu einer Grimasse. »Wenn Sie uns sowieso töten werden, dann können Sie mir wenigstens erzählen, was los war.«

»Hm … ich …« Ein schrilles Läuten an der Tür im Erdgeschoss unterbricht das Gespräch. Er schaut die beiden an, legt den Finger auf den Mund und zieht das Messer spielerisch quer vor seinem Hals vorbei. Eindringlicher hätte er ihnen das Schweigegelübde nicht abnehmen können.

Er bewegt sich ein paar Schritte zurück zur Sprechanlage und nimmt den Hörer von der Wand: »Mutter, ich hab jetzt keine Zeit. – Nein«, antwortet er nach einer kurzen Pause, »der Pokorny ist nicht mehr da. Die Smolle ist mit ihm auf einen Kaffee gegangen. Ich komm gleich runter, in einer Viertelstunde bin ich bei dir. Machst du uns einen Tee? Danke.« Verärgert knallt er den Hörer in die Halterung der Anlage. »Meine Mutter behandelt mich immer noch wie ein kleines Kind.«

»Warum verkleiden Sie sich ausgerechnet als Pennywise?«, fragt ihn der Pokorny.

»Ist doch gut rübergekommen, oder? Schließlich zählt der erste Eindruck. Sie hätten auf der Terrasse Ihr Gesicht sehen sollen. Die Kontaktlinsen sind auch nicht schlecht, nicht wahr? Trotzdem ist es ohne die Zähne nur die halbe Miete. Der erste Schrecken macht alles leicht. Der Vondrasek wäre, trotz seiner Höhenangst, fast von alleine runtergesprungen.« Er kichert wie ein kleines Kind, dem die Überraschung gelungen ist. »So eine Angst hat der gehabt.«

»Warum in der 2017er Version und nicht das alte gelbe Kostüm?« Der Pokorny erinnert sich an die Vermutung der Toni. Um leichter zum Erfolg zu kommen, dürfte der Taschner tatsächlich die Ängste seiner Opfer ausgenützt haben.

»Vor dreißig Jahren hat der lustige Clown gereicht. Jetzt braucht es schon mehr für …«

»Panik?«

»Exakt. Angeschissen hat sich zwar niemand, für Kurzschlussreaktionen hat's aber gereicht. Dann war alles ganz leicht.« Grinsend zieht er die blutrot geschminkten Mundwinkel auseinander, die gleichfarbigen Linien wandern nach außen und verzerren das Gesicht grotesk.

»Die Zangerle war aufgrund Ihrer Kostümierung völlig panisch und ist vor die Badner Bahn gelaufen. Die ganze Vorbereitung und Abwicklung war sehr raffiniert.«

Der Taschner zuckt lächelnd mit den Schultern. »Wenn Sie meinen …«

»Ich sage Ihnen, was passiert ist. Wenn ich falschliege, korrigieren Sie mich, in Ordnung?«, schlägt der Pokorny vor und sieht sein Gegenüber nicken.

Nachdem er die Ermittlungsergebnisse erzählt hat, klatscht der Taschner dreimal in die Hände. »Bravo, bravo, bravo! Nicht schlecht, wie sind Sie da drauf gekommen?«

»Alle Bankomaten im Umkreis wurden erst am 11. Dezember demoliert, ebenso das Kartenlesegerät im El Gaucho. Haben Sie das Ersatzgerät vor einer Woche auch manipuliert?«

»Nein …«, murmelt er. »Ob mir der verdutzte Kellner nach

meiner Aktion auch noch das Reservegerät anvertraut hätte, bezweifle ich.« Er tippt sich mit der Messerspitze auf die Brust. »Das Glück des Tüchtigen, nicht wahr? Für die Zangerle hab ich mich auch ordentlich ins Zeug geworfen.«

Um Zeit zu gewinnen, lobt ihn der Pokorny weiter und versucht, ihn in Sicherheit zu wiegen: »Stimmt, gut vorbereitet. Das Kostüm hatten Sie schon drunter an?« Wieder nickt sein Gegenüber. »Der Bart, die Perücke …?«

»Nur falls die Polizei eine Beschreibung von dem Gast gewollt hätte.«

»Die Brille wegen der Kontaktlinsen?«

»Ja, in der Eile hätte ich die nicht reingebracht. Deshalb die Brille, ohne wäre es wohl zu auffällig gewesen. Die Polizei hat dem Kellner sicherlich Bilder gezeigt? Wurde ich erkannt? Offensichtlich nicht, sonst wären die schon da, oder?« Langsam geht er auf den Pokorny zu und zeigt mit der Messerspitze auf ihn. »Weiß die Polizei, dass Sie hier sind?«

»Meine Frau weiß, dass ich hier bin und Sie auf das letzte Faschingsgschnas ansprechen wollte. Ob dort ein Horrorclown mitgefeiert hat … Die Frage hat sich aber jetzt erübrigt.«

»Sonst niemand?«

»Ihre Mutter, sonst niemand«, schwindelt er.

»Lügner!« Postwendend bekommt der Pokorny eine Ohrfeige, die so stark ausfällt, dass er seitlich gegen die wimmernde Smolle kracht. »Ihr Nokia«, der Taschner greift in seine Kostümtasche und winkt damit. »Mein Gott, was für ein altes Ding. Vielleicht sollten Sie, wenn Sie schon den Helden spielen wollen, Ihr Handy abschalten. Ist ja schon fahrlässig, nicht wahr? Für Umlaute, Punkte und Beistriche in der SMS sind Sie sich wohl zu gut, oder was? Die verstümmelte SMS haben Sie an eine O-Weh gesendet? Wer ist das?«

Die Ohren vom Pokorny wackeln unkontrolliert. »Sie Volltrottel, wenn Sie mich noch einmal schlagen … dann!«

»Was dann?«, flüstert der Taschner, hält den Messergriff locker zwischen Daumen und Zeigefinger. Langsam lässt er die

Klinge, die zum Glück des Gefangenen stumpf ist, von dessen Kopf über die Nase nach unten gleiten. Wäre das Folterwerkzeug eines dieser rasiermesserscharfen Sashimimesser, würde allein das Gewicht für eine gespaltene Gesichtshälfte ausreichen. Scharf genug, um die Knöpfe der Parkajacke abzuschneiden, ist das Küchenmesser allemal.

Das perfekt geschminkte Gesicht kommt dem Pokorny eindeutig zu nahe. Im flackernden Feuerschein beugt sich die hämisch grinsende Clownsfratze bis auf wenige Zentimeter zu dem Gefangenen hin, der es hasst, wenn ihm fremde Menschen zu nahe kommen. Noch dazu bei dem Gestank, der ihm aus dem Rüschenkragen des Kunststoffkostüms entgegenweht. Kurz blitzt bei dem verhinderten Helden die wahnwitzige Idee auf, den Taschner mit einem gezielten Kopfstoß ins Traumland zu schicken. Allerdings brummt ihm noch immer der Schädel, und wer nach dem Kopfstoß ins Traumland abgleiten würde, ist nicht sicher. Mit einem Messer in der Hand hat der Geiselnehmer außerdem bessere Karten, also heißt es, kühlen Kopf zu bewahren.

»Was wird das jetzt? Geben S' das Messer weg, sonst …«

»Sie meinen das wirklich ernst.« Er streicht dem Pokorny mit dem Messerrücken über die Wange und schüttelt den Kopf. »Entweder sind Sie bloß dumm, oder Sie unterschätzen die missliche Situation, in der Sie sich gerade befinden? Beantworten Sie meine Frage. Wer ist O-Weh?«

»Die Chefinspektorin Ottilia Wehli. Allerdings ist die gerade in Wiener Neustadt, um den Buxeneder zu verhören. Das wird also noch ein wengerl dauern. Apropos Buxeneder. Gut eingefädelt, ihm die Holzscheite unterzuschieben«, schmeichelt er weiter. »Sie haben sich wirklich Mühe gegeben. Auch dem Franter die fingierte Nachricht der Smolle zu senden, wirklich gut durchdacht.«

»Hauptsache, flachlegen. Dass der Macho sogar bei unserem Hausmütterchen anspringt, war zu erwarten.« Er sieht, wie die Smolle wieder zu weinen beginnt. »Hör endlich auf zu flennen, du bist selbst schuld an deiner Lage.« Er packt die Smolle an den Haaren und schlägt ihren Kopf mehrmals gegen das Kaminfenster.

»Hören Sie auf! Wenn Sie uns sowieso umbringen, wozu müssen Sie die Frau dann quälen?« In der Hoffnung auf einen baldigen Auftritt der Wehli versucht der Pokorny, die wimmernde Maklerin zu schützen. Nur gut, dass er von der Feuerleiter nichts geschrieben hat.

»Ich höre auf, wann ich will. Los, erzählen Sie weiter, schön langsam macht es mir Spaß. Endlich versteht einer, was ich geleistet habe.«

Angewidert verzieht der Pokorny das Gesicht. »Woher haben Sie überhaupt gewusst, dass die Zangerle an besagtem Abend im El Gaucho essen geht? Und was hätten Sie getan, wenn sie oder ihr Mann bar bezahlt hätten? Dann wäre Ihr Plan im Eimer gewesen.«

»Nach dem Vertragsabschluss beim Notar war die Kollegin aufgekratzt, nahezu euphorisch, und wollte groß feiern gehen. Der Mochacek hat gemeint, das würde zu viel Staub aufwirbeln, deshalb blieb's bei einem kleinen Umtrunk im Amterl.«

»Schon, aber …«

Der Taschner klatscht den Messerrücken in seine geöffnete Handfläche. »Halten Sie den Mund! Mit Ihrem ständigen Reinreden reicht's mir bald. Dann können Sie sich die Antworten aufzeichnen. Ich habe für die Zangerle den Tisch reserviert, zwanzig Uhr. Sie sollte ihren Mann einladen, mit ihm den Abschluss feiern. Wegen der Bumserei mit dem Franter hat sie sowieso schon lange ein schlechtes Gewissen gehabt. Die Idee gefiel ihr sofort, und Bargeld, das ist ihr Credo, ist nur was für Weicheier. Sie zahlt immer mit Karte.«

»Gerade bei Maklern mit dem vielen Schwarzgeld ist das für mich schwer vorstellbar …«

»Stimmt, nur die Zangerle war gierig. Ein Geschäftsessen kann sie von der Steuer absetzen. Das hat sie auch bei privaten Anlässen weidlich ausgenutzt. Wenn die eingereichte Rechnung beim Finanzamt aber als Barzahlung aufscheint, könnten bei einer Überprüfung Fragen gestellt werden. Eben wegen des Generalverdachtes von Schwarzgeldzahlungen in unserer Branche. Deshalb hat sie Essenseinladungen, ob privat oder beruflich, ausschließlich mit Karte bezahlt. Das Risiko war daher minimal. Einzig, wenn sie die Reservierung sausen hätte lassen … gut, dann hätte ich mir etwas anderes einfallen lassen müssen.«

»Warum haben Sie nach der Zangerle die Vorgehensweise geändert?« Diese Frage interessiert den Pokorny schon lange. »Zwei versteckte Morde, beide gehen als Unfälle durch. Dann erschlagen Sie in der Kaserne die Luckinger mit einem Holzscheit. Weshalb nicht auch ein Unfall? In der baufälligen Kaserne hätte sie doch leicht stolpern können?«

»War auch so geplant, leider kam es anders. Was ich nicht wusste, die Luckinger ist … war ein Stephen-King-Fan, hat die Filme von ihm rauf und runter geschaut.«

»Ach, dann hat sie sich vor Ihnen nicht gefürchtet, richtig? Pennywise alleine war zu wenig.«

»Nicht gefürchtet ist gut. Sie hat meine Stimme erkannt und mich ausgelacht. Dass ich einen lächerlichen Clown abgeben würde und mich besser an Louis de Funès denn an Stephen King halten sollte. ›Balduin, das Nachtgespenst‹ hat sie mich genannt. Da sind mir dann die Sicherungen durchgebrannt. Neben dem Kaserneneingang war ein Stapel Holzscheite aufgeschichtet. Wenigstens dann hat sie sich gefürchtet und ist weggelaufen. Nicht weit. Aber Sie haben recht, meine Strategie, die Morde als Unfälle zu tarnen, war damit zum Teufel. Darum war's beim Franter dann egal. Hauptsache, tot.«

Der Pokorny überlegt, ob er vom Rottenschlager im Spital und dem entlasteten Buxeneder erzählen soll. Wenn sein Gegenüber kapiert, dass es für ihn keinen Ausweg mehr gibt, würde er vielleicht aufgeben und seine Geiseln freilassen.

Natürlich gibt es noch eine andere Variante: Der geistesgestörte Vierfachmörder könnte sein Konto auf sechs Tote erhöhen, einfach, weil es eh schon egal ist. Der Pokorny trifft eine schnelle Entscheidung, öffnet den Mund und setzt alles auf eine Karte.

Nach der SMS von der Terrasse war ein Auftritt mit Blaulicht und Sirene für die Wehli kein Thema mehr. Also fast halt, weil die zur Unterstützung angeforderten Kollegen aus der Umgebung gerade gut hörbar mit Sirene vorgefahren sind. Die Chefinspektorin fragt sich an diesem chaotischen Tag zum wiederholten Mal, womit sie das verdient hat.

Brüllend läuft sie zu den Kollegen:»Wir haben es hier mit einer Geiselnahme zu tun, und Sie fliegen mit Tatütata ein? Ja geht's noch?« Den aufkeimenden Widerstand würgt sie mit einem einmaligen, heftigen Händeklatschen ab. »Sie steigen sofort wieder in den Streifenwagen und düsen mit Sirene ab. Ich möchte, dass der Taschner glaubt, Sie wären im Einsatz vorbeigefahren. Hurtig! Mit Ihrem Vorgesetzten rede ich noch, weil dümmer geht's ja nicht mehr.« Wie immer lässt ihr sympathisches Wesen nichts aus, um sich Feinde zu verschaffen.

Nach dem Abschasseln der Kollegen wendet sie sich wieder der Toni zu. »Was hat Ihnen Ihr Mann von der Sachlage noch erzählt?«

»Mehr weiß ich auch nicht, ehrlich. Am besten fragen wir die Frau Hartl?«, schlägt sie vor, weiß freilich, dass es für sie bei dem Vorschlag bleiben wird.

»Ich frage die Frau Hartl, Sie bleiben draußen bei den Kollegen. Das ist nichts für Zivilisten«, stellt sie erwartungsgemäß klar.

»Frau Chefinspektorin!«, faucht die Toni. »Glauben Sie echt, Sie können mich daran hindern, da reinzugehen?«

»Das weiß ich sogar. Ich kümmere mich gut um Ihren Mann, keine Sorge.« Sie winkt einen Streifenbeamten zu sich. »Sie passen mir auf die Dame auf. Ich will in dem Haus von ihr weder etwas hören noch sehen. Achtung! Sie widersetzt sich gerne polizeilichen Anordnungen. Also, Kollege, gut aufpassen!« Mit der Anweisung geht sie zur Haustür und läutet an.

Als die alte Dame öffnet, läuft die Maxime an ihr und dem Beamten vorbei auf die Straße hinaus. Schwanzwedelnd begrüßt sie die Toni, springt ungezogenerweise vor Freude sogar an ihr hinauf. Unter normalen Umständen wäre ein Klaps an der Flanke angebracht gewesen, jetzt ist sie aber froh, mit der Beagelin kuscheln zu können. »Wo ist denn der Willi, hm?«, flüstert sie gedankenverloren, worauf die Beagelin bellend zurückläuft. Der Streifenbeamte schaut ihr grinsend nach.

Gut, das Grinsen ist ihm eine Sekunde später vergangen. Die Toni nutzt nämlich die Chance und schlüpft an dem Hundeliebhaber sowie dem verdutzten Cobra-Beamten vorbei ins Haus.

Im Eingang stürmt die Maxime, verfolgt von ihrem Frauchen, an der Wehli vorbei und die Stufen hinauf in den ersten Stock. Bedrohlich knurrt die sonst so familienfreundliche Beagelin das Spiegelbild im Türblatt an. Die Toni hält ihr die Schnauze zu. »Aus!«

»Was machen Sie da? Hab ich mich nicht klar genug ausgedrückt?«, flüstert die nachgehetzte Wehli. Der verärgerte Blick, den sie den überrumpelten Beamten zuwirft, macht klar, dass sich die beiden schon jetzt warm anziehen können. Das Sturmtief »Chefinspektorin« hat sich gerade zusammengebraut und wird nach Abschluss der Amtshandlung richtig loslegen. »Verschwinden Sie sofort mit Ihrem Hund. Sie verraten dem Taschner, dass wir da sind.«

Die Toni zeigt auf die Feuerleiter hinter dem angelehnten Fenster, läuft die Stufen hinunter zu der Frau Hartl. »Wer hat das Gangfenster bei der Feuerleiter aufgesperrt?«

»Das war wahrscheinlich der Herr Pokorny«, antwortet sie. »Was wollen Sie alle von meinem Sohn?«

»Geht Sie nichts an. Haben Sie für die Wohnung Ihres Sohnes einen Schlüssel?«, fragt die Wehli empathiebefreit.

»Nein, die hat alle der Balduin. Er ist jetzt aber in der leeren Wohnung im zweiten Stock. Die Frau Smolle ist mit dem Herrn Pokorny auf einen Kaffee gegangen«, meint sie, sehr zur Verwunderung der Besucher. »Mein Sohn kommt gleich runter.«

»Frau Hartl«, wendet die Toni ein. »Gibt es für die oberste Wohnung einen Ersatzschlüssel?«

»Warum?«

Auf der Stirn der Chefinspektorin machen sich Zornesfalten breit, der ultimative Rundumschlag steht bevor.

Um dem zuvorzukommen, mischt sich der Sprengnagl ein: »Ich muss Ihnen leider mitteilen, dass Ihr Sohn unter dringendem Tatverdacht steht, vier Personen umgebracht zu haben. In der Dachgeschosswohnung hält er vermutlich die Frau Smolle und den Herrn Pokorny als Geiseln fest. Wollen Sie schuld sein, wenn den beiden etwas passiert?«

Die alte Dame setzt sich im Vorzimmer stöhnend auf einen Sessel. »Ich hab dem Balduin doch gesagt, er soll keinen Blödsinn machen«, antwortet sie, atmet tief durch und zeigt schließlich auf ein Schlüsselbord, das neben der Wohnungstür angebracht ist. »Der ganz links ist der für das Obergeschoss. Aber …«, sie zögert, »es ist eine Mansardenwohnung, er hat in beiden Stockwerken eine Gegensprechanlage und eine Überwachungskamera.«

Die Wehli winkt ihre Kollegin zu sich. »Frau Hartl, das ist die Inspektorin Stabeldorfer. Die würde sich über einen Tee sehr freuen. Sind Sie so nett? Vielen Dank. Die anderen raus aus der Wohnung, auch Sie, Frau Pokorny.«

Freilich kennt die Chefinspektorin die zu erwartende Reaktion. »Sicher nicht. Aus der Wohnung ja, aus dem Haus nein. Nicht in diesem Leben.«

»Ah eh, wie immer, gut. Dann bleiben Sie hinter uns.« Sie wendet sich an den Einsatzleiter der Cobra. »Was schlagen Sie vor?«

»Ich möchte mir zuerst die Situation im ersten Stock ansehen, Kameraposition, Fenster zur Feuerleiter. Die Stockwerke werden ident angelegt sein. Zwei meiner Männer werden über die Feuerleiter nach oben steigen.«

»Wir müssen vorsichtig sein. In seiner kryptischen SMS hat der Pokorny erwähnt, dass er ganz oben auf der Terrasse ist. Wenn der Taschner die Kollegen gehört hat, könnte er die Feuerleiter unter Beobachtung haben.«

»Wissen wir überhaupt, dass es sich um eine Geiselnahme handelt?«, fragt der Leiter des Cobra-Einsatzkommandos. »Die Hartl hat gemeint, die beiden seien auf einen Kaffee gegangen.« »Das glaube ich nicht. Wenn wir Glück haben, ist er noch auf der Terrasse und in Sicherheit. Wir müssen uns beeilen«, meint die Wehli und sieht den erstaunten Blick der Toni. »Er ist einmal den korrekten Weg gegangen und hat direkt an mich und nicht an seinen Spezl geschrieben. Geht ja, wenn er will.«

»Wir verwenden Teleskopspiegel«, erklärt der Einsatzleiter, deutet einem Beamten, nach oben zu schleichen, und den anderen, hier zu warten.

Wenige Sekunden später bekommt er von seinem Mitarbeiter über den Kopfhörer einen Lagebericht. »Die Weitwinkelkamera dürfte deaktiviert sein. Wir müssen trotzdem vorsichtig sein. Dunkle Flecken gibt es nur beim Gangfenster.« Er wendet sich an die Toni. »Können Sie bitte versuchen, Ihren Mann anzurufen? Vielleicht weiß er über die derzeitige Situation Bescheid?«

»Ich hab es schon zigmal probiert«, stöhnt die Toni, greift nach ihrem iPhone, wählt und stellt auf Lautsprecher. »Jetzt ist sein Handy sogar ausgeschaltet, wahrscheinlich ist sein Akku leer.«

Der Einsatzleiter tauscht einen Blick mit der Wehli, beide wissen, es könnte auch einen anderen Grund geben.

Die Chefinspektorin stellt sich vor die Toni hin, der dicke Tränen die Wangen hinunterlaufen. »Wir müssen leider davon ausgehen, dass sich Ihr Mann und die Frau Smolle in den Händen eines Geisteskranken befinden, der als Clown verkleidet Leute ermordet. Vorhin hat er mir noch eine verstümmelte SMS gesendet, jetzt ist das Handy tot, vermutlich abgedreht.«

»Willi«, murmelt die allerbeste Ehefrau der Welt hinter vorgehaltenen Händen, »was machst du für einen Unfug?« Die Beagelin, die dem Trupp vorsichtig gefolgt ist, stupst sie an und läuft winselnd zwischen ihr und der Treppe, die zum Obergeschoss führt, hin und her. Die verzweifelte Miene der Toni verschwindet, sie beginnt zu lächeln. »Du bist super, Maxime. Frau Chefinspektorin, ich habe eine Idee. Ich gehe mit der Maxime nach oben, läute einfach an und frage den Taschner nach meinem Mann. Was soll schon passieren, ich erreiche ihn ja wirklich nicht. In der Zwischenzeit können Ihre Männer über die Feuerleiter hinaufklettern.«

Der Einsatzleiter schüttelt den Kopf. »Negativ. Das kann ich nicht verantworten. Oder wollen Sie die dritte Geisel sein? Die Lage ist unklar.«

Wieder baut die Toni auf den Überraschungsmoment. Sie lässt die Leine los, prompt nutzt die Maxime die Möglichkeit und rennt ins Obergeschoss hinauf. Mit zwei schnellen Schritten huscht die Toni an den irritierten Cobra-Beamten vorbei. Vor der Eingangstür legt sie den Zeigefinger auf die Lippen und bringt damit die zischelnden Einwände der Wehli zum Verstummen. Während sie der gescheiten Beagelin einen liebevollen Blick schenkt, schaltet sie die Gangbeleuchtung ein und streckt die Hand zur Türklingel aus.

»Sie haben das bisher klug angestellt, den Rottenschlager und den Buxeneder belastet«, stellt der Pokorny fest. »Woher wissen Sie überhaupt von dem Versteck am Campingplatz?«

»Die Katzinger ist eine nette und sehr geschwätzige alte Frau. Die meisten Kunden hasten an ihr vorbei, maximal ein Gruß, mehr ist nicht drinnen. Nachdem Sie und Ihre Ehefrau am Montag von der Annamühle weg sind, hab ich mich zu ihr dazugestellt. Sie kennt mich nicht, deshalb hat sie Ihnen wohl von der Plauderei nichts erzählt. Gesprächsthema Nummer eins war klarerweise die Flucht des, hihi, deutschen Massenmörders. Nach einer Melange mit viel Schlagobers und extra Schokostreusel konnte sie sich nicht mehr zurückhalten und hat mir von ihrer Idee mit dem Campingplatz erzählt. So einfach war's, und tatsächlich hab ich ihn dort gefunden.«

»Und am nächsten Tag haben Sie vor uns auf ahnungslos

gespielt und sogar nach ihm gefragt. Nicht schlecht«, muss der Pokorny zugeben. »Aber wenn Sie die Smolle und mich töten, wem wollen Sie das unterschieben? Außerdem hat uns Ihre Mutter gesehen. Damit kommen Sie nicht durch, geben Sie lieber auf. Der Buxeneder sitzt in U-Haft, scheidet für heute also aus, und der Rottenschlager …«

»Wird halt dafür herhalten müssen. Scheiß auf den Piefke, die werden sowieso immer mehr bei uns. Tirol ist schon ausverkauft, jetzt räumen sie den Wiener Speckgürtel auf.«

»Da muss ich Sie enttäuschen. Der Rottenschlager liegt nach einem schweren Verkehrsunfall im Krankenhaus Baden. Was Sie hier aufführen, geht alleine auf Ihre Kappe. Das können Sie niemandem mehr unterschieben.«

Der Taschner dreht sich langsam um und geht auf ihn zu. »Lügner! Das glaube ich Ihnen nicht. Der versteckt sich in seinem Wohnwagen in Berndorf. Dort sucht ihn niemand. Seine Frau ist im Spital, der flüchtet doch nicht so einfach. Unfug«, zischt er und schüttelt seinen Gefangenen durch. »Hören Sie sofort auf mit den Lügen.«

Wie so oft ist beim Pokorny der Mund schneller als sein Hirn. »Der Wohnwagen in Berndorf wurde von der Polizei entdeckt, der Rottenschlager war knapp vorher geflüchtet und dabei von der schneeglatten Fahrbahn abgekommen. Die falsche Spur mit den Haaren ist Ihnen zwar gelungen, nutzt jetzt aber nichts mehr. Sie haben verloren, geben Sie auf. Die Chefinspektorin wird gleich das Haus stürmen lassen. Die nimmt auf niemanden Rücksicht, schon gar nicht auf mich.«

»Ich dachte, die ist noch in Wiener Neustadt beim Buxeneder?«, faucht der Taschner, verschwindet im Dunklen, die Geiseln hören Flüssigkeit in ein Gefäß plätschern. »Sie sollten überlegen, was Sie quatschen. Dann war die Sirene vorhin von keiner zufällig vorbeifahrenden Polizeistreife. Egal, bringen wir es hinter uns.« Er geht mit zwei gefüllten Kübeln zur Terrassentür, öffnet sie und schüttet das Wasser von der Tür weg zum äußeren Rand der Terrasse. Zwei weitere Male wiederholt er das Spiel.

»Was wird das?«, fragt der Pokorny, obwohl er aufgrund der optischen Veränderung der Holzterrasse ahnt, was der Taschner vorhat. »Blitzeis? Wollen Sie eine Runde Eis laufen gehen?« »Nicht ich, Sie beide werden Eis laufen gehen. Was auch immer Sie mit der Smolle hier oben getrieben haben. Sie beide wollten es härter, ein bisschen Prügeln vor dem Sex passt für Sie beide gut. Da kann man dann ganz leicht ins Rutschen kommen und über die Terrassenbegrenzung purzeln. Tsss, so ein Pech!«, höhnt er sarkastisch.

Mit einem Fuß testet er die Glätte der Oberfläche, das Wasser ist bei einer Außentemperatur von minus zehn Grad Celsius sofort gefroren. Er zerrt die Smolle an der Schulter nach oben und reißt ihr mit einem Ruck die Bluse auf. »Hm«, meint er beim Blick auf den prall gefüllten Büstenhalter. »Geile Titten hat das Hausmütterchen, nicht schlecht. Da wird der traurige Held seine Freude haben. Die geile Smolli ist als Erste dran. Los!« Er stößt die Maklerin grob vom Kamin weg. Schon fast auf der Terrasse, läutet es abermals an der Wohnungstür. »Hat man in dem verdammten Haus nie eine Ruhe!«, schreit er, zerrt sie ein weiteres Mal zurück zum Kamin und verschwindet im Halbdunkeln.

»Was wollen Sie von …?« Der Taschner wird durch lautes Bellen unterbrochen. »Ich kann Sie sehen. Verschwinden Sie mit Ihrem Köter. Ihr Mann ist nicht da.«

»Toni, wir sind hier«, ruft der Pokorny. »Bleib weg, er ist bewaffnet.«

»Halten Sie Ihr verdammtes Maul, sonst töte ich die Smolle sofort!«, brüllt der Taschner aus dem Dunkel. »Und Sie verschwinden auch, sonst ist Ihr Mann dran.«

Kaum ist er zurück im Wohnzimmer, klopft es einen Stock tiefer im Stakkato an der Tür. »Ihre Frau nervt. Ich geh sie mal holen, dann können wir eine Familienaufstellung machen. Das wird ein Spaß«, spottet er und geht hinunter zur Eingangstür. Ein Blick auf das Display der Überwachungskamera, die sich beim Läuten aktiviert, zeigt ihm, dass außer der Toni und der bellenden Beagelin niemand da ist. Grantig reißt er die Tür auf, sieht, wie plötzlich schwarz gekleidete Cobra-Beamte vom Stufenaufgang um die Ecke stürmen, sein Lachen gefriert. Der Versuch, die Tür zu schließen, scheitert an dem Stiefel der Toni. Keuchend rennt er ins Dachgeschoss, kniet sich zwischen seine Gefangenen und hält der Smolle das Messer an die Kehle.

»Verschwinden Sie alle, sonst bring ich sie um!«, schreit er, als zwei Cobra-Beamte durch die Terrassentür Sturmgewehre auf ihn richten. Mitten in dieser Pattsituation zwischen den Einsatzkräften und dem Geiselnehmer passieren mehrere Dinge gleichzeitig. Während die Maxime laut bellend die Stufen hinaufläuft und den Taschner dadurch ablenkt, stürmen die Cobra-Beamten über die Stufen nach oben, und der Pokorny kann seine Idee doch noch umsetzen. Mit dem Mut der Verzweiflung wirft er sich seitlich gegen den Taschner und rammt ihm wuchtig seinen Kopf an die Schläfe. Mit diesem gelungenen finalen Kopfstoß setzt er Pennywise außer Gefecht und schickt sich sowie den Geiselnehmer ins Traumland.

Ob ihn die Tränen seiner Ehefrau oder die feuchte Zunge der Beagelin ins Diesseits zurückbringen, weiß er nicht. Mit einem Pochen im Kopf, so schmerzend wie nach drei Flaschen Veltliner, wacht er auf einer Rettungstrage in der Wohnung auf und weiß im ersten Moment nicht, wo er sich befindet.

»Willi«, flüstert die Toni zärtlich und wischt sich die Tränen ab.

»Hallo, Zuckerschnecke.« Stöhnend verzieht er sein Gesicht. »War ich erfolgreich? Wie geht's der Smolle?«

»Ihr fehlt nichts«, mischt sich die Wehli ein. »Abgesehen von einer aufgeplatzten Lippe und der blutigen Nase geht's ihr so weit gut. War ziemlich riskant, Ihr heldenhafter Einsatz zum Schluss. Hätte auch leicht schiefgehen können.«

Auch im Liegen, mit Kopfweh für zwei, wackeln seine Ohren, wenn ihm seine Lieblingsbeamtin dumm daherkommt. »Wenn Sie sich ein bisserl beeilt hätten, dann wär's auch ohne heldenhaften Einsatz gegangen, werte Frau Chefinspektorin.«

»Ja, ja, schon gut, wenigstens haben Sie den Taschner außer Gefecht gesetzt. Toller Kopfstoß, nicht schlecht. Für Cut und ein Knock-out hat es bei ihm gereicht. Die Kollegen haben ihn schon abgeführt.«

»Danke für die Kavallerie«, ringt er sich ab. Auch wenn es ihm aufgrund ihrer komplexen Beziehung schwerfällt, das zuzugeben, ohne die Unterstützung der Chefinspektorin und der Cobra wäre die Sache für die beiden Gefangenen wahrscheinlich nicht so gut ausgegangen.

»Schau, schau ... so etwas aus Ihrem Munde. Gerne geschehen, können Sie sich bitte morgen zu ...«

»... zu Ihrer Verfügung halten. Schauen wir mal, was die Herren dazu meinen.« Zu seiner Verwunderung trägt einer der Sanitäter eine rote Wichtelmütze und lächelt breit, eine Wolke Amarettopunsch wabert zu dem Verletzten hinunter.

»Hoffentlich hat mir Pennywise nicht den Knöchel gebrochen«, stöhnt die Toni. Binnen weniger Minuten ist ihr eingequetschter Fuß bedrohlich angeschwollen. Erst nach dem Versprechen des Sprengnagl, die Maxime zur Tatjana zu bringen, nimmt die Toni die Einladung des Wichtelmännchens zum Doppeltransport ins Krankenhaus Baden an.

Noch während der Aufnahme sendet die Toni dem Sprengnagl eine WhatsApp.

Sind morgen gegen achtzehn Uhr beim Heurigen Sunk essen. Kommst du vorbei? Nimm die Sandra mit

Gegen zweiundzwanzig Uhr langt die Antwort ein.

Geht klar, komme alleine, meine geliebte Ehefrau ist mit Freundinnen unterwegs ☺

Donnerstag, 23. Dezember

Um acht Uhr morgens sind sowohl der leitende Oberarzt, die Stationsschwestern als auch die Pokornys froh, dass beide das Krankenhaus Baden wieder verlassen können. Zuerst hat die Toni darauf bestanden, mit schmerzendem Knöchel in einem freien Bett neben ihrem Helden die Nacht zu verbringen. Danach hat der Pokorny wegen seiner Kopfschmerzen, wie die Schwester meinte, das gesamte Personal tyrannisiert und unentwegt geläutet. Da war dann zu aller Zufriedenheit am frühen Morgen schnell ein Entlassungsrevers zur Hand.

Im Hauptstandort des Cafés Annamühle in Baden, direkt neben dem Grünen Markt, kaufen sie Gebäck und frisches Kürbiskernbrot für ein verspätetes Frühstück ein.

»Kommst du mittags in die Bücherei?«, fragt die Toni zu Hause. Vorsichtig betastet sie die riesige Beule, die ihm nach dem Kopfstoß gewachsen ist. »Armes Bärli.«

Der Pokorny zuckt mit schmerzverzerrtem Gesicht zurück. »Autsch, mir brummt der Schädel, dass es eine Freude ist. Den Salat lasse ich heute krankheitsbedingt aus«, meint er zaghaft grinsend und weiß, dass die allerbeste Ehefrau der Welt in dieser Situation nachsichtig ist. »Treffen wir uns um fünfzehn Uhr bei einem Espresso?«

»Na gut, mein Held. Schone dich, mit einer Gehirnerschütterung ist nicht zu spaßen, auch nicht mit einer leichten.«

»Keine Sorge, Sport lass ich heute ausnahmsweise aus, die Couch ruft«, stöhnt er, wie nur ein verletzter oder kranker Mann stöhnen kann. »Ich bin froh, dass es vorbei ist. Wer hätte an so ein Ende gedacht ... der Taschner als Pennywise. Ich pack's nicht.«

Die Toni bekommt wieder feuchte Augen. »Ich hab so Angst um dich gehabt.«

»Alles ist gut«, beruhigt er sie. »Ohne Maxime wäre es vielleicht nicht so gut ausgegangen. Der Taschner war ganz schön überrascht ... Ich musste mich einfach für den Schlag mit dem Holzscheit revanchieren. Ich habe gar nicht bemerkt, dass er auf die Terrasse rausgekommen ist, und bumm, zack war bei mir das Licht aus. Wie der plötzlich vor mir gestanden ist, mit den grässlichen Zähnen und den glitzernden Augen ... ich verstehe jetzt, wieso die Zangerle blindlings über die Straße gelaufen ist. Da bist du im ersten Moment einfach nur panisch und willst nichts wie weg. Dass da gerade die Bahn gekommen ist, war echt ein Pech.«

»Aus jetzt, genieß den Tag, ich muss los. Maxime wartet sicher schon auf ihre Belohnung. Bussi«, verabschiedet sie sich.

Wohl wissend, dass er aufgrund seines heroischen Einsatzes heute alle Rechte genießt, lässt er sich Zeit und trifft erst gegen fünfzehn Uhr fünfzehn im Café Annamühle ein.

»Na, haben wir verschlafen?«, albert die Katzinger, dicht an das Heizschwammerl gedrängt. »Ma, was hast denn da für einen Dippel? Pfff, schaut gar nicht gut aus, spielt alle Farben, ganz geschwollen. Hoffentlich eitert das nicht?« Sie streckt sich und versucht mit ihren verfilzten Fäustlingen, die auch schon bessere Zeiten erlebt haben, den Zustand der Wölbung zu ertasten.

Die Toni bremst sie gerade noch rechtzeitig ein. »Nicht hingreifen, oder ...«

»Äh ... oder was?«, krächzt der zu klein geratene filzige Balu und äugt wie ein Chamäleon zwischen der Beule, der Toni, ihrem halben Speckstangerl und der Maxime umher.

»Oder wollen Sie einen seiner gefürchteten Kopfstöße erleben?«, erklärt die Toni, ahnungslos, was sie mit dem Hinweis anrichtet.

»Ähh, was für einen?«

Der Pokorny beugt sich nach hinten, schnellt mit dem Kopf in Richtung der alten Frau und bereut das eine Sekunde später.

In einer Art Reflex reißt die Katzinger die Hand mit dem

Stock in die Höhe, prompt knallt er mit der Beule auf den harten Griff.

»Aua! Sind Sie wahnsinnig geworden?«

»Also bitte.« Die überraschte Schlägerin taumelt einen Schritt zurück und lässt wie zufällig das restliche Speckstangerl vor die Pfoten der Maxime fallen. »Fixlaudon, dann schreck mich halt nicht so. Ich krieg fast einen Herzinfekt. Sich aufzuführen wie ein Fußball-Halogen. Nicht zu glauben.«

»Und da müssen Sie gleich …«

»Aus jetzt!«, ruft die Toni, um die aufgeheizten Gemüter zu beruhigen. Die Haut über der Beule ist durch den massiven Stockknauf aufgeplatzt und beginnt zu bluten. Während sie besorgt ein Taschentuch aus ihrer Handtasche kramt, beschließt sie, die unerbetene Fütterung in einer Art Weihnachtsamnestie kommentarlos zu übergehen. »Na toll. War das notwendig?«

»Hm, das tut mir jetzt leid«, murmelt die alte Frau. »Ich hab schon von deiner Heldentat gehört. Bravooo, sag ich nur, bravo.«

»Von wem?«, fragt die Toni. In Bad Vöslau klopfen die Buschtrommeln sehr schnell, aber Perchtoldsdorf ist schon ein Stück weg.

»Na, ich schau immer ›Guten Morgen Österreich‹ und dazwischen die Nachrichten. Da haben s' einen Bericht über einen verhafteten Horrorclown gezeigt. Hab ich gleich an euch denken müssen, dann haben die Rediktor … äh, also diese Redner im Fernsehen ein Video gezeigt, wo du mit einem blutigen Kopfverband auf einer Trage in den Rettungswagen geschoben worden bist. Und die Toni ist mit eurem Hunderl heulend hinterhergehumpelt. Meine zwei Helden.« Sie klopft der Toni beherzt mit dem Fäustling auf den Rücken. »Heute ist mir nach Feiern. Warts, ich schmeiß eine Runde. Morgen ist Heiliger Abend, und der Punch vom Chef ist fast so gut wie auf dem Weihnachtsmarkt.« Ein Kunde verlässt das Café, sie stoppt die zufallende Tür mit dem Stock und brüllt ins Lokal: »Dreimal Apfel-Orange. Danke!«

Apropos Heiliger Abend. Der Pokorny ist froh, nach dem ganzen Stress der letzten Tage diesmal Weihnachten im eigenen Heim feiern zu können. Nicht, dass etwas gegen die alljährliche Weihnachtsfeier bei den Eltern der Toni gesprochen hätte. Nein, seit er den Kabeljau dreifach paniert mit Erdäpfel-Mayonnaise-Salat serviert bekommt, freut er sich schon direkt darauf. Und das trotz der regelmäßig vom Schwiegervater, dem Herrn Ex-Vizebürgermeister von Mödling, angezettelten politischen Diskussionen, auf die er schon im Allgemeinen und zu Weihnachten im Besonderen verzichten kann. Aber dieses Jahr weilen die beiden auf Mauritius und lassen sich bei angenehmen achtundzwanzig Grad plus die Sonne auf den Bauch scheinen.

Zwar ist dem Pokorny schon jetzt völlig klar, dass die Toni beim ersten Weihnachtsfest ohne Eltern traurig sein wird. Aber wenn es dann so weit ist, wird er sie an der Hand nehmen, in sein Zimmer im ersten Stock führen und ausgiebig trösten.

Relativ zeitnah serviert die Dagmar schweigend drei Orangen-Apfel-Pünsche, schön heiß, ordentlich gesüßt und mit einer ansprechenden Menge an Wein und Rum. Nach dem jeweils dritten, mittlerweile launig getrunkenen Häferl reicht es dann aufgrund der Alkoholmischung aber schon wieder.

»Mmh, da könnt ich glatt drinnen baden, so lecker schmeckt der Punsch, gell?«, schwärmt die Katzinger, worauf sich der Pokorny trotz schmerzendem Kopf merklich verkrampft. Die Toni legt ihm beruhigend die Hand auf den Arm. Weil egal wie gut der Punsch auch ist, etwas lecker finden geht bei ihm gar nicht. Schon der Otto Schenk hat gesagt, nur bei »Arschlecker« kann er als Österreicher den deutschen Ausdruck »lecker« durchgehen lassen.

»Is was?«, lallt die angeheiterte alte Frau, die sich in leichter Schieflage auf ihren Stock stützt.

Die Toni schüttelt rasch den Kopf. »Nein, nein, alles okay«, wiegelt sie ab.

Die alkoholisierte Pensionistin kneift misstrauisch die Augen zusammen. »Waren wir beim Piefke also auf der falschen Fährte, gell?«

Beide nicken und verzichten auf die Zurechtweisung wegen des Piefke-Ausdrucks. Rasch sind die Ereignisse des gestrigen Tages erzählt.

»Na, bumm, habts der Chefpolitesse also wie beim letzten Fall den Arsch gerettet. Tsss, wann lernt die endlich, auf Profis zu hören?«

Der Pokorny grinst. »Die Hoffnung stirbt zuletzt. So, wir haben noch einen Weg. Bis morgen«, verabschiedet er sich und zahlt. Die beiden wanken betrunken mit einer nüchternen, dafür satten Beagelin nach Hause und beschließen, sowohl dem Berti als auch der Wehli abzusagen.

– *komme morgen vorbei   bin saumuede und mach noch ein*
  schlaferl   wir sind heute ab achtzehn uhr beim sunk
– *Werte Frau Chefinspektorin, meinem Mann geht es im-*
  mer noch nicht gut. Wir kommen heute nicht mehr auf die
  Inspektion, sondern erst morgen Vormittag gegen elf Uhr.
  Danke für Ihr Verständnis. MfG, Toni Pokorny

Als sie zu Hause ankommen, erhält die Toni eine WhatsApp von der Wehli.

Alles klar, pünktlich um elf Uhr! Bitte trinken Sie mit Ihrem kranken Ehemann nicht zu viel Punsch vor der Annamühle. Sonst wird das nichts. Grüße, Wehli

»Ich glaube, die verfolgt nicht nur den Sprengi. Echt peinlich«, sagt die Toni. »Sie hat uns gesehen.«

»Wurscht, komm, wir haben noch Zeit genug.« Er schmunzelt und führt die beschwipste Toni die Stufen hinauf ins Badezimmer.

Gerade sind die beiden, nach einem erotischen Schaumbad, auf der Wohnzimmercouch eingeschlafen, als sie durch wütendes Bellen in der nachbarschaftlichen Doppelhaushälfte geweckt werden.

»Geh, hat der Handtaschenhund von der Hanifl einen Blutrausch, oder was?«, grantelt der Pokorny benommen und vergräbt den Kopf unter einem Polster.

»Ah«, gähnt die Toni, stemmt sich am rechten Ellbogen schlaftrunken hoch. »Das sind zwei Hunde, die streiten. Das giftige Kläffen vom ... Will... entschuldige, vom Chihuahua ... und das andere ... kommt mir irgendwie bekannt vor.«

Stöhnend hebt der Pokorny den Kopf. »Wie auch immer er das geschafft hat, mir schwant, der vermaledeite Mops hat den Weg zurückgefunden. Und jetzt gibt's Stunk mit dem Neuen! Das kann aber nicht der Ernst der Hanifl sein. Terror mal zwei.«

Immer wilder wird die Kläfferei im Nebenhaus, untermalt von hysterischem Schreien der Nachbarin: »Aus, Willi! Lass den Wendulin in Ruhe, aus! Aua, nicht beißen, aus!«

»Bärli, schau mal nach. Nicht, dass sie von ihren Hunden zerfleischt wird.«

Er steht lachend auf. »Du meinst, wir können nicht warten, bis die zwei Streithähne unser Problem mit der Hanifl lösen?«

»Nein, können wir nicht.« Sie lächelt und schubst ihn kopfschüttelnd zur Haustür.

»Na gut. Einmal Held, immer Held. Das Bad ... Toni ... Zuckerschnecke ... hm, war echt heiß.«

Wenige Minuten nachdem er das Haus verlassen hat, ist er auch schon wieder zurück, im Schlepptau den Chihuahua, der kurz darauf kläffend mit der Maxime durch das Wohnzimmer stürmt.

Die Toni schaut ihn verständnislos an. »Was ...?«

»Unglaublich!«, sagt er, dann erzählt er von dem Gemetzel im Nachbarhaus. »Die Schreckschraube hat tatsächlich ihren Wendulin zurück, damit ist ihr Handtaschenhund obsolet. Ich soll ihn ins Tierheim bringen.«

»Aber woher ...?«

»Wahrscheinlich hat es der Dieb mit dem Wendulin nicht ausgehalten. Wie sie heute aus der Apotheke rausgekommen ist, war er wieder da. Keine Ahnung, wer das war.«

»Die spinnt ja komplett. Hunde sind doch keine Gebrauchs-
gegenstände, die man einfach so weggibt, wenn sie einem nicht
mehr gefallen. Das hast du dir gefallen lassen?« Da man jetzt in
der eigenen Doppelhaushälfte kaum mehr ein Wort versteht,
trennt sie die bellenden Hunde. »Aus, Maxime, aus, Willi …
Entschuldige, Bärli, wie soll ich ihn sonst rufen?« Sichtlich ist
ihr die Verwendung seines Namens für den Chihuahua unangenehm.

»Sag einfach Hund. Die Hanifl macht den Armen eh erst seit
knapp zwei Wochen fertig, der hört bei uns wahrscheinlich auf
alles.«

»Wieso hast du den Hund mitgenommen?«

»Die hat mich beinhart erpresst. Sie wusste, dass wir letzte
Woche zu Hause waren, und hat der Wehli nichts gesagt. Die
falsche Zeugenaussage, die ich ihr entgegengehalten habe, hat
sie mit Hinweis auf ihre Unterstützung gegen die Wehli auf der
Inspektion im Mai pariert. Sie hat darauf bestanden, dass wir
unsere Schuld einlösen.«

Kaum ist die Entrüstung über die herzlose Art der Nachbarin abgeklungen, lacht er plötzlich über das ganze Gesicht.
»Hast du die Friedhofskerze beim Hauseingang von der Hartl
gesehen?«

»Nein, da hatte ich andere Sorgen.«

»Der Vondrasek hat ihren Wasti, auch so einen Zwergrattler,
beim Aufprall in den Hundehimmel – so hat sie es genannt – geschickt. Vielleicht möchte sie den verstoßenen Nachbarshund
aufnehmen? Die Ähnlichkeit ist frappierend. Ein paar Fragen
hätte ich eh noch. Wegen Pennywise und so. Was meinst du?«

»Gut, dann müssen wir uns sputen, sonst geht sich achtzehn
Uhr nicht aus«, antwortet die allerbeste Ehefrau der Welt auf
dem Weg ins Badezimmer.

Wieder steht die Toni im Stau, diesmal allerdings gelassener.
»Gestern war das ein Wahnsinn, idiotische Autofahrer ohne
Ende und du beim Taschner.«

Beide freuen sich, dass sich die Beagelin mit dem Chihuahua nach kurzen Anfangsschwierigkeiten gut versteht. Nicht auszudenken, mit zwei bellenden Hunden im Stau zu stehen. »Ich bin schon neugierig, was die Hartl zum Wi... äh, halt zum Hund meint«, sagt der Pokorny und hofft auf eine freudige Reaktion der alten Dame.

Der Neuankömmling weist durch seine Färbung und die Zeichnung am Fell eine frappante Ähnlichkeit mit dem verstorbenen Wasti auf. Aber viele Hundebesitzer schließen mit dem Tod ihres Lieblings dieses Kapitel ihres Lebens endgültig ab, und wenn dann plötzlich eine Kopie davon auftaucht, kann das auch ganz kräftig ins Auge gehen.

Gegen siebzehn Uhr stellt die Toni am Parkplatz gegenüber dem Restaurant »Der Alexander« ihren Mini ab. Die Haustür öffnet sich, die zarten Falten der alten Dame sind über Nacht zu tiefen Furchen geworden. Geschlafen dürfte sie nach dem Ereignis nicht viel haben. Als sie die Maxime mit ihrem neuen Freund sieht, beginnt ihr Gesicht förmlich zu strahlen, und der Pokorny weiß, er hat das richtige Gespür gehabt.

»Das ... das, kann ja nicht sein«, stammelt sie. »Wie mein Wasti, der schaut ja fast aus ... wie mein Wasti.« Der Chihuahua weiß, was sich gehört, und läuft schwanzwedelnd auf die Hartl zu, die schon nach dem ersten Abschlecken zu schluchzen beginnt. »Wie ... heißt er?«, fragt sie mit tränennassen Augen.

»Das ist der Willi, der sucht ein neues Zuhause«, antwortet der Pokorny tapfer. »Hätten Sie vielleicht ein Platzerl für ihn?«

»Ja, natürlich hab ich für den Willi ein Platzerl ... aber woher ...?«

Er drückt ihr die Leine in die Hand. »Unserer Nachbarin wurde der Hund gestohlen, sie hat sich den Willi gekauft. Dann ist plötzlich ihr alter Hund wieder aufgetaucht, und der Willi war einer zu viel ...«

Die Hartl ist entsetzt. »Die hat ihn nicht mehr haben wollen«, folgert sie richtig.

»Genau so ist es. Ich hab die Papiere, Impfzeugnisse und so weiter alles da. Dürfen wir kurz reinkommen? Ich hätte noch ein paar Fragen zu Ihrem Sohn. Das ist übrigens die Toni, meine Frau. Sie kennen sie ja von gestern.«

Die beiden Frauen schütteln einander die Hände. »Ja, kommen Sie rein. Das mit gestern tut mir so leid. Mein Sohn … was soll ich sagen? Wollen Sie einen Tee haben? Ich war gerade dabei, Wasser aufzustellen. Leider kann ich Ihnen nur einen Früchtetee anbieten.«

»Früchtetee passt gut, danke«, beruhigt sie die Toni.

»Was wollen Sie denn über den Balduin wissen?«, fragt die Hartl zögerlich, schaltet den Wasserkocher ein und hängt in drei Häferl je einen Teebeutel.

»Wieso war Ihr Sohn ausgerechnet als Pennywise verkleidet?«, möchte die Kennerin der Materie wissen.

»Wieso Pennywise? Nur weil es auf seinem Türschild steht? Das Kostüm hat ganz anders ausgesehen. Gelb. Nicht wie das neue vom Balduin. Ich hab geglaubt, er geht als Mönch, das Kostüm schaut doch gar nicht nach Clown aus.«

»1991 war das auch so. Heutzutage brauchen die Kinobesucher mehr Horror, und wenn ein neuer Regisseur dreht, muss der Clown anders aussehen. Düster, furchterregend. Wenn Sie so wollen, ist das der moderne Pennywise. Aber er ist definitiv der gleiche böse Clown. Weshalb ausgerechnet der?«

Die Hartl hebt die Hände in die Höhe und lässt sie zurück auf ihre Schenkel fallen. Sie antwortet nicht.

»Wissen Sie überhaupt, was es mit dem Clown auf sich hat?« Die alte Dame schüttelt den Kopf. »Pennywise taucht alle siebenundzwanzig Jahre als Clown verkleidet auf, entführt und ermordet Kinder. Dabei erscheint der Clown den Opfern in einem Abbild der jeweiligen größten Angst oder Schuld, die sie haben. Beispielsweise erscheint ein Leprakranker einem Jungen, der wegen einer hysterischen Mutter vor Schmutz und Infektionen geschützt werden soll. Ein anderer gibt sich die Schuld für den Tod seines jüngeren Bruders, der von Pennywise getötet wurde. Der Clown nimmt immer wieder dessen Gestalt an und lockt den älteren, um auch ihn zu töten. Wieso hat Ihr Sohn ausgerechnet diesen Clown gewählt?«

Während die Gastgeberin ihren neuen Gefährten streichelt, denkt sie nach. »Ihrem Mann hab ich schon von meinem verstorbenen Ehemann erzählt. Beruflich sehr erfolgreich, aber ein schlechter, charakterloser Mensch. Er hat die Schwächen seiner Konkurrenten und der Kunden gnadenlos ausgenutzt, hat genau gewusst, was er tun muss, um zum Ziel zu kommen. Ein Kollege von ihm hat sich sogar umgebracht. Immer wieder hat er dem Balduin eingebläut, dass man die Schwächen der anderen suchen und sich ihrer bedienen muss, nur so kann man erfolgreich sein. Söhne eifern oft ihren Vätern nach. Wahrscheinlich hat er sich deshalb immer wieder als dieser Clown verkleidet und auch die Schwächen der anderen ausgenützt. Zu einem Mädchen war er besonders gemein. Die hatte Angst vor Spinnen, er hat ihr am Heimweg eine in den Kragen ihrer Bluse gesteckt. Der kleine Fridolin hatte panisch Angst vor der Dunkelheit, den hat er in einen Kleiderkasten eingesperrt. Aber das war nach der … Therapie vorbei«, flüstert sie. Auf der Kredenz läutet ein Wecker, der Tee hat lange genug gezogen. »Er hat das Kostüm nie wieder angehabt … Diese furchtbare Gestalt auf seiner Wohnungstüre ist nicht Pennywise.«

»Leider doch. Der Film von Stephen King wurde 2017 und 2019 in zwei Teilen neu produziert. Seitdem sieht das Kostüm wie schon gesagt anders aus.«

»Haben Sie gar keinen Verdacht gehabt, dass mit Ihrem Sohn was nicht koscher ist?«, fragt der Pokorny sie ungläubig. »Alleine die Wohnungstüre muss Sie doch stutzig gemacht haben?«

»Ich hab ihn mehrmals danach gefragt, aber er hat abgewiegelt und gemeint, dass er damit Einbrecher abschrecken will. Was sollte ich dagegen sagen?«

Pünktlich um achtzehn Uhr parkt die Toni den Mini neben dem kanariengelben VW Bulli ein. Halbwegs nüchtern, entspannt und gut gelaunt betreten die Pokornys den Heurigen Sunk. Bei der Ausschank werden sie vom Chef überschwänglich begrüßt. An ihrem Stammplatz wartet, vor sich ein süffiges »Hauer Bier«, vom Chef selbst gebraut, schon erwartungsvoll der Berti. Schließlich ist er ja seit Dienstagabend von jedweder Informationsquelle abgeschnitten. Die überladende Schilderung seiner Stammkundin bei der Bestellung ihrer Hornhautsalbe kann er nicht eins zu eins glauben.

Der Berti hebt erwartungsvoll die Augenbrauen. »Im Radio spielen sie eure Story schon den ganzen Tag rauf und runter«, sagt er. »Und die Katzinger hat mir erzählt, dass du den Horrorclown mit einem Karatesprung niedergestreckt hast und von der WEGA an einem Massaker gehindert worden bist.«

Der Sprengnagl biegt um die Ecke, setzt sich müde und ausgelaugt auf einen freien Sessel. »Erstens gibt es die WEGA nur in Wien, die Wiener Einsatzgruppe Alarmabteilung ist eben hauptsächlich dort für die Sicherheit verantwortlich. In Niederösterreich ist bei Geiselnahmen das Einsatzkommando Cobra zuständig, die Kollegen waren gestern mit von der Partie. Und zweitens hat unser Held den Taschner und sich mit einem Kopfstoß, nicht mit einem Karatesprung ins Traumland geschickt. Gereicht hat's allemal, die Cobra hat den Taschner nur mehr einsammeln müssen. Von Gewaltexzessen träumt nur die Katzinger in ihrem Wohnwagen«, stellt er grinsend fest.

Der Berti schüttelt den Kopf. »Wo die das immer herhat, wüsste ich schon gerne. Die sollte einen Krimi schreiben oder besser Science-Fiction-Romane. Auf so was musst erst einmal kommen.«

»Die Wehli war übrigens über die Terminverschiebung für die Zeugeneinvernahme auf morgen nicht begeistert.« Anerkennend klopft der Sprengnagl dem Pokorny auf die Schulter. »Grandiose Leistung von euch. Und natürlich von Maxime.« Er beugt sich unter den Tisch und tätschelt der Beagelin das Köpfchen. »Punschtrinkend vor der Annamühle eine Zeugenbefragung abzusagen, traut sich nicht jeder. Aber gut«, er hebt die Hand als Zeichen für seine Bereitschaft, eine Bestellung aufzugeben, »nicht jeder überführt einen Vierfachmörder im Clownskostüm. Starke Leistung, wenngleich wieder einmal grenzwertig.«

Der Pokorny zuckt mit den Schultern. »Schau, wir haben doch drüber gesprochen. Ich wollte den Taschner nur wegen des Faschingsgschnas treffen. Dass der dann gleich seine eigene Party abhält, konnte ich nicht wissen.«

»Stimmt schon, aber da raufklettern und den Helden spielen … bei deiner Höhenangst noch dazu.«

»Tja, so ist er halt, dein bester Freund. Du kennst ihn ja lange genug«, stellt die Toni fest.

»So, und jetzt erzählt schon den Rest der Geschichte«, fordert der Berti, der mit einem ordentlichen Informationsdefizit im Hintertreffen ist.

Rasch erzählen ihm die drei, was sich am Mittwoch ereignet hat. Der Berti staunt über die rasante Entwicklung und die Überführung des Taschners. »Habt ihr ihn gestern noch vernommen?«, erkundigt er sich beim Sprengnagl.

»Gestern, heute Morgen und am Nachmittag dann noch einmal. Die Wehli will sichergehen, dass alles lückenlos auf dem Tisch liegt. Meines Erachtens haben wir genug … aber das ist ihr Bier.« Er hält sich, ausgiebig gähnend, die Hand vor den Mund. »Entschuldigt, aber …«

Der Sprengnagl wird durch das Erscheinen der Chefin unterbrochen. »Finde ich echt super, dass ihr den Mörder überführt habt. Ein Clown, der vier Leute massakriert. Unglaublich, und das bei uns. Was darf ich bringen?« Hurtig nimmt sie die Bestellung auf.

»Ich nehme heute den Fitnessteller und ein Glas Spumante zum Anstoßen«, sagt die Toni, während der Pokorny die Speisekarte erst gar nicht verlangen muss, isst er beim Sunk doch immer einen Bauerntoast mit saftigem Kümmel-Surbraten und einem Spiegelei obenauf. »Für den Willi bitte das Übliche und ein …«

»Vierterl Veltliner«, ergänzt er selbst. »Hab ich mir verdient.« Da der Berti, außer bei den Pokerabenden, ab achtzehn Uhr nichts mehr isst, bestellt als Letzter der Sprengnagl einen gespritzten Traubensaft sowie ein sogenanntes Pokorny-Menü mit extra Zwiebel und Pfefferoni.

Nachdem alle der Reihe nach angestoßen haben, fragt der Pokorny: »Wieso hat die Wehli dem Buxeneder die Absolution erteilt? Los, erzähl, auch wenn's schon egal ist.«

»Sie war nach seiner zweitägigen Schweigezeit gewaltig satt und hat ihn in die Mangel genommen. Kennst sie ja, wenn sie böse ist. Der Buxeneder hatte mit dem amerikanischen Konsortium einen zweiten Vertrag, eine Verschwiegenheitsverpflichtung mit hohen Pönalzahlungen, abgeschlossen. Sollte er in Schwierigkeiten geraten, muss er vor einer polizeilichen Aussage mit dem Anwalt des Konsortiums reden. Der ist dann auch direkt aus Amerika angereist, deshalb hat der Buxeneder so lange eisern geschwiegen.«

»Und warum hat er dann ausgepackt?«, will die Toni wissen.

Der Sprengnagl kostet den saftigen Kümmelbraten und streicht vom weichen Eidotter ein wenig drüber. »Ganz einfach. Die Amis sind nach dem Riesenwirbel ausgestiegen ... die Russen auch. Die Umwidmung des Martinek-Areals wurde auf Betreiben des Vizebürgermeisters Jäckel als Tagesordnungspunkt der nächste Woche stattfindenden Gemeinderatssitzung gestrichen, das Projekt wird vermutlich ein weiteres Mal in der Schublade verschwinden. Der Kaufvertrag mit der Republik wird wohl rückabgewickelt werden. Da läuft derzeit die Prüfung, ob und wie das geht. Die Korruptionsstaatsanwaltschaft hat die Informationen vom Buxeneder geprüft und ... manchmal kann's auch verdammt schnell gehen. Der bestochene Spitzenbeamte hat ausgepackt und wurde schon suspendiert, Strafverfahren folgt.«

»Einfach so? Die leugnen doch normal alles, bis die Strafen verjährt sind. Siehe Buwog et cetera«, meint die Toni und testet zufrieden die Konsistenz der Panier.

»Nicht einfach so, was glaubst du denn, viel besser. Der Buxeneder hatte im Safe ein Foto eines Kalendereintrags vom Organizer des Franter liegen. Wie blöd kann man sein? Der Franter hat tatsächlich an dem besagten Tag den Übergabeort, die fünfhunderttausend Euro und den Namen des Beamten eingetragen.«

»Und wie ist der Buxeneder zu dem Foto gekommen?«, will sie wissen.

»Sosehr der Franter auf sein iPhone gesetzt hat, seine Termine hat er seltsamerweise in einem uralten Papierorganizer eingetragen. Den Wochenplan hatte er immer in seiner Sakkotasche. Nach der Übergabe der Bestechungssumme sind der Franter und der Buxeneder in die Sky Bar in Wien feiern gegangen. Dem besoffenen Franter ist dort sein Wochenplan aus dem Sakko gerutscht, und sein Saufkumpan hat ratzfatz ein Handyfoto gemacht. So einfach war's.«

»Da habt ihr eine Menge zu prüfen«, stellt der Berti fest.

»Zum Beispiel, ob die Smolle und der Mochacek von der Bestechung gewusst haben.«

»Schön und gut, aber welche Alibis hat der Buxeneder vorgebracht?«, will der Pokorny wissen und verzichtet aufgrund der Brisanz sogar auf sein sonstiges Schweigen beim Essen.

»Skype-Konferenzen. Für die Morde am Vondrasek und der Zangerle hat er ein wasserfestes Alibi, das Konsortium hat den Firmensitz in San Francisco, die sind acht Stunden später dran als wir. Businesstime, es gibt Internetprotokolle, die seine Teilnahme beweisen. Weiters waren drei Anwälte einer renommierten österreichischen Anwaltskanzlei dabei, die laut eigenen Angaben von der Bestechung jedoch keine Kenntnis hatten.«

Der Pokorny rümpft die Nase. »Und denen glaubt ihr …«

»Ja, die haben das nicht notwendig, genug Geld, aber einen Ruf zu verlieren. Sind als Zeugen glaubhaft.«

»Und für die Luckinger?«, fragt der Berti, trinkt sein Bier aus und winkt einer Kellnerin mit der leeren Flasche.

»Da wird es jetzt speziell. Laut dem Hammerschmied wurde die Luckinger gegen siebzehn Uhr erschlagen. Der Buxeneder hat sich aber gegen achtzehn Uhr mit einem russischen Oligarchen und dessen Nichte im Marriott in Wien getroffen.«

»Gibt es dafür Zeugen?«, erkundigt sich die Toni.

»Mehrere Angestellte. Es war ein feuchtfröhlicher Abend mit anderen ausländischen Gästen und zwei Damen aus einer Escortagentur. Nicht zu übersehen und zu überhören. Beim Mord am Franter bleibt er bei seiner Aussage, im Kursalon mit der Smolle gebruncht zu haben. Zeugen, die sie durchgehend vier Stunden lang gesehen haben, gibt es naturgemäß keine. Ist ja viel los, alle wuseln umher. Nach dem Geständnis vom Taschner werden wir uns mit diesen Alibis nicht weiter aufhalten. Das Verhältnis mit der Smolle hat der Buxeneder bestätigt.«

Der Pokorny hat bis auf das Frühstück nichts gegessen und schlingt deshalb seinen Bauerntoast in einem rekordverdächtigen Tempo hinunter. »Wie ist er eigentlich vom Wochenmarkt verschwunden?«

»Im Schneechaos ist er unter Tischen durchgekrochen und am gefrorenen Bach entlang am Bauch bis zum Wasserspielplatz gerutscht. Filmreif. Er hat geglaubt, der Franter wäre der Mörder und würde eine günstige Gelegenheit abwarten, um ihn zu töten. Da hat er Angst bekommen und den Trubel ausgenutzt, um unbemerkt zu verschwinden.«

»Sachen gibt's.« Der Pokorny schüttelt den Kopf. »Hat der Taschner alle vier Morde gestanden?«

»Ja, nachdem die Lage für ihn aussichtslos ist, hat er kooperiert und gestanden, aus bloßer Geldgier vier Menschen getötet zu haben. Er hat erst den Abschluss des Agenturvertrages, die Überweisung des Geldes auf ein Konto auf den Cayman Islands und die Vertragsunterfertigung mit dem Ministerium abgewartet. Nachdem das alles in trockenen Tüchern war, hat er seine von langer Hand geplanten Morde in die Tat umgesetzt und dabei geschickt mit den Ängsten seiner Kollegen gespielt. Der Vondrasek hatte Höhenangst. Ein fingierter Besichtigungstermin in der Dachgeschosswohnung, Auftritt Pennywise, Flucht durch die offen stehende Terrassentüre, ein Stoß und unten lag Opfer Nummer eins. Die Smolle umzubringen war nicht geplant, erst am Montag hat der Taschner die Mauschelei von ihr mit dem Buxeneder mitbekommen. Da war sie dann auch fällig. Allerdings wollte er sie quälen und erst dann runterstoßen. Sein Fehler, dadurch hat es länger gedauert, und du hast Ärgeres verhindert. Zum Glück.« Er prostet seinem Freund zu.

»Die Zangerle zu dem Bankomaten zu locken, war ein gewaltiger Aufwand«, stellt die Toni fest. »Das so präzise zu planen … da hat er viel kriminelle Energie investiert.«

»Glück gehört natürlich auch dazu. Die einzige Unsicherheit war, ob der Ehemann die Zangerle mitten in der Nacht betrunken zum Bankomat gehen lässt. Den Rest, also Barzahlung und Reservierung, hat er, wie wir wissen, geschickt gedeichselt«, sagt der Pokorny.

Der Berti schaut die anderen fragend an. »Und falls der Ehemann es nicht getan hätte?«

Der Sprengnagl zuckt mit den Schultern und bestellt noch einen Traubensaft gespritzt für sich und ein Bier für den Berti. »Auf ein philosophisches Gespräch über mögliche Varianten der Umsetzung haben wir verzichtet.«

»Sein Auto wird er in der Nähe geparkt haben. Damit konnte er unauffällig vom Unfallort verschwinden, oder?«, vermutet der Pokorny.

»Richtig. Vorm Bandagisten Bständig in der Wassergasse, also quasi ums Eck. Ohne Maske im Auto sitzend, ist er den anrückenden Kollegen nicht aufgefallen. Übrigens wurde die Zangerle vor Jahren beim Karneval in Venedig von einem maskierten Teilnehmer des Umzugs vergewaltigt. Daher wohl die panische Reaktion auf den verkleideten Taschner.«

Die Toni verzieht das Gesicht. »Als Pennywise auf dem Gehsteig aufgetaucht ist, wollte die Arme einfach den kürzesten Weg über die Straße nehmen …«

»So sehen wir das auch. Beim Franter ist ihm außer der

WhatsApp nicht viel eingefallen, damit hat er dessen Geilheit ausgenützt und ihn ins Verderben gelockt.«

»War das Holzscheit, mit dem er mich niedergeschlagen hat, die Tatwaffe bei den anderen Morden?«

»Nein, der Taschner hat für jeden Mord ein eigenes Holzscheit verwendet. Nachdem der Alterbauer an den Tatorten die Haare gefunden hatte, ging's mit der Auswertung der Spuren dann flott. Die Haare stammen von einer Gesichtsmaske mit integrierter Perücke. Am Holzscheit gibt es zwar keine DNA von ihm, jedoch weiße Flusen, die zu den Handschuhen in seiner Wohnung passen könnten. Die Ergebnisse der Analysen haben wir nächste Woche.«

»Wie hat er die Luckinger in die Kaserne gelockt?«, will der Berti wissen.

Der Pokorny antwortet statt dem Sprengnagl: »Er hat sie wahrscheinlich im Namen vom Mochacek hinbestellt. War nicht schwer, sie war als Projektentwicklerin mit einigen Ideen vom Franter nicht einverstanden. Der wollte einen Achtzehn-Loch-Golfkurs bauen, das hätte laut der Luckinger wertvollen Platz gekostet, es gab im Vorstand mehrmals Streit zu diesem Thema.«

»Die war so dumm, das mit dem Mochacek alleine abends in der Kaserne zu besprechen?«, wundert sich der Berti.

»Zwischen der Luckinger und dem Mochacek gab es in der Vöslauerhütte keine Probleme«, stellt der Pokorny fest. »Sie wird ihm wohl vertraut haben, und dass der Taschner die Termine für den Mochacek koordiniert, ist auch nichts Neues gewesen.«

Der Sprengnagl nimmt der Kellnerin den servierten Traubensaft ab. »Sehen wir auch so. Er hat ihr erzählt, dass ihr der Mochacek ein paar Ideen für die Umgestaltung vor Ort zeigen will. Nach der brutalen Tötung hat er die Nerven verloren und wollte rasch aus der Kaserne raus. An einem Strauch ist er mit dem Kügelchen hängen geblieben, hat sich beim Durchkriechen den Schulterpolster zerfetzt und Haare aus der Perücke gerissen.«

»Gut geplant, dumm gelaufen.« Die Toni zuckt mit den Schultern. »Wie hat er das mit dem Franter gemacht? Bei der Schneelage?«

»Auch clever.« Der Gruppeninspektor schiebt zufrieden den leeren Teller zur Seite. »Die falsche WhatsApp der Smolle hatte er von einem Wertkartenhandy geschrieben und dieses dann in der Vöslauer Remise entsorgt. Der Naturteich misst knapp vierzigtausend Quadratmeter, ob die Taucher das Handy finden, bezweifle ich ehrlich gesagt. Zum Harzbergturm hinauf ist er mit Schneeschuhen quer durch den Wald, Kostüm im Rucksack. Der Franter war pünktlich im Turm und wurde auf der Plattform schon von Pennywise erwartet. Bei einer Rangelei sind wie in der Kaserne Haare und die Kordel ausgerissen, das Kügelchen vom Kostüm hat er dann im Turm verloren.«

»Verschwunden ist er dann auf dem gleichen Weg?«, rät der Berti, greift nach dem Glas und nimmt einen großen Schluck vom eiskalt servierten Bier.

»Ja, bei dem Schneechaos war niemand unterwegs.«

»Außer bei der Zangerle wurden überall Haare gefunden«, überlegt der Pokorny kurz. »Hat er die absichtlich platziert?«

»Nein, da hat er Pech gehabt. Die Perücke wurde seit dem 2017er Remake sehr oft verliehen und hat durch den natürlichen Verschleiß und die Rangeleien Haare verloren. Beim Vondrasek vermutlich beim Runterstoßen. Die Balkonkästen sind genau dort beim Geländer gestanden.«

Der Berti schaut seinen Freund verwundert an. »Und die haben deine Kollegen nicht gesehen?«

»Nein, es war dunkel, und es waren keinerlei Kampfspuren zu sehen. Der Kriminaldienstgruppe kann da kein Vorwurf gemacht werden. Ohne die Info, wonach der Alterbauer suchen soll, hätte er sich bei den Härchen auch schwergetan.«

»Schon, aber bei der Wohnungstüre hätten doch alle Alarmsirenen heulen müssen. Der Horrorclown stand in allen Medien. Spätestens nach dem ersten Artikel hätten deine Kollegen aktiv werden müssen.«

»Nein, Berti, das konnten sie nicht«, mischt sich die Toni ein. »Laut seiner Mutter hat er die neue Türe erst letztes Wochenende montiert.«

Der Pokorny verzieht das Gesicht zu einer Grimasse. »Ach ja, stimmt. Die Morde drei und vier wollte er mit den Holzscheiten zuerst dem Buxeneder in die Schuhe schieben. Nachdem der vom Wochenmarkt verschwunden ist, hat er kapiert, dass er seine Strategie ändern und die Taten dem betrogenen Rottenschlager anhängen muss.«

»Wie hat er das mit dem Wohnwagen gemacht?«, will der Berti wissen.

»Er hat gewartet, bis der Rottenschlager sein Versteck für einen Einkauf verlassen hat, und ist eingestiegen, um die falsche Spur mit den Haaren zu legen. Wirklich schlau, wenn sein Ego durch den Verrat der Smolle nicht gelitten hätte, würdet ihr euch die Zähne ausbeißen.«

»Ja, so schnell kann's gehen, und dann ist der beste Plan im Eimer«, bestätigt der Sprengnagl nickend.

»Was haben die Fotos auf der Gemeindewebpage ergeben?«, erkundigt sich die Toni. »Wer hat den Hauptpreis gewonnen?«

»Eine Kundin einer anderen Agentur aus Leobersdorf hat gewonnen. Ist als kettensägenmordender Horrorclown von Tisch zu Tisch gelaufen. Das glaubst du kaum, aus der Motorsägenattrappe ist auf Knopfdruck Blut herausgespritzt.«

»Und die Hasspostings, die ich gefunden habe? Der Zeitungsartikel? Waren die auch von ihm?«

»Ja, da hat er sich einen Scherz mit uns erlaubt. Dein Tipp mit ›Penny‹ und ›wise‹ war richtig. Beim ›Fleischlaberl‹ hätte er sich fast verraten. Den detaillierten Artikel hat er an unseren Lieblingsreporter vom Kronenblatt gesendet. Der hat das mit Kusshand abgedruckt.«

»Und was hat die Hartl ausgesagt?«, fragt die Toni. »Die wusste nämlich nicht, was das für ein Kostüm war.«

»Die Arme war ahnungslos und hatte sich das Leihkostüm nicht näher angesehen. Die Maske und die Zähne hätten ihn verraten können. Mit der Eingangstüre, wo in mühevoller Kleinarbeit mit Mosaiken die Gestalt von Pennywise eingearbeitet ist, hätte sie zusammen mit dem Kostüm leicht eins und eins zusammenzählen können.« Er zieht die Augenbrauen nach oben. »Weil ihr Bub so fleißig war, hat sie ihn unterstützt und das Kostüm für ihn abgeholt. Seit seinem Aufenthalt in der Psychiatrie ist er nie mehr auffällig gewesen. Sie glaubt immer noch an seine Unschuld.« Ächzend streckt er sich durch. »Das ist bei Müttern oft so, überhaupt mit der Vorgeschichte und ihrem schlechten Gewissen …« Sein Handy unterbricht mit dem Klingelton »Herr Inspektor« von Seiler und Speer seine Zusammenfassung. »Verdammt, die Wehli, ich muss los.« Ächzend steht er auf und nimmt das Gespräch entgegen. »Was gibt's?«

»Schlechte Nachrichten!«, sagt die Chefinspektorin hektisch.

»Ich versteh nicht?«

»Der Taschner ist entwischt …«

Der Sprengnagl erbleicht. »Wieso?«

»Was wieso? Futsch ist er …«

»Das pack ich jetzt nicht.« Er schaut die drei verdattert an. »Der Taschner ist abgehaut …«

»War nur ein Spaß.« Die Wehli lacht lauthals, biegt ums Eck und tippt dem Gruppeninspektor auf die Schulter. »Für eine Kiste vom Pinot Blanc komm ich gern einmal vorbei. Da plaudere ich ahnungslos mit einem Gast, schaue mich um … und wen sehe ich da bei einem konspirativen Gespräch, äh … sorry, einem freundschaftlichen Gespräch über die Wetterkapriolen der letzten Tage? Meinen verlässlichen Kollegen mit seinem Freizeitpolizisten. Schönen Abend noch, die Herrschaften. Und Sie, Herr Gruppeninspektor, begleiten mich. Ich muss Sie was fragen«, säuselt sie, winkt und zieht den Sprengnagl vom Tisch weg.

Die drei Freunde schauen den beiden ungläubig nach und hören folgende seltsame Konversation: »Sprengnagl, haben Sie Kinder?«

»Nein ... wieso?«

»Sind welche unterwegs?«

»Nein, aber das geht Sie nichts an.«

»Keine Kinder, das ist gut.«

»Wieso ist das gut? Was wollen Sie überhaupt von mir?«, zischt er, verärgert über die Störung.

»Hm, Sie wissen, seit der unsäglichen Virussache müssen in allen Freibädern beim Eingang Kontrollen durchgeführt werden.«

»Und?«

»Da hab ich gleich an Sie gedacht.«

»Wieso an mich?«

»Na ja, irgendwer muss ja für die Exekutive die Abstandsregeln und die maximale Anzahl an Badegästen im Thermalbad Bad Vöslau überwachen. Stellen Sie sich einen randalierenden Jugendlichen vor, der nicht ins Bad darf. Oder einen grantigen Pensionisten, wenn eine Mutter mit Kind den Abstand nicht einhält. Nicht auszudenken, da braucht die Bürgermeisterin einen starken Mann, um das unter Kontrolle zu halten. Nicht, dass es am Ende eine Leiche im Thermalbad gibt. Das können wir nicht gebrauchen. Also nehmen Sie sich für die nächste Badesaison nichts vor, Urlaubssperre ...« Ihre letzten Worte verlieren sich in Richtung Ausgang.

Dankschön

Das letzte Jahr war verdammt anstrengend, aber aufregend und wunderschön. Mein Debütroman hat sich wacker geschlagen, die vielen positiven Feedbacks haben mir gezeigt, dass mein Weg der richtige ist, und mir Kraft für den zweiten Krimi gegeben. Wieder stehe ich vor der Danksagung, nicht so einfach, es haben so viele an diesem Buch mitgearbeitet ...

Am besten fang ich an mit Petra, der Liebe meines Lebens, meiner Ehefrau, besten Freundin, Geliebten, Therapeutin und »Back-Office-Managerin« für alles rund ums Schreiben. Sie hat mir wieder den Rücken freigehalten, sich an vielen Tagen allein um Haus und Garten gekümmert. Als letzten Mai unser Beaglewelpe Benni bei uns eingezogen ist und unser bislang beschauliches Leben auf den Kopf gestellt hat, war sie zusätzlich gefordert, hat Unmenschliches geleistet ... und glauben Sie mir, ein Beagle fordert einen wirklich. Meine Süße, du weißt, dass unsere Erfolgsgeschichte nur dank dir weitergeht. Dickstes Bussi, was geht!

Beim Dankschön an meine Testleserinnen und Testleser muss ich ein bisschen ausholen. Ich habe nämlich 2016 schon einmal eine Version der hier vorliegenden Geschichte verfasst, »MaklerMassaker« lautete der blutige Titel. Das Buch war ein Reinfall, eine unpassende Mischung aus flockig-lockerem Krimi und brutalem Thriller, die ich nach kritischen Anmerkungen des Verlags in einer Schublade vergraben habe. Viele meiner TestleserInnen haben sich damals schon durch das »MaklerMassaker« geackert und gequält. Als ich ihnen dann vier Jahre später die adaptierte Version vorlegte, schlug mir verständlicherweise eine große Portion Skepsis entgegen. Doch dann kam bald die Rückmeldung, dass »Mordsradau in Bad Vöslau« ein würdiger Nachfolger von »Mord in Bad Vöslau« werden könnte.

Liebe Freundinnen und Freunde, ich danke euch sehr herzlich für die fabelhafte Unterstützung, speziell bei diesem Buch. Mein Dank gebührt Sascha Baier, Silvia Ehrenhofer, Beatrix Hadek, Annemarie Hellmich-Scheuch, Reinhard Hergolitsch, Nada Höfinger, Heidi Höllerbauer, Susanne Schicho-Hübner, Bettina Kurz, Herwig Pauls, Michaela Perger, Christine Pöcksteiner, Gabriele Polly und Brigitte Zwiebler.

Ein besonders großes Dankschön geht an Dr. Maria und Dr. Christopher Burghuber, nicht nur fürs Testlesen, sondern auch für die medizinische Beratung. Ich habe mir die Freiheit genommen, medizinische Fakten für die Handlung »flexibel« auszulegen.

Bei Chefinspektor Kurt Fenz von der PI Traiskirchen sowie bei Gruppeninspektor Andreas Langer von der PI Bad Vöslau bedanke ich mich wieder herzlich für Informationen zur Polizeiarbeit. Auch hier habe ich einige Fakten frei interpretiert, für alle diesbezüglichen Fehler übernehme ich selbstverständlich die volle Verantwortung.

Der Leiter des Verwaltungsdienstes der Freiwilligen Feuerwehr Gainfarn, OV Franz Blüml, hat mich zum Einsatz des Schneebruchs an der Tanne beraten. Vielen herzlichen Dank dafür und für die Besichtigung der Einsatzfahrzeuge und die Erklärungen zur Funktionsweise.

Beim Immobilienberater Christian Flammer von der Firma Remax möchte ich mich für sein Fachwissen und seine Unterstützung bedanken. Ohne ihn wäre eine Darstellung so mancher Probleme von Immobiliensuchenden nicht glaubhaft gewesen. Ein paar der in meinem Buch erwähnten »Problemchen« mit »übermotivierten« MaklerInnen entstammen meiner eigenen Suche. Die Sache mit dem Railjet haben meine Frau und ich tatsächlich so erlebt. Einige Details habe ich abgeändert und an den Handlungsverlauf angepasst. Anmerken möchte ich noch, dass die meisten MaklerInnen sehr wohl auf Kundenwünsche und nicht nur auf die eigene Provision schauen.

In die Geheimnisse des Geocachings hat mich der Bad Vöslauer Profi-Cacher Nikolaus Rapp alias BIGnsmall eingeführt.

Ihm danke ich für die Unterstützung beim Verstecken der diversen Caches zu den Pokornys und die coolen Fotos auf meiner Webpage. Ohne ihn wäre mein Krimi-Geocaching nicht möglich gewesen. Vielen Dank dafür!

Der Bad Vöslauer Bürgermeister Christoph Prinz hat den Roman und die damit einhergehende Werbung für die Stadtgemeinde als »phänomenal« bezeichnet. Es ist jetzt an der Zeit, mich bei ihm zu bedanken: Danke für die großartige Unterstützung, die mir meine Wahlheimat zukommen lässt. Danke auch an die Leiterin der Touristinfo Joelle Kußnow und an ihr engagiertes Team sowie an Herrn Klingelmayer für die phantastische Unterstützung und ihren Einsatz. Einen herzlichen Dank auch an alle Unternehmen, die hinter meinem Roman und mir zur Seite stehen. Ohne diese breite Zustimmung könnte mein Leitsatz »Regionaler als regional« nicht halten, was er verspricht!

Besonders herzlich möchte ich mich auch bei meiner Agentin Conny Heindl und dem Agenturinhaber Gerd Drews von der gleichnamigen Literaturagentur bedanken. Conny Heindl hat es mit mir nicht immer leicht, übermotiviert presche ich manchmal vor, aber sie hat die Gabe, dann die Zügel in die Hand zu nehmen und die Pferde (meistens) einzubremsen.

Vielen Dank auch wieder an meine AnsprechpartnerInnen beim Emons Verlag. Die Unterstützung ist grandios, alle ziehen an einem Strang, es ist schön, dort Autor sein zu dürfen. Danke auch für die Möglichkeit, meine Krimis in sehr kurzer Abfolge zu veröffentlichen. Mein Dank gebührt insbesondere Jana Budde, Nora Dutz, Dominic Hettgen, Annika Hynek, Hannah Naumann, Sophie Olk, Nina Schäfer, Christel Steinmetz, Inka Stirnagel, Franziska Emons-Hausen und dem Verlagsinhaber Hermann-Josef Emons für das Vertrauen in meinen Roman.

Meine Lektorin Uta Rupprecht hat dank ihrer Übersicht und Erfahrung schon bei meinem ersten Roman wahre Wunder bewirkt. Auch meinem zweiten Krimi hat sie das Sahne… äh, also Schlagobershäubchen aufgesetzt. Ich bedanke mich für ihren Einfallsreichtum und ihre Geduld. Ich denke, dass wir gemeinsam wieder ein sehr gutes Buch auf den Weg gebracht haben. Vielen herzlichen Dank dafür.

So ... und jetzt der krönende Abschluss meines Dankschöns: Liebe Leserinnen, liebe Leser! Es war bei dem ersten Buch einfach großartig zu sehen, mit wie viel Spaß Sie meinen Krimi gelesen haben. Manchen Figuren wurde bereits ein Kultstatus eingeräumt. Ich bedanke mich herzlich für Ihr Vertrauen und das Interesse an meinem zweiten Krimi und hoffe, dass Sie auch diesmal vergnügte Stunden mit den Pokornys, Sprengnagl, Katzinger und Co. verbringen konnten.

Und so viel schon einmal vorab gesagt: Der dritte Fall erscheint im Mai 2023 und wird im Bad Vöslauer Thermalbad spielen.

Es zahlt sich aus, mir elektronisch zu folgen. Besuchen Sie meine Webpage www.norbert-ruhrhofer.at, abonnieren Sie meinen Newsletter und/oder folgen Sie mir auf Instagram oder Facebook. Über eine Weiterempfehlung würde ich mich sehr freuen.

Mit mörderischen Grüßen

Norbert Ruhrhofer

PS: Wie hat Ihnen der Roman gefallen? Gern können Sie mir unter autor@norbert-ruhrhofer.at Feedback senden und Fragen stellen.

Norbert Ruhrhofer
MORD IN BAD VÖSLAU
Broschur, 304 Seiten
ISBN 978-3-7408-1258-4

»Sport ist Mord«, das hat Willi Pokorny schon immer geahnt, und
beim diesjährigen Bad Vöslauer Kurstadtlauf scheint sich das Zitat
tatsächlich zu bewahrheiten: Ein herzkranker Mann liegt leblos
neben seinem Rollstuhl. Die Polizei geht von einem natürlichen Tod
aus, doch nicht nur Willi Pokorny hegt Zweifel daran. Gemeinsam
mit seiner Ehefrau Toni und der schrulligen Frau Katzinger begibt
er sich auf Mörderjagd – und stolpert schon bald über weitere
Leichen.

www.emons-verlag.de